Amy Cameron

Die Rose der Highlands

PIPER

Zu diesem Buch

1931: Die bildhübsche Rose Munroy hat sich Hals über Kopf in den Verlobten ihrer Adoptivschwester verliebt, Lord Fraser von der Black Isle. Doch ihre Mutter Lili lehnt den undurchsichtigen Mann ab: Sie hegt große Zweifel an der Verbindung. Liebt der gutaussehende Highlander ihre Tochter tatsächlich? Oder verfolgt er in Wirklichkeit einen Racheplan, dessen Wurzeln in der seit Jahrhunderten tobenden Familienfehde zwischen dem Clan der Munroys und dem der Makenzies liegen? Rose jedoch achtet nicht auf die warnenden Zeichen, die den Himmel über dem schottischen Hochmoor verdüstern. Bis sie auf ein seit Generationen gehütetes Geheimnis stößt ... Ein unheimliches Schloss auf der wildromantischen Black Isle, eine schicksalhafte Lebenslüge und das malerische Tal von Strathconon bilden den Hintergrund dieser mitreißenden Familiensaga.

Amy Cameron wurde in Aberdeen geboren, wuchs in London und Berlin auf und lebt heute in New York. Bis vor Kurzem arbeitete sie in einem Auktionshaus, doch dann kam ihr bei den Recherchen über ihre eigenen schottischen Wurzeln die Idee zu dieser Familiensaga. Nach dem großen Erfolg von »Der Ruf der Highlands« ist »Die Rose der Highlands« ihr zweiter Roman.

Amy Cameron

Die Rose der Highlands

Roman

Piper München Zürich

Mehr über unsere Autoren und Bücher:
www.piper.de

Von Amy Cameron liegen bei Piper vor:
Der Ruf der Highlands
Die Rose der Highlands

MIX
Papier aus verantwortungsvollen Quellen
FSC
www.fsc.org
FSC® C083411

Originalausgabe
November 2011

Umschlagkonzept: semper smile, München
Umschlaggestaltung: Cornelia Niere, München
Umschlagmotiv: Artwork Cornelia Niere / Shutterstock
Satz: Kösel, Krugzell
Gesetzt aus der Bembo
Druck und Bindung: CPI – Clausen & Bosse, Leck
Printed in Germany ISBN 978-3-492-26425-9

Prolog

Haus und Schuppen brannten lichterloh. Es hatte einen furchtbaren Knall gegeben, als der Whisky explodiert war. Der junge Mann selbst war geradewegs ins Freie geschleudert worden. Dort lag er nun auf dem Waldboden, zusammengekrümmt, mehr tot als lebendig. Dann vernahm er die Schreie. Die verzweifelten Schreie seiner Frau, die aus dem Inneren der Hütte anklagend durch den Monaughty Forest schallten. Das glaubte er jedenfalls. Doch keiner außer ihm konnte sie hören.

Der beißende Rauch brannte ihm immer noch in den Augen, er bekam kaum Luft, und alle Knochen taten ihm weh. Außerdem fühlte er einen grausamen Schmerz an seiner gesunden Wange. Die, die einst erfroren war, spürte er ohnehin schon lange nicht mehr. Doch er wollte nicht aufgeben. Nicht bevor er seine Frau gerettet hatte. Sie sollte es doch einmal besser haben als in den elenden Gassen von Glasgow. Er hatte es ihr hoch und heilig versprochen! Ich hole dich hier raus und bringe dich an einen schönen Ort. Er hatte sein Versprechen gehalten, ihr ein Heim gebaut und eine kleine Schwarzbrennerei versteckt im Wald eingerichtet. Das alles hatte er mit seinem gesunden Arm geschafft, aber er wollte mehr. Eines Tages würden sie in einem prächtigen Haus wohnen. Dann würde ihm gehören, was ihm zustand. Seine Mutter hatte es ihm auf ihrem Totenbett geschworen, nachdem sie ihm die entsetzliche Wahrheit gestanden hatte.

Auf allen Vieren kroch er zur Hütte zurück. Höllische Schmerzen im Brustkorb quälten ihn, aber er schleppte sich bis zur Tür. Aus dem Inneren der Hütte quoll ihm Rauch entgegen. Er stieß einen gellenden Schrei aus und versuchte, durch die Rauchwand hindurch zu ihr zu gelangen. Doch dann überfiel ihn ein fürchterlicher Husten, der seinen Körper durchschüttelte und ihn erschöpft zu Boden sinken ließ. Wieder drang ein Schrei aus seiner Kehle, nur dieses Mal war er schwächer, beinahe kläglich. Mit letzter Kraft richtete er sich zu seiner vollen Größe auf und wankte ins Haus. Dort verschaffte er sich Zutritt zu der kleinen Kammer, aus der ihn die Wucht der Explosion wenige Augenblicke zuvor durch das offene Fenster ins Freie geschleudert hatte. Ein Zufall, denn er hatte es gerade schließen wollen. Er packte den leblosen Körper der zarten Frau, den er wegen der Rauchentwicklung nur schemenhaft erkennen konnte. Mit ihr im Arm stolperte er halb blind bis vor die Tür. Dort versagten ihm seine Kräfte endgültig den Dienst, und er sackte stumm in sich zusammen.

Als er erwachte, spürte er als Erstes das zerstörerische Feuer in seinen Lungen. Er fuhr auf, doch nicht seine lichterloh in Flammen stehende Hütte ließ ihn in unmenschliches Klagen ausbrechen, sondern der entsetzliche Anblick seiner Frau. Die Wucht der Explosion hatte ihren Bauch aufgerissen. Dort, wo ihr Kind heranwachsen sollte, klaffte eine blutige Wunde. Das leblose Fleischbündel war das Ungeborene. Es wäre ein kleines Mädchen gewesen. Er warf sich über den Körper seiner Frau, als könne er sie noch beschützen. Dann schüttelte er ihren leblosen Körper und rief immer wieder verzweifelt ihren Namen, doch sie schlackerte nur wie eine Puppe in seinen Armen hin und her. Er nahm ihr Gesicht in beide Hände und bedeckte es mit Küssen, so, als könne er sie damit zum Leben erwecken. Vergeblich!

Schließlich riss er die Arme hoch und brüllte seinen Schmerz in den Himmel hinauf, bis er erneut vor Erschöpfung zusammenbrach. Dieses Mal blieb er bei Bewusstsein, und als er aufsah, blickte er mit einem Mal in ein Paar vor Panik weit aufgerissener Kinderaugen. Er streckte die Hand nach seinem Sohn aus, wollte ihm die Angst nehmen, aber er brachte kein Wort heraus. Wie hatte er ihn vergessen können? Er hatte den Jungen zum Brotholen geschickt, damit er sich mit seiner Frau am helllichten Tag ungestört in die Kammer zurückziehen konnte.

Ich muss doch für ihn sorgen, dachte er verzweifelt, obwohl ihm eher zum Sterben zumute war als zum Leben.

»Komm her, mein Kind!«, krächzte er heiser. Der Junge hockte sich zögernd neben ihn auf den Boden. Entsetzt stierte der Junge abwechselnd auf die Wange seines Vaters und den Bauch seiner Mutter.

Der Mann fuhr sich mit dem Handrücken über das Gesicht. Seine Hand war rot von seinem Blut, als er sie nun betrachtete, als gehöre sie gar nicht zu ihm.

Er befürchtete, dass der Junge jeden Augenblick losschreien würde, doch stattdessen fragte der Sechsjährige nur: »Wer hat das getan, Vater?«

Der Mann rang mit sich. Sollte er dem armen Kind sagen, dass er die Kerzen im Schuppen hatte brennen lassen, um rasch seine männliche Lust zu befriedigen? Nein, das konnte er ihm nicht antun. Er musste einen Schuldigen finden, und er wusste auch schon, wen!

Er zog seinen Sohn ganz nahe zu sich heran und flüsterte ihm beschwörend ins Ohr, warum dieses Unglück hatte geschehen können. Je weiter er sich in Rage redete, desto mehr glaubte er selbst an seine Worte. Im Blick seines Kindes spiegelte sich mit jedem Wort, das der Vater unter Verfluchungen hervorstieß, immer mehr Hass gegen den vermeintlich Schuldigen wider. Der Mann konnte sein Kind nur noch schemenhaft erkennen, doch plötzlich hatte er eine Erscheinung. Dieser Junge war dazu geboren, all die Schmach, die sie wegen seiner Herkunft hatten erleiden müssen, wiedergutzumachen. Er durfte nicht in Armut dahinvegetieren. Er sollte sich das holen, was ihm zustand, und als feiner Herr in den Highlands leben.

»Ich verfluche sie!«, wisperte der Mann mit letzter Kraft. »Ich verfl…« Er brach mitten im Satz ab. Sein Kopf sackte leblos zur Seite.

Der Junge stieß einen Schrei aus, der grausam an den Felswänden des Monaughty Forest widerhallte. Dann wandte er sich abrupt vom Gesicht seines Vaters ab, dessen eine Hälfte nur noch aus einer klaffenden Wunde bestand, und schwor tödliche Rache.

1. Teil

Lili und ihre Töchter

Im Tal von Strathconon, Winter 1931

1

Das Wetter tobte an diesem Spätnovembertag genauso wild durch das Tal von Strathconon wie im Jahr zuvor. Der Sturm, der von Westen kam, ließ die Fenster erzittern und die Türen klappern. Hinzu kam der Regen, der auf das Schieferdach des viktorianischen Herrenhauses und gegen die Fenster prasselte. Bei diesem Wetter wagten sich nicht einmal die Hunde vor die Tür. Die beiden Hündinnen, Jacky und Patsy, hatten sich dicht beieinander unter der Treppe eingerollt.

Lili Munroy warf ihren beiden Deerhounds im Vorbeigehen einen zärtlichen Blick zu. Sie waren beide Nachkommen der Hündin Senga, die sie vor vielen Jahren von ihrem einstigen Nachbarn Alec Dunbar bekommen hatte.

Als sie bei der Garderobe war, blieb sie abrupt stehen und betrachtete missbilligend ihr Spiegelbild. Die Witwentracht machte sie uralt und blass. Dabei war sie heute gerade einmal zweiundvierzig Jahre alt geworden. Noch kein Alter, um wie die eigene Großmutter auszusehen, dachte sie seufzend. Doch selbst Großmutter Mhairie hatte bis zu ihrem Tod mit über neunzig eine weitaus bessere Figur gemacht.

Ich darf mich nicht so gehen lassen, nahm Lili sich fest vor, eine ewig weinende Mutter ist für die Mädchen eine große Belastung. Sie hatte den Gedanken kaum zu Ende geführt, als ihr erneut Tränen in den Augen standen. Hastig wischte sie sich mit dem Ärmel über das Gesicht. Nein, Isobel und Rose sollten ihre lebensfrohe Mutter zurückbekommen und sich nicht länger mit einem Häuflein selbstmitleidigen Elends begnügen müssen. Sie trauten sich ja schon gar nicht mehr, in ihrer Gegenwart herzlich zu lachen. Gut, das war Isobels Sache ohnehin nicht. Sie war ein eher verhaltener Mensch, aber Rose …

Ich muss Lady Caitronias Flurmöbel durch etwas Neues ersetzen, das mir mehr entspricht, ging ihr durch den Kopf, während sie eingehend die viktorianische Garderobe aus Mahagoni musterte. Sie war ein selten schönes Stück, eines derer, die zwar sehr elegant waren, aber Lili schmerzhaft an jene Zeit erinnerten, die sie am liebsten aus ihrem Gedächtnis streichen würde. Damals, als sie voller Hoffnung aus Edinburgh in die Highlands gekommen war, um Sir Niall zu heiraten. Dessen Mutter, Lady Caitronia, hatte ein Händchen für edle Inneneinrichtung gehabt, aber in den Möbeln hatte sich mit den Jahrzehnten der unversöhnliche Hass der Bewohner von Scatwell Castle gegen den Clan der Makenzies festgesetzt wie ein klebriger Schmutzfilm.

Lili schüttelte sich. Ja, ein bisschen frischer Wind würde dem alten Kasten guttun. Doch für solch teure Anschaffungen wie eine Art-déco-Garderobe, wie sie sie neulich bei ihrer Freundin Sibeal in Inverness gesehen hatte, fehlte es ihr zurzeit an den nötigen Mitteln. Vorher musste erst einmal die Fassade des Hauses renoviert werden. Wenn wieder Geld da war … wenn …

Seufzend sah sich Lili in dem Flur um, der immer noch genauso aussah wie an dem Tag, an dem sie Scatwell Castle zum ersten Mal betreten hatte. Es war nach wie vor sehr ungewohnt für sie, nach so vielen Jahren der Verbannung aus dem Castle wieder in diesen Gemäuern zu wohnen. Dass sie vor über zwei Jahren aus dem kleinen kuscheligen Haus drüben in Little Scatwell ausgezogen waren, hatten sie einer Reihe von tragischen Unglücksfällen zu verdanken. Erst war Lady Caitronia von einem Pferd totgetrampelt worden, und dann war die Frau von Nialls Buder Craig, Shona, betrunken in den River Conon gefallen. Wenig später hatte man Craig erhängt im Haus aufgefunden. Trotz des unversöhnlichen Hasses, mit dem diese Leute Lili und Dusten verfolgt hatten, war Nialls Cousin Dusten damit zum letzten überlebenden Munroy und somit zum Erben des Hauses geworden.

Lilis Gedanken schweiften plötzlich zum Jahreswechsel 1913/1914 zurück. Wie sie damals voller Hoffnung in die Highlands aufgebrochen war. Im festen Glauben, in dem charismati-

deren beachtlichen Erbes. Niall hatte seiner Tochter nämlich ein kleines Vermögen hinterlassen.

Lili wurde flau im Magen, sobald sie an diese Zeit zurückdachte. Wie hatten ihr die Herrschaften von Scatwell Castle das Leben nur zur Hölle gemacht! Und als sie den Kampf verloren hatten, war auch Isobel aus dem Clan ausgestoßen worden. Isobel, ein Kind von zwölf Jahren, das überhaupt nicht wusste, wie ihm geschah. Das nicht verstand, warum es nicht über die Brücke gehen und seine Großmutter besuchen durfte. Die hartherzige Frau hatte Isobel, nachdem der Rechtsstreit für die Munroys aus Scatwell Castle endgültig verloren gewesen war, ein letztes Mal vor die Wahl gestellt: Entweder sie lebte in der Obhut ihrer Großmutter als echte Munroy oder sie war als »Makenzie-Bastard« im Haus ihrer Vorfahren nicht mehr erwünscht. Isobel hatte sich natürlich für Lili und Dusten entschieden, die beiden Menschen, die ihr mit Liebe begegneten. Lady Caitronia hatte ihrer Enkelin bis zuletzt den Zugang zu Scatwell Castle verweigert. Angeblich hatte sie noch auf ihrem Sterbebett alle Makenzies verflucht. Doch nun waren stattdessen nicht nur alle Makenzies, bis auf sie, Lili, sondern auch alle Munroys tot. Eine seltsame Fügung ...

Lili, Isobel, Rose und Dusten waren damals gleich nach Craigs Tod in Scatwell Castle eingezogen. In jenes prachtvolle Anwesen, das sich Castle nannte, aber eigentlich eine Mischung aus einem viktorianischen Herrenhaus und einem Farmhaus war, in das Dusten und sie seit mehr als fünfzehn Jahren keinen Fuß mehr gesetzt hatten. Denn auch Dusten war zu einem Ausgestoßenen geworden, nachdem er »diese verdammte Makenzie« geheiratet hatte. Auch Großmutter Mhairie hatte bis zu ihrem Tod vor zehn Jahren keinen Fuß mehr nach Scatwell Castle gesetzt. Weder Lilis Schwiegermutter Lady Caitronia noch ihr Schwager Craig waren damals zu ihrer Beerdigung gekommen. Dafür hatte es sonst kaum einen Bewohner des Tals von Strathconon gegeben, der nicht zur Trauerfeier gekommen war, um Lady Mhairie die letzte Ehre zu erweisen.

Und nun wohnen nur noch Isobel und ich in diesem düsteren Gemäuer, dachte Lili betrübt. Gleichzeitig straffte sie die Schultern. Schluss mit den belastenden Gedanken! Es ist ein ganzes Jahr her, dass ich ihn verloren habe. Heute fängt ein neues Leben an, und ich werde auch das meistern, sprach sie sich entschieden Mut zu. Und dazu gehörte, dass sie ihrem vernachlässigten Äußeren endlich wieder Aufmerksamkeit schenkte.

Lili steuerte auf ihren weißen Schminktisch zu. Sie liebte die Einrichtung ihres Schlafzimmers. Es war Großmutter Mhairies Reich gewesen, und die hatte sich bereits zur Jahrhundertwende entschieden, die dunklen Möbel gegen weiße auszutauschen. In diesen Raum musste Lili jedenfalls kein Geld investieren. Er gefiel ihr genau so, wie er war.

Sie warf einen prüfenden Blick in den Spiegel und in der Tat: Das Blau veränderte ihr Aussehen kolossal! Schwarz war einfach nicht ihre Farbe. Blau hatte ihr immer schon gestanden. Nun musste sie nur noch ihr widerspenstiges Haar aufstecken und endlich einmal wieder zu dem Lippenstift greifen, den sie seit einem Jahr nicht mehr angerührt hatte. Nicht mehr, seit sie in ihrem Festkleid auf Dusten gewartet hatte, bis ein Bursche aus Contin sie zur Unglücksstelle geholt hatte. Es war ein Anblick, den sie am liebsten vergessen würde. Das Schlimmste war der gequälte Gesichtsausdruck ihres Liebsten gewesen. Er hatte nichts von dem Dusten gehabt, mit dem sie glücklich gewesen war. In seinen Augen hatte die nackte Panik gestanden. So, als hätte er etwas Furchtbares gesehen.

Ich darf nicht mehr daran denken, ermahnte sich Lili und versuchte, ihre Lippen anzumalen. Doch es half nichts. Immer wieder drängte sich die grauenhafte Erinnerung in den Vordergrund. Ihre Hände zitterten, sodass der Rand ihres Mundes bald hässlich übermalt war. Sie schüttelte sich und wischte sich energisch die Farbe aus dem Gesicht, bevor sie es noch einmal versuchte. Dieses Mal mit ruhiger Hand und mit Erfolg. Sie gefiel sich mit roten Lippen, denn es war ein Zeichen, dass sie wieder ins Leben zurückgekehrt war.

Lili straffte die Schultern und nahm sich fest vor, in den folgenden Tagen Sibeal in Inverness einen kleinen Besuch abzustatten. Seit einem Jahr verkroch sich Lili im Tal von Strathconon und erfand immer neue Ausreden, um ihre Freundin nicht zum Tee zu besuchen oder mit ihr Golf zu spielen. Sibeal war die Ehefrau eines Abgeordneten des Britischen Oberhauses und immerzu unterwegs. Sie hatten einander bei einer Ausstellungseröffnung in Inverness kennengelernt. Beide hatten sich gleichsam intensiv mit den Gemälden beschäftigt und dabei das üppige Buffet verpasst. Darüber waren sie ins Gespräch gekommen, und Lili hatte endlich eine Freundin in den Highlands gefunden.

Auch Sibeal war einst Lehrerin gewesen. Sie hatte als Hauslehrerin bei der Familie eines Barons gearbeitet und war von seinem Bruder Edward vom Fleck weg geheiratet worden. Seitdem hieß sie Lady Sibeal, war aber das ganze Gegenteil einer typischen Angehörigen des schottischen Hochadels. Sie liebte das Außergewöhnliche, wenngleich sie an der Seite ihres Mannes stets bei traditionellen Festen glänzte, als wäre sie in diese Kreise hineingeboren

Und selbst diese wirklich gute Freundin hatte Lili seit Dustens Tod nicht an sich herangelassen, obwohl Sibeal alles versucht hatte. Sie hatte sogar ein paarmal versucht, Lili mit ihrem Wagen einen Überraschungsbesuch abzustatten, doch Lili hatte sich stets verleugnen lassen. Sie hatte sich im letzten Jahr für keine wünschenswerte Gesellschaft gehalten. Außerdem gehörte Sibeal zu den wenigen Frauen, die sie sofort durchschauten. Sie hätte auf den ersten Blick erkannt, dass Dustens Tod nicht der einzige Kummer war, der sie quälte.

3

Ein zaghaftes Klopfen schreckte Lili aus ihren Gedanken. Es war Isobel, die, wie immer ein wenig schüchtern, ins Zimmer trat. Sie war inzwischen achtundzwanzig Jahre alt und hatte immer noch etwas sehr Mädchenhaftes an sich. Sie war schlank, hatte dunkelrote Locken und ein schmales Gesicht. Wenn man nicht wusste, dass sie auf die dreißig zuging, hätte man sie glatt für zehn Jahre jünger gehalten. Ihre Gesichtszüge waren ein wenig zu grob geraten. Sie hatte eine breite Nase, die in ihrem zarten Gesicht besonders auffiel. Das wurde noch betont durch Unmengen von Sommersprossen, die besonders auf ihrer Nase wie Sterne tanzten.

Lili fand, dass Isobel gerade deshalb von besonderer Anmut war. Vor allem besaß sie wunderschöne, samtig braune Augen. Sie waren denen von Rose nicht unähnlich, obwohl der Ausdruck sich grundlegend unterschied. In Isobels Blick lag stets eine gewisse Melancholie, während aus Roses Augen die pure Lebensfreude strahlte. Und wenn Rose einmal traurig war, dann ließ sie auch diesen Gefühlen freien Lauf. Dann musste man sie einfach in den Arm nehmen und trösten, während Isobel vieles ganz mit sich selbst ausmachte. Sie war eine Einzelgängerin.

Lili hatte die Hoffnung aufgegeben, dass Isobel noch heiraten würde. Sie schien nicht das geringste Interesse an den jungen Highlandern zu entwickeln. Die sind so ungestüm und ungebildet, pflegte sie zu sagen, wenn sie sich mit ihrer Mutter, was selten genug vorkam, über die männlichen Bewohner der Highlands unterhielt. Offenbar beruhte das Desinteresse auf Gegenseitigkeit, denn Isobels einstige Freundinnen hatten alle schon Ehemänner und Kinder. Und nicht jede von ihnen war von solcher Schönheit wie Isobel. Manchmal fragte Lili sich, wie es wohl wäre, wenn bekannt würde, dass Isobel über ein nicht unbeträchtliches Ver-

»Nach Strathpeffer ins Highland Hotel«, erwiderte Lili unverzüglich und bedauerte in demselben Moment, ihm derart Persönliches preisgegeben zu haben. Was ging es ihn an?

Lord Fraser lachte trocken auf. »Oh, liebe Misses Munroy. Ich wollte nicht indiskret sein. Ich dachte nur an das scheußliche Wetter dort draußen und fragte mich, wie die Damen wohl ins Restaurant kommen würden?«

»Ich fahre das Auto meines verstorbenen Mannes«, erwiderte Lili knapp.

»Ja, sie fährt wie der Henker. Ich mache immer drei Kreuze, wenn …« Isobel stockte, als sie dabei zusehen konnte, wie sich Lilis Miene verdüsterte.

»Wenn die Damen nichts dagegen haben, würde ich mich anbieten, Sie zu bringen. Ich habe ohnehin gleich einen geschäftlichen Termin im Highland Hotel. Ein Geschäftsessen. Ich wohne dort nämlich, bis mein Haus fertig ist. Und da wäre es mir eine Freude, Sie mitzunehmen und nach Ihrem und meinem Essen auch wieder wohlbehalten zu Hause abzusetzen.«

»Gern«, flötete Isobel, während Lili gleichzeitig laut und vernehmlich »Machen Sie sich keine Umstände« sagte.

Lord Fraser blickte amüsiert zwischen den beiden Frauen hin und her. Ein Lächeln umspielte seinen Mund.

»Wissen Sie was? Ich warte in der Diele. Und Sie beide klären, ob ich Ihr Chauffeur sein darf oder nicht.«

»Wir brauchen keinen Chauffeur!«, schnaubte Lili, kaum dass die Tür hinter ihm zugeklappt war. »Und was soll das? Wenn er im Highland Hotel wohnt, soll er doch bloß allein dorthin fahren. Unseretwegen den Weg hin und zurück, das ist doch blanker Unsinn!«

Isobel warf ihr einen fassungslosen Blick zu. »Was ist denn mit dir los? Es wäre doch geradezu reizend, wenn er uns führe. Bequemer geht es doch gar nicht!«

»Mit mir zu fahren, ist auch bequem«, widersprach Lili eingeschnappt.

»Ja, gut, dann schlagen wir sein freundliches Angebot eben aus. Es ist dein Geburtstag, aber erkläre mir bitte erst, warum du dich so feindselig ihm gegenüber verhältst?«

»Feindselig?« Lili erschrak. Das wollte sie nicht. Sie wusste doch auch nicht genau, was sie innerlich so sehr gegen Lord Fraser einnahm. Er hatte ihr doch gar nichts getan, außer sie mit Komplimenten zu bedenken, mit denen sie nicht umgehen konnte. War es ihre eigene Wahrnehmung, die sie irritierte? Dass sie auf den ersten Blick Dusten in ihm gesehen hatte, was ihr auf den zweiten Blick völlig absurd vorkam? Wie viele Männer mit blondem Haar gab es in den Highlands? Nein, das ist nicht in Ordnung, wie abweisend ich mich verhalte, ermahnte sie sich zu mehr Gelassenheit.

»Entschuldigung, ich bin nicht ganz bei mir. Dieser Tag geht mir doch näher, als ich es wollte. Du hast ja völlig recht. Natürlich nehmen wir sein Angebot an. Alles andere wäre unhöflich. Er macht es ja schließlich freiwillig.« Lili zog Isobel am Arm mit sich auf die Diele.

Dort wartete Lord Fraser schon in Hut und Mantel auf sie.

»Wir kommen mit Ihnen«, säuselte Isobel in einem Ton, den Lili noch nie zuvor aus dem Mund ihrer Stieftochter gehört hatte. Irritiert warf sie ihr Cape über ihr schönes neues Kleid, während der Lord Isobel in den Mantel half. Mit gemischten Gefühlen nahm Lili aus den Augenwinkeln wahr, dass Isobel schon wieder über das ganze Gesicht strahlte.

Ich sollte mich freuen, dass ihr endlich einmal ein Mann die Aufmerksamkeit entgegenbringt, die sie verdient, dachte Lili, aber sie konnte nicht aus ihrer Haut: Irgendetwas störte sie an dem charmanten Lord Fraser. Obgleich er überaus besorgt war, dass sie nicht ungeschützt in den Nieselregen gerieten. Er brachte sie einzeln unter dem Dach eines stabilen Regenschirms vom Hauseingang zum Wagen. Erst sie und dann Isobel. Das führte dazu, dass sie im Wagen auf der hinteren Bank landete und auf der Fahrt nach Strathpeffer unfreiwillig Zeugin wurde, wie Isobel dem Chauffeur verstohlene und zugleich bewundernde Blicke zuwarf, während die beiden angeregt miteinander plauderten, als wären sie äußerst vertraut miteinander.

Warum lehne ich mich nicht zurück und freue mich ganz einfach für Isobel, fragte sich Lili, doch stattdessen saß sie so missmutig und verkrampft auf dem Rücksitz, als wäre sie auf dem Weg zum Zahnarzt nach Inverness.

5

Das Restaurant des Highland Hotels war bis auf den letzten Platz besetzt. Es war wie alle Räume im Hotel mit einem dicken Tartan-Teppich ausgelegt. Holzvertäfelungen an den Wänden und prächtige Kronleuchter, die von der Decke hingen, verliehen dem Salon die Art von gediegener Vornehmheit, die sich seine Besucher von einem Esslokal in den Highlands erwarteten.

Nachdem Lili dem Kellner ihren Namen genannt hatte, geleitete er sie zu einem Tisch am Fenster. Lord Fraser führte sie dorthin und verabschiedete sich dann formvollendet.

»Geben Sie dem Ober bitte Bescheid, wann Sie aufbrechen wollen«, sagte er und wünschte ihnen einen guten Appetit. Aus den Augenwinkeln beobachtete Lili, dass Lord Fraser mit dem Kellner tuschelte und sich ganz in ihrer Nähe an einen Tisch setzte. Es machte sie nervös, dass er in Sichtweite zu ihnen saß, aber sie versuchte, es zu überspielen.

»Schön, dass wir endlich mal wieder zusammen ausgehen«, seufzte Lili, und es tat ihr wirklich gut, sich endlich einmal wieder in die Öffentlichkeit zu wagen. Sie hatte absichtlich Strathpeffer gewählt, weil die Gefahr, bekannte Gesichter zu treffen, an diesem Ort geringer war als in Inverness. Und dennoch fühlte sie sich beobachtet. Sie ließ den Blick noch einmal unauffällig zu Lord Fraser schweifen, aber der saß bei einem Glas Whisky und war in irgendwelche Unterlagen vertieft.

Wenn sie sich umsah, war unschwer zu erkennen, dass dieser Saal schon bessere Zeiten gesehen hatte, genau wie der Kurort selbst. Wenn sie das heutige Ambiente mit der Pracht verglich, die im Jahre 1914 im Highland Hotel geherrscht hatte … derselbe Teppich und dieselben Möbel wie damals, aber ohne sichtbare Gebrauchsspuren. Sie würde niemals vergessen, dass sie an diesem Ort vom Ausbruch des Ersten Weltkrieges überrascht worden war.

»Träumst du, Lili?« Isobel riss sie aus ihren Gedanken.

»Nein, mein Kleines, ich dachte nur daran, wie dein Vater mich einst zur Kur nach Strathpeffer geschickt hat.«

»Weshalb? Warst du krank?«

»Nein … ich … er glaubte, ich könne nicht schwanger werden.« Lili war es äußerst unangenehm, das zu erwähnen, aber ihr war so schnell nichts anderes eingefallen als die Wahrheit.

»Nun weißt du ja, dass er sich geirrt hat. Rose ist der lebende Beweis.« Isobels Bemerkung klang spitz und erinnerte Lili daran, wie angespannt das Verhältnis der beiden Schwestern in letzter Zeit war. Das ging zweifelsfrei von Isobel aus. Sie war eifersüchtig auf Lilis leibliche Tochter und witterte stets Benachteiligung. Wenn es danach ging, konnte Lili geradezu froh sein, dass Rose lediglich in den Sommerferien und zu Weihnachten nach Hause kam. In dieser Zeit des Jahres, wenn beide im Haus waren, flogen die Sticheleien wie kleine Giftpfeile kreuz und quer durch Scatwell Castle.

Die unbeschwerte Rose hatte allerdings ein so dickes Fell, dass vieles an ihr abprallte. Und wenn nicht, dann konterte sie so heftig, dass es Isobel nur noch mehr in Rage brachte. Und im Nu war dann ein handfester Streit entbrannt, aus dem Lili sich nur heraushalten konnte. Denn wenn sie sich einmischte, was ihr leider immer wieder passierte, dann nahm ihr das eine der beiden mit Sicherheit übel. Lili fühlte sich manchmal wie eine Löwenbändigerin, die von ihren Schützlingen zum Dank gefressen wurde.

»Isobel, bitte, heute nicht! Du weißt doch, dass ich euch beide gleich lieb habe«, bemerkte Lili energisch.

»Ja, aber mir graust schon jetzt vor Weihnachten und Hogmanay. Dann bringt sie wieder alles durcheinander nach dem Motto: Was kostet die Welt? Dann dreht sich alles um sie, deine kleine Prinzessin, die sich alles erlauben darf, weil sie ja so ein fröhliches Gemüt hat …«

»Isobel, bitte, verschon mich mit diesen Eifersüchteleien«, unterbrach Lili diese Schimpftirade schroff. »Sie ist nun mal ein kleiner Wirbelwind«, fügte sie mit Nachdruck hinzu.

»Von ›klein‹ kann ja wohl keine Rede mehr sein«, entgegnete Isobel ungnädig.

Lili musste wider Willen lächeln. In diesem Punkt hatte Isobel recht. Rose überragte ihre Stiefschwester inzwischen um einen Kopf. Was die Größe anging, kam sie ganz nach Dusten.

Der Ober unterbrach das kleine Streitgespräch mit der Frage nach ihren Wünschen. Lili ließ ihn die Karte bringen und bestellte als Aperitif zwei Whisky.

Beim Anstoßen beugte sich Isobel sehr weit über den Tisch. »Wo sitzt er?«, flüsterte sie, als sie mit dem Mund fast an Lilis Ohr gestoßen war.

»Zwei Tische hinter dir. Und er ist immer noch allein. Sein Geschäftspartner ist noch nicht gekommen. Und, Achtung, er prostet mir gerade zu.«

Isobel lief knallrot an. »So genau habe ich es ja auch nicht wissen wollen«, zischte sie.

Lili aber erhob ihr Glas und nickte Lord Fraser zu.

»Du magst ihn, nicht wahr?«, fragte sie Isobel leise, nachdem sie ihr Glas abgesetzt hatte.

Isobel hob die Schultern. »Ich finde, dass er attraktiv ist und gute Manieren hat«, erwiderte sie ausweichend. »Ganz anders als die jungen Männer in meinem Alter«, fügte sie beinahe trotzig hinzu.

»Er ist in deinem Alter, mein Kind!«, bemerkte Lili schmunzelnd.

»Du müsstest ihn doch auch mögen. Er ist Onkel Dusten vom Typ ziemlich ähnlich.«

Lili verzog verächtlich den Mund. »Ach wo, nur weil er blonde Locken hat. Das haben viele.«

Isobel stieß einen tiefen Seufzer aus und griff nach Lilis Hand. »Ich will mich doch nicht mit dir streiten. Schon gar nicht um einen Highlander.«

»Ich bin gar nicht so sicher, ob er aus den Highlands stammt. Ich bin ihm jedenfalls noch nie zuvor in Inverness begegnet«, sinnierte Lili.

»Lass uns nicht mehr über ihn reden«, wiegelte Isobel ab.

»Du hast recht. Ich habe nämlich eine Überraschung für dich.«

Isobel sah Lili aus großen Kinderaugen an. »Für mich?«

»Ja, du weißt doch, dass Rose gern im nächsten Sommer ihren Führerschein machen möchte, nicht wahr?«

»Und was habe ich davon?«, entgegnete Isobel schnippisch.

»Ich möchte dir auch einen Führerschein schenken. Schau mal, das ist doch kein Zustand, dass du noch mit dem Gaul nach Beauly reitest.«

»Hm«. Mehr brachte Isobel nicht hervor.

»Freust du dich gar nicht?«

»Doch, aber ich weiß gar nicht, ob ich das brauche. Ich muss ja nicht weiter als bis in die Schule und zurück.«

»Eben, und ich finde, du solltest in Zukunft am gesellschaftlichen Leben der Stadt teilnehmen. Du bist noch so jung. Das bringt dir Abwechslung.«

»Das sagst du? Du drückst dich vor gesellschaftlichen Verpflichtungen, wo du nur kannst! Selbst deiner liebsten Freundin Sibeal gehst du aus dem Weg, und sie hat das wirklich nicht verdient! «

»Ja, du hast ja recht, aber ich habe auch einen Grund. Sieh mal, ich habe schließlich meinen Mann verloren, aber du, du bist noch so jung. Ich habe beinahe ein schlechtes Gewissen, weil du so viel Zeit mit mir verbringst ...«

»Wenn ich dich störe, kann ich abends auch auf mein Zimmer gehen«, entgegnete Isobel gekränkt.

Lili wehrte rasch ab. »Aber nein, meine Liebe, das ist es nicht. Ich bin gern mit dir zusammen. So gern, dass ich kein bisschen traurig bin, wenn du ledig bleibst. Aber ich möchte nicht, dass du es mir zuliebe tust.«

Erneut unterbrach der Ober das Gespräch, und sie bestellten ihr

Essen. In diesem Punkt waren sie sich wenigstens einig. Hirschbraten von der hiesigen Hochebene.

»Ich habe keine Lust auf das gesellschaftliche Leben, wenn du es genau wissen willst. Selbst Murrons Feste sind eine einzige Tortur. Abgesehen von den schwitzenden Witwern, die man neben mir platziert, damit ich ihre zweite Ehefrau werde, ist Lady Ainsley die Pest. Sie fragt stets scheinheilig nach dir, um mir dann zu erzählen, wie übel du meinem Vater einst mitgespielt hast.«

Lili wurde blass. Es wäre eine Katastrophe, wenn diese Intrigantin auch noch Isobel für ihr dummes Spiel benutzte.

»Du weißt doch, dass sie mich nicht leiden kann, weil sie sich einst Hoffnungen auf deinen Vater gemacht hat. Sie wird sich für keine Lüge zu schade sein, um mich in Misskredit zu bringen«, stöhnte Lili.

»Eben drum! Ich muss nicht nach Inverness fahren, nur, um mir diesen Unsinn anzuhören.«

»Aber wenn du mal ans Meer möchtest.«

»Dann lass ich mich von dir durch die Lande fahren. Mit geschlossenen Augen, damit ich deinen Fahrkünsten nicht zusehen muss. Oder besser ist, Tante Sibeal fährt. Die hat die Fahrkunst im Blut«, erwiderte Isobel und ihre Miene hellte sich auf.

Lili hob spielerisch drohend den Finger. »Du willst doch wohl nichts gegen meine Fahrkünste vorbringen«, lachte sie und blickte erst Isobel an und dann an ihr vorbei. In dem Augenblick sah Lord Fraser in ihre Richtung. Er hob bedauernd die Schultern und deutete auf den leeren Platz neben sich. Lili wandte den Blick rasch ab.

»Er ist immer noch allein am Tisch«, murmelte sie.

»Das geht aber nicht«, entgegnete Isobel entschieden und sprang, ohne dass Lili widersprechen konnte, auf und steuerte auf seinen Tisch zu. Lili schnappte nach Luft. Das fehlte ihr noch, dass Isobel ihn um seine Gesellschaft bat. Und überhaupt, was war das für ein Benehmen?

Und doch machte sie gute Miene zum bösen Spiel, als Isobel

wenig später in Begleitung von Lord Fraser zurückkehrte. Die Wangen ihrer Stieftochter blinkten wie die Feuer des Leuchtturms von Cromarty.

»Ich hoffe, es ist Ihnen recht, Misses Munroy, aber Ihre Tochter hat mich so reizend gebeten, Ihnen Gesellschaft zu leisten.«

»Dann nehmen Sie doch kurz Platz, bis Ihr Geschäftspartner eintrifft!« Lili erschrak sich selbst am meisten über den schroffen Ton, den sie angeschlagen hatte.

»Lord Fraser wurde versetzt«, mischte sich Isobel aufgeregt ein. »Stell dir vor, sein Geschäftspartner ist hinter Aberdeen in einer Schneewehe steckengeblieben.«

»Was für ein Malheur«, bemerkte Lili spitz. Sie konnte sich nicht helfen. Es passte ihr gar nicht, dass er ihre Zweisamkeit störte. Dennoch sollte sie sich ihm gegenüber freundlicher verhalten. Schließlich rettete er sie, indem er das Geschäftshaus kaufte. Nicht, dass sein Interesse erlosch, wenn sie ihn so unhöflich abblitzen ließ. Und was war schon dabei, wenn ein attraktiver Mann in den besten Jahren Anschluss suchte? Ich will ja keine alte unduldsame Schrulle werden, dachte Lili. Was hatte ich gerade behauptet? Dass ich mir wünsche, Isobel solle sich amüsieren. Und offenbar liegt ihr an der Gesellschaft dieses Herrn. Hoffentlich merkt er nicht, wie unentspannt ich bin.

Lord Fraser aber schien ihre latente Ablehnung nicht annähernd zu spüren. Er setzte sich wie selbstverständlich auf den freien Platz und winkte den Ober heran. »Ich habe noch nichts zu Essen bestellt. Ich wollte ja auf meine Verabredung warten, aber danke, dass Sie mir von seinem Anruf berichtet haben. Was nehmen die Damen?«

»Den Hirsch, mein Herr.«

»Gut, dann bringen Sie mir auch Deer. Und bitte eine Flasche Bordeaux mit drei Gläsern.«

»Sehr wohl, mein Herr!«

Lili beobachtete Isobel während dieser Bestellung. Es berührte sie unangenehm, wie bewundernd ihre Tochter dem Fremden an den Lippen hing. Erneut bemühte sie sich redlich, die negativen Empfindungen abzuschütteln. Bin ich etwa eifersüchtig, durchfuhr es sie plötzlich wie ein Blitz. Nahm sie ihm übel, dass er, der vorhin noch ihr schöne Augen gemacht hatte, seine ungeteilte Aufmerksamkeit nun Isobel schenkte? Wie dem auch sei, du musst jetzt freundlich zu Lord Fraser sein, befahl sie sich energisch.

»Ich will nicht indiskret sein, aber was für Geschäften gehen Sie eigentlich nach?«, flötete sie.

»Ich habe gerade eine marode Whiskybrennerei auf der Black Isle übernommen«, erwiderte er in geschäftsmäßigem Ton.

»Woher kennen Sie meine Mutter überhaupt?«, mischte sich nun Isobel ein.

Lord Fraser warf ihr einen langen Blick zu.

»Ich kaufe das Geschäftshaus Ihrer Mutter in Inverness.«

Lili zuckte zusammen. Das hätte er nicht sagen dürfen! Das nicht! Aber sie konnte dem fremden Lord schlecht gegen das Schienbein treten zum Zeichen, dass er seinen Mund halten solle.

»Wie? Das Geschäftshaus verkaufen?«, fragte Isobel verwundert nach und runzelte die Stirn.

»Ich habe mich entschlossen, es zu verkaufen. Wir brauchen es nicht mehr«, beeilte sich Lili zu sagen.

»Aber es ist seit Generationen im Familienbesitz«, widersprach Isobel entschieden.

»Isobel, bitte, das lass meine Entscheidung sein. Es produziert nur Kosten und wird nicht genutzt!«

Lili ballte die Fäuste unter dem Tisch. Sie konnte nur hoffen, dass Isobel aufhörte, den Hausverkauf noch weiterhin in Gegenwart Lord Frasers zu thematisieren.

»Entschuldigen Sie, wenn ich mich einmische, aber Ihre Mutter hat sich sicherlich etwas dabei gedacht, als sie beschloss, das schöne Gebäude zu veräußern«, bemerkte Lord Fraser betont verständnisvoll.

Isobel aber war sichtlich aufgebracht und dachte offenbar nicht daran zu schweigen.

»Aber warum hast du dich nicht mit mir beraten?«

»Ich denke, wir besprechen das zu Hause«, zischte Lili.

»Es macht mir nichts aus, solange an meinen alten Tisch zurückzugehen«, bot Lord Fraser höflich an.

»Nein, ich will ja nur wissen, warum ich das auf diese Weise erfahren musste«, insistierte Isobel.

»Es ging alles so furchtbar schnell«, versuchte Lili abzuwiegeln.

»Und es hat nicht zufällig etwas damit zu tun, dass ein paar unserer wichtigsten Kunden Bankrott gemacht haben?«, fragte Isobel lauernd.

»Isobel, bitte!« Das klang flehend, doch Isobel schien es nicht zu kümmern, dass es Lili entsetzlich unangenehm war, diese Dinge vor einem Fremden zu erörtern.

»Wenn es mit der wirtschaftlichen Lage zusammenhängt, warum hast du dich nicht an mich gewandt? Du weißt doch, dass ich dir jederzeit mit meinem Erbe aushelfen würde ... Du musst doch nicht, ohne mich zu fragen, ein Haus verkaufen, das mir zur Hälfte gehört ... das verletzt mich!«

»Isobel, das gehört jetzt nicht an diesen Tisch«, schnaubte Lili.

»Da muss ich Ihrer Frau Mutter Recht geben. Ich befürchte, ich störe Ihr Gespräch«, fügte er hinzu und stand auf.

Lili atmete auf. Diese taktvolle Geste versöhnte sie mit dem Fremden. Doch dann erstarrte sie. Isobel war ebenfalls aufgesprungen. »Bitte bleiben Sie. Es ist nicht Ihre Schuld. Meine Mutter und ich werden später darüber reden.« Was war nur in Isobel gefahren, durchzuckte es Lili, doch im Grunde genommen kannte sie die Antwort. Isobel schien für den Lord entflammt zu sein. Sonst würde sie ihn nicht derart anbetteln, zu bleiben.

»Wenn es Ihnen recht ist, dann werde ich dem Wunsch Ihrer Tochter nachkommen«, erklärte Lord Fraser an Lili gewandt.

»Entschuldigen Sie. Natürlich würden wir es begrüßen, wenn Sie blieben«, erwiderte Lili steif.

Ein flüchtiges Lächeln huschte über Lord Frasers Gesicht, während er sich wieder auf seinen Platz setzte.

6

Während Lili auf das Essen wartete, starrte sie finster vor sich hin und nahm das angeregte Gespräch zwischen Isobel und Lord Fraser nur wie ein Rauschen im Hintergrund wahr. Sie konnte sich nicht helfen, aber es ärgerte sie maßlos, wie der Lord ihnen seine Gesellschaft nahezu aufgedrängt hatte. Sie stutzte. Ich muss gerecht sein, ermahnte sie sich, nicht er hat sich uns angeschlossen, sondern Isobel hat ihn förmlich dazu gedrängt.

So hatte sie sich ihren Geburtstag jedenfalls nicht vorgestellt.

»Ein erstklassiges Restaurant, genau. Alles ein bisschen im Vorkriegsstil, aber charmant. Deshalb wollte meine Mutter ihren Geburtstag auch unbedingt hier feiern. Sie kennt das Hotel von früher«, hörte Lili Isobel plaudern, während sie ihrer Stiefmutter einen auffordernden Seitenblick zuwarf. Er enthielt die stumme Aufforderung, dass Lili sich gefälligst am Gespräch beteiligen und nicht stumm wie ein Fisch und mit verbissener Miene auf ihrem Platz hocken solle.

Lili aber wandte sich bewusst ab. Sie kochte vor Wut. Was war nur in ihre Stieftochter gefahren, sie derart zu kompromittieren? Und dem Lord damit ganz nebenbei preiszugeben, dass sie, die stets Stillschweigen über ihr Vermögen verlangte, über ein nicht unbeträchtliches Erbe verfügte?

»Gnädige Frau, dann möchte ich aber nicht versäumen, Ihnen meinen herzlichen Glückwunsch auszusprechen«, rief der Lord aus. Er war aufgestanden und hatte ihr die Hand gereicht.

Mit säuerlicher Miene nahm Lili seinen Glückwunsch entgegen.

Sie war froh, dass in diesem Augenblick das Essen serviert wurde und sie nicht gezwungen war, belanglose Konversation zu betreiben, während ihr die Wut förmlich die Kehle zuschnürte. Sie tat so, als konzentriere sie sich ganz auf den köstlichen Braten.

Dabei war ihr der Appetit gründlich vergangen. Daran änderte auch der Umstand nichts, dass Lord Fraser in wahre Lobeshymnen auf das schmackhafte Fleisch ausbrach, in die Isobel überschwänglich einstimmte. Das Fleisch des Hochland-Deers sei eine zarte Offenbarung … O je, Lili traute ihren Ohren nicht. Das aus Isobels Mund? Da hatte Lord Fraser eine völlig unbekannte Seite an ihrer Stieftochter hervorgelockt.

Wo war die pragmatische und handfeste Isobel geblieben, die Kitsch verabscheute? Die Isobel, der es schon mächtig auf die Nerven ging, wenn Lili jedes Mal aufs Neue von der Spiegelung der Landschaft an einem windstillen Sommertag auf dem Loch Meig verzaubert war? Lili, das ist Physik, und kein Wunder der Natur, pflegte sie in der Regel zu bemerken, wenn Lili überschwänglich von dem Wunder des doppelten Hochlandes im Wasser schwärmte.

Ein flüchtiger Seitenblick auf die vor Aufregung geröteten Wangen ihrer Stieftochter bestätigte ihr, was sie bereits befürchtete. Es gab nur eine einzige Erklärung: Isobel hatte sich unsterblich in den Lord verliebt!

Lili versuchte noch einmal, sich auf das Essen zu konzentrieren. Es wäre doch zu schade, wenn sie vor lauter Grübelei rein gar nichts von *der* zarten Offenbarung schmeckte.

Ihr Blick streifte Lord Frasers Teller. Es befremdete sie, wie ungehobelt er sich den Braten auf die Gabel spießte. Das hatte ja selbst sie, die Tochter einer Köchin, von Kindesbeinen an gelernt. Merkwürdig, dass der Lord keine Tischmanieren hatte.

Lili schwieg weiterhin eisern, während sie mit halbem Ohr dem angeregten Geplänkel zwischen ihrer Tochter und Lord Fraser lauschte. Noch nie zuvor hatte Lili ihre Tochter einem Dritten gegenüber so euphorisch von ihrer Arbeit in der Schule von Beauly schwärmen hören.

Ich sollte ihr das von Herzen gönnen und mich nicht insgeheim darüber lustig machen, ging es Lili durch den Kopf, aber sie konnte einfach nicht über ihren Schatten springen.

Und je mehr sie darüber nachdachte, desto mehr legte sich ihr Groll auf Isobel. Schließlich musste sie sich wohl oder übel eingestehen, dass der eigentliche Fehler nicht bei ihrer Stieftochter lag, sondern allein bei ihr. Wieso hatte sie von Isobel erwartet, dass sie den Verkauf des Geschäftshauses unwidersprochen hinnahm?

Es war nicht richtig gewesen, diese wichtige Entscheidung über die Köpfe ihrer Töchter hinweg zu treffen. Das Haus gehörte doch ihnen und nicht ihr, war sie doch lediglich die Verwalterin des Restvermögens der Munroys. Erbe? Verwalterin? Tod?

Sie spürte, wie ihr ganz plötzlich übel wurde. Die Erinnerung an alles, was genau vor einem Jahr geschehen war, stand plötzlich wie ein böser Geist vor ihrem inneren Auge. Während sie noch überlegte, ob sie kurz an die frische Luft gehen sollte, rief Isobel besorgt aus. »Lili? Was ist mit dir? Du bist leichenblass.«

»Ach, es ist wahrscheinlich alles zu viel für mich. Ich hatte gedacht, ich könne wieder unter Leute gehen, aber …« Sie stockte und wandte sich direkt an Lord Fraser. »Sie müssen wissen, es ist auf den Tag genau ein Jahr her, dass mein Mann tödlich verunglückt ist. Ich bin wohl noch nicht wieder so weit. Wären Sie so freundlich, uns nach Hause zu fahren? Es tut mir leid, aber mir ist nicht gut.«

»Aber selbstverständlich!« Lord Fraser stand auf und reichte Lili seinen Arm. Isobel sah dem Ganzen fassungslos zu, doch dann erhob sie sich ebenfalls zögernd.

Der Ober kam besorgt an den Tisch geeilt.

»Hat es Ihnen nicht geschmeckt?«, fragte er sichtlich erschrocken.

»Doch, sehr«, entgegnete Lord Fraser rasch. »Aber die Dame fühlt sich nicht wohl. Machen Sie mir bitte die Rechnung fertig«, fügte er hinzu. Lili wollte protestieren, dass er ihre Kosten auch übernahm, aber sie fühlte sich zu elend.

»Ich warte draußen«, sagte sie schwach und eilte zur Garderobe. Dort griff sie hastig nach ihrem Tuch und wickelte es sich um den zitternden Körper. Nun war ihr nicht mehr übel, sondern kalt.

Eine innere Kälte schien sich einen Weg durch ihre Eingeweide zu bahnen. Sie stürzte ins Freie hinaus. Draußen vor der Tür des Highland Hotels atmete sie ein paarmal tief durch. Die reine Luft tat ihr gut.

Lili hob den Kopf. So weit der Blick reichte, war das dichte Grün des Waldes zu sehen. Sie musste plötzlich daran denken, was Doktor Denoon damals über Strathpeffer gesagt hatte. Es sieht aus, als wäre es ein Dorf in den Alpen. Und der Doktor hatte gewusst, wovon er sprach. Seine Frau und er waren diverse Male in der Schweiz gewesen. Bitte nicht, flehte Lili, nicht an die beiden herzensguten Menschen denken, die vor Jahren tödlich verunglückt waren. Ausgerechnet, als sie mit dem Wagen ins Hochland hatten reisen wollen. Nach dem Ersten Weltkrieg. In Strathpeffer hatten die beiden sich mit Dusten und ihr treffen wollen. Doch dazu war es nicht mehr gekommen. Lili hatte wenig später von einem ihrer Kinder die Nachricht erhalten. Die ehemaligen Herrschaften ihrer Mutter waren beim Aufprall sofort tot gewesen …

Warum kommt mir das alles ausgerechnet heute wieder hoch, fragte sich Lili verzweifelt, und sie trat unter dem Dach der Eingangshalle hervor ein Stück weiter ins Freie.

Der Sturm war abgeflaut, aber es regnete immer noch, doch das störte Lili nicht. Sie war völlig durchnässt, als Isobel und Lord Fraser ins Freie traten.

»Aber jetzt schnell in den Wagen. Sie holen sich ja den Tod hier draußen«, bemerkte Lord Fraser, während er seinen Schirm aufspannte und ihr den Arm reichte. Willenlos ließ sie sich zu seinem Auto führen. Vorhin hatte sie gar nicht auf den Wagen geachtet, doch jetzt fiel er ihr ins Auge. Es war ein nagelneuer Aston Martin. Offenbar ist er vermögend, ging es Lili durch den Kopf, während sie wieder auf dem hinteren Sitz Platz nahm. Obwohl der Wagen auf den steinigen Wegen arg schaukelte, war ihre Übelkeit wie weggeblasen. Ich habe mich einfach übernommen, dachte sie, und plötzlich tat es ihr leid, dass sie diesen Abend so abrupt hatte enden lassen.

»Verzeihen Sie, Lord Fraser, dass ich Ihnen den Abend verdorben habe.«

»Aber Misses Munroy, keine Ursache. Hauptsache ist doch, dass Sie wieder auf die Beine kommen. Und schließlich ist es Ihr Geburtstag.«

»Es geht schon viel besser«, erwiderte Lili schwach und tätschelte Isobels Schulter, doch ihre Stieftochter wandte sich nicht um. Ob sie mir böse ist?, fragte sich Lili besorgt.

Die restliche Fahrt zurück ins Tal von Strathconon verlief schweigend. Auch die vormals flüssige Konversation zwischen Isobel und Lord Fraser war ins Stocken geraten.

Ob Isobel mir das verzeihen wird?, fragte sich Lili bang, während sie zur Rechten den River Conon im Mondlicht schimmern sah. Der Regen hatte ganz plötzlich aufgehört, und die Wolkendecke war ein Stück aufgerissen.

In der Einfahrt von Scatwell Castle angekommen, ließ es sich Lord Fraser nicht nehmen, Lili und Isobel zur Haustür zu begleiten.

»Wir sehen uns dann im Büro von Mister Brodie«, sagte Lili zum Abschied leise. So leise, dass Isobel es nicht hören konnte.

»Es bleibt also beim Hausverkauf?«, fragte der Lord in voller Lautstärke nach.

Lili hätte ihn erwürgen können.

»Nein!«, mischte sich Isobel in schroffem Ton ein. »Nein, meine Mutter wird das Haus nicht verkaufen.« Isobel wandte sich an Lord Fraser: »Es tut mir leid, aber wir wollen es behalten«, fügte sie mit ungleich sanfterer Stimme hinzu.

Lili holte tief Luft. Es missfiel ihr außerordentlich, wie ihre Stieftochter einfach über sie bestimmte. Natürlich war es ihr gutes Recht, aber musste sie so deutlich machen, dass Lili nicht ohne Erlaubnis ihrer Töchter über das Haus verfügen durfte?

»Schade, ich dachte, das wäre eine günstige Gelegenheit, die beiden Damen wiederzusehen.« Lord Fraser lächelte.

»Dazu müssen wir Ihnen nicht unser Haus verkaufen. Sie brauchen keinen Vorwand, um uns wiederzusehen, Lord Fraser. Schließlich sind wir Ihnen noch ein Abendessen schuldig, nachdem wir es heute mittendrin abbrechen mussten«, hörte Lili Isobel säuseln. Derlei Worte aus dem Munde der ansonsten spröden Isobel grenzten an ein Wunder.

»Aber Sie sind mir doch gar nichts schuldig. Es war mir ein Vergnügen, Sie kennengelernt zu haben, Miss Munroy«, entgegnete der Lord ebenso geschmeidig.

»Dann schlage ich vor, Samstagabend in Scatwell Castle?« Isobel schenkte Lord Fraser ein unwiderstehliches Lächeln. Lili kam aus dem Staunen nicht raus. War diese kokette junge Frau wirklich ihre Stieftochter Isobel?

»Ich würde gern kommen, es sei denn, Sie hätten etwas dagegen, gnädige Frau.«

Lord Fraser wandte sich förmlich an Lili.

»Aber nein, Sie sind uns stets willkommen. Schon als Wiedergutmachung dafür, dass Sie sich vergeblich um unser Stadthaus bemüht haben, das ich Ihnen nun leider nicht mehr anbieten kann!« Lili erschrak über ihren eigenen Ton. Er war spitzer als beabsichtigt.

»Gut, dann bis Samstag. Ich freue mich«, erwiderte Lord Fraser, deutete eine Verbeugung an und zog sich zu seinem Wagen zurück.

Er macht zweifellos eine gute Figur, dachte Lili, und sie nahm sich fest vor, den Dingen ungehindert ihren Lauf zu lassen. Wenn Isobel sich in ihn verliebt hatte, dann konnte sie ohnehin nichts mehr dagegen unternehmen. Und wenn es dann auch noch auf Gegenseitigkeit beruhte, würde sie sich dieser Verbindung bestimmt nicht entgegenstellen. Wenn, schoss es Lili skeptisch durch den Kopf, wenn …

Sie verstand ja selbst nicht, warum sie massive Zweifel daran hegte, dass der Lord sein Herz ernsthaft an Isobel verloren haben könnte.

7

Als Lili die Haustür aufschloss, hatte sie nur einen Gedanken: der angespannten Situation möglichst unauffällig zu entfliehen. Ihr war ganz und gar nicht nach einer Debatte mit ihrer Stieftochter zumute.

Kaum betraten sie den Flur, war die Spannung zwischen ihnen geradezu körperlich spürbar. Isobels Miene war dermaßen finster, dass es Lili kalte Schauer über den Rücken jagte. Trotzdem versuchte sie noch, sich vor einer drohenden Auseinandersetzung zu drücken.

»Gute Nacht, mein Schatz!«, flötete sie, als wäre nichts geschehen und eilte, ohne eine Antwort abzuwarten, die Treppe zu ihrem Schlafzimmer hinauf. Dort ließ sie sich in voller Kleidung stöhnend auf ihr Bett fallen. Sie schloss die Augen. Ihre Gedanken kreisten um den heutigen Abend, doch es ging alles durcheinander in ihrem Kopf. Sie schaffte es nicht, all die Eindrücke zu ordnen, geschweige denn vernünftig einzuschätzen. Das einzig Fassbare war das Gefühl, alles falsch gemacht zu haben.

Während sie sich das Hirn zermarterte, was genau schiefgelaufen war und warum, betrat Isobel, ohne anzuklopfen, das Zimmer. Lili hielt die Augen zwar immer noch geschlossen, aber sie spürte sofort, dass ihre Stieftochter da war. Und sie wusste, dass es kein Entrinnen gab.

Im Gegenteil, es war an der Zeit, sich bei Isobel zu entschuldigen, weil sie das Stadthaus eigenmächtig hatte verkaufen wollen. Sie atmete ein paarmal tief durch. Als sie die Augen aufschlug, blieb ihr die Entschuldigung im Hals stecken. Isobel funkelte sie fast genauso hasserfüllt an, wie sie es damals getan hatte. An jenem Tag, an dem sie erfahren hatte, dass ihre geliebte Lehrerin ihren Vater heiraten würde. Damals, als sie befürchtet hatte, dass Lili sie auch verlassen würde. So wie ihre Mutter es getan hatte …

Lili lief es eiskalt den Rücken hinunter. Trotzdem nahm sie ihren ganzen Mut zusammen und setzte zu einer Entschuldigung an, doch Isobel fuhr ihr über den Mund.

»Was hast du nur gegen ihn? Und wenn du ihn schon nicht leiden kannst, warum musst du es dann so offen zeigen? Dir war gar nicht elend zumute, oder? Du wolltest mir nur den Abend kaputt machen?«

Lili schnappte nach Luft. Auf eine solche Flut ungerechtfertigter Vorwürfe war sie nicht gefasst gewesen. »Aber, ich habe doch gar nichts gegen ihn … ich …«, stammelte sie.

Isobel hatte sich in angriffslustiger Pose vor dem Bett aufgebaut: die Hände in die Hüften gestemmt, das Kinn vorgereckt.

»Ach ja? Und warum warst du dann so unfreundlich?«

Lili erwachte langsam aus ihrer Erstarrung. Mit einem Ruck setzte sie sich auf. Aufgestauter Zorn machte sich in ihr breit.

»Was heißt hier überhaupt: Ich wollte dir den Abend kaputt machen? Wenn ich mich recht entsinne, war es mein Geburtstag, den wir beide gemeinsam verbringen wollten. Du und ich allein!«

Isobel lachte bitter auf. »Du hattest mit allem recht, was du heute Nachmittag gesagt hast. Ich bin nur deinetwegen noch allein. Weil ich weiß, dass du mich brauchst, vor allem jetzt, wo Dusten tot ist. Und so, wie du dich verhältst, wird mich kein Mann je attraktiv finden.«

Lili erblasste.

»Du willst mir doch nicht etwa unterstellen, ich würde dein Glück sabotieren, oder? Wenn Lord Fraser Interesse an dir hat, bitte, dann soll er es dir zeigen. Und wenn er mein Verhalten unmöglich fand, dann sollte es ihn, wenn er Rückgrat besitzt, nicht davon abhalten, dir den Hof zu machen! Die Zeiten, dass man die Mutter fragen muss, sind vorbei!«

»Genau. Mal davon abgesehen, dass du gar nicht meine Mutter bist!«

Lili war völlig machtlos dagegen, dass ihr bei diesen verletzenden Worten sofort Tränen in die Augen traten. Isobel erschrak, als sie sah, was sie angerichtet hatte.

»Verzeih mir, Lili, das ist mir nur so rausgerutscht. Ich bin so enttäuscht, dass du mir nicht vertraust. Warum hast du mich nicht gefragt, ob ich dir aus der Patsche helfen kann, bevor du unser Stadthaus eigenmächtig zum Verkauf angeboten hast?«

Lili zuckte mit den Schultern. »Ich wollte nicht, dass du dein Erbe anbrichst, nur weil ich die Rinder nicht mehr verkauft bekomme.«

»Aber, Lili, dafür kannst du doch nichts. Das musst du doch nicht allein tragen! Das würde mich ein müdes Lächeln kosten, wenn wir eine Weile von meinem Geld lebten. Im Gegenteil.«

Lili seufzte. »Tja, das wollte ich vermeiden, aber wenn du Lord Fraser davon abhältst, das Haus in Inverness zu erwerben, weiß ich wirklich nicht, wie wir die nächsten Monate über die Runden kommen sollen.«

»Nimmst du jetzt meine Hilfe an oder nicht?«

»Nun gut«, seufzte Lili. Sie hatte keine Kraft, länger dagegen anzukämpfen.

»Außerdem ist es unwirtschaftlich gedacht. Der Wert des Hauses wird auch in diesen Zeiten weiter steigen, aber ob der Wert meines Ersparten steigt oder fällt, steht in den Sternen.«

Lili seufzte schwer. »Dasselbe gab Mister Brodie zu bedenken.«

Isobel setzte sich seufzend zu Lili auf die Bettkante.

»Nun sag ehrlich. Was hältst du von Lord Fraser?« Isobel bekam einen verträumten Blick.

»Ich kenne den Mann doch gar nicht«, entgegnete Lili ausweichend.

»Du wirst aber doch einen Eindruck von ihm haben!«

»Ja, schon! Er ist höflich, hat gut Manieren, versteht es, mit Frauen umzugehen, er sieht gut aus …«

»Das finde ich auch! Hast du gesehen, was für schöne blaue Augen er hat? So tief wie die Seen auf den Hochebenen. Und wenn er lächelt, dann ist es mir so, als ginge die Sonne auf.«

Lili zog es vor, zu schweigen. Es wäre in diesem Augenblick äußerst unklug, Isobel zu widersprechen. Er war in der Tat äußerst attraktiv, aber sein Lächeln ließ sie völlig kalt.

»Findest du nicht auch?«, insistierte Isobel.

»So genau habe ich ihn mir nicht angesehen. Er war ja in erster Linie nur ein potenzieller Käufer für unser Stadthaus«, redete sich Lili raus.

»Ich denke, wir servieren am Samstag Deer. Ich glaube, das ist sein Lieblingsessen. Und dazu holen wir aus dem Weinkeller einen dunklen Roten …«

Isobel klatschte vor Vergnügen in die Hände.

»Du bist verliebt, nicht wahr?« Noch im selben Augenblick bedauerte Lili, so direkt gewesen zu sein. Das war ihr altes Problem, das sie wohl nie in den Griff bekommen würde. Ihre Zunge war manchmal schneller als ihr Verstand. Dann sprudelte die Wahrheit ungefiltert aus ihrem Mund.

Isobel war feuerrot geworden.

»Schade, dass wir keinen Nachtisch mehr essen konnten. Auf der Karte stand Hattit kit. Das hätte ich ja gern einmal gekostet«, versuchte Lili von ihrer indiskreten Frage abzulenken.

Isobel musterte sie kopfschüttelnd. »Du brauchst jetzt aber nicht irgendeine Buttermilchspeise zu bemühen, um von deiner Frage abzulenken. Wenn du es genau wissen willst, ich bin völlig durcheinander. Selten war ein Mann mir so zugewandt wie er.« Wieder schlich sich dieser schwärmerische Ausdruck in ihr Gesicht.

»Du hast aber auch an seinen Lippen gehangen, als sei er ein junger Gott«, entfuhr es Lili. Sie hatte den Satz kaum vollendet, als sie erkannte, dass sie wieder vorschnell reagiert hatte.

»Du tust ja gerade so, als hätte ich mich ihm aufgedrängt«, entgegnete Isobel schnippisch.

»Aber, nein, das war dumm von mir. Es ist nur so, dass ich es bei dir nicht gewohnt bin. Ich habe dich noch nie so erlebt. Andere Mädchen stellen ganz andere Dummheiten an, um einen Mann auf sich aufmerksam zu machen.«

An Isobels beleidigtem Blick konnte Lili unschwer erkennen, dass sie erneut die falschen Worte gewählt hatte.

»Du fandest mich also töricht?«

Lili stöhnte genervt auf. »Nein, das habe ich doch nicht gemeint. Du warst entzückend. Gut, wie du ihn an den Tisch geholt hast, das war …« Sie stockte. Noch einmal wollte sie nicht den Zorn ihrer Stieftochter auf sich ziehen.

»Sprich dich ruhig aus. Das fandest du aufdringlich, nicht wahr?«

»Nein, das nicht, zumal er es ja geradezu darauf angelegt hatte, an unseren Tisch zu gelangen. Ich meine, ich fand es schon merkwürdig, dass sein Geschäftspartner nicht erschienen ist.«

»Was willst du denn damit sagen? Meinst du, er hat ihm vorher gesagt, er solle in eine Schneewehe fahren, damit er mit uns speisen kann?«

»Nein, aber ich frage mich, ob es diesen Geschäftspartner überhaupt gab.«

Wie von einer Tarantel gestochen sprang Isobel von der Bettkante hoch.

»Willst du ihm unterstellen, er hat seine Verabredung erfunden? Dann müsste er aber mit dem Ober unter einer Decke stecken. Seit wann glaubst du an Verschwörungen? Was willst du dir eigentlich noch alles ausdenken, um ihn mir auszureden, kaum dass er aufgetaucht ist?«

»Nein, ich weiß auch nicht, warum ich so misstrauisch bin. Ich habe gar keinen Anlass. Es ist einfach so ein komisches Gefühl im Bauch«, versuchte Lili ihr mangelndes Vertrauen in Lord Fraser zu erläutern.

»Weißt du, was ich glaube? Dass er es dir mächtig angetan hat, und dass du es nicht zugeben willst. Du bist eifersüchtig! Gib es ruhig zu. Und du weißt, dass du keine Chancen hast, denn er ist zu jung für dich!«

Lili zuckte zusammen. War das etwa der Grund für ihre Zickigkeit? Lili spürte in sich hinein und bekam eine glasklare Antwort: Der Gedanke an Lord Fraser als Mann ließ sie völlig kalt.

»Keine Sorge, Isobel. Dass wir beide je denselben Mann wollen, scheint ausgeschlossen. Du bist keine dreißig und ich habe die vierzig überschritten«, konterte sie spitz. »Und findest du das Ganze nicht etwas absurd, wenn du bedenkst, dass auch dir vor wenigen Stunden der Gedanke an einen Mann per se fremd gewesen ist?«, fügte sie versöhnlicher hinzu.

»Ich weiß doch auch nicht, wie das so plötzlich geschehen konnte«, erwiderte Isobel leise und setzte sich auf die Bettkante zurück.

Lili nahm ihre Hand und drückte sie. »Einmal abgesehen davon, dass mein Herz auf ewig deinem Onkel Dusten gehören wird, würde ich mich, selbst für den unwahrscheinlichen Fall, dass ich es je wieder verschenken sollte, niemals in diesen jungen Mann verlieben, der dir den Kopf so verdreht hat.«

Lili war sich nicht sicher, ob sie dieses Mal die richtigen Worte gefunden hatte, doch Isobels Miene verriet keinen neuerlichen Zornausbruch. Das ermutigte Lili, noch etwas Wichtiges loszuwerden, was ihr seit dem Essen auf der Seele brannte.

»Und wenn du dein Herz an diesen Mann verschenkst und er deine Zuneigung in demselben Maß erwidern sollte …«

»Zweifelst du daran?«, unterbrach Isobel Lili spitz.

»Nein, natürlich nicht. Du bist schön und liebenswert, klug und intelligent. Der Mann, der dein Herz erobert, kann nur von Glück sagen«, erwiderte Lili hastig. Sie kämpfte mit sich, ob sie ihre Sorge nicht doch lieber für sich behalten sollte.

Doch da hörte sie sich bereits mit sanfter Stimme sagen: »Es war unklug, in seiner Gegenwart dein Vermögen zu erwähnen, denn …« Lili unterbrach sich erschrocken. Über Isobels Gesicht huschte ein Schatten, der alles verdüsterte. Dann stand sie langsam auf und musterte Lili strafend.

»Das ist es also. Du glaubst, ein Mann könne sich nur für mich interessieren, weil ich vermögend bin. Du hältst mich für so wenig begehrenswert, dass der Mann, der sich in mich verliebt, zwangsläufig ein Mitgiftjäger sein muss!« Isobel war beim Reden immer lauter geworden. Die letzten Worte hatte sie förmlich hinausgeschrien.

Das Nächste, was Lili hörte, war das Geräusch einer zuknallenden Zimmertür. Sie überlegte, ob sie aufstehen und Isobel nachlaufen sollte, doch sie fühlte sich zu schwach. Stattdessen legte sie sich ins Bett und starrte zur Decke. Und sie verfluchte dieses merkwürdige Bauchgefühl. Es war doch wirklich nicht zu begreifen, wie sie sich verhielt. Andere Mütter würden jubeln, wenn ein Mann wie Lord Fraser an einer Frau, die auf die dreißig zuging, Interesse zeigte. Warum jubelte sie nicht?

8

Lili betrat schnellen Schrittes den Salon. Es war Tradition, dass Isobel und sie sonntags ausgiebig miteinander frühstückten. Der Tisch war auch schon reichhaltig gedeckt, aber von Isobel fehlte jede Spur. Lili hatte schlecht geschlafen und war von üblen Albträumen gequält worden. Sie fühlte sich matt und zerschlagen. Außerdem hatte sie ein schlechtes Gewissen, weil sie Isobels Begeisterung so gar nicht hatte teilen können. Ihre Stieftochter war ihr sicherlich böse. Zu recht. Warum hatte sie Isobels euphorische Stimmung auch mit ihren kleinlichen Bedenken zerstören müssen? Besonders ihre Bedenken hinsichtlich der Erwähnung des Vermögens hätte sie sich schenken können. Lord Fraser hatte es mit Sicherheit nicht nötig, eine Frau wegen ihres Geldes zu heiraten. Lili erschrak über ihre eigenen Gedanken. Von Heirat war schließlich noch gar nicht die Rede gewesen. Isobel hat sich lediglich verliebt. Mehr nicht! Und sie darf erwarten, dass ich mich für sie freue, dachte Lili, als die Tür aufging.

Es war Bonnie, die sich erkundigte, ob sie den Tee und den Black pudding servieren könne.

»Gern, aber hat denn Miss Isobel schon gefrühstückt?«

»Nein, Misses Munroy. Sie ist in aller Frühe mit den Hunden losgezogen.«

»Bei dem Wetter?« Lili kräuselte die Stirn. Der Sturm hatte sich gelegt, aber es nieselte immer noch ohne Pause. Sie trat zum Fenster und warf einen Blick über das parkähnliche Grundstück. Als wäre alles hinter einem grauen Schleier verborgen, dachte Lili und zog den Morgenmantel fester zu. Sie fröstelte und schickte einen Blick nach oben. Die Wolken hingen so tief über Scatwell Castle, dass man glaubte, sie berühren zu können.

Lili war in der Regel nicht besonders wetterfühlig, aber an diesem Tag drückten ihr die schweren Wolken aufs Gemüt. Sie fühlte sich rundherum unwohl. Was am gestrigen Tag zu einem Neuanfang hatte werden sollen, war nun zu einem einzigen Ärgernis geraten. Ich bin wohl noch nicht so weit, dachte sie, als sie das Bellen der beiden Hunde vernahm. Ausgelassen und unbeirrt von dem Wetter tobten sie über den Rasen.

Lili trat einen Schritt vom Fenster zurück, denn Isobel folgte ihnen auf dem Fuß. Sie war kaum zu erkennen in ihrem Wettermantel und mit dem Hut, den sie sich tief ins Gesicht gezogen hatte.

Lilis erster Impuls war es, ihr entgegenzulaufen und sie in der Diele zu begrüßen, doch dann entschied sie sich, es Isobel zu überlassen, ob sie ihr Gesellschaft leisten wollte oder nicht. Vielleicht war ihr Bedürfnis, sich auszusprechen, nicht so groß wie das von Lili.

Lili trank erst einmal eine Tasse heißen Tee, den Bonnie ihr inzwischen gebracht hatte.

»Miss Isobel ist zurückgekehrt. Soll ich ihr sagen, dass Sie im Salon auf sie warten?«

»Ja, das wäre nett«, murmelte Lili und wärmte ihre klammen Finger an der heißen Tasse. Sie brauchte morgens stets ein wenig Zeit, um richtig warm zu werden, obwohl das prasselnde Kaminfeuer im Salon eine angenehme Wärme ausstrahlte.

In Gedanken schweifte sie in das eiskalte Zimmer ihrer Mutter in der Bells Wynd ab, einer dieser ärmlichen Gassen in Edinburgh, in denen die Wohnungen meist allenfalls schlecht funktionierende Kohleöfen besaßen. Damals hatte sie noch geglaubt, die Tochter einer Köchin und eines unbekannten Schwarzbrenners zu sein. Wie schmerzvoll war es gewesen, zu erfahren, wer ihr leiblicher Vater wirklich gewesen war. Ein wegen Mordes zu lebenslänglicher Haft Verurteilter, der in der Festung von Inverness gnädig an Typhus gestorben war. Der Makenzie, der einen Munroy auf dem Gewissen hatte und dafür büßen musste. Der Rächer, der den Munroy für einen heimtückischen Mord gerichtet hatte. Der Mord, den Lilis Vater begangen hatte, war der Höhepunkt der verbitterten Feindschaft zwischen den beiden Clans gewesen. Nun gab es keinen Grund zur Rache mehr, denn sie waren alle tot.

Jetzt gab es nur noch zwei junge Frauen, durch die das Blut beider Clans gleichermaßen floss: Isobel und Rose. Sie beide waren zur Hälfte Makenzie und zur Hälfte Munroy. Lili glaubte noch immer fest daran, dass die Familienfehde durch die Existenz dieser beiden Menschenkinder auf ewig beendet sein würde. Durch sie waren die Clans auf ewig in Frieden verbunden.

»Hallo, lass dich nicht stören, ich möchte mir nur einen Tee holen.« Lili zuckte zusammen. Ein Blick in Isobels Gesicht zeigte ihr, dass ihre Stieftochter auch keine gute Nacht hinter sich hatte. Ihre Wangen waren zwar von der Wanderung gerötet, aber sie hatte dunkle Ringe unter den Augen. Ein sicheres Zeichen dafür, dass sie kaum geschlafen hatte.

Lili nahm all ihren Mut zusammen. »Bitte, Isobel, setzt dich zu mir. Wir haben am Sonntag noch nie getrennt gefrühstückt.«

Zögerlich setzte sich Isobel und blickte an Lili vorbei in die Ferne.

»Du hast doch recht. Es ist sicher so, wie du glaubst. Für mich kann sich gar kein Mann ernsthaft interessieren. Mir fehlt deine Eleganz. Ich hätte ihn nicht an unseren Tisch bitten sollen. Er muss ja von mir denken, dass ich ihm nachlaufe wie ein …«

»Schluss mit dem dummen Gerede«, befahl Lili. »Das ist alles nicht wahr. Du bist von einer ganz besonderen Schönheit. Und wenn einer sich dumm benommen hat, dann war ich es. Mit meinem Misstrauen habe dir jegliche Freude zerstört. Natürlich hat Lord Fraser Interesse an dir gezeigt, und zwar bevor du dein Vermögen erwähnt hast. Wie sollte er ahnen, dass du keine arme Kirchenmaus bist, als er sich uns als Chauffeur angeboten hat? Und das hat er erst getan, nachdem du aufgetaucht bist. Und wenn er tatsächlich einen Geschäftsfreund erfunden haben sollte, dann nur mit dem einen Ziel, dass du ihn an unseren Tisch bittest. Glaub mir, für mich hat er sich bestimmt nicht derart ins Zeug gelegt!«

»Meinst du wirklich?« Ein Strahlen huschte über Isobels Gesicht.

»Natürlich, ich war nur blind, weil ich eine Glucke bin, was dich angeht. Weißt du, das prägt einen. Da bildet man sich aus lauter Sorge komische Dinge ein.«

»Und jetzt hast du kein ungutes Gefühl mehr?«

»Nein, gar nicht«, erwiderte Lili wahrheitswidrig, denn so sehr sie sich auch Zuversicht einzureden versuchte, ihre Empfindungen Lord Fraser gegenüber blieben gespalten.

Der Glanz in Isobels Augen bewies Lili allerdings, dass es richtig war, die eigenen Gefühle in dieser Sache zurückzustellen.

»Und du findest es wirklich in Ordnung, dass er am Samstag zum Essen kommt?«

»Sicher, und diese Einladung hätte er doch nie angenommen, wenn ihm nichts an dir liegen würde.«

»Es geht dir auch wirklich nicht gegen den Strich, dass er unser Gast ist?«

Ich würde ihn am liebsten nie wieder in meinem Haus begrüßen, durchfuhr es Lili eiskalt. Statt sich diese innere Regung anmerken zu lassen, sagte sie laut: »Weißt du was? Ich habe eine wunderbare Idee. Wie wäre es, wenn ich am Samstag krank daniederläge?«

Isobels Miene verfinsterte sich. »Versteh ich nicht. Was soll daran wunderbar sein?«

»Verstehst du denn nicht? Ihr werdet leider gezwungen sein, ohne mich zu dinieren. Nur er und du.«

»Du meinst …«

»Genau, bei einem Essen zu zweit wirst du schnell merken, ob er deine Gefühle erwidert.«

Isobel warf Lili einen bewundernden Blick zu.

»Das würdest du wirklich für mich tun?«

»Aber das ist doch das Mindeste, was ich in dieser Sache für dich machen kann. Du musst mir natürlich alles haarklein berichten, wenn er fort ist.«

»Ja, im Prinzip ist es ein schlauer Plan. Nur, wird es ihn nicht wundern, dass du so plötzlich krank geworden bist? Nicht, dass er uns durchschaut. Das wäre furchtbar peinlich!«

Lili lachte. »Wie sollte er? Du wirst ihm glaubwürdig versichern, dass ich seit unserem Ausflug nach Strathpeffer das Bett hüte und dass unser Arzt der festen Überzeugung war, ich könne heute Abend wieder aufstehen. Leider, leider hat er sich geirrt.«

»Ich habe gar nicht gewusst, was für eine gute Lügnerin du sein kannst. Meinst du, dass du das auch durchhältst?«, bemerkte Isobel amüsiert.

»Keine Sorge. Ich werde nicht überraschend zu eurem Essen erscheinen und verkünden, das schlechte Gewissen habe sich gemeldet und ich müsse ihm reinen Wein einschenken.«

Isobel nahm ergriffen Lilis Hand. »Ach, Lili, ich bin so glücklich, dass unser Streit beigelegt ist. Und vielleicht habe ich bei Lord Fraser wirklich Chancen.«

»Vielleicht solltest du ihm aber nicht gleich beim ersten Mal unsere komplizierten Familienverhältnisse offenlegen. Lass ihn doch einfach in dem Glauben, dass du meine Tochter bist …«

»… und die von Onkel Dusten?«

»Genau!«

»Ich wollte Onkel Dusten immer gern zum Vater, aber die Sache hat einen Haken: Du kannst nicht meine Mutter sein. Oder willst du, dass er glaubt, du seist mit dreizehn schwanger geworden?«

»Du irrst. Mit achtzehn, mein Schatz!«

»Willst du dich etwa fünf Jahre älter machen? Das nimmt dir kein Mensch ab.«

»Gut, dann machst du dich einfach fünf Jahre jünger …«

»Aber das ist Betrug!«, widersprach Isobel Lilis Vorschlag empört.

Lili brach in schallendes Gelächter aus. »Was meinst du, was Frauen beim ersten Rendezvous alles mit ihrem Alter anstellen? Sie verjüngen sich um Jahrzehnte. Und weißt du was? Er wird dich gar nicht fragen! Das wäre nämlich ausgesprochen unhöflich. Und sollte er sich darüber hinwegsetzen, wirst du ihn leider auf eine eiserne Benimmregel hinweisen müssen: Ein Herr fragt eine Dame nicht nach ihrem Alter, denn eine Dame spricht grundsätzlich nicht darüber!«

»Du bist unmöglich, aber ich sehe es ein. Wenn ich ihn gleich beim ersten Mal mit meiner ganzen komplizierten Familiengeschichte überfalle, dann könnte das gegen mich sprechen. Ach, Lili, ich bin so glücklich!«

»Mutter!«, entgegnete Lili ungerührt.

Im ersten Moment verstand Isobel nicht, was Lili ihr damit sagen wollte, doch dann begriff sie es.

»Natürlich, ich werde dich in seiner Gegenwart ›Mutter‹ nennen, aber jetzt musst du mich entschuldigen. Ich werde schauen, ob ich etwas zum Anziehen finde. Ich kann doch unmöglich mit ihm in einem meiner Lehrerinnenkleider dinieren, und das Grüne, das kennt er schon. Wie komme ich denn vorher bloß noch nach Inverness, um mir ein neues Kleid zu kaufen? Oh, das wird knapp.« Isobels Wangen glühten vor lauter Aufregung.

»Wenn du bei dir nichts findest, dann schauen wir in meinen alten Sachen. Als ich auf Scatwell Castle ankam, hatte ich deine Größe …«

»Aber Mutter, ich trage doch keine Kleider aus dem Jahre 1914«, widersprach Isobel mit gespielter Empörung, bevor sie aus dem Salon rannte, ohne sich noch einmal umzudrehen.

Schön zu sehen, wie die Verliebtheit sie aufblühen lässt, dachte Lili seufzend. Es steht ihr gut, wenn ihr die pure Lebensfreude aus allen Poren strahlt. Sie erinnert mich beinahe an Rose. Nur dass Rose immer so fröhlich ist und es ihr manchmal am erforderlichen Ernst fehlt. Lili überfiel plötzlich eine tiefe Sehnsucht nach ihrer Jüngsten. Und der Gedanke, sie bald wieder in ihre Arme zu schließen, erfüllte sie mit großer Freude.

Schmunzelnd fiel ihr ein, was sich Rose von Herzen wünschte, wenn sie in den Ferien nach Hause kam. An ihrem sechzehnten

Geburtstag zu Hogmanay einen Ball auf Scatwell Castle, zu dem sie alle ihre Freundinnen einladen durfte. Und die jungen Highlander. Das hatte Rose immer wieder betont. Bislang hatte Lili gehofft, dass Rose das Ganze schnell wieder vergessen würde, doch erst gestern hatte sie in einem Brief verkündet, sie habe von Edinburgh aus bereits alle Einladungen versandt. Vielleicht bewahrt mich der Schnee davor, inmitten einer Horde aufgedrehter junger Mädchen zu feiern, dachte Lili, doch sie war sich sicher, dass Rose Mittel und Wege finden würde, ihre Gäste auch durch Schneewehen ins Tal von Strathconon zu befördern. Wenn sie sich etwas in den Kopf gesetzt hatte, dann konnte sie nichts und niemand davon abbringen.

Lili wurde ganz warm ums Herz, wenn sie an ihre kleine Tochter dachte. Ein wenig Traurigkeit schlich sich allerdings auch ein, denn Lili ging fest davon aus, dass Rose nicht so lange wie Isobel bei ihr leben würde. Es war nur noch eine Frage der Zeit, bis ihr ein kerniger Highlander den Kopf verdrehte. Und was, wenn Isobel Scatwell Castle wider Erwarten auch noch verlassen würde?

Lili durfte gar nicht weiterdenken. Sie versuchte, die Furcht vor einer einsamen Zukunft abzuschütteln, und wandte sich dem Frühstück zu. Der Black pudding war inzwischen kalt geworden. Trotzdem aß sie gierig davon, denn jetzt machte sich der Hunger bemerkbar. Noch einmal schweiften ihre Gedanken zu dem gestrigen Abend ab. Sofort meldete sich Lilis schlechtes Gewissen. Was würde Isobel wohl sagen, wenn sie wüsste, dass sie sich insgeheim von diesem Dinner einen totalen Reinfall erhoffte? Lili ließ die Gabel sinken. Ja, und warum eigentlich? Sie erschrak. Der Gedanke, dass dieser Lord Fraser eine tiefere Zuneigung zu Isobel fassen und eines Tages zur Familie gehören würde, schien ihr unerträglich. Und das Schlimme daran war, dass ihre Abwehr gegen den Lord nur auf einem vagen Bauchgefühl fußte.

Am liebsten würde sie diese negativen Gedanken einfach über Bord werfen und von Herzen wünschen, dass Isobels Träume in Erfüllung gehen mochten. Doch es gelang ihr einfach nicht, so sehr sie sich auch bemühte. Da grummelte unablässig ein Gefühl in ihr, dass dieser Mann nicht gut für ihre Stieftochter wäre.

Was ist bloß mit mir los? Mein innerer Gerichtshof hat Lord Fraser ganz ohne Indizien und Beweise vorverurteilt. Schuldig, Euer Ehren! Aber welchen Verbrechens sollte ich ihn denn bloß anklagen?

»Jag endlich diese spinnerten Gedanken zum Teufel, Lili Munroy, und gib zu, dass es dir schlichtweg darum geht, nicht allein auf Scatwell Castle zurückzubleiben!«, murmelte Lili. Doch es nützte nichts, dass sie ihren Vorsatz laut aussprach. Das merkwürdige Gefühl im Magen blieb.

9

Lili lief an diesem Samstagnachmittag ganz entgegen ihren sonstigen Gewohnheiten im Morgenmantel durch Scatwell Castle. Sie machte dabei allerdings keinen kranken, sondern einen durchaus fidelen Eindruck. Unermüdlich gab sie dem Personal Anweisungen, was zum Dinner benötigt wurde. Sie hatte Bonnie und Fiona in ihren Plan eingeweiht, die jungen Leute durch ihre Anwesenheit nicht zu stören. Sowohl die Köchin als auch das Hausmädchen hatten vollstes Verständnis dafür, dass Lili sich wegen eines leichten Unwohlseins in ihr Schlafzimmer zurückzog und Isobel und den Besucher allein speisen ließ. Schließlich war Isobel eine erwachsene Frau, die keine Anstandsdame mehr benötigte.

»Ich freue mich ja so für Miss Isobel«, bemerkte Fiona überschwänglich, als Lili mit ihr in der Küche die letzten Absprachen treffen wollte. »Bonnie hat ihn ja neulich ins Haus gelassen und so von ihm geschwärmt. Er soll ein gut aussehender Mann sein. So ein stattlicher Kerl wie Mister Du …« Die Köchin schlug sich erschrocken die Hand vor den Mund.

Lili stöhnte auf. »Ich weiß, was du sagen wolltest, aber ich bin anderer Meinung. Das ist nur das blonde Haar, das irritiert«, bemerkte sie in scharfem Ton.

Fiona sah sie erschrocken an. »Ich, ich wollte Ihnen nicht zu nahe treten«, stammelte sie.

»Schon gut. Du weißt ja, wie sehr ich an meinem Mann gehangen habe. Und es schmerzt mich, wenn überhaupt jemand mit ihm verglichen wird. Er war einzigartig«, erklärte Lili mit Nachdruck.

»Das verstehe ich doch. Mister Dusten ist unersetzbar. Es ist nur so, ich gönne es Miss Isobel, dass sie nun doch noch einen Ehemann bekommt und dazu einen vornehmen, stattlichen Herrn; so beschrieb Bonnie Lord Fraser jedenfalls.«

Lili atmete einmal tief durch, um der Köchin nicht aufs Heftigste zu widersprechen. Warum sollte sie ihr auf die Nase binden, dass es noch nicht den geringsten Anlass zu der Annahme gab, der Lord könne Isobel heiraten? Fionas Freude schien auf jeden Fall echt. Wenigstens einer, der Isobel von Herzen Glück wünscht, dachte Lili beschämt.

In diesem Augenblick stürmte ihre Stieftochter wie ein Wirbelwind in die Küche. »Ich glaube, ich habe etwas Passendes gefunden!«, rief sie entzückt aus.

Fiona und Lili starrten mit offenen Mündern auf das rote, plissierte Kleid, dessen Saum gerade einmal bis zum Knie reichte. Es besaß vorne wie hinten einen großen spitzen, mit Perlen bestickten Ausschnitt.

»Das steht dir wirklich ausgezeichnet«, stieß Lili überwältigt hervor. »Ich bin nur etwas überrascht. Ich hatte vermutet, du trägst ein Abendkleid.«

»Nein, das wirkt viel zu festlich. Nicht dass er denkt, er käme zu seiner eigenen Verlobungsfeier«, erklärte Isobel übermütig.

»Aber ich dachte, zu dem Zweck macht Ihnen der Lord seine Aufwartung, Miss Isobel? Bonnie hat erzählt, er wäre genau der richtige Mann für Sie.« Enttäuschung schwang in der Stimme der Köchin mit.

»Wer hat denn gesagt, dass es nicht darauf hinausläuft? Ich möchte nur nicht, dass es so aussieht, als erwarte ich eine Annäherung. Es soll nicht plump wirken«, lachte Isobel.

»So könnte man meinen, du seist immer auf dem neusten Stand der Mode«, sagte Lili und merkte erst an der säuerlichen Miene ihrer Stieftochter, dass sie offenbar gerade wieder etwas Falsches von sich gegeben hatte.

»Du tust ja gerade so, als wäre ich eine alte Jungfer, die sich sonst nicht zu kleiden versteht!«, stieß Isobel beleidigt hervor.

Lili kam sich ein wenig vor wie damals, als Isobel erfahren hatte, dass Lili nicht mehr ihre Lieblingslehrerin bleiben, sondern ihre Stiefmutter werden würde. Damals hatte sie auch jedes ihrer Worte auf die Goldwaage gelegt. Doch all die Jahre danach hatten sie sich wunderbar verstanden. Sie waren immer wie Freundinnen gewesen. Doch jetzt schien etwas zwischen ihnen zu stehen. Und Lili wusste auch genau, wer das war.

Sie räusperte sich ein paarmal.

»Gott bewahre. Du musst jedoch zugeben, dass du dir in der Vergangenheit herzlich wenig aus Mode gemacht hast. Aber sag mal, wo hast du das bezaubernde Kleid überhaupt her? Das war doch sicherlich nicht in deinem Kleiderschrank verborgen?«, konterte sie locker.

»Die Mutter einer Schülerin ist Schneiderin, und ich habe sie gebeten, mir ein paar hübsche Kleider zu nähen. Wir haben zusammen in Modemagazinen geblättert, und eines war schöner als das andere. Und dies ist das erste. Weißt du, ich bin es leid, diese altjüngferlichen Kostüme zu tragen!«

»Komm her, lass dich in den Arm nehmen. Du siehst umwerfend aus«, seufzte Lili und breitete ihre Arme aus. Isobel zögerte nicht. Sie fiel ihrer Stiefmutter um den Hals und gab ihr stürmisch einen Kuss auf die Wange. Dann befreite sie sich rasch aus der Umarmung und drehte sich noch einmal vor den beiden Frauen um die eigene Achse. Dieser Übermut stand ihr einfach gut.

»Miss Isobel, er muss Ihnen einfach einen Antrag machen. Er muss!«, entfuhr es Fiona im Überschwang der Gefühle, als Isobel leichtfüßig den Raum verließ.

Ich hoffe, so weit wird es nicht kommen, schoss es Lili durch den Kopf. Und sie fragte sich in demselben Atemzug, wann sie endlich von Herzen in die Begeisterungsstürme einstimmen würde.

»Misses Lili, Sie mögen den Mann nicht, oder?«

Fionas Frage kam so überraschend, dass Lili sich ertappt fühlte und rot anlief.

»Nein, ja, ich meine, ich kenne ihn doch gar nicht. Aber natürlich wünsche ich Isobel alles Glück dieser Welt«, stammelte sie.

Fiona musterte Lili prüfend. Lili fühlte sich von der Köchin durchschaut. Fiona arbeitete inzwischen über siebzehn Jahre für sie, hatte Isobel aufwachsen sehen und kannte die Familie mitsamt deren problematischer Geschichte. Und sie hatte Lili in ihr großes Herz geschlossen. Lili, die kein Geheimnis daraus machte, dass sie die Tochter einer Köchin und stolz darauf war.

»Ich weiß doch auch nicht, was ich denken soll, Fiona«, seufzte Lili. »Ich gönne es Isobel wirklich, dass sie ihrer großen Liebe begegnet, aber hier drinnen im Herzen habe ich große Sorge, dass man ihr wehtun könnte.«

»Das ist ganz normal, Misses Lili, das ist die ganz normale Sorge einer Mutter. Und das sind Sie. Isobels Mutter! Was meinen Sie, wie ich gelitten habe, als meine Tochter eines Tages aus London schrieb, dass sie einen Mann kennengelernt habe. Ich war der festen Überzeugung, ich müsse jetzt auf der Stelle dorthin reisen und diesen Kerl auf Herz und Nieren überprüfen. Ob er auch wirklich gut ist für meine Kleine. Und gerade haben sie mir das dritte Enkelkind geschenkt.«

Lili warf der Köchin einen dankbaren Blick zu. Endlich hatte sie eine Erklärung dafür, dass sie so merkwürdig auf Isobels offen zur Schau gestellte Verliebtheit reagierte. Das war die gesunde Skepsis einer Mutter, die erlebte, wie ihre Tochter zum ersten Mal für einen Mann entflammt war. Da war es völlig gleichgültig, ob das Kind achtzehn oder achtundzwanzig war.

»Du hast mir sehr geholfen, Fiona, ich dachte schon, ich wäre eifersüchtig«, sagte Lili erleichtert.

Die Köchin lächelte wissend. »Unter unsere Sorge mischt sich immer ein wenig Eifersucht. Dass wir nicht mehr die Nummer eins im Leben unserer Töchter sind. Das ist normal, dass Sie nicht gleich jubilieren. Das kommt schon noch, spätestens, wenn das erste Enkelkind da ist.«

Enkelkind? Lili stutzte. Isobel wurde bald dreißig. Sie wollte ihrer Skepsis gerade Ausdruck verleihen, als die Tür zur Küche aufflog und sie Isobel aufgeregt rufen hörte: »Er kommt, ich habe seinen Wagen in die Einfahrt einbiegen sehen. Du musst schnell nach oben verschwinden, Lili! Gleich klingelt die Glocke.«

»Ja, ja, ich mache mich ja schon unsichtbar«, brummte Lili. »Ich wünsch dir viel Glück«, fügte sie versöhnlicher hinzu.

»Das werde ich brauchen«, erwiderte Isobel und küsste Lili stürmisch auf die Wange.

Lili blieb einen Augenblick zögernd stehen, bis sie seufzend die Treppe in die obere Etage hinaufstieg.

10

Als Isobel die Haustürglocke hörte, rannte sie wie der Blitz in die Diele und stieß beinahe mit dem Hausmädchen zusammen.

»Ich bin im Salon, Bonnie. Wenn er läutet, dann bitte ihn ins Haus und führe ihn zu mir«, ordnete sie atemlos an.

Ihr Herz klopfte bis zum Hals, als sie zum Salon eilte und rasch die Tür hinter sich zuzog. Er sollte auf keinen Fall merken, dass sie ihn bereits erspäht hatte. Isobel setzte sich hektisch in einen Ohrensessel und griff zum Schein nach dem *Inverness Courier.* Sie tat so, als ob sie eifrig lesen würde. Dabei hielt sie die Augen fest geschlossen und hoffte, dass sich ihr Herzschlag beruhigen möge. Sie verstand ja selbst nicht, warum sie so nervös war. Es war gar nicht ihre Art, die Fassung zu verlieren, wenn von außen Anforderungen an sie gestellt wurden. Im Gegenteil, in der Schule nannten die Kollegen sie respektvoll »Miss Ease«, weil sie durch nichts aus der Ruhe zu bringen war. Und nun muss ich fast dreißig werden, um mich wie ein verliebter Backfisch aufzuführen, schoss ihr durch den Kopf, während sie versuchte, ruhig zu atmen. Gleichzeitig krallte sie die Finger fest in die Zeitung, weil sie das Gefühl hatte, dass ihre Hände sonst zittern würden. Das hatte ihr noch gefehlt. Sie kannte das von dem Direktor ihrer Schule, wenn er Festreden vor der gesammelten Elternschaft halten musste. Man merkte ihm keine Unsicherheit an, nur sein Spickzettel zitterte wie ein Bäumchen bei Sturm. Und nun ging es ihr genauso.

Isobel holte noch einmal tief Luft, als sie hörte, wie sich kräftige Schritte näherten. Sie riss die Augen auf und vertiefte sich zum Schein in ihre Zeitung, bis sie feststellte, dass sie die Seite verkehrt herum hielt. Sie konnte den *Inverness Courier* aber gerade noch rechtzeitig beiseite legen, bevor die Tür aufging und Bonnie den Besuch von Lord Fraser meldete.

Isobel kam sich vor, als könne sie nicht bis drei zählen. So hilflos hatte sie sich selten gefühlt. Sollte sie sitzenbleiben oder aufstehen? Als sie in sein lächelndes Gesicht blickte, erhob sie sich, ohne weiter zu überlegen, und eilte ihm entgegen.

Sie begrüßten einander förmlich. Lord Fraser hielt einen Blumenstrauß, der offenbar für Lili gedacht war, in der Hand. Jedenfalls reichte er ihr die Blumen nicht.

»Für Ihre Frau Mutter«, sagte er förmlich.

»Ich habe eine schlechte Nachricht«, entgegnete Isobel mit gespielter Betroffenheit, und sie hoffte, dass sie beim Lügen nicht rot wurde.

»Um Himmels willen, doch hoffentlich nichts Schlimmes«, fragte Lord Fraser bestürzt.

»Nein, es ist nichts wirklich Dramatisches. Meine Mutter ist lediglich unpässlich. Sie hat seit unserer letzten Begegnung das Bett gehütet. Der Magen, müssen Sie wissen. Der Arzt hatte in Aussicht gestellt, dass sie heute wieder aufstehen könne. Sonst hätte sie Ihnen mit Sicherheit eine Absage zukommen lassen, aber nun lässt sie sich vielmals entschuldigen. Sie müssen also mit mir vorlieb nehmen.«

Lord Fraser musterte Isobel mit einem durchdringenden Blick, der ihr abwechselnd heiße und kalte Schauer über den Rücken jagte.

»Dann darf ich Ihnen wohl das Gastgeschenk für Ihre Frau Mutter überreichen«, sagte Lord Fraser schließlich und drückte ihr den Blumenstrauß in die Hand.

»Herzlichen Dank«, hauchte sie und legte die Blumen auf die Anrichte. »Bonnie wird gleich eine Vase holen«, fügte sie hinzu und deutete auf die gedeckte Tafel. »Bitte nehmen Sie Platz!«

Als Isobel zu ihrem Stuhl ging, betete sie, dass die entsetzliche Aufregung endlich weichen würde. Sie hatte Sorge, dass ihre heisere Stimme sie verraten würde. Es konnte doch nicht angehen, dass sie ein Rendezvous mit einem Mann derart aus der Bahn warf. Stell dir vor, es wäre eine Aula voller Eltern, die eine Ansprache von dir erwarten, redete sie sich gut zu. Und tatsächlich, sie wurde ruhiger. Ihr Herzschlag verlangsamte sich zusehends, und ihre Hände zitterten nicht mehr.

Sie hatte am Kopf der Tafel Platz genommen, Lord Fraser hatte sich rechts neben sie gesetzt. Auf den Platz, auf dem bis zu seinem Tod ihr Onkel Dusten gesessen hatte und der bis heute für jeden anderen tabu gewesen war.

»Ich freue mich, dass wir uns so schnell wiedersehen, Miss Munroy. Und ich hoffe natürlich, Ihrer Frau Mutter geht es bald besser«, bemerkte Lord Fraser höflich. Er hatte eine wohlklingende tiefe Stimme, selbst, wenn er nur Floskeln von sich gab. Das war Isobel beim ersten Mal gar nicht aufgefallen. Sie hatte nur Augen für sein markantes Gesicht und seine Lockenpracht gehabt.

»Und ich hoffe sehr, Sie nehmen mit meiner Gesellschaft vorlieb?«, flötete sie und schenkte ihm ein gewinnendes Lächeln.

»Es ist, als hätte jemand meine Gebete erhört. Nichts gegen Ihre Frau Mutter, aber ich habe mich schon die ganze Zeit über gefragt, wie ich es heute wohl bewerkstelligen könnte, Sie unter vier Augen zu sprechen«, erwiderte Lord Fraser mit schonungsloser Offenheit und in charmantem Ton.

Isobel jubilierte innerlich. Das klang von Grund auf ehrlich. Er wollte wirklich allein mit ihr sein! Sie überlegte, was sie ihm wohl Kluges antworten könne, da hörte sie sich bereits flöten: »Da hat das Schicksal wohl ein wenig nachgeholfen.«

»Glauben Sie an die Fügungen des Schicksals?« Lord Fraser blickte sie prüfend an.

»Ich denke schon, dass einiges vorherbestimmt ist, was in unserem Leben geschieht«, erwiderte sie und musste sich ein Grinsen verkneifen, trug das Schicksal doch in diesem Fall einen ganz weltlichen Namen. Lili!

»Ich bin fest davon überzeugt, dass es kein Zufall ist, dass ich ausgerechnet das Haus Ihrer Mutter kaufen wollte. Apropos Haus, bleibt es dabei, dass Sie es behalten?«

Isobel nickte eifrig. »Ich denke schon. Schließlich ist es seit Generationen im Familienbesitz. Und der Wert einer Immobilie ist in diesen Zeiten wesentlich stabiler als der von Bargeld.«

Lord Fraser pfiff anerkennend durch die Zähne.

»Eine Frau, die etwas von wirtschaftlichen Dingen versteht. Das lobe ich mir.«

Isobel lächelte geschmeichelt.

»Aber reden wir von etwas anderem. Es war sehr unhöflich von Lili und mir, dass wir in Ihrer Gegenwart diese Diskussion geführt haben. Aber ich war so überrascht, dass … «

»Lili? Das ist mir schon bei unserem Abendessen aufgefallen. Sie nennen Ihre Mutter beim Vornamen?«

Isobel kämpfte mit sich. Sollte sie ihm nicht lieber die Wahrheit sagen? Sie musste ihm ja nicht gleich die ganze Familiengeschichte servieren, aber warum sollte sie verschweigen, dass sie nicht Lilis Tochter war? Das Versprechen, das sie Lili gegeben hatte, hielt sie schließlich davon ab.

»Meine Mutter ist so … so jugendlich, da fällt es mir jetzt, wo ich erwachsen bin, schwer, Mutter, also …«

In diesem Augenblick kam Bonnie mit der Vorspeise und erlöste Isobel von ihrem Gestammel.

»Woher wussten Sie, dass Feather Fowlie meine Lieblingssuppe ist?«, fragte Lord Fraser gut gelaunt.

»Ich habe von mir auf andere geschlossen«, erwiderte Isobel verschmitzt und war erleichtert, dass er wegen Lili nicht weiter nachfragte.

Kaum hatte Lord Fraser einen Löffel von der Hühnersuppe gekostet, brach er in Begeisterungsstürme aus. »Das ist ja köstlich. Kann man Ihre Köchin abwerben?«

»Sie können es ja versuchen. Bislang hat es noch keiner geschafft, und ob Sie es glauben oder nicht, es hat schon mancher probiert!« Isobel lachte aus voller Kehle.

Lord Fraser musterte sie mit durchdringendem Blick.

»Wissen Sie, dass Sie noch entzückender aussehen, wenn Sie lachen? Das sollten Sie öfter tun.«

Isobels Herz begann wie verrückt zu klopfen, als sie begriff, dass Lord Fraser sie tatsächlich umwarb.

Als Bonnie die Vorspeise abräumte, lächelte Isobel noch immer selig in sich hinein.

»Miss Isobel, ich würde Sie demnächst gern einmal zu mir nach Hause einladen.« Lord Fraser goss ihr ein weiteres Glas Rotwein ein.

»Aber gern doch«, stieß sie hervor, während ihre Wangen vor Aufregung zu glühen begannen.

Sie griff hastig nach dem Glas und trank es vor lauter Aufregung in einem Zug leer. Ihr wurde heiß. Sie fühlte sich blendend und traute sich sogar, ihn ganz direkt anzusehen. Er sah gut aus. Sehr gut sogar! Plötzlich kam ihr ein grässlicher Gedanke. Was, wenn er gar nicht frei war? Was, wenn er eine Frau und Kinder hatte und sie sein Verhalten von Grund auf missverstand?

»Warum ist ein Mann wie Sie nicht verheiratet?«, hörte sie sich da bereits fragen. Am liebsten wäre sie in ein Mauseloch gekrochen. Wie unbedacht von ihr!

Lord Fraser aber lächelte nur. »Sieh an, ich wollte Sie auch gerade fragen, waum Sie keinen Ehemann haben. Ich für meinen Teil würde sagen, weil ich die richtige Frau noch nicht gefunden habe.«

Lord Fraser musterte sie jetzt so intensiv, dass sie den Blick abwenden musste. Es machte sie schrecklich verlegen.

»Aber das kann sich ja ganz schnell ändern«, fügte er leise hinzu.

Isobel wusste gar nicht, wohin sie gucken sollte. Warum hatte sie das Gespräch bloß in diese Richtung gelenkt, wenn sie nicht einmal in der Lage war, mit einem attraktiven Mann zu flirten? Warum plauderte sie nicht mit ihm ganz unverfänglich über schottische Geographie oder Geschichte? Darin kannte sie sich wenigstens aus …

»Lord Fraser, sagen Sie, woher stammen Sie eigentlich?«, fragte sie hastig, um ihre Verlegenheit zu überspielen.

»Ich werde in Zukunft auf der Black Isle leben«, erklärte er ein wenig ausweichend und fügte hastig hinzu: »Ich habe auf der Halbinsel ein Schloss!«

»Ein Schloss auf der Black Isle?«, entgegnete Isobel verwundert. »Aber das kann doch gar nicht sein. Das einzige Schloss, das je auf der Black Isle gestanden hatte, wurde im achtzehnten Jahrhundert während der Jakobitenaufstände vollständig zerstört ...«

»Dann wissen Sie, Frau Lehrerin, sicher auch, dass es um jenes Schloss, Castle Chanonry of Ross, immer wieder erbitterte Kämpfe zwischen dem Makenzie- und dem Munroy-Clan gab?«, erklärte Lord Fraser grinsend.

Isobel lief rot an. Sie fühlte sich durchschaut. Wie eine Oberlehrerin hatte sie mit ihm geredet. Das machte sie wütend. Wütend auf sich selbst! Und sie konterte schärfer als beabsichtigt: »Tut mir leid, ich wollte Ihnen keinen geschichtlichen Vortrag halten, denn offenbar wissen Sie über das Schloss mindestens so viel oder so wenig wie ich!«

»Sie sind bezaubernd, wenn Sie sich aufregen«, entgegnete Lord Fraser, und ehe sie es sich versah, war er aufgestanden, hatte sich zu ihr hinuntergebeugt und ihr einen Kuss auf den Mund gegeben. »So bezaubernd, dass ich nicht mehr an mich halten konnte«, fügte er mit gespielter Zerknirschung hinzu, während er sich wieder auf seinen Platz zurückbegab, als wäre nichts geschehen.

Isobel war sprachlos. Das Tempo, mit dem er sich ihr näherte, verunsicherte sie. Und doch schmeckte sie immer noch den Kuss auf ihren Lippen.

»Ich, ich ...« Isobel hielt inne und hatte das Gefühl, ihre Wangen glühten wie Feuer. Was wollte sie ihm überhaupt sagen? Dass sein Kuss herb und nach Whisky geschmeckt hatte und dass sie noch nie zuvor von einem Mann geküsst worden war?

Lord Fraser legte den Kopf schief und blickte sie verschmitzt an. »Wenn ich Ihnen zu schnell bin, dann sagen Sie Bescheid. Dann bremse ich mich ein wenig. Aber ich bin über das Alter hinaus, wo ich mich mit langem Vorgeplänkel aufhalten möchte. Ich bin knapp über dreißig, und Sie sind sicherlich auch keine achtzehn mehr.«

»Weit über zwanzig!«, rutschte es Isobel heraus, was sie auf der Stelle bereute. Ob er sich dadurch abschrecken ließ?

»Das sieht man Ihnen aber gar nicht an …« Er stockte. »Entschuldigen Sie, das kann doch aber nicht sein. Ich weiß zwar nicht, wie alt Ihre Frau Mutter wirklich ist, aber nein, das ist nicht möglich … Sie wollen mich testen, nicht wahr? Ob ich einen Rückzieher mache, wenn Sie sich älter machen, als Sie tatsächlich sind. Aber da muss ich Sie enttäuschen. Ich bin kein Mann, der nach einer blutjungen Frau sucht. Da ich ohnehin keine …« Lord Fraser unterbrach sich hastig. »Also jedenfalls würde das meine Begeisterung für Sie nicht im Geringsten mindern. Aber geben Sie schon zu, dass Sie geschwindelt haben.«

Isobel nickte, während sie sich fieberhaft fragte, was der Lord ihr gerade hatte sagen wollen? Vielleicht: Da ich ohnehin keine Kinder bekommen kann? Wenn es das war, hätte er es ruhig aussprechen können, denn Isobel war sich so gut wie sicher, keine Kinder mehr zu bekommen. Sie wollte später nicht die älteste der Mütter in der Schule sein. Das kannte sie von einem Mädchen aus ihrer Klasse, der es jedes Mal schrecklich unangenehm war, wenn ihre Mutter bei den Schulaufführungen zwischen all diesen jungen Frauen saß …

Während des Hauptgangs sprachen sie kein Wort. Isobel überlegte fieberhaft, ob Lord Fraser gemerkt hatte, dass sie ihn wegen Lili angeschwindelt hatte. Und sie war fest entschlossen, ihm auf der Stelle die Wahrheit zu sagen. Was sollte die ganze Heimlichtuerei? Isobel holte tief Luft, doch in dem Augenblick fragte Lord Fraser wie nebenbei: »Wollen Sie meine Frau werden, Isobel?«

Isobel wollte ihren Ohren nicht trauen. Aber er hatte es gefragt, er hatte es tatsächlich gefragt!

Sie schluckte mehrmals trocken, bevor sie heiser hervorstieß: »Meinen Sie nicht, dass wir uns erst einmal besser kennenlernen sollten?« Auch diesen Satz bedauerte sie noch in demselben

Augenblick. Ich bin wirklich nicht geübt in Liebesgeflüster, durchfuhr es sie eiskalt.

Zu ihrer großen Überraschung nahm er ihre Hand und führte sie zum Mund. »Ich brauche keine Bedenkzeit, Isobel, aber, wenn dir das alles zu schnell geht, dann kann ich warten.« Er bedeckte ihre Hand mit Küssen.

Isobels Herz klopfte bis zum Hals. Ja, sie wollte diesen Mann, und wie!

»Ich brauche keine Bedenkzeit …« Sie stockte. »Wie heißt du? Ich kann ja schlecht sagen: Lord Fraser, ich will!«

»Keith, ich heiße Keith.«

»Ja, ich will deine Frau werden, Keith.«

»Wann wollen wir unsere Verlobung bekanntgeben?«

»An Hogmanay. Was meinst du?«

»Das ist ein guter Tag.«

Isobel kam das Ganze wie ein Traum vor. Am liebsten würde sie sich kneifen. Dieser gut aussehende Mann wollte sie, Isobel Munroy, die ihr Leben lang das Dasein eines Mauerblümchens gefristet hatte, tatsächlich zur Frau? Da würde Murron aber Augen machen. Und was würde Lili erst dazu sagen. Lili? Der Gedanke, ihre Stiefmutter verlassen zu müssen, war allerdings ein kleiner Wermutstropfen in ihrem unbeschreiblichen Glück.

11

Als Bonnie das Cranachan, eine Himbeerspeise mit Sahne, servieren wollte, blieb sie verlegen in der Tür stehen und überlegte, wie sie unbemerkt den Rückzug antreten sollte. Ein Lächeln umspielte ihren Mund, denn Miss Isobel und Lord Fraser küssten sich gerade.

Isobel aber erblickte das Hausmädchen noch rechtzeitig, bevor sie sich unauffällig aus dem Staub machen konnte. Hastig und mit hochrotem Kopf löste sie sich aus der Umarmung mit Keith und winkte Bonnie heran.

»Bringen Sie ruhig die Nachspeise her«, sagte sie, als wäre nichts geschehen. »Jetzt weiß es gleich das gesamte Personal«, lachte sie, kaum dass die Tür des Salons hinter dem Hausmädchen zugeklappt war.

»Warum auch nicht?«, lachte Keith. »Wir haben doch nichts zu verbergen, nicht wahr?«

»Nein, die ganze Welt soll sehen, wie glücklich ich bin«, stieß Isobel übermütig hervor.

»Und ich auch, mein Liebling«, erwiderte Keith, bevor er sich mit Heißhunger auf das Dessert stürzte. Isobel aber hatte Mühe, überhaupt etwas davon hinunterzubekommen. Das unbeschreibliche Glück hatte sie rundherum satt gemacht.

Zum Abschluss des reichhaltigen Menüs tranken sie noch einen Whisky, obwohl Isobel sich von dem ganzen Wein schon ein wenig benebelt fühlte.

»Warte erst einmal, bis du meinen guten Tropfen probierst«, bemerkte Keith voller Stolz.

Isobel wusste im ersten Augenblick gar nicht, wovon er redete, doch dann fiel es ihr glücklicherweise wieder ein: Hatte er nicht erwähnt, dass er auf der Black Isle eine marode Whiskybrennerei übernommen hatte? Und was hatte es mit dem Schloss auf sich, das er vorhin erwähnt hatte und das es eigentlich gar nicht geben konnte?

»Nun erzähl mir doch einmal von deinem Schloss. Wir sind vorhin vom Thema abgekommen.«

»Ich habe ein Grundstück ganz in der Nähe des legendären Chanonry Castle gekauft. Oben auf einem Berg. Dort lasse ich mir gerade ein Haus im viktorianischen Stil bauen. Ich sage immer: Das ist mein Schloss auf den Klippen.«

»Aber auf der Black Isle gibt es doch keine …« Weiter kam sie nicht, weil Keith ihr seinen Finger über den Mund legte. Isobel verstand, was das bedeuten sollte. Sie war schon wieder in ihren Lehrerinnenton verfallen.

»Von der Sache her hast du wie immer recht, aber in der Phantasie ist alles möglich. Verstehst du? Wenn ich möchte, dass auf der Black Isle Klippen sind, dann schaffe ich sie mir, und dann höre ich am Morgen beim Aufstehen das Tosen des Meeres, wie man es oben im Norden erlebt. Und wenn ich ein Schloss in Fortrose besitzen möchte, dann baue ich mir eines. Es gibt nichts, was man nicht bekommt. Man muss es nur wollen.«

Seine Worte brachten Isobel in Verlegenheit. Sie war ein pragmatischer Mensch, für den nur das existierte, was sie mit eigenen Augen sah. Sie konnte sich schwerlich vorstellen, in ihrer Phantasie aus einem viktorianischen Haus auf den grünen Hügeln von Fortrose ein Schloss über den Klippen zu machen. Ich bin ihm bestimmt zu langweilig, durchfuhr es sie eiskalt. Aber es widersprach ihrem aufrechten Charakter, sich deshalb zu verbiegen und ihm vorzuspielen, dass sie besonders phantasievoll war.

»Das hört sich verlockend an, aber es ist nichts für mich. Meine Familie hat dieses Haus hier auch immer Scatwell Castle genannt, obwohl es doch nur ein kurioses Farmhaus mit Schlossallüren ist. Ich fand das immer schon komisch. Warum steht man nicht einfach zu dem, was man hat?«

»Weil das Leben dann eintönig und grau ist wie der Himmel, der heute über dem Tal von Strathconon hängt.«

»Ich finde das nicht eintönig. Was habe ich davon, wenn ich mir einbilde, es herrsche Sonnenschein? Dann würden mir die vielfältigen Wolkenformationen entgehen, die unser Wetter mit sich bringt. Ich würde doch gar nicht mehr in der Wirklichkeit leben und könnte die einzigartige Schönheit der Highlands nicht mehr würdigen. Was, wenn ich den Herbst im Tal von Strathconon zu einem nie endenden Sommertag machen wollte? Ich würde übersehen, wie bezaubernd es ist, wenn die Blätter in den unterschiedlichsten Rot-, Braun-, Gelb- und Grüntönen aus dem Tal ein Farbenmeer machen, das es nur bei uns im Hochland gibt und nur im Herbst ...«

Keith stand auf und verschloss ihr den Mund mit einem Kuss.

»Das hast du entzückend gesagt. Du brennst ja förmlich für dieses Tal«, bemerkte er, nachdem er sich auf seinen Platz zurückgesetzt hatte.

Isobel war wie berauscht. Wieder ein Kuss und diese süßen Worte. Oder war es der viele Alkohol, fragte sie sich zweifelnd. So verlockend das auch alles war, aber sie wollte nicht abheben. Sie fühlte sich am wohlsten, wenn sie mit beiden Beinen am Boden blieb.

»Wir haben nur diese eine Wirklichkeit«, erklärte sie mit fester Stimme.

»Aber ist die Wirklichkeit denn so erstrebenswert, dass man sie nicht durch die Macht der Gedanken lenken sollte?« Keith blickte an ihr vorbei in Richtung des Gemäldes, das über der Anrichte hing und die kleine Rose abbildete.

Isobel betrachtete sein Profil. Seine Gesichtszüge schienen wie versteinert, und sein Kiefer malte, als stünde er unter höchster Spannung. Was ist mit dem Bild, fragte sie sich beinahe besorgt. Es zeigt doch nichts anderes als ein kleines Mädchen, die kleine Rose ... Ein Gefühl von Eifersucht durchfuhr Isobel wie ein Blitz. Keith sollte seine Aufmerksamkeit nicht diesem Bildnis ihrer Schwester widmen.

»Es kann enttäuschend sein, hinter seinen Träumen herzurennen«, sagte sie mit fester Stimme, doch Keith klebte an dem Bild, als würde es ihn festhalten. Isobel räusperte sich laut. »Stell dir vor, ich hätte all die Jahre nur darauf gewartet, dass endlich ein Mann vorbeikommt, der mich auf einem weißen Pferd mit sich in sein Schloss …« Isobel unterbrach sich erschrocken, als er sich ihr mit spöttischer Miene zuwandte.

»Hast du nicht davon geträumt, dass einmal ein Kerl wie ich kommen und dich heiraten würde? Komm, gib es zu, natürlich hast du dir das vorgestellt.« Seine Stimme war wie ausgewechselt. Sie trug nicht einmal mehr die Spur von Zärtlichkeit in sich.

Isobel schluckte die Widerworte, die ihr auf der Zunge lagen, hinunter und murmelte nur: »Träume hat doch jeder.« Sie war klug genug, keine weitere Diskussion vom Zaun zu brechen. Wenn sie ehrlich war, war ihr Keith in diesem Moment entsetzlich fremd, fast so, als wäre er ein anderer Mann als noch Minuten zuvor.

Aber vielleicht macht dieser Gegensatz zwischen uns beiden ja gerade den Reiz aus, versuchte sie sich seinen plötzlichen Stimmungsumschwung schönzureden. Sie, die ausgeglichene bodenständige Lehrerin, und er, der launische phantasievolle … ja, was für einen Titel hatte er eigentlich? Lord war ja lediglich die Anredeform und konnte alles Mögliche sein. Auch auf die Gefahr hin, dass er immer noch so zynisch reagieren würde wie eben, wollte sie das Gespräch wieder in pragmatische Bahnen lenken.

»Was sagt eigentlich deine Familie dazu, wenn du eine Frau ohne Titel heiratest? Mein Vater war ein Baronet, aber ich bin nur Miss Munroy. Was bist du? Ein Baron?«

»Ist doch gleich«, erwiderte er schroff. Isobel fuhr zusammen. Sie hatte ihm doch wirklich nicht zu nahe treten wollen. Was war nur in ihn gefahren? Er war ja wie verwandelt!

»Keith, wenn ich etwas falsch gemacht habe, dann sage es mir bitte. Ich bin eine Frau, der man direkt sagen kann, was los ist!«

»Entschuldige bitte, ich weiß auch nicht, was in mich gefahren ist. Du machst gar nichts verkehrt, mein Liebling. Im Gegenteil.« Isobel hörte zwar, was er sagte, aber es berührte sie nicht. Er sagte das derart kalt und sachlich. Ihr war plötzlich zum Weinen zumute, und das kam bei ihr höchst selten vor. Im Gegensatz zu Rose hatte sie nicht nah am Wasser gebaut. Doch sie schaffte es, ihre Tränen zu unterdrücken.

Als könne Keith Gedanken lesen, nahm er zärtlich ihre Hand.

»Verzeih, wenn ich manchmal etwas schroff bin. Du hast es wirklich nicht verdient. Ich rede nun einmal sehr ungern über Titel, aber sei getrost: meine Familie kann nichts dagegen haben, denn ich habe keine Verwandten.« Seine Stimme war jetzt butterweich. Diese Ehrlichkeit rührte Isobel.

»Das tut mir leid«, erwiderte sie mitfühlend, und sie überlegte, ob es jetzt nicht der richtige Zeitpunkt war, ihn über ihre Familienverhältnisse aufzuklären.

»Lass uns das Thema wechseln«, schlug er vor und rang sich zu einem Lächeln durch. »Vielleicht hast du ja Lust, mit mir einmal zu meinem Schloss zu fahren. Es ist fast fertig, und wenn der letzte Handwerker es verlassen hat, dann werden wir heiraten und du wirst Herrin von Little Chanonry sein. So werde ich es nämlich nennen.«

»Gern«, entgegnete Isobel bemüht locker. Dabei war ihr nicht ganz wohl. Wo war die Unbeschwertheit von vorhin geblieben? Ihr war, als laste bereits eine düstere Wolke über ihrer jungen Liebe.

»Darf ich dich etwas fragen, was mir auf der Seele brennt, seit du das Thema beim Essen mit deiner Mutter angesprochen hast?« Keith sah sie ernst an und zog seine Hand zurück.

»Alles, was du willst«, erwiderte sie und hoffte, dass Keith das Gespräch wieder in unverfänglichere Bahnen lenken würde. Doch er schien um die richtigen Worte zu ringen.

Isobel blickte ihn offen an. »Du wolltest mich etwas fragen.«

Keith seufzte.

»Ja, schon, aber ich habe Sorge, du könntest mich falsch verstehen. Nein, lieber nicht. Ich höre deine Mutter schon sagen: Der Mann will nur dein Geld!«

»Keith, ich bin eine erwachsene Frau und höre nicht mehr auf meine Mutter!«

»Gut, was mich interessiert, ist die Frage, ob du dein Vermögen sicher angelegt hast?«

»Wie bitte?«, entfuhr es Isobel.

Keiths Miene verfinsterte sich. »Habe ich es nicht gesagt? Du witterst düstere Absichten hinter meiner Frage. Dann ziehe ich sie zurück. Ich wollte dir nur helfen. Überall gehen Banken zugrunde, Menschen verlieren ihr Vermögen, weil sie es den falschen Menschen anvertrauen.« Der beleidigte Unterton war schwerlich zu überhören.

Isobel strich ihm sanft über die Stirn. Besonders an der Stelle zwischen den Augenbrauen, wo sich gerade eine tiefe Falte eingraben wollte.

»Entschuldige, ich wollte dich nicht beleidigen. Natürlich unterstelle ich dir keine bösen Absichten. Nun sag schon, was hast du für Bedenken?«

»Ach weißt du, ich habe einfach Sorge, dass du nicht gut beraten bist. Schließlich muss ich mich tagtäglich darum kümmern, dass mir mein Vermögen in schlechten Zeiten nicht unter den Händen zerrinnt. Deshalb sag mir nur das eine: Hast du deines sicher angelegt?«

»Ich habe es in Inverness auf der Bank.«

»Sehr vernünftig. Das beruhigt mich. Aber, wenn du mal einen besonders guten Rat brauchst, auf welcher Bank dein Geld nicht nur sicher ist, sondern auch für dich arbeitet, dann kannst du dich getrost an mich wenden.«

Keith griff erneut nach ihrer Hand und drückte sie zärtlich.

Isobel atmete auf. Endlich war er wieder umgänglicher. Und er lächelte wieder.

»Nichts lieber als das«, erwiderte sie überschwänglich.

»Dann könnte ich dich in den nächsten Tagen einmal unverbindlich mit einem wahren Meister seines Faches zusammenbringen. Er ist Chef einer englischen Bank und hat öfter beruflich in

Inverness zu tun. Ihm vertraue ich alle meine Geldgeschäfte an. Wann passt es dir? Am Montag oder Dienstag?«

Die Aussicht, Keith so zeitnah wiederzusehen, ließ ihr Herz höher schlagen.

»Ich habe Mittwochnachmittag nur bis vierzehn Uhr Unterricht. Danach könnte ich in den Zug steigen. Wenn der Mann dann noch in Inverness ist …«

»Die ganze Woche, mein Liebes. Aber das mit dem Zug erlaube ich nicht. Ich bin Mittwoch vor deiner Schule und hole dich ab.«

Isobel fragte sich, ob die Kolleginnen wohl vor Neid platzen würden, wenn sie von einem solch stattlichen Mann abgeholt wurde. Dort hatte man sie doch längst als alte Jungfer abgestempelt.

»Ich freue mich«, seufzte sie, während sich wieder jenes wohlige Kribbeln einstellte, das ihr vorhin, als er sie zum ersten Mal geküsst hatte, durch alle Glieder gezogen war.

Keith blickte ihr tief in die Augen. »Isobel, verzeih, dass ich so schroff zu dir war, aber meine Familie, das ist kein Thema, über das ich gern spreche. Ich bin ein reicher Erbe, aber das heißt nicht viel. Ich habe meine Mutter früh verloren und mein Vater …«

Er stockte und streichelte ihre Hand. Isobel war voller Mitgefühl, denn sie verstand ihn blind. Was konnte einem Menschen Schlimmeres geschehen, als die Mutter früh zu verlieren? Und dann den Vater … Wenn Lili nicht gewesen wäre, dann … Isobel mochte den Gedanken gar nicht zu Ende führen. Plötzlich überkamen sie schreckliche Schuldgefühle ihrer Stiefmutter gegenüber, weil sie vor Keith so tat, als gäbe sie gar nichts auf Lilis Meinung. Das war glatt gelogen, und Isobel wusste es. Insgeheim war Lilis Urteil ihr immer noch das Wichtigste. Und sie würde alles tun, damit Lili Keith in ihr großes Herz schlösse. Doch auch Keith gegenüber meldete sich ihr schlechtes Gewissen. War das wirklich richtig? Er redete so offen darüber, dass er Vater und Mutter früh verloren hatte, und sie, die dasselbe Schicksal erlitten hatte, verheimlichte ihm das.

Ich sollte mich ihm offenbaren, ging es Lili durch den Kopf, doch dann dachte sie wieder an das Versprechen, das sie Lili gegeben hatte. Ihn in dem Glauben zu lassen, sie wäre ihre Tochter … Warum fühlte sie sich zwischen den beiden nur so schrecklich hin und her gerissen?

12

Lili saß aufrecht in ihrem Bett und schrieb Tagebuch, als die Tür leise aufging. Sie war hundemüde und hatte nur auf diesen Augenblick gewartet. Dass Isobel ihr endlich Bericht erstatten würde. Ein paar Mal waren ihr bereits die Augen über ihrem Buch zugefallen.

»Na, wie war es?«, fragte Lili eine Spur zu neugierig.

Isobel blieb ihr eine Antwort schuldig und setzte sich auf die Bettkante. Sie schwieg und blickte beseelt ins Leere. Aus ihren Augen strahlte ein verdächtiges Leuchten, das den frisch Verliebten vorbehalten war.

Lili hielt den Atem an. Sie betete, dass sie sich täuschte. Nur allzu gern wollte sie harmlose Worte aus dem Mund ihrer Stieftochter hören wie etwa: Oh, es war nett. Mehr nicht! Oder: Er lässt dich grüßen. Es tut ihm leid, dass du ihm das Haus nicht verkaufst. Oder auch: Das Essen war gut. Fiona hat sich selbst übertroffen. Worte, die das widerlegten, was Lili in diesem Augenblick befürchtete.

Über Isobels Gesicht aber huschte ein verträumtes Lächeln, das mehr als tausend Worte sagte. Als ihre Stieftochter sich räusperte, um endlich zu berichten, was dort unten im Salon geschehen war, war sich Lili so gut wie sicher, dass sie vergeblich hoffte.

»Was hat er dir versprochen?«, fragte sie in scharfem Ton, was sie sogleich bedauerte. Es klang genau nach der verbitterten Alten, die sie auf keinen Fall verkörpern wollte.

Isobels verdutzter Blick zeigte ihr, dass es in der Tat befremdlich bei ihr angekommen war.

»Er hat mich gefragt, ob ich seine Frau werden möchte«, brachte Isobel schließlich heiser hervor.

»Seine Frau?«, wiederholte Lili stumpf. Ihr war durchaus bewusst, dass sie anders reagieren sollte. Begeistert und hocherfreut, aber sie konnte partout nicht über ihren Schatten springen.

»Ja, er will mich heiraten!«, wiederholte Isobel mit Nachdruck. »In deinem Gesicht steht alles geschrieben, nur keine Freude!«, fügte sie unwirsch hinzu.

»Doch, ja, natürlich, das … das ist doch eine … eine wunderbare Nachricht«, stammelte Lili und rang sich zu einem schiefen Lächeln durch.

»Was ist los, Lili? Warum kannst du dich nicht mitfreuen? Weil du dann allein auf Scatwell Castle zurückbleiben musst? Ist es das, was du fürchtest?« Isobel war laut geworden.

»Nein, natürlich nicht, ich möchte doch, dass du glücklich wirst …« Lili hielt inne. Es hatte keinen Sinn, Isobel von dem merkwürdigen Gefühl zu erzählen. Das würde sie nie und nimmer verstehen. Und es ist sicherlich das Letzte, was sie in diesem Augenblick hören möchte … dass es im Bauch ihrer Stiefmutter grummelt, schoss es Lili durch den Kopf, während sie sich zu einem schiefen Lächeln durchrang.

»Ich meine, nein, ich freu mich, doch, ja, ich habe bloß Angst, allein zu sein«, stammelte sie. Und das war ja schließlich auch nicht völlig aus der Luft gegriffen. Natürlich beunruhigte sie der Gedanke, allein zurückzubleiben. Aber es war eben nur die halbe Wahrheit.

»Du erwartest doch nicht, dass ich ihm einen Korb gebe, weil du nicht allein zurückbleiben willst, oder?« Isobel musterte Lili skeptisch.

»Nein, um Himmels willen, das sollst du auf keinen Fall. Das wäre furchtbar, wenn du meinetwegen auf dein Glück verzichten würdest«, erwiderte Lili schwach.

»Du kannst uns doch jederzeit auf der Black Isle besuchen. Das ist ja nun wirklich nicht aus der Welt«, fügte Isobel versöhnlich hinzu.

»Ja, das kann ich« echote Lili, während sie sich ermahnte, endlich etwas mehr Begeisterung zu zeigen.

»Und wann ist es so weit?«, fragte sie. Es klang nicht gerade euphorisch, aber bemüht interessiert.

»Das haben wir noch nicht besprochen, aber die Verlobung soll schon an Hogmanay hier auf Scatwell Castle sein.«

Lili zuckte zusammen. Nicht nur, weil es schon so bald war, sondern vielmehr, weil ihr unwillkürlich die Erinnerung daran kam, wie sie in diesem Hause zum Jahreswechsel vor vielen Jahren ihre Verlobung mit Niall gefeiert hatte. Es war ein entsetzlicher Abend gewesen. Der Vorbote einer schrecklichen Ehe.

Aber sie durfte Isobel auf keinen Fall merken lassen, welche Gedanken ihr durch den Kopf gingen. Isobel war damals schließlich noch ein Kind gewesen. Und was, außer Lilis persönlicher Erfahrung mit diesem Tag, sprach denn auch sonst gegen dieses Datum?

Da fiel Lili siedend heiß ein, dass sie Rose versprochen hatte, an Hogmanay ein großes Geburtstagsfest auf Scatwell Castle zu geben.

»Hast du etwas gegen diesen Termin?«, fragte Isobel bohrend.

»Nein, eigentlich nicht, aber, es ist nur so, deine Schwester macht ein großes Fest zu ihrem Sechzehnten …«

»Nenn sie nicht immer meine *Schwester!*«, bemerkte Isobel kühl.

»Isobel, bitte nicht. Heute nicht!«, entgegnete Lili matt. Sie liebte Isobel wie eine eigene Tochter, aber diese brennende Eifersucht, die sie Rose entgegenbrachte, seit diese kein kleines Kind mehr war, konnte sie nur schwerlich ertragen.

»Warum hast du mich nicht gefragt, ob es mir recht ist, dass unser Hogmanay zum Irrenhaus wird?«

»Es ist genauso ihr Zuhause wie deines«, konterte Lili wütend. »Und wenn es doch ihr Herzenswunsch ist, einmal hier zu feiern. Was ist denn schon dabei?«

»Gut, dann wird sie nun damit leben müssen, dass es an dem Tag eine Verlobung zu feiern gibt und dass ich im Mittelpunkt des Festes stehe!«

Lili atmete ein paarmal tief durch. Ihr lag noch einiges auf der Zunge, aber sie zog es vor, ihre Worte für sich zu behalten. »Gut, dann haben wir das ja geklärt«, erwiderte sie kühl.

»Ja, und ich hoffe, Keith fühlt sich wohl in der Gesellschaft dieser Kinder.«

»Keith?«

»So heißt mein Bräutigam mit Vornamen! Du brauchst mich übrigens am Mittwoch nicht von der Schule abzuholen. Das macht er.«

»Ja, gut.« Das klang nicht gerade begeistert. Lili wollte es beim besten Willen nicht gelingen, Freude zu heucheln.

»Er stellt mir einen Banker aus England vor, damit ich mein Vermögen unter Umständen sicherer anlegen kann.«

Lili schleuderte vor lauter Schreck ihre Decke beiseite und sprang wie ein Derwisch aus dem Bett.

»Wie bitte?«

»Du hast richtig gehört. Keith stellt mir einen Banker vor.«

Lili ließ sich stöhnend neben ihre Tochter auf die Bettkante fallen. Sie ballte die Fäuste. Was ist bloß mit mir los, dass ich bei allem, was mit Lord Fraser zusammenhängt, Betrug und Verrat wittere?

»Und was verspricht er sich davon?«

»Er? Gar nichts. Er möchte mir helfen. Sein Vermögen ist dort sicher angelegt, und er will mir den Kontakt vermitteln. Das ist doch nett, oder?«

»Das ist nett«, entgegnete Lili mechanisch. So geht es nicht weiter, ermahnte sie sich streng. Isobel liebt diesen Mann, und nur das zählt. Doch ihren Mund zu halten, das wollte Lili nicht so recht gelingen.

»Weißt du etwas über diese englische Bank?«, fragte sie vorsichtig und scheinbar sachlich.

Isobel schüttelte den Kopf und erklärte fast entschuldigend: »Aber wenn er ihnen sein Vermögen anvertraut hat, warum sollte ich das nicht? Er schwört darauf, dass sie es mehren.«

»Isobel?« Das klang flehend. »Tust du mir einen Gefallen?«

»Hm.«

»Selbst, wenn dir der Banker vertrauenerweckend erscheint, fragst du bitte genau nach dem Namen des Geldinstituts, das er vertritt? Und gehst du bitte, bitte keine Verpflichtungen ein, bevor ich Erkundigungen über die Bank eingezogen habe?«, flehte Lili.

Isobel stöhnte entnervt auf.

»Genau wie Keith es prophezeit hat. Du wirst ihm gleich unterstellen, er wolle an mein Vermögen. Dabei meint er es nur gut. Und er hat mit Sicherheit mehr Geld als ich. Sonst würde er sich wohl kaum so ein prachtvolles Haus bauen können.«

»Wie bitte? Er hat gesagt, ich würde ihm unlautere Absichten unterstellen? Wie kommt er denn auf so etwas?«, stieß Lili empört hervor. Ihre Wangen waren knallrot angelaufen. Sie fühlte sich ertappt.

Isobel hob die Schultern. »Hat er nicht recht? Witterst du nicht Betrug und Verrat?«

»Unsinn. In diesen Zeiten kann man gar nicht vorsichtig genug sein. Ich finde es normal, dass man Erkundigungen einzieht, bevor man einem Fremden sein Vermögen in den Rachen wirft!«

Isobel stöhnte erneut auf. »Keith ist kein Fremder, sondern mein Verlobter, und der andere Mann ist der Banker seines Vertrauens. Aber da du ja keine Ruhe geben wirst, bevor ich dir hoch und heilig geschworen habe, nicht zu leichtgläubig zu sein … Nun, was schlägst du vor, um mich vor seinen finsteren Machenschaften zu schützen?«

Lili überhörte den bissigen Unterton.

»Dass du mir erlaubst, über den englischen Banker Erkundigungen einzuziehen, bevor du ihm dein Vermögen überlässt.«

»Und wie soll ich das Keith erklären?«

»Sag ihm, das hört sich alles schlüssig an, aber du wollest nichts überstürzen.«

»Keith ist nicht dumm. Er wird den Braten riechen.«

»Bitte! Versprich es mir!«

Lili reichte Isobel die Hand.

»Versprochen!« Isobel schlug ein.

»Dazu musst du den Mann aber treffen. Geh nur hin und verschaffe dir einen Eindruck. Lass dir den Namen des Herrn geben und leite ihn an mich weiter. Und natürlich den Namen der englischen Bank.«

»Unter einer Bedingung«, unterbrach Isobel sie.

»Ich höre.«

»Wenn du das recherchiert und nichts Nachteiliges herausgefunden hast, würdest du dann endlich dein verdammtes Misstrauen ablegen?«

Lili nickte eifrig.

»Du sollst es mir versprechen!« Isobel hielt ihrer Stiefmutter die Hand hin.

Zögernd griff Lili danach. »Versprochen«, sagte sie leise.

Das ist eine faire Abmachung, sprach sie sich dabei gut zu. Ich werde versuchen, etwas über diesen Mann herauszubekommen. Im Gegenzug vertraut Isobel ihm nicht leichtfertig ihr Vermögen an. Und wenn ich nichts Beunruhigendes über Lord Fraser herausfinde, dann will ich Isobels Glück an Hogmanay aus vollstem Herzen feiern.

»Ich geh ins Bett«, seufzte Isobel. »In deiner Gegenwart kann ich ja gar nicht unbeschwert an Keith denken. Wahrscheinlich ist er auch noch ein Bigamist und Spieler.«

»Bella, bitte, sei nicht böse. Glaub mir, ich freue mich mit dir. Es ist nur alles noch etwas ungewohnt für mich. Lass dir von einer alten Schwarzseherin wie mir dein Glück nicht verderben!«

Lili fuhr Isobel zärtlich durch die roten Locken.

»Schon vergessen. Aber trotzdem ziehe ich mich jetzt zurück und lege mich schlafen. Dann lasse ich jedes Wort und den Kuss …«

»Er hat dich geküsst?«

»Hat Dad dich etwa nicht geküsst, als er dir seinen Antrag gemacht hat?«

Lili lief feuerrot an. Nicht, weil sie Gedanken an einen heißen Kuss überfielen, sondern, weil sie sich nicht mehr erinnern konnte. Jeder Augenblick, den sie mit Dusten verbracht hatte, war ihr hingegen sofort präsent. Wenn sie nur an ihre ersten Liebesstunden dachte. In einem roten Ruderboot am Ufer des Loch Meig …

»Na, fällt es dir gerade wieder ein?«, scherzte Isobel. »So rot wie du geworden bist, muss der Kuss ja sehr innig gewesen sein.«

»Ja, sehr«, hauchte Lili und ließ Isobel in dem Glauben, dass sie soeben an Niall und nicht an Dusten gedacht hatte.

»Dann träum noch schön«, flötete Isobel, während sie sich von der Bettkante erhob. Lili legte sich hin und schlüpfte unter die Decke. Sie befürchtete, dass sie in dieser Nacht wohl eher weniger von süßen Träumen überrascht werden würde als von bösen Vorahnungen. Denn so sehr sie sich auch bemühte, in ihrem Bauch ballte sich immer noch ein Kloß zusammen, der sich partout nicht auflösen wollte.

Lili versuchte zu schlafen, doch es gelang ihr nicht. Sie musste mit jemandem reden. Mit einem Satz war sie aus dem Bett gesprungen und hatte sich rasch ihren Morgenmantel übergeworfen. Ein Blick auf die Uhr zeigte ihr, dass es kurz nach zweiundzwanzig Uhr war. Nicht zu spät, um Sibeal anzurufen, die nie vor Mitternacht zu Bett ging.

Das Telefon war im Flur. Sie wählte die Nummer ihrer Freundin. Es dauerte eine halbe Ewigkeit, bis Sibeal sich meldete.

Lili schossen Tränen in die Augen, als sie die vertraute Stimme vernahm.

»Ich bin es, Lili.«

»Lili, wie schön, von dir zu hören. Ich habe mir schon große Sorgen gemacht. Wie geht es dir?«

»Ich …« Lili schluchzte laut auf. »Ich würde mich freuen, wenn du an Hogmanay nach Scatwell Castle kommen könntest, aber ihr habt sicherlich schon etwas anderes vor!«

»Lili, nicht weinen. Bitte. Alles wird gut. Ich komme gern. Aber ohne Edward. Um es kurz zu machen, der Herr hat eine

Geliebte, und ich weigere mich, die Feiertage wegen der Leute mit ihm zu verbringen.«

»Und ich verkrieche mich im Tal wie ein verletztes Tier und melde mich nicht bei dir. Ich bin eine verdammt schlechte Freundin!«

»Ach, Lili, was ist los? Es ist doch nicht nur wegen Dustens Tod, dass du gerade weinst, nicht wahr?«

Lili schluckte ein paarmal, bevor sie zugab, was sie bedrückte.

»Isobel will sich an Hogmanay verloben.«

»Isobel? Das ist ja wunderbar!« Sibeal klang sichtlich begeistert.

Lili stieß einen am anderen Ende der Leitung hörbaren Seufzer aus.

»Gibt es einen Haken?«

»Nein, ja, ich bin das Problem. Ich bin misstrauisch gegenüber dem Mann.«

»Nun sag schon, wie heißt er? Kennen wir ihn?«

Lili räusperte sich ein paarmal.

»Lord Fraser!«, entgegnete sie knapp.

»Lord Fraser? Kenne ich nicht. Der letzte dieses Namens war meines Wissens der Vater unserer speziellen Freundin Lady Ainsley, Sir Alexander.«

»Er heißt Keith und hat auf der Black Isle eine Whiskybrennerei übernommen.«

»Sir Keith? Noch nie gehört.«

»Es wäre schön, wenn du die Ohren offen hieltest.«

»Ist er dir suspekt?«

Lili zögerte. »Ich gönne Isobel das Glück von Herzen, aber mein Gefühl rebelliert gegen den gut aussehenden Highlander.«

»Gut aussehend? Oho! Gut, ich werde mich umhören.«

»Werdet ihr euch scheiden lassen?«

Sibeal lachte durchs Telefon.

»Mein werter Gatte, Sir Edward, möchte das mit allen Mitteln verhindern, aber die Rolle der leidenden, betrogenen und allzeit duldsamen Ehefrau ist mir nicht auf den Leib geschrieben. Was soll ich tun?« Sibeal seufzte. »Wenn wir Kinder hätten, vielleicht könnte ich mich zusammenreißen, aber so? Ich will die Scheidung! Da es Edwards katholischem Naturell entspricht, diese Ehe jedenfalls auf dem Papier zu erhalten, werde ich wahrscheinlich gegen ein monatliches Auskommen von einer Scheidung Abstand nehmen.«

»Ich freue mich so, dass du kommst. Ich brauche eine Unterstützung in dem ganzen Durcheinander, denn auch Rose hat alle ihre Freunde zu ihrem sechzehnten Geburtstag eingeladen.«

»Und ich werde meine Fühler nach allen Seiten ausstrecken. Sobald ich die geringsten Zweifel an der Integrität des teuren Lords in Erfahrung bringe, werde ich dir Bericht erstatten. Tröste dich: Eine Verlobung ist noch keine Hochzeit! Wir haben Zeit!«

Lili lachte. »Wie recht du hast! Ach, ich habe dich so vermisst. Ich dachte, ich müsste mich in meinem Kummer vergraben, aber es hätte mir bestimmt gutgetan, ab und an deine unverwechselbare Stimme zu hören.«

»Hör bloß auf mit der Süßholzraspelei. Du weißt, ich ertrage keine Nettigkeiten«, lachte Sibeal. »Allerdings würde ich mir wünschen, dass wir kein Haar in der Suppe finden. Es wäre Isobel von ganzem Herzen zu gönnen, dass sie die Wonnen der Liebe erfährt«, ergänzte sie mit ernster Stimme.

»Ja, glaubst du denn, ich gönne es ihr nicht?«, fragte Lili empört.

»Nein, natürlich nicht. Ich gehe eher davon aus, dass es dich ein bisschen gruselt, im Tal von Strathconon allein zurückzubleiben.«

»Du bist gemein!«

»Nein, eine gute Freundin«, widersprach Sibeal. »Ich freue mich, mit dir Hogmanay zu feiern!«

»Ich freue mich auch«, entgegnete Lili und legte auf. Sie blieb noch eine Weile regungslos neben dem Telefon stehen. Es wird alles wieder gut, sprach sie sich zu, es wird alles wieder gut!

13

Seit Tagen tobte in Scatwell Castle das pralle Leben. Die Ruhe war vorüber, seit Rose aus den Ferien heimgekehrt war. Wie ein Wirbelwind fegte sie durch die alten Gemäuer, und fröhliches Gelächter erfüllte das ansonsten eher stille Haus; vom Turmzimmer, das sie bewohnte, bis zum Souterrain, in dem die Küche lag. Rose besaß ein ansteckendes tiefes Lachen, dem sich keiner entziehen konnte. Und sie gab mit großer Begeisterung lustige Geschichten zum Besten.

»Das glaube ich nicht!« Bonnie, die in demselben Alter wie Rose war, wischte sich eine Lachträne aus dem Gesicht.

»Aber, wenn ich dir doch sage, die Perücke von Mademoiselle Larange saß so schief auf ihrem Kopf wie eine Baskenmütze. Und wir hätten niemals gelacht, aber als sie dann sagte: Rose Munroy, ast du dir wieder nicht das Aar gekämmt? Das macht keine gute Eindruck, das muss sitzen akkurat, da hat die ganze Klasse angefangen zu lachen. Die arme Moiselle.«

»Rose, nun halte Bonnie doch nicht von der Arbeit ab«, ermahnte Fiona die Tochter des Hauses scherzhaft.

»Tue ich doch gar nicht. Ich möchte Bonnie beim Servieren helfen.«

»Aber nein, mein Kind, das kommt gar nicht in Frage. Was soll deine Familie dazu sagen, wenn du sie bedienst?«

Ein verschmitztes Lächeln erhellte Roses Gesicht noch mehr. »Mom findet das gut, wenn ich euch helfe. Sie ist ganz stolz darauf, dass meine Großmutter Köchin war wie du!«

Bonnie seufzte: »Deine Mutter, ja, aber deine Schwester legt Wert auf Etikette.«

Roses Miene verdüsterte sich. »Ach die! Die hat immer etwas an mir auszusetzen.« Dann huschte ein verschmitztes Lächeln über ihr Gesicht. »Obwohl ich zugeben muss, dass sie seit meiner

Ankunft ungewöhnlich freundlich zu mir war. Sie hat gefragt, wie es Mademoiselle Larange geht und ob ich gute Noten habe. Ja, sie hat mich sogar gelobt, als ich ihr erzählte, ich wäre Klassenbeste. Sie muss krank sein. Doch dafür sieht sie zu gut aus. Ich würde sagen, so hübsch war sie noch nie. Und was für Kleider sie trägt! Offenbar hat sie die Gouvernantenkostüme allesamt entsorgt. Ich wusste gar nicht, was für einen guten Geschmack sie haben kann. Wie eine echte feine Lady!«

Rose unterbrach sich, weil sie aus den Augenwinkeln beobachtete, wie Fiona und Bonnie sich einen vielsagenden Blick zuwarfen.

»Raus mit der Sprache. Was ist los?«

»Ich glaube, wenn du dich jetzt zu deiner Mutter und deiner Schwester an den Tisch setzt, wie es sich gehört, wirst du die Nachricht aus erster Hand erfahren«, bemerkte Fiona ausweichend, während Bonnie ihr ein Zeichen machte, das sie nicht deuten konnte. Einen Kussmund? Was sollte der im Zusammenhang mit ihrer spröden Stiefschwester bedeuten?

»Gut, dann werde ich den Damen Gesellschaft leisten.«

»Hast du nicht eine Kleinigkeit vergessen?«, fragte Fiona streng und musterte Rose kritisch von Kopf bis Fuß.

Rose blickte an sich hinunter. »Oje«, entfuhr es ihr, als sie bemerkte, dass sie immer noch ihre Kleidung vom Ausreiten trug. »Wisst ihr, dass ich keine Angst mehr vor dem Reiten habe? Heute Morgen war ich bei Una an der Box. Und eines Tages, da werde ich sie auch wieder reiten. Das schwöre ich!«

Fiona ließ vor Schreck einen Schöpflöffel in den Suppentopf fallen. »Das tust du nicht«, kreischte sie. »Ich denke, du hasst den Gaul, der deinen Vater abgeworfen hat!«

»Dachte ich auch, aber Una hat mich heute in einer Art und Weise angeguckt, als würde sie mir sagen wollen, dass ich ihr verzeihen möge. Ich habe sie das ganze Jahr über nicht angesehen, aber als ich an ihrer Box vorüberkam, da zog mich ihr Blick magisch an.«

»Papperlapapp! Pferde können nicht so gucken und schon gar nichts sagen! Bilde dir das erst gar nicht ein! Es genügt, dass deine Mutter sie reitet. Ich sage euch, es liegt ein Fluch über den Munroys.«

»Ich glaube nicht an derlei Dinge! Ich glaube ja auch nicht an Geister!«, widersprach Rose entschieden.

»Das solltest du aber«, raunte Fiona ihr verschwörerisch zu. »In diesem Schloss, so sagt man im Tal, spuke der Geist von Angus Munroy, deinem Urgroßvater, herum.«

Rose brach in ihr mitreißendes Lachen aus. »Auch gut, dann werde ich ihn nett grüßen, wenn ich ihm mal begegnen sollte.«

»Du freches Gör«, kicherte Fiona. Sie hatte sich Roses ansteckendem Lachen nicht entziehen können, doch sie fügte mahnend hinzu: »Versprich mir, dass du diesen Teufelsgaul nicht reitest.«

»Ich verspreche es!«

Rose hob die eine Hand zum Schwur, während sie ihn mit der anderen Hand hinter ihrem Rücken wieder auflöste.

»So, und nun husch husch, umziehen. In zehn Minuten serviert Bonnie die Suppe«, bemerkte Fiona unwirsch.

Lachend verließ Rose die Küche und eilte die Treppe hinauf. Sie nahm, wie immer, gleich zwei Stufen auf einmal. Auf dem Treppenabsatz unter einem Ölgemälde des streng dreinblickenden Angus Munroy wäre sie fast mit Isobel zusammengestoßen. Sie erwartete das übliche Donnerwetter, wenn sie ungestüm durch das Haus tobte, aber Isobel rang sich sogar zu einem Lächeln durch.

»Hoppla, unser kleiner Wirbelwind!«

Rose stutzte. Unser kleiner Wirbelwind? So hatte sie die Stiefschwester ja noch nie tituliert. Rose war sich sicher. Es war etwas geschehen mit Isobel, aber was?

Es fiel ihr schwer, sich bis zum spätnachmittäglichen Weihnachtsessen zu gedulden, aber, wenn sie Fiona Glauben schenken durfte, würde ihre Neugier sehr bald befriedigt werden.

»Wir sehen uns gleich. Ich bin ja sehr gespannt auf die diesjährigen Weihnachtsüberraschungen«, flötete Rose vieldeutig, bevor sie weitereilte.

Kritisch blickte sie in ihren Kleiderschrank. Sie hatte nichts anzuziehen. Jedenfalls nichts, was ihrem Alter gemäß war. Das waren alles Kinderkleider, wie sie fand. Voller Neid dachte sie an ihre beste Freundin Caitronia. Deren Mutter war extra nach Edinburgh gekommen, um ihre Tochter vor Ferienbeginn neu einzukleiden. Damit du für die Ballsaison genug zum Anziehen besitzt, hatte Lady Ainsley geflötet. Und sie hatten Rose mit auf den Einkaufsbummel genommen. Sie war kein missgünstiger Mensch, aber ihre Freundin in den schönsten Roben zu bewundern, war ihr mächtig schwergefallen. Netterweise hatten sie Rose dann mit in die Highlands genommen. Warum konnte ihre Mutter nicht auch in die Schule kommen, um sie in die Ferien abzuholen? Sie behauptete immer, das würde zu viele alte Erinnerungen aufreißen. Dabei fragte Moiselle Larange stets nach dem Befinden ihrer Mutter. Schließlich waren sie vor vielen Jahren einmal so etwas wie Lieblingskolleginnen gewesen. Und warum kaufte sie ihr kein Kleid für die Ballsaison? Wenn sie sich vorstellte, dass Caitronia wie eine Prinzessin zu ihrem Fest an Hogmanay erscheinen würde und sie hingegen im Kinderkleid …

Um das sonstige gesellige Leben, das Caitronia in Inverness erwartete, beneidete Rose sie allerdings weniger. Auf all diesen Bällen ging es nämlich nur um das eine: den richtigen Mann zu finden. Wir sind doch noch viel zu jung, an so etwas zu denken, pflegte Rose jedes Mal zu stöhnen, wenn ihre Freundin mit dem Thema anfing. Doch Caitronia war der Auffassung, man könne gar nicht früh genug anfangen, und sie setzte jedes Mal verschwörerisch hinzu: Die Konkurrenz schläft nicht!

So ein dummes Geschwätz hatte es bei ihnen auf Scatwell Castle nicht gegeben. Ihre Eltern wären niemals auf den Gedanken gekommen, sie auf Bällen herumzureichen. Sie musste sich nicht mit potenziellen Heiratskandidaten herumschlagen. Es war ja schon schlimm genug, dass einige der jungen Männer aus Inverness, auch ohne dass sie sich in der sogenannten Gesellschaft zeigte, gelegentlich »rein zufällig« in Scatwell Castle vorbeikamen. Besonders hartnäckig war Padruig, der große Bruder einer Mitschülerin, der ihr sogar Liebesbriefe nach St. Georges schickte. Sie mochte den kräftigen jungen Mann, der etwas von einem Bären an sich hatte. Doch nichts von dem, was sie in den Schmökern von Barbara Cartland, die in St. Georges von Hand zu Hand gingen, über Liebe lesen konnte, traf auf sie zu. Weder pochte ihr Herz noch zitterten die Knie. Padruig war nett, so nett, dass sie sich nicht traute, ihm ehrlich zu sagen, dass es vergebliche Liebesmüh war und er lieber eine andere umwerben sollte.

Ihr Vorsatz für das neue Jahr war allerdings, an Hogmanay allen Mut zusammenzunehmen und ihm die schonungslose Wahrheit zu sagen. Caitronia, die Einzige, die davon wusste, wie heftig Padruig ihr den Hof machte, konnte sie partout nicht verstehen. Er ist einer der reichsten Heiratskandidaten von ganz Eastern Ross, pflegte sie zu predigen. Meine Mutter würde Luftsprünge vollführen, wenn er sich so für mich interessierte. Rose war immer wieder fassungslos, wenn sie so etwas hörte. Aber er lässt dein Herz doch nicht höher schlagen, oder?, gab sie jedes Mal erneut zu bedenken. Und jedes Mal quittierte Caitronia das mit einem lauten Lachen und einer Belehrung über die Ehe aus ihrer Sicht. Rose kannte die Worte inzwischen auswendig: Heiraten hat doch nichts mit Herzen zu tun. Der Clan muss passen und das Vermögen. Der Titel ist nicht mehr so wichtig wie früher, sagt Mutter, also lieber einen reichen Mann ohne Adelstitel als einen armen mit Titel. Aber das Ziel ist natürlich beides! Von Liebe keine Rede!

Rose schüttelte sich allein bei dem Gedanken. Es war doch bekannt, dass Ehemann und Ehefrau das Bett teilten. Überdies passte auch gar kein Mann in ihre Zukunftspläne, denn das, was sie in den nächsten Jahren vorhatte, würde ihre ganze Aufmerksamkeit beanspruchen. Bei dem Gedanken lächelte sie befriedigt in sich hinein, und das Ballkleid war ihr mit einem Mal völlig gleichgültig.

14

Als Rose wenig später und in einem viel zu kurzen Kleidchen den weihnachtlich geschmückten Salon betrat, saßen Isobel und ihre Mutter bereits am Tisch. Sie waren in ein angeregtes Gespräch vertieft und bemerkten sie nicht einmal. Rose blieb wie angewurzelt in der Tür stehen und hörte den beiden in der Hoffnung zu, etwas Spannendes in Erfahrung zu bringen. Doch die Gesprächsfetzen, die sie aufschnappte, klangen in ihren Ohren nicht sonderlich interessant.

»Und dieser Banker ist einfach nicht gekommen?«, hörte sie ihre Mutter aufgeregt nachfragen.

»Nein, Keith hat ihn entschuldigt. Er hat wohl erst kurz vor dem Treffen bei ihm angerufen und ihm mitgeteilt, dass er verhindert sei.«

»Und du sagst, sein Name sei Jones und die Bank hieße Hobard & Pinkett. Klingt doch seriös. Aber warum hat er das Treffen so kurzfristig platzen lassen?«

Isobel hob die Schultern.

»Hast du vielleicht vorher mit deinem Keith telefoniert und ihm mitgeteilt, dass ich Bedenken habe?«

»Was du wieder denkst. Nein, natürlich nicht. Ich habe ihm am Telefon nur gesagt, dass ich mir von Mister Jones erst einmal einen Eindruck verschaffen und ihm natürlich nicht beim ersten Treffen mein Vermögen überlassen würde.«

»Siehst du! Das meine ich. Er hat Lunte gerochen!«

»Du leidest unter Verfolgungswahn, Lili. Er hat wörtlich gesagt, ich sei ein vernünftiges Mädchen, so vorsichtig an die Sache zu gehen!«

Rose räusperte sich. Der ungewohnt scharfe Ton, den Isobel ihrer Stiefmutter gegenüber eingeschlagen hatte, irritierte sie. Sie hatte die beiden noch nie zuvor streiten hören, und, wenn sie ehrlich war, wollte sie das nicht gerade heute an Weihnachten erleben.

Isobel und Lili fuhren gleichermaßen erschrocken herum.

»Wie lange hast du schon gelauscht?«, fragte Isobel in strengem Ton. Ihre Wangen waren vor Aufregung gerötet.

»Ich habe nicht gelauscht. Wenn ihr mich nicht hört, kann ich doch nichts dafür«, entgegnete Rose trotzig. »Aber wenn ihr was Spannenderes zu berichten habt als Bankgeschäfte, ich bin ganz Ohr«, fügte sie mit zuckersüßer Stimme hinzu, während sie sich auf ihren Platz setzte.

»Schatz, du bist zu und zu neugierig«, bemerkte Lili. Aus ihrem Blick sprach nicht der geringste Vorwurf, sondern allein die Liebe zu ihrer Tochter. Sie wandte sich an Isobel. »Meinst du nicht, wir sollten deine Schwester endlich einweihen?«

»O ja, das hört sich gut an. Erzählt!« Rose hatte die Ellenbogen auf dem Tisch aufgestützt und das Kinn interessiert vorgereckt.

Isobel warf Lili einen warnenden Blick zu, in dem geschrieben stand, sie solle Rose nicht immer ihre *Schwester* nennen.

Lili verstand das auch ohne Worte und machte eine beschwichtigende Geste in Isobels Richtung.

Rose, der das nicht entgangen war, verdrehte genervt die Augen.

»Ob ihr mal endlich aufhören könntet mit dieser blöden Geheimniskrämerei? Was verheimlicht ihr vor mir? Was ist in meine große Schwester Isobel …« Den Rest des Satzes verschluckte sie lieber und dachte es nur: Was ist in sie gefahren, dass sie mich plötzlich kleiner Wirbelwind nennt statt zu fauchen: Eine Treppe ist keine Rennstrecke!

»An Hogmanay gibt es hier ein Fest«, erklärte Isobel knapp.

»Ich weiß«, unterbrach ihre Stiefschwester sie ungeduldig. »Mein Ball! Und ich habe kein Kleid. Mom, du musst gleich nach Weihnachten mit mir nach Inverness fahren und mir ein Ballkleid kaufen. So kann ich doch nicht zu meinem Fest erscheinen. Lady Ainsley hat Caitronia in Edinburgh von Kopf bis Fuß neu eingekleidet. Für die Ballsaison. Ich habe daran gar keinerlei

Interesse, wie du weißt, aber einmal im Jahr auf meinem eigenen Fest möchte ich glänzen und nicht im Kinderkleidchen in der Ecke stehen.« Sie kräuselte ihre Nase und deutete übertrieben auf ihr hellblaues schlichtes Kleid. »Ich möchte doch nur auf Scatwell Castle die Prinzessin sein, aber natürlich nicht für die nicht vorhandenen Prinzen, sondern einfach mir zu Gefallen!« Sie sprang auf und drehte sich übermütig. »Der Rock soll schwingen beim Tanzen …«

»Musst du dich eigentlich immer derart in den Vordergrund spielen?«, unterbrach Isobel Rose wütend.

Rose blieb abrupt stehen und fing an zu lachen, als sie Isobels erbostes Gesicht wahrnahm.

»Jetzt bist du wieder ganz die Alte. Ich dachte schon, es wäre etwas mit dir geschehen, das dich milder gestimmt hat gegen deine unmögliche kleine Schwester.«

Rose ließ sich mit einem lauten Schnaufer zurück auf ihren Stuhl fallen.

»Du bist ein verwöhntes dummes Gör …«, zischte Isobel.

»Und du eine verknitterte alte Jungfer!«, konterte Rose prompt.

»Kinder, bitte nicht streiten. Ich ertrage das nicht«, mischte sich Lili verzweifelt ein.

»Was ist los, Mom? Was geht hier vor? Will mir das endlich einmal jemand erklären?«

Rose hatte sich an ihren Platz gesetzt und zog ein missmutiges Gesicht.

»An Hogmanay wird auf Scatwell Castle in erster Linie ein Fest für mich gegeben«, erklärte Isobel in belehrendem Ton, und sie fügte mit schneidender Stimme hinzu: »Obwohl du ja nun leider vorher bereits ganz Inverness eingeladen hast. Das kann man wohl nicht mehr rückgängig machen, oder?«

»Richtig, kann man nicht!«, schnaubte Rose. »Im Übrigen sprichst du in Rätseln, denn, liebste Isobel, dein Geburtstagsdatum kenne ich. Das ist im Juni. Aber am einunddreißigsten Dezember ist nun einmal mein Geburtstag. Und was solltest du schon zu feiern …« Rose unterbrach sich, dann huschte ein Strahlen über ihre düstere Miene, und sie rief begeistert aus: »Du wirst befördert! Natürlich, wie konnte ich nur so schwer von Begriff sein?«

Ohne eine Antwort abzuwarten, sprang Rose von ihrem Stuhl auf und umarmte die verblüffte Isobel. »Hättest du doch gleich sagen können, dass du Nachfolgerin vom alten McDowell wirst. Der war ja schon Direktor dort, als ich in Beauly eingeschult wurde. Herzlichen Glückwunsch.«

Isobel erstarrte. Daran hatte sie bei all ihrem Liebesglück gar nicht mehr gedacht. Der Direktor hatte sie tatsächlich für seine Nachfolge vorgeschlagen. Gleich nach den Feiertagen erwartete er ihre Antwort. Oje, dachte sie, er wird sehr enttäuscht sein. Ich muss ihm schnellstens mitteilen, dass ich das Angebot aus persönlichen Gründen nicht annehmen kann. Zum ersten Mal dachte sie daran, wie sehr sie ihre geliebte Arbeit vermissen würde. Was die Kinder wohl sagen würden?

»Du guckst, als sei das eine Strafe!«, bemerkte Rose und musterte ihre Stiefschwester durchdringend.

»Ich … ich werde den Schuldienst demnächst quittieren.«

»Du wirst was?«

Lili stieß einen tiefen Seufzer aus und erklärte dann mit klarer Stimme: »Deine Schwester wird heiraten!«

»Heiraten?«

»Ist das so unvorstellbar?« Isobels Stimme klang beleidigt.

»Nein, ich meine, ja, du hast niemals Interesse an den hiesigen heiratswilligen Highlandern gezeigt und die auch nicht an …« Rose unterbrach sich hastig.

»Sie auch nicht an mir. Ich weiß, was du sagen wolltest. Und du hast ja nicht ganz unrecht. Ich habe doch auch nicht mehr damit gerechnet.«

Rose saß mit offenem Mund da. Vor sich auf dem Tisch die noch warme Hühnersuppe, die Bonnie soeben serviert hatte.

»Iss. Sonst wird die Suppe kalt, mein Schatz«, ermahnte Lili sie.

»Und wer ist er? Kenne ich ihn? Wie hast du ihn kennengelernt?«

»Mom wollte das Haus in Inverness verkaufen, und da hat sie sich an Liam Brodie gewandt ...«

»Liam Brodie? Aber der ist doch viel zu alt für dich und außerdem seit Jahren unglücklich in Mom verliebt.«

»Du hast eine blühende Phantasie, mein Kind«, protestierte Lili verlegen.

»Mister Brodie hatte einen Käufer, der Mom seine Aufwartung machte und mit ihr über das Geschäft reden wollte. Aber ich war dagegen, dass sie das Haus, ohne unsere Erlaubnis, an Fremde verkauft.«

Rose warf ihrer Mutter einen kritischen Blick zu.

»Warum wolltest du denn unser Geschäftshaus überhaupt verkaufen? Davon höre ich heute auch zum ersten Mal.«

»Nicht alles durcheinander«, wiegelte Lili ab. »Nun lass doch erst einmal deine Schwester erzählen.«

Rose lachte. »Das heißt, dieser arme Kerl bekommt jetzt statt unseres schönen Hauses unsere schöne Isobel?«

»Ich weiß gar nicht, was es da so blöd zu lachen gibt«, herrschte Isobel Rose an.

»Isobel, nun ist aber genug! Es gibt keinen Grund, deine Schwester, ich meine Rose, so anzufahren.«

»Danke, Mom.« Rose warf Lili einen dankbaren Blick zu. »Und, wie sieht er aus, wie alt ist er. Leidest du unter Herzflimmern und butterweichen Knien?«

»Er ist äußerst attraktiv, nicht wahr, Mom?«

»Er sieht zweifelsohne gut aus«, beeilte sich Lili zu sagen, bevor sie unvermittelt auf den Tannenbaum deutete und fragte: »Ist der Weihnachtsbaum nicht schön?«

Dieses offensichtliche Ablenkungsmanöver quittierten sowohl Rose als auch Isobel mit gleichermaßen verwunderten Blicken.

»Mom mag ihn nicht besonders. Deshalb will sie vom Thema Keith ablenken«, bemerkte Isobel spitz.

»Stimmt das, Mom?«

»Das ist Blödsinn. Lord Fraser ist ein reizender Mann in den besten Jahren. Was sollte ich gegen ihn haben?«

»Das wüsste ich auch gern. Er hat dir nichts getan und dennoch bringst du ihm nichts als Misstrauen entgegen. Mom hat Sorge, dass er mich nur wegen meines Geldes heiraten will. Dabei hat er selbst genug.«

»Isobel, das ist nicht wahr«, protestierte Lili schwach.

Rose aber bekam von der unterschwelligen Spannung zwischen ihrer Mutter und Isobel kaum noch etwas mit. Sie war viel zu angetan von der Neuigkeit. Ja, das war ganz nach ihrem Geschmack, eine wirklich spannende Geschichte.

»Meine Schwester heiratet einen Lord. Das ist nicht zu fassen. Was ist er denn? Ein Baron?«

Isobel nickte.

»Dann wirst du ja eine Baroness. Oh, wie ich dich beneide!«, rief Rose voller Begeisterung aus. »Erzähl mehr von ihm. Ist er dunkelhaarig oder blond?«

»Er ist vom Typ ganz ähnlich wie …« Isobel zögerte, denn sie wusste, dass man Onkel Dusten in Roses Gegenwart nicht erwähnen durfte. Sie wurde jedes Mal traurig.

»Nun sag schon, wem sieht er ähnlich?«

»Deinem Vater«, gab Isobel seufzend zu.

Sofort füllten sich Roses Augen mit Tränen. Trotzdem löcherte sie ihre Stiefschwester weiter mit neugierigen Fragen.

»Und hat er auch ein Schloss?«

»Er hat sich ein schlossähnliches Anwesen bauen lassen, wie unser Urgroßvater es einst hier in Scatwell getan hat.«

»Das ist alles furchtbar aufregend. Findest du nicht auch, Mom?«

Lili nickte nur. Sie hatte dem Gespräch der beiden gar nicht mehr zugehört. Sie war in Gedanken immer noch bei Isobels Vorwurf, sie hege Misstrauen gegen Lord Fraser. Das Schlimmste daran war ja, dass ihre Stieftochter recht hatte. So sehr sich Lili auch bemühte, ihr Herz ließ sich nicht betrügen.

»Mom, du guckst so betroffen. Bist du traurig, dass wir gar nichts zu dem schönen Tannenbaum gesagt haben? Er ist traumhaft!«, sagte Rose, während sie die Hand ihrer Mutter nahm und liebevoll tätschelte.

»Ach, Kleines, ihr seid doch keine Kinder mehr, die beim Anblick des Baumes in Begeisterungsschreie ausbrechen. Ich war mit meinen Gedanken woanders.«

Rose blickte ihre Mutter mit ernster Miene an und fragte unvermittelt: »Mom, warum wolltest du unser Haus in Inverness denn überhaupt verkaufen?«

Die Frage kam so überraschend, dass Lili in der Eile nichts Passendes einfiel. Auf keinen Fall wollte sie Rose mit der Wahrheit belasten.

Lili warf Isobel einen mahnenden Blick zu, doch da war es bereits zu spät. Isobel hatte das Wort ergriffen.

»Die Geschäfte laufen mäßig. Lili dachte, wir könnten uns das Geschäftshaus, das die meiste Zeit des Jahres leersteht, nicht mehr leisten. Und mich mochte sie offenbar nicht um Hilfe bitten.«

»Und nun?« Rose war blass geworden.

»Nun behalten wir das Haus, und ich kann Lili endlich einmal meinen Dank dafür zeigen, dass sie mich wie ein eigenes Kind angenommen hat.«

Lili war froh, dass Bonnie in diesem Augenblick mit der Hauptspeise kam. Isobels Worte hatten sie verlegen gemacht.

»Fiona hat sich wieder einmal selbst übertroffen«, rief Lili begeistert aus und heftete ihren Blick auf den Hirschbraten, den sie so gern aß. Eigentlich war es in Nialls Familie Tradition, an Weihnachten und Hogmanay Haggis zu essen, aber diesen Brauch hatte Lili geändert, seit Großmutter Mhairie gestorben war. Deren Haggis war großartig gewesen. Und so sehr sich Fiona bemühte, sich an das uralte Rezept zu halten, es reichte nicht an das Original heran. So kam die schottische Nationalspeise nur zum Jahreswechsel auf den Tisch.

Den Hauptgang aßen sie schweigend. Lili war das mehr als

recht, weil sie weder an weiteren Schwärmereien für Lord Fraser interessiert war, noch an Diskussionen über ihre desolate finanzielle Lage. Deshalb versuchte sie auch, ihren Ärger darüber zu verbergen, dass Isobel ihr Problem so offen auf den Tisch des Hauses gebracht hatte.

Mit einem Seitenblick auf ihre Töchter stellte sie besorgt fest, dass Roses Miene plötzlich wie versteinert war. Ob sie Angst um ihren Verbleib in St. Georges hatte? Lili konnte den Gedanken, dass ihre Tochter etwas bedrückte, nur schwer ertragen. Das war schon früher bei Isobel so gewesen. Wenn die Kinder litten, dann litt Lili mit ihnen. Deshalb war sie ja auch froh, dass kein Mann je Isobels Herz gebrochen hatte. Sie hatte den Gedanken noch nicht ganz zu Ende gedacht, als sie wieder dieses merkwürdige Gefühl im Magen verspürte. Diese dumpfe Vorahnung, dass ein Unglück über sie hereinbrechen würde.

»Rose, mein Schatz, du musst dir keine Sorgen machen, ob wir uns in der Zukunft noch St. Georges leisten können. Ein Schulwechsel steht nicht zur Debatte«, bemerkte sie, um sich von diesen mysteriösen Ahnungen abzulenken.

Rose warf ihr einen erstaunten Blick zu.

»Danke, aber daran habe ich noch gar nicht gedacht, dass ich unter Umständen die Schule verlassen muss. Ich fragte mich nur, wie ich zu einem Ballkleid für das Fest komme.«

»Das solltest du aber«, mischte sich Isobel ein.

»Was sollte ich?«

»Dir Gedanken darüber machen, welchen Beitrag du angesichts der veränderten finanziellen Situation bereit bist zu leisten.«

»Isobel, bitte, zieh sie da nicht mit hinein! Es ist mir ohnehin unangenehm genug, dass ich nun gezwungen bin, deine Hilfe in Anspruch zu nehmen … aber Rose hat damit nichts zu tun. Sie soll sich nicht unnötig mit meinen Sorgen belasten«, erklärte Lili sichtlich gequält, doch Isobel schien ihre Einwände schlichtweg zu überhören.

»Im Gegensatz zu Lili bin ich der Meinung, dass du nach den

Ferien die Schule in Inverness besuchen solltest. Die ist wesentlich billiger.«

Rose starrte ihre Stiefschwester mit vor Panik geweiteten Augen an.

»Das ist nicht dein Ernst, oder?«, fragte Lili entsetzt.

»Sehe ich so aus, als würde ich scherzen?«, gab Isobel bissig zurück. »Du weißt, dass ich dir, wenn es sein muss, mein ganzes Vermögen geben würde, aber gerade jetzt, wo ich fortgehe, sollte Rose in deiner Nähe bleiben. Mich habt ihr doch damals auch von der St. Georges genommen. Und ich habe das schließlich auch überlebt.«

Rose war aufgesprungen und hatte sich zornig vor Isobel aufgebaut. »Du bist so gemein. Du willst mir heimzahlen, was dir als Kind widerfahren ist! Du hast mich doch immer schon gehasst!«, brüllte sie.

»Rose, bitte, das geht zu weit.« Lili griff sich an die Schläfen. In ihrem Kopf begann es entsetzlich zu pochen.

»Du schlägst dich also auf ihre Seite? Du heißt es gut, dass sie ihr Vermögen benutzt, um mich zu verletzen?«, schrie Rose. Ihre Stimme bebte vor Empörung.

»Nein, ich heiße das keinesfalls gut.« Lilis Kopfschmerz wurde heftiger. Sie wandte sich gequält an Isobel.

»Ich finde es nicht gut, weil ich weiß, wie sehr du damals unter der Entscheidung deines Vaters gelitten hast, dich von der Schule zu nehmen. Denn damals lernte ich ihn kennen, und er nahm mich mit …«

»Ja, und warum verteidigst du mich dann nicht gegen so viel Niedertracht?«, brüllte Rose, deren Wangen rot vor Zorn waren.

»Weil es Isobels Geld ist und es mir nicht zusteht, Forderungen zu stellen«, entgegnete Lili beschämt.

»Aber merkst du denn nicht, was sie im Schilde führt? Sie will mich leiden sehen«, kreischte Rose verzweifelt.

Isobel trug einen betont hochmütigen Gesichtsausdruck zur Schau.

»Wenn ich deine überhebliche Miene nur sehe! Ich könnte dir mitten ins Gesicht schlagen!«, schrie Rose.

»Jetzt werd mal nicht dramatisch«, spie Isobel in verächtlichem Ton aus. »Ich denke einfach praktisch. St. Georges ist ein Luxus, den wir uns nicht mehr leisten können«, fügte sie süffisant hinzu.

»Ich hasse dich!«, schrie Rose, während ihr unaufhörlich Tränen übers Gesicht rannen. Dann drehte sie sich auf dem Absatz um und rannte zur Tür.

»Rose, bitte!«, rief ihr Lili nach, aber da war es bereits zu spät. Lili wollte ihr folgen, doch Isobel hielt sie zurück.

»Nun renn ihr doch nicht noch hinterher. Sie kommt schon zurück, wenn sie sich abgeregt hat, allein wegen der Geschenke.«

»Warum hast du das getan? Du weißt doch, wie wichtig St. Georges für sie ist.« Lili war den Tränen nahe. Sie wusste kaum, was sie denken sollte. Irgendwo hatte Isobel zwar recht. Es war ihr Geld, aber warum ließ sie Rose nicht die verdammte Schule zu Ende machen?

»Hat sich darüber damals bei mir jemand Gedanken gemacht?«, fragte Isobel in scharfem Ton.

»Ja, und zwar nicht nur ich«, erwiderte Lili und konnte ihren Ärger kaum verbergen. Was glaubte Isobel eigentlich? Dass ihr Schicksal damals allen gleichgültig gewesen war? Lili erinnerte sich noch genau daran, wie sie um die Zukunft dieses Mädchens gebebt und gezittert hatte. Obwohl sie nicht ihre Tochter gewesen war, sondern damals lediglich ihre Schülerin. Wie hatte sie darum gekämpft, dass dieses verschüchterte Kind aus sich herauskam und auf der Bühne den schottischen Schwertertanz zum Besten gab! Und nicht nur sie, sondern auch die Tanzlehrerin.

»Mademoiselle Larange hat sich genauso für dich eingesetzt! Wir wollten sogar mit deinem Vater sprechen, ihn anflehen, dich auf der St. Georges zu lassen, aber dann wurde alles anders …« Lili unterbrach sich. Sie sah sich plötzlich im Besucherzimmer mit Niall stehen, fassungslos wegen seines unerwarteten Heiratsantrags.

»Ich habe damals sehr darunter gelitten, dass ich die Schule verlassen musste.« Isobels Miene war wie versteinert.

»Aber deshalb musst du es doch nicht an Rose auslassen! Warum soll sie dasselbe Schicksal erleiden wie du? Bitte, bitte, wenn du das Schulgeld weiter zahlst, verzichte ich auf alles andere. Ich brauche keinen Wagen, keine neuen Kleider …«

»Glaube mir, es ist auch für Rose besser«, unterbrach Isobel sie ungerührt. »Sie muss lernen, das Leben nicht nur von der Sonnenseite her zu betrachten.«

Lili musterte Isobel zweifelnd. »Neidest du ihr vielleicht das fröhliche Gemüt, das sie von ihrem Vater geerbt hast, während du …« Lili schlug sich erschrocken die Hand vor den Mund.

»Sprich es ruhig aus, Lili. Du glaubst, ich wäre gern so unbekümmert wie Onkel Dusten? Da täuscht du dich aber gewaltig. Ich bin sehr stolz, dass ich nach meinem Vater geraten bin, der ein tiefgründiger Mensch gewesen ist und nicht so oberflächlich.«

»Isobel. Schluss jetzt! Es tut mir leid. Ich habe mich zu einer unbedachten Äußerung hinreißen lassen. Verzeih mir. Ich habe das nicht so gemeint!«

»Dann sind wir uns also einig, dass es für Rose besser ist, wenn sie ihren Schulabschluss in Inverness macht.«

Lili wand sich. »Nein! Natürlich nicht! Können wir das beurteilen, ob es für sie besser ist? Du hast doch gehört, wie sie das treffen würde. Warum tust du das? Hat sie recht? Willst du, dass sie leidet?«

»Jetzt habe ich genug!«, brüllte Isobel und sprang ebenfalls vom Tisch auf. »Nun fängst du auch noch an. Nur, weil deine kleine Prinzessin schmollt. Du solltest lernen, ihr auch einmal einen Wunsch abzuschlagen.«

Lili spürte, wie ihr die Zornesröte ins Gesicht schoss.

»Das sagt ja gerade die Richtige. Du hast doch wohl zeitlebens davon profitiert, dass ich die Wünsche meiner Kinder immer gern erfüllt habe!«

»Deiner Kinder vielleicht, aber ich bin nicht deine Tochter. Schon vergessen?«, schnaubte Isobel.

»Du bist so ungerecht!«, gab Lili zornig zurück.

»Und du selbstgerecht. Glaubst du, du kannst verbergen, dass du ihr, deiner eigenen Tochter, näher stehst als mir? Blut ist dicker als Wasser«, zischte Isobel in gehässigem Ton.

Lili merkte es erst, als es zu spät war. Sie hatte nicht nur daran gedacht, dass sie Isobel am liebsten auf der Stelle zum Schweigen bringen würde, sondern auch gehandelt. Sie hatte ihrer erwachsenen Stieftochter eine Ohrfeige gegeben.

Isobel starrte sie ungläubig an.

Lili blickte fassungslos von ihrer Hand zu Isobels Wange und zurück. Als könne sie immer noch nicht glauben, dass es wirklich passiert war.

»Das tut mir so leid. Ich weiß auch nicht, wie das geschehen konnte. Es ist nicht richtig, auch, wenn das so ungerecht und gemein war, was du gesagt hast. Ich liebe dich wie eine eigene Tochter. Außerdem bist du die Tochter meiner Cousine, obwohl ich das nicht geahnt habe, als ich euch in die Highlands gefolgt bin und dir eine gute Mutter sein wollte. Trotzdem darf ich dich nicht schlagen. Bitte verzeih mir!«

Isobel aber ging, ohne Lili noch eines Blickes zu würdigen, zur Tür und ließ sie ebenso geräuschvoll zufallen wie Rose zuvor.

Als Bonnie wenig später mit dem Dessert kam, blieb sie erschrocken in der Tür stehen. Lili saß weinend vor dem Kaminfeuer. Sie war mutterseelenallein im Salon.

Sicher vermisst sie Mister Dusten ganz schrecklich, dachte das Hausmädchen und zog sich diskret zurück. Ihr Herz zog sich zusammen, als ein verzweifelter Schluchzer von Misses Munroy bis hinaus auf den Flur drang.

15

Lili wusste nicht, wie lange sie schon in sich zusammengesunken und verzweifelt vor dem Kamin gesessen hatte. Das Holz war heruntergebrannt, und in ihrem Kopf pochte es schmerzhaft. Wahrscheinlich war es bereits Abend. Immer wieder war Lili in Gedanken das Geschehene durchgegangen. Wie hatte alles bloß derart eskalieren können? Am meisten quälte sie die Frage, wie sie sich zu dieser Ohrfeige hatte hinreißen lassen können. Zwischendurch hatte sie sich immer wieder etwas Whisky eingeschenkt. Sie fühlte sich ein wenig betrunken, aber das brachte keine Linderung ihres Schmerzes, sondern zog sie nur noch tiefer in einen Strudel der Verzweiflung.

Sie warf einen wehmütigen Blick zum Tannenbaum und den Geschenken. Sofort kamen ihr erneut die Tränen. Wenn sie im letzten Jahr auch nur annähernd geahnt hätte, wie einsam es dieses Mal werden würde. Damals hatten sie alle drei vereint um Dusten getrauert, sich in den Armen gelegen, geschluchzt und geschrien. Es war während der gesamten Festtage nicht ein böses Wort zwischen ihnen gefallen. Nun waren sich die Mädchen spinnefeind, und sie hatte Isobel geschlagen.

Lili beschloss, Scatwell Castle für einen Augenblick den Rücken zu kehren und einen Spaziergang zu unternehmen. Sie musste sich den Wind um die Nase wehen lassen, um wieder einen klaren Kopf zu bekommen.

Auf dem Weg zur Garderobe machte sie einen Abstecher zur Küche. Bonnie und Fiona saßen tuschelnd am Küchentisch. Als Lili sich räusperte, blickten sie gleichermaßen schuldbewusst zur Tür, als hätte man sie beim Tratschen über die Hausherrin ertappt.

»Ihr könnt Feierabend machen. Und esst vom Dessert so viel, wie ihr könnt. Wir waren satt. Und ich mach noch ein paar

Schritte vor die Tür«, erklärte Lili und versuchte, normal zu klingen.

Auf dem Flur sah sie flüchtig in den Garderobenspiegel. Ihre Augen waren vom vielen Weinen geschwollen. Sie stieß einen tiefen Seufzer aus und zog ihren Mantel an. Als sie ausgehfertig war, zögerte sie. Ob sie lieber nach ihren Mädchen sehen sollte?

Nein, mir ist nach einem kleinen Ausflug, entschied sie und verließ das Haus. Die beiden Hündinnen begleiteten sie. Für sie ist dieser abendliche Spaziergang ein wahres Weihnachtsgeschenk, dachte Lili.

Draußen pfiff ihr ein eisiger Wind entgegen, der ihr fast die Luft zum Atmen nahm. Es war frostig, doch noch immer war kein Schnee im Tal von Strathconon gefallen.

Schnellen Schrittes und ohne lange zu überlegen, durchquerte Lili den Park hinter dem Haus in Richtung des River Conon. Unwillkürlich schlug sie den Weg nach Little Scatwell ein. Ihr Herz schlug bis zum Hals, als sie die Brücke über den Conon vor sich auftauchen sah. Es war sternenklar an diesem Abend, und ein voller Mond schickte sein fahles Licht auf die Erde. Ohne dieses Licht wäre sie bestimmt längst umgekehrt. Sie beschleunigte ihren Schritt, obwohl es vernünftiger wäre, einen anderen Weg zu nehmen. Warum sich beschweren mit einem Blick auf jenes Haus, in dem sie mit Dusten glücklich gewesen war? Sie würde es ohnehin nicht betreten können, weil sie es an ihre alte Haushaltshilfe Akira und deren Mann Baird Agnew vermietet hatte. Obwohl die beiden sich wahrscheinlich sogar über ihren Besuch freuen würden, aber Lili hielt sich für keine gute Gesellschaft an diesem Abend. Noch blieb genügend Zeit, um umzukehren. Das riet ihr der Verstand, doch ihre Sehnsucht nach Wärme und Geborgenheit ließ sie weitergehen. Sie blieb noch einmal kurz stehen, als sie die Türme des Hauses erblickte. Doch dann hielt sie nichts mehr. Schnellen Schrittes näherte sie sich Little Scatwell.

Verträumt musterte sie das Haus, das im Tal von Strathconon einzigartig war. Vom Stil passte nichts zusammen. Es war eine wilde Mischung aus Herrenhaus und Waldhütte, aus viktorianischem Prunk und einfachem Farmhaus. Ihr Herz ging auf bei dem Anblick des Hauses, in dem sie einst so glücklich gewesen war. In diesem Haus hatte sie mit Isobel gelebt, nachdem man ihr das Sorgerecht für das Mädchen übertragen hatte. In diesen Mauern hatte sie Rose zur Welt gebracht. Und hinter den verschlossenen Türen der oberen Etage hatte sie Dusten geliebt. Allein bei dem Gedanken, wie wild und leidenschaftlich sie einander begehrt hatten, durchlief sie eine heiße Woge.

Bloß nicht weinen, sprach sie sich gut zu, als sie spürte, wie ihre Augen erneut feucht wurden.

»Ich vermisse dich so«, murmelte sie, bevor sie kehrtmachte und zu rennen begann. Erst als sie wieder bei der Brücke über den Conon angekommen war, hielt sie an. Sie war völlig außer Atem und sah noch einmal zurück. Wie sie diesen Blick über die weiten Felder liebte, rechts bis zu den Bergen, links bis zum Wald. Plötzlich tauchte wie aus dem Nichts eine Herde Rotwild auf. Sie lief über eine Weide und verschwand dann in Richtung Wald. Dabei war sie ganz still. Wenn sie die Tiere nicht mit eigenen Augen sehen würde, sie würde es nicht glauben, wie geräuschlos sich eine solch große Herde bewegte.

Lili wusste nicht, warum, aber danach ging es ihr ein wenig besser. Das war ihr schon damals immer so gegangen, wenn sie vom Ausflug auf die Hochebene nach Scatwell Castle, wo sie sich schrecklich einsam gefühlt hatte, zurückgekehrt war.

Sie war fest entschlossen, sich umgehend bei Isobel zu entschuldigen. Dann würde sie Rose in ihrem Turmzimmer aufsuchen. Beide Töchter würde sie bitten, vor dem Schlafengehen noch einmal in den Salon zu kommen. Ja, beide *Töchter,* dachte sie entschieden. Und wenn Isobel gegen diese Bezeichnung noch so sehr protestierte. Die beiden waren Lilis Töchter und damit Schwestern! Und schließlich ist das über viele Jahre überhaupt kein Problem gewesen, fiel Lili ein. Dass Isobel so viel Wert darauf legte, nicht als Roses Schwester bezeichnet zu werden, hatte erst vor ein paar Jahren eingesetzt. Als Rose ein Baby war, da hatte Isobel sie voller Stolz jedermann als ihre kleine Schwester präsentiert. Dass sie sich so vehement dagegen wehrte, hatte begonnen, nachdem Rose alt genug geworden war, sich nicht mehr widerspruchslos Isobels Befehlen unterzuordnen.

Lili war fest entschlossen, die beiden Streithähne gleich nach ihrer Rückkehr im Salon zusammenzutrommeln. Dort würde sie ihnen ernsthaft ins Gewissen reden. Ihnen vor Augen halten, dass sie als eine Familie zusammenhalten müssten, und dass es nichts daran zu rütteln gäbe, dass sie aus ein und demselben Clan stammten. Ihnen einschärfen, dass sie etwas Einzigartiges verbinde: Das Blut der Makenzies und der Munroys. Lili würde den beiden endlich reinen Wein über die Geschichte der beiden Clans einschenken. Sie waren alt genug.

Merkwürdigerweise hatten beide bislang wenig Interesse an der Familiengeschichte gezeigt. Dann würde Lili es eben heute Abend noch in ihnen erwecken. Sie hatten ein Recht zu erfahren, wie viel Leid sich die verfeindeten Clans im Laufe der Vergangenheit zugefügt hatten. Und sie sollten begreifen, dass sie beide gleichermaßen Garanten dafür waren, dass zwischen den Munroys und den Makenzies Frieden herrschte. Lili versprach sich davon, dass die beiden dann endlich aufhörten, einander kleinlich zu bekämpfen, wenn sie erst begriffen, dass das Schicksal sie zu Höherem bestimmt hatte.

Lili wandte sich um und eilte mit diesem Gedanken im Herzen beinahe beschwingt zurück in Richtung Scatwell Castle. Als hinter ihr kurz vor der Brücke eine Autohupe ertönte, zuckte sie erschrocken zusammen. Sie hatte den Wagen gar nicht kommen hören. Dabei war er nicht gerade leise, doch sie war so berauscht von ihrem Plan, dass sie wahrscheinlich sogar ein Gewitter überhört hätte.

Das Auto kam zum Halten. Zu ihrer großen Überraschung stieg ihr Anwalt Liam Brodie aus. Er war während all der schweren Jahren Dustens und ihr juristischer Berater gewesen. Ihm hatte

Niall damals das Schreiben von der Front geschickt, dass er Isobel nach seinem Tod nicht in die Obhut seines Bruders Craig und seiner Mutter Caitronia geben wolle, sondern in die von Lili.

Liam Brodie hatte auch später noch so manchen Kampf gegen den Clan der Munroys auf Scatwell Castle ausfechten müssen. Es war stets um Nialls Erbe gegangen, doch Brodie hatte nie verloren. Er war ein guter Anwalt. Lili mochte ihn sehr. Sie hätte ihn gern öfter einmal zu sich eingeladen. Dass sie privat wenig Kontakt hatten, lag nicht an ihm, sondern an seiner kapriziösen und eingebildeten Ehefrau, die auf die Munroys von Little Scatwell, auf Dusten und Lili, stets herabgesehen hatte. Im Übrigen war sie eine Freundin von Lady Ainsley, Lilis erklärter Feindin. Man munkelte, sie habe ihrem Ehemann ordentlich die Hölle heißgemacht, weil er die in ihren Augen falschen Munroys vertrat. Liam Brodie aber war trotz der aufreibenden Anfeindungen im eigenen Haus nie wankelmütig geworden. Er hatte Lili und Dusten wie eine Löwenmutter ihre Jungen verteidigt. So etwas schweißte zusammen. Ja, Lili hielt auf den Anwalt große Stücke.

Das alles ging ihr durch den Kopf, als Liam Brodie mit leuchtenden Augen auf sie zutrat. Er schien sich ehrlich zu freuen.

»Was machen Sie denn allein hier draußen in der Dunkelheit, Lili? Es ist schon weit nach neunzehn Uhr!«, fragte er erstaunt. Wie nebenbei streichelte er Jacky über den Kopf.

»Dasselbe wollte ich Sie auch gerade fragen, Liam«, erwiderte Lili, und sie fügte lächelnd hinzu: »Aber ich freue mich wie immer, Sie zu sehen.«

Seine Miene verdüsterte sich.

»Dass ich Sie treffe, ist mir eine große Freude, aber der Anlass lässt zu wünschen übrig. Ich bin schlichtweg in der Gegend herumgefahren, weil ich es zu Hause nicht mehr ausgehalten habe.«

»Dann haben wir ein ähnliches Schicksal«, entgegnete sie prompt.

Liam rang sich zu einem Lächeln durch.

»Das glaube ich kaum. Sie sind wahrscheinlich geflüchtet, weil

Sie ungestört um Ihren Mann trauern wollten und ihn sehr vermissen. Dusten war ein liebenswerter Mensch, während meine Frau nichts anderes im Sinn zu haben scheint, als mir das Leben zur Hölle zu machen.«

Lili blickte den sonst eher distanziert wirkenden Anwalt verblüfft an.

»Entschuldigen Sie bitte, dass ich mein Privatleben vor Ihnen ausbreite«, bemerkte er zerknirscht. »Aber wenn ich nicht endlich Dampf ablasse, platze ich. Und Sie gehören glücklicherweise nicht zu den Klatschweibern von Inverness.«

Lili lachte.

»Keine Sorge. Ich schweige wie ein Grab, doch wenn es Sie beruhigt. Geheimnis gegen Geheimnis: Bei uns gab es auch Streit. Meine Töchter lagen sich in den Haaren und mir ist – und das beinahe unverzeihlich – bei Isobel die Hand ausgerutscht. Die beiden jungen Damen werden wahrscheinlich auch behaupten, ich hätte ihnen das Weihnachtsfest verdorben.«

Der Anwalt nahm ihre Hand und sagte versonnen: »Sie werden Ihre Gründe gehabt haben. Sie sind eine friedliebende Frau. Eilidh hingegen macht das absichtlich. Sie möchte mich derart in Wut bringen, dass ich auf sie losgehe.«

»Ihre Frau möchte was?«

Lili war doppelt verunsichert. Weil er immer noch ihre Hand hielt, wobei ihr das ganz und gar nicht unangenehm war, und weil sie an seinen Worten zweifelte. Welche Ehefrau wollte denn schon provozieren, dass ihr Mann handgreiflich wurde?

»Ihre Frau will doch nicht allen Ernstes, dass Sie sich an Weihnachten wie ein prügelnder Trunkenbold aufführen?«, fragte Lili empört nach, während sie ihm unauffällig ihre Hand entzog. Sie fühlte sich nicht in der Lage, mit einem Mann Händchen zu halten, auch wenn es sich noch so schön anfühlte.

»Oh doch. Sie tut alles, damit mir die Hand ausrutscht wie Ihnen, aber ich habe sie durchschaut. Sie hat einen Geliebten, aber sie ahnt nicht, dass ich es weiß. Ich möchte es ihr nicht so leicht machen und ihr verraten, dass ich ihren perfiden Plan durchschaut habe. Sie möchte nämlich liebend gern die Scheidung einreichen, nachdem sie beweisen kann, dass ihr Mann sie schlägt.«

»Das ist ja entsetzlich«, entfuhr es Lili.

»Entsetzlich wäre es, wenn ich mich nicht im Griff hätte. Nein, es hat rein finanzielle Gründe. Und wenn unser Sohn Martainn nicht wäre, ich hätte das Geheimnis um den Liebhaber längst gelüftet. Wenn der Junge nächstes Jahr nach Edinburgh zum Studieren geht, werde ich spätestens reinen Tisch machen.« Er hielt inne und blickte Lili intensiv an.

»Ich glaube, ich werde Sie jetzt nach Scatwell Castle fahren. Sie bibbern ja vor Kälte.«

»Ach was! Das kleine Stück kann ich doch zu Fuß gehen«, erklärte Lili ausweichend. Sie mochte den hochgewachsenen Anwalt wirklich, besonders in diesem Augenblick, wo sie ihn zum ersten Mal als empfindsamen Mann wahrnahm, nicht nur als brillanten Anwalt. Doch genau dieses Gefühl von Nähe, das plötzlich zwischen ihnen entstanden war, irritierte sie.

»Kommt gar nicht in Frage.« Er ergriff ihre Hand und brachte sie, ohne dass sie weiter protestieren konnte, zur Wagentür.

»Steigen Sie ein. Mir zuliebe. Es ist an diesem Weihnachtsabend einfach erwärmend, einem aufrechten Menschen wie Ihnen zu begegnen.« Ohne Lilis Antwort abzuwarten, öffnete er die Hintertüren seines Wagens und ließ die beiden Hunde auf den Rücksitz springen.

»Aber sie sind schmutzig«, widersprach Lili schwach.

»Das macht nichts. Ich habe zu Hause auch einen Hund!«

Aus Versehen berührten sich ihre Hände erneut. Und es war wie ein kleiner Blitzschlag. Lili zog ihre erschrocken zurück.

Lili konnte gar nichts dagegen tun, aber ihr Herzschlag beschleunigte sich ungewollt. Liam Brodies feinfühlige Worte und Berührungen gingen ihr näher, als sie zugeben wollte. Es war schon verwirrend genug, dass sie zum ersten Mal seit Dustens Tod wieder einen Mann mit den Augen einer Frau ansah. Bisher war dieser Mann ausschließlich ihr Anwalt gewesen. Höflich, gut aussehend, klug und immer ein wenig distanziert. Sie staunte, wie attraktiv er auf den zweiten Blick war. Und sie entsann sich der frotzelnden Worte ihrer Tochter, wonach Liam Brodie angeblich unglücklich in sie verliebt sei.

Lili war erleichtert, als sich sein Wagen endlich in Bewegung setzte. Mit Mister Brodie auf dem einsamen Feldweg so allein und eng beieinander zu sitzen, während der Wind um das Auto fegte, war in ihrer augenblicklichen Stimmung einfach zu gefährlich. Sie sehnte sich tief in ihrem Herzen danach, endlich einmal wieder in den Arm genommen und geliebt zu werden.

Lili, du hast zu viel getrunken, ermahnte sie sich streng. Außerdem meinst du Dusten und nicht diesen Mann!

Da bog Liam Brodie auch schon in die Einfahrt von Scatwell Castle.

»Ich hoffe, ich habe nicht zu viel geplaudert. Nicht dass Sie mich für einen Schwätzer und einen Denunzianten halten, der hinter dem Rücken seiner Frau schlecht über sie redet und zu Hause kuscht. Ich habe noch mit keinem Menschen über mein entwürdigendes Eheleben gesprochen«, bemerkte er entschuldigend, als er vor der Haustür hielt.

»Ich betrachte es als besondere Ehre, dass Sie mir davon erzählt haben. Es steht Ihnen ganz gut, wenn Sie einmal nicht der Mann sind, der auf alles einen Rat weiß. Nun rate ich Ihnen: Bleiben Sie ruhig, Liam, und lassen Sie sich weiterhin nicht provozieren. Und Sie werden der einzige Mensch bleiben, der von meiner Ohrfeige erfährt!«, erwiderte sie rasch. »Doch keine Sorge, ich werde sofort alles vergessen, was wir beide miteinander geredet haben.«

Er musterte sie durchdringend. »Ach, Lili, das wäre aber schade und gar nicht in meinem Sinne. Alles sollen Sie nicht vergessen. Aber ich werde es zur Sicherheit wiederholen. Wie glücklich wäre ich, hätte ich eine so wunderbare warmherzige Frau wie Sie geheiratet. Dann würden wir jetzt am Kamin sitzen und uns Gruselgeschichten aus den Highlands erzählen ...«

Lili starrte ihn entgeistert an.

Liam Brodie lächelte. »Oh, verzeihen Sie, mir war so, als hätte ich Ihnen das eben bereits gestanden. Aber, ich habe es wohl nur gedacht. Jedenfalls habe ich Ihren Mann schon immer um Sie beneidet.« Er lachte. »Wenn Sie jetzt ihr Gesicht sehen könnten! Aber wozu haben wir uns wohl sonst mitten in der Weihnachtsnacht am River Conon getroffen? Doch sicher nicht, um über Ihr Haus zu reden.« Er wurde ernst. Ohne Vorwarnung beugte er sich zu ihr hinüber und gab ihr einen Kuss auf die Wange.

»Das macht man zwar nur in England unter dem Mistelzweig. Aber ich denke, man sollte die guten Bräuche der Engländer übernehmen und pflegen. Und nur die schlechten ihnen überlassen.«

Lili war völlig durcheinander. Der Kuss war ihr nicht unangenehm gewesen, aber sie konnte doch nicht einfach in einem fremden Wagen vor Scatwell Castle mit ihrem Anwalt kokettieren.

»Bin ich Ihnen zu nahe getreten?«, fragte Liam bedauernd.

»Nein, nein, es ist nur, ich bin überhaupt nicht darauf vorbereitet, dass mir ein Mann den Hof macht«, entgegnete Lili ehrlich.

»Und ich nicht, dass mir mitten in der Nacht jene Frau über den Weg läuft, die ich mir in meinen Träumen so oft an meine Seite gewünscht habe. Aber apropos Haus. Sie wollen nicht mehr verkaufen, oder? Das sagte mir jedenfalls Lord Fraser neulich ganz beiläufig.«

»Nein, meine Töchter möchten es nicht. Und die haben schließlich auch ein Wörtchen mitzureden. Es gehört ja ihnen, und es war nicht korrekt von mir, dass ich es hinter ihrem Rücken verkaufen wollte.«

»Stimmt es, dass sich Lord Fraser mit Ihrer Tochter Isobel verloben wird?«, fragte Liam wie aus heiterem Himmel.

Lili nickte schwach. »Wissen Sie etwas über diesen Mann?«, rutschte es ihr heraus.

»Leider nein. Er stand eines Tages in meiner Kanzlei und sprach mich auf Ihr Geschäftshaus an. Ich hatte ja ein Schild angebracht mit dem Hinweis, dass es verkauft werden solle. Ich wollte Sie schon fragen, ob Sie diesen Mann schon länger kennen und bereits näher kennengelernt haben.«

»Nein«, seufzte Lili. »Gar nicht.«

Dann öffnete sie hastig die Wagentür, um auszusteigen. Sie wollte einer weiteren Annäherung vorbeugen.

»Auf Wiedersehen, Liam«, sagte sie in freundschaftlichem Ton und winkte ihm noch einmal zu. Doch er stieg ebenfalls rasch aus dem Wagen und ließ die beiden Hunde heraus. Lili war so durcheinander, dass sie glatt vergessen hätte, Jacky und Patsy mitzunehmen.

»Danke«, hauchte sie verwirrt, bevor sie sich abrupt umdrehte und mit ihnen in Richtung Haustür eilte. Er sollte nicht sehen, dass es ihr sichtlich peinlich war.

»Auf ein baldiges Wiedersehen, Lili«, rief er hinter ihr her, als sie bereits bei der Tür angekommen war. Und er fügte besorgt hinzu: »Lili, ich weiß nicht, ob ich es Ihnen sagen soll, aber ich habe so ein merkwürdiges Gefühl bei Lord Fraser. Das hört sich aus meinem Mund sicherlich albern an, aber seien Sie vorsichtig.«

Lili wandte sich um und warf dem Anwalt einen dankbaren Blick zu.

»Liam, Sie glauben gar nicht, wie sehr Sie mir aus der Seele sprechen«, erwiderte Lili, während ihr Herz bis zum Hals pochte. Doch ihre Aufrichtigkeit tat ihr in demselben Augenblick leid. War das nicht wie ein Verrat an Isobel?

»Ich muss jetzt ins Haus!«, fügte Lili schroff hinzu. Ohne einen weiteren Gruß schloss sie die Haustür auf und betrat Scatwell Castle mit weichen Knien. Im Flur lehnte sie sich erst einmal gegen eine Wand und versuchte, ihren Herzschlag zu beruhigen, indem sie ein paarmal ganz bewusst tief ein und wieder ausatmete.

Liam Brodies Worte klangen noch intensiv in ihr nach. Sie schrie laut auf, als aus dem Dunkel des Flurs eine bleiche Gestalt auf sie zutrat.

16

Vergeblich versuchte Lili ihre verzweifelte Tochter zu trösten, aber Rose war durch keine noch so liebevollen Worte ihrer Mutter zu beruhigen. Sie schniefte und schluchzte, als wäre ein lieber Mensch gestorben. Lili erinnerte der Schmerz ihrer Jüngsten fatal an Dustens Beerdigung. Während Lilis Tränen kurzzeitig versiegt waren und sie schockstarr auf ihrem Platz gesessen hatte, hatte Rose neben ihr so geweint, dass der Reverend seine Predigt ein paarmal hatte unterbrechen müssen.

Wie sehr ich dich vermisse, Dusten, dachte Lili, du könntest vielleicht zwischen den beiden Mädchen schlichten. Und du würdest bestimmt auch herausfinden, woher Lord Fraser stammt und ob er ein aufrichtiger Mann ist.

Während Lili Rose fest an sich drückte, schweiften ihre Gedanken zu Isobels Verlobten ab. Sie quälte sich mit der Frage, ob sie dem Anwalt vielleicht lieber ausführlicher hätte offenbaren sollen, was für Vorbehalte sie gegen Lord Fraser hatte, statt es bei kryptischen Andeutungen zu belassen. Ich werde Liam vor der Hochzeit aufsuchen, entschied sie. Mit vereinten Kräften werden wir womöglich etwas über die Herkunft des Lords herausbekommen.

Lili stieß einen tiefen Seufzer aus, während sie ihre Begegnung mit dem Anwalt noch einmal Revue passieren ließ. Sie mochte Liam Brodie wirklich gern, und seine Annäherungsversuche waren keineswegs unangenehm. Trotzdem oder gerade deshalb entschied sie, in Zukunft jeden weiteren Versuch seinerseits im Keim zu ersticken. Sie war noch nicht so weit. Ach was, ich werde nie so weit sein, fügte sie in Gedanken energisch hinzu. Außerdem ist er verheiratet, wie desolat seine Ehe auch immer sein mag. Ich wäre doch zu dumm, wollte ich mich wirklich auf so etwas einlassen.

»Warum tut sie das?«, schluchzte Rose verzweifelt auf. »Warum?«

Lili streichelte ihr sanft über das dichte blonde Haar.

»Sie hat sicher gar nicht geahnt, wie wichtig dir das alles ist. Ich glaube nicht, dass sie dir wehtun wollte«, sagte Lili leise, wobei sie sich selbst nicht mehr sicher war, was sie glauben sollte. Vielleicht war Isobels Eifersucht wirklich so maßlos, dass sie Rose absichtlich verletzen wollte. Die Heftigkeit, mit der sie vorhin verbal um sich geschlagen hatte, ließ so etwas beinahe vermuten. Insofern konnte Lili nur beten, dass die Ehe zwischen Isobel und diesem Lord Fraser glücklich werden und ihre Ziehtochter milder stimmen würde.

»Sie hasst mich!«, stieß Rose verzweifelt hervor.

»Nein, mein Kind, du übertreibst. Und sieh mal. Es hat doch unter Umständen wirklich sein Gutes, wenn du in Inverness zur Schule gehst. Dann bist du in meiner Nähe und …«

»Aber ich will nicht die Schule wechseln. In Edinburgh sind meine Freundinnen, und ich habe gute Noten. Ich bin die Klassenbeste. Meine Lehrerin ermutigt mich ständig, dass ich das Zeug habe, eine gute Ärztin zu werden. Sie erlaubt sogar, dass ich dort ab und an in die Vorlesungen gehe. Sie kennt einen Arzt, der mich gelegentlich mitnimmt, wenn er Patientenbesuche macht …« Wieder brach Rose in verzweifeltes Schluchzen aus.

»Aber Liebling«, rief Lili betroffen aus. »Ich habe doch gar nicht geahnt, dass du schon so klare Vorstellungen von der Zukunft hast. Du hast mir noch niemals so deutlich gesagt, dass du Medizin studieren willst und dass deine Lehrerin dich dermaßen fördert. Das ändert doch alles. Aber Liebes, warum weiß ich nichts davon?« Lili war zutiefst bestürzt.

»Mom, Du hattest im letzten Jahr doch ganz andere Sorgen als dir anzuhören, wie es um meine Ziele steht. Ich will mich nun einmal nicht auf den Highlandbällen herumreichen lassen und auf Brautschau gehen. Ich möchte etwas Sinnvolles tun. Menschen helfen. Ich möchte unbedingt Ärztin werden und …«

Lili drückte ihre Tochter erneut ganz fest an sich. »Aber das sind doch wunderbare Pläne. Es ist die größte Erfüllung, einen sinnvollen Beruf zu ergreifen. Das darfst du mir glauben. Ich dachte doch nur, du wollest unbedingt auf der St. Georges bleiben, um ein Mädchen aus der besseren Gesellschaft zu sein.«

Rose befreite sich aus der Umarmung und blickte die Mutter aus ihren verheulten großen braunen Augen zweifelnd an.

»Um Gottes willen, der wahre Grund, dass ich mir endlich eine Feier im Haus gewünscht habe, ist die Tatsache, dass seit Vaters Tod alles so furchtbar trist ist. Ich vermisse euer Lachen. Ihr wart immer so fröhlich.«

»Ach, meine Kleine, was meinst du, wie ich mich nach dem Klang seiner Stimme sehne? Aber du glaubst gar nicht, wie stolz ich auf dich bin, dass du so entschlossen bist, einen Beruf zu ergreifen. Für mich war das damals auch unendlich wichtig!« Lili seufzte. »Ich hoffe nur, dass du noch für die Medizin brennst, wenn du mit der St. Georges fertig bist. Nicht dass ...« Sie unterbrach sich und wollte schnell das Thema wechseln.

Über Roses trauriges Gesicht huschte ein Lächeln. »Was wolltest du sagen, Mom? Nicht dass ein Mann kommt, der mich heiratet, in seine Höhle schleppt und mich meine Ziele vergessen lässt?«

»Du hast mich durchschaut«, gab Lili lächelnd zu.

»Keine Sorge, Mom, das habe ich mir alles genau überlegt. Ich bin nicht gegen das Heiraten, aber stell dir vor, ich heirate einen Arzt. Dann könnte ich mit ihm zusammenleben und arbeiten. Das wäre doch schön, oder?«

Lili lachte. »Ein schöner Plan, wirklich, nur, wer weiß, ob du so einen Mann triffst. Vielleicht musst du mit einem Rinderzüchter vorliebnehmen.«

»Wenn mir bei seinem Anblick die Knie zittern und mein Herz mir aus der Brust springt, würde ich mir das überlegen.«

Lili riss ihre Tochter stürmisch erneut an sich und gab ihr einen Kuss auf die Wange. »Ich habe dich so lieb, mein Kleines.«

»Ach, Mom«, flüsterte Rose. »Aus alledem wird ohnehin nichts, denn wer soll mein Studium bezahlen? Isobel wird einen Teufel tun … oder …« Sie stockte. »Wir verkaufen das Geschäftshaus doch.«

Lili ließ ihre Tochter los, setzte sich aufrecht hin und überlegte. Rose hatte recht. Es gab keinen Grund zur Hoffnung, dass Isobel das Studium ihrer Stiefschwester finanzieren würde. Aber wenn Rose jetzt darauf bestand, das Haus in der Church Street zu verkaufen, dann gab es Krieg. Lili war davon überzeugt, dass Isobel dem Plan niemals freiwillig zustimmen würde. Und ein halbes Haus war unverkäuflich.

»Sie wird auch das verhindern«, hörte sie ihre Tochter da bereits sagen.

Erneut verfiel Lili in grüblerisches Schweigen. Plötzlich kam ihr ein verwegener Gedanke. Großmutter Mhairie hatte ihr einst zu Hogmanay 1914 ein kostbares Geschenk gemacht. Lili hatte es nach dem Umzug nach Scatwell Castle weit weggelegt. Es war so wunderschön anzuschauen und sehr wertvoll, denn es war kein gewöhnliches Schmuckstück, sondern die Collane des Ordens von der Distel, die höchste schottische Auszeichnung.

»Warte, mein Schatz, ich denke, ich habe etwas für dich. Warte hier auf mich!«

Lili verließ den Salon, lief ins Schlafzimmer, griff in die obere Schublade ihres Nachtschrankes und holte eine Schachtel hervor. Sie erschauderte. Niemals würde sie vergessen, wie Großmutter Mhairie ihr dieses Stück zu treuen Händen übergeben hatte.

Mit aller Macht kam der Gedanke an die alte Geschichte in ihr hoch, und sie wusste, dass nun der Augenblick gekommen war, Rose in die Wahrheit einzuweihen. Sie konnte ihr den jahrhundertealten Zankapfel zwischen den Munroys und den Makenzies nicht übergeben, als sei es das Selbstverständlichste von der Welt.

Nun würde sie das umsetzen, was sie sich bereits auf ihrem Spaziergang ausgemalt hatte. Sie würde Rose alles erzählen!

17

Rose starrte ungläubig auf die wertvolle Ordenskette, die Lili ihr soeben mit feierlicher Miene überreicht hatte.

»Du kannst sie haben. Wenn du willst, verkaufe ich sie für dich. Ich denke, es wird zumindest erst einmal für das nächste Schuljahr reichen. Und für das Studium haben wir dann immer noch Little Scatwell.«

Während Lili über ihr altes Haus sprach, kämpfte sie gegen die Tränen an. Sie hatte sich nach Dustens Tod geschworen, es niemals zu verkaufen, aber hatte sie denn eine Wahl? Roses Ausbildung ging in jedem Fall vor. Das wäre auch in Dustens Sinn gewesen. Er hatte zu den wenigen Männern gehört, die es schätzten, wenn Frauen einen Beruf ausübten.

Lili hatte erwartet, dass Rose Luftsprünge vollführte, doch die starrte immer noch wie gebannt auf die Ordenskette mit einem Muster aus Rauten und Disteln, an der ein emaillierter Anhänger in Form des Andreaskreuzes hing.

»Aber, Mom, das ist der Orden der Distel. Wem gehört er?«

Lili räusperte sich verlegen. »Ich habe ihn von Großmutter Mhairie bekommen.«

Rose sah ihre Mutter zweifelnd an. »Großmutter Mhairie? Aber das ist ein hoher Orden, der in der St. Giles am dreißigsten November nur an zwölf Männer vergeben wird, die damit Ritter werden und danach mit ›Sir‹ angesprochen werden müssen.«

Wider Willen huschte Lili ein Lächeln über das Gesicht. »Ich sehe, du bist eine gute Schülerin. Genau so ist es, und einer deiner Ahnen war ein solch königlicher Ritter. Willst du mehr wissen?« Sie unterbrach sich und fügte zögernd hinzu: »Auch wenn es belastend sein könnte?«

Rose stöhnte auf. »Oh Mom, ich bin alt genug, um längst begriffen zu haben, dass es jede Menge Geheimnisse in unserer Familie gibt. Auch wenn ich Medizinerin werden möchte, interessiere ich mich ebenso sehr für Geschichte. Und für die meiner Familie insbesondere. Also, wer hat diese Collane einst besessen? Wem ist sie verliehen worden?«

»Du willst alles wissen? Auch wenn es länger dauert?«

»Natürlich! Wenn dieses Ding schon meine Zukunft finanzieren soll, dann habe ich ein Recht, mehr darüber zu erfahren.«

»Es war ein Makenzie, dem Jakob II. den Orden verliehen hat. Die Makenzies waren einst ein stolzer und reicher Clan.« Lili hielt inne. Sollte sie Rose wirklich in die Familiengeheimnisse einweihen? Dusten war immer strikt dagegen gewesen. Was hat unsere Tochter mit der ganzen dummen Clanfehde zu tun?, hatte er immer gesagt und eine einleuchtende Begründung mitgeliefert: Sie ist eine Mischung aus beiden Clans. Damit ist die Wunde der Vergangenheit geheilt und muss nie mehr aufgerissen werden.

»Mom, bitte, lass dir nicht jedes Wort aus der Nase ziehen.«

Lili räusperte sich noch ein paarmal, doch dann fuhr sie hastig fort: »Die Makenzies und die Munroys verband eine lange und innige Feindschaft. Bis sich das Blut der beiden Clans gemischt hat.«

Rose warf Lili einen fragenden Blick zu.

»Isobels Vater Niall und dein Vater Dusten waren Cousins und echte Munroys. Isobels Mutter ist eine Makenzie, genau wie ...« Lili unterbrach sich. Sich selbst wollte sie lieber nicht ins Spiel bringen. Noch nicht. Also fuhr sie hastig fort: »Als Niall Isobels Mutter Caitlin heiratete, glaubte er, sie sei die Tochter eines Reeders aus Ullapool. Sie war aber in Wirklichkeit eine Tochter der von dem Reeder adoptierten Alisa, also eine Enkelin von Artair Makenzie, des Vaters von Alisa, der in einem Streit einst von Nialls Großvater Angus Munroy getötet worden war.«

»Und deswegen haben sich die Familien gehasst?«, fragte Rose atemlos nach.

»Nein, der Grundstein für die Feindschaft der beiden Clans wurde schon beim zweiten Jakobitenaufstand gelegt. Die Makenzies waren die angesehenste Familie im Tal von Strathconon. Ihnen gehörte dieses Land. Aber sie hatten sich den Jakobiten angeschlossen, und du weißt ja sicher, wie es denen nach ihrer Niederlage in der Schlacht von Culloden ergangen ist. Sie wurden von Cumberlands Truppen verfolgt und ermordet. Zu dessen treuen Gefolgsleuten gehörte auch ein gewisser Munroy. Dem gefiel es so gut hier in unserem Tal, dass er kurzerhand die Makenzies umbrachte, ihren Besitz niederbrannte, ihnen alles, auch die Collane stahl, und nur einen von ihnen am Leben ließ und ihn ein kleines Stück Land, das heutige Little Scatwell, bewirtschaften ließ. Dass er diesen letzten Makenzie nicht ebenfalls niedermetzelte und seinen Körper in den River Conon warf, der in jenen Tagen rot vor Blut war, hatte dieser eine Makenzie der Frau des Munroy zu verdanken, die ein gutes Herz gehabt haben soll.«

»O je, da ich kann gut verstehen, dass der überlebende Makenzie den grausamen Munroy gehasst hat«, murmelte Rose. »Erzähl weiter!«

»Ja, und wie. Das ahnte der Munroy und hätte sich liebend gern des Makenzie-Clans entledigt, der stetig wuchs, weil Makenzie absichtlich viele Kinder zeugte. Aber die Chance, sie loszuwerden, nahm erst jener Angus wahr …«

»Angus? Mein Urgroßvater?«

Lili nickte.

»Und zwar, als sich die schöne Mhairie in den armen Artair Makenzie, meinen Großvater, verliebte.«

»Deine Vorfahren sind also die Makenzies?«

Lili nickte eifrig.

»Dann hat sich Dads geliebte Großmutter Mhairie einst in deinen Großvater verliebt?«

»Genau, sie war damals das hübscheste Mädchen im Tal. Angus war verrückt nach ihr, aber sie hatte nur Augen für den Sohn der armen Crofterfamilie, Artair Makenzie. Da nutzte Angus die Gelegenheit der in anderen Tälern längst vollzogenen Highland Clearances und ließ das Haus der Makenzies niederbrennen und die Familie auf ein Schiff nach Nova Scotia bringen. Überdies belog

Angus Mhairie und behauptete, Artair habe Widerstand geleistet und sei tot.«

»Unser Lehrer hat uns viel über diese Vertreibung der armen Crofter aus den Tälern der Highlands erzählt. Er sagt, es sei nicht rechtens gewesen, dass man diese armen Menschen zu Tausenden aus ihren Häusern vertrieben und zum Auswandern gezwungen hat. Und so etwas hat mein Urgroßvater getan?«

Lili nickte. »Er hat das, was die Herren der übrigen Täler längst erledigt hatten, um sich das Land der Armen für die gewinnträchtige Viehzucht zu sichern, zum Vorwand genommen, um seinen Nebenbuhler loszuwerden. Er ahnte, dass die schöne Mhairie den stolzen Sohn der armen Makenzies liebte, aber an dem Tag, als er Gewissheit hatte, dass sie diesen Mann niemals aufgeben würde, wütete er drüben auf der anderen Seite, dort, wo heute Little Scatwell steht, wie ein Berserker und brachte sogar Artairs Vater, der sich erbittert wehrte, um.«

»Aber hat Großmutter Mhairie denn davon gewusst? Hat sie geahnt, wer der Familie ihres Liebsten soviel Leid zugefügt hat?«

»Ja, sie war an jenem Tag im Haus der Makenzies und hatte es nur Artairs Umsicht zu verdanken, dass sie unter der Plane eines Wagens voller Whiskyfässern nach Hause flüchten konnte, ohne dass Angus sie sah.«

»Aber wie konnte Urgroßmutter Mhairie dann überhaupt den Mann heiraten, der so etwas getan hat?«

Lili stieß einen tiefen Seufzer aus. Sie kämpfte mit sich, ob sie ihrer Tochter wirklich alles erzählen sollte. Ihr Mut, frei heraus die ungeschminkte Wahrheit zu sagen, wollte sie verlassen, doch da fiel ihr Blick auf die Collane. In diesem Augenblick funkelte die Ordenskette im Glanz der Kerzen, als wolle sie Lili ein Zeichen geben. Ja, es ist richtig, Rose umfassend über die ganze Familienfehde, die so viel Leid über die Clans gebracht hatte, aufzuklären, durchfuhr es sie entschieden. Familiengeheimnisse richten nur Schaden in den Seelen derer an, vor denen man sie zu verbergen sucht. Lili spielte kurz mit dem Gedanken, auch Isobel zu diesem

Gespräch zu bitten, aber sie verwarf ihn gleich wieder. Die Ohrfeige stand zwischen ihnen. Das war keine gute Grundlage, Isobel mit der Familiengeschichte zu konfrontieren. Ihre Stieftochter würde sie vielleicht morgen einmal beiseitenehmen, sobald ihr Streit hoffentlich beigelegt war. Auf jeden Fall soll sie es noch vor der Hochzeit erfahren, nahm sich Lili fest vor.

»Mom, nun sag schon. Warum hat Mhairie Angus geheiratet, obwohl er Artairs Familie aus dem Tal von Strathconon vertrieben hat?«

»Mhairie war damals von Artair schwanger.«

»Ja und? Warum hat sie nicht auf Artairs Rückkehr gewartet. Sie musste doch davon ausgehen, dass er wiederkommen und sie holen würde, oder?«

»Nein, Angus hat ihr ja vorgelogen, dass Artair tot sei.«

»Aber trotzdem! Dann … dann hätte sie das Kind eben allein durchbringen können«, stieß Rose empört aus.

»Liebling, das waren andere Zeiten. Du muss dir das einmal vorstellen. Das war Mitte des letzten Jahrhunderts. Es wäre ja selbst heute noch ein Skandal, aber damals hätte das bedeutet, dass Mhairie das Tal von Strathconon für immer hätte verlassen müssen. Und wenn sie etwas annähernd so geliebt hat wie ihren Artair, dann war es ihre Heimat. Sie stand also vor der Wahl: Weit weg nach Edinburgh zu flüchten, und zwar völlig mittellos, denn ihr Vater war ein großartiger Denker gewesen, aber kein bodenständiger Mann. Sein Anwesen gehörte zu dem Zeitpunkt, als er überraschend starb, faktisch Angus Munroy, dem reichsten Mann im Tal. Jedenfalls riet Mhairies Arzt und Patenonkel ihr dringend dazu, Angus Munroys Antrag anzunehmen und ihm das Ungeborene als sein Kind unterzuschieben …«

Lili machte eine Pause, um tief Luft zu holen.

»Ich verstehe, dann war ihr erstes Kind, Onkel Brian, der Vater von Onkel Niall, gar nicht von Angus. Das riecht nach Ärger.«

»Es kam viel schlimmer. Denn auf ihrer Hochzeit geschah das Unfassbare. Sie verlor Artairs Kind, was sie mithilfe ihres Patenonkels zu vertuschen verstand – und nun war sie völlig grundlos Angus' Frau geworden.«

»Das muss ja furchtbar gewesen sein!« Roses Wangen glühten vor Mitgefühl.

»Anfangs ja, aber zu ihr war Angus immer bezaubernd. Er liebte sie. Und als dann Brian zur Welt kam, folgte eine Zeit des kleinen bescheidenen Glücks. Natürlich hatte Artair immer noch einen wichtigen Platz in ihrem Herzen, aber sie hatte sich mit Angus, wie man so schön sagt, arrangiert ...«

Lili unterbrach sich, denn sie erinnerte sich gerade schmerzhaft daran, wie ihr Leben durch diese verdammte Geschichte einst völlig aus den Fugen geraten war.

»Bitte sprich weiter! Glaubst du, ich weiß nicht, dass mit unserer Familie etwas nicht stimmt? Immer, wenn Fiona etwas von einem Fluch murmelt, der über den Munroys liegt, läuft es mir eiskalt den Rücken hinunter.«

Lili stöhnte. »Aber sie soll solche Dinge doch nicht sagen. Das ist lauter dummes Geschwätz.«

»Sie ist nicht die Einzige, die so etwas behauptet.«

»Wer denn noch?«

Rose zögerte, doch dann sagte sie hastig: »Lady Ainsley macht auch gern kleine gemeine Andeutungen.«

»Raus mit der Sprache! Was redet sie für einen Unsinn?«

»Nur, wenn du mir versprichst, dass du sie deswegen nicht zur Rede stellst!«

»Meinetwegen. Also?«

»Sie behauptet, die Makenzie-Frauen hätten Onkel Niall auf dem Gewissen.«

»Diese Schlange«, fluchte Lili, doch dann atmete sie einmal tief durch. »Dann ist es gut, wenn ich dir die ganze Wahrheit erzähle. Dann kann dir das unsinnige Geunke auch keine Angst mehr machen. Es gibt längst keine Fehde mehr zwischen den Clans. Doch damals, als Artair zurückkam ...«

»... wurde er von Angus umgebracht! Aber warum? Es wäre

doch nur gerecht gewesen, wenn Artair Angus umgebracht hätte und nicht umgekehrt.« Rose hielt erschrocken inne. »Dieses Unrecht ist der Grund, warum alle Munroys tot sind! Wahrscheinlich ist es ein Makenzie, der diese Sache rächen will!«

»Das war vor achtzig Jahren, Kind. Da rächt sich keiner mehr. Und außerdem ...«

»Und wie kam es überhaupt dazu, dass Angus Artair umgebracht hat?«

»Als Artair, der aus Nova Scotia zurückgekehrt war und schon mehrere Jahre in Ullapool gelebt hattr, erfuhr, in wessen Haus seine Mhairie und sein Kind, wie er glaubte, lebten, kehrte er ins Tal zurück und verlangte von Angus, dass er sie freigab. Und er warf Angus an den Kopf, es sei sein Kind, das Mhairie da unter seinem Dach großziehe. Die beiden gerieten offenbar in eine heftige Prügelei, in deren Verlauf Angus seinen Nebenbuhler tötete. Der Mord wurde vertuscht, und nur Mhairie hatte den Mut, die Wahrheit zuzulassen. Artair hatte ihr nämlich eine Nachricht zukommen lassen, dass er sich mit Angus am River Conon treffe und sein Recht verlange. So erfuhr Mhairie, dass die beiden Männer einander begegnet waren. Sie wusste also, dass Angus ihren Liebsten zum zweiten Mal umgebracht hatte.«

»Diesen Mörder hätte ich sofort verlassen!«

»Das konnte sie nicht, weil sie ihr zweites Kind von ihm unter dem Herzen trug: deinen Großvater Douglas. Sie beschloss, die Wahrheit für sich zu behalten und der Kinder wegen bei ihm zu bleiben. Doch sie hatte die Rechnung ohne Angus gemacht. Er war davon überzeugt, dass Brian nicht sein Kind war. Und er stellte Mhairie vor die Wahl. Sie durfte zur Hölle fahren, aber ohne das Kind in ihrem Bauch, deinen Großvater! Das brachte deine Urgroßmutter nicht übers Herz. Sie blieb, obwohl ihr Mann sie bist zu seinem Tod quälte und keine Gelegenheit ausließ, über das Pack, wie er die Makenzies zu bezeichnen pflegte, herzog. Seinen Sohn Brian behandelte er wie Luft, doch der Junge hing abgöttisch an ihm.«

»Brian war doch aber in Wirklichkeit Angus' Sohn! Hat Mhairie ihm das denn nicht gesagt?«

»Doch, aber er glaubte ihr nicht! Er hielt ihn für einen Bastard. Sein Hass gegen die Makenzies wuchs ins Unermessliche, und er vererbte ihn auf Brian. Dessen spätere Frau, Lady Caitronia, schürte das noch. Und ihre Söhne Niall und Craig hielten nach Angus' Tod die Erinnerung an den anständigen Angus Munroy hoch und verteufelten die Makenzies.«

»Aber ist es dann nicht umso merkwürdiger, dass sie alle so kurz hintereinander gestorben sind? Ich meine, nicht dass ich Tante Caitronia, Onkel Craig und Tante Shona eine Träne nachweinen würde. Die haben mich stets wie Luft behandelt, aber trotzdem … wenn es nun noch einen Makenzie gibt, der Rache geübt hat? Schließlich hat Angus Artair umgebracht und nicht umgekehrt.«

»Das ist ein dummer Zufall. Mehr nicht! Denn es gibt keine rachsüchtigen Makenzies mehr!«, entgegnete Lili entschieden.

»Ich weiß nicht. Und wenn es einen Makenzie gibt, von dem keiner weiß?«, sinnierte Rose.

Lili machte eine wegwerfende Geste. »Blödsinn! Weil es …« Lili zögerte. Sollte sie dem Kind wirklich erzählen, dass der Mord an Artair bereits vor vielen Jahren gerächt worden war, und zwar von seinem Sohn Gordon, Lilis Vater? Plötzlich bedauerte sie, überhaupt mit dem Thema angefangen zu haben. Sie hatte es sich einfacher vorgestellt und geglaubt, sie könne die ganze Geschichte unemotional weitergeben. Und ohne Rose mit der Nase darauf zu stoßen, dass ihr Großvater mütterlicherseits ein verurteilter Mörder gewesen war. Ihre zitternden Hände bewiesen das Gegenteil. Lili verschränkte sie fest ineinander, damit Rose nicht bemerkte, wie nahe ihr das alles ging.

»Und hat mein Großvater Douglas auch mitgemacht bei der Hetze gegen die Makenzies?«

»Nein, der war viel zu selten zu Hause. Er war erst auf einem Internat und studierte dann in Edinburgh. Er war erst neunzehn

Jahre, als er am achtundzwanzigsten Dezember des Jahres 1879 in den kalten Tod stürzte. Damals war er auf dem Weg in die Ferien. Seine Mutter Mhairie war sehr böse auf ihn, dass er nicht schon vor Weihnachten gekommen war, aber der wilde Bursche hatte noch ein paar Feste in Edinburgh mitgefeiert. In dem Augenblick, da der Zug bei einem Orkan über die Brücke von Tay fuhr, brach sie zusammen und riss seinen Zug in die Tiefe.«

»Warum hat Dad nie darüber gesprochen?«

»Weil er ihn gar nicht gekannt hat. Und außerdem war dein Dad der Meinung, dass wir uns nicht mit den alten Geschichten belasten, sondern lieber das Leben genießen sollten. Es sei kurz genug, pflegte er immer zu sagen, um auch nur einen Tag mit Trübsinn zu verschwenden.«

»Das kann ich mir vorstellen. Dad war der unbekümmertste Mensch, den ich je gekannt habe«, entgegnete Rose verträumt.

Lili warf ihr einen zärtlichen Blick zu. Und dieses Gemüt hat er dir vererbt, meine Rose, dachte sie.

»Aber wieso ist der Großvater schon mit neunzehn Vater geworden? Der war doch selbst noch ein Kind«, hakte Rose nach.

Lili schmunzelte kurz, bevor sie wieder ernst wurde. »Der junge Douglas hat in Edinburgh nicht nur die Rechte studiert, sondern auch die Frauen. Er war wohl ein Schürzenjäger, kaum dass er zum Mann herangewachsen war. Deshalb wusste er auch nicht, dass er ein Dienstmädchen geschwängert hatte. Und von diesem Familiengeheimnis hätten die Munroys wohl auch nie erfahren, wenn das Ergebnis dieser flüchtigen Liebe nicht ein paar Wochen nach seinem Tod an einem kalten Wintertag bei Großmutter Mhairie vor der Tür gelegen hätte, mit einem Zettel versehen, dass sich die junge Frau nicht anders zu helfen wisse …«

»Dad wurde wie ein Paket bei Urgroßmutter Mhairie abgegeben?«

»Da konnte er nur von Glück sagen. Offenbar wusste die junge Frau über die persönlichen Verhältnisse des jungen Douglas Bescheid und dass er eine wunderbare Mutter hatte. Angus wollte den Jungen erst in ein Heim geben, aber als er mit eigenen Augen sah, dass es sich um einen waschechten Munroy handelte, gehörte er auch für ihn zur Familie. Für Großmutter Mhairie aber war er zeitlebens etwas ganz Besonderes. Er ist immer ihr Lieblingsenkel gewesen. Kein Wunder, sie hat ihn aufgezogen wie einen eigenen Sohn. Er war ihr bis ins hohe Alter sehr nahe. Vielleicht erinnerst du dich, wie er sie bis zu ihrem Tod auf ihren Spaziergängen begleitet hat ...«

»Natürlich, ich bin doch oft mitgegangen. Urgroßmutter Mhairie schnaufte immer wie eine Lokomotive, wenn wir endlich am Loch Meig angekommen waren. Dann zeigte sie stets mit zitternder Hand ans andere Ufer und seufzte: Dort drüben, mein Dusten, habe ich die Liebe erlebt ...«

Rose unterbrach sich und grinste breit. »Meinst du, sie hat dort draußen am See mit Artair ...? Das habe ich als Kind gar nicht verstanden, aber offenbar war sie einst auch eine junge Frau ...« Sie kicherte.

»Ach, Rose, ich denke, was sie damit meinte, sollte ihr Geheimnis bleiben. Was ich nur damit sagen wollte, ist, dass sich dein Vater und Großmutter Mhairie immer schon sehr nahe gestanden haben. Deshalb lebte sie ja auch nicht bei ihrer Schwiegertochter Caitronia auf Scatwell Castle. Dort wurde sie schon damals, als ich in die Familie kam, als ›verrückte Alte‹ abgestempelt, die nicht zu den Munroys hielt wie der Rest der Sippe. Sie litt ein Leben lang unter dem schlechtes Gewissen, dass sie Angus überhaupt geheiratet hatte, und weißt du, was er ihr zur Hochzeit geschenkt hat?«

Lili blickte zur Ordenskette.

»Doch nicht etwa die Collane?«

»Genau diese, aber sie wusste zu dem Zeitpunkt bereits von Artair, dass sie den Makenzies gehörte. Großmutter Mhairie tat so, als ob sie die Kette verloren hatte und versteckte sie mit dem einen Ziel, dass sie eines Tages an einen Makenzie zurückgehen sollte. Das war ihre Art der Wiedergutmachung. Und so bekam ich sie. Und nun soll sie dir Glück bringen.«

Lili überlegte, ob sie die Geschichte an diesem Punkt abschließen sollte. Was brachte es, wenn sie den Mord an Angus Munroy zur Sprache brachte? Sie ahnte auch, warum sie zögerte. Weil alles Weitere an ihr ganz persönliches Schicksal gekoppelt war. Sie schüttelte sich allein bei der Erinnerung an den Tag, an dem sie herausgefunden hatte, dass ihr Vater kein namenloser Schwarzbrenner aus den Lowlands gewesen war, sondern ein Mörder aus den Highlands, ein Makenzie!

»Erzähl weiter!«, hörte sie Rose wie von Ferne bitten.

»Da gibt es nichts mehr zu erzählen«, log sie schwach.

Rose musterte ihre Mutter durchdringend.

»Mom, ich bin nicht die Klassenbeste, weil ich so fleißig bin. Wie sagt meine Englischlehrerin Miss Meyers immer? Rose, du verfügst über eine überdurchschnittliche Auffassungsgabe. Das ist aber kein Grund, im Unterricht zu schwatzen! Du verheimlichst mir etwas Wesentliches! Und ich bin alt genug, es heute zu erfahren.«

»Du kleiner Schlaumeier«, entfuhr es Lili nicht ohne einen gewissen Stolz auf ihre Tochter. »Wo waren wir stehengeblieben?«

»Bei der Collane und dass Dad Großmutter Mhairies Liebling gewesen ist!«

»Was meinst du, was das für Kämpfe unter den Enkeln gegeben hat. Niall war immer besonders eifersüchtig auf ihn.«

»So wie Isobel auf mich?«, entgegnete Rose in überraschend scharfem Ton.

Lili legte den Arm um ihre Tochter und zog sie dichter zu sich heran. »Ach, Rose, sie meint es bestimmt nicht so. Schau, sie hat wirklich kein leichtes Leben gehabt. Der Tod ihrer Mutter …«

»Stimmt es, dass sie sich umgebracht hat?«

»Hat Isobel dir das erzählt?«

»Nein.«

»Sag nicht, dass du es auch von Lady Ainsley weißt?«

Rose nickte. »Sie lässt keine Gelegenheit aus, mir Schauergeschichten über meine Familie unterzujubeln, aber ich gehe dann immer unter einem Vorwand weg, weil ich es aus dem Mund dieser Schlange nicht hören will!«

»Weißt du, wie es passiert ist oder nicht?«

Lili senkte den Kopf. Sie fühlte sich ertappt.

»Sie hat sich mit dem Sgian Dubh von Onkel Niall am River Conon die Pulsadern aufgeschnitten«, murmelte sie.

»Und weißt du auch, warum?«

Rose schüttelte heftig mit dem Kopf.

»Du wusstest also vor diesem Gespräch wirklich nicht, dass Isobels Mutter eine Makenzie war?«

»Nein, wirklich nicht. Das wird ja immer spannender. Vielleicht ist Isobel die Rächerin!«, ulkte Rose.

»Ach, du Kindskopf! Es war grausam. Die Familie hat Caitlin sehr übel behandelt, nachdem sie erfahren hatte, dass sie eine verhasste Makenzie ist.«

»Aber die sollen doch ganz ruhig sein, diese Munroys. Schließlich hatte Angus Munroy doch Artair Makenzie umgebracht!«, warf Rose empört ein.

»Ja, aber wie du schon sagtest. Es roch nach Vergeltung. Und so hat ein Makenzie diesen Mord viele Jahre später gerächt!«, stieß Lili entschieden hervor. Jetzt war es raus. Es gab es kein Zurück mehr!

»Hatte Artair denn Kinder? Ich denke, Mhairie hat sein Baby verloren?«

»Ja, aber das wusste ja keiner. Artair war nach ein paar Jahren aus Nova Scotia zurückgekehrt und hatte sich in Ullapool niedergelassen. Er wollte in Mhairies Nähe sein, aber ihr Leben nicht zerstören, denn er glaubte, sie habe einen guten Ehemann gefunden. Wer das war, ahnte er zu dem Zeitpunkt nicht. Er fing eine Beziehung mit dem Dienstmädchen des Reeders Boyd an, für den er arbeitete. Die junge Frau bekam zwei uneheliche Kinder. Sie war schwanger, als Artair fortging. Artair wollte sie eigentlich heiraten, doch dann erfuhr er, wen Mhairie geheiratet hatte, und er eilte hasserfüllt ins Tal von Strathconon, um seinen Feind zur

Rede zu stellen. Er kam nie wieder. Du weißt jetzt, warum. Bei der Geburt des Mädchens starb die junge Frau. Das Mädchen wurde von den Boyds adoptiert, es war Alisa, die Jahre später bei der Geburt ihrer Tochter Caitlin starb. Der Junge, Gordon, Alisas Bruder, wurde bald nach der Geburt in ein Heim abgeschoben. Dieses arme Waisenkind hat als Erwachsener mehr durch Zufall von dem Mord an seinem Vater erfahren. Und auch, wer der Täter war und dass er nie für das Verbrechen zur Rechenschaft gezogen worden war. So hat er Angus eines Tages nach Inverness gelockt und ihn zu einem Mordgeständnis zwingen wollen. Angus hat ihn verhöhnt. Da hat Gordon ihn im Streit getötet! In den Augen der Munroys gab es von da an nur einen einzigen Mörder. Gordon Makenzie! Angus' Tat wurde weiterhin hartnäckig geleugnet. Niall hatte also unwissentlich die Nichte des Mörders seines heißgeliebten Großvaters geheiratet. Und das hat er sie spüren lassen.«

»Aber sie konnte doch nichts dafür.«

»Die Munroys waren blind vor Hass. Und dann ...« Lili unterbrach sich und holte tief Luft. »Und dann wiederholte sich alles, nachdem er die kleine Lehrerin und Tochter der Köchin Davinia, Lili Campbell, aus dem fernen Edinburgh geheiratet hat.«

»Verstehe ich nicht! Ich meine, ich weiß ja, dass Onkel Niall dein erster Mann war, aber ...«

»Gordon Makenzie war mein Vater! Und nicht ein Schwarzbrenner aus den Lowlands, wie man es mir hatte weismachen wollen. Ich habe die Beweise bei den Sachen meiner Mutter gefunden, als sie starb.«

»Oh weh! Dann bist du ja noch enger mit dem Mörder verwandt als die arme Caitlin. Und du? Hast du es Onkel Niall gesagt, nachdem du es erfahren hast?«

»Nein, ich wollte nicht dasselbe Schicksal wie Caitlin erleiden, aber Niall hat es später auf unschöne Weise herausgefunden und mich ...« Lili stockte. Dass Niall sie geschlagen hatte, das würde sie ihrer Tochter nicht verraten.

»Er hat mich aus Scatwell Castle verjagt, und ich habe Unterschlupf bei Großmutter Mhairie und deinem Vater in Little Scatwell gefunden. «

»Und nach Nialls Tod hast du Dad geheiratet«, ergänzte Rose nachdenklich.

»Ja, aber wenn ich ehrlich bin, hatte ich mich bereits viel früher in Dusten verliebt. Niall war mir so entsetzlich fremd, nachdem wir in den Highlands eingetroffen waren. Über Scatwell Castle lag eine Schwere, eine düstere Wolke. Lady Caitronia, Craig, seine Frau Shona und auch Niall waren so voller Hass. Bis ich erfuhr, dass er den Makenzies galt, aber da war es zu spät. Und es gab nur zwei Lichtblicke in diesem Haus: Großmutter Mhairie und Dusten. Der sprühte nur so vor Lebensfreude, lachte und war charmant. Insgeheim habe ich ganz schnell bedauert, dass ich nicht seine Braut war, sondern die des schwermütigen, herrschsüchtigen Niall. Die Liebe meines Lebens ist Dusten. Ach, ich vermisse ihn so sehr!«

Lili wollte Rose gerade erneut in den Arm nehmen, als Isobel mit schneidender Stimme dazwischenfuhr: »Danke, Lili, das war die zweite Ohrfeige für heute!«

Lili fuhr erschrocken herum. In der Tür stand wie eine Rachegöttin Isobel in ihrem weiten Wintermantel, um den Kopf ein wollenes Tuch mit dem Tartan der Munroys, in dem Rot dominierte, geschlungen. Lili sprang auf und lief auf sie zu. »Bitte, verzeih mir. Das ist aus dem Zusammenhang gerissen. Um es zu verstehen, musst du die ganze Geschichte kennen.«

»Muss ich das?«, entgegnete Isobel bissig, während sich ihr Blick auf die Collane heftete, die vor Rose auf dem Tisch lag.

Mit einem Griff nahm Isobel die Ordenskette an sich.

»Das ist meine«, protestierte Rose verzweifelt. »Davon kann ich das nächste Schuljahr in der St. Georges bezahlen, wenn du mir das Geld schon nicht geben willst!«

Verächtlich musterte Isobel ihre Stiefschwester. »Aber sie gehört dir nicht!«, zischte sie.

»Mom, bitte, sag ihr, dass du sie mir geschenkt hast«, flehte Rose ihre Mutter an.

Lili wollte etwas erwidern, aber sie konnte nicht. Sie erinnerte sich plötzlich an den Jahreswechsel 1914/1915. Isobel hatte unter dem Tannenbaum die Collane entdeckt, die Großmutter Mhairie Lili zu Weihnachten geschenkt hatte.

»Wie schön!«, hatte die elfjährige Isobel ausgerufen. »Wie wunderschön!«

»Wenn du einmal groß bist, wird sie dir gehören«, hatte Lili dem Mädchen versprochen. Damals, als Lili doch im Leben nicht damit gerechnet hatte, noch ein eigenes Kind zu bekommen.

»Es ist … also … es war … du musst das verstehen, ich … ich dachte, du wirst die einzige Makenzie, ich meine, und nun seid Ihr zwei …«, stammelte Lili.

»Ich weiß nicht, wovon du da redest. Und auch nicht, warum du sie mir damals geschenkt hast. Es interessiert mich einen Dreck, vor allem, wenn es mit der verdammten Geschichte meiner Familie zu tun hat.«

Lili schluckte mehrmals. Es stimmte, Isobel hatte sich von Kindheit an mit Händen und Füßen dagegen gewehrt, die Wahrheit zu erfahren. Sie hatte auch niemals mehr über ihre Mutter gesprochen. Und sie tat stets so, als wisse sie nicht, dass ihre Mutter eine Makenzie gewesen war. Dabei waren ihr die bösartigen Bemerkungen auf Scatwell Castle über »das Pack« doch bestimmt nicht entgangen. Wahrscheinlich hatte sie es verdrängt, aber jetzt war es an der Zeit, dass sie die Wahrheit erfuhr. Jetzt, nachdem Rose in alles eingeweiht war.

»Isobel, bleib hier, wir müssen miteinander reden«, flehte Lili sie an, doch ihre Stieftochter ließ das wertvolle Schmuckstück wortlos in ihrer Manteltasche verschwinden, drehte sich auf dem Absatz um und verließ den Salon.

18

Ohne sich auch nur noch einmal umzudrehen, verließ Isobel Scatwell Castle. Sie bebte vor Zorn, während sie nach dem Schmuckstück in ihrer Manteltasche tastete. Wie hatte Lili das nur vergessen können? Aber wenn es um ihren blonden Engel geht, dann zählt nichts, dachte sie zutiefst gekränkt.

Mit gesenktem Kopf kämpfte sie sich durch die Eiseskälte, so als wäre der Teufel hinter ihr her. Die Stallungen lagen hinter dem Haus am Ende ihres Anwesens.

Sie beschleunigte ihr Tempo, denn sie wollte unbedingt vermeiden, dass Lili sie im letzten Augenblick einholte. Wie sie ihre Stiefmutter kannte, würde sie ihr hinterherlaufen und eine klärende Aussprache erzwingen wollen. Sie würde sich tausendfach entschuldigen und von einem schrecklichen Missverständnis sprechen. Doch dieses Mal gab es keine Ausflüchte. Lili hatte Isobels Collane Rose schenken wollen. Das war der Gipfel! Nein, auf keinen Fall wollte sie sich von Lili einlullen lassen. Heute Nacht hatte sie ihr wahres Gesicht gezeigt: Erst die Ohrfeige und dann diese Gemeinheiten über ihren Vater Niall. Na, endlich wusste sie, woran sie bei Lili war. Ihren Vater hatte sie auf jeden Fall niemals geliebt. Warum sie ihn dann wohl geheiratet hatte? Um aus ihrer kleinen armen Welt zu der Ehefrau eines reichen Baronets aufzusteigen? Das jedenfalls hatte Lady Ainsley ihr damals zugeflüstert. Lili Campbell ist ein gerissenes Luder. Sie will nur das Ansehen und Geld deines Vaters. Damals hatte Isobel sich weinend von Lady Ainsley abgewandt, weil sie Lili doch über alles geliebt hatte. Vielleicht hatte die Liebe zwischen Lehrerin und Schülerin einst sogar auf Gegenseitigkeit beruht, aber jetzt, wo Lili ihre eigene Prinzessin hatte, war es vorbei. Isobel wurde übel, wenn sie nur an dieses verwöhnte Ding dachte. Rose. Die Rose der Highlands, die sie sogar auf dem dummen Gemälde verewigt hatte.

Isobel brummte der Schädel, als sie die schwere Stalltür öffnete, was bei dem starken Wind gar nicht einfach war. Ihre Gedanken wirbelten wild durcheinander. Zorn und Selbstmitleid wechselten sich in rasendem Tempo ab.

Als sie den Stall betrat und ihr eine warme Wolke von Heu und Pferdemist entgegenwehte, wurde sie ein wenig ruhiger. Die Anwesenheit der Tiere gab ihr eine gewisse Geborgenheit zurück. Sie blieb an jeder Box stehen, nannte die Pferd beim Namen und begrüßte jedes von ihnen. Sie kannte sie alle, obwohl ihnen nur vier davon gehörten. Der Rest waren Tiere aus der Nachbarschaft, die auf Scatwell Castle vom Stallburschen Ian mit versorgt wurden. Für die eigenen Pferde hätte es sich nicht gelohnt, einen Angestellten zu halten. So waren alle zufrieden.

Ein Mal im Leben will ich die unvernünftige Isobel sein, die keinem noch so einsichtigen Argument zugänglich ist, sagte sich Isobel entschlossen, als sie sich Unas Box näherte. Eigentlich hatte sie ihr eigenes Pferd nehmen wollen, aber es zog sie magisch zu der weißen Stute. Vom Kopf her wusste Isobel genau, dass diese nächtliche Flucht mehr als kindisch war. Die Uhr im Salon hatte eben gerade kurz vor halb elf angezeigt, und bei diesem Wetter würde sie nach Strathpeffer sicherlich eine Stunde brauchen. Dann würde sie kurz vor Mitternacht dort, bei ihm, eintreffen. Das ist doch Wahnsinn, ging es ihr durch den Kopf. Na und?, fügte sie in Gedanken trotzig hinzu.

Una schien hocherfreut, dass sie noch einen unerwarteten Ausritt bekam. Und so trabte Isobel mit ihr wenig später in die unwirtliche Nacht hinaus. Sie konnte nur froh sein, dass der Mond ihr den Weg am River Conon entlang leuchtete. Sie überlegte, ob sie durch den Wald oder über Marybank und dann entlang der Straße reiten sollte. In diesem Punkt siegte ihr Verstand, und sie entschied sich für den längeren, aber bekannten Weg.

Während Una mit schlafwandlerischer Sicherheit zwischen dem River Conon auf der einen und den Wäldern, die zur Hochebene hinaufführten, auf der anderen Seite entlanggaloppierte, verfiel Isobel wieder in trübsinniges Grübeln. Es hatte ihr schrecklich wehgetan, Lili so abfällig über ihren Vater reden zu hören. Deutlicher hätte sie ihr kaum zeigen können, dass sie Rose natürlich lieber hatte als sie. Rose, die Tochter ihres heißgeliebten Dusten. Er war, und das stand auch für Isobel außer Frage, ein wunderbarer Mann gewesen. Schließlich hatte er sie wie ein Vater aufgezogen und ihr jeden Wunsch erfüllt. Er hatte ihr nie das Gefühl gegeben, dass er sie weniger liebte als die kleine Rose. Isobel war damals sogar hocherfreut gewesen, als man ihr verkündet hatte, sie bekäme ein Geschwisterchen. Natürlich waren sie alle völlig aus dem Häuschen gewesen, als dieses hübsche Ding auf die Welt gekommen war. Wenn Isobel ehrlich war, hatten weder Lili noch Dusten ihr, der damals Zwölfjährigen, das Gefühl gegeben, das fünfte Rad am Wagen zu sein.

Während sich Una Marybank näherte, dachte Isobel an die Ohrfeige, und die Schamesröte stieg ihr in die Wangen. Wie konnte Lili es wagen, ihr das anzutun? Ihr, einer erwachsenen Frau, die im Begriff stand, in wenigen Tagen ihre Verlobung bekanntzugeben?

Sie waren jetzt bei der Brücke über den Conon angekommen. Was danach kam, war ein kleines Stückchen durch den Wald. Sie hatte zunächst Sorge, dass der Mond das Dach aus den Kronen der Bäume nicht würde durchdringen können, doch sein fahles Licht leuchtete ihr wie eine weißliche Laterne den Weg.

Von allen Seiten ertönten die Geräusche des Waldes. Der Wind rauschte durch die Baumkronen, das Unterholz knackte zu beiden Seiten, weil das Wild nachts unterwegs war, und die Wintervögel krächzten ihre Lieder.

Doch das alles konnte Isobel nicht schrecken. Denn viel schlimmer war es, wenn der Wald schwieg. So wie an jenem Tag vor vielen Jahren, als sie ihn allein durchquert hatte, um ihre Mutter zu suchen. Im Fluss hatte sie sie schließlich gefunden …

Isobel fröstelte. Daran durfte sie nicht denken. Und schon gar nicht, wenn sie mitten in der Nacht durch den Wald ritt. Um die

Gespenster der Vergangenheit zu verjagen, stimmte sie ein Weihnachtslied an. »Hark the Herald Angels sing«, schallte es durch den Wald, und Isobel fühlte sich gleich viel besser. Ihre Stimme hatte die Schatten der Angst verjagt.

Trotzdem war sie erleichtert, als sie den Wald verließ und weiter über Felder reiten konnte, bis der Weg nach Strathpeffer sie rechterhand einen Berg hinaufführte. Auch hier ging es zu beiden Seiten in den tiefen Wald hinein, aber sie ritt dazwischen auf einer Straße, auf der auch die Autos Strathpeffer erreichten. Dieser Weg ging direkt in die Hauptstraße des einst blühenden Kurortes über. Diese wie auch der Platz, auf dem der Trinkpavillon stand, waren wie leer gefegt. Und nur noch hinter wenigen Fenstern waren Lichter zu erkennen. Strathpeffer hatte sich in dieser Weihnachtsnacht bereits schlafen gelegt. Sogar die prächtige Hotelfassade aus der edwardianischen Epoche wirkte nicht mehr so anheimelnd wie neulich, als Isobel mit Lili hier gewesen war. Auch hier brannte nur noch hinter wenigen Fenstern Licht.

Kein Wunder, dachte Isobel, zu den Festtagen blieben die meisten Menschen zu Hause, und die Zeiten, dass man zum Feiern nach Strathpeffer reiste, waren lange vorüber.

Isobel ließ Una anhalten und stieg vom Pferd. Einen Augenblick schaute sie etwas ratlos auf die düster wirkende Hotelfassade. Ob Lord Fraser wohl einer derjenigen war, die in dieser Nacht noch nicht schliefen?

Und wenn, was würde er sagen, wenn sie am Weihnachtsabend unangemeldet bei ihm im Hotel auftauchte? Was, wenn er längst im Bett war?

Isobel kämpfte mit sich, ob sie nicht doch umkehren sollte, doch da hörte sie bereits eine Stimme hinter sich freundlich fragen: »Soll ich Ihnen das Pferd abnehmen, Mylady?«

Isobel fuhr herum. Ein junger Stallbursche wartete auf ihre Antwort.

»Ja, gern«, erwiderte sie, bevor sie zögerlich den Weg zum Hoteleingang einschlug.

19

Lord Fraser starrte in das prasselnde Kaminfeuer und grübelte. In der Hand hielt er eine Zigarette. Der Aschenbecher, der neben der halbleeren Whiskyflasche auf einem Beistelltisch stand, quoll über. Er zuckte zusammen, als es an der Tür pochte.

»Bitte!«, sagte er mürrisch.

Dementsprechend verschüchtert trat das Zimmermädchen ein und kündigte ihm einen Besucher an.

»Wer es auch immer sei, schicken sie ihn fort. Es ist Weihnachten«, befahl er. Seine Stimme klang leicht verwaschen, und seine Wangen waren von dem vielen Whisky etwas gerötet.

»Es ist eine junge Dame. Ihre ... Ihre Schwester, Sir, jedenfalls behauptet sie das«, stammelte die junge Hotelangestellte verlegen. »Aber, wenn die junge Dame gelogen hat, und sie gekommen ist, um Sie zu belästigen, dann werden wir sie selbstverständlich hinauskomplimentieren«, versicherte sie beflissen.

Lord Fraser runzelte die Stirn. Wer konnte das sein? Er hatte Marta doch ausdrücklich untersagt, sich in Strathpeffer blicken zu lassen. Schon gar nicht in seinem Hotel. Wie kam sie dazu, sich über dieses Verbot hinwegzusetzen? Das war nicht in Ordnung, aber das tat im Augenblick nichts zur Sache. Der Whisky hatte ihn in Stimmung gebracht. Und wenn sie schon einmal da war ...

»Nein, nein, sie sagt die Wahrheit«, erwiderte der Lord hastig und sprang von seinem Sofa auf. »Bitten Sie die Dame herein, aber lassen Sie sie noch einen Augenblick warten. Es sieht hier nicht gerade wohnlich aus.«

Sofort machte er sich daran, eine Lampe anzumachen und Licht in das düstere Zimmer zu bringen. Hastig räumte er die verräterischen Reste seiner einsamen Weihnachtsfeier fort und fuhr sich ein paarmal durch das störrische Haar.

In diesem Augenblick klopfte es zaghaft. Die Hotelangestellte führte Isobel in den Salon.

»Guten Abend, Keith, ich hatte nicht vor, dich zu überfallen, aber es ist etwas Furchtbares geschehen«, stieß sie heiser hervor.

Lord Fraser erstarrte bei ihrem Anblick innerlich zur Salzsäule, doch in Sekundenschnelle schaffte er es, ein Lächeln auf sein verblüfftes Gesicht zu zaubern.

»Du bist mir doch immer willkommen.« Er trat einen Schritt auf sie zu. »Aber, wie bist du mitten in der Nacht hergekommen?«

»Mit dem Pferd. Die Hotelpagen haben es mir bereits abgenommen und zu den hoteleigenen Stallungen gebracht.«

Schüchtern blickte sich Isobel um. »Ich wollte wirklich nicht stören, Keith.« Sie konnte sich nicht helfen. Der riesige Salon der Hotelsuite wirkte abweisend auf sie und kein bisschen anheimelnd, obwohl auch hier wie zu Hause in Scatwell Castle ein Kaminfeuer prasselte.

»Komm, setz dich. Ich hole dir einen Whisky.« Keith nahm sie bei ihrer eiskalten Hand und half ihr aus dem Mantel. Als er ihn über seinen Arm legte, fiel etwas Glitzerndes heraus. Neugierig bückte sich Keith und hob das Schmuckstück auf. Verwundert starrte er auf die Ordenskette in seiner Hand.

»Wie kannst du so etwas Wertvolles wie eine Collane bloß derart leichtfertig in der Manteltasche mit dir herumtragen?«, fragte er vorwurfsvoll.

Isobel lief rot an.

»Ich kam dazu, als meine Mutter sie Rose schenken wollte. Dabei hatte sie die Collane bereits vor vielen Jahren mir versprochen.« Isobel griff nach der Ordenskette.

Keith reichte ihr das gute Stück wortlos zurück.

»Geht mich ja auch nichts an«, murmelte er, nachdem Isobel die Collane an sich genommen und hektisch in ihre Umhängetasche gestopft hatte.

»Doch, doch ich will dir doch alles erzählen, aber ich bin völlig aus der Puste«, schnaufte Isobel. »Der lange Ritt in der Kälte und …«

»Schon gut, mein Liebes, ich war nur so erstaunt, weil es sich um keine gewöhnliche Kette handelt, sondern um die Ordenskette des Ordens von der Distel, die höchste Auszeichnung, die man in Schottland erhalten kann.«

Isobel wollte etwas erwidern, aber Keith kam ihr zuvor: »Alles der Reihe nach. Erhol dich erst einmal von dem Höllenritt!«

Er nahm sie beim Arm und führte sie zum Sofa. Dort reichte er ihr als Erstes einen Whisky.

»Trink, du bist ja halb erfroren.«

Isobel, die vor Kälte zitterte, kippte den Inhalt des Glases in einem Zug hinunter.

»Er ist leider nicht aus meiner Brennerei«, fügte er beinahe entschuldigend hinzu. »Aber nun sag schon. Was ist geschehen?«

Isobel zögerte. Es fiel ihr nicht leicht, sich vor Dritten über ihre Familie zu beklagen, aber dann flossen ihr die Worte nur so aus dem Mund. Zumal Keith zärtlich den Arm um ihre Schultern gelegt hatte und sie mit seinem mitfühlenden Blick ermunterte, ihm alles haarklein zu berichten. Isobel ließ fast nichts aus. Weder die Tatsache, dass sie gar nicht daran dachte, ihrer verwöhnten Schwester den teuren Schulbesuch von ihrem Geld zu finanzieren, noch dass ihre Mutter die Collane an Rose hatte verschenken wollen. Nur Lilis peinliche Liebesbezeugung an Dusten ließ sie aus. Dann hätte sie Keith ja entgegen des Versprechens, das sie Lili gegeben hatte, über die wahren Verwandtschaftsverhältnisse aufklären müssen. Dafür schmückte sie die Ohrfeige umso mehr aus.

»Das geht entschieden zu weit«, empörte sich Keith lautstark. »Du bist doch kein dummes kleines Ding mehr.«

Isobel wand sich. »Ich weiß, aber ich habe sie sehr provoziert.«

»Trotzdem. Das darf nicht geschehen!«, ergänzte er schnaubend. »Und ist deine Mutter vielleicht auch der Grund, warum du mir vor dem Termin mit meinem Banker am Telefon einen Vortrag gehalten hast, dass man nicht ohne gründliche Überprüfung sein Geld einem Fremden geben dürfe?«

Keith musterte Isobel durchdringend. Sie senkte den Kopf und schwieg.

»Sie hat etwas gegen mich, nicht wahr?«, insistierte Keith. »Glaubst du, das habe ich nicht gemerkt?« Er war vor Erregung vom Sofa aufgesprungen und ging nun ärgerlich im Salon auf und ab, die Hände auf dem Rücken verschränkt.

»Meine Mutter meinte, es wäre besser, wenn ich dich erst ein wenig besser kennenlernen würde«, gab Isobel kleinlaut zu. Sie fühlte sich mit einem Mal schrecklich unwohl. Was war nur in sie gefahren, einen gefährlichen Ritt bei Nacht und Nebel nach Strathpeffer zu unternehmen, um sich bei ihrem Verlobten auszuheulen? Noch niemals zuvor hatte sie sich so heftig mit Lili erzürnt. Und nun rannte sie beim ersten großen Krach davon und verriet ihre Stiefmutter an einen Fremden. Isobel fühlte, wie ihr bei diesem Gedanken die Röte in die Wangen schoss. Nein, es war nicht recht, was sie tat. Das hatte Lili nicht verdient, die immer wie eine Mutter zu ihr gewesen war, die um sie gekämpft hatte. Isobel überlegte, ob es nicht besser wäre, sich bei Keith für diesen Überfall zu entschuldigen und nach Hause zurückzureiten.

Als könne Keith Gedanken lesen, setzte er sich neben sie, zog sie zärtlich zu sich heran und küsste sie. Isobel erwiderte den Kuss voller Leidenschaft, und ihr Unwohlsein war wie fortgeblasen. Nun wusste sie, was sie nach Strathpeffer geführt hatte. Die Liebe zu diesem Mann, den sie bald heiraten würde. Sie fühlte sich geborgen und beschützt. Die Zeiten, da Lili ihre Hauptbezugsperson darstellte, waren vorüber. Es war richtig, wenn Isobel ihr Herz bei ihrem zukünftigen Ehemann ausschüttete.

Wenn es nach ihr gegangen wäre, hätte der Kuss eine Ewigkeit dauern dürfen, doch Keith löste, schneller als es ihr lieb war, seine Lippen von ihren.

Sie stieß einen tiefen Seufzer aus und griff nach dem Glas.

»Deine Mutter hat einen großen Einfluss auf dich, nicht wahr?« Er musterte sie kalt, während er den Inhalt des Glases mit einem Zug herunterschüttete.

Keiths Blick ließ Isobel frösteln.

»Bist du mir böse, dass ich deinen Ratschlag wegen des Geldes nicht sofort angenommen habe?«, fragte sie vorsichtig,

»Nein, Liebling, wo denkst du hin? Ich finde es schade, dass dein Vermögen nicht richtig für dich arbeitet, aber mir kann es gleichgültig sein. Ich finde nur, deine Mutter hat kein Recht, dich so zu behandeln.«

»Genau das denke ich auch. Ich bin zu alt, um an ihrem Rockzipfel zu hängen«, pflichtete sie ihm bei, eifrig bemüht, ihr enges Verhältnis zu Lili herunterzuspielen.

»Wer will das schon? Aber solange du nach ihrer Pfeife tanzt, wird sie dich wie ihr Eigentum behandeln«, bemerkte Keith ungerührt.

Isobel schluckte trocken. Das war demütigend. Es war ihr peinlich, wie ein unmündiges Kind vor ihm dazustehen.

»Sag, wann ist der englische Banker denn eigentlich wieder einmal in Inverness?«, fragte Isobel scheinbar beiläufig. Dabei klopfte ihr das Herz bis zum Hals.

»Bis nach Hogmanay. Er hat eine schottische Familie, bei der er die Feiertage verbringt.«

»Und meinst du, wir könnten ihn morgen treffen?«

»Ich glaube schon«, entgegnete Keith beinahe desinteressiert.

»Ich würde ihm gern mein Vermögen anvertrauen«, ergänzte Isobel in der Hoffnung, sie würde damit Eindruck bei Keith schinden, doch der bemerkte nur müde: »Wenn das dein Wunsch ist.«

»Ja, ich möchte, dass sich mein Geld vermehrt«, entgegnete Isobel nachdrücklich mit einer Spur Zorn in der Stimme. Warum gab er sich mit einem Mal so gleichgültig? Nahm er ihr diese plötzliche Selbstständigkeit nicht ab?

»Warum ermutigst du mich nicht? Du hast ihn mir so angepriesen!«, stieß sie ärgerlich hervor.

Keith hob die Achseln.

»Ich weiß nicht so recht. Nicht dass deine Mutter dann verärgert ist und einen Privatdetektiv auf den armen Mister Jones ansetzt. Sie scheint von Grund auf misstrauisch zu sein.«

»Hast du nicht gehört, was ich gesagt habe?« Isobels Stimme vibrierte vor Wut. Ohne eine Antwort abzuwarten, fügte sie hinzu: »Es ist mein Vermögen und nicht das meiner Mutter! Mein Vater hat es mir vererbt. Mir ganz allein und …«

»Nun übertreib mal nicht«, lachte Keith. »Du tust ja gerade so, als handele es sich um wahre Reichtümer.«

Isobel funkelte ihn zornig an.

»Ich habe keine Ahnung, wie viel es ist, aber das überlass mal deinem Mister Jones, zu beurteilen, ob es Reichtümer sind oder nicht. Treffen wir ihn nun morgen oder nicht?«

Keith lachte immer noch. Isobel stutzte. Es war ein anderes Lachen, als sie es bisher von ihm kannte. Ihr Blick blieb an der Whiskyflasche hängen, die auf einem Beistelltisch vor dem Kamin stand. Sie war fast leer. Ob er betrunken war?

Isobel leerte daraufhin ihr Glas in einem Zug und bat um Nachschub. Ohne mit der Wimper zu zucken, schenkte er ihr den Rest ein. Sie ging davon aus, dass er nichts mehr hatte, doch er griff wie selbstverständlich in eine Bar, die in den Schrank eingearbeitet war, und zog eine neue Flasche heraus. Sie beobachtete stumm, wie er sie öffnete und sich sein Glas bis zum Rand vollschenkte. Doch sie hütete sich davor, ihn deswegen zu kritisieren.

»Was gibt es zu lachen, wenn ich dich frage, ob wir morgen deinen Mister Jones treffen können?«, fragte sie stattdessen in scharfem Ton.

Keith guckte sie mit einer Mischung aus Verschmitzheit und Schuldbewusstsein an. Wie ein Schuljunge, der einen Streich ausgeheckt hatte und dabei ertappt worden war.

»Ach, meine Liebste, nun schau doch nicht so böse!« Er beugte sich zu ihr hinüber und gab ihr einen Kuss auf den Mund. Sein Atem war whiskygeschwängert, aber das störte Isobel nicht, denn er war ihr mit einem Mal wieder so zugewandt. Und das war es, wonach sie sich sehnte.

»Ich tue doch alles für dich«, raunte er beinahe zärtlich. »Und wenn du Mister Jones morgen treffen willst, dann werde ich das arrangieren.«

Er erhob sich galant, ohne zu schwanken. Für Isobel ein Zeichen, dass er eine Menge Whisky vertragen konnte.

»Aber nun werde ich dir ein schönes Zimmer im Hotel besorgen, oder hast du das bereits erledigt, meine Liebe?«

Isobel überlief es heiß und kalt, als sie daran dachte, wie sie sich als seine Schwester ausgegeben hatte.

»Ich, ich habe mich ungesehen auf deine Etage geschmuggelt«, gab sie zögernd zu.

»Aber woher wusstest du, in welcher Nummer ich wohne?«

Isobel blickte zu Boden und fixierte beschämt ihre vom Ritt verschmutzten Schuhe.

»Ich habe dem Zimmermädchen, das mir unterwegs begegnet ist, vorgelogen, dass ich mit meinem Bruder verabredet bin und seine Zimmernummer vergessen habe. Sie bestand darauf, dir meinen Besuch anzukündigen.«

Keith hob den Zeigefinger und drohte ihr scherzhaft damit. »Böses Mädchen, aber da hast du den Beweis, wie eine Hure siehst du gerade nicht aus. Sonst hätte sie das gewiss nicht bereitwillig getan. Du glaubst ja gar nicht, wie oft alleinreisende Herren Besuch von …« Keith unterbrach sich grinsend.

Isobel lächelte schief. Obgleich er das offenbar als Kompliment gemeint hatte, fühlte sie sich nicht sonderlich geschmeichelt.

Keith wollte gerade nach dem Zimmermädchen klingeln, während Isobel sich fragte, ob sie nicht zu alt war, um aus dem Zimmer ihres Verlobten ins Nebenzimmer verbannt zu werden.

Sie schmuste sich zärtlich an ihn. »Leg diese dumme Klingel fort. Ich möchte erst einmal einen Kuss«, flötete sie und bot ihm ihre gespitzten Lippen dar.

Keith aber ignorierte dieses Angebot und machte keine Anstalten, ihr näherzukommen. Isobel war enttäuscht. Sie hatte sich ihre Jungfernschaft nicht aus moralischen Erwägungen aufbewahrt, sondern wäre jetzt, wo sie doch noch die Liebe ihres Lebens gefunden hatte, nur allzu bereit, mit ihm das Bett zu teilen.

»Ich würde gern bei dir übernachten«, flüsterte sie mit einem sehnsuchtsvollen Blick auf die halb geöffnete Tür zu seinem Schlafzimmer.

»Wir haben alle Zeit dieser Welt. Warum sollen wir es überstürzen?«, erwiderte Keith.

Isobel zuckte zusammen. Es war der Ton, der ihr missfiel. Hart und bestimmend.

Sie erhob sich augenblicklich vom Sofa. Eigentlich war es ihr Stolz, der sie so hastig aufspringen ließ. Anbetteln um einen Platz in seinem Bett würde sie ihn bestimmt nicht!

»Du hast recht«, murmelte sie knapp.

Keith stand ebenfalls auf und nahm sie in den Arm. Sofort wurde sie weicher. Sie reichte ihm knapp bis zur Brust. Er zog sie dicht zu sich heran, sodass sie seinen Herzschlag hören konnte. Wenn sie sich nicht täuschte, pochte doch auch sein Herz heftig. Was sprach dagegen, dass sie diese Nacht zusammen verbrachten?

Isobels Gedanken schweiften zu Lili ab. Die würde bestimmt sagen, dass sich das nicht gehöre. Wahrscheinlich hatte sie sich ihrem Mann, Isobels Vater, auch erst in der Hochzeitsnacht hingegeben. Aber das waren andere Zeiten gewesen. Wie oft hatten ihr die Freundinnen gestanden, dass sie schon vor der Hochzeit an den Früchten der Liebe gekostet hatten? Und die waren noch keine zwanzig Jahre alt gewesen, als es geschehen war, aber mit neunundzwanzig auf die Hochzeitsnacht zu warten? Nein, das war albern!

In diesem Augenblick beugte sich Keith ohne Vorankündigung zu ihr hinunter und küsste sie. Ob er wieder einmal ihre Gedanken gelesen hatte? Die Leidenschaftlichkeit, mit der er sie dieses Mal küsste, sprach dafür. Isobel lächelte befriedigt in sich hinein.

Ihre Knie wurden weich, als sich seine Hände begehrlich in ihren Rücken krallten. Was würde sie darum geben, wenn er sie heute Nacht in das Geheimnis der Liebe einweihen würde. Sie hatte wenig Lust, die letzte Jungfrau im Tal von Strathconon zu sein.

Isobel wusste wenig darüber, wie eine Frau am besten einen Mann verführte. Sie hatte stets weggehört, wenn Freundinnen allzu offenherzig über ihre Erlebnisse im Bett geplaudert hatten. Wie durch einen Nebel fiel ihr ein, was ihre engste Vertraute Murron ihr einst geflüstert hatte. Ich habe mich an ihn gepresst und meine Hand unter seinen Kilt gleiten lassen. Er war so erregt, dass er mich auf dem Sofa seiner Mutter genommen hat.

Keith aber trug keinen Kilt, sondern einen Abendanzug. Trotzdem schmiegte sich Isobel ganz dicht an ihn, ließ ihre Hand unter seine Jacke gleiten und sie an seinem Rücken hinunterfahren.

»Du möchtest bei mir bleiben, oder?«, raunte er heiser.

»Ja«, hauchte Isobel.

»Das möchte ich aber nicht«, entgegnete er mit fester Stimme. »Deine Mutter ist ohnehin skeptisch genug. Da will ich ihr keinen weiteren Anlass geben, mich als zukünftigen Schwiegersohn abzulehnen!«

Mit diesen Worten löste er abrupt die Umarmung und klingelte nach dem Zimmerservice. Das kam so überraschend, dass Isobel nichts dagegen unternehmen konnte.

Sie verdrehte die Augen. »Was hast du nur immer mit Lili? Sie ist kein Drachen und keine Sittenwächterin.«

»Lili? Es ist befremdlich, dass du deine Mutter stets beim Vornamen nennst. Ist das bei euch so üblich?«

»Nein, aber, nun …« Isobel seufzte schwer. Warum sollte sie ihm weiterhin Märchen erzählen?

»Die Wahrheit ist: Sie ist nicht meine Mutter, sie ist meine Stiefmutter …«

»Das würde ja einiges erklären«, murmelte Keith. »Zum Beispiel die Frage nach ihrem und deinem Alter.«

»Ja, ich gebe es zu. Ich bin fast dreißig. Deshalb kann mir auch keiner mehr Vorschriften machen. Und schon gar nicht Lili, die nach dem Tod meines Vaters schließlich gleich einen anderen Mann geheiratet hat, Onkel Dusten!«

»Dusten Munroy ist nicht dein Vater?«

»Nein, ich bin die Tochter von seinem Cousin Niall, und meine Mutter ist lange tot. Es ist alles furchtbar kompliziert, aber ich wollte mich nie näher damit befassen ...«

»Du bist also nicht Dusten Munroys Tochter?«, murmelte Keith.

»Nein, aber Onkel Dusten war der Anlass, warum ich heute fortgelaufen bin. Lili hat Rose gestanden, dass sie ihn viel mehr geliebt hat als meinen Vater und ...«

Isobel stockte, denn Keith war auf einmal schrecklich blass geworden, so als wäre ihm übel.

»Keith, was ist mit dir? Brauchst du ein Glas Wasser?«, fragte sie erschrocken.

Er rang sich zu einem Lächeln durch.

»Nein, nein, alles gut. Ich habe wohl vorhin zu viel gegessen.«

Isobel stand unschlüssig vor ihm. Er schien mit den Gedanken überall zu sein, nur nicht bei ihr.

»Dann ist es vielleicht doch besser, wenn ich mir jetzt ein eigenes Zimmer nehme«, schlug sie zaghaft vor.

Keith hob den Kopf und musterte sie mit einem Blick, als wäre sie eine Fremde.

»Warte, es geht schon wieder. Habe ich dich eben richtig verstanden? Du bist die Tochter von Lilis erstem Mann, Niall Munroy?«

Isobel nickte.

»Und warum sagst du mir das erst jetzt?«

Isobel wand sich. »Lili hat mich darum gebeten. Sie meinte, du müsstest nicht gleich unsere gesamte Familiengeschichte kennen.«

»Wie umsichtig von ihr«, bemerkte er in sarkastischem Ton.

Isobel stellte sich auf die Zehenspitzen und umarmte Keith.

»Sie hat es doch nur gut gemeint.«

»Aha!«

Es klopfte an der Tür.

»Zimmerservice!«, rief eine helle Frauenstimme.

Keith löste sich aus ihrer Umarmung und öffnete die Tür.

»Entschuldigen Sie, dass wir Ihnen solche Umstände bereitet haben. Meine Schwester schläft im Wohnzimmer. Wozu habe ich denn eine Suite?«, hörte Isobel ihn nun sagen.

Das volle, tiefe Lachen, das er dabei ausstieß, ließ ihre Knie weich werden. Der Gedanke an das, was jetzt kommen würde, verursachte ihr heftiges Herzklopfen. Er wollte also doch, dass sie blieb!

Nachdem er das Zimmermädchen fortgeschickt hatte, zog er Isobel zu sich heran und küsste sie erneut leidenschaftlich.

Wieder beendete er den Kuss für ihren Geschmack viel zu früh.

»Komm!«, verlangte er heiser und nahm sie bei der Hand. Er führte sie zum Bett. Dort ließ er sie los.

»Leg dich hin«, befahl er, während er sich mit seinem Blick in ihren Augen festsog. Für den Bruchteil eines Augenblickes erschrak sie, denn was sie in ihnen sah, war keine feurige Liebe, sondern taxierende Kälte. Doch dann schloss sie ihre Augen und überließ sich seinen kundigen Händen. Er öffnete geschickt ihre Bluse und schälte sie aus ihrem Rock. Isobel machte mit, aber sie traute sich nicht recht, ihm beim Auskleiden zu helfen.

Erst als er ihr aus der sündhaft teuren, pfirsichfarbenen seidenen Unterwäsche half, die sie in dem einzigen Damenbekleidungsgeschäft Beaulys beinahe unter der Ladentheke erstanden hatte, wurde sie aktiv. Sie setzte sich auf und öffnete geschickt seine Hemdknöpfe, so als hätte sie nie etwas anderes getan, als Männern vor dem Liebesspiel beim Ausziehen zu helfen.

»Komm zu mir«, flüsterte sie und wunderte sich selbst am meisten darüber, dass Keith ihr gehorchte. Er lag jetzt auf dem Rücken und hielt die Augen geschlossen.

Isobel fuhr mit der Hand unter sein Unterhemd und erschauderte, als sie seine nackte Haut erfühlte. Wie muskulös er ist, dachte sie wohlig erregt.

Dann fuhr sie mit ihren Fingerspitzen über den Stoff seiner Hose. Sie fühlte seine Erregung und wiederholte das neckische Spiel voller Wonne. Unter ihrer Berührung wurde seine Männlichkeit immer härter. Isobel war zwar völlig unerfahren, aber ihre verheirateten Freundinnen hatten oftmals von nichts anderem geredet als ihren Erlebnissen im Bett. Einige ekelten sich davor, wieder andere genossen das Spiel jedes Mal aufs Neue. Dafür, dass sie meistens bei diesen Gesprächen weggehört hatte, war erstaunlich viel in ihrem Gedächtnis hängen geblieben.

Und sie empfand vom ersten Augenblick Spaß daran. Vor allem, als sich Keiths Kehle bei jeder weiteren Berührung ein wohliges Stöhnen entrang. Seine offensichtliche Lust ermutigte sie, noch weiter zu gehen. Sie fand mit einem Griff die Knöpfe seiner Hose und öffnete einen nach dem anderen. Keith hielt die Augen immer noch geschlossen, während er das Gesäß anhob. So konnte sie ihm die Hose ausziehen. Sie zögerte kurz, als er nur noch mit einer Unterhose bekleidet vor ihr lag, doch dann befreite sie ihn auch davon.

Als sie ihn mit seiner steil aufgerichteten Männlichkeit vor sich liegen sah, erschrak sie. Ihre Freundinnen hatten viel zu viel darüber getuschelt, was eine Frau erwartete, wenn der Mann bereit war, mit ihnen zu schlafen. Aber das?

Ein wohliger Schauer rieselte durch Isobels Bauch. Sie war eine Frau und kein junges Mädchen, das sich zierte. Isobel umfasste sein hartes Glied mit einem beherzten Griff, der Keith aufstöhnen ließ. Er öffnete die Augen und blickte sie verwundert an.

»Wer hat dir das beigebracht?«, fragte er erregt.

»Niemand«, entgegnete sie mit heiserer Stimme.

»Leg dich hin«, befahl er, während er sich aufsetzte und sich mit einem Griff seines letzten Kleidungsstücks, des Unterhemdes, entledigte.

Isobel konnte sich kaum sattsehen an seinem gutgebauten

Brustkorb, doch dann spürte sie nur noch seine Hände, die begehrlich nach ihren flachen Brüsten tasteten. Er war ein wenig zu grob und tat ihr weh, doch Isobel schob dieses Gefühl beiseite und öffnete bereitwillig die Schenkel, als seine Hand sich zwischen ihre Beine schob. Auch das geschah alles andere als zärtlich, sondern eher brutal.

Isobel zuckte zusammen. Sollte sie ihm sagen, dass ihr seine Art, sie anzufassen, missfiel? Während Isobel noch darüber nachgrübelte, ob sie den Mut aufbringen sollte, ehrlich zu sein, spürte sie einen stechenden Schmerz zwischen den Beinen. Sie schrie auf und bevor sie begriff, dass er sie gerade mit seinen Fingern brutal entjungfert hatte, hatte er sich bereits auf sie gerollt und war in sie eingedrungen. Er ächzte und stöhnte, während Isobel gegen die Tränen ankämpfte. Wenn das die viel beschworene körperliche Liebe sein sollte, dann werde ich zu den Frauen gehören, die keinen Spaß daran finden, ging es ihr enttäuscht durch den Kopf. Doch dann konnte sie nichts mehr denken, weil alles durch Keiths lautes Stöhnen überdeckt wurde. Seine Stöße wurden immer härter und jeder von ihnen verschlimmerte den brennenden Schmerz in ihrem Schoß. Doch er merkte nicht im Entferntesten, was für Qualen Isobel erlitt, sondern hörte nicht auf, in sie einzudringen. Dabei murmelte er unverständliche Dinge und hielt die Augen geschlossen. Wenn er mich wenigstens dabei ansehen würde, ging es ihr durch den Kopf. Plötzlich fiel ihr eine Freundin ein, die geschworen hatte, dass es nur beim ersten Mal wehtue und später sogar Spaß mache. Das will ich hoffen, dachte Isobel gerade, während sich Keith noch einmal aufbäumte und ein letztes Mal mit solcher Härte zustieß, dass sie vor Schmerz aufschrie. In diesem Augenblick stieß auch er einen Schrei aus und rollte sich wenige Augenblicke später von ihr herunter und legte sich mit dem Rücken zu ihr ins Bett.

Eiskalte Schauer durchfuhren Isobels Körper, auf dem sich überall eine Gänsehaut gebildet hatte. Von der wohligen Wärme in ihrem Bauch war nichts mehr zu spüren. Im Gegenteil, bibbernd vor Kälte schlüpfte sie unter die Decke und warf einen Blick auf seinen nackten und muskulösen Rücken.

»Keith?«, fragte sie leise. »Keith?«

Zur Antwort bekam sie ein unverständliches Brummeln.

»Ich liebe dich«, flüsterte sie nach einer Weile. In dieser Liebeserklärung schwang Verzweiflung mit und die Hoffnung, er werde sich ihr noch einmal zuwenden. Er konnte sich doch nicht einfach abwenden, nach allem, was zwischen ihnen geschehen war. Tränen traten ihr in die Augen.

Sie unternahm noch einen letzten Versuch, seine Aufmerksamkeit zu erregen.

»Keith?«, flüsterte sie.

Isobel erhielt keine Antwort und glaubte, dass er schlief, doch sie irrte sich.

Lord Fraser würde in dieser Nacht kein Auge zutun.

Im Morgengrauen huschte ein zufriedenes Lächeln über sein vom nächtlichen Grübeln zerfurchtes Gesicht. Pläne sind dazu da, geändert zu werden, wenn sie nicht zum erstrebten Ziel führten, dachte er. Zumal, wenn man eine geniale Idee hatte, das Gewünschte zu erreichen.

20

Lili war völlig übermüdet, als sie an diesem Morgen aufstand. Sie warf einen flüchtigen Blick in den Spiegel. Die schwarzen Ringe unter ihren Augen und die fahle Haut sprachen Bände. Die ganze Nacht über hatte sie sich den Kopf darüber zerbrochen, wie es bloß zwischen Isobel und ihr dermaßen heftig hatte eskalieren können. Gepaart mit einem schlechten Gewissen, denn Isobel hatte recht: Sie hatte der kleinen Isobel tatsächlich damals versprochen, dass sie die Collane später einmal bekommen würde. Wie hatte sie das bloß vergessen können? Es war an jenem Abend gewesen, als Lady Caitronia Isobel in Lilis Obhut übergeben hatte. Wortlos, anklagend und hasserfüllt. Lili hätte vor Glück die Welt umarmen können und Isobel alles versprochen … Hätte Lili ihr aber auch die Collane zugesagt, wenn sie geahnt hätte, dass Dusten mit ihr wenig später ein Kind der Liebe zeugen würde? Noch ein Kind, das dengleichen Anspruch auf die Collane der Makenzies haben würde wie Isobel?

Und nun hatte sie nicht nur Isobel erzürnt, sondern auch Rose gegen sich aufgebracht. Beide fühlten sich von ihr hintergangen. Damit hatte sie unabsichtlich dazu beigetragen, den Graben zwischen den beiden jungen Frauen noch zu vertiefen.

Lili empfand es so, als hätte sie an diesem Weihnachtsabend beide Töchter verloren. Selten hatte sie sich derart hilflos gefühlt.

Es pochte an ihrer Schlafzimmertür. Lili vermutete, es wäre Bonnie mit dem Frühstück, denn Lili war nicht danach, den Tee unten im Salon zu sich zu nehmen. Sie fühlte sich wie gerädert. Vor Sorge um Isobel hatte sie kaum ein Auge zugetan. Es missfiel ihr außerordentlich, dass ihre Stieftochter bei Nacht und Nebel losgeritten war. Lili hatte, nachdem auch Rose sich wütend auf ihr Zimmer zurückgezogen hatte, im Stall nachgesehen. Es hatte ihr überdies einen Stich versetzt, dass Isobel ausgerechnet Una genommen hatte. Was, wenn ihr unterwegs etwas passiert war? Was, wenn sie irgendwo im Wald lag und keiner sie suchen kam? Was, wenn sie dort draußen hilflos mit einem gebrochenem Bein lag und jämmerlich erfror?

Aber selbst, wenn sie sich auf die Suche machte, wohin sollte sie reiten? Wohin war Isobel geritten?

Lili fiel im Augenblick nur die Familie des Schuldirektors in Beauly ein … Lili stutzte. Oder ob sie etwa …? Sie traute sich kaum, den Gedanken zu Ende zu führen, doch da hatte sie bereits einen Entschluss gefasst. Sie würde sich gleich nach der Morgentoilette und dem Tee nach Strathpeffer aufmachen und ihrem Verdacht nachgehen.

»Morgen, Mom«, ertönte es kläglich aus Richtung Tür. Lili fuhr herum. »Ach, ich dachte, es ist Bonnie mit dem Tee. Komm rein, meine Kleine.«

Das ließ sich Rose nicht zweimal sagen. Sie stürzte ihrer Mutter weinend in die Arme. »Es tut mir leid, was ich gestern gesagt habe. Du konntest doch nichts dafür. Ich war nur so traurig, weil ich inzwischen weiß, was es mit der Collane auf sich hat. Weiß Isobel eigentlich Bescheid?«

Lili streichelte ihrer Tochter tröstend über die blonden Locken. Jedes Mal, wenn sie das feste Haar berührte, musste sie unwillkürlich an Dusten denken. Wie hatte sie es geliebt, ihm durch die Lockenpracht zu fahren.

»Nein, Isobel hat nie nach der Familiengeschichte gefragt und gestern …« Sie stockte. »Ich habe kurz überlegt, ob ich sie dazubitte, aber sie war so wütend auf mich. Das hätte nicht gepasst.«

»Sie hätte nur gestört, aber ich wollte mich wenigstens bei dir entschuldigen. Du kannst wirklich nichts dafür. Du hast es nur gut gemeint.« Rose hatte aufgehört zu schluchzen.

»Du musst dich nicht entschuldigen. Ich weiß, dass ich einen Fehler gemacht habe. Ich hätte die Collane damals nicht leichtfertig weggeben dürfen, aber ich habe gerade an jenem Tag an nichts anderes gedacht als an das ungeheure Glück, dass Isobel bei uns in Little Scatwell aufwachsen durfte«, murmelte Lili.

»Nein, Mom, du bist nicht schuld. Das ist Isobel. Die ist so undankbar, obwohl du alles für sie getan hast. Sie ist derart krank vor Eifersucht auf mich, dass sie keinen klaren Gedanken mehr fassen kann. Hoffentlich ändert sich das, wenn sie diesen Lord geheiratet hat.«

»Rose, steigere dich nicht in deine Wut hinein. Eine von euch beiden muss doch die Vernünftigere sein und nachgeben. Du hast dich doch auch früher nie so provozieren lassen.«

Rose löste sich aus der Umarmung. Ihre Augen funkelten vor Zorn. »Mom, ich war ein Kind und war rasend stolz, eine große Schwester zu haben. Ich habe sie angebetet und bewundert. Da habe ich einfach überhört, dass sie mich seit jeher gängeln wollte. Rose, tu das, Rose, tu dies, Rose, das gehört sich nicht! Doch in den letzten Jahren habe ich das sehr wohl gemerkt, und es hat mich gestört. Aber sollte ich mich im letzten Jahr vielleicht mit meiner Schwester streiten? Du hattest Kummer genug! Aber eines schwöre ich dir: In Zukunft lasse ich mir gar nichts mehr von ihr gefallen. Sie ist durch und durch gehässig. Denk doch an das Schulgeld und jetzt die Collane. Sie hätte großzügig sein und wenigstens anerkennen können, dass sie zur Hälfte mir gehört. Aber sie will mich leiden sehen. Jede Wette. Weil sie damals von der Schule musste, nachdem ihre Mutter sich umgebracht hat. Sie will, dass es mir auch schlecht geht. Und sie brennt vor Neid, dass ich wie Dad bin und dass du ihn mehr geliebt hast als ihren Vater.«

»Bitte, Schatz, fang nicht wieder davon an«, unterbrach Lili die anklagenden Worte ihrer Tochter energisch, obgleich sie sich insgeheim wunderte, wie scharfsinnig Rose die Gründe für Isobels Eifersucht analysierte. »Es gibt heute Morgen wirklich Wichtigeres. Isobel ist mitten in der Nacht fortgeritten. Ich mache mir entsetzliche Sorgen um sie. Wenn ihr nun etwas geschehen ist. Oder, warte mal, vielleicht ...«

Lili rannte an Rose vorbei aus dem Zimmer.

»Vielleicht ist sie inzwischen zurückgekommen, und ich habe es nicht gehört«, ergänzte sie aufgeregt.

Rose folgte ihrer Mutter. Aus ihrem Blick sprach partout keine Sorge um die Stiefschwester, sondern allein der Ärger darüber, wie sich ihre Mutter Isobels wegen aufführte.

»Mom, sie ist erwachsen. Sie wird bald heiraten. Und außerdem ist sie ein Biest und …«

Lili aber hörte ihr gar nicht mehr zu, sondern riss Isobels Zimmertür auf. Der Kleiderschrank stand sperrangelweit auf, und das Bett war unberührt.

»Warum machst du so einen Aufstand? Du führst dich auf, als sei sie zwölf. So einen Zauber würdest du um mich bestimmt nicht veranstalten!«

Lili fuhr wütend herum. »Hör jetzt auf damit! Es ist nicht der Zeitpunkt, zu diskutieren, was ich wann für wen von euch beiden tun würde. Verstehst du das denn nicht? Sie ist mit Una fort!«

»Na und?«

Lili ballte die Fäuste. »Immerhin ist es die Stute, die deinen Vater abgeworfen hat!«

»Aber du predigst doch immer, dass wir uns keine Sorgen machen sollen. Und dass es keinen Fluch gibt! Sie wird zu ihrem Verlobten geflüchtet sein, und da kann sie auch meinetwegen bleiben, bis sie schwarz wird.«

»Rose, bitte sag doch nicht so etwas!«, fuhr Lili ihre Tochter an.

»Weißt du, Mom?«, schnaubte Rose. »Du tust wirklich so, als wäre sie deine Tochter, aber das ist sie nicht. Was kannst du dafür, dass sich ihre Familie so schäbig benommen und ihre Mutter in den Tod getrieben hat? Du hättest allen Grund gehabt, mit Dad einen Neuanfang zu machen, ohne diese Last der Vergangenheit!«

»Was willst du damit sagen?« Lili trat bedrohlich auf ihre Tochter zu. »Dass ich Isobel bei den Munroys hätte lassen sollen?«

Rose zeigte sich kein bisschen eingeschüchtert, sondern baute sich mit verschränkten Armen vor ihrer Mutter auf.

»Ja, vielleicht würden wir uns dann weniger zanken. Auch,

wenn du es nicht wahrhaben willst, sie ist nicht deine Tochter, und du kannst sie getrost ziehen lassen. Wir kommen allein zurecht, auch ohne ihr dummes Geld!«

Lili spürte ein Zucken in der Hand, doch sie konnte sich beherrschen. Noch einmal würde sie in ihrer Hilflosigkeit nicht handgreiflich werden.

»Ich fahre nach Strathpeffer«, sagte sie stattdessen leise.

»Willst du etwa nachgucken, ob sie zu ihrem Lord ins Highland Hotel geflüchtet ist? Das ist doch wohl nicht dein Ernst?« Rose musterte Lili spöttisch.

»Oh doch, genau das habe ich vor, und niemand wird mich davon abbringen«, fauchte sie. »Denn auch wenn du der Meinung bist, ich hätte sie damals ihrem Schicksal überlassen sollen, in meinem Herzen ist Isobel sehr wohl meine Tochter!«

Lili machte einen Bogen um Rose und eilte zurück in ihr Schlafzimmer. Sie zitterte am ganzen Körper. Auf zweierlei Dinge in ihrem Leben hatte sie stets fest gebaut: Ihre Liebe zu Dusten und dass sie eine gute Mutter war. Beides brach jetzt zusammen wie einst die Brücke von Tay im Sturm. Dusten war tot, und beide Töchter hegten einen Groll gegen sie. Und nur, weil sie beide gleichermaßen liebte. Ja, ihre mütterlichen Gefühle machten keinen Unterschied, ob das eine Kind unter ihrem Herzen gewachsen war und das andere nicht. Isobel war ihre Tochter, und daran konnte auch Rose nichts ändern.

Lili ließ sich auf ihr Bett fallen und schlug die Hände vors Gesicht, bevor sie in lautes Schluchzen ausbrach. »Dusten, bitte hilf mir!«, stöhnte sie unter Tränen. Doch er war nicht mehr da, um sie in den Arm zu nehmen und seiner Stieftochter hin und wieder ins Gewissen zu reden, wenn deren Sticheleien ein erträgliches Maß überschritten hatten. In einem musste sie Rose insgeheim Recht geben: Von ihr gingen diese ständigen Angriffe wirklich nicht aus. Sie wehrte sich nur nach Kräften. Und wenn Lili es so recht überlegte, war es in der Tat kein guter Zug Isobels, Rose das Schulgeld zu verweigern. Wohin Isobel auch immer geflüchtet war, es lag ein ernstes Gespräch an. Es war nun an Lili, ihr ins Gewissen zu reden. Denn sonst würde die Lage zwischen den beiden jungen Frauen bald mächtig eskalieren, jetzt, wo auch Rose nicht mehr einlenkte, sondern kräftig dagegenhielt.

Isobels Vermögen, das Haus in Inverness oder die Collane würde Lili ihrer Stieftochter gegenüber allerdings nie mehr erwähnen. Sonst versteifte sie sich noch in den abstrusen Gedanken, Lili würde sie nur deshalb lieben. Nein, das war in Zukunft tabu. Sie musste sich in dieser schwierigen Lage selber helfen. Keinen Penny würde sie von Isobel annehmen!

Seufzend dachte Lili daran, dass damit zwangsläufig die Tage von Little Scatwell gezählt waren. Sie würde umgehend Liam Brodie beauftragen, einen Käufer zu finden. Denn über dieses Anwesen konnte sie ganz allein verfügen. Dusten hatte es ihr vererbt.

Lili war fest entschlossen, Isobel zu suchen, auch wenn Rose es noch so lächerlich fand. Sie zog sich hastig an und klopfte auf dem Weg nach unten an Roses Zimmertür, doch sie bekam keine Antwort. Dabei hätte sie ihrer Tochter so gern gesagt, wie lieb sie sie hatte und dass sie sich dank Little Scatwell keinerlei Gedanken um die Zukunft machen solle.

Lili eilte die Treppe hinunter. Als sie unter dem Ölgemälde angelangt war und im Vorbeieilen in das grimmige Gesicht von Angus Munroy blickte, nahm sie sich fest vor, ihn demnächst abzuhängen und auf den Dachboden zu verbannen.

Vorsichtshalber warf sie auch noch einen Blick in den Salon, doch von Rose fehlte jede Spur. Zu guter Letzt sah sie in der Küche nach. Sie wusste, wie ihre Tochter es liebte, bei dem Hausmädchen und der Köchin am großen Tisch zu sitzen und die beiden zu unterhalten.

Sie hatte die Tür noch nicht ganz geöffnet, als sie Roses Stimme hörte, wie sie versuchte, Isobel zu imitieren. Sie machte das nicht schlecht, aber es missfiel Lili trotzdem. Deshalb ging sie in strengem Ton dazwischen. »Rose, bitte, es ist nicht nett von dir, dich auf Isobels Kosten lustig zu machen.«

Rose unterbrach sich mitten im Satz, während Bonnie und Fiona das Lachen im Halse steckenblieb.

»Kommst du bitte einmal kurz? Ich muss dich sprechen«, bat Lili.

»Bin gleich wieder da«, versprach Rose und zwinkerte der Köchin und dem Hausmädchen zu.

Kaum hatte Lili die Küchentür hinter sich zugezogen, fragte Rose in vorwurfsvollem Ton: »Was habe ich deiner Tochter …« Sie legte eine Pause ein, bevor sie fortfuhr: »… deiner geliebten Tochter Isobel schon wieder getan?«

Lili stieß einen tiefen Seufzer aus.

»Ich wollte gar nicht über Isobel mit dir reden. Ich, ich wollte dir sagen, dass ich dich sehr lieb …«

»Und ich wollte dir nur sagen: Ich hasse sie!«, unterbrach Rose sie unwirsch.

21

Lili hatte Schwierigkeiten, sich auf das Fahren zu konzentrieren, obwohl es ein herrlicher Tag war. Der Himmel war von einem leuchtenden Stahlblau, das zum Horizont immer heller wurde. Diese Intensität besaß dieses Blau nur an klaren Wintertagen in den Highlands. Und wenn die Sonne dazu vom Himmel strahlte, konnte man meinen, das Hochland wäre mit dem allerschönsten Winterwetter gesegnet. So ein wunderbarer Tag ließ schnell die regnerischen windigen Wochen vergessen, die diesem vorangegangen waren. Und wenn man Glück hatte, hielt sich eine solche Wetterlage mehr als zwei Tage.

Eigentlich müsste ich einen Gang mit den Hunden machen, dachte Lili, als sie gerade in Marybank über die Brücke fuhr. Doch dann war sie in Gedanken schon wieder zu ihren Töchtern abgedriftet. Roses schreckliche Worte klangen ihr noch im Ohr. *Ich hasse sie!* Diese Unversöhnlichkeit passte überhaupt nicht zu dem fröhlichen Wesen ihrer Tochter. Wie tief musste Isobel sie mit der Weigerung, weiter ihr Schulgeld zu zahlen, verletzt haben? Früher waren es stets kleine Streitereien gewesen, die Lili zwar Nerven gekostet, ihr aber niemals schlaflose Nächte bereitet hatten. Was jetzt zwischen den beiden jungen Frauen herrschte, war Krieg! Voller Wehmut dachte Lili daran, wie sie in ihnen stets Hoffnungsträgerinnen für den Erhalt des Frieden zwischen den Clans gesehen hatte. Und nun überschütteten sie sich gegenseitig mit Hass.

Das Hupen eines Wagens ließ Lili aus ihren Gedanken hochschrecken. Panisch blickte sie nach vorne, doch die Straße vor ihr war leer. Lilis Herz klopfte zum Zerbersten. Nicht dass sie noch einen Unfall verursachte, weil sie nicht bei der Sache war! Sie hatte ihr Tempo verlangsamt, was der Fahrer des Wagens hinter ihr dazu nutzte, sie zu überholen. Lili fand das Manöver reichlich riskant, weil es vor einer Kurve geschah. Erst als der Wagen auf dem Grünstreifen neben der Straße hielt und der Fahrer aus dem geöffneten Fenster winkte, erkannte sie, dass es Liam Brodie war. Lili brachte ihren Wagen ebenfalls zum Halten. Sie hatte sich inzwischen an dieses auffällige Gefährt gewöhnt. Es war ein Riley Nine Monaco in einem leuchtend dunklen Karminrot. Dieser Wagen war Dustens ganzer Stolz gewesen. Er hatte ihn sich erst kurz vor seinem Tod gekauft. Vor über einem Jahr, als der beste Kunde für die Hochlandrinder noch nicht bankrott gemacht hatte … Als man noch glaubte, das Ganze wäre ein sicheres Geschäft. Da hatte sich Dusten diesen Wagen zur Belohnung, wie er ihr diese Investition scherzhaft begründet hatte, geleistet. Wäre er doch an ihrem vierzigsten Geburstag bloß mit dem Wagen nach Marybank gefahren und nicht mit Una geritten …

Lili wollte den Gedanken nicht zu Ende denken. Wann hörte das endlich auf? Diese bohrenden Fragen, die Spekulationen: hätte, könnte, wäre? Sie stieß einen tiefen Seufzer aus. Es brachte doch nichts, sich unentwegt den Kopf zu zerbrechen. Das machte Dusten auch nicht wieder lebendig. Lili zuckte zusammen, als es an ihrem Fenster klopfte.

Sie blickte auf und direkt in Liam Brodies breit lächelndes Gesicht. Lili hätte das Lächeln gerne erwidert, aber sie war nicht in der Laune, Freude über diese Begegnung auf der Straße nach Strathpeffer vorzuspielen. In diesem Augenblick passte es ihr einfach nicht. Tiefe Sorgenfalten hatten sich über Nacht auf ihrer Stirn eingegraben, wie sie nach dem Aufstehen entsetzt festgestellte hatte, und überhaupt, wie sah sie aus? Alt und grau. Und was sie anhatte? Ein uraltes Kostüm in dunkelbraun. Nein, es war kein geeigneter Augenblick, Liam Brodie zu treffen. Doch es nützte nichts. Der Anwalt wartete immer noch lächelnd auf sie.

Also stieg Lili aus dem Wagen und begrüßte ihn höflich aber keineswegs überschwänglich. Im Gegensatz zu dem Anwalt, der sich vor lauter Freude geradezu überschlug.

»Was für ein Zufall, Lili. Ich habe sie doch gleich erkannt.«

»An meinem Hut?«, fragte Lili eine Spur zu spitz, wie sie selber fand.

Liam Brodie aber ließ sich die Stimmung nicht von ihrer uncharmanten Bemerkung verderben.

»Nein, an Ihrem Schwanenhals. Sie haben das Haar hochgesteckt. Das steht nicht jeder Frau. Sie muss einen schönen Hals haben. Und Ihren erkenne ich sofort! Er ist für solche Frisuren wie geschaffen.«

Unfreiwillig musste Lili lachen. »Sie hätten Friseur werden sollen, Sie alter Schmeichler. Ich glaube Ihnen kein Wort!«

»Wollen Sie mich beleidigen? Es ist jedes Wort wahr. Das würde ich vor jedem Gericht Schottlands beschwören«, erwiderte der Anwalt schmunzelnd. Dann wurde er ernst. »So gefallen Sie mir schon viel besser, Lili. Sie sahen eben so entsetzlich traurig aus. Als würde die Last der ganzen Welt auf Ihren Schultern liegen. Dann können wir ja gleich mit unserem gestrigen Gespräch fortfahren. Wo drückt der Schuh? Wieder Ärger mit Isobel? Das kann doch kein Zufall sein, dass wir uns so schnell wiederbegegnen!«

Lili war bei seinen letzten Worten das Lachen vergangen.

»Verfolgen Sie mich? Ich meine, gestern Abend tauchen Sie bei Little Scatwell auf, und heute fahren Sie mit Ihrem Wagen ganz zufällig hinter mir?«, fuhr sie ihn ärgerlich an.

Liam sah Lili einen Augenblick schweigend an.

Sie hatte ihn verletzt. Das war ihm anzusehen.

Und das war ihr überaus unangenehm, vor allem, weil es ihr bereits leid tat, was sie ihm da gerade unterstellt hatte. Sie wollte sich rasch entschuldigen, doch da sagte er leise: »Vielleicht würde ich auch das tun, liebe Lili, um mehr Zeit mit Ihnen zu verbringen, aber noch spielt mir der Zufall in die Hände.« Seine Miene verdüsterte sich. »Ich bin gerade auf dem Weg ins Highland Hotel nach Strathpeffer. Sie wissen doch, meine Frau … sie hat jetzt, was sie will.«

»Sie haben sich doch nicht etwa hinreißen lassen, sie zu schlagen?«, fragte Lili entsetzt.

Der Anwalt lächelte. »Oh nein, dazu würden ja verletzte Gefühle gehören, und ich empfinde – und das ist die reine Wahrheit – nichts mehr für meine Frau. Nichts mehr außer Verachtung, wenn ich das hinzufügen darf. Es ist anders gekommen, als sie es geplant hat. Als ich gestern nach Hause kam, war ihr Liebhaber bei ihr. Sie lagen vor dem Kamin auf dem Boden ... und ... nun, Sie wollen sicherlich keine Einzelheiten hören, nicht wahr? Ich für meinen Teil hätte nämlich auch darauf verzichten können, es mit eigenen Augen sehen zu müssen!«

Lili schmunzelte. »Nein danke, ich glaube, ich kann mir in etwa denken, was sich da vor Ihrem Kamin ereignet hat. Und was haben Sie getan?«

»Ich habe mich geräuspert und meinen ehemaligen Kompagnon, Mister Armstrong, freundlich aufgefordert, mein Haus auf der Stelle zu verlassen. Ohne ihn zu Wort kommen zu lassen, bat ich ihn, Eilidh mitzunehmen. Ich fügte hinzu, ich würde das Haus vom morgigen Tag bis nach Hogmanay verlassen, damit meiner Gattin genügend Zeit bliebe, ihre persönlichen Sachen mitzunehmen. Alles Weitere werde er aus meinem Schriftsatz erfahren, denn ich nähme doch an, er werde sie in der Scheidung vertreten. Und er sei doch wohl mit mir einer Meinung, dass ein Verschulden vorliege und Unterhalt ausgeschlossen sei ...«

»Oje«, entfuhr es Lili. »Dem haben Sie aber eingeschenkt!«

»Ich bin froh, dass die beiden mir in die Hände gespielt haben, und nun bin ich auf dem Weg, mich im Hotel einzubuchen.«

»Aber haben Sie keine Sorge, dass Ihre Frau an Ihre Papiere und Konten geht?«

»Werte Lili, Kompliment, Sie sind eine Frau, die mit beiden Beinen auf dem Boden steht ...« Er unterbrach sich und holte einen Schlüssel aus der Jackentasche. »Mein Arbeitszimmer habe ich abgeschlossen. Und ihr sogenannter Anwalt wird ihr kaum raten, meine Tür aufzubrechen. Auch wenn er sich sicherlich bereits innerlich darauf einstellt, was ihn der Spaß kosten wird. Meine Frau hat große Ansprüche an ihre Ehemänner«, lachte er. »Aber es ist kein guter Ort, einen Plausch zu halten. Darf ich Sie zu einem Drink in die Bar des Highland Hotels einladen?«

»Jetzt?«, fragte Lili entsetzt.

Liam warf einen Blick auf seine Armbanduhr. »Selbstverständlich darf es auch Tee mit Scones sein. Wenn ich mir trotz der frühen Stunden einen Whisky genehmigen darf?«

»Ich habe ja noch gar nicht gesagt, dass ich Ihre Einladung annehme«, protestierte Lili scherzhaft.

Liam nahm das ernst. »Stimmt, Sie haben sicherlich etwas Wichtiges vor, und ich halte Sie nur auf. Entschuldigen Sie, aber ich bin immer so froh, wenn ich Sie treffe.«

»Sie haben Glück«, erwiderte Lili hastig. »Ich bin ebenfalls auf dem Weg zum Highland Hotel. Isobel ist gestern Nacht noch fortgeritten, und ich befürchte, sie ist bei Lord Fraser, der offenbar Gast des Hotels ist.«

»Und das wollen Sie jetzt mit eigenen Augen überprüfen?«

»Ich mache mir entsetzliche Sorgen, wenn Sie verstehen ...«

»Natürlich, was meinen Sie, wie mir zumute ist, wenn Martainn einmal nicht pünktlich zu Hause ist!«

»Ja, wo ist denn überhaupt Ihr Sohn? Lassen Sie ihn etwa allein mit Ihrer Frau und diesem Kerl?«

»Oh nein, ich denke sogar, er wird nach der Scheidung bei mir leben wollen. Martainn ist in diesem Jahr bei meinem Bruder und meinen Neffen in London. Er wollte mit Gleichaltrigen feiern, aber ich möchte Sie nicht länger aufhalten. Ich warte im Tearoom auf Sie. Am Kamin.«

Liam zwinkerte ihr verschwörerisch zu und eilte zu seinem Wagen.

Lili blieb verunsichert zurück. Wie gut ihr die Gespräche mit Liam Brodie auch immer taten, sie wehrte sich gegen diese Nähe, die sich jedes Mal wie von selbst zwischen ihnen beiden einstellte. Es war auch für Lili kaum noch zu übersehen, dass er sie nicht nur als Mandantin zu schätzen wusste. Und das durfte sie auf keinen Fall schüren.

Lili atmete tief durch. Das ist doch lange kein Grund, ihn dermaßen unhöflich zu behandeln, ermahnte sie sich, während sie zurück in ihren Riley kletterte. Liams Wagen war nicht mehr zu sehen, als sie anfuhr. Ihr gingen seine Worte im Kopf herum. Und Sie wollen das jetzt mit eigenen Augen überprüfen? War da nicht ein Unterton von Missbilligung angeklungen? Wäre es nicht vernünftiger, umzukehren und auf Isobels Rückkehr zu warten?

22

Während Lili ernsthaft darüber nachgrübelte, ob sie richtig handelte, nahm sie bereits die Abzweigung nach rechts hoch hinauf in den Wald nach Strathpeffer. Der einstige Kurort war beinahe von allen Seiten von dichtem Grün umgeben. Hier sieht es aus wie in einem typischen Schwarzwalddorf, hatte Dustens deutscher Freund Wilhelm behauptet, als er sie im Sommer 1925 besucht hatte. Mit Wilhelm verband Dusten eine ungewöhnliche Freundschaft. Er hatte diesen Hamburger Kaufmann am Tag, bevor er wegen einer Verletzung von der Front abgezogen worden war, in der Weihnachtsnacht 1914 in Flandern kennengelernt. Lili liebte diese Geschichte von dem spontanen Weihnachtsfrieden zwischen den Feinden. Sie hatten sich mit weißen Tüchern verständigt, die Kämpfe einzustellen, waren dann ohne Waffen aufeinander zugegangen und hatten im Niemandsland ihre Verpflegung und ihre Zigaretten geteilt. Dusten hatte diesen Wilhelm damals nach Schottland eingeladen, sobald der Krieg vorüber wäre. Er hatte nicht damit gerechnet, dass sie einander tatsächlich in Friedenszeiten wiedersehen würden, falls sie überhaupt überlebten, doch Wilhelm aus Hamburg hatte ihn tatsächlich in den Highlands aufgesucht.

Merkwürdig, dass ich gerade jetzt an diesen Deutschen denken muss, dachte Lili, als ihr einfiel, dass sie ihm gar keine Todesanzeige geschickt hatte. Sie nahm sich vor, dies schnellstens nachzuholen.

Das Hotel lag gleich linker Hand am Ortseingang. Jedes Mal, wenn Lili die verzierte hölzerne Fassade des Hotels erblickte, musste sie an ihren erzwungenen Kuraufenthalt im August 1914 denken. Niall hatte sie zu einer Kur geschickt, weil er glaubte, sie könne nicht schwanger werden. Dabei hatte sie zu dem Zeitpunkt, ohne es zu bemerken, bereits sein Kind unter dem Herzen getragen. Sie würde das Datum niemals vergessen, denn am neunten August war sie vorzeitig nach Scatwell Castle zurückgekehrt, nachdem sie erfahren hatte, dass Großbritannien Deutschland den Krieg erklärt hatte. Zu Hause war es dann zu einer ganz privaten Schlacht gekommen. Niall hatte nämlich während ihrer Abwesenheit herausgefunden, dass sie eine Makenzie war. Im Streit hatte er sie von sich gestoßen, sodass sie infolge des Sturzes ihr Kind verloren hatte. Niall hatte sich daraufhin freiwillig gemeldet, und Lady Caitronia hatte sie aus dem Haus geworfen.

Damals hatte sie in Litte Scatwell bei Großmutter Mhairie und Dusten Unterschlupf gefunden. Und man hatte ihr Isobel genommen. Wenn Mhairie und Dusten nicht gewesen wären, sie hätte diese furchtbare Zeit nicht unbeschadet überstanden. Aber sie hatte den Kampf um Isobel nicht aufgegeben, und wie durch ein Wunder war der sterbende Niall in einem Lazarett zur Vernunft gekommen. Vor seinem Tod hatte er verfügt, dass sie das Sorgerecht für seine Tochter bekommen solle. Denn Niall hatte nicht so viel Glück gehabt wie Dusten, nur mit einer Beinverletzung davonzukommen. Niall war von der Kugel eines deutschen Karabiners im Bauch getroffen worden und seinen Verletzungen tags darauf erlegen. Das war der Grund, warum Isobel diesen deutschen Onkel Wilhelm mit seinem miserablen Englisch gar nicht hatte leiden können.

Lili spürte, wie ihr plötzlich heiße Tränen die Wange hinunterrannen, und sie war froh, dass dies geschah, denn sie galten Niall. Sie empfand es als ungemein erleichternd, dass sie dieses eine Mal auch um ihn weinen konnte. Jenen unglücklichen Mann, der dem Erbe seines Großvater Angus geradezu hilflos treu ergeben gewesen war und der dessen Hass gegen die Makenzies von Kindheit an wie ein Gift aufgesogen hatte. Was würde er wohl über Lord Fraser denken? Ob er ihr ungutes Gefühl teilen würde? Oder wären sie auch in diesem Punkt, wie immer, wenn es um Gut und Böse gegangen war, uneins gewesen?

Lili straffte die Schultern. Es war jetzt nicht der richtige Zeitpunkt darüber nachzugrübeln, was Niall in dieser Lage gedacht und unternommen hätte. Und auch Dusten konnte ihr nicht weiterhelfen. Sie allein musste entscheiden, ob sie Lord Fraser einen Überraschungsbesuch abstatten sollte oder nicht. Doch das war gar nicht so einfach. Ihr Kopf gab ihr klare Anweisungen, auf der Stelle umzudrehen, während ihr Gefühl sie ungebremst auf die Rezeption zueilen ließ. Sie war erleichtert, dass Liam nicht ebenfalls dort stand. Bei dieser Schnüffelei auch noch beobachtet zu werden, hätte ihr gar nicht gepasst.

»Sie wünschen?«, fragte eine junge Frau freundlich.

»Ich möchte Lord Fraser einen Besuch abstatten.«

»Wen darf ich melden?«

Lili holte tief Luft. »Sagen Sie, dass Misses Munroy ihn zu sprechen wünscht.«

»Einen Augenblick, bitte.« Die Empfangsdame griff zu einem Hörer und wartete. Lilis Herzschlag beschleunigte sich. Die junge Frau hörte, was er am anderen Ende für Anweisungen erteilte und nickte eifrig, bevor sie sich an Lili wandte.

»Lord Fraser lässt fragen, ob Sie ihn an der Bar oder in seiner Suite treffen wollen?«

»In seiner Suite«, erklärte Lili hastig. Die Vorstellung, sich womöglich in aller Öffentlichkeit mit diesem Mann zu streiten, war ihr zuwider.

»Gut, dann nehmen Sie die Treppe und gehen in den ersten Stock. Es ist das Zimmer am Ende des Flurs.«

Lili bedankte sich knapp und steuerte auf den imposanten Treppenaufgang zu. Ihr Herz begann zu klopfen, als sie den Fuß auf den Tartan setzte, mit dem der Teppich gemustert war. Damals ist er gerade neu gewesen, jetzt ist er ein wenig abgewetzt, schoss es Lili durch den Kopf, während sie in den ersten Stock hinaufeilte. Nicht ohne einen Blick auf das Fenster am Treppenabsatz zu werfen. Es war ganz im Jugendstil gehalten. Das Auffällige war ein Adler mit großen Schwingen. Wie oft war sie während ihres Kuraufenthalts auf der Treppe stehengeblieben und hatte sich gewünscht, ein Vogel zu sein und den Munroys einfach davonzufliegen.

Für derartige Träumereien blieb ihr an diesem Tag keine Zeit. Sie wollte die Angelegenheit so schnell wie möglich hinter sich bringen. Rasch ging sie weiter.

Als sie vor der letzten Tür auf dem Flur stehen blieb, pochte ihr das Herz bis zum Hals. Sie wollte einen kleinen Augenblick innehalten und sich beruhigen, doch da ging die Tür auf und Lord Fraser stand bereits vor ihr.

Er sieht wirklich blendend aus, dachte sie, obgleich sie der spöttische Blick, mit dem er sie unverwandt musterte, nur noch zorniger machte.

»Misses Munroy, was verschafft mir die Ehre Ihres Besuchs?«, fragte er übertrieben freundlich.

Lili kochte innerlich. Was sollte dieses Theater, und warum kostete er es so genüsslich aus, dass sie wie eine Bittstellerin vor seiner Tür stand?

»Sie können sich wohl denken, dass mein Besuch nicht Ihnen gilt, Lord Fraser, sondern meiner Tochter. Ist sie bei Ihnen?«

»Treten Sie doch erst einmal ein. Es muss ja nicht jeder Gast hören, dass Ihnen Ihre Tochter fortgelaufen ist.«

Er hielt ihr die Tür auf, und Lili zögerte nicht, seine Suite zu betreten.

»Wo ist sie?«, fragte sie in scharfem Ton.

»Darf ich?«, entgegnete Lord Fraser und machte Anstalten, ihr aus dem Mantel zu helfen.

Lili aber wich ihm aus. »Nein danke, ich wollte mich nicht häuslich niederlassen. Ich wollte nur wissen, ob meine Tochter bei Ihnen ist und wenn, dann würde ich sie gern sprechen«, zischte Lili, und sie fügte noch bissiger hinzu: »Unter vier Augen, wenn es geht.«

Seine Antwort war ein überhebliches Lächeln.

»Ich denke, werte Misses Munroy, in meinen Räumen entscheide ich, wann ich bleibe oder gehe.« Sein Ton stand Lilis an Schärfe in nichts nach.

»Selbstverständlich, Sir«, erwiderte Lili. Ihr war klar, dass es zu nichts führte, wenn sie sich auf einen Machtkampf mit dem Lord einließ, aber es fiel ihr schwer, Vernunft walten zu lassen.

»Wären Sie trotzdem so freundlich, mir zu verraten, ob meine Tochter bei Ihnen ist.«

»Gern. Nein, Ihre Tochter ist nicht bei mir.«

Lili sah ihn entgeistert an.

»Oh, dann entschuldigen Sie bitte, dass ich hier so unhöflich hereingeplatzt bin. Ich mache mir nämlich solche Sorgen um Isobel. Sie ist gestern Nacht einfach davongeritten, aber dann wird sie in Beauly sein bei dem Direktor ihrer Schule. Entschuldigen Sie noch einmal mein Eindringen, das tut mir leid«, stammelte Lili und spürte, wie ihr die Schamesröte in die Wangen stieg.

Sie drehte sich auf dem Absatz um und eilte zur Tür. Nur raus hier, schnell, dachte sie und wünschte sich, sie könnte sich in einem Mauseloch verkriechen. Warum hatte sie sich ausgerechnet vor diesem Mann so lächerlich machen müssen?

»Wiedersehen!«, raunte sie kaum hörbar.

»Warten Sie! Warum haben Sie das nicht gleich gesagt?«, rief Lord Fraser. »Isobel ist hier!«

Wie der Blitz fuhr Lili herum.

»Was soll das heißen?«

»Das, was ich sage. Isobel ist hier, beziehungsweise nebenan, denn sie wünscht nicht, mit Ihnen zu sprechen.«

»Aber Sie haben doch eben behauptet, sie sei nicht bei Ihnen!« Lili funkelte Lord Fraser zornig an.

»Sie irren. Sie fragten mich nach Ihrer Tochter und da habe ich Ihnen wahrheitsgemäß gesagt, dass sie nicht bei mir sei.«

»Wollen Sie mich für dumm verkaufen?« Lili war wutschnaubend einen Schritt auf ihn zugetreten und stand drohend vor ihm, die Hände in die Hüften gestemmt.

»Das ist die Frage, wer wen für dumm verkaufen wollte? Ja, das versuchen Sie sogar immer noch. Isobel ist nicht Ihre Tochter, sondern Sie haben sie lediglich als Ihre Tochter ausgegeben und als selbige aufgezogen.«

Lili schnaubte vor Wut.

»Was macht das für einen Unterschied? Ich habe lange Jahre die Mutterrolle übernommen, und ich liebe sie wie ein eigenes Kind.«

»Lenken Sie nicht ab. Sie haben Isobel doch dazu angestiftet, mich zu belügen.«

»Nun hängen Sie das bloß nicht so hoch, Lord Fraser, ich habe meine Tochter …« Lili legte eine kleine Pause ein. »Ich habe meine Tochter Isobel lediglich gebeten, Ihnen nicht gleich unsere ganze komplizierte Familiengeschichte auf die Nase zu binden. Aber, wie ich höre, kennen sie einander ja mittlerweile so gut, dass Isobel ihnen offenbar alles erzählt hat. Gut, dann können wir ja aufhören mit dem Vorgeplänkel. Ich möchte meine Tochter Isobel sprechen, und zwar sofort!« Wieder legte sie die Betonung auf »Tochter«.

»Sie sind es gewohnt, Kommandos zu geben, nicht wahr?«, erwiderte er bissig.

»Lord Fraser, wollen Sie mich nicht verstehen? Ich möchte mit meiner Tochter reden.« Zur Bekräftigung rief Lili ganz laut ihren Namen, und als keine Reaktion kam, schrie sie noch einmal lauter: »Isobel!«

»Ich befürchte, Sie wollen nicht verstehen. Meine Verlobte Isobel legt keinen Wert darauf, mit Ihnen zu sprechen. Sie haben Sie beleidigt und geschlagen. Schon vergessen?«

Lili ballte die Faust. »Sie haben doch keine Ahnung«, zischte sie und sah sich suchend um. Ihr Blick blieb bei einer geschlossenen Flügeltür hängen. Ohne zu zögern eilte sie darauf zu, doch Lord Fraser stellte sich ihr in den Weg.

»Einen Schritt noch, und ich werfe sie hinaus!«, entgegnete er drohend.

Lili blieb wie angewurzelt stehen. Sie spürte die Gefahr in jeder Pore. Wenn sie nicht nachgab und sich nicht ein wenig moderater zeigte, würde der Kampf zwischen Lord Fraser und ihr unweigerlich eskalieren. Und dann würde sie Isobel womöglich für immer verlieren. Nein, das durfte sie nicht riskieren. Sie trat einen Schritt zurück und senkte den Blick.

»Es tut mir leid, dass ich mich so aufgeregt gebärde, aber ich mache mir große Sorgen um das Kind. Ich weiß, ich habe kein Recht, hier hereinzuplatzen. Deshalb mache ich Ihnen einen Vorschlag zur Güte: Sie lassen mich zwei Worte mit ihr wechseln und ich verschwinde … und dann …« Lili brachte es kaum über die Lippen. »… und dann darf ich Sie herzlichst bitten, die Verlobung wie angekündigt in meinem Haus zu feiern.« Lili suchte seinen Blick. »Es tut mir leid.«

Lord Frasers Miene erhellte sich. »Ich werde schauen, was ich für Sie tun kann. Nehmen Sie doch einen Augenblick auf dem Sofa Platz«, sagte er höflich und verschwand hinter der Flügeltür.

Lili atmete erleichtert auf. Das war knapp gewesen. Hätte sie nicht eingelenkt, er hätte sie wahrscheinlich auf der Stelle vor die Tür befördert.

Dabei hätte sie alles getan, um Isobel wenigstens kurz zu sehen. Sie blickte sich um. Was sie sah, war nichts als eine Suite im Highland Hotel. Doch dann erstarrte sie. Es war nicht irgendeine Suite, sondern jene, die sie damals bei ihrem Kuraufenthalt bewohnt hatte. Sie erkannte es an dem Gemälde über dem Kamin. Es zeigte das Hotel aus einer Perspektive, als sei es in die umliegenden Wälder eingebettet. Sie hatte damals ein Zimmermädchen gefragt, ob man das Bild kaufen könne, doch die hatte ihr erzählt, es sei ein Einzelstück. In jedem Zimmer hänge ein anderes Gemälde, hatte sie Lili erzählt. Und dieses hatte in ihrer Suite gehangen. Langsam erinnerte sie sich wieder. Dass mir das nicht gleich aufgefallen ist, wunderte sie sich. Sie schob es auf ihre Aufregung.

»Hallo Lili.« Isobels Stimme riss sie aus ihren Gedanken. Lili sah zur Tür und erschrak. Isobel wirkte so blass und zerbrechlich, dass Lili sofort aufsprang und auf sie zustürzte. Sie nahm ihre Stieftochter ungestüm in den Arm. Isobel wehrte sich nicht.

»Es tut mir so leid«, raunte Lili. »Ich wollte dich nicht schlagen, und ich hatte für einen Augenblick vergessen, dass ich die Collane der Makenzies einst dir versprochen hatte. Es ist schon so lange her. Verzeih mir, ich werde mein Wort halten. Pass gut auf sie auf, und wenn du wieder zu Hause bist, dann werde ich dir die Geschichte dieser Ordenskette erzählen und warum sie nicht in die Hände einer Munroy, sondern einer Makenzie gehört.«

Isobel aber machte sich aus der Umarmung los.

»Aber Lili, ich bin eine Munroy. Schon vergessen?«

»Aber nur dem Namen nach und nur von der Seite deines Vaters, deine Mutter ist eine Makenzie und damit fließt auch das Blut …«

»Lili, was soll das jetzt?«, unterbrach Isobel sie unwirsch. »Was interessieren mich die alten Geschichten und dieses dämliche Gerede mit dem Blut?« Sie musterte Lili abschätzig. »Warum bist du hergekommen? Ich bin eine erwachsene Frau.«

»Weil ich heute Nacht vor Sorge um dich kein Auge zugetan habe. Dir hätte etwas Schlimmes passiert sein können, Kind.«

»Du siehst, mir geht es wunderbar«, erwiderte Isobel spöttisch. »Und siehst du hier irgendwo ein Kind?«, fügte sie spitz hinzu.

Lili schluckte ihre Widerworte hinunter. Isobel hat ja recht, dachte sie reumütig, ich führe mich tatsächlich auf wie eine Glucke, was einer bald dreißigjährigen Frau in Anwesenheit ihres zukünftigen Mannes mehr als peinlich sein muss.

»Natürlich bist du kein Kind mehr, das ist mir nur so herausgerutscht. Verzeih mir.«

Lili suchte den Blick von Lord Fraser, aber der tat so, als hätte er an dem Gespräch nicht das geringste Interesse. Er hatte sich eine Zeitung genommen und las. Oder er tat nur so, vermutete Lili.

Sie betrachtete Isobel eindringlich in der Hoffnung, sie würde ebenfalls einlenken, aber sie stand angriffslustig vor ihr, die Arme abwehrend vor der Brust verschränkt. Lili konnte sich nicht helfen. Isobel sah schrecklich aus. Ihre Haut war fahl, und unter den Augen zeichneten sich dunkle Ringe ab. Wie eine junge Frau, die mit dem Mann ihres Herzens die erste Liebesnacht verbracht hatte, wirkte sie ganz bestimmt nicht. Im Gegenteil, eher wie eine Frau, die sich mit Liebeskummer quälte, denn ihre Augen waren so verquollen, als habe sie geweint.

»Gut, dann will ich mich wieder auf dem Nachhauseweg machen. Ich weiß ja jetzt, dass dir nichts zugestoßen ist«, seufzte Lili, und sie fügte hoffnungsfroh hinzu: »Oder begleitest du mich?«

Isobel schüttelte energisch den Kopf.

»Erstens bin ich mit Una hier, und zweitens haben Keith und ich gleich einen Termin in Inverness.«

Lili biss sich auf die Lippen. Auf keinen Fall durfte sie neugierig nachfragen: Wo, wann und mit wem? Sie tat so, als würde es sie gar nicht interessieren.

»Können wir denn heute im Laufe des Tages mit deiner Rückkehr rechnen? Ich meine, nur damit Fiona weiß, für wie viele sie heute kochen muss«, fragte sie stattdessen betont kühl.

Isobel hob die Schultern.

»Aber natürlich, Misses Munroy, ich werde dafür sorgen, dass Sie Isobel wohlbehalten zurückbekommen«, antwortete Lord Fraser über den Rand seiner Zeitung hinweg.

Natürlich hat er jedes Wort mitangehört, ging es Lili durch den Kopf.

»Ich habe nur noch eine letzte Frage, bevor ich euch von meiner Anwesenheit befreie«, bemerkte sie nun betont scherzhaft. »Bleibt es dabei, dass ihr eure Verlobung an Hogmanay auf Scatwell Castle feiert?«

»Unter einer Bedingung!«, entfuhr es Isobel prompt.

Lili sah Isobel verwundert an. »Welche Bedingung?«

»Du bittest Rose, ihre Gäste für den Abend auszuladen«, erklärte Isobel mit Nachdruck. »Ich habe keine Lust, mit einer Horde halber Kinder zu feiern. Und sie wird schon auf ihre Kosten kommen. In Inverness finden an dem Abend jede Menge Feste statt. Und wenn nicht, wird Lady Ainsley bestimmt gern als Gastgeberin einspringen.«

»Das ist nicht dein Ernst, oder? Sie hat an dem Tag immerhin ihren sechzehnten Geburtstag. Ich kann ja verstehen, dass dir eine Horde junger Leute auf die Nerven geht, aber heißt das auch, du willst deine eigene Schwester bei deiner Verlobung nicht dabeihaben?«

Isobel musterte Lili kalt.

»Erstens, sie ist nicht meine Schwester. Zweitens, wann begreifst du das endlich, dass deine kleine Familie nicht so heil ist, wie du sie sehen möchtest? Deine Tochter Rose ist ein kapriziöses kleines Biest, wenn du es genau wissen willst. Wir haben nichts, aber auch gar nichts gemeinsam. Drittens, ich habe keine Lust, auf meinem eigenen Fest mit anzusehen, wie sich die jungen Highlander um deine kleine Prinzessin prügeln.«

Lili schnappte vor Empörung nach Luft, doch da mischte sich Lord Fraser ein. Er hatte seine Zeitung zur Seite gelegt, war aufgestanden und auf seine angehende Verlobte zugetreten.

»Isobel, bitte, das geht zu weit. Du kannst Rose doch nicht einfach ausladen. Sei froh, dass du überhaupt eine Familie hast!«

Isobel lief knallrot an. Lili hingegen starrte Lord Fraser erstaunt, beinahe wohlwollend, an.

»Misses Munroy, ich weiß, dass Sie keine großen Stücke auf mich halten, aber eines darf ich Ihnen versichern: Da ich früh Waise geworden bin, werde ich alles tun, wieder eine Familie zu bekommen. Ich denke, Sie gehören zusammen. Alle drei! Und Sie sollten zusammenhalten. Deshalb unterstütze ich Isobels Plan nicht, dass die kleine Rose unseretwegen ihr Fest absagen und ihren eigenen Geburtstag womöglich bei Fremden feiern soll.«

Lord Fraser legte den Arm um Isobels Schulter.

»Das hast du doch sicher nicht so gemeint, Liebes, nicht wahr?«

»Natürlich nicht, ich … ich dachte nur, dass es dir zu viel sein könnte. Sicher kann Rose zu unserer Verlobung kommen. Ich … ich habe ja nur gedacht, ich meine, sie wolle vielleicht lieber mit ihresgleichen feiern«, stammelte Isobel.

»Hat Ihre Tochter Rose das Fest denn schon länger geplant, Misses Munroy?«

Lili räusperte sich. Sollte sie die Wahrheit sagen? Damit würde sie Isobel in den Rücken fallen …

»Ja, meine Tochter hat bereits alle Einladungen verschickt. Das Fest war geplant, bevor Isobel den Verlobungstermin festgelegt hat.«

Mit einem Seitenblick bemerkte sie, dass Isobel sie zornig anfunkelte.

»Aber dann werden wir doch alle miteinander auskommen können, nicht wahr, Liebling? Und so alt, dass wir nicht mit der Jugend mithalten können, sind wir ja auch noch nicht.«

Lord Fraser wandte sich lächelnd an Isobel. Die nickte säuerlich.

»Dann haben wir doch alles geklärt. Bis auf eines, Misses Munroy. Ich werde selbstverständlich die Kosten des Festes übernehmen.«

»Aber nein, das kann ich nicht annehmen. Das möchte ich von Herzen gern selbst zahlen«, protestierte Lili energisch.

»Liebe Misses Munroy, ich weiß das zu schätzen, aber da ich nun kürzlich unfreiwillig Kenntnis davon erlangt habe, dass Sie zurzeit nicht eben flüssig sind, bitte ich Sie, mein Angebot anzunehmen.«

Lili hegte gemischte Gefühle. Auf der einen Seite war sie ihm dankbar, dass er Isobels absurde Bedingung aus der Welt geschafft hatte, andererseits wurmte es sie, dass er so unverblümt auf ihre finanzielle Lage anspielte.

Seine Großzügigkeit anzunehmen, verbot ihr der Stolz. Sie lächelte Lord Fraser an und sagte freundlich aber bestimmt: »Seien Sie nicht böse, aber das möchte ich mir nicht nehmen lassen. Isobels Glück liegt mir sehr am Herzen, müssen Sie wissen. Und in jeder Notlage gibt es einen Silberstreif am Horizont. Machen Sie sich also keine Sorgen um meine wirtschaftlichen Verhältnisse. Ich verfüge über ausreichend Mittel, die Verlobung meiner Stieftochter auszurichten …«

»Lili, das Geschäftshaus ist tabu«, raunte Isobel dazwischen.

Lili aber fuhr ungerührt fort: »... auch ohne das Geschäftshaus in der Church Street zu verkaufen, das ja, wie Sie inzwischen wissen, nicht mir gehört, sondern meinen Töchtern.«

»Ich bewundere Sie, gnädige Frau«, entgegnete Lord Fraser. »Sie würden für Isobel und Rose alles tun, nicht wahr?«

»Das sehen Sie richtig. Alles! Und ich bin Ihnen sehr dankbar, dass Sie durch Ihre Toleranz, die Jugend bei Ihrer Verlobung mitfeiern zu lassen, einem neuerlichen Zwist zwischen den beiden vorgebeugt haben.«

»Gern geschehen«, entgegnete er gestelzt.

»Ich hoffe, Isobel, mein Schatz, dass dir das Fest dadurch nicht allzu arg verleidet ist«, sagte Lili in versöhnlichem Ton.

»Nein, ich wüsste nicht, was ich lieber täte, als mit den pickeligen Jungs und den gackernden Backfischen zu feiern!«, stieß Isobel bissig hervor.

»Isobel, jetzt ist es genug! Ich habe volles Verständnis dafür, dass dir der Tag viel bedeutet, aber wenn dir das alles nicht passt, dann sucht euch beide einen anderen Verlobungstermin als Hogmanay!« Lilis Stimme war lauter geworden als beabsichtigt, aber langsam verlor sie die Geduld. So stur und unversöhnlich hatte sie ihre Stieftochter kaum je erlebt.

»Da haben wir es wieder. Deine kleine Rose soll ein einziges Mal zurückstecken, aber das kann man ja nicht von dem verwöhnten Gör erwarten«, erwiderte Isobel in sarkastischem Ton.

Lili wollte soeben kontern, dass Isobel endlich damit aufhören solle, da kam ihr Lord Fraser zuvor. »Isobel, das geht zu weit!«, ermahnte er sie in strengem Ton und fügte versöhnlicher hinzu: »Die paar jungen Leute werden uns beiden schon nicht die Schau stehlen!« Zur Bekräftigung gab er ihr einen Kuss auf die Wange.

Lili wunderte sich, dass ihre Tochter angesichts dieser Zärtlichkeit nicht ein wenig weicher wurde, doch ihre Miene blieb wie versteinert.

Es bedrückt sie doch noch etwas anderes, das mit Rose gar nichts zu tun hat, schoss es Lili durch den Kopf. Wenn sie nur wüsste, was es war. Sie konnte Isobel ja schlecht in Gegenwart ihres zukünftigen Verlobten fragen, ob zwischen ihm und ihr alles in Ordnung war. Jedenfalls benahm sich so keine junge Frau, die eine erfüllte Liebesnacht erlebt hatte. Wenn Lili daran dachte, wie sie durch das Tal von Strathconon geschwebt war, nachdem sie das erste Mal mit Dusten … Doch diese schöne Erinnerung wurde in demselben Augenblick vom Gedanken an ihre erste Nacht mit Niall überschattet. Am nächsten Morgen hatte sie mit Sicherheit auch nicht vor Glück gestrahlt …

Lili musterte Isobel durchdringend, doch diese wich ihrem Blick aus.

»Ja, dann werde ich mich mal auf den Rückweg machen.« Lili streckte Lord Fraser zum Abschied ganz förmlich die Hand entgegen. Isobel wollte sie eigentlich in den Arm nehmen, aber ihr abweisender Blick ließ sie davon Abstand nehmen.

»Bis nachher, Isobel.« Ihre Stieftochter blieb stumm.

Lili stieß einen tiefen Seufzer aus. »Also, noch einmal Entschuldigung, dass ich hier so hereingeplatzt bin. Und keine Sorge. Wenn ihr erst einmal verheiratet seid, schützt euch das vor unliebsamen Überfällen der Mu… der Stiefmutter«, versuchte Lili krampfhaft zu scherzen.

Als immer noch keinerlei Reaktion seitens Isobel erfolgte, wandte sich Lili rasch um und ging zur Tür. Nur raus hier, dachte sie. Doch da hörte sie in ihrem Rücken Isobels vertraute Stimme rufen: »Bis nachher, Mom!«

Lili atmete auf. Das war ganz ihre Kleine. Mom nannte Isobel sie nur, wenn sie ein schlechtes Gewissen hatte. Also ist doch noch nicht alles verloren, durchfuhr es Lili erleichtert. Sie drehte sich noch einmal kurz um und winkte Isobel zu, bevor sie die Suite endgültig verließ.

Sie hatte nur noch einen Wunsch: nach Scatwell Castle zurückzufahren und sich mit Rose auszusprechen. Sie musste ihr ins Gewissen reden. Ihr Hass auf Isobel war kein guter Ratgeber und auch völlig untypisch für ihre Tochter. Und wenn Lord Fraser in

Bezug auf den Zusammenhalt der Familie weiterhin einen so guten Einfluss auf Isobel ausübte, ließ das doch hoffen. Überhaupt war ihr Keith, wie sie den Lord wohl bald nennen musste, noch nie so sympathisch gewesen wie eben, als er Stellung für Rose und ihr Fest bezogen hatte. Vielleicht entpuppte er sich ja doch noch als Bereicherung für die Familie. Sie sah dem Fest jedenfalls wesentlich positiver entgegen. Für sie wäre es das schönste Geschenk, wenn endlich Harmonie in Scatwell Castle Einzug hielte.

23

Lili war so tief in ihre Gedanken versunken, dass sie das Hotel bereits verlassen hatte, als ihr siedendheiß die Verabredung mit Liam Brodie einfiel. Erst spielte sie mit dem Gedanken, den Anwalt einfach zu versetzen, doch eine innere Stimme ließ sie umkehren. Vielleicht war es gar nicht so verkehrt, sich mit jemandem auszutauschen, der sie offenbar sehr schätzte. Und dessen warme Worte ihr seit gestern bereits zweimal Trost gespendet hatten. Außerdem gab es einen dringenden geschäftlichen Grund, ihn zu treffen.

Auf dem Weg zum Tearoom bog Lili in die Waschräume ab. Sie stellte sich kritisch ihrem Spiegelbild und wünschte, sie hätte heute Morgen mehr Energie auf ihre Morgentoilette verwendet. Zum Glück hatte sie einen Kamm, ein Puderdöschen und einen Lippenstift bei sich. Lili benutzte alle drei Utensilien, bis sie halbwegs zufrieden mit ihrem Erscheinungsbild war.

Dann straffte sie die Schultern und betrat wenig später den Tearoom des Hotels. Als sie Liam vor dem Kamin sitzen sah, beschleunigte sich ihr Herzschlag. Auch wenn sie ihn gar nicht kennen würde, sie käme nicht umhin zuzugeben, dass er ein überaus attraktiver Mann war. Sie fühlte sich beinahe so, als käme sie zu einem Rendezvous.

Lili holte ein paarmal tief Luft, bevor sie schnellen Schrittes auf seinen Tisch zutrat. Liams Augen leuchteten unübersehbar, als er sie begrüßte.

»Ich habe schon mal Tee und Scones für Sie bestellt«, gurrte er.

Lili lächelte gequält. »Ich hätte ehrlich gesagt lieber erst einmal so etwas.« Sie deutete auf sein volles Glas.

Er lachte. »Einen Whisky, bitte!«, rief er der Bedienung zu.

»So schlimm?«

Lili hob die Schultern. »So schlimm, wie es eben sein kann,

wenn eine Glucke wie ich unangemeldet in die Suite ihrer erwachsenen Stieftochter und deren angehenden Verlobten platzt.«

»Aber Sie haben es überlebt und zwar unbeschadet! Sie sehen wunderbar aus.«

»Ich habe früher nie gewusst, was für ein alter Schmeichler Sie sind«, lachte Lili.

»Früher habe ich mich aus Rücksicht auf Ihren Mann zurückgenommen, im letzten Jahr aus Rücksicht auf Ihre Trauer, aber nun fällt mir kein vernünftiger Grund mehr ein, warum ich Ihnen meine Verehrung weiter verheimlichen sollte.« Liam blickte ihr ohne Scheu in die Augen.

Das irritierte Lili. Sie wollte auf keinen Fall, dass dieser Mann um sie warb. Im Gegenteil, sie konnte sich im Augenblick nicht vorstellen, dass es jemals wieder einen Mann in ihrem Leben geben würde.

Lili trank den Whisky, den der Kellner ihr brachte, in einem Zug aus. Dann musterte sie den Anwalt durchdringend. Während sie noch überlegte, ob sie ihm die Wahrheit so direkt ins Gesicht sagen sollte, hörte sie sich bereits raunen: »Liam, ich mag Sie wirklich von Herzen, aber machen Sie sich keine falschen Hoffnungen. Ich denke, ich werde nie mehr in meinem Leben eine Beziehung zu einem Mann eingehen können.«

»Man sollte nie nie sagen«, erwiderte er verschmitzt lächelnd.

Seine Worte berührten Lili tief im Herzen, aber sie zeigte es ihm nicht.

»Es ist vergebliche Liebesmüh. Glauben Sie mir! Suchen Sie sich eine nette Frau und …« Lili unterbrach sich. Ihr wollten partout nicht die richtigen Worte einfallen.

Liam lächelte immer noch. »Ich danke Ihnen für Ihre Offenheit, Lili, aber Sie sollten mir überlassen, wie ich damit umgehe. Ich habe alle Zeit der Welt. Lassen Sie uns folgende Vereinbarung treffen: Ich versuche nicht, Sie umzustimmen, und Sie fangen gar nicht erst an, mir irgendwelche Damen aufzuschwatzen. Nicht dass sie noch versuchen, mich mit allen möglichen Witwen zu verkuppeln. Ich kann auch gut allein sein und brauche nicht irgendeine Frau. Wenn überhaupt, dann möchte ich Sie!«

Liam sah sie mit entwaffnender Ehrlichkeit an.

Lili wich seinem Blick aus und schwieg. Erst nach einer ganzen Weile sagte sie trocken: »Ich werde Little Scatwell verkaufen. Können Sie einen Käufer besorgen?«

Liam schien ein wenig irritiert wegen des abrupten Themenwechsels, doch er räusperte sich nur kurz und ging dann nahtlos auf die von ihr gewünschte geschäftliche Ebene über.

»Das wird kein Problem sein. Das Haus ist zwar speziell und etwas für Liebhaber, aber das viele Land drumherum wird sehr attraktiv sein für angehende Farmer. Ich werde es gleich anbieten.«

»Es gibt nur ein kleines Problem. Ich habe es der betagten Akira und ihrem Mann vermietet. Die alten Leute kann man doch nicht einfach verpflanzen. Ich muss erst etwas für sie finden. Natürlich würde ich sie gern mit uns in Scatwell Castle wohnen lassen, aber Akira ist entsetzlich abergläubisch. Sie ist fest davon überzeugt, dass über dem Haus der Munroys ein Fluch liegt …«

»Wer glaubt das ni…?« Liam hielt erschrocken inne. »Ich, ich wollte sagen …«

»Sie wollten sagen: Wer glaubt das nicht? Oder?«

Liam stieß einen Seufzer aus. »Ich bin kein guter Lügner. Ja, das wollte ich wohl sagen, aber es handelt sich bloß um dummes Gerede der Leute.«

Lili blickte ihm in die Augen. »Was glauben Sie? Dass über den Munroys tatsächlich ein Fluch liegt?«

»Nein, natürlich nicht! Wofür halten Sie mich?«, entgegnete Liam empört. »Ich wollte damit zum Ausdruck bringen, dass Sie nur wegen des dummen Geredes der Leute nicht davon Abstand nehmen sollten, Akira und ihrem Mann eine Bleibe in Scatwell Castle anzubieten.«

»Sie wird sich weigern! Akira gehört zu den Wortführerinnen der Spukgeschichten über den Munroy-Clan.«

»Ich glaube kaum, dass die alte Dame es vorzieht, am Loch Meig ihr Lager im Freien aufzuschlagen. Ich werde alles Nötige veranlassen. Wenn Sie mögen, fahre ich auch nachher bei ihr vorbei und bitte Sie, alles für den Umzug vorzubereiten, damit wir Little Scatwell zügig an den Mann bringen können.«

»Das würden Sie tun?« Lili fiel ein Stein vom Herzen, denn Akira würde sich bestimmt heftig dagegen sträuben, in das verfluchte Scatwell Castle umzuziehen.

»Und Sie meinen, Sie schaffen es, sie zu überreden?«

»Akira und ihr Mann beziehen gleich nach Hogmanay das alte Gartenhaus. Jede Wette!«

»Ach, Sie sind ein Schatz«, rutschte es Lili überschwänglich heraus. Erst an dem zufriedenen Lächeln, das bei ihren Worten über sein Gesicht huschte, erkannte sie, wie er diese genoss.

Lili schenkte ihm ein Lächeln.

»Sie haben vorhin so etwas Entzückendes zu mir gesagt, Liam. Dass Sie nicht irgendeine Frau brauchen. Meine Meinung kennen Sie, aber wenn ich sie einmal ändern sollte, dann käme für mich auch nur einer in Frage …«

Liam griff nach ihrer Hand. »Das ist das Schönste, was Sie mir hätten sagen können, Lili!«

Sie aber entzog ihm rasch die Hand, weil sie es so meinte, wie sie es gesagt hatte. Ihr ganzes Inneres war noch so erfüllt von Dusten und den Erinnerungen an diese tiefe Liebe, dass sie befürchtete, sie würde sich selber wehtun, wenn sie zu viel Nähe zu einem anderen Mann duldete. Was wäre, wenn ich mit Liam eine Beziehung anfinge, fragte sie sich und hatte sogleich die Antwort parat: Ich würde doch nur an Dusten denken und mir wünschen, es wäre sein Körper, den ich betrachte, es wären seine Hände, die mich streicheln, es wäre sein Mund, der mich küsst …

»Lili, ist Ihnen nicht wohl. Möchten Sie ein Glas Wasser?«

Lili schreckte aus ihren Gedanken.

»Nein, nein, schon gut. Ich musste gerade an Dusten denken und …« Lili entging nicht, dass er bei diesen Worten leicht zusammenzuckte. »… verzeihen Sie, das war jetzt nicht sehr feinfühlig von mir, aber ich weiß auch nicht, was mit mir los ist.«

»Lili, hören Sie auf, sich zu quälen. Sie müssen mir nichts vormachen. So gern ich Sie auch habe, ich würde Ihnen niemals zu nahe kommen, solange Dusten den ungeteilten Platz in Ihrem Herzen einnimmt. Ich bin nicht der Mann, der sich in die zweite Reihe stellt, aber ich kann warten. Und wenn sich an Ihren Gefühlen zukünftig nichts ändern sollte, dann wird das an meiner Achtung für Sie nichts ändern. Ein guter Freund werde ich Ihnen immer bleiben. Also sorgen Sie sich niemals darum, dass Sie mich verletzen könnten. Ich kann auf mich selber achten. Das dürfen Sie mir glauben.«

Lili war sichtlich gerührt.

»Mögen Sie an Hogmanay zu unserem großen Fest kommen?«, hörte sie sich sagen. Das hatte sie weder geplant oder durchdacht. Das war ihr einfach so über die Lippen gekommen.

»Nichts lieber als das!«, erwiderte er begeistert. »Aber nun erzählen Sie doch mal. Wie geht es Isobel? Sprüht sie vor Glück?«, fügte er fröhlich hinzu.

»Ich weiß nicht. Sie sah schlecht aus. Irgendetwas stimmt nicht mit ihr, aber ich konnte Sie vor Lord Fraser schlecht fragen. Mein Auftritt war peinlich genug. Sie finden doch auch, dass ich zu weit gegangen bin, oder?«

Liam grinste verschämt. »Na ja, wie soll ich das jetzt möglichst diplomatisch ausdrücken?«

Lili lachte. »Gar nicht! Sie sollen mir unverblümt die Wahrheit sagen! Glauben Sie, ich habe nicht gemerkt, wie mitleidig Sie mich vorhin am Straßenrand angesehen haben, als ich Ihnen erzählte, was ich vorhabe?«

»Nun gut, dann frei heraus. Sie wissen, dass ich große Stücke auf Sie halte …«

»Die ungeschminkte Wahrheit, Liam!«

Liam seufzte übertrieben. »Ich glaube, als Mutter sind Sie manchmal wie eine Glucke!«

Lili blickte ihn mit offenem Mund an.

»Habe ich es nicht gesagt, dass ich besser diplomatisch sein sollte? Sie sehen jetzt aus, als wollten Sie mich fressen.«

»Glucke?«, wiederholte Lili immer noch fassungslos. »Wie meinen Sie das?«

»Sie haben Isobel nicht nur als Ihre Tochter angenommen und alles für sie getan. Sie glauben heute noch – und sie ist eine erwachsene Frau –, dass Sie Isobel vor allen Widrigkeiten des Lebens beschützen können. Aber das liegt nicht in Ihrer Macht, liebe Lili. Isobels Geschichte können Sie nicht auslöschen. Und auch nicht die Verletzungen, die sie erlitten hat und unter Umständen noch erleiden wird. Nicht mit aller Liebe dieser Welt.«

Lili spürte, wie ihre Hände zu zittern begannen. Die Worte des Anwalts trafen sie mitten ins Herz, aber sie weigerte sich zu glauben, dass er wirklich wusste, wovon er sprach.

»Welche Geschichte meinen Sie, Liam?«

»Ich spreche davon, dass Isobel als Sechsjährige ihre Mutter, die sich auf schreckliche Weise umgebracht hatte, tot im River Conon gefunden hat und dass sie dort stundenlang ausgeharrt hat. Sie, liebe Lili, glauben, davor müssten Sie Isobel beschützen, aber das geht nicht. Es ist geschehen und hat Spuren in der Seele des Mädchens hinterlassen. Wunden, die Sie durch Ihr großes Herz haben lindern können, aber die Sie nicht vollständig heilen können …«

Lili schluchzte laut auf. »Woher wissen Sie das alles?«

»Die Geschichte der kleinen Isobel Munroy, die ihre tote Mutter im Fluss gefunden hat, kannte in Inverness jeder. Eine Dame der Gesellschaft, deren Namen ich nicht nennen möchte, hat sie überall verbreitet.«

»Lady Ainsley, diese Schlange«, stieß Lili finster hervor.

»Ersteres werde ich nicht bestätigen, aber Zweiteres unterschreibe ich.«

»Glauben Sie, ich habe deshalb Lord Fraser gegenüber solche Vorbehalte, weil ich befürchte, er könne ihre Wunden nicht so lindern wie ich?«, fragte Lili leise.

Liam zögerte.

»Ja und nein. Ich bin mir sicher, Sie würden jedem Mann, der Isobel den Hof macht, mit äußerster Skepsis begegnen. Sie haben solche Angst, er könne sie verletzen. Am sichersten fühlen Sie sich, wenn Sie die Person sind, die Isobel beschützt.«

»Sie glauben also, ich will im Grunde genommen verhindern, dass sie sich verliebt?«

»Nein, ich glaube, Sie wünschen es von Herzen, haben aber Sorge, er könne sie ins Unglück stürzen.«

»Sie meinen, daher rührt mein Bauchgefühl Lord Fraser gegenüber? Dieses unbegründete Misstrauen?«

»Einerseits ja, andererseits kann ich Ihre Gefühle diesem Mann gegenüber irgendwie sogar verstehen. Ich habe auch …«

Lili hörte ihm jedoch gar nicht mehr zu. Ein leises Lächeln umspielte ihren Mund.

»Da bin ich aber froh, dass ich ihn heute gar nicht mehr ganz so skeptisch beäugt habe. Im Gegenteil, er hat sich von einer angenehmen Seite gezeigt. Nicht gleich am Anfang, als ich in seine Suite geplatzt bin, aber dann, als Isobel hässlich gegenüber Rose werden wollte. Er hat Rose verteidigt. Etwas, das ich schon längst hätte tun sollen. Ich habe Isobel viel zu viel durchgehen lassen!« Sie warf Liam einen bewundernden Blick zu. »Sie haben mir da eben wirklich die Augen geöffnet, wenngleich es nicht gerade schmeichelhaft ist, als Glucke bezeichnet zu werdem. Aber ich habe wirklich nie gewusst, warum ich Isobel mit Samthandschuhen anfasse und sie nicht entschiedener in ihre Schranken verwiesen habe.«

»Schön, dass ich Ihnen behilflich sein konnte«, erwiderte Liam verhalten, während er so aussah, als ob er noch etwas auf dem Herzen hatte. Doch Lili war mit ihren eigenen Gedanken beschäftigt, sodass sie es nicht mitbekam.

»Ich glaube, es ist gut für Isobel, dass ein Dritter ihr zu verstehen gibt, wie blödsinnig diese Eifersucht auf Rose ist. Vielleicht entpuppt sich dieser Lord doch noch als Segen für unsere kleine Familie«, fügte Lili hinzu. »Ich sollte aufhören, ihm zu misstrauen. Wahrscheinlich hat er den Rat mit der englischen Bank auch nur gut gemeint.«

»Was für einer englischen Bank?«, fragte Liam mit schneidender Stimme zurück.

»Er hat ihr vorgeschlagen, dass sie ihr Geld bei einer englischen Bank anlegt.«

»Das macht sie doch nicht etwa?«

Lili lachte. »Sie sind ja noch misstrauischer als ich. Nein, wir haben abgemacht, dass sie mich erst Erkundigungen über dieses Institut einziehen lässt. Aber vielleicht sollte ich mich auch aus diesen Angelegenheiten einfach raushalten. Wahrscheinlich bin ich zu misstrauisch und stets auf der Hut, weil meiner Kleinen womöglich ein Leid geschehen könnte, und sehe überall Gespenster. Was meinen Sie?«

Liams Miene hatte sich immer mehr verdüstert, seit Lili über ihre neuerwachte Sympathie für Lord Fraser gesprochen hatte. Er teilte ihr Vertrauen nicht und bedauerte, dass er ihr mit seiner Analyse ihrer Beziehung zu Isobel den Argwohn gegen den Herrn genommen hatte. Denn obwohl Liam nicht wie eine Glucke über Isobel Munroys Wohl wachte, traute er dem Lord nicht über den Weg. Bislang hätte er nicht sagen können, weshalb. Aber ein Mann, der seiner zukünftigen Verlobten in diesen Zeiten vorschlug, ihr Vermögen von einer schottischen auf eine englische Bank zu transferieren, war alles andere als seriös. Er behielt seine Meinung allerdings für sich. Er wollte Lili nicht neuerliche Sorgen bereiten, aber er war fest entschlossen, auf eigene Faust zu recherchieren. Bislang hatte er von Mandanten aus Fortrose nur herausgefunden, dass ihn keiner im Ort kannte. Man wusste nur, dass er dieses merkwürdige Haus bauen ließ, das den Einheimischen ein Dorn im Auge war. Eine viktorianische Festung, hatte sein Mandant es genannt. Und er hatte ganz am Rande noch etwas Interessantes erwähnt. Ein Handwerker habe ihm im Vertrauen gesteckt, der Bau stocke immer wieder, weil der Lord seine Leute nicht bezahlen könne.

Doch das sind alles nur Gerüchte, dachte Liam, mit denen er Lili, ohne handfeste Beweise zu haben, nicht unnötig beunruhigen wollte. Dennoch durfte er ihr nicht verhehlen, wie gefährlich der Vorschlag des Lords war.

»Ich finde, dass man sich in den heutigen Zeiten einen Bankwechsel gründlich überlegen soll. Ich würde Isobel davon abraten. Das hat gar nichts mit dem Lord persönlich zu tun, sondern mit der wirtschaftlichen Lage. Das Pfund Sterling war noch nie so wenig wert wie nach unserem Ausstieg aus dem Goldstandard. Es wäre Wahnsinn, sich das Geld zu diesem Zeitpunkt auszahlen zu lassen. Kreditinstitute gehen reihenweise bankrott.«

»An Ihnen ist ja ein Bankfachmann verloren gegangen, lieber Liam«, erwiderte Lili sichtlich beeindruckt.

»Ach was«, brummte er. »Das weiß doch jeder, der in diesen Zeiten sein Geld zusammenhalten muss.«

»Sie wollen damit sagen, dass das auch Lord Fraser wissen sollte, nicht wahr?« Lili legte den Kopf schief und betrachtete den Anwalt von der Seite. Er brauchte ihr gar nicht zu antworten. Sein mahlender Kiefer sprach Bände.

»Nun sagen Sie schon. Sie halten nichts von seinem Ratschlag?«

Liam runzelte die Stirn. »Er wird wohl großes Vertrauen zu seiner Bank haben. Sonst würde er Ihrer Tochter ja nicht solche Vorschläge machen.«

»Sie weichen mir aus, Liam! Erscheint Ihnen das Verhalten des Lords seriös?«

»Lili, bitte. Es ist nicht meine Angelegenheit, aber ich würde Himmel und Hölle in Bewegung setzen, um meine Tochter von so einem risikoreichen Unternehmen abzubringen.«

»Darf ich sie zu Ihnen schicken?«

Liam sah Lili verwundert an. »Meinen Sie das ernst?«

»Und ob. Auf Sie hört sie. Wenn Sie ihr das sachlich darlegen, kommt sie nicht auf den Gedanken, das Gegenteil von dem zu tun, was ich ihr rate, nur um sich und mir zu beweisen, dass sie kein Kind mehr ist.«

»Es wäre mir ein Vergnügen, sie von dem Unsinn abzuhalten.«

»Übrigens, der Banker heißt Jones und die Bank Hobard & Pinkett.«

»Noch nie gehört!«

»Sie schaffen das schon. Auf Sie hält meine Tochter große Stücke.« Lili warf einen flüchtigen Blick auf die schöne Armbanduhr und freute sich insgeheim, dass sie nun doch nicht gezwungen war, das gute Stück überstürzt zu verkaufen.

»Du meine Güte, es ist ja schon beinahe Mittagszeit. Ich werde schnell aufbrechen«, flötete sie gut gelaunt. Wenn sie bedachte, in welcher schwermütigen Stimmung sie an diesem Morgen aufgebrochen war, und wie beschwingt sie sich jetzt fühlte! Lord Fraser hatte sich von einer überraschend positiven Seite gezeigt, und Liam würde Isobel wegen der Bankgeschichte ins Gebet nehmen. Sie stand auf und griff nach ihrer Umhängetasche.

»Und Sie kümmern sich um Little Scatwell, nicht wahr?«

An Liams Miene erkannte sie, dass er noch etwas auf dem Herzen hatte.

»Setzen Sie sich doch noch einen kleinen Augenblick, Lili«, bat er sie. Weil er so schrecklich ernst guckte, ließ sie sich widerspruchslos zurück in den gemütlichen Sessel fallen. Sie war sehr gespannt, was es denn noch Wichtiges gab. Liam aber musterte sie nur stumm.

»Liam, hat es Ihnen die Sprache verschlagen?«

Der Anwalt stieß einen tiefen Seufzer aus. »Sie erinnern sich, was ich zu bedenken gab, als Sie sich mit dem Auftrag an mich wandten, Ihr Geschäftshaus in Inverness zu verkaufen?«

Lili musste einen Augenblick überlegen, doch dann fiel es ihr wieder ein.

»Sie haben gesagt, man solle in diesen Zeiten keine Immobilien verkaufen, wenn man es nicht unbedingt müsse, und ich bin auf Ihren Einwand nicht eingegangen. Richtig?«

Liam nickte zustimmend.

»Und?«

»Wie verhält es sich mit Little Scatwell? Müssen Sie es verkaufen oder nicht?«

»Ich finde Ihre Frage – mit Verlaub – ein wenig indiskret«, erwiderte Lili leicht verschnupft.

»Gut, dann zäume ich das Pferd von hinten auf. Nehmen wir einmal an, Sie hätten finanzielle Sorgen, was in diesen Zeiten nicht eben verwunderlich wäre. In Glasgow haben die Menschen keine Arbeit mehr. Viele hungern. Kinder, Schwangere, ein Bild des Elends. So sieht das Leben fern ab Ihres Tals aus. Und auch in Inverness helfe ich gerade mit, eine Suppenküche einzurichten ...«

»Liam? Worauf wollen Sie hinaus?«

»Also, nehmen wir an, Sie hätten finanzielle Sorgen und ein guter Freund würde Ihnen helfen, solange es nötig wäre, damit Sie nicht so ein Haus wie Little Scatwell und das dazugehörige Land in Zeiten wie diesen verkaufen müssten, in denen das Geld täglich weniger wert ist? Würden Sie diese Unterstützung annehmen?«

Lili spürte, wie eiskalte Wut in ihr hochkroch. Keine Frage. Er sprach von sich. Das hatte er sich ja fein ausgedacht!

Mit einem Satz war sie aus ihrem Sessel gesprungen.

»Ich würde dem Herrn, der mir so ein Angebot macht, offen ins Gesicht sagen, dass ich nicht käuflich bin. Eher reihe ich mich in die Schlangen vor den Suppenküchen ein, denn, und das würde ich diesem Mann ebenfalls sagen, ich weiß, wie es dort draußen aussieht. Ich würde alles lieber tun, als mich diesem Herrn auszuliefern und dessen Almosen anzunehmen. Guten Tag, Mister Brodie.«

Lili hatte sich so in Rage geredet, dass ihre Wangen rot glühten. Sie wandte sich ab und verließ das kuschelige Plätzchen am Kamin. Doch dann drehte sie sich noch einmal um und fauchte: »Sie brauchen sich übrigens nicht weiter um den Verkauf von Little Scatwell zu kümmern. Ich werde die Dienste eines Ihrer Kollegen in Anspruch nehmen. Eines seriösen Kollegen, der mir nicht das Angebot macht, mich auszuhalten. Und auch Isobel brauchen Sie nicht zu beraten. Das schaffe ich schon allein. Und, es tut mir leid, aber die Einladung zum Fest in Scatwell Castle an Hogmanay muss ich mit dem Ausdruck des Bedauerns zurücknehmen!«

Lili konnte wie durch einen Nebel erkennen, dass die Augen des Anwalts vor Schreck weit aufgerissen waren, aber das war ihr in diesem Augenblick völlig gleichgültig. Sie fühlte sich durch sein durch die Blume vorgebrachtes Angebot, sie finanziell zu unterstützen, gedemütigt und in ihrem Stolz verletzt. Diese Gefühle waren gepaart mit grenzenloser Enttäuschung, dass dieser Mann, dem sie von Herzen vertraut hatte, ihr so etwas überhaupt anzubieten wagte. Nein, Liam Brodie war für sie gestorben, und das war sehr schmerzhaft. Sie hatte wirklich geglaubt, einen guten Freund in ihm gefunden zu haben. Einen, der ihr »Nein« zu einer Beziehung mit ihm akzeptierte. Einen, der sie und ihr Wort respektierte. Einen, der nicht hintenherum versuchen würde, sich in ihrem Leben unverzichtbar und sie abhängig von ihm zu machen.

Als sie hinter sich seine verzweifelte Stimme rufen hörte: »Lili, jetzt warten Sie doch. Lassen Sie sich das doch erklären. Sie haben etwas in den falschen Hals bekommen!«, beschleunigte sie ihren Schritt. Es war wie ein Spießrutenlaufen, sich zum Ausgang zu schlängeln, denn vor der Bar stand eine Gruppe feiernder Highlander in ihrer traditionellen Kluft. Sie alle beobachteten voller Amüsement die attraktive, nicht mehr ganz junge Dame, die vor einem gut aussehenden, graumelierten Herrn in den besten Jahren flüchtete.

»Slàinte mhath!«, rief einer der Männer und erhob sein Glas.

»Slàinte mhath«, tönte es vielfach zurück, doch da hatte Lili bereits die Tür der Waschräume erreicht. Mit klopfendem Herzen schlüpfte sie in den mit prächtigen Spiegeln ausgestatteten Vorraum. Sie ließ sich auf einem der gepolsterten Schminkhocker fallen und schlug die Hände vors Gesicht. Wenn es nötig war, würde sie hier den Rest des Tages verbringen. Immer noch besser als Liam zu begegnen. Was bildete er sich eigentlich ein? Dass sie als Dank für seine Großzügigkeit mit ihm ins Bett ging? Schade, dachte sie, und ich habe wirklich geglaubt, ich könne ihm trauen.

24

Das Wetter am einunddreißigsten Dezember war genauso, wie Lili sich fühlte. Es regnete seit Tagen und über Scatwell Castle hingen dicke schwarze Wolken. Doch nicht einmal die konnte man von drinnen sehen.

Lili stand am Fenster ihres Zimmers und sah trübsinnig dabei zu, wie fette Tropfen gegen die Scheiben prasselten. Der Wind ließ sie direkt daraufklatschen.

Statt der erhofften Besserung war die Stimmung auf Scatwell Castle noch viel schlechter geworden. Isobel war zwar noch an jenem Tag nach Hause zurückgekehrt, aber sie hatte zum Fürchten ausgesehen. Seit Tagen aß sie kaum etwas und huschte im Haus umher wie ein Nachtgespenst. Zu allem Überfluss trug sie wieder ihre dunklen Gouvernantenkleider und sah darin schlicht bedauernswert aus.

Lord Fraser hatte sich seit Isobels nächtlichem Besuch im Highland Hotel nicht mehr auf Scatwell Castle blicken lassen. Es fiel Lili wahnsinnig schwer, Isobel mit neugierigen Fragen zu verschonen. Wie oft lag ihr auf der Zunge: Was ist geschehen im Hotel? Hat er dich verletzt? War die Nacht mit ihm eine Enttäuschung? Willst du ihn vielleicht gar nicht heiraten? Doch sie verkniff sich diese Fragen, weil ihr Liam Brodies Worte ständig im Kopf herumgespukten.

Allein bei dem Gedanken an den Anwalt schoss ihr die Schamesröte in die Wangen. Aber nicht mehr wegen seines Angebots, sondern wegen ihres Abgangs. Schon am Abend des schicksalhaften Tages waren ihr erhebliche Zweifel gekommen, ob sie nicht arg übertrieben hatte. Vielleicht hatte Liam es wirklich nur gut gemeint und hätte niemals Bedingungen daran geknüpft. Sie hatte ihm ja nicht einmal die Chance gelassen, sich zu erklären. Jetzt, mit Abstand, fragte sie sich, ob nicht er derjenige war, der sich verletzt fühlen musste, hatte sie ihm doch gemeinerweise unterstellt, er böte ihr die finanzielle Unterstützung nur an, wenn sie dafür mit ihm ins Bett ginge. Lili wollte gar nicht daran denken, was sie damit angerichtet hatte. Natürlich hätte sie sein Angebot niemals angenommen, aber sie hätte ihm nicht gleich derart miese Motive unterstellen müssen.

Je länger sie darüber nachgrübelte, desto klarer wurde ihr, wie ungerecht sie gewesen war. Sie hatte ihn ja nicht einmal zu Wort kommen lassen. Aber nun war es zu spät. Dieser Riss war nicht mehr kitten. Sie vermutete, dass er stocksauer auf sie war. Unter diesen Umständen war es besser, sie würden einander gar nicht mehr begegnen. Am schlimmsten daran war, dass sie ihn so schmerzlich vermisste. Den Gedanken versuchte sie natürlich mit allen Mitteln zu verdrängen, aber das schien ihr genauso aussichtslos, als hätte sie versucht, die fetten Regentropfen wegzuzaubern und durch Sonnenstrahlen zu ersetzen.

Ihr kopfloser Abgang aus dem Highland Hotel zog auch einige andere Unannehmlichkeiten nach sich. Ihre Mittel wurden immer knapper und ohne die Aussicht auf den raschen Verkauf von Little Scatwell wusste sie eigentlich gar nicht, wie sie die nächsten Wochen überstehen sollte. Sie hatte schon daran gedacht, Bonnie und Fiona zu entlassen, aber das brachte sie nicht übers Herz. Bonnie ernährte mit ihrer Arbeit eine ganze Familie. Wenn ihr Lohn wegfiel, nicht auszudenken. Und Fiona gehörte zur Familie. Scatwell Castle war ihr Zuhause. Lili konnte sie nicht einfach ihrer Existenz berauben. Deshalb war es vorrangig, dass sie einen neuen Verkäufer für das Anwesen fand. Mister Armstrong in Inverness hätte den Auftrag sofort übernommen, doch mitten im Gespräch war Lili eingefallen, wieso ihr der Name des Anwalts so bekannt vorgekommen war. Es war kein Geringerer als der Liebhaber von Liams Frau. Als Lili dieser Zusammenhang klar geworden war, war sie einfach aufgestanden und aus dem Büro marschiert mit den Worten: »Ich muss mir das alles noch einmal überlegen.«

Wie sie es drehte und wendete, es blieb ihr nur ein Ausweg: Sie musste Isobel bitten, ihr Geld zu leihen. Etwas, das ihr in guten Zeiten bereits wahnsinnig schwergefallen wäre, was aber in der angespannten Lage eine echte Herausforderung bedeutete.

Denn Isobel sprach nur noch das Nötigste mit ihr. So verliefen auch die gemeinsamen Mahlzeiten fast stumm. Denn auch Rose hielt sich sehr zurück mit Worten. Das war beinahe beängstigend, da sie ansonsten in eimem fort plapperte. Isobel und Rose ignorierten einander völlig. Diese Unversöhnlichkeit zwischen den beiden wollte Lili schier das Herz brechen.

Es war eindeutig erträglicher, als sie sich noch gestritten haben, dachte Lili und wandte sich abrupt vom Fenster ab. Es nützte nichts. Ob sie es wollte oder nicht, sie musste Isobel zeitnah diese unangenehme Frage stellen: Kannst du mir Geld leihen? Lili schüttelte sich allein bei dem Gedanken.

Seufzend zog sie sich an und setzte sich vor den wunderschönen Frisiertisch, der einmal Großmutter Mhairie gehört hatte. Sie blickte sich im Zimmer um. All die weißen geschmackvollen Möbel waren auch ihren Preis wert. Vielleicht sollte sie sich zur Überbrückung davon trennen, aber sie brauchte den Gedanken gar nicht zu Ende zu führen. Nein, sie würde nicht losziehen und den Hausstand verscherbeln, nur weil sie zu stolz war, Isobel bei diesem vorübergehenden Engpass um Hilfe zu bitten.

Ihr bekümmerter Blick streifte wie so oft in den letzten Tagen die teure Armbanduhr, die Dusten ihr geschenkt hatte. Die zu verkaufen, wäre etwas anderes. Es würde jedenfalls niemand merken. Doch, Dusten, dachte sie. Er würde es nicht wollen! Und ihm wäre bestimmt auch eine andere Lösung eingefallen.

Immer noch tief in Gedanken versunken drückte Lili wenig später die Klinke der Tür zum Salon herunter. Sie ging fest davon aus, dass sie die Erste am Frühstückstisch sein würde, doch da vernahm sie bereits die aufgebrachten Stimmen ihrer Töchter.

»Natürlich werden Keith und ich unsere Verlobung vor dem Essen bekanntgeben. Die Gäste sollen doch wissen, warum sie gekommen sind.«

»Aber ich möchte eine kleine launige Rede halten, in der ich locker erkläre, wie es zu dem doppelten Fest gekommen ist.«

»Locker? Dass ich nicht lache. Wahrscheinlich gibst du irgendeinen Kinderkram von dir! Hast du immer noch nicht begriffen, dass es mein Fest ist?« Isobels Stimme bebte vor Zorn.

»Das ist doch gar nicht wahr! Es ist mein Fest genauso wie deines! Du vergisst, dass ich heute sechzehn werde!«

Lili zuckte zusammen. Roses Geburtstag. Den hatte sie bei dem ganzen Trubel der letzten Tage völlig vergessen. Wie gut, dass sie das Geschenk schon vor Wochen besorgt hatte, als ihr das finanzielle Desaster noch nicht so bedrohlich erschienen war.

Sie räusperte sich laut. Sofort herrschte eisiges Schweigen.

Lili eilte auf Rose zu und nahm sie in den Arm. »Meinen herzlichen Glückwunsch, meine Kleine«, rief sie überschwänglich aus und küsste Rose auf beide Wangen.

»Von wegen klein«, gab Rose scherzhaft zurück. »Ich bin jetzt eine Lady. Ja, ich dürfte sogar ohne deine Einwilligung heiraten, Mom.«

Lili drohte ihr scherzhaft mit dem Finger. »Du wirst dich unterstehen, mein Liebling!«

Sie umrundete den Tisch und begrüßte auch Isobel mit zwei Küsschen auf die Wangen. Ihre Stieftochter ließ diese Geste der Zärtlichkeit stocksteif über sich ergehen.

»Wartet Ihr bitte einen kleinen Augenblick mit dem Frühstück. Ich muss nur eben das Geschenk von oben holen. Ich habe es vergessen.«

»Meinetwegen«, knurrte Isobel.

»Ich platzte vor Neugier«, flötete Rose.

Lili hatte die Tür noch nicht ganz hinter sich geschlossen, als es im Salon wieder hoch herging. Lili entfernte sich hastig in Richtung Treppe. Sie wollte gar nichts von den Zickereien hören.

Das Geschenk lag in ihrem Kleiderschrank und war zum Glück bereits im Laden prächtig eingepackt worden. Lili zog das Paket hervor und atmete ein paar Mal erleichtert ein und aus. Wenn sie sich nur ausmalte, was geschehen wäre, wenn ihr erst heute Nachmittag beim Eintreffen der ersten Gäste eingefallen wäre, dass ihre Tochter Geburtstag hatte … den Ärger, der dann auf sie zugekommen wäre, konnte sie sich lebhaft vorstellen.

Als sie wieder vor der Tür angelangt war, stieß sie absichtlich mit dem Ellenbogen gegen das Eichenholz. So hatten die Mädchen die Gelegenheit, ihren Streit vorerst zu unterbrechen. Und tatsächlich, als Lili den Salon betrat, war es mucksmäuschenstill. Man hätte eine Stecknadel fallen hören können.

Rose strahlte über das ganze Gesicht, als ihre Mutter ihr das Paket überreichte.

»Es ist ganz weich«, bemerkte sie, während sie ihre Finger über die Verpackung gleiten ließ. »Wahrscheinlich eine Decke, damit ich nicht so friere, wo doch auf Scatwell Castle Eiszeit herrscht.«

Lili warf ihrer Tochter einen mahnenden Blick zu, der so viel hieß wie: Bitte provoziere Isobel nicht unnötig!

»Schon gut«, stöhnte Rose, die den stummen Hinweis ihrer Mutter verstanden hatte. »Also keine Decke.«

»Du machst es doch sonst nicht so spannend und reißt die Pakete stets vor dem Fest auf«, stichelte Isobel.

Rose überhörte die Bemerkung großzügig und machte sich daran, ihr Geschenk auszuwickeln.

»Oh!«, rief Rose entzückt aus und dann: »Ah!«, während sie einen roten, fließenden Seidenstoff aus dem Packpapier befreite.

»Das ist ja … das ist ja, Mom …« Rose sprang auf Lili zu und gab ihr einen Kuss.

»Aber du hast es doch gar nicht gesehen. Du weißt doch noch gar nicht …«

»Doch, Mom, ich habe mir nichts sehnlicher gewünscht als ein Ballkleid und … wartet hier. Ich ziehe es gleich an und führe es euch vor.«

Und schon saß Lili mit Isobel allein am Tisch. Ob sie die günstige Gelegenheit beim Schopf packen sollte?

»Isobel, ich muss dich dringend sprechen«, platzte es da auch schon ungeduldig aus Lili heraus.

Isobel blickte sie fragend an.

»Zum einen kann ich nicht länger meinen Mund halten. Du siehst nicht glücklich aus. Was ist geschehen?«

Isobel lächelte spöttisch.

»Ich habe mich schon gefragt, wann du mich endlich über die der Nacht mit Keith aushorchen wirst. Oder mit deinen Vorhaltungen kommst.«

Lili stöhnte auf. »Ich will wissen, wie es dir geht! Mehr nicht!«

»Blendend«, entgegnete Isobel knapp. »Was kann es Schöneres geben, als heute mit einem attraktiven charmanten Mann Verlobung zu feiern?«

Lili runzelte die Stirn.

»Aber warum sagst du das so merkwürdig? Warum strahlst du dein Glück nicht aus?«

»Weil nicht jeder so wie deine Rose sein kann, Lili, ich bin anders als sie.«

»Das weiß ich doch, aber du hast doch etwas auf dem Herzen. Ich kenne dich, mein Kind.«

Isobels Blick wurde weicher, als Lili sie in alter Vertrautheit ansprach.

»Mach dir keine Sorgen, Lili, es ist alles in Ordnung. Ich bin nur etwas aufgeregt. Und ich habe es immer noch nicht Mister McDowell gesagt. Ach, Lili, es ist alles so ungewohnt und …«

Lili hörte ihr gar nicht mehr richtig zu. Sie wollte ihr Anliegen loswerden, bevor Rose zurückkam, denn sie hatte Sorge, dass sich die Gelegenheit für ein Vieraugengespräch im alten Jahr nicht mehr ergeben würde. Lili nahm all ihren Mut zusammen.

»Isobel, ich muss dich dringend um etwas bitten. Kannst du mir Geld leihen? Ich habe mich entschlossen, Little Scatwell zu verkaufen, aber das zieht sich hin und, Isobel, ich weiß nicht mehr, wie ich während der nächsten Wochen über die Runden kommen soll.«

Lili holte tief Luft, bevor sie Isobel bittend ansah.

»Das tut mir leid, Lili, warum hast du mir das nicht eher gesagt? Du hast den Eindruck vermittelt, es würde auf lange Sicht knapp. Wenn ich geahnt hätte, wie dringend es ist, dann hätte ich doch gestern etwas von dem Geld zurückbehalten, das ich Mister Jones …«

»Sag, dass das nicht wahr ist! Du hast doch nicht …«, unterbrach Lili ihre Stieftochter. Panik stand ihr in die Augen geschrieben.

»Ich bin alt genug, um zu entscheiden, wo ich mein Vermögen anlege«, erwiderte Isobel trotzig.

»Aber wir hatten doch abgemacht, dass ich mich erst erkundige und dir sage, was ich in Erfahrung gebracht habe. Und der Ratschlag deines Bräutigams in spe, dein Geld von der schottischen Bank nach England zu transferieren, ist leichtsinnig, um nicht zu sagen, von sträflichem Leichtsinn. Viele der kleinen Bankinstitute stehen vor dem Bankrott. Was weißt du schon über Hobard & Pinkett?« Lilis Stimme war laut und schneidend geworden.

Isobel zeigte sich davon ungerührt. Nach außen jedenfalls.

»Was regst du dich denn so auf? Es ist mein Vermögen. Und außerdem hat mir Mister Jones neulich auf die Hand versprochen, dass er alles tun wird, damit mein Vermögen genauso arbeitet wie das von Lord Fraser.«

»Das hat er dir gesagt?« Lili fasste sich an den Kopf. »Und hast du auch nur den kleinsten Beweis von ihm dafür verlangt, dass seine Bank nicht gefährdet ist?«

»Mir genügt sein Wort und die guten Erfahrungen, die Keith mit Hobard & Pinkett gemacht hat!«

»Isobel, Kind, sei vernünftig! Heute Vormittag ist unsere Bank geöffnet. Fahr nach Inverness. Mach diese Aktion rückgängig. Warte ab, bis wir die Gewissheit haben, dass diese Bank in England nicht zu denjenigen gehört, die durch die Krise bankrott gehen. Bitte, ich fahre dich. Ich begleite dich!«

»Mach dir keine Mühe, Lili, es ist zu spät.«

»Aber nein, noch kannst du die Sache stoppen! So etwas geht doch nicht von heute auf morgen. Komm, wir fahren sofort los.«

»Lili, willst du mich nicht verstehen? Ich habe mein Vermögen bis auf den letzten Cent abgehoben und es Mister Jones gegeben!«

»Du hast was?« Lili merkte gar nicht, dass sie laut gebrüllt hatte.

»Er sagte, so sparen wir viel Zeit.«

»Isobel, so dumm kannst du doch gar nicht sein!«, schrie Lili fassungslos.

»Dumm oder nicht. Es ist zu spät. Ich würde vorschlagen, du nimmst das Angebot von Keith an und lässt ihn das Fest bezahlen. Und wenn das Geld bei Hobard & Pinkett angekommen ist, werde ich dir etwas abheben. Was meinst du, wie viel du ungefähr brauchst?«, fragte Isobel ungerührt.

Lili hatte die Hände vor das Gesicht geschlagen und stöhnte leise: »Er hat mich gewarnt. Warum habe ich bloß nicht auf ihn gehört? Warum nicht?«

Dann hob Lili den Kopf und blickte Isobel mit einer Mischung aus Mitgefühl und Unverständnis an.

»Ich bete zu Gott, dass du das Richtige getan hast.«

»Lili! Was ist los mit dir? Du bist doch niemals eine Frau gewesen, der Geld etwas bedeutet. Du tust ja gerade so, als wäre es der Weltuntergang, nur weil ich mein Vermögen endlich einmal für mich arbeiten lasse!«

Lili lag eine Erwiderung auf der Zunge, als die Tür aufging und Rose ins Zimmer schwebte und flötete: »Der Spiegel hat mich mit ›Miss Munroy‹ angesprochen und mir verraten, dass es das allerschönste Kleid ist, das ich je getragen habe.«

Lili kostete es einige Überwindung, sich in diesem Augenblick auf Rose und ihre Freude über das Geschenk einzustellen. Ihre Gedanken waren noch bei Isobel und ihrer unfassbaren Dummheit, die sie auf Lord Frasers Rat hin begangen hatte.

Doch als Lili den Blick auf ihre Tochter richtete, war sie für einen Augenblick wie geblendet. Rose sah so wunderschön und erwachsen aus, dass Lili ein paarmal schlucken musste. Das Rot, das ein wenig ins Bordeaux ging, passte perfekt zu ihrem Teint und dem blonden Haar. Der Seidenstoff umspielte ihren Körper, und es war nicht zu übersehen, dass Rose eine nahezu ideale Figur besaß. Sie hatte Rundungen, wo sie bei einer Frau sein sollten, und war dort schmal, wo es die Silhouette des Kleides verlangte. Das Kleid war hochgeschlossen, doch ärmellos und zwar so raffiniert geschnitten, dass auch die Schultern unbedeckt blieben.

Sie ist kein Kind mehr, durchfuhr es Lili halb bewundernd und halb bedauernd, sie ist zu einer wunderschönen Frau erblüht.

»Hat es euch die Sprache verschlagen?«, fragte Rose lachend. »Ich bin es doch. Eure Rose. Aber nun sagt schon, wie gefalle ich euch?«

»Du siehst aus wie eine Lady aus dem Modeheft«, stieß Lili bewundernd hervor.

Rose wandte sich übermütig Isobel zu. Rose war nicht nachtragend. In ihrer Euphorie über dieses Kleid schien sie vergessen zu haben, wie sie sich vorhin noch angegiftet hatten.

»Na, Schwesterchen, was sagst du nun?«

Isobels Augen waren zu Schlitzen verengt, und ihr Mund war so schmal, dass man meinen konnte, sie besäße keine Lippen.

Lili sah das aufkeimende Unglück über sie hereinbrechen, bevor Rose irgendetwas merkte, sie wollte es noch verhindern, aber es war zu spät.

»Billig«, fauchte Isobel und musterte Rose wie ein ekelhaftes Insekt. »In diesem Fetzen wirst du jedenfalls nicht auf meiner Verlobung erscheinen!«

Ehe Lili eingreifen konnte, hatte sich Rose auf Isobel gestürzt und sie einmal kräftig an den Haaren gezogen. »Das sagst du nicht noch mal, du alte Jungfer. Und ob ich das anziehe!«

»Rose, das geht zu weit«, mischte sich Lili ein und konnte ihre Tochter gerade noch davon abhalten, erneut an Isobels Haar zu ziehen.

»Mom, sag doch was!«, heulte Rose auf. »Sie ist so gemein!«

Lili atmete ein paarmal tief durch.

»Isobel, das war unfair und gehässig, was du da eben von dir gegeben hast. Das Kleid ist wunderschön und steht deiner Schwester. Außerdem ist es nicht billig, sondern ein besonders edles Stück.«

Isobel lachte spöttisch auf. »Ach, da hast du dein Geld also gelassen?«

»Bitte nicht!«, flehte Lili. »Hör jetzt auf und lass uns den Tag in Frieden …«

»So sieht bei dir Frieden aus?«, fragte Isobel kalt. »Sie hat mir ein Büschel Haare ausgerissen.«

»Das geht auch nicht. Bitte, Rose, dafür entschuldigst du dich!«

Rose aber verschränkte die Hände hinter dem Rücken und schob trotzig die Unterlippe vor. Stumm schüttelte sie den Kopf.

»Bitte, macht es mir und euch doch nicht so schwer. Isobel, dann sei du die Vernünftigere, die nachgibt. Entschuldige dich bei Rose.«

Isobel setzte eine hochmütige Miene auf. »Warum sollte ich? Ich habe doch nur die Wahrheit gesagt. Sie sieht in diesem Kleid aus wie ein männermordender Vamp, und ich verstehe nicht, wie du ihr so etwas kaufen konntest. Möchtest du sie umgehend unter die Haube bringen?«

»Isobel, halt den Mund. Du bist bösartig!«, zischte Lili.

»Du bist doch bloß neidisch, dass du nicht so ein Kleid hast«, fügte Rose giftig hinzu.

Lili hob abwehrend die Hände. »Genug! Ich habe ein für alle Mal genug von diesem ewigen Gezanke. Zum letzten Mal: Du, Isobel, entschuldigst dich bei Rose, und du, Rose, bittest Isobel um Verzeihung. Wird's bald?«

Keiner rührte sich. Die Nerven der Frauen im Raum waren zum Zerreißen gespannt. Lili ließ resigniert die Arme sinken. Es hatte keinen Sinn. Frieden wird in dieses Haus wohl erst wieder einkehren, wenn Isobel bei Lord Fraser auf der Black Isle wohnt, dachte sie traurig.

»Ich ziehe mich zurück. Vielleicht vertragt ihr euch besser, wenn ich mich nicht andauernd einmische und zwischen den Fronten aufgerieben werde«, erklärte Lili und wollte den Salon verlassen.

Rose starrte ihr ungläubig nach, während Isobel von ihrem Stuhl aufsprang und sich Lili in den Weg stellte.

»Du kannst dich nicht einfach davonschleichen«, fauchte Isobel. »Schließlich hast du Rose dieses unmögliche Kleid gekauft. Jetzt musst du auch dafür sorgen, dass sie es heute Abend nicht trägt.«

»Was willst du damit sagen?«, fragte Lili und versuchte, das Zittern in ihrer Stimme zu unterdrücken.

»Ist das so schwer zu verstehen? Ich möchte, dass du ein Machtwort sprichst und ihr verbietest, es auf meiner Verlobung zu tragen. Ganz einfach!«

»Bist du völlig übergeschnappt?«, fuhr Rose Isobel an. »Mom hat es mir geschenkt, damit ich heute Abend ein schönes Kleid habe. Du glaubst doch nicht allen Ernstes, dass sie mir verbieten wird, es zu tragen?«

»Nein, das werde ich nicht«, erklärte Lili unmissverständlich, doch dann wandte sie sich an Rose. »Aber wenn du Isobel zuliebe darauf verzichten möchtest, werde ich nicht beleidigt sein.«

»Ich soll was?« Roses Gesicht brannte vor Empörung. »Ich soll darauf verzichten, es heute Abend zu tragen? Nein, nein, und noch mal nein. Wenn du nicht endlich einen Riegel vorschiebst, sodass Isobel mit ihren Gehässigkeiten nicht immer wieder Erfolg hat, dann seht ihr mich nie wieder!«

Lili war erschüttert über die Worte ihrer Tochter. Und hatte sie nicht recht? Ließ sie Isobel nicht viel zu viel durchgehen? Das hatte Liam durchaus richtig durchschaut.

»Wir kommen nicht umhin, ein ernsthaftes Gespräch zu führen. Zu dritt. So geht es nicht weiter«, schnaubte Lili. »Aber heute bleibt uns keine Zeit dazu. Wir müssen jetzt, ob wir es wollen oder nicht, zusammenhalten. Ab dem frühen Nachmittag trudeln die

Gäste ein. Deshalb schlage ich vor: Obwohl ich deine Meinung über das Kleid nicht teile, liebe Isobel, wird Rose es heute Abend dir zuliebe nicht tragen …«

»Du irrst, Mom, da müsst ihr es mir schon vom Leibe reißen!«, erwiderte Rose, während ihre Augen vor Zorn sprühten.

»Nichts leichter als das!« Isobel stürzte sich auf Rose, und bevor diese überhaupt begriff, was geschah, hatte Isobel den Stoff unter den Achseln ihrer Stiefschwester gepackt und ihn mit aller Kraft entzweigerissen.

Es gab ein überaus unschönes Geräusch, als der Seidenstoff nachgab. Isobel ließ sofort von Rose ab und setzte sich demonstrativ zurück an den Tisch. »Können wir jetzt endlich frühstücken?«, fragte sie, als wäre nichts geschehen.

»Oh mein Gott«, rief Lili entsetzt aus und heftete ihren Blick an die hässlich herunterhängenden Stofffetzen unter Roses rechtem Arm.

Rose starrte den Riss in ihrem Kleid ebenfalls fassungslos an. Stumme Tränen rannen ihr übers Gesicht; kein Laut kam ihr über die Lippen.

Während Lili noch überlegte, wie sie Isobels Aggression aufs Schärfste würde verurteilen können, ohne dass der heutige Abend in Gefahr geriet, hörte sie Rose leise sagen: »Du hast gewonnen, Isobel. Es ist dein Fest, und ich werde es durch meine Anwesenheit nicht stören.«

Ihre Miene war wie versteinert. Täuschte sich Lili oder zuckte es auch in Isobels Gesicht unmerklich. Sie bereut es, sie ahnt, dass sie zu weit gegangen ist, schoss es Lili durch den Kopf. Wenn sie sich doch entschuldigen würde, dann wäre alles gut, hoffte sie inständig, doch Isobel rührte sich nicht. Bitte, bitte tu was, betete Lili stumm.

Isobel aber saß wie betäubt da, während Rose hocherhobenen Kopfes zur Tür schritt, als ob das Ganze ein großer Auftritt vor Publikum wäre, den man mit Würde absolvieren musste.

»Rose, Kleines, bitte bleib!«, entfuhr es Lili heiser.

Da hatte Rose bereits die Klinke der Tür in der Hand und verließ den Salon, ohne sich noch einmal umzudrehen.

Statt ihr hinterherzulaufen, suchte Lili Isobels Blick.

»Bitte, tu was«, flehte sie leise.

»Ich, ich wollte das nicht, Mom, wirklich nicht. Ich weiß auch nicht, was in mich gefahren ist«, stammelte Isobel.

»Halte sie auf, versprich ihr ein neues Kleid, aber tu endlich was!«

Doch Isobel blieb wie betäubt auf ihrem Stuhl sitzen.

25

Lili rannte geschäftig zwischen der Küche und dem Salon hin und her und meinte, sie müsse Fiona und Bonnie unbedingt bei ihren Festvorbereitungen helfen. Dabei hätten die beiden gut und gern auf die Hilfe der Hausherrin verzichten können, denn diese brachte in ihrer nervösen Zerstreutheit alles durcheinander.

Bonnie ahnte, warum. Sie wollte sich sicher von der üblen Stimmung im Haus ablenken. Das Geschrei aus dem Salon war bis in den Flur gedrungen, wo Bonnie gerade saubergemacht hatte. Sie hegte keinen Zweifel daran, dass auf Scatwell Castle dicke Luft herrschte. Es war schließlich nicht zu überhören, dass Misses Munroy alle paar Minuten an Roses Zimmertür klopfte und ihre Tochter anflehte, aufzumachen. Vergeblich. »Lasst mich alle in Ruhe!«, schrie sie jedes Mal so laut, dass es durch das ganze Haus schallte.

Kopfschüttelnd beobachtete Bonnie, wie Misses Munroy gerade tiefe Teller eindeckte. Völlig blödsinnig, wenn man bedachte, dass die Vorsuppe bereits in der Küche in die Teller gefüllt wurde.

Aber sollte sie es ihr sagen? Misses Munroy sah so schrecklich unglücklich aus. Fiona hätte sicher kein Blatt vor den Mund genommen, aber sie kannte Misses Munroy schließlich auch schon eine halbe Ewigkeit. Ob Bonnie die Köchin zu Hilfe holen sollte? Die würde sich bedanken, war sie doch voll und ganz mit der Zubereitung des Haggis beschäftigt, das in diesem Haus streng nach Großmutter Mhairies Rezept hergestellt wurde.

Bonnie wollte sich gerade ein Herz fassen, als Lili selbst bemerkte, dass sie eine schlechte Hilfe war. Da fiel ihr Blick auf den Flügel.

»Macht es dir etwas aus, wenn ich ein wenig spiele? Ich habe das Gefühl, ich mache mehr Arbeit, als dass ich eine Hilfe bin«, bemerkte sie bedauernd.

»Das können Sie wohl laut sagen!«, entfuhr es Bonnie und sie schlug sich, kaum dass sie den Satz ausgesprochen hatte, die Hand vor den Mund.

Lili aber lachte gequält und steuerte auf den Flügel zu. Sie stimmte ein Weihnachtslied an und dann noch eines.

Das Hausmädchen trat schüchtern an den Flügel heran.

»Sing mit«, forderte Lili sie auf.

Das ließ sie sich nicht zweimal sagen, und schließlich schmetterten Bonnie und Lili gemeinsam aus vollen Kehlen »Auld Lang Syne«, das Lied, das sie heute um Mitternacht alle gemeinsam singen würden.

Lili warf Bonnie einen dankbaren Blick zu, und ihre Verzweiflung ließ langsam nach. Angesichts des anstehenden Festes würden sich ihre Töchter bestimmt wieder vertragen. Und Isobel hatte Lili versprochen, dass sie sich bei Rose entschuldigen würde. Lili war plötzlich sicher, das Rose noch vor Eintreffen der ersten Gäste aus ihrem Schmollwinkel kriechen würde. Sie war viel zu lebenslustig, um auf ihr Fest zu verzichten!

Lili griff noch kräftiger in die Tasten, und endlich kam in ihrem Herzen Feierstimmung auf. Sentimentale Erinnerungen flogen sie an wie die Motten das Licht: Hogmanay vor zwei Jahren. Die Familie allein um den Tisch in Little Scatwell vor dem dampfenden Haggis, der Fiona beinahe perfekt gelungen war, Lili am Klavier, die anderen drei darum gruppiert, aus vollen Herzen singend: Auld Lang Syne. Traditionell wurde damit der Verstorbenen des vergangenen Jahres gedacht. Noch ahnte keiner, was die nahe Zukunft bringen würde. Die mysteriöse Welle der Todesfälle sollte sie erst im neuen Jahr überrollen …

Lili hörte nicht auf zu spielen. Im Gegenteil, sie legte ihre geballten Emotionen in jeden Ton. Was würde sie darum geben, wenn Dusten jetzt lässig an das Klavier gelehnt dastehen würde? Sie stellte sich vor, wie er in den Gesang mit seiner unvergleichlich rauen und wohlklingenden Stimme einstimmen und garantiert einen Halbton danebenliegen würde. Und sie sah sein Gesicht vor sich … aber … das war doch …? Vor Schreck hörte sie zu spielen auf. Das war nicht Dustens Gesicht, sondern das von Liam Brodie, das so unvermittelt vor ihrem inneren Auge aufgetaucht war.

Bonnie war wieder an ihre Arbeit zurückgekehrt und blickte sie nun verwundert an.

Lili erwachte erst aus ihren Gedanken, als Bonnie den Salon verließ und die Tür leise hinter sich zuzog. »Das kann doch nicht sein«, murmelte sie. »Das darf nicht sein«, fügte sie entschieden hinzu. Doch es nützte nichts. Liam Brodie hatte es irgendwie geschafft, sich in ihr Herz zu schmuggeln. Wie gut, dass ich ihn vergrault habe, versuchte sie sich einzureden. Und doch hatte sie das Bedürfnis, sich wenigstens mit einem Brief bei ihm zu entschuldigen. Den Anfang hatte sie bereits im Kopf.

Lieber Liam,
ich mag Sie mehr als ich sollte. Aber verstehen Sie: Gerade deshalb ist es besser, wenn wir uns nicht mehr sehen. Ich möchte nämlich partout keine neue Beziehung, und ich würde Sie immer wieder enttäuschen oder sogar beleidigen, wie ich es vor ein paar Tagen im Highland Hotel tat. Es tut mir so leid, aber deshalb ist es auch besser, wenn ich mich wegen Little Scatwell an einen Ihrer Kollegen

Bis dahin formulierte sie die Zeilen recht flüssig, doch weiter kam sie nicht. Weil es an dieser Stelle nicht stimmte. Sie wollte auf keinen Fall einen anderen Anwalt als ihn! Lili atmete tief durch und stellte sich vor, wie es wäre, wenn sie nach ihrem hässlichen Auftritt in der Bar des Hotels in seine Kanzlei kommen würde, als wäre nichts geschehen. Nur mit der Bitte, ob er das Anwesen für sie verkaufen könne.

Lili schnappte nach Luft, während sie sich sein verdutztes Gesicht vorstellte. Würde er sie nicht einfach an die Luft setzen? Verständnis dafür hätte Lili.

Ich werde im neuen Jahr darüber nachdenken, wenn ich all das hier hinter mich gebracht habe, und das hoffentlich friedlich, beschloss Lili und bedauerte insgeheim, dass sie heute Nacht nicht mit Liam in das Jahr 1932 feiern konnte.

Sie erhob sich rasch von ihrem Hocker, bevor sich ihre Gedanken wieder auf Wanderschaft in die Vergangenheit oder die Zukunft machten. Der Geruch von Haggis zog ihr in die Nase. Wenn Fiona sich wieder selber übertraf wie in den vergangenen zwei Jahren, würde der gefüllte Schafsmagen sicher zum Gelingen des Festes beitragen.

Es zog Lili magisch in die Küche. Dort würde sie sich am besten von ihren Gedanken an Liam ablenken können.

»Kann ich Ihnen nicht ein kleines bisschen helfen?«

Fiona rollte mit den Augen.

»Ich habe es befürchtet. Sie sind nervös wegen des Festes und glauben, Sie kommen auf andere Gedanken, wenn Sie uns hier zur Hand gehen, nicht wahr?«, seufzte sie, aber in ihrer Stimme schwang ein liebevoller Unterton mit.

»Hast du schon vergessen, dass meine Mutter …?«

»Nein, wie könnte ich? Das haben Sie mir ja bereits so oft erzählt, dass ich das Gedächtnis eines Siebes haben müsste, um das vergessen zu können. Gut, wenn Sie unbedingt wollen …« Fiona reichte ihr ein Poliertuch und deutete auf ein Tablett mit Gläsern. »Die müssen alle noch einmal poliert werden. Wenn wir so etwas auf den Tisch stellen, wird man in Inverness über Sie reden!«

»Das tun die Leute auch, wenn sie sich in den Gläsern spiegeln können«, gab Lili schmunzelnd zurück, »aber bis auf Lord Fraser kommt doch nur die Jugend, und ich glaube kaum, dass von ihnen einer Schlieren an Gläsern bemerkt. Sie wollen trinken und tanzen!«

»Und was ist mit Mister Brodie?«, fragte Fiona neugierig. »Ich habe gehört, bei Misses Brodies Festen ging es immer hochfein zu. Aber nun soll sie ja bei ihrem Liebhaber wohnen. Wie gut, dass der arme Mister Brodie nicht allein feiern muss!«

»Mister Brodie ist verhindert«, entgegnete Lili knapp und begann mit hartem Griff die Gläser zu polieren. Es tat gut, denn sie wischte die ganze Wut, die sie in dieser Angelegenheit auf sich selbst hatte, in die Gläser. Als sie fertig war und die Sektkelche in neuem Glanz erstrahlten, war sie hochzufrieden.

»Danke, dass ich mich nützlich machen durfte«, bemerkte sie.

»Also, nun haben wir wirklich nichts mehr für Sie zu tun. Es wäre vielleicht besser, Sie würden sich jetzt umziehen«, brummte Fiona.

»Schon gut!«

Lili verließ murrend die Küche. Eigentlich hätte sie beleidigt sein müssen wegen Fionas Bemerkung, aber sie wusste ja, wie die Köchin es meinte. Fiona vertrat die Auffassung, dass Lili überhaupt nichts in der Küche zu suchen hatte, weil sie sonst das Gefühl hatte, schlechte Arbeit zu leisten. Da nützte es auch nichts, dass Lili ihr immer wieder erklärt hatte, dass die Küche eines Herrenhauses für sie seit frühester Kindheit ein Hort der Geborgenheit gewesen sei. Bei Fiona stieß sie damit auf taube Ohren. Es reicht schon, dass Sie Ihr Faible für den Küchentisch der Dienstboten an Rose vererbt haben, lautete Fionas immer gleiche Antwort.

Es ist wie verhext, dachte Lili traurig. Jetzt, wo ich bereit bin, ins Leben zurückzukehren, läuft alles schief. Oder sollte ich besser sagen: seit dieser Lord Fraser in unser Leben getreten ist?

Lili verscheuchte den Gedanken wie eine lästige Fliege und redete sich streng ins Gewissen: Dafür, dass deine Töchter sich streiten wie die Kesselflicker, kannst du den guten Fraser wirklich nicht verantwortlich machen.

Nein, es war allein ihre Schuld. Sie hätte sich im letzten Jahr weniger ihrer Trauer hingeben sollen, sondern erkennen sollen, dass aus der kleinen Rose eine junge Frau geworden war … und dass aus den Stiefschwestern, die Lili zu Friedensengeln hochstilisiert hatte, erbitterte Konkurrentinnen geworden waren.

»Ach, Dusten, warum bist du gerade jetzt gegangen?«, murmelte Lili, und ihr wurde bei der Erkenntnis, dass er ihr nie wieder beistehen würde, erneut unendlich schwer ums Herz. Und sie wünschte sich von Herzen, dass das neue Jahr besser werden möge.

26

Auf dem Weg in ihr Schlafzimmer klopfte Lili erneut zaghaft an Roses Zimmertür. Sie erhielt keine Antwort, und als sie die Klinke sanft herunterdrückte, war die Tür verschlossen.

»Rose, mein Liebling, hast du jetzt nicht genug geschmollt?«, fragte sie mit sanfter Stimme.

»Lasst mich doch alle in Ruhe!«, ertönte die schroffe Antwort.

Lili holte einmal tief Luft, um ihre Bitte zu wiederholen, doch dann ging sie weiter. Es wäre aufdringlich, Rose anzubetteln, sie möge doch bitte, bitte die Tür öffnen. Und womit sollte Lili sie dann auch trösten?

Nimm es dir nicht so zu Herzen und zieh ein anderes Kleid an? Nein, das würde Roses Kummer sicher nicht aus der Welt schaffen.

Als sie an Isobels Tür vorüberging, kämpfte sie kurz mit sich. Sollte sie sich erkundigen, ob Isobel zwischenzeitlich zumindest versucht hatte, sich bei Rose zu entschuldigen?

Sie hatte den Gedanken noch gar nicht zu Ende geführt, als sie mit den Fingerknöcheln gegen Isobels Zimmertür pochte.

»Herein!«, ertönte es laut und vernehmlich. Lili trat zögernd in Isobels Zimmer. Sie hatte vermutet, dass ihre Stieftochter schon mit den Festvorbereitungen beschäftigt war, doch sie fand sie an ihrem kleinen Damenschreibtisch vor.

»Ich bringe es nicht fertig, Mister McDowell persönlich zu informieren. Deshalb schreibe ich ein paar Zeilen«, erklärte sie beinahe entschuldigend.

»Ach, er wird schon jemanden finden«, erwiderte Lili rasch. Vielleicht ein bisschen zu schnell, dachte sie, als Isobel sie nun eindringlich musterte. Ob sie durchschaut hatte, dass Lili nur an ihre Tür geklopft hatte, um sich wegen der Entschuldigung zu vergewissern?

Sie überlegte gerade, wie sie sich aus der Affäre ziehen konnte, als ein wissendes Lächeln Isobels Mund umspielte.

»Lili, wie wäre es mit dir?«

Lili verstand nicht gleich.

»Du wärst doch die ideale Direktorin einer kleinen Dorfschule.«

»Ich? Oh nein, dass ich Lehrerin war, ist schon gar nicht mehr wahr. Ich habe aufgehört, als ich noch keine dreißig war.«

»Nun stell dein Licht doch nicht derart unter den Scheffel! Ich schwöre dir, du bist die ideale Besetzung. Glaub mir!«

»Ich weiß nicht, ich …« Lili stockte. Es fielen ihr keine Gegenargumente ein, außer dass dieser Gedanke sie aus heiterem Himmel traf. Die Schule war für sie Lichtjahre entfernt.

»Ich glaube, dass Mister McDowell begeistert wäre, wenn du die Schulleitung übernimmst. Und denk doch mal an dein Problem. Es wird zwar nicht gerade fürstlich entlohnt, aber du allein könntest davon leben …«

Isobel hat recht, dachte Lili, vielleicht wäre das gar nicht so verkehrt. Sie hätte eine Aufgabe und ihr Auskommen.

»Darf ich ihm schreiben, dass ich dich vorschlagen würde?«

»Warte noch. Die Idee kommt zu plötzlich«, wiegelte Lili ab, die erst einmal ihr Fest hinter sich bringen und die nächsten Tage finanziell überstehen wollte. Wobei sie den Gedanken durchaus reizvoll fand, die kleine Dorfschule in Beauly zu leiten.

»Du hast Sorge, weil du nicht weißt, wie du das Fest bezahlen sollst, oder?«

»Nein, das schaffe ich schon«, erwiderte Lili unwirsch. Es wäre sinnlos, das Thema mit Isobel zu besprechen. Sie, die ihr als letzte Hoffnung erschienen war, hatte ihr Geld leichtfertig einem englischen Banker in den Rachen geworfen und konnte ihr nicht helfen. Lili mochte gar nicht daran denken. Und ehe sie sich versah, hatte sie es bereits ausgesprochen.

»Isobel, warum hast du das mit dem Geld getan? Hat dein Verlobter dich dazu gedrängt oder wolltest du dir damit beweisen, dass sich niemand in deine Angelegenheiten zu mischen hat, am allerwenigsten ich?«

Isobels Miene verdüsterte sich.

»Ich möchte mich nicht länger dafür rechtfertigen müssen. Also, dann lasse ich es bleiben, dich bei Mister McDowell für die Stelle vorzuschlagen.« Isobel klang schwer beleidigt.

Lili wurde das Gefühl nicht los, dass sie in ihrer Rolle als Mutter und Stiefmutter zurzeit rein gar nichts richtig machte.

Wenn sie sich in diesem Augenblick danach erkundigen würde, ob Isobel auch ihr Versprechen gehalten und sich inzwischen bei Rose entschuldigt hatte, würde das die Lage nur noch zuspitzen. Also biss sie sich auf die Lippen und sagte stattdessen: »Weißt du, mein Schatz, lass mich doch eine Nacht über die Frage nach der Stelle schlafen. Ich habe den Kopf jetzt voll mit dem Fest. Sag mal, weißt du schon, wann und wie ihr eure Verlobung bekanntgeben wollt?«

»Ich würde es gern vor dem Essen tun, und deshalb habe ich mich doch mit Rose in die Wolle bekommen. Sie möchte die Gäste begrüßen, weil es fast ausschließlich ihre Leute sind«, erwiderte Isobel mit einem schnippischen Unterton.

Selbst auf die Gefahr hin, sich erneut Ärger einzuhandeln, schlug Lili mit fester Stimme vor: »Lass Sie das doch ruhig so machen. Wenn Keith und du dann, bevor der Hauptgang serviert wird, eine kleine Rede haltet, dann würde das doch jedem gerecht.«

»Wenn du meinst.« Isobel klang verschnupft.

»Dann ist ja alles geregelt. Jetzt muss Rose nur noch wieder aus ihrem Zimmer kommen«, sagte Lili und versuchte zu lächeln.

Isobel aber war ihrem kleinen Scherz in keinster Weise zugänglich.

»Sie wird es sich nicht nehmen lassen, sich in den Mittelpunkt zu spielen«, entgegnete Isobel, ohne eine Miene zu verziehen.

»Hast du dich denn schon bei ihr entschuldigt?« Kaum dass Lili es ausgesprochen hatte, hätte sie sich am liebsten auf die Zunge gebissen. Isobels Gesichtszüge wurden noch verbissener.

»Sie hat sich ja auch noch nicht bei mir entschuldigt«, lautete ihre schroffe Antwort.

»Gut, dann mache ich mich jetzt fertig. Die ersten Gäste werden gegen sechzehn Uhr eintreffen.« Lili warf einen wehmütigen Blick auf ihre Armbanduhr, weil deren Schicksal so gut wie besiegelt war. Sobald die Festtage vorüber waren, würde sie das gute Stück ins Pfandhaus tragen. Hoffentlich bekam sie auch nur annähernd einen Bruchteil dessen, was der Schmuck wert war, schoss es ihr durch den Kopf. In diesen Zeiten wurden die notleidenden Menschen oftmals mit lächerlich geringen Summen für ihre Schätze abgespeist. Lili war entschlossen, sich die Uhr wiederzuholen, nachdem sie Little Scatwell verkauft hatte.

Lili stellte mit einem prüfenden Blick auf Isobel fest, dass diese wieder in ihren Brief vertieft war und wollte sie nicht noch einmal stören. Leise verließ sie das Zimmer.

Wie gut, dass ich heute Abend wenigstens die liebe Sibeal an meiner Seite habe, ging es Lili durch den Kopf, während sie die Treppe hinunterging. Das Telefonklingeln in der Diele holte sie aus ihren Gedanken. Liam, ob das Liam war? Ihr Herz machte einen Sprung. Blödsinn, ermahnte sie sich, warum sollte er mich anrufen? Um sich bei mir zu entschuldigen, dass ich so grob zu ihm war? Sie lachte bitter auf. Nein, wenn sie den Anwalt so unbedingt wiedersehen wollte, war es an ihr, den Hörer zur Hand zu nehmen.

»Munroy!«, bellte sie nicht gerade anheimelnd ins Telefon, nachdem sie dort außer Atem angekommen war.

»O je«, erwiderte eine krächzende Stimme, die nur mit Mühe als die ihrer Freundin Sibeal zu erkennen war. »Ich glaube, das ist kein guter Zeitpunkt«, fügte sie heiser hinzu.

»Du willst mir doch nicht etwa sagen, dass du heute nicht zum Fest kommst, oder?«

Einen winzigen Augenblick herrschte Schweigen in der Leitung. Bis es durch einen bellenden Husten auf der anderen Seite unterbrochen wurde.

»Ich kann nicht«, erwiderte Sibeal, kaum dass der letzte Husten verklungen war. »Ich liege im Bett. Der Arzt hat mir verboten, auch nur einen Schritt aus dem Haus zu machen. Er ist gerade noch einmal hier gewesen, und ich habe ihn bis zur letzten Sekunde bekniet, mich gehen zu lassen, aber er hat kein Herz. Es tut mir so leid. Denn ich glaube, du brauchst mich.«

»Deine Menschenkenntnis scheint sich indessen bester Gesundheit zu erfreuen«, versuchte Lili zu scherzen.

»Erzähl! Der Arzt hat mir verboten zu sprechen. Was ist los?«

»Alles in Ordnung«, entgegnete Lili ironisch. »Bis auf die Tatsache, dass sich Isobel und Rose die Köpfe einschlagen wegen der Frage, wessen Fest das heute Abend eigentlich ist. Isobel platzt vor Eifersucht auf Rose und hat ihr das Kleid, das ich ihr zum Geburtstag geschenkt habe, mutwillig zerstört.«

»Das geht zu weit«, hustete Sibeal empört durch die Leitung.

»Das war wirklich gemein, aber irgendetwas bedrückt sie kolossal. Ich spüre das. Sie war doch sonst nicht so.«

»Na, du bist mir ein Herzchen. Was bringt wohl eine Frau so in Rage? Wahrscheinlich hat sich dieser Lord abgesetzt.«

»Nein, das ist es nicht. Wir feiern heute die Verlobung wie geplant«, seufzte Lili.

»Und wie ist dir dabei zumute? Kannst du dich mit dem Gedanken anfreunden oder witterst du immer noch den bösen Geist hinter dem Lord? Also, ich habe nichts herausfinden können über ihn. Weder etwas Positives noch etwas Negatives. Kein Mensch kennt ihn. Weißt du, man müsste sich heimlich sein Haus auf der Black Isle angucken und bei der Gelegenheit die Leute ausfragen!« Sibeals Stimme war mit jedem Wort heiserer geworden.

Lili lachte. »Du solltest nicht so viel reden! Ich glaube, er ist in Ordnung. Ich sehe Gespenster. Oder ich suche einen Schuldigen, weil ich als Mutter gerade hoffnungslos versage.«

»Lili Munroy!«, bellte Sibeal. »Du bist die beste Mutter der Welt! Und das weißt du auch ganz genau. Du hast nur einen Fehler: Du versuchst alle zu verstehen und alles zu verzeihen! Das kann auf Dauer nicht funktionieren. Schade, dass ich nicht kommen kann. Ich glaube, es würde mir Spaß machen, deinen beiden Mädchen mal ihre Grenzen aufzuzeigen ...« Sie versuchte noch weiterzureden, aber aus ihrem Mund kam nicht mehr als ein hilfloses Krächzen.

»Lady Sibeal!«, konterte Lili. »Ich will kein Wort mehr aus Ihrem Mund hören. Der Arzt hat es verboten! Und ich wünsche dir alles Gute für das Neue Jahr. Jetzt haben wir wieder nur über mich gesprochen. Dabei ...«

Lili wurde durch ein unwirsches Zischeln unterbrochen. Sie verstand die Freundin auch ohne Worte. Sie sollte sich nicht dafür entschuldigen, dass sie nicht höflich gefragt hatte: Und wie geht es dir? Sibeal hasste bekanntermaßen nichtssagende Floskeln. Wie oft hatte sich ihr Ehemann, der Abgeordnete, darüber mokiert, dass seine Frau auf Einladungen mit wichtigen Persönlichkeiten nicht den üblichen Small Talk gehalten hatte, sondern immer ganz schnell bei Themen angelangt war, die ihre Gesprächspartner ernsthaft berührten. Die Herren Politiker waren dann jedes Mal erstaunt gewesen, wie sie gegenüber Lady Sibeal so viel Persönliches von sich hatten preisgeben können.

»Wenn du wieder sprechen kannst, möchte ich aber wissen, was mit Edward ist.«

»Tsss«, zischelte es voller Unmut durch die Leitung.

»Wir sehen uns gleich im Neuen Jahr. Versprochen«, sagte Lili zum Abschied traurig. Sie wollte gar nicht daran denken, wie sie diesen komplizierten Abend bloß ohne die Unterstützung ihrer lebensklugen und wortgewandten Freundin überstehen sollte. Doch es half alles nichts. Sie musste sich nun rasch umziehen.

27

Nach reiflicher Überlegung hatte sich Lili für ihre alte Ballrobe entschieden, die oben schwarz und deren langer Rock im Tartan der Munroys gemacht war. Sie hatte es lange nicht mehr getragen, weil der Kilt für die Männer und das Tartankleid für die Frauen aus der Mode gekommen waren. Dusten hatte in den letzten Jahren zu Feierlichkeiten immer häufiger einen Abendanzug getragen, was ihm auch sehr gut gestanden hatte. Trotzdem hatte es Lili stets ein wenig bedauert. Nie würde sie vergessen, wie er in voller Highlandbekleidung zu Weihnachten 1913 verspätet zum Festessen aufgetaucht war. Er hatte eine blendende Figur gemacht in dem Kilt, zu dem er ein weißes Hemd und eine schwarze Jacke getragen hatte.

Bei Lili hatte die Kleiderwahl an diesem Silvesterabend allerdings weniger sentimentale Gründe, sondern eher pragmatische. Es war das einzige Festkleid, das sie noch besaß. Sie hoffte sehr, dass es sie am Abend nicht immer wieder schmerzhaft daran denken lassen würde, wie sie in diesem Kleid an ihrem einundvierzigsten Geburtstag vergeblich auf den Liebsten gewartet hatte. Sie hatte es seitdem nicht mehr anziehen können. Ein neues hatte sie sich nicht gekauft, weil sie ohnehin das ganze Jahr Schwarz getragen hatte. So blieb ihr nur das traditionelle Kleid der Hochlanddamen. Sie trug es mit Stolz, wenngleich sie in den Gesichtern der jungen Leute, die nun nach und nach in Scatwell Castle eintrafen, beinahe so etwas wie Befremden lesen konnte. In ihren Blicken war zu erkennen, dass es nicht mehr zeitgemäß war, sich in einem karierten Abendkleid auf einem Fest zu zeigen.

Allein Lord Fraser machte ihr ein Kompliment, von dem sie nicht genau wusste, ob es ehrlich gemeint war oder eine versteckte Spitze enthielt.

»Sie sehen heute Abend aus wie eine vornehme Lady, die ihren

Clan würdig vertritt. Sie könnten glatt die Ehefrau eines Clanführers sein.«

Er lächelte dazu so charmant, dass sie sich kaum vorstellen mochte, er habe sich mit dieser Bemerkung über sie lustig machen wollen.

Doch es fiel ihr in diesem Augenblick auf, dass der Mund des Lords lachte, während seine Augenpartie starr und unbeweglich blieb.

Alle Augen wandten sich in Richtung der Treppe, als Isobel ihren Auftritt hatte. Sie hielt den Kopf gerade, lächelte leicht, trug das Haar hochgesteckt und hatte ein bodenlanges grünes Kleid an. Lili hatte es schon einmal an ihr gesehen, aber mit dem prächtigen Schmuck, den sie dazu trug ... Lili erstarrte, als sie das glitzernde Schmuckstück, das Isobel um den Hals hatte, erkannte. Es war die Collane.

Bei dem Anblick wurde Lili blass. Es ist nicht rechtens, dass sie den Orden wie eine ordinäre Kette angelegt hat, dachte sie, doch da war der Lord schon auf seine zukünftige Braut zugetreten und küsste ihr die Hand.

»Du siehst umwerfend aus«, raunte er und reichte ihr seinen Arm.

Einige der jungen Damen kicherten verschämt.

Lili blickte Hilfe suchend nach oben. Nun war es aber an der Zeit, dass sich Rose endlich zeigte. Es konnte doch nicht ihr Ernst sein, ihre Gäste im Stich zu lassen. Wie soll ich diese Horde Halbwüchsiger ohne Rose einen ganzen Abend bei Laune halten, dachte Lili, als eine Gestalt auf der oberen Treppenstufe sichtbar wurde.

Gott sei Dank, durchfuhr es Lili, doch als sie noch einmal hinaufblickte, konnte sie gerade noch einen spitzen Schrei unterdrücken.

Was Rose am Leib trug, war cremefarben und ganz leicht durchsichtig. Jedenfalls war im Gegenlicht ein Hauch ihrer weiblichen Silhouette in Spitzenwäsche zu erkennen.

»Das kann doch nicht sein«, entfuhr es Lili erschrocken. Rose war offenbar in ihrem Nachthemd zum Fest erschienen. Einem Traum aus Seide, den Dusten seiner Tochter einmal von einer Reise nach Frankreich mitgebracht hatte. Damals war Rose dreizehn gewesen und hatte sich nicht einmal besonders über dieses Geschenk gefreut. Lustlos hatte sie es den Eltern vorgeführt und behauptet, sie sehe darin aus wie eine Matrone. Dusten hatte nicht die Spur beleidigt reagiert. Im Gegenteil, er hatte sich köstlich über Roses langes Gesicht amüsiert. Du sollst es auch noch gar nicht tragen. Warte bis du sechzehn bist. Dann weißt du es bestimmt zu würdigen. Nur weiß ich doch nicht, wann ich je wieder nach Paris komme! Als hätte Dusten damals schon geahnt, dass er nie wieder nach Frankreich reisen würde, ging es Lili durch den Kopf. So hatte dieses extravagante Nachtgewand jahrelang ein Dasein in einer Schachtel gefristet, in der hintersten Ecke des Kleiderschrankes. Wie sie wohl gerade heute darauf gekommen ist, es aus dem Schrank zu angeln und zum Fest anzuziehen, fragte sich Lili. Sie wunderte sich selbst am meisten darüber, dass sie nicht mit mehr Entrüstung reagierte. Es lag daran, dass es auf den zweiten Blick wie ein ebenso gewagtes wie raffiniertes Abendkleid wirkte. Wenn man nicht wusste, dass es ein Nachtgewand aus Paris war, würde man niemals auf den Gedanken kommen, dass es kein Festkleid war. Vielmehr sah es so aus wie die Abendroben, die die amerikanischen Stars trugen und sich damit in großer Pose in Magazinen abbilden ließen. Es fehlte nur noch die Zigarettenspitze.

Lili huschte ein Lächeln über das Gesicht. Insgeheim hatte sie volles Verständnis für ihre Tochter und bewunderte sie für ihren Einfallsreichtum, auch wenn bei deren Entscheidung sicherlich eine Menge Wut mitgespielt hatte. Nein, es gab keinerlei Anlass, Rose wegen ihres kleinen Streiches zu rügen. Das Kleid wurde im Nacken mit einem Spitzenband geschlossen, lag am Oberkörper hauteng an, hatte einen großen Ausschnitt und besaß unterhalb der Taille einen weit schwingenden Rock.

Atemberaubend, dachte Lili, aber in der Tat äußerst gewagt. Rose schritt die Treppe hinunter und blieb immer wieder kurz stehen, um sich bewundern zu lassen. Sie zog die Blicke aller Gäste auf sich. Ihre Freunde ließen ihrer Bewunderung freien Lauf. Nur Caitronia, die Tochter Lady Ainsleys, zischte durch die Zähne: »Unmöglich!«

Das hörte Lili auch nur, weil das Kind ihrer Intimfeindin direkt neben ihr stand und sich jetzt empört von Rose ab und ihr zuwandte. »Misses Munroy, das können Sie doch nicht erlauben!«, raunte sie.

Lili aber ließ sich nicht beeinflussen. Sie betrachtete die attraktive Erscheinung wie alle anderen mit großer Bewunderung. Noch nie hatte Rose so erwachsen ausgesehen. Sie trug ihr Haar hochgesteckt, so wie sie es oft bei Isobel gesehen hatte.

»Ich finde, es steht ihr«, erwiderte sie, ohne den Blick von ihrer Tochter zu wenden. Diese lächelte in einer derart manierierten Art, die sie nur vor dem Spiegel geübt haben konnte. Lili ahnte, dass das Ganze ein Riesenspaß für Rose war und ihre Art, sich humorvoll für den Riss im roten Kleid an Isobel zu rächen. Damit war allerdings das eingetreten, was Isobel so sehr befürchtet hatte: Rose war der Mittelpunkt des Festes.

Vorsichtig wandte sich Lili zu Isobel um und erstarrte. Was sie in ihrem Gesicht las, war blanker Hass. Sie konnte nur hoffen, dass sich Isobel vor Lord Fraser, in dessen Arm sie sich eingehakt hatte, nicht die Blöße geben würde, Rose für ihren glamourösen Auftritt öffentlich zu rügen. Lili versuchte, sich selbst zu beruhigen. Zwar funkelte der Zorn aus Isobels Augen, aber sie blieb am Arm dieses Mannes, der erst vor so kurzer Zeit in ihr Leben getreten war, stehen. Es wird alles gut, dachte Lili, und wandte sich erneut ihrer leiblichen Tochter zu.

Rose war jetzt in der Diele angekommen, in der die Gäste mit einem Champagner begrüßt wurden. Eine Geste, die Lili in diesen Zeiten lieber unterlassen hätte, doch Isobel hatte darauf bestanden. »Keith möchte nur das Beste«, hatte ihre Stieftochter sie am Tag zuvor beschworen, »und er wird das Fest bezahlen. Das hat er dir doch angeboten.« »Aber ich will das nicht«, hatte Lili das Ansinnen ärgerlich von sich gewiesen. »Zu spät, ich habe es bereits in deinem Namen angenommen«, hatte Isobel geflötet. So hatte Lili dem Champagner nichts mehr entgegensetzen können. Sie nippte etwas befremdet über den in diesen schlechten Zeiten öffentlich zur Schau gestellten Luxus an ihrem Glas und beobachtete ihre Tochter aus den Augenwinkeln.

Rose war im Nu von einer Traube von jungen Leuten umringt. Vor allem von ihren Freundinnen. Lili fiel auf, dass Padruig, der, wie alle wussten, für Rose schwärmte, sich ein wenig im Hintergrund hielt und mürrisch dreinblickte. Lili ging auf ihn zu und stellte sich neben ihn.

»Sie sieht bezaubernd aus, nicht wahr?«, fragte Lili. Es war eine Fangfrage, denn sie ahnte, was den jungen Mann so verstimmte. Er war anscheinend rasend eifersüchtig.

»Ich mag das Kleid nicht«, erwiderte er trotzig und wandte sich brüsk ab. Er muss sehr verliebt in sie sein, vermutete Lili, denn der dunkelhaarige junge Mann war sonst ein Ausbund von Höflichkeit.

Lili wollte gerade zur Treppe eilen und die Gäste mit ein paar knappen Worten willkommen heißen, als ihr das Blut in den Adern gefrieren wollte. Lord Fraser flüsterte Isobel etwas ins Ohr, woraufhin deren Blick vollends versteinerte. Und ehe sich Lili versah, riss sich Isobel von ihrem zukünftigen Bräutigam los, stürzte auf Rose zu und packte sie grob am Oberarm.

»Und du, mein Fräulein, gehst jetzt auf der Stelle nach oben und ziehst dir etwas Anständiges an«, giftete sie so laut, dass alle Umstehenden es mit anhören konnten. Die eben noch fröhlichen Gesichter der Gäste waren zu Masken erstarrt. Kein Laut war zu hören. Isobels Worte standen vorwurfsvoll im Raum.

»Lass mich los. Du tust mir weh«, zischte Rose und musterte ihre Stiefschwester kalt.

»Ich habe gesagt, du sollst aufhören mit diesem Theater und dich benehmen. Ausziehen, habe ich gesagt!« Isobels Stimme war so schrill geworden, dass sie sich überschlug.

Lili überlegte fieberhaft, ob sie sich einmischen sollte oder nicht. Tat sie es, zog sie wieder den geballten Zorn beider Mädchen auf sich, hielt sie sich raus, würden sich sicherlich die Gäste wundern. Schließlich war sie die Gastgeberin, nicht ihre Töchter.

Bevor sie zu einer Entscheidung gelangt war, hörte sie Rose in scharfem Ton sagen: »Du kannst mir gar nichts verbieten, Isobel!«

Das schrie geradezu danach, dass sie, Lili, ein Machtwort sprach. Selbst auf die Gefahr hin, dass dies zu noch mehr bösem Blut führen würde. Denn eines war klar: Sie würde Rose nicht befehlen, das Nachthemd auszuziehen. Das wäre nicht fair. Schließlich hatte Isobel ihr mutwillig das schöne rote Kleid zerrissen. Da war es nur gerecht, dass Rose sich etwas hatte einfallen lassen. Viel schlimmer wäre es gewesen, sie hätte sich gar nicht mehr aus ihrem Zimmer bewegt. Das hätte einen Skandal gegeben, über den man in Inverness noch lange zu reden gehabt hätte.

Lili bahnte sich den Weg durch die Zuschauer, die sich jetzt wie ein Ring um die beiden Streithennen formiert hatten.

»Isobel, bitte lass sie in Frieden!«, rief Lili über die Köpfe der vor ihr stehenden Gäste hinweg, bevor sie es schließlich geschafft hatte und am Fuß der Treppe angelangt war, wo sich das Drama abspielte.

Isobel schien Lilis Worte nicht gehört zu haben, denn sie wiederholte ihre Forderung mit schneidender Stimme: »Zum letzten Mal, du gehst jetzt nach oben und ziehst dir etwas Anständiges an!«

Rose aber blickte ihre Stiefschwester stumm und mit vernichtendem Blick an und befreite mit einem Ruck ihren Arm aus dem eisernen Griff Isobels. Diese schien irritiert, und dann erwiderte Rose drohend: »Wag es nicht noch einmal, mich anzufassen. Hast du verstanden? Fass mich nicht an.«

Mit Schrecken entdeckte Lili an Roses Oberarm eine rote Druckstelle, die Isobels Griff hinterlassen hatte.

»Nun ist es gut«, mischte sie sich mit strenger Stimme ein und stellte sich rasch zwischen die beiden, um zu verhindern, dass sie sich zu allem Überfluss auch noch eine Prügelei lieferten. So kämpferisch, wie sie einander gegenüberstanden, hätte das Lili jedenfalls nicht überrascht.

»Sie zieht das Kleid aus!«, zischte Isobel am ganzen Körper bebend, bevor sie sich anklagend an Lili wandte: »Sprich endlich ein Machtwort!«

Lili aber zischte zurück: »Ihr kommt mit nach oben! Alle beide!« Doch weder Isobel noch Rose machten Anstalten, ihr ins obere Stockwerk zu folgen.

Lili hatte bereits ein paar Stufen nach oben genommen, als sie es hinter sich brüllen hörte: »Verdammt noch mal, ich verlange doch nur, dass sie sich nicht wie eine kleine Nymphe gebärdet!«

Das war unverkennbar Isobels vor Wut verzerrte Stimme. So blechern wie sie gerade klang, erinnerte sie Lili stark an Lady Caitronias, wenn sich ein Familienmitglied ihrer Meinung nach einmal wieder ungebührlich aufgeführt hatte. Lili seufzte kaum hörbar. Nicht dass Isobel im Alter nach ihrer Großmutter kommt und zu einer humorlosen Prinzipienreiterin wird, der es wichtiger ist, was die Leute sagen als das, was in den Menschen an Herzensgröße steckt, schoss es ihr durch den Kopf. Und Rose hat das Herz auf dem rechten Fleck. Sie ist aufrichtig und macht sich doch nur einen Spaß. Aber das sollten sie wohl nicht vor all diesen jungen Leuten ausdiskutieren … Zumal Caitronia, die Jüngere, unter den Gästen war und den ganzen Eklat wortwörtlich an ihre Mutter, Lady Ainsley, weitergeben würde …

»Ich habe gesagt, ihr sollt mitkommen«, befahl Lili in scharfem Ton. Sie hatte sich wie der Blitz umgewandt. Nun blickte sie über die Köpfe ihrer Töchter hinweg zu den Gästen. »Und Sie können schon einmal in den Salon gehen und Ihre Plätze einnehmen. Sie finden Tischkarten vor, und die Vorspeise wird in Kürze serviert!«, fügte sie versöhnlich hinzu und suchte Bonnies Blick. Auch das Dienstmädchen stand inmitten der Gästeschar und sah dem ganzen Theater mit offenem Mund zu. Sie verstand, was Lili wollte, nämlich die Gaffer von der Treppe fortlocken, und sie rief deshalb laut: »Wenn Sie mir jetzt bitte alle folgen wollen?«

Der Pulk der Zuschauer – es waren außer Lili, Isobel und Keith elf Gäste – löste sich auf. Zurück blieben die Stiefschwestern, die sich immer noch wie die Kampfhennen gegenüberstanden, Lili und Lord Fraser.

Letzteres war Lili unangenehm. Sie hätte gern mit Isobel und Rose unter sechs Augen gesprochen, aber um das Gespräch zu führen, würde sie den Lord direkt auffordern müssen, sie allein zu lassen, und das war ihr zu riskant. Wer weiß, was Isobel daraus wieder für Fehlschlüsse ziehen würde. Wahrscheinlich würde sie ihr, Lili, einen Vortrag halten, dass ihr zukünftiger Ehemann sehr wohl dabei sein dürfe, wenn Familienrat gehalten werde.

»Keith, bleib!«, ertönte da auch bereits Isobels Stimme in einem herrischen Ton.

»Gut, dann erledigen wir das hier! Unter acht Augen. Seid ihr von allen guten Geistern verlassen, ihr beiden? Euch in Gegenwart eurer Gäste so zu benehmen?«

»Wieso wir? Sie ist doch zu meiner Verlobung im Nachthemd aufgekreuzt. Glaubst du, ich habe es nicht wiedererkannt? Und ich will es nicht verhehlen. Ja, ich war damals sehr neidisch auf dieses Nachtgewand, und traurig, dass Onkel Dusten mir nicht so einen Traum aus Paris mitgebracht hat. Schließlich war ich durchaus in dem Alter, in dem ich es schon hätte tragen können«, giftete Isobel und fuchtelte wild mit dem Finger vor dem Stein des Anstoßes herum.

»Dusten hat dir damals einen Hut mitgebracht, meine Liebe, über den du dich sehr gefreut hast«, entgegnete Lili in schneidendem Ton.

»Mag sein, doch das ist jetzt auch völlig gleichgültig. Es geht um meine Verlobung. Und dass sie mir alles kaputt macht und im Nachthemd zum Fest aufkreuzt. Und ich verstehe partout nicht, warum du sie nicht längst auf ihr Zimmer geschickt und ihr befohlen hast, sich etwas Anständiges anzuziehen!«

Lili wollte Isobel soeben vor Augen führen, dass das Nachthemd durchaus wie ein Abendkleid aussah und sie keinesfalls unschuldig daran war, dass sich Rose in Sachen Garderobe etwas hatte einfallen lassen müssen, da trat der Lord einen Schritt auf die beiden zu.

Er musterte das zum Abendkleid umfunktionierte Nachthemd prüfend und bat Rose freundlich, dass sie sich einmal um die eigene Achse drehen möge. Sie tat, was er verlangte.

Isobel beobachtete mit offenem Mund, wie Rose vor Keith begann, sich im Kreis zu drehen und vor Vergnügen laut zu juchzen.

»Also ich finde, das Kleid steht Ihnen ausgezeichnet, Rose, Sie sind doch Rose nicht wahr?«

Als Rose nickte, deutete er einen Handkuss an.

»Und Sie sind Lord Fraser, nicht wahr?«, gab Rose übermütig zurück.

»Ich bin Keith, der zukünftige Verlobte Ihrer Schwester und hocherfreut, festzustellen, dass Sie schon eine junge Dame sind. Nach Isobels Schilderungen musste ich vermuten, dass Sie ein kleines Mädchen seien ...« Er unterbrach seine schmeichelnden Worte und schenkte ihr erneut einen bewundernden Blick. »Auf die Gefahr hin, dass meine unmaßgebliche Meinung bei den Damen auf taube Ohren stößt: wenn die Franzosen Nachthemden herstellen, die man hierzulande als Abendkleid anziehen kann, warum nicht? Sie in Ihrem Alter können das durchaus so tragen. Ich würde mich an Ihrer Stelle weigern, mich umzuziehen. Sie würden uns alle eines bezaubernden Anblicks berauben.« Lord Fraser zwinkerte Rose verschwörerisch zu.

Sie schenkte ihm ein charmantes Lächeln.

»Aber du hast doch eben selbst gesagt ...«, stieß Isobel ungläubig hervor und ließ den Mund offenstehen.

»Was wolltest du sagen, Liebes, was habe ich gesagt?«, hakte Lord Fraser nach und musterte Isobel durchdringend.

»Dass du ... dass ich ... dass sie ...«, stammelte Isobel. Ihre

Augen flackerten wie Irrlichter. Sie machte in diesem Augenblick einen bedauernswert verwirrten Eindruck.

»... dass sie umwerfend aussieht«, ergänzte er mit einem wohlwollenden Blick auf Rose.

»Aber ...« Mehr brachte Isobel nicht heraus. Ihr stand das nackte Entsetzen ins Gesicht geschrieben.

»Danke, Keith«, flötete Rose, ohne die Fassungslosigkeit ihrer Stiefschwester überhaupt wahrzunehmen. »Bist du anderer Meinung, Mom?«, fügte sie mit einem triumphierenden Lächeln hinzu.

Lili zögerte. Im Gegensatz zu ihrer Tochter bemerkte sie sehr wohl, dass Isobel enorm irritiert war. Vor Lord Frasers Äußerungen hätte sie sich ohne Weiteres auf Roses Seite gestellt, aber dennoch lief hier gerade etwas aus dem Ruder, aber was? Ihr war so, als ob plötzlich Lord Fraser das Gesetz des Handelns in seinen Händen hielt und sie alle drei nur seine Marionetten waren.

Du leidest unter Verfolgungswahn, sprach sie sich gut zu, bevor sie sich an ihre Tochter wandte.

»Nein, nur im ersten Augenblick war ich etwas irritiert, aber ich finde, du kannst es anbehalten und du, Isobel, solltest ihr den Spaß lassen. Und bitte, hört auf zu streiten. Was sollen die Gäste denken und vor allem unser lieber Lord Fraser?«

Lili fing einen undurchsichtigen Blick von ihm auf.

»Ich kann das durchaus richtig einschätzen, Lady Munroy«, bemerkte er eine Spur zu überheblich für Lilis Geschmack.

»Ich darf es also anbehalten? Danke, Mom!« Rose gab ihrer Mutter voller Übermut einen Kuss auf die Wange. »Es ist nur gerecht, weil sie nämlich mein neues Kleid, das Mom mir für den heutigen Abend geschenkt hat, mutwillig zerrissen hat«, plauderte Rose und deutete auf Isobel. Lord Fraser fuhr wie ein Blitz zu seiner Verlobten herum.

»Wie bitte? Du hast das Kleid deiner Schwester zerrissen? Was sind das denn für Seiten an dir? So etwas hätte ich dir niemals zugetraut.«

»Es war ein Versehen«, stieß Isobel mit gepresster Stimme hervor. Sie hatte einen hochroten Kopf bekommen und ballte die Fäuste. Tränen standen ihr in den Augen.

Lord Fraser schüttelte missbilligend den Kopf. »Da muss ich ja achtgeben. Wer weiß, wozu du mit deinem versteckten Temperament alles fähig bist?«, fügte er verkrampft lächelnd hinzu, doch keine der drei Frauen lachte über seinen verunglückten Scherz. Nicht einmal Rose.

»Und nun wollen wir gemeinsam feiern«, bemerkte er in das eisige Schweigen hinein. »Und deshalb, liebe Rose, darf ich um Ihren Arm bitten und Sie zu Tisch führen.« Der Lord reichte der verdutzten Rose formvollendet seinen Arm und schritt mit ihr in Richtung Salon.

Isobel schnappte nach Luft. »Das … das … ist … das kann er doch nicht …«

Auch Lili war schockiert darüber, wie wenig sich Lord Fraser bemüht hatte, seiner Braut zur Seite zu stehen. Er hätte sich ja nur neutral verhalten müssen und den Streit diplomatisch schlichten können. So aber hatte er Isobel brüskiert. Dass sie diesen unnötigen Streit angefangen hatte und schon die ganzen Tage lang gegenüber Rose unausstehlich gewesen war, stand auf einem anderen Blatt. Lord Fraser hätte ihr die Meinung in einem stillen Moment sagen können, aber dass er nun statt Isobel Rose in den Saal führte, war unverzeihlich.

Der Schmerz über diese Verletzung stand Isobel ins Gesicht geschrieben. Sie sah aus wie ein geprügelter Hund. Doch dann ballte sie die Fäuste, und der nackte Hass funkelte aus ihren Augen.

»Dieses Biest, das wird sie mir büßen.«

Lili zuckte zusammen. Eigentlich hatte sie Isobel trösten wollen, aber dass sie ihren Zorn allein gegen Rose richtete, war nicht fair.

»Es ist nicht ihre Schuld. Dein zukünftiger Verlobter ist zu weit gegangen. Er hätte sie ja nicht derart demonstrativ in den Salon geleiten müssen. Und überhaupt, er hätte seinen Mund halten und

Rose in deiner Gegenwart nicht mit Komplimenten überschütten sollen«, erwiderte Lili empört.

Isobel lachte kurz und hart auf.

»Aber natürlich, du musst deine Kleine auch noch verteidigen, wenn sie mir den Mann vor der Nase wegschnappt«, schnaubte sie.

Lili tippte sich an die Stirn. »Nun verlierst du aber langsam den Verstand, Isobel. Rose hat doch nicht das geringste Interesse an deinem Verlobten. Er könnte ihr Vater sein!«

»Wohl kaum!«, zischte Isobel. »Aber anscheinend hast du keine Augen im Kopf. Hast du nicht gesehen, wie sie ihn angeschmachtet hat? Der ganze Auftritt im durchsichtigen Nachthemd, das hat sie doch nur veranstaltet, um ihn auf sich aufmerksam zu machen. Er hätte sie doch sonst gar nicht wahrgenommen. Und er war es doch, der mir geraten hat, ich solle ihrem Treiben ein schnelles Ende setzen und sie auffordern, sich umzuziehen. Tu etwas, hat er mir ins Ohr geraunt. Sie sieht ja aus wie ein Straßenmädchen! Sonst hätte ich sie doch nicht vor all den Gästen so gescholten. Er hat es von mir verlangt.« Isobel war jetzt wieder den Tränen nahe.

»Da musst du etwas missverstanden haben. Du siehst doch, er findet ihren Aufzug großartig. So sind die Männer«, erwiderte Lili und war doch nicht ganz überzeugt von ihren eigenen Worten. Sie hatte schließlich selbst gesehen, dass Lord Fraser Isobel etwas ins Ohr geflüstert hatte, bevor sie auf Rose losgegangen war. Was, wenn er sie wirklich gegen Rose aufgehetzt hatte? Dann wäre ihr Verdacht bestätigt, dass der Mann etwas im Schilde führte, folgerte sie. Lili lief ein kalter Schauer über den Rücken.

»Sie will ihn verführen. So glaub mir doch«, rief Isobel verzweifelt aus.

»Jetzt verdrehst du aber die Tatsachen. Mag sein, dass das ihre kleine Rache an dir ist, weil du mutwillig ihr schönes Kleid zerstört hast. Das war gemein von dir, aber sie ist noch ein Kind …«

»Natürlich, das hätte ich mir ja denken können. Du stehst auf ihrer Seite. Denkst du auch nur eine Sekunde an mich? Wie das wohl für mich ist, wenn mein Verlobter zu unserem Fest nicht mich an den Tisch begleitet, sondern deine Tochter, eine überkandidelte Kindfrau, die mir damit vors Schienbein treten will?«

»Du bist ungerecht. Es war nicht Rose, die sich ihm an den Hals geworfen hat, sondern dein Verlobter hat dich einfach stehen gelassen. Über dessen Benehmen solltest du einmal nachdenken. Das ist jedenfalls keine Kinderstube, wenn du mich fragst.«

»Ich frage dich aber nicht. Woher willst du denn wissen, was sich gehört? Hast du das in der Küche der Herrschaften gelernt, für die deine Mutter als Köchin gearbeitet hat? Wohl kaum!«

Lili war, als würde jemand eine Faust in ihrem Magen umdrehen. So gemein hatte sie Isobel noch niemals zuvor erlebt. Und wieder hatte sie ganz im Ton ihrer Großmutter Lady Caitronia gesprochen. Wie Lili diese Arroganz hasste! Was war nur in Isobel gefahren? Seit über sechzehn Jahren war zwischen Isobel und ihr kein böses Wort gefallen, im Gegenteil, sie waren unzertrennlich gewesen. Lili war stets ihre beste Ratgeberin gewesen und nun schreckte Isobel nicht einmal davor zurück, sie absichtlich zu kränken? Und das in einer Phase ihres Lebens, in der sie doch sprühen sollte vor Glück. Weil sie einen Mann gefunden hatte, der sie lieb... Lili unterbrach ihren Gedanken. Liebte er sie wirklich? Was war geschehen in der Nacht im Highland Hotel? Hatte Isobel die Schattenseiten der Liebe erfahren statt des ersehnten Rauschs der Sinne?

Lili warf Isobel einen verstohlenen Blick zu. Ihr Gesicht war wie versteinert. Keine Spur von Reue über das, was sie da soeben von sich gegeben hatte. Lili hatte Mühe, ihre Tränen zu unterdrücken, doch dann spürte sie, wie die Wut in ihrem Bauch sich bemerkbar machte, und auch ihre Gesichtszüge verhärteten sich.

Weshalb zerbreche ich mir eigentlich dauernd den Kopf, wie ich Isobel vor dem Übel in dieser Welt beschützen kann?, dachte Lili verärgert und sie fügte in Gedanken hinzu: Vielleicht hat sie etwas von dem Zorn der Munroys geerbt, und ich will es nicht wahrhaben, dass sie womöglich nach ihrer Großmutter Caitronia kommen könnte. Wahrscheinlich habe ich in ihr mit aller Macht immer die perfekte Mischung aus den beiden verfeindeten Clans sehen wollen, das Kind des Friedens.

Lili stieß einen tiefen Seufzer aus. Wieder suchte sie den Blick ihrer Stieftochter, aber die hatte abwehrend die Arme vor der Brust verschränkt und zeigte nicht die Spur von Versöhnung. Lili fröstelte.

Es hat keinen Sinn, nach Ursachen und Entschuldigungen zu suchen, durchfuhr es sie eiskalt, denn es gibt nichts auf der Welt, was diese gemeine und herablassende Bemerkung rechtfertigen würde.

Nicht dass es Lili peinlich war, die Tochter einer Köchin zu sein. Im Gegenteil, sie war stolz darauf, was die aufrechte Davinia in ihrem Leben auf die Beine gestellt hatte. Und sie hatte es tatsächlich geliebt, bei den Dienstboten am Küchentisch zu sitzen. Aber dort im Haushalt der Denoons hatte sie mehr Benehmen gelernt als manches Mädchen aus ihrer Klasse, deren Mutter nicht tagein tagaus hart schuften musste. Nein, Isobel hatte kein Recht, sich verächtlich über die Herkunft ihrer Stiefmutter zu äußern.

Lili straffte ihre Schultern und hob den Kopf. Sie sah an Isobel vorbei, während sie immer zorniger bei dem Gedanken wurde, wie viele Gemeinheiten sie Isobel in den letzten Tagen nachgesehen hatte. Viel zu viele, dachte sie wütend, aber jetzt war bei ihr der Punkt erreicht, an dem sie nicht mehr bereit war, ihr derart bissige Bemerkungen zu verzeihen.

Lili drehte sich wortlos auf dem Absatz um und ließ Isobel stehen.

28

Der Haggis war unter großem Beifall der Gäste serviert worden. Der kleine Eklat zwischen den Schwestern schien vergessen. Jedenfalls bei den jungen und vergnügten Gästen dieses Hogmanay-Festes. Man plauderte, lachte und genoss das üppige Hauptgericht. Doch für Isobel war es eine Qual, zwischen all diesen fröhlichen Menschen zu sitzen, denn ihr war eher zum Weinen zumute.

Sie versuchte krampfhaft, ihre Stimmung zu verbergen, was ihr nur schwerlich gelingen wollte. Ihre Miene war wie versteinert, und sie konnte kaum die Gabel ruhig halten. Immer wieder durchlief ein unkontrolliertes Zittern ihren Körper und ließ die Gabel in ihrer Hand tanzen.

Keith hatte, seit sie sich neben ihn gesetzt hatte, noch kein einziges Wort mit ihr gesprochen. Im Gegenteil, er hatte ihr sogar ganz demonstrativ den Rücken zugewandt. Statt sich um sie zu kümmern, plauderte er umso intensiver mit seiner Tischdame zur anderen Seite. Rose! Isobel zuckte jedes Mal zusammen, wenn sie sein tiefes Lachen hörte. Die Kleine muss ja mal wieder unglaublich amüsant sein, dachte sie verbittert.

Auch mit Lili, die zu ihrer Rechten saß, hatte Isobel bei Tisch noch kein Wort gewechselt. Mit einem verstohlenen Seitenblick stellte sie fest, dass ihre Stiefmutter lustlos in ihrem Essen herumstocherte, was ansonsten so gar nicht deren Art war. Lili liebte gutes Essen, zudem hatte sich Fiona beim Zubereiten des Haggis dieses Mal beinahe selbst übertroffen. Am liebsten würde sie still nach ihrer Hand greifen und ihr durch diese Geste zu verstehen geben, dass sie sich für ihre gehässige Bemerkung von vorhin schämte, aber sie konnte sich nicht zu einer Entschuldigung überwinden. Dabei tat es ihr aufrichtig leid. Ihre Stiefmutter hatte es nicht verdient, so behandelt zu werden. Sie war ihr immer eine aufrichtige Freundin gewesen und hatte immer alles für sie getan.

Isobel fühlte sich einerseits gedemütigt, aber auf der anderen Seite machten sich zunehmend Schuldgefühle in ihr breit, weil sie Rose vor allen Gästen dermaßen gemein angegangen war. Dabei war es ihr wirklich nicht zu verdenken gewesen, dass sie sich für den Riss am Kleid gerächt hatte. Isobel seufzte stumm. Das würde sie natürlich niemals zugeben! Auch nicht, dass in ihr eine lodernde Eifersucht brannte, die drohte, ihre Gedärme in einer Feuersbrunst von unschönen Gefühlen zu verschlingen. Sie mochte ihren Blick kaum nach links wenden, denn immer, wenn er am fröhlichen Gesicht ihrer Stiefschwester hängenblieb und sie sich anschauen musste, wie unbekümmert Rose mit Keith redete, wurde ihr regelrecht übel. Ihr war, als hätte sie die Missgunst gegenüber Rose irgendwann in ein Gefäß gesperrt und den Deckel draufgehalten, damit sie ja kein Unheil anrichtete. Und ausgerechnet heute war der Verschluss nahezu explodiert, und nun entwichen dem Behältnis ganze Schwaden von Giftwolken. Isobel konnte nicht gerade von sich behaupten, dass ihr die Rolle als Familiendrache gefiel, aber das Schlimme war, sie fühlte sich wie in einem Spinnennetz aus Boshaftigkeit gefangen. Sie würde liebend gern aus ihrer Haut schlüpfen und sich auch bei Rose entschuldigen, doch über diesen Schatten konnte sie erst recht nicht springen.

Isobel nahm all ihren Mut zusammen und wollte sich wenigstens mit Lili versöhnen, doch dann trafen sich ihre Blicke, und Isobel zuckte zusammen. Ihre Stiefmutter strahlte eine Eiseskälte aus, die sie noch niemals zuvor bei ihr erlebt hatte. Um sich abzulenken, bemühte Isobel sich hastig, mit dem wortkargen Padruig, der ihr gegenübersaß, ein Gespräch in Gang zu bringen, allerdings vergeblich.

Also hing Isobel weiter ihren finsteren Gedankan nach. Während der Vorspeise hatte sie ständig darauf gehofftt, dass Keith endlich ihre Verlobung verkünden würde, aber bisher hatte er noch nicht die geringsten Anstalten gemacht. Wohingegen Rose gleich zu Anfang eine feurige Begrüßungsrede gehalten und sich von den Gästen hatte hochleben lassen.

Wenn Isobel ehrlich war, beneidete sie Rose glühend um deren kindliches Gemüt. Offenbar hatte sie den ganzen Streit schon wieder vergessen. Jedenfalls vermutete Isobel das. Vielleicht hätte sie im weiteren Verlauf des Festes zu ihrer alten inneren Stärke zurückgefunden, hätte ihrem Spitznamen »Miss Ease«, die in jeder schwierigen Lage wusste, was zu tun war, alle Ehre gemacht, wenn sie geahnt hätte, dass unter Roses entspannter Oberfläche ein Vulkan tobte, der jeden Augenblick zum Ausbruch kommen konnte.

Ohne diese Ahnung aber zog sich Isobel, unsicher wie sie sich in dieser Situation fühlte, immer weiter in ihr Schneckenhaus zurück. Sie fühlte sich klein und hässlich, kein bisschen begehrenswert und unscheinbar wie ein Mauerblümchen. All das, was sie als Jugendliche einmal über sich geglaubt hatte, bestimmte in diesem Augenblick ihr Inneres, als wäre sie niemals die in der Schule allseits beliebte und respektierte Lehrerin Miss Munroy gewesen … Und schnell war sie in Gedanken wieder bei jener Nacht, die sie mit Keith in seiner Suite verbracht hatte, obwohl sie sich geschworen hatte, diese Stunden aus ihrem Gedächtnis zu streichen.

Isobel fröstelte bei der Erinnerung an das Erlebte. Sie mochte sich gar nicht vorstellen, dass es sich nun womöglich Nacht für Nacht wiederholen würde, wenn sie erst verheiratet waren. Es lag ihr schwer auf der Seele, wie lieblos er sich ihres Körpers bedient hatte. Sie hatte sich danach wie ein wundes Stück Fleisch gefühlt. Doch wie immer, wenn sich der Gedanke an jene Nacht nicht länger verdrängen ließ, versuchte sie sich damit zu trösten, dass es nur besser werden konnte.

»Was seufzt du denn in einem fort so schwer?«, raunte ihr Keith plötzlich vorwurfsvoll ins Ohr. »Die Leute gucken schon. Mach doch ein fröhliches Gesicht. Nimm dir mal ein Beispiel an deiner Schwester! Die weiß, wie man sich auf Festen benimmt! Schließlich war sie gleichermaßen in den hässlichen Streit verwickelt, aber sie lässt sich nicht so gehen wie du!«

Isobel kniff ihre Lippen noch fester zusammen und schluckte die Erwiderung, die ihr auf der Zunge lag, rasch hinunter. Dass Rose nämlich allen Grund hatte, sich zu freuen, weil Keith ihr seine ganze Aufmerksamkeit schenkte.

»Wann wirst du unsere Verlobung bekanntgeben?«, fragte sie stattdessen kühl.

Er blickte sie durchdringend an.

»Was soll der Ton? Ich muss gar nichts. Schon gar nicht, wenn du derart unfreundlich bist!«

Isobel blickte vorsichtig nach links und rechts, um sich zu vergewissern, dass weder Lili noch Rose ihrer Unterhaltung lauschten. Sie wollte sichergehen, dass keiner mitbekam, was sie ihrem Verlobten in spe jetzt zu sagen hatte. Erleichtert stellte sie fest, dass die beiden anderweitig in Gespräche vertieft waren. Auch Caitronia, die ihr schräg gegenüber neben Padruig saß, kicherte gerade schrill, nachdem ihr Tischherr, ein magerer Jüngling, einen Scherz gemacht hatte.

»Keith, bitte, lass uns nicht streiten«, flüsterte Isobel so leise, wie sie konnte. »Aber wir hatten doch abgemacht, dass du das Wort so früh wie möglich ergreifen wirst. Ich möchte doch nur wissen, wann du es zu tun gedenkst, damit ich mich darauf einstellen kann …« Das klang flehend und nicht mehr die Spur forsch.

»Du bist wirklich wie ein Uhrwerk. Alles muss so geschehen, wie es abgesprochen wurde, ob es nun passt oder nicht. Du besitzt wirklich nicht ein Quentchen Phantasie.«

»Aber …« Isobel war bei seinen Worten weiß wie eine Wand geworden. Keith aber schien überhaupt nicht zu merken, dass er sie kränkte. Im Gegenteil, er funkelte sie wütend an, als ob sie ihn soeben tödlich beleidigt hätte.

»Gut, wenn du so darauf bestehst, dann mache ich das eben jetzt. Das passt zwar nicht, weil alle beim Essen sind, aber Hauptsache, du bekommst deinen Willen!« Sein Ton war unversöhnlich und hart.

»Aber, Keith, das wollte ich doch gar nicht sagen. Ich …«

Weiter kam sie nicht, weil ihr zukünftiger Verlobter sich jetzt lautstark erhoben und mit der Gabel gegen sein Glas geschlagen hatte. Im Nu war alles still.

Isobels Gesichtsfarbe wechselte von Kalkweiß zu Feuerrot. Was habe ich ihm bloß getan, fragte sie sich verzweifelt. Er hatte sie doch vorhin so gemein verraten, nicht umgekehrt. Er war es doch gewesen, der sie dazu aufgefordert hatte, Rose die Meinung wegen des Kleides zu sagen, und jetzt führte er sich auf, als hätte sie grundlos einen Streit vom Zaun gebrochen. Und dann hielt er ihr Rose als leuchtendes Beispiel vor. Was sollte das? Das war nicht fair! Das war hundsgemein. Oder hatte sie sich vorhin doch verhört? Hatte er das Gegenteil behauptet? Dass er Rose hübsch fand? Nein, ich bin doch nicht taub, dachte sie, ich muss ihn jetzt sofort zur Rede stellen, und zwar draußen vor der Tür, bevor er womöglich lustlos unsere Verlobung ankündigt. Nein, so nicht, ich muss … Sie tippte vorsichtig an seinen Arm, aber er reagierte nicht, sondern begann mit seiner Rede.

»Liebe Misses Munroy, liebe Rose, liebe Isobel, liebe Gäste, ich möchte mich zunächst aufrichtig bei der Familie Munroy bedanken, dass man mich zur Jahreswende 1931 auf 1932 nach Scatwell Castle eingeladen hat. Dieses Fest war schon länger geplant, weil die reizende Rose heute ihren sechzehnten Geburtstag feiert. Dazu möchte ich noch einmal meinen allerherzlichsten Glückwunsch aussprechen. Sie sieht einfach entzückend aus, wenn ich das als frischgebackener Freund des Hauses einmal so offen sagen darf.« Keith legte eine Pause ein und bat Rose, sich zu erheben. Alle Gäste klatschten. Keith deutete einen Handkuss an.

Isobels Kehle wurde angesichts dieses in ihren Augen schleimigen Auftritts ihres künftigen Verlobten so trocken, dass sie ihr Weinglas in einem Zug leerte. Was macht er da, fragte sie sich fassungslos, er soll unsere Verlobung ankündigen und Rose nicht vor aller Augen abgedroschene Komplimente machen …

Für einen winzigen Augenblick vergaß sie ihren dummen Streit mit Lili und drehte sich zu ihrer Stiefmutter um. Lili aber saß wie versteinert da und verzog keine Miene. Auch nicht, als sich Isobels und ihr Blick erneut trafen. Sie schien ihr ernsthaft böse. Isobel hätte heulen mögen. Nun hatte sie es sich mit allen verscherzt, und dabei wollte sie doch nur … Ja, was wollte sie eigentlich? Sie spürte einen Kloß im Hals.

Hastig wandte sie sich dem Geschehen zu und wurde Zeugin, wie Rose Keith förmlich anhimmelte. Anders konnte sie das nicht nennen, was sich da vor ihren Augen abspielte. Rose lächelte auf eine Art, die Isobel noch nie zuvor bei ihr bemerkt hatte. Nicht voller kindlicher Freude, sondern wie eine Frau, die einen Mann umgarnte. Isobel stockte der Atem. Keine Frage, die beiden flirteten ungeniert miteinander, denn Keith erwiderte dieses Lächeln nicht wie ein angehender Schwager, sondern wie ein Mann, der einer Frau den Hof machte. Es war großes Theater. Und alle guckten zu. Man hätte eine Stecknadel fallen hören können. So still war es im Salon.

Isobel ballte die Fäuste und senkte den Kopf. Sie hatte das Gefühl, die gesamte Gesellschaft würde sie mit mitleidigen Blicken aufspießen, doch als sie den Kopf wieder hob, starrten immer noch alle auf Rose und Keith.

Warum sagte keiner etwas? Das verliebte Mienenspiel war schier unerträglich. In ihrer Phantasie sah Isobel, wie die beiden sich küssten und … Noch ehe dieses Bild vor ihrem inneren Auge Gestalt annehmen konnte, war sie aufgestanden, hatte ihre Hand auf Keiths Schulter gelegt und mit einer eigenen Rede dagegengehalten. Das schien ihr das einzige Mittel, das Turteln der beiden zu unterbinden, ohne das Gesicht zu verlieren. Vor der gesamten Elternschaft Ansprachen halten, ja, das konnte sie. Da fühlte sie sich in ihrem Element. Für einen Augenblick kehrte ihre alte Selbstsicherheit zurück. Selbst als sie Keiths verdutzen Blick auffing, während sie mit fester Stimme zu reden begann.

»Liebe Gäste, ich befürchte, Lord Fraser ist, wie Sie alle, so entzückt von dem Kleid meiner Schwester, dass er vergessen hat,

Ihnen sein eigentliches Anliegen mitzuteilen. Ich habe mich inzwischen an den Anblick gewöhnt und möchte mich in aller Form entschuldigen, dass ich es vorhin als zu gewagt empfand. Für mich als ältere Schwester ist es eben nicht einfach, wenn die Kleine plötzlich erwachsen wird, und da schieße ich dann auch mal übers Ziel hinaus und gebärde mich wie eine strenge Mutter …«

Isobel legte bewusst eine kleine Pause ein, um sich zu vergewissern, ob sie auch den richtigen Ton angeschlagen hatte. Und tatsächlich, einige der jungen Gäste schmunzelten, andere blickten sie wohlwollend an, sogar über Lilis Gesicht huschte ein kleines Lächeln. Doch als sie zu Keith und Rose blickte, erstarrte sie. Noch nie zuvor hatte sie aus Roses Augen einen derart unversöhnlichen Hass funkeln sehen. Jetzt wusste sie, dass ihre Stiefschwester zu solchen Empfindungen fähig war.

Aus Keiths stahlblauen Augen hingegen sprach nichts als eiskalte Verachtung. Isobel zuckte zusammen. Sie bebte am ganzen Körper, während sie zögernd fortfuhr: »Also, was Lord Fraser eigentlich sagen wollte …«

»… das hier ist der beste Haggis, den es in den Highlands gibt. Ich bringe einen Toast auf die Köchin der Munroys aus!«, unterbrach Keith sie mit durchdringender Stimme. Er fasste sie dabei scheinbar zärtlich bei der Hand. Kein Mensch am Tisch bemerkte, dass er sie mehr quetschte als hielt. Ihr gelang es nur unter Aufbringung äußerster Selbstbeherrschung, einen Schmerzensschrei zu unterdrücken.

Erst als Isobel sich auf ihren Platz zurücksetzte, ließ er sie los und verkündete lachend: »Aber ich darf Ihnen nun endlich verraten, was Miss Isobel so unbedingt loswerden wollte, weil sie es gar nicht mehr erwarten kann. Wir feiern heute nicht nur den Geburtstag der bezaubernden Rose, sondern auch meine Verlobung mit Miss Isobel Munroy …«

Er machte eine gekonnte Pause, in der er Isobel ein breites Lächeln schenkte, das diese gequält erwiderte.

»... sie konnte es nämlich gar nicht mehr erwarten, sodass sie mir beinahe meinen Part genommen hätte, Ihnen dieses Ereignis zu verkünden, aber das ist mehr als verständlich. Wer so lange auf einen Bräutigam wartet wie meine entzückende Verlobte, der kann man nicht verübeln, dass sie vor Ungeduld schier zu platzen droht ...«

Vereinzelte Lacher wurden laut. Auch Rose grinste breit.

Lili erschrak bei dem Anblick ihrer grinsenden Tochter. Noch nie zuvor hatte Lili bei Rose Häme erlebt. Was war nur in sie gefahren? Merkte sie denn gar nicht, dass Keiths Worte über Isobel nicht liebevoll waren, sondern schlichtweg boshaft? Was für ein teuflisches Spiel trieb dieser Lord nur mit ihnen? Er hatte offenbar auch Rose in seinen Bann gezogen. Lilis Blick wanderte wieder zurück zu Isobel. Beim Anblick ihrer unglücklichen Stieftochter zogen sich ihre Eingeweide zusammen. Angesichts dieses unwürdigen Schauspiels, das Lord Fraser den Gästen auf Isobels Kosten bot, war Lilis Zorn, den sie vorhin noch gegen Isobel gehegt hatte, beinahe völlig verraucht. Was ging in dem Lord vor? Merkte er denn gar nicht, dass er Isobel lächerlich machte und vor den Gästen herabsetzte? Dass er sie als Dummchen verkaufte? Durchschaute nicht einmal die sonst so scharfsinnige Rose, was hier gespielt wurde? Sah sie denn nicht, dass der Lord seine Macht über Isobel demonstrierte, warum auch immer er das tat?

Lili warf dem Redner finstere Blicke zu. Wenn er noch ein einziges abwertendes Wort über Isobel verlauten ließ und sie als »spätes Mädchen«, das es gar nicht mehr erwarten konnte, unter die Haube zu kommen, darstellte, würde sie das Wort an sich reißen. Sie ballte die Fäuste, als er sich räusperte, um fortzufahren, und sie machte sich zum Aufstehen bereit. Noch ein falsches Wort – und sie würde ihn eiskalt unterbrechen und es ihm heimzahlen! Ihr würde schon etwas einfallen, womit sie ihn bloßstellen konnte.

»Aber es gibt noch ein Anliegen, das uns, meiner Braut und mir, am Herzen liegt. Wir würden gern eine Schweigeminute einlegen, in der wir des auf so tragische Weise ums Leben gekommenen

Herren von Scatwell Castle gedenken wollen. Es ist nur ein wenig mehr als ein Jahr her, dass Ihr lieber Mann, werte Misses Munroy, dein Onkel, liebste Isobel, und dein Vater, Rose, von euch gegangen ist. Ich glaube, ich darf im Namen von Ihnen, oder besser von euch dreien sprechen, wenn ich jetzt sage: Dusten Munroy werden wir nie vergessen! Ich bitte um eine Minute des stillen Gedenkens an ihn.«

Die Reaktion der drei Frauen auf diese Worte hätte unterschiedlicher nicht sein können: Isobel sah ihn fassungslos an, so als habe sie sich verhört, und Rose schluchzte laut auf. Lili konnte sich gerade noch beherrschen, nicht aufzuspringen und ihm an die Kehle zu gehen. Aus dem Mund eines jeden, der Dusten gekannt hat, hätten derlei Worte sie zu Tränen gerührt, schoss es ihr durch den Kopf, aber er ist ihm doch niemals im Leben begegnet. Was redete er denn da? Was erdreistete er sich? Wenn überhaupt jemand befugt wäre, das Gedenken an Dusten wachzurufen, dann sie oder Rose.

Dennoch schwieg sie mit den anderen, aber so sehr sie sich auch bemühte, es wollte ihr nicht gelingen, an ihren Liebsten zu denken. Nicht auf Geheiß von Lord Fraser!

Als die Schweigeminute, die ihr wie eine halbe Ewigkeit vorgekommen war, vorüber war und Lord Fraser mit übertriebener Rührung »Ich danke Ihnen allen« geseufzt hatte, stieß Lili Isobel sanft ihren Ellenbogen in die Rippen. Als diese wie der Blitz herumfuhr, flüsterte sie: »War das abgesprochen? Hast du ihn gebeten, das zu tun?«

»Nein«, erwiderte Isobel tonlos. »Ich denke, er hat es auf Wunsch einer einzelnen Dame gemacht«, fügte sie bissig hinzu.

Lili hob die Schultern. Sie verstand nicht, worauf Isobel anspielte, doch die deutete nun stumm auf die zum Herzerweichen weinende Rose.

Lord Fraser blickte noch einmal betroffen in die Runde, bevor er sich setzte und Roses Hand nahm. Es herrschte Totenstille im Salon der Munroys, bis Rose noch einmal laut aufschluchzte. Und keinem der Anwesenden konnte entgehen, wie er ihr nun zum Trost die Wange tätschelte.

Lili wollte soeben dazwischengehen, da sah sie mit Entsetzen, wie sich Rose in ihrem Schmerz bereits an Lord Frasers Brust geworfen hatte.

Lili konnte gar nichts dagegen tun, aber wie ein Gift hatte sich das alte Misstrauen gegen den Lord bis in alle Fasern ausgebreitet. Was würde sie darum geben, wenn Liam an ihrer Seite säße und sie über den ganzen Irrsinn sprechen konnten, der sich da gerade vor ihren Augen abspielte! Ob Rose in diesem Mann eine Art Ersatzvater gefunden zu haben glaubte? Allein bei dem Gedanken gruselte es Lili.

Doch außer Isobel schien sie die Einzige zu sein, deren Herz nicht von den Worten des Lords berührt worden war. Wo vorher gekichert wurde, zog jetzt die ein oder andere junge Lady ihr Taschentuch hervor. Lili hätte schreien mögen. Was für ein Theater!

»Sie müssen doch wahnsinnig stolz sein, dass Isobel doch noch heiratet, und dann noch dazu so ein Bild von einem Mann. Nicht wahr, Misses Munroy?«

Lili nahm diese Worte wie aus einer anderen Welt wahr, bis sie begriff, wer da zu ihr sprach. Es war Caitronia, Lady Ainsleys jüngere Tochter, die aus dem Schwärmen gar nicht mehr herauskam.

»Was für ein Mann! Wenn ich das meiner Mom erzähle, wird sie das nicht glauben. Man könnte richtig neidisch werden. Und ein richtiger Mann. Sie sind bestimmt wahnsinnig stolz, nicht wahr?«

Lili nickte schwach. Caitronia saß ihr schräg gegenüber und blickte verzückt zu Lord Fraser hinüber, der immer noch voller Hingabe damit beschäftigt war, Rose zu trösten.

»Nun sagen Sie doch, wo hat Isobel dieses Prachtexemplar von einem Mann aufgetrieben?«

Lili stand nicht der Sinn danach, Auskunft über Einzelheiten zu geben.

»Da müssen Sie Isobel schon selber fragen«, erwiderte sie.

Doch Isobel ging gerade zum Angriff über und versetzte Keith einen Stoß in die Rippen.

»Ich glaube, nun hast du meine Schwester wirklich genug getröstet«, fauchte sie.

Rose löste sich daraufhin zögernd aus der Umarmung des Lords und warf Isobel einen zornigen Blick zu.

»Ich habe sie nur getröstet«, fuhr Keith Isobel an. »Wie kann man nur so herzlos sein?«

»Aber ich, ich möchte doch nur, dass wir beide ...« Isobel stockte, weil ihre Augen feucht wurden.

»Sie freuen sich doch sicher darüber, dass Ihre Tochter so ein Glück hat, nicht wahr?«, flötete Caitronia, der die Spannung zwischen den frisch Verlobten offenbar völlig entgangen war.

»Natürlich freue ich mich für Isobels Glück«, stieß Lili steif hervor. Caitronia war die Letzte, der sie anvertrauen würde, wie grausam ihr zumute war. Lord Fraser war ein Sadist, das war ihre ehrliche Meinung. Aber wenn sie auch nur ein einziges derartiges Wort von sich geben würde, durfte sie sicher sein, dass dieses ungeschminkt bei Lady Ainsley landen würde. Und von dort würde es im Flüsterton über ganz Inverness verbreitet werden. Nein, sie musste wohl oder übel mitspielen, wie auch immer das Spiel hieß, in das Lord Fraser sie alle hineingezogen hatte und dessen Regeln sich ihr nicht erschlossen. Aber dass er etwas im Schilde führte, dessen war sich Lili sicher.

»Keith ist wirklich bezaubernd«, flötetete sie deshalb scheinheilig. »Ich wundere mich nur, dass Ihre Mom ihn gar nicht kennt, denn er heißt Lord Fraser wie Ihr Großvater!«

Das sagte Lili so laut, dass Lord Fraser es hören musste. Und in der Tat, er wandte sich verblüfft um. Seine Miene verhieß nichts Gutes, doch Caitronia merkte nichts davon.

»Dann werde ich Mom gleich mal fragen, ob wir nicht mit ihm verwandt sind«, entgegnete sie begeistert angesichts der Aussicht, dass dieses stattliche Exemplar von einem Highlander womöglich ein Verwandter von ihr war.

Lilis Blick blieb an Lord Frasers finsterem Gesicht hängen. Sie konnte ihre Schadenfreude nicht verhehlen. Offenbar hatte es ihm gar nicht gefallen, dass Lili Caitronia auf den gemeinsamen Clannamen angesprochen hatte.

Lili lächelte zufrieden in sich hinein. Endlich hatte sie Oberwasser. Er sollte ruhig merken, dass sie ihm den Kampf angesagt hatte.

»Vielleicht sind wir ja wirklich miteinander verwandt«, kicherte Caitronia.

Wie auf Kommando erhellte sich Lord Frasers Miene und sein Mund lächelte.

»Es wäre mir ein Vergnügen«, versicherte er zuckrig, bevor er sich an Lili wandte: »Und ich bin froh und glücklich, dich, liebe Lili, zur Schwiegermama zu bekommen. Ich darf dich doch so nennen, oder?«

Lili zog es vor, diese Frage geflissentlich zu überhören, doch da fiel ihr ein, wie sie das Gesetz des Handelns wieder in die eigenen Hände würde nehmen können. Das Wichtigste war ihr indessen, dass er endlich die Hände von Rose nehmen würde!

Sie atmete ein Mal tief durch, bevor sie zur Tat schritt. Sie stand auf und blickte in die Runde. Auch ohne ein Zeichen, dass sie reden wollte, wurde es still am Tisch.

»Liebe Gäste unseres Festes, dessen Anlass, wie Sie inzwischen erfahren haben, nicht nur der Jahreswechsel, sondern der Geburtstag meiner Tochter Rose und die Verlobung meiner Tochter Isobel ist, ich heiße Sie herzlich willkommen. Und damit wir nach dem wunderbaren Haggis unserer Köchin Fiona nicht gleich mit dem Cranachan weitermachen, darf ich zum Tanz bitten. Da der Piper, der uns heute Abend aufspielen wird, erst kurz vor Mitternacht eintrifft, müssen Sie sich mit dem Piano begnügen. Aber ich darf Ihnen versichern, obwohl ich die Älteste am Tisch bin, habe ich ein paar Hits für die Jugend dabei. Ich möchte nun das Brautpaar bitten, sich dort auf die Tanzfläche zu stellen und auf meinen Einsatz zu warten.«

Lächelnd wandte sich Lili an Lord Fraser, der keine andere Wahl hatte, als Roses Hand loszulassen und Isobel aufzufordern. Über deren eben noch verhärmtes Gesicht ging ein Strahlen. Dafür zog Rose ein langes Gesicht.

Lilis Mitleid hielt sich in Grenzen. Das war doch schon ein exzellenter Coup, jedenfalls für den Anfang, dachte sie triumphierend. Sie schwebte geradezu zum Klavier. Bevor sie »Puttin' on the Ritz« anstimmte, einen amerikanischen Song, der im vergangenen Jahr ein Hit gewesen war, wandte sie sich noch einmal an die Gäste.

»Ich gebe Ihnen ein Zeichen, wenn Sie sich zu dem Brautpaar auf die Tanzfläche gesellen können. Seid ihr bereit?«

Mit einem Blick auf Isobel, die sich erwartungsvoll an Keiths Brust geschmiegt hatte, begann sie zu spielen. Im Nu war aus der gesitteten Tischgesellschaft eine Horde außer Rand und Band geratener junger Leute geworden. Sie standen um das Brautpaar herum, pfiffen, sangen, summten und klatschten im Rhythmus des Songs mit.

Das Brautpaar machte beim Tanzen eine sehr gute Figur. Sie schwebten beinahe über das Parkett.

In diesem Augenblick spürte Lili, wie die Anspannung langsam von ihr abfiel. Isobel schien glücklich, und auch der Lord lächelte beim Tanzen. Vielleicht hatte er nur ein wenig Gegenwind gebraucht. Als Lili allerdings aus dem Augenwinkel wahrnahm, wem sein Lächeln galt, krampfte sich ihr sofort wieder der Magen zusammen, und ihre Stimmung verkehrte sich ins Gegenteil. Noch nie hatte sie ein so seliges Lächeln im Gesicht ihrer Tochter Rose gesehen wie in diesem Moment. Lili aber griff stimmungsvoll in die Tasten, als wäre nichts, während sich in ihrem Inneren das ungute Gefühl wie ein schleichendes Gift ausbreitete.

»Und jetzt alle!«, rief sie betont fröhlich und keiner merkte, was sie für Qualen litt, denn sie hatte soeben erkannt, was noch kein anderer wusste. Und was sich bestätigte, als Rose Padruig, der sie eben aufgefordert hatte, einen Korb gab, und stattdessen mit schlafwandlerischer Sicherheit auf das Brautpaar zusteuerte und Keith durch Abklatschen zum Tanz aufforderte. Einmal abgesehen davon, dass es sich für eine Dame nicht gehörte, wenn nicht ausdrücklich Damenwahl angesagt worden war, war es in Lilis Augen der sichere Beweis dafür, dass sie mit ihrer Befürchtung richtig lag. Rose war zum ersten Mal in ihrem Leben verliebt! Und zwar in den völlig falschen Mann!

Ohne weiter zu überlegen, nahm Lili ihre Hände von den Tasten und ordnete mit fester Stimme an, man möge zurück an die Plätze gehen. Es gäbe jetzt das Dessert.

Innerlich bebte sie, und sie nahm sich vor, Rose unauffällig aus dem Saal zu lotsen, um ihr ernsthaft ins Gewissen zu reden. Ein grausamer Gedanke durchfuhr Lili. Was, wenn der Lord Isobel nur benutzt hatte, um an Rose heranzukommen? Was, wenn er es eigentlich auf ihre Tochter abgesehen hatte?

Ich habe keine Zeit zu verlieren, durchfuhr es Lili eiskalt. Ich muss mit ihr reden. Und schon steuerte sie auf Rose zu, die, erneut in ein angeregtes Gespräch mit Lord Fraser vertieft, von der Tanzfläche zurückkehrte. Ihre geröteten Wangen, ihr leuchtendes, ihr strahlendes Lächeln verrieten Lili, dass es allerhöchste Zeit wurde, ihre Kleine aus dem Wolkenkuckucksheim zurück auf den Boden der Tatsachen zu holen.

29

Rose lief ein heißer Schauer über den Rücken, als Keith den Arm um sie legte. Sie wusste nicht recht, wie ihr geschah, aber in ihrem Bauch fühlte sich alles so an, wie es in den Liebesromanen beschrieben war, die in der St.Georges die Runde machten. Ganz kurz schweiften ihre Gedanken, die mit der Frage, ob das wohl wirklich Verliebtheit war, was sie empfand, beschäftigt waren, zu ihrer Mutter ab. Diese hatte sie regelrecht von der Tanzfläche gezerrt und grob auf den Flur hinausgedrängt. Dort hatte sie ihr eine wortreiche Standpauke gehalten und ihr das Versprechen abgerungen, ab sofort einen großen Bogen um Isobels Verlobten zu machen. Der Verlobte deiner Schwester ist für dich tabu, mein Kind, hatte ihre Mutter zum Abschluss befohlen. Das Schlimme daran war, dass Rose es wirklich versucht hatte. Sie hatte sogar ein paarmal mit Padruig getanzt, was sie allerdings entsetzlich gelangweilt hatte. Doch dann hatte der Lord sie ganz geschickt den Armen des jungen Mannes entwunden und mit ihr auf eine Weise getanzt, die sie selbst in der Erinnerung noch schwindlig werden ließ.

»Deine Mutter beobachtet uns«, hatte er ihr ins Ohr geraunt, woraufhin sie ihm in ihrem Übermut vorgeschlagen hatte, das Fest vorübergehend zu verlassen. Denn noch eine Standpauke hatte sie nicht über sich ergehen lassen wollen.

»Nichts lieber als das«, hatte er geflüstert.

»Ich gehe zuerst. Wir treffen uns am Stall. Du gehst aus dem Haus und hältst dich rechts. Das Gebäude, das du linkerhand siehst, ist es. Bis gleich!«, hatte sie ihm zugeraunt und sich wie eine überaus verwegene, junge Dame gefühlt. Dann hatte sie ihn auf der Tanzfläche stehen gelassen und war nach draußen geeilt. Und zwar so schnell, dass ihre Mutter ihr nicht hatte folgen können. Ebenso wenig wie Isobel, die sich wutschnaubend in die Kaminecke zurückgezogen hatte, von wo aus sie mit versteinerter Miene jeden ihrer Schritte beobachtet hatte.

Trotz Nieselregens war Rose in ihrem dünnen Kleidchen und ohne Mantel zum Stall gerannt. Dort angekommen hatte ihr Herz rasend geklopft. Und nicht nur, weil sie gerannt war. Sie wusste selbst nicht, wann sich das, was zunächst als Rache für Isobels Gemeinheiten gedacht gewesen war, verselbstständigt hatte. Anfangs hatte sie Isobel doch nur ärgern wollen, aber als Keith eine Schweigeminute für ihren geliebten Vater vorgeschlagen hatte, da … ja, da hatte er ihr Herz berührt. Und nun war geschehen, was nicht sein durfte. Der Verlobte ihrer Schwester brachte ihre Knie zum Zittern. Sie hatte sich an der Box abstützen müssen. Ob er wohl wirklich zum Stall kommt, hatte sie sich bang gefragt. Dann hatte sie Schritte gehört …

Und tatsächlich, nur wenige Augenblicke später war Keith ihr gefolgt und hatte, nachdem er sie voller Begierde betrachtet hatte, stumm den Arm um ihre Taille geschlungen. Genauso standen sie immer noch da und blickten sich tief in die Augen. Rose hatte das Gefühl, an der Stelle, an der sie seine Berührung spürte, müsste sie verglühen. So heiß wurde ihr.

»Das war eine wunderbare Idee, liebste Rose, wie sehr habe ich mir gewünscht, mit dir allen zu sein«, gurrte Keith.

Roses Knie wurden noch weicher. Ja, genauso soll es sich anfühlen, wenn eine Frau zum ersten Mal verliebt ist, schoss es ihr durch den Kopf.

Das Licht im Stall war schummrig. Keith zog Rose zu sich heran. Sein Mund näherte sich ihrem. Er musste sich nicht so weit hinunterbeugen, denn die hoch gewachsene Rose war nur einen halben Kopf kleiner als er.

Obwohl sie wusste, dass es nicht rechtens war, bot sie ihm ihren Mund zum Kuss. Wie oft hatte sie sich vorgestellt, wie es wohl sein würde, wenn sie zum ersten Mal einen Mann küssen würde, doch es war ganz anders als in ihrer kühnsten Phantasie. Seine Bartstoppeln piekten an ihrem Kinn, und es war eine feuchte

Angelegenheit, aber sie gab sich dem leidenschaftlichen Treiben ganz hin. Doch mittendrin wurde sie panisch. Das, was als Spiel begonnen hatte, um es Isobel heimzuzahlen, war plötzlich bitterer Ernst geworden.

Schreckensbleich entzog sie sich ihm.

»Keith, das geht doch nicht. Du bist doch Isobels Verlobter«, stieß sie empört hervor.

Er blickte sie spöttisch an.

»Das fällt dir aber früh ein, mein Herz.«

»Ich, ich habe doch nur … ich habe Isobel doch nur ärgern wollen«, stammelte sie.

»Das ist kein Spiel, meine Süße«, entgegnete er, umfasste erneut ihre Taille und küsste sie.

Erst zögerte Rose, aber dann konnte sie sich seines Werbens nicht mehr erwehren. Sie erwiderte seinen Kuss voller Begierde.

»Hast du etwa schon vorher geübt?«, fragte er lachend, nachdem sich ihre Lippen voneinander gelöst hatten. »Mit diesem schweigsamen jungen Mann, der dich mit seinen Blicken nahezu auffrisst?«

»Mit Padruig? Nein, niemals. Der weiß doch gar nicht, wie Küssen geht«, erwiderte sie sichtlich empört. Und schon war für Rose vergessen, dass sie bis eben gerade selbst noch nicht gewusst hatte, wie das Küssen ging. Sie fühlte sich schon wie eine Meisterin.

»Mit einem anderen als ihm? Muss ich eifersüchtig werden?«

»Nein, wir haben zwar im Schlafsaal in St. Georges viel über das Küssen geredet und darüber auch in den Liebesromanen gelesen, aber probiert habe ich es vorher noch nie«, gab sie seufzend zu. »Aber es schmeckt nach mehr«, fügte sie kokett hinzu. Sie nahm ihn bei der Hand. »Komm, lass uns zu Unas Box gehen. Ich glaube, ich muss mich endlich richtig mit ihr vertragen.«

»Warum hast du dich denn mit ihr erzürnt?«, fragte Keith, während er sich von Rose durch den Mittelgang zwischen den Boxen ziehen ließ.

»Sie war es, die meinen Dad abgeworfen hat«, sagte Rose mit belegter Stimme, aber sie schaffte es immerhin, dass ihr nicht gleich die Tränen kamen.

Una stellte die Ohren auf, als Rose und Keith vor ihrer Box stehen blieben.

»Findest du nicht auch, dass sie mich so ansieht, als würde sie mich um Verzeihung bitten?«

»Warum hat sie ihn denn abgeworfen?«, fragte er, ohne ihre Frage zu beantworten.

»Das weiß keiner so recht. Sie waren ein Herz und eine Seele. Una und Dad. Deshalb glauben die Leute ja auch, dass es der Fluch war, der sie zum Scheuen gebracht hat.«

»Welcher Fluch?«

»Ach, das ist dummes Gerede, sagt Mom immer.«

»Was für ein Fluch?«

»Die Leute im Tal behaupten, über der Familie Munroy liege ein Fluch. Weil sie den Makenzies übel mitgespielt haben. Und als binnen eines Jahres meine Großtante Caitronia, mein Onkel Craig und seine Frau gestorben sind …« Sie machte eine Pause, um sich eine Träne wegzuwischen, die ihr aber nicht aus Trauer um diese drei Menschen gekommen war, sondern weil sie auch ihren Vater nicht unerwähnt lassen konnte. »… und Dad. Da sind die Gerüchte von dem alten Fluch wieder aufgelebt, aber das ist eine lange Geschichte …«

»Wir werden viel Zeit haben, sodass du mir alles darüber erzählen kannst«, raunte er mit einschmeichelnder Stimme.

Rose holte tief Luft. »Nein, wir haben nur diesen einen gestohlenen Augenblick«, erwiderte sie beinahe trotzig.

»Oho, an dir ist eine kleine Poetin verloren gegangen. Beeindruckend für dein Alter. Du bist wohl eine Musterschülerin.«

»Nein, gar nicht, aber ich bin nicht schlecht in der Schule und ich liebe die Literatur. Aber wenn ich meinen Abschluss habe, dann studiere ich Medizin, denn ich will Ärztin zu werden.«

»So, so, das sind also deine Pläne für die Zukunft«, bemerkte

Keith und Rose meinte herauszuhören, dass er sich lustig über sie machte.

»Ja, glaubst du, ich bin nur dazu da, einem Mann das Leben so angenehm wie möglich zu machen?«, entgegnete sie aufgebracht.

»Wieso nicht. Hat man dich denn nicht darauf vorbereitet, wie das Leben einer guten Ehefrau aussieht?«

»Mom hat einen Beruf, und Isobel wird nach eurer Hochzeit auch …« Sie stockte, denn er umfasste sie erneut zärtlich.

»Ich werde Isobel nicht heiraten«, erwiderte er, ohne den Blick von ihr zu lassen.

»Aber …«

Er verschloss ihr den Mund mit einem Kuss. Dieses Mal hatte er ihr Gesicht mit beiden Händen umfasst und ihren Kopf ein wenig nach hinten gebeugt.

Ihr wurde schwindlig, als er sie so feurig küsste. In ihrem Bauch fing es zu kribbeln an. Sie bekam kaum noch Luft und diese Intensität machte ihr Angst. Sie löste ihren Mund von seinen Lippen und drehte den Kopf zur Seite.

»Keith, nicht!«, bat sie leise. Sie war völlig durcheinander. Keine Frage, seine Küsse lösten wahre Erdbeben in ihrem Körper aus, aber trotzdem durften sie nicht sein.

»Wir müssen zurück und … und dann tun wir so, als wäre nichts geschehen«, schlug sie mit heiserer Stimme vor.

»Möchtest du das wirklich, meine kleine Rose?«

Ihr wurde erneut schwummrig. Wie er ihren Namen aussprach, es fühlte sich an wie eine Liebkosung.

»Nein, aber wir haben keine Wahl. Es wäre nicht rechtens. Du bist der Verlobte meiner Schwester …«

»Sie ist nicht deine Schwester. Allenfalls ist sie eine entfernte Cousine von dir. Und hast du etwa schon vergessen, was sie dir angetan hat? Dass sie dich vor all deinen Gästen beleidigt und gedemütigt hat, weil du so wunderschön in deinem Kleid ausgesehen hast?« Zur Bekräftigung seiner Worte strich er mit den Fingerspitzen über ihren Ausschnitt.

Heiße Wogen durchfuhren ihren Körper.

»Sie platzt vor Neid. Und du darfst mir glauben. Ich war wirklich verliebt in sie, aber heute hat sie die Maske fallen gelassen, und was ich hinter ihrer liebenswerten Fassade sehen musste, hat mich zutiefst schockiert«, fügte er eindringlich hinzu.

Er hat ja recht, durchfuhr es Rose, er hat ja so recht. Sie hasst mich, weil ich jünger bin und weil sie befürchtet, ich könnte ihr den Mann … Rose unterbrach ihre Gedanken erschrocken … aber tat sie nicht gerade genau das? Schnappte sie Isobel nicht tatsächlich den Mann weg?

»Rose, möchtest du meine Frau werden?«

Sie starrte ihn ungläubig an.

»Aber ich bin doch erst sechzehn, ich …«

»Eben, du bist heute sechzehn Jahre alt geworden. Das heißt, wir können heiraten!«

»Mom wird es niemals erlauben!«

»Wir müssen deine Mom nicht fragen. Unsere Gesetze sind, was die Eheschließung angeht, glücklicherweise sehr unkompliziert. Willst du?«

»Ich weiß nicht, ich …«

Keith, der ihre Taille umfasst hielt, ließ Rose los, als habe er sich verbrannt.

»Was heißt das, du weißt nicht? Liebst du mich denn nicht?«

»Oh doch«, entgegnete Rose, denn seit Keith sie das erste Mal geküsst hatte, war sie wahnsinnig verliebt in ihn. Und sie konnte sich schwerlich vorstellen, wie es wäre, wenn er den Stall verlassen und sie einander niemals mehr so nahe kommen würden. Das überlebe ich nicht, dachte sie seufzend, während die Stimme der Vernunft immer leiser wurde, bis sie gänzlich verstummte. Ja, sie wünschte sich, dass dieser himmlische Zustand niemals endete.

Als Keith sie ganz nahe zu sich heranzog, bog sie sich ihm förmlich entgegen. »Ich will mein Leben mit dir teilen. Du sollst die Prinzessin in meinem Schloss sein, ich werde dich auf Händen tragen, ich …«, lockte er sie verheißungsvoll.

Noch einmal lichtete sich das Wolkenmeer um sie herum, und ihr Verstand meldete sich zu Wort.

»Aber was ist mit der Schule, mit meinem Abschluss?«

»Wenn dir dein Abschluss so wichtig ist, werden wir Mittel und Wege finden, wie du ihn woanders machst. Vielleicht leben wir eine Zeitlang in London oder …«

Ja, ja, ja, jubilierten ihre inneren Stimmen und vereinten sich zu einem einzigen, übermächtigen Ja.

»Ich gehe mit dir überall hin«, flüsterte Rose. Ihr Blick war verklärt, und sie sah nur noch die blauen Augen des Mannes, den sie von Herzen liebte. Wieder küssten sie sich, und Keith drückte sie gegen die Boxentür. Im Nacken spürte sie Unas heißen Atem. Das brachte sie noch einmal zur Besinnung.

»Ich kann das doch nicht alles hinter mir lassen. Komm, wir gehen jetzt zurück und stehen dazu, dass wir uns lieben«, sagte Rose entschieden.

»Ach, mein Herz. Das wäre der beste Weg, aber wir können ihn nicht beschreiten. Wie ich deine Mutter kenne, wird sie mich mit Schimpf und Schande aus dem Haus jagen. Du bist noch nicht volljährig. Sie würde verhindern, dass wir uns jemals wiedersehen und dich hinter den Mauern deiner Schule für mich unerreichbar machen.«

»Aber was sollen wir bloß tun?«

»Du wirst jetzt zurückgehen und dich unter einem Vorwand ins Bett zurückziehen. Ich werde weiterfeiern, als wäre nichts gewesen. So schöpft keiner Verdacht, und wenn wir uns bei meinem Wagen treffen, sobald das Fest vorüber ist, kann uns nichts mehr geschehen.«

»Du willst mit mir durchbrennen?«, fragte Rose fassungslos.

»Nenn es, wie du willst, mein Kleines, aber nun tu, was ich dir sage. Wenn sie unsere lange Abwesenheit erst bemerken, werden sie uns womöglich suchen. Ich warte später am Wagen.«

Rose aber rührte sich nicht von der Stelle.

»Aber werde ich sie je wiedersehen?«, fragte sie zweifelnd.

»Natürlich, wenn Gras über die Sache gewachsen ist, werden sie alle akzeptieren, dass du meine Frau bist. Und wie ich deine Mutter kenne, wird sie dich dann mit offenen Armen empfangen.«

»Und Isobel?« Roses Stimme zitterte.

»Wenn wir erst einmal verheiratet sind, wird auch sie dir verzeihen. Sie wird einsehen, dass man gegen die Liebe machtlos ist. So, und nun kehre zu deinem Fest zurück und täusche einen Schwächeanfall vor oder was du auch immer anstellst, um dich unbehelligt zurückziehen zu können. Damit ich mich noch um Isobel kümmern und sie in Sicherheit wiegen kann, dass zwischen dir und mir gar nichts gewesen ist … «

»Geh du vor«, bat sie mit schwacher Stimme. »Ich möchte mich noch mit Una vertragen.«

Keith zog spöttisch seine rechte Augenbraue hoch, aber er sagte nichts. Im Gegenteil, er tat ihr den Gefallen.

»Aber nimm dir nicht zu lange Zeit«, mahnte er und fügte mit einem Blick auf seine Armbanduhr hinzu. »Es ist gleich elf. Du solltest vor Mitternacht vom Fest verschwunden sein.«

Rose nickte.

»Und noch etwas.« Keith beugte sich verschwörerisch vor und flüsterte ihr etwas ins Ohr.

Sie wurde leichenblass.

»Hast du verstanden?«, fragte er schließlich laut. »Wirst du das für mich tun?«

Erneut nickte Rose.

Keith gab ihr noch einen Kuss auf die Wange und verließ schnellen Schrittes den Stall. Rose aber wandte sich der weißen Stute zu und vertraute ihr an, wie unendlich schwer es ihr fiel, so überstürzt ihr Zuhause und ihre Familie zu verlassen. Was, wenn man ihr das niemals verzieh? Was, wenn es nicht so einfach war, wie Keith es ihr voraussagte? Und dass sie etwas aus dem Haus stehlen sollte, missfiel ihr ganz besonders. Doch es ist ja nur geliehen, versuchte sie sich einzureden.

Una schien geduldig zuzuhören, was Rose ihr zu sagen hatte. Nur zögernd konnte Rose sich von dem Pferd losreißen, um den Plan in die Tat umzusetzen. Wohl war ihr nicht. Sie hatte nicht mehr annähernd das Gefühl, auf Wolken zu schweben, sondern spürte schmerzhaft den Regen gegen ihr erhitztes Gesicht peitschen, als sie die Stalltür öffnete.

30

Lili lag an diesem Neujahrsmorgen schon lange wach. Im Haus war noch alles still, sodass sie einfach unter der warmen Decke liegen blieb. Es war eine gute Gelegenheit, die Ereignisse der Hogmanay-Nacht noch einmal in aller Ruhe an sich vorüberziehen zu lassen. Sie war so erleichtert, dass das Fest nach den anfänglichen Turbulenzen doch noch einen guten Verlauf genommen hatte.

Wenn sie da an den Schrecken dachte, den ihr die Erkenntnis eingejagt hatte, dass sowohl der Lord als auch Rose gegen elf Uhr verschwunden waren. Und das, nachdem sie ungebührlich vertraut miteinander getanzt hatten. Sie war krank vor Sorge bei dem Gedanken gewesen, dass dieser Lord Fraser Roses kleine Schwärmerei für ihn womöglich ausnutzte, um ihr den Kopf zu verdrehen. Es hatte sich aber kurz darauf alles zu ihrer Zufriedenheit geklärt. Wenn sie gewusst hätte, dass Rose da schon übel gewesen war und Keith sie nur an die Luft begleitet hatte, dann hätte sie sich das Hirn niemals über das zermartert, was für teuflische Dinge der Lord wohl im Schilde führen könnte. Das arme Ding, dachte Lili, nun hatte sie sich so auf das Fest gefreut und sich dann dummerweise den Magen verdorben und vor Mitternacht ins Bett gehen müssen. Rose hatte ausgesehen wie der Tod. Sie hatte fast benommen gewirkt. Und doch hatte sie Lili abgewimmelt, als diese sie ins Bett bringen wollte. »Ich bin doch kein Baby mehr, Mom«, hatte sie empört protestiert, sich ihr dann aber mit einer kindlichen Attitüde an die Brust geworfen, dass Lili versucht gewesen war, sie doch nach oben zu begleiten. »Hast du mich lieb?«, hatte ihre Tochter gefragt, bevor sie sich aus der Umarmung befreit und wie der Blitz die Treppen nach oben geschossen war. »Ja, mein Herz«, hatte Lili ihr nachgerufen. Rose war auf dem mittleren Treppenabsatz noch einmal stehen geblieben und hatte sich umgedreht. »Bitte stört mich nicht. Schaut nicht nach mir. Ich habe einen so leichten Schlaf.« Wie verletzlich sie da ausgesehen hatte. Wie ein kleines trauriges Mädchen. Gar nicht wie ihre starke lebensfrohe Tochter. Lili hatte mit sich gekämpft, ob sie nicht die Treppen nach oben rennen und Rose in die Arme schließen sollte, doch da war sie schon fort gewesen. Ihre Freunde hatten natürlich bedauert, dass sie ihr eigenes Fest verlassen musste, aber sich dennoch nicht davon abhalten lassen, bis in die frühen Morgenstunden ohne sie zu feiern. Lili hatte gegen drei Uhr ein echtes Machtwort sprechen, Droschken bestellen und die Bande nach Hause schicken müssen.

Nur Isobel hatte von Roses Abwesenheit profitiert. Lord Fraser war ihr den restlichen Abend gegenüber äußerst zugewandt gewesen. Um Mitternacht hatten sie sich bei den Händen gehalten, während sie »Auld Lang Syne« gesungen und sich mit einem Becher Hot Pint zugeprostet hatten. Zeugin dieser Vertrautheit der beiden zu werden, hatte auch Lili zunehmend entspannt. Lord Fraser hatte das Fest als letzter verlassen und der leicht beschwipsten Isobel schwören müssen, ihnen am folgenden Tag einen Neujahrsbesuch abzustatten.

»Grüßen Sie mir das kranke Kind, Misses Munroy«, hatte er Lili zum Abschied ans Herz gelegt. Sie hatte es ihm hoch und heilig versprochen. Insgeheim hatte sie sich ein wenig geschämt, ihn verdächtigt zu haben, teuflische Spielchen mit den Herzen ihrer Töchter zu treiben. Wahrscheinlich hatte er wirklich nur Mitleid mit der kleinen Rose, die den Verlust ihres Vaters nicht verschmerzen konnte, dachte Lili versöhnlich.

Trotzdem, jetzt musste sie endlich nach ihrer kleinen Tochter sehen. Vielleicht war ihr die Tatsache auf den Magen geschlagen, dass sie sich in den verkehrten Mann verguckt hatte. Ich muss sie ein wenig trösten, ihr erklären, dass es nur eine Schwärmerei war, die jedes Mädchen irgendwann erlebt. So hatte Lili als Kind für Doktor Denoons ältesten Sohn Irving geschwärmt, der damals schon eine Verlobte hatte. Und sie hatte seine freundliche Zugewandtheit mit echter Zuneigung verwechselt. Ja, darüber würde sie mit Rose sprechen. Über diesen Irrtum, der fast jedem jungen Mädchen unterlief, wenn es noch nicht wusste, was Liebe wirklich war.

Lili erhob sich seufzend vom Bett, reckte sich noch einmal und zog ihren Morgenmantel an. Ich habe Gespenster gesehen, als ich befürchtete, dieser Mann könne Schindluder mit den Gefühlen meiner Mädchen betreiben, dachte sie, während sie in ihre Hausschuhe schlüpfte. Ohne dass sie es wollte, wanderten ihre Gedanken in diesem Augenblick zu Liam Brodie, an den sie zum Jahreswechsel viel häufiger und intensiver gedacht hatte, als es ihr lieb gewesen wäre. Wie gern hätte sie den gestrigen Abend mit ihm verbracht. Er hatte ihr wirklich von Herzen gefehlt. Und wieder grübelte sie darüber nach, ob sie ihn nicht einfach anrufen, sich entschuldigen und ihm ein gutes neues Jahr wünschen sollte. Wie tief sie doch bereute, was sie da in der Bar des Highland Hotels für einen Unsinn von sich gegeben hatte.

Tief in Gedanken versunken schlenderte sie zu Roses Zimmer und klopfte. Das Kind hatte zwar ausdrücklich darum gebeten, nicht geweckt zu werden, aber Lili machte sich schließlich Sorgen. Sie wollte sich nur vergewissern, dass es Rose wieder besser ging. Und überhaupt war nach allem, was geschehen war, ein Gespräch unter vier Augen dringend nötig. Lili bekam keine Antwort. Auch nicht, als sie noch einmal heftiger gegen die Tür pochte und laut den Namen ihrer Tochter rief.

Merkwürdig, dachte sie, sehr merkwürdig, doch sie trat ihrem aufkeimenden Unwohlsein mit dem Gedanken entgegen, dass Rose dabei war, sich gesundzuschlafen.

Deswegen ließ sie es dabei bewenden und ging langsam die Treppen hinunter. Sie brauchte jetzt unbedingt einen Tee, denn in ihrem Kopf hämmerte ein leichter Schmerz. Für ihre Verhältnisse hatte sie zu viel Hot Pint genossen.

In der Küche war Fiona damit beschäftigt, das Frühstück zuzubereiten. Lili wandte sich schaudernd ab, als sie die Reste vom Haggis erblickte. Auch ihr Magen war ein wenig irritiert.

»Ich hätte gern nur einen Tee«, bat sie die Köchin.

»Das hat Miss Isobel auch schon gesagt«, erwiderte Fiona lachend.

»Ist sie denn schon auf?«

Die Köchin nickte eifrig. »Sie kam förmlich in die Küche geschwebt. Ich glaube, ihr Bräutigam tut ihr gut!«

»Ja, so langsam denke ich das auch«, erwiderte Lili.

»Sie waren skeptisch, nicht wahr«, hakte die Köchin nach.

»Das kann man so sagen. Aber ich glaube, es liegt daran, dass ich mir ein Leben auf Scatwell Castle ohne Isobel kaum vorstellen kann, und nun wird sie bald in Fortrose leben. Ich werde mich wohl an den Lord, pardon, an Keith, ich habe ihm ja zu später Stunde angeboten, mich beim Vornamen zu nennen, gewöhnen. Er tanzt jedenfalls ausgezeichnet.«

»Schade um Miss Rose«, bemerkte Fiona. »Aber von meinem Essen kommt das garantiert nicht. Sonst hätten ja wohl noch andere Unwohlsein empfunden«, fügte sie mit Nachdruck hinzu.

Lili lachte. »Um Gottes willen, nein, beim Haggis haben Sie sich selbst übertroffen. Das Lob von Großmutter Mhairie wäre Ihnen sicher und ...«

»Lili, schnell, komm, Diebe!«, unterbrach Isobels schriller Schrei ihre Lobrede auf Fionas Kochkünste. Erschrocken fuhr sie herum. Im Türrahmen stand Isobel in einem weißen Nachthemd und totenbleich wie ein Gespenst.

»Komm schnell!« Sie griff nach Lilis Hand und zog sie in den Salon. Vor der Anrichte blieb sie stehen und deutete fassungslos auf das Quadrat an der Wand, an der die goldenen und roten Streifen der Tapete kräftiger leuchteten als ringsherum.

»Das ist doch ...« Lili schlug sich die Hand vor den Mund, um nicht laut aufzuschreien.

»Es muss heute Nacht jemand gestohlen haben«, sagte Isobel mit bebender Stimme.

Lili sah entsetzt von der Stelle, an der am Abend vorher noch das Gemälde von Rose gehangen hatte, zu Isobel.

»Aber wer stiehlt denn so ein Bild?«

»Vielleicht haben die Einbrecher geglaubt, es sei wertvoll«, sinnierte Lili und konnte es kaum fassen, doch dann wurde ihr Gesicht noch bleicher. »Rose!«, schrie sie auf. »Ich muss nach Rose sehen. Nicht dass sie ihr etwas angetan haben.«

Lili stob aus dem Zimmer und raste die Treppen hinauf. Als sie außer Atem vor Roses Tür angekommen war, klopfte sie nicht, sondern drückte mit einem lauten Aufschrei die Klinke hinunter. Ihr Herz pochte ihr bis zum Halse, aber was war das? Die Tür war abgeschlossen. Lili war außer sich.

»Rose, meine Rose!« rief sie angsterfüllt, doch sie erhielt keine Antwort. »Wir müssen sie aufbrechen«, schrie sie und ließ sich mit voller Kraft dagegenfallen, doch die Türen in diesem Haus waren aus gutem Holz und stabil gebaut.

»Geh und hol den Pferdeknecht«, befahl sie, aber Isobel, die aschfahl im Gesicht war, sagte: »Der ist doch über die Feiertage bei seiner Familie!«

»Eine Axt. Bring mir eine Axt. Stell dir vor, die Einbrecher haben ihr etwas angetan. Sie liegt gefesselt und geknebelt in ihrem Zimmer. Oder Schlimmeres …«

»Aber dann wäre doch nicht von innen abgeschlossen«, widersprach Isobel ihr vorsichtig.

»Und wenn diese Verbrecher von außen abgeschlossen und den Schlüssel mitgenommen haben, damit sie keine Hilfe holen kann? Vielleicht hat sie sie überrascht und … oh Gott … bring mir die Axt!«

Isobel rannte wie gejagt los und kam wenig später außer Atem mit dem Werkzeug zurück. Lili hieb daraufhin wie eine Wahnsinnige in das edle Holz. Vom Lärm angelockt eilten auch Fiona und Bonnie herbei. Alle blickten erschüttert auf Lili, die wie von Sinnen die Tür zerstörte. Holz splitterte, es krachte und polterte. Dann endlich hatte sie es geschafft, ein Loch in die Tür zu hauen. Schweißgebadet trat Lili mit dem Fuß gegen diese Stelle, sodass es größer wurde und man ungehindert ins Zimmer sehen konnte.

»Rose, Rose«, rief Lili angsterfüllt, doch dann erstarrte sie. Das Bett war leer.

»Was haben sie ihr bloß angetan? Sie haben sie entführt. Nun helft mir doch.« Lili war zu schwach, weiter mit der Axt auf die Tür einzuschlagen und sank weinend zu Boden. Nun nahm Fiona das schwere Werkzeug zur Hand und schlug in Kürze ein so großes Loch in die Tür, dass sie sich nacheinander in Roses Zimmer zwängen konnte.

»Wo ist sie?«, schluchzte Lili und ließ sich auf das unbenutzte Bett ihrer Tochter fallen. Jemand hatte es ordentlich hinterlassen. Sogar die Überdecke war fein säuberlich glattgezogen. In ihrer Aufregung kam ihr gar nicht der Gedanke, dass Rose womöglich gar nicht darin geschlafen hatte.

»Sie ist entführt worden. Wir müssen die Polizei holen«, stöhnte Lili, bis sie auf ein Stück Papier aufmerksam wurde, das auf Roses Damensekretär lag. Sie wollte danach greifen, doch Isobel war schneller. Sie nahm es zur Hand, und während sie die Nachricht las, bekam ihr kalkweißes Gesicht einen Grünstich.

»Bitte, sag, was sie von uns wollen. Ich zahle alles. Jeden Preis, wenn sie nur wieder gesund zurückkommt.«

Doch statt den Zettel Lili auszuhändigen, stieß Isobel einen erstickten Schrei aus und sank zu Boden.

»Wasser, bringt ein Glas Wasser«, befahl Lili mit schriller Stimme und bückte sich, um nach der Nachricht zu greifen.

Als sie das Stück Papier endlich in der Hand hielt, spielten ihr die Augen einen Streich. Die Buchstaben tanzten ihr wild durcheinander vor der Nase herum, als wollten sie Lili foppen. Es dauerte eine halbe Ewigkeit, bis sie den Sinn der Botschaft begriff.

»Oh Gott«, entfuhr es Lili schließlich verzweifelt, bevor sie das Stück Papier stumm an Fiona weiterreichte. Die Köchin las die Nachricht und stöhnte ebenfalls laut auf.

»Ich bring ihn um!«, murmelte Lili nach einer halben Ewigkeit.

Sie wurde unterbrochen, als Isobel wieder zu sich kam und einen schrillen, nicht enden wollenden Schrei ausstieß.

31

Das grausame Wetter war ein Spiegel ihrer Seele. Lili litt Höllenqualen, seit Rose fort war. Es war Mitte Januar und hatte im Tal von Strathconon immer noch nicht geschneit. Dafür regnete es in einer Art und Weise, die Lili in den Highlands noch nie zuvor erlebt hatte. Normalerweise wechselte das Wetter über dem River Conon so häufig wie eine launische Diva ihre Stimmungen. Doch seit über einer Woche regnete es mit einer Beständigkeit, die Lili, die ohnehin nur noch ein Schatten ihrer selbst war, den Rest gab.

Es fiel ihr schwer, morgens aufzustehen, sich durch den Tag zu schleppen und das Tagwerk zu verrichten. Doktor Gray machte sich große Sorgen um sie und riet ihr dringend, in den Süden zu reisen. Einmal abgesehen davon, dass sie kein Geld dafür hatte, würde sie sich nicht weiter als einige Meilen von Scatwell Castle fortbewegen, bis sie endlich etwas über Roses Verbleib wusste.

Ihre Tochter war wie vom Erdboden verschwunden. Lili hatte alles versucht. Sie hatte die Polizei eingeschaltet, die ihr aber aufgrund des Abschiedsbriefes keine allzu großen Hoffnungen machen konnte. »Wenn sie den Kerl wirklich geheiratet hat, sind Sie machtlos, Misses Munroy. Sie können nur beten, dass es dazu nicht gekommen ist, wenngleich ich das, ehrlich gesagt, für unwahrscheinlich halte. Der Kerl weiß doch sicherlich, dass er sich, solange er unverheiratet mit ihr herumvagabundiert, auf gefährlichem Terrain befindet«, hatte ihr der Inspektor der Kriminalpolizei in Inverness bedauernd zu verstehen gegeben. Aber er hatte ihr versprochen, einen seiner Mitarbeiter nach Fortrose zu schicken, um festzustellen, ob Rose dort wohnte. Auf die Weise erfuhr sie, dass das Haus zwar fertig, aber unbewohnt war. Und kein Mensch hatte der Polizei auch nur irgendeine Auskunft über Lord Fraser geben können. Der Inspektor hatte Lili zugesagt, wöchentlich einen seiner Mitarbeiter nach Fortrose zu schicken und sie umgehend zu benachrichtigen, falls ihre Tochter dort eingetroffen sei. »Und wenn er mir nicht den Beweis bringen kann, dass sie seine Frau ist, bringe ich sie Ihnen auf der Stelle zurück«, hatte er hinzugefügt. Lili hatte ihm sehr wohl angemerkt, dass er von Herzen auf ihrer Seite war, aber er hatte sich auch nur an die Vorschriften zu halten.

»Und wenn nur irgendetwas gegen ihn vorliegt, dann unternehmen Sie etwas! Bitte!«, hatte sie ihn beschworen.

Auch in diesem Punkt hatte ihr der Inspektor keine allzu großen Hoffnungen machen können. »Das versuchen alle Eltern, die in einer ähnlichen Lage sind wie Sie. Bei dem Ehemann ihrer Töchter das Haar in der Suppe zu finden, doch die Kerle sind meist sauber. Wenn er sich allerdings nur das Geringste hat zuschulden kommen lassen, dann ziehe ich ihn aus dem Verkehr. Versprochen!« Und dann hatte der Polizist eine wahre Schimpftirade auf die schottischen Ehegesetze abgelassen. Ausgemachten Schwachsinn hatte er es genannt, halben Kindern zu gestatten, ohne Zustimmung ihrer Eltern zu heiraten, sobald sie sechzehn waren.

Wie oft hatte Lili seit dem schrecklichen Neujahrsmorgen vor gut zwei Wochen gebetet, dass dieser »Halunke«, wie er bei ihr nur noch hieß, Skrupel hatte, diesen Schritt zu tun. Sie hoffte, dass er kalte Füße bekam und ihr Rose freiwillig nach Hause zurückbrachte.

Jeden Morgen galt ihr erster Blick Roses Zimmer. Wenn sie sich doch bloß eines Nachts wieder in ihr Bett legen würde, alles könnte Lili ihr verzeihen. Niemals würde sie auch nur ein Wort über diese himmelschreiende Dummheit ihrer Tochter verlieren.

Bislang hatte sie vergeblich gehofft. Sie hatte sich gerade zum Frühstück gequält, als Bonnie mit hochroten Wangen ins Esszimmer geeilt kam. »Misses Munroy, Misses Munroy, ich glaube, das ist ein Brief von Miss Rose«, rief sie aufgeregt, während sie Lili einen Umschlag reichte. Das Hausmädchen rührte sich nicht vom Fleck und sah ihr voller Anspannung dabei zu, wie sie den Umschlag aufriss.

Keine gute Nachricht, dachte sie erschüttert, als Misses Munroys ohnehin blasses Gesicht noch bleicher wurde.

Liebe Mom, mach dir keine Sorgen um mich. Mir geht es gut. Wir haben inzwischen geheiratet. Es war sehr romantisch, und wir hatten sogar zwei Zeugen, die Keith kannte. Der nette Mister Jones und

Wie in Zeitlupe ließ Lili den Brief sinken, hielt sich die Hand vor den Mund und sprang auf. Bonnie eilte hinterher, wollte sie stützen, doch da hatte sich Misses Munroy bereits im Bad eingeschlossen und Bonnie hörte nur noch lautes Würgen. Auf leisen Sohlen kehrte sie zurück in die Küche. Es wäre Misses Munroy bestimmt nicht lieb, wenn sie erfuhr, dass sie, Bonnie, mitbekam, wie sie sich übergab.

Lili blieb eine Weile am Boden hocken. Sie fühlte sich wie gelähmt, und in ihrem Kopf pochte ein furchtbarer Schmerz. Seit Rose fort war, hatte sie einen empfindlichen Magen. Sie konnte kaum etwas bei sich behalten. Aber die Nachricht, dass Rose den Halunken geheiratet hatte, reichte aus, sie zum Erbrechen zu bringen.

Sie verspürte den unbändigen Wunsch, diesem Halunken eine schallende Ohrfeige zu versetzen. Aber das war ja nicht alles. Ihr kleines Mädchen umgab sich mit solchem Abschaum wie diesem Mister Jones, der Isobel um ihr Vermögen geprellt hatte.

Bei dem Gedanken an Isobel wurde Lili noch schwerer ums Herz. Sie hatte ihre Stieftochter seit dem Neujahrstag nicht mehr gesehen. Sie war genauso aus ihrem Leben verschwunden wie Rose. Nur mit dem Unterschied, dass sie wusste, wo sie sich befand. Sie hatte sich ein Zimmer bei dem Schuldirektor genommen, das man ihr schon lange angeboten hatte und inzwischen zugesagt, seine Nachfolge zu übernehmen. Lili hatte sie angefleht, wenigstens an den Wochenenden nach Hause zu kommen, doch Isobel war hart geblieben. Sie hatte beteuert, dass sie dieses verfluchte Haus nie mehr betreten würde und die Wochenenden lieber in Beauly verbringen würde. Lili hätte in dieser Lage dringend eine Gesprächspartnerin gebraucht. Aber mit Beschwörungen wie »Geteiltes Leid ist halbes Leid«, war Isobel nicht zu halten gewesen. Im Gegenteil, sie hatte ziemlich deutlich gemacht, dass sie auch mit Lili nicht länger unter einem Dach leben konnte, war sie doch die Mutter dieser … Isobel sprach Roses Namen nicht mehr aus.

Lili hatte alles versucht, sie zum Bleiben zu überreden, aber sie hatte alles nur noch schlimmer gemacht, als sie beschworen hatte, dass der Halunke der Schuldige sei und nicht die sechzehnjährige Schülerin …

Lili erhob sich langsam vom Boden. Das war kein Platz, an dem sie allzu lange verweilen sollte. Auf wackeligen Beinen schleppte sie sich zum Esszimmer zurück und hob den Brief auf, der am Boden lag. Einem Impuls folgend hätte sie gern darauf herumgetrampelt, aber sie musste ihn erst zu Ende lesen. Sie atmete ein paarmal tief durch, um nicht allein bei der Nennung des Namens von Mister Jones einen erneuten Brechreiz zu empfinden. Der Detektiv, den sie auf die englische Bank angesetzt hatte, hatte ihr nämlich inzwischen bestätigt, dass Hobard & Pinkett eine kleine Klitsche in einem Londoner Vorort war, die längst der Krise zum Opfer gefallen war.

Wenn sich Lili allein vorstellte, dass der Trauzeuge ihrer Tochter ein schmieriger Betrüger war. Wie gut, dass Rose nichts besaß außer der Hälfte des Geschäftshauses in der Church Street, das sie aber nur mit Isobels Einverständnis versilbern durfte. Aus rein finanziellen Gründen hatte der Mistkerl Rose also nicht geheiratet. Warum also dann? Um ein Kind zu verführen? Lili versuchte rasch, an etwas anderes zu denken.

Stöhnend las sie weiter.

seine Haushälterin, Miss Brannon. Sie ist noch gar nicht so alt, jünger als Isobel, aber strenger als sie. Und das soll was heißen! Ich glaube, sie mag mich nicht. Wir fahren noch ein wenig durch Europa, bis das Haus auf der Black Isle fertig ist. Eigentlich geht es mir ganz gut. Und ich glaube, du würdest Keith wirklich mögen, wenn du wüsstest, dass er sich wie ein Gentleman verhält. Wir werden erst ein Zimmer teilen, wenn ich achtzehn bin. Er meint, wir haben noch so viel Zeit. Ist das nicht süß? Was macht Una? Wie geht es Bonnie und Fiona? Liebe, liebe Mom, man kann doch nichts dagegen tun, wenn man verliebt ist, oder? Sei unbesorgt, wenn wir erst in unserem Haus wohnen, dann kommst du uns mal besuchen. Ich hab dich doch lieb, Mom, und ein wenig Heimweh habe ich auch. Keith sagt, das muss ich mir abgewöhnen, weil er sonst glaubt, ich sei nicht glücklich mit ihm. Und suche uns bitte nicht. Wir sind jeden Tag woanders. Und selbst, wenn du uns aufspüren würdest, das hätte keinen Zweck. Keith sagt, du kannst uns nicht mehr auseinanderbringen, weil ich jetzt seine Frau bin.
Tausend Küsse, deine Rose

Lili schluckte ein paarmal trocken. Nur nicht wieder weinen, sprach sie sich gut zu, nur nicht weinen. Es war nicht der Altersunterschied von siebzehn Jahren, der Lili am meisten erschütterte, sondern die hinterhältige Art, wie sich dieser Kerl in ihr Haus geschlichen und ihr die Tochter genommen hatte. Sie ließ den Brief sinken und verfiel ins Grübeln. Der Brief hatte sie bis ins Mark erschüttert. Es war eindeutig die Handschrift ihrer Tochter und ein Anflug von dem Ton, in dem sie noch vor Kurzem Briefe aus dem Internat nach Hause geschickt hatte. Eine Mischung aus rührender Kindlichkeit und altklugen Ratschlägen. Keith sagt … Allein dieser Satz ließ es in Lilis Magen erneut grummeln. Und was sollte sie von dem Hinweis ihrer Tochter halten, dass dieser Kerl sie noch nicht angerührt hatte? Wenn sie ehrlich war, machte sie das nur noch misstrauischer. Wenn ein erwachsener Mann ein so junges Ding heiratete, dann doch in erster Linie, um sich an ihrem Körper zu ergötzen, oder was sollte er sonst für einen Grund haben?

Ob er sich Isobel genauso zurückhaltend gegenüber verhalten hatte? War sie deshalb so missmutig gewesen, nachdem sie aus dem Highland Hotel zurückgekehrt war? Weil er nicht, wie Lili vermutet hatte, mit ihr ins Bett gegangen war?

Sofort kamen Lili Erinnerungen an ihre Verlobungszeit mit Niall in den Sinn. Sie war damals ja auch nicht mehr blutjung gewesen und hätte sich seinen Zärtlichkeiten gern schon vor der Hochzeitsnacht hingegeben. Niall hatte darauf bestanden zu warten. Ich kann doch nicht von mir auf andere schließen, sagte sich Lili, mit Niall war das etwas anderes. Bei ihm hatte diese Zurückhaltung einen triftigen Grund. Er hatte vor ihr verbergen wollen, dass er nur schwerlich in der Lage war, körperlich zu lieben.

Ach, wenn ich doch nur mit Isobel über alles reden könnte, dachte Lili niedergeschlagen.

Lilis Gedanken schweiften zurück zu Rose und diesem verdammten Brief. Ach, wenn sie doch wenigstens Liam fragen könnte, ob man denn wirklich gar nichts unternehmen konnte, um ihren Aufenthaltsort herauszubekommen. Noch hatte sie die Hoffnung nicht endgültig aufgegeben.

In der St. Georges hatte Lili behauptet, Rose wäre krank und käme erst später zurück. Sie wusste, dass das nicht richtig war, aber es kam ihr vor wie ein Strohhalm, an den sie sich klammern konnte. Wenn sie die Wahrheit sagen würde, das wäre, als würde die letzte Hoffnung sterben, dass dies alles doch nur ein schrecklicher Albtraum war. Allein Mademoiselle Larange hatte sie am Telefon verraten, was geschehen war. Die Moiselle war außer sich gewesen, das ausgerechnet die Begabteste ihrer Klasse ihre Chancen so leichtsinnig über Bord warf. Sie war aber wie Lili der Meinung, man müsse weiter hoffen und dürfe sie noch nicht aus St. Georges abmelden.

»Das ätte, ma chère Lili, etwas Endgültiges. Lassen Sie uns offen und beten«, hatte sie ihr eindringlich geraten.

Ich gebe nicht auf, sprach sich Lili Mut zu, während ihr Blick am Fenster hängen blieb und dem Regen, der dagegen prasselte.

Plötzlich sprang sie auf. Sie hatte das Gefühl, verrückt zu werden, wenn sie hier weiter tatenlos herumsaß. Sie verspürte das dringende Bedürfnis, ihre Freundin Sibeal zu besuchen und sich mit ihr zu beraten.

Sie war schon in Hut und Mantel, als das Telefon klingelte. Sie überlegte kurz, ob sie das Gespräch annehmen sollte, doch sofort ergriff die Hoffnung, es könne Rose sein, von ihr Besitz.

Umso größer war ihre Enttäuschung, als sie die laute Stimme eines Rinderzüchters aus Contin vernahm. Ihm war es gelungen, trotz der schlechten Wirtschaftslage seine Herde zu vergrößern. Insgeheim vermutete Lili, dass er ihr schon vor der Krise einige Kunden abgeworben hatte, denn seine Tiere glichen der Art von Hochlandrindern, wie Dusten sie einst gezüchtet hatte.

»Ich mache Ihnen ein Angebot, kleine Frau.« Ohne dass sie zu Wort kam, fügte er hinzu: »Ich kaufe Ihnen die ganze Herde ab.«

Lili schluckte ein paarmal. So ein Geschäft wäre der rasche Ausweg aus ihrer finanziellen Misere, aber kam das nicht einem Verrat an Dusten gleich? Er hatte die Zucht mit Herzblut betrieben.

»Es kommt auf den Preis an«, hörte sie sich da bereits sagen.

Der Preis, den er nannte, war zweifelsfrei weit unter Wert. Doch wenn sie es auf die Herde hochrechnete, wäre sie die drückendsten Sorgen auf einen Schlag los. Ich habe keine Wahl, schoss es ihr durch den Kopf.

»Ich werde es mir überlegen«, erwiderte sie.

»Kleine Frau, seien Sie nicht dumm. Was halten Sie davon, wenn ich Sie morgen aufsuche und wir den Handel klarmachen.«

»Ich sagte, ich überlege es mir«, wiederholte Lili mit Nachdruck und hoffte, er durchschaute nicht, dass sie längst entschieden hatte. Sie hatte von Dusten gelernt, bei einem Angebot nie gleich zu jubeln, sondern sich Bedenkzeit auszubitten, um den Preis hochzutreiben.

»Kleine Frau, dann trinken wir eben nur einen Whisky zusammen. Ich gucke morgen vorbei.«

»Meinetwegen«, entgegnete Lili gönnerhaft und rieb sich, kaum dass sie aufgelegt hatte, die Hände. Glück im Unglück, dachte Lili und verließ das Haus in einer weitaus weniger trübsinnigen Stimmung.

32

Die Scheibenwischer ihres Rileys konnten gar nicht so schnell arbeiten, wie der Regen auf die Scheiben prasselte. Wenn Lili die Strecke nicht im Schlaf gekannt hätte, wäre sie auf der Stelle umgekehrt und hätte sich ins Bett verkrochen. So wie die Tage zuvor. Ihre kurze Freude über das anstehende Geschäft war wie fortgeblasen. Doch nun, da sie sich schon einmal aufgerafft hatte und bereits auf dem Weg zum Wagen trotz ihres Regenumhangs pitschnass geworden war, gab es kein Zurück mehr. Sie war ja nur froh, dass das Dach ihres Wagens den Wassermassen standhielt. Dennoch würde sie mit Sicherheit mehr als das Doppelte an Zeit brauchen, denn sie konnte bei diesem Wetter nur Schrittgeschwindigkeit fahren.

Ich hätte sie wenigstens anrufen sollen, dachte sie, als sie bei Marybank bereits das Tal verlassen hatte und in Richtung Muir of Ord schlich.

Aber auch der Gedanke, die Freundin eventuell nicht anzutreffen, konnte sie nicht von ihrem Plan abbringen, nach Inverness zu fahren. Das Gute an dem Dauerregen war, dass nur wenige Fahrzeuge unterwegs waren.

Lili schrak aus ihren Gedanken, als sie leicht ins Schlingern kam. Dieses Stück Straße war mit Basaltkieseln bestreut, die die Fahrbahn bei Nässe zu einer wahren Rutschbahn werden ließen. Lili konnte den Wagen wieder in die Spur bringen. Und doch klopfte ihr das Herz bis zum Hals, als sie nun Beauly erreichte. Wäre das nicht eine passende Gelegenheit, Isobel einen kleinen Besuch abzustatten? Wenn sie so überraschend auftauchte, würde sie sich doch sicherlich freuen, obwohl sie behauptet hatte, Lili nicht sehen zu wollen, bis Gras über die Sache gewachsen war.

Aber Isobel fehlte Lili doch so schrecklich. Sie würde quasi am Haus der McDowells vorbeikommen. Und Fiona hatte sie ohnehin vorgeschwindelt, sie führe nur nach Beauly. Die Köchin war nämlich außer sich gewesen, als sie Lili eben in Hut und Mantel in der Diele angetroffen hatte. »Sie wollen doch bei dem Wetter nicht etwa aus dem Haus?«, hatte Fiona empört gefragt. Nachdem Lili ihr verraten hatte, dass sie mit dem Wagen wegfahren wolle, war aus der Köchin wieder die ganze Litanei mit dem bösen Fluch herausgebrochen. Lili hatte sie kaum bremsen können.

Erst als Fiona die mahnenden Worte: »Er hat Ihnen schon Ihre Töchter genommen. Nun müssen Sie erst aufpassen, sonst kriegt er Sie auch noch …« ausgerufen hatte, hatte sich Lili energisch gegen diese Spukgeschichten verwehrt. »Fiona, du tust ja gerade so, als würde irgendwo ein böser Geist sitzen, der unsere Familie auslöschen will!« Die Köchin hatte mit bebender Stimme erwidert: »Sie werden das erst glauben, wenn Sie mit dem Wagen verunglückt sind!« Daraufhin war Lili ernsthaft böse geworden. »Ich will den Blödsinn nicht mehr hören, aber, wenn es dich beruhigt, ich besuche Isobel. Schließlich sind meine Töchter nicht vom Erdboden verschluckt, sondern nur vorübergehend abwesend.«

Inzwischen hatte Lili Beauly erreicht, und sie musste sich darauf konzentrieren, das richtige Haus zu finden. Ein Haus aus grauem Stein an der rechten Straßenseite. Gerade als sie meinte, es vor der nächsten Kurve auftauchen zu sehen, erblickte sie die schmale Gestalt, die am Wegrand entlang in Richtung des Hauses eilte. Sie konnte nicht viel sehen, doch für sie gab es keinen Zweifel. Es war ihre Stieftochter. Und Lili freute sich darauf, gleich in alter Vertrautheit bei einem Tee mit ihr zu sprechen.

Deshalb überholt sie Isobel, um dann rechterhand vor dem Haus zu halten. Ein Blick in den Rückspiegel zeigte ihr, dass sie richtig vermutet hatte. Unter der großen Kapuze ihres Regenmantels lugte unverkennbar Isobels Gesicht hervor. Lili machte sich gerade zum Aussteigen bereit, als Isobel am Beifahrerfenster angelangte und einen Blick zu ihr hineinwarf. Lili winkte ihr zu, doch Isobel schüttelte nur stumm den Kopf, wandte sich ab und eilte, ohne sich umzublicken, davon.

Wie betäubt blieb Lili im Wagen sitzen. Isobel hatte ihr unmissverständlich signalisiert, dass sie sie nicht zu sehen wünschte. Nachdem sie erfolgreich die Tränen bekämpft hatte, spürte sie den Zorn in sich aufsteigen. Sie kann mich doch nicht einfach wegschicken, nur, weil ich Roses Mutter bin, dachte sie erbost und öffnete entschlossen die Wagentür. Nein, jetzt war die Zeit für ein klärendes Wort gekommen. Mit schnellem Schritt eilte Lili auf die Tür zu. Misses McDowell, eine untersetzte, rundliche, ältere Dame mit immer noch knallrotem Haar, öffnete ihr und konnte ihre Überraschung nicht verbergen.

»Sie?«

»Ja, ich möchte zu Isobel!«

Misses McDowell machte keine Anstalten, sie ins Haus zu lassen. Sie hob bedauernd die Schultern.

»Miss Isobel hat mich gebeten, Ihnen zu sagen, dass Sie noch Zeit braucht, bevor sie Sie sehen möchte.«

»Ich habe mir doch nichts zuschulden kommen lassen!«, erwiderte Lili verzweifelt. Sie war dabei ein wenig lauter geworden.

»Es tut mir leid. Es geht nicht gegen Sie. Es ist nur so, sie möchte nicht mehr daran erinnert werden. Sie hat sich voll und ganz in die Arbeit gestürzt, weil sie doch bald den Posten meines Mannes übernimmt und ich habe es ihr versprochen. Wenn es nach mir ginge …«

»Lassen Sie nur, Misses McDowell, ich kümmere mich selbst darum«, ertönte nun Isobels Stimme aus dem Inneren des Hauses.

Zögernd trat die Frau des Schuldirektors beiseite, um Isobel ihren Platz in der Tür zu überlassen.

»Komm in den Flur. Du wirst ja nass«, bemerkte Isobel kühl, als sie ihre Stiefmutter im strömenden Regen stehen sah.

Lili folgte ihr wortlos ins Haus. Der Flur war klein, eng und dunkel, doch das schummrige Licht genügte Lili, um den abweisenden Gesichtsausdruck ihrer Stieftochter zu erkennen.

»Ich … ich bin hier rein zufällig vorbeigekommen.«

»Und ich brauche Zeit. Ich kann nicht mit dir reden.«

»Aber warum nicht?«, fragte Lili verzweifelt. »Ich leide doch genauso wie du. Wir könnten uns doch gegenseitig Trost spenden und über alles reden.«

»Da gibt es nichts zu reden. Deine Tochter hat mir auf perfide Weise den Mann ausgespannt und …«

»Glaubst du denn, dass ich darüber glücklich bin, dass dieser Halunke ihr den Kopf verdreht hat? Dass er sie gegen meinen Willen geheiratet hat?«

»Herzlichen Glückwunsch!«, unterbrach Isobel sie ungerührt.

»Isobel, versteh doch endlich. Dieser Mann ist ein Verführer, der nichts Gutes im Schilde führt, der ihr die Zukunft zerstört. Sie wird keine Ärztin werden, ja, sie wird nicht einmal die Schule abschließen …«

»Was willst du von mir? Dass ich deine kleine Prinzessin bedauere?«

»Nein, natürlich nicht. Aber das hätte sie doch nie getan …«

»Ich verstehe, er ist an allem schuld«, bemerkte Isobel spöttisch.

Sie sieht elend aus, durchfuhr es Lili, schrecklich elend, und sie konnte sich gerade noch beherrschen, Isobel nicht jene nasse Haarsträhne aus dem Gesicht zu streichen, die ihr in die Augen hing.

»Ich will doch nur sagen, dass du diesem Halunken nicht nachtrauern darfst. Denk doch daran, auf welch perfide Weise er dich um dein Geld betrogen hat. Ich habe inzwischen einen Detektiv auf diese Bank angesetzt. Und stell dir vor, Hobard & Pinkett ist pleite. Lange schon. Sei doch vernünftig und hilf mir, Rose aus seinen Klauen zu befreien«, sagte Lili beschwörend.

Sie hielt inne, als sie bemerkte, dass Isobel bei ihren Worten noch blasser geworden war, als sie es ohnehin schon war.

»Entschuldige, Kleines, ich hätte es dir schonend beibringen sollen, dass dieser Mann ein Verbrecher ist. Wir sollten schnellstens einen Anwalt bemühen, damit er ihn anzeigt und hinter Schloss und Riegel bringt. Dann wird Rose endlich aus ihrem Kleinmädchentraum erwachen und zu uns zurückkommen …« Sie unterbrach sich hastig. An der Miene ihrer Stieftochter war unschwer zu erkennen, dass sie schon wieder nicht die richtigen Worte gefunden hatte.

»Es ist wirklich besser, wenn du jetzt gehst«, entgegnete Isobel scheinbar ungerührt, während sie auf die Tür deutete. Doch ihre Hände erzählten etwas anderes. Sie zitterten.

»Isobel, ich brauche dich. Wir haben doch immer alle Schwierigkeiten gemeistert. Wir beide! Wir werden es doch wohl mit diesem Halunken aufnehmen können!«, stieß Lili mit letzter Kraft hervor, doch da hatte sich Isobel bereits an ihr vorbeigedrückt und die Haustür geöffnet.

»Es gibt kein ›Wir‹ in dieser Sache«, murmelte Isobel und verschwand wortlos hinter einer Tür, die vom Flur abging.

Wie betäubt blieb Lili noch einen Augenblick in dem engen Flur stehen, bevor sie in den strömenden Regen hinaustrat.

33

Lili saß in Sibeals prächtigem Salon auf dem Sofa, trank heißen Tee und starrte Löcher in die Luft.

Ihre Freundin betrachtete sie neugierig aus den Augenwinkeln, aber sie blieb stumm. Es war unübersehbar, dass Lili Zeit brauchte, um sich zu sammeln. Klatschnass und am ganzen Körper bebend hatte sie vorhin vor ihrer Tür gestanden. Sibeal hatte sie erst einmal ins Bad geschickt und ihr ein paar warme Kleidungsstücke geliehen. Anfangs hatte Lili nicht reden können, weil ihre Zähne vor Kälte aufeinanderschlugen, und nach dem Wechseln der Kleidung hatte sie nur nach einer Decke verlangt und sich stumm auf das Sofa verzogen.

Verstohlen warf Sibeal einen Blick auf ihre Armbanduhr. Sie hatte knapp in einer Stunde Dienst in der Suppenküche. Natürlich brannte sie darauf, vorher zu erfahren, was auf Scatwell Castle geschehen war, denn die Gerüchteküche brodelte seit Tagen.

»Haben Sie schon gehört, Lady Sibeal, Isobels Verlobter soll die liebe Rose entführt haben.«

Sibeal hatte die Klatschbase daraufhin angefaucht: »Reden Sie doch nicht solchen Unsinn!«

Nein, das hatte sie partout nicht glauben wollen, wenngleich es sie verwunderte, dass sie von Lili seit ihrem Telefonat an Hogmanay nichts mehr gehört hatte. Bis sie eben unangemeldet vor ihrer Tür gestanden hatte.

Lady Ainsley aber hatte in hämischem Ton erwidert: »Dann fragen Sie Ihre Freundin doch mal, warum die gute Rose nach den Ferien nicht nach St. Georges zurückgekehrt ist. Und warum die Köchin am Telefon behauptet hat, Rose liege im Bett, als meine Tochter Caitronia sie am letzten Wochenende hatte sprechen wollen.«

Sibeal hatte nur unwirsch gemurmelt: »Rose ist krank!«

»Ach ja, weil sie Isobels Verlobten an Hogmanay vor den Augen aller Gäste schöne Augen gemacht hat? Sie soll mit dem Kerl durchgebrannt sein! Denn warum lebt Isobel wohl jetzt in Beauly im Haus dieser McDowells? Und überhaupt, wer ist dieser Lord Fraser? Ich erinnere mich jedenfalls nicht, dass mein Vater einen Verwandten dieses Namens hat. Aber ich werde mich mal bei meiner alten Tante erkundigen. Die kennt den Stammbaum in- und auswendig.«

Obwohl sich Sibeal über den geifernden Ton der Lady geärgert hatte, war sie auch ein wenig verschnupft über Lili und deren schlechte Angewohnheit, sich zurückzuziehen, wenn wirklich etwas Schlimmes geschehen war. Wie im letzten Jahr nach Dustens Tod.

»Ich weiß gar nicht, wo ich anfangen soll«, riss Lilis Stimme Sibeal aus ihren Gedanken.

»Was ist geschehen seit Hogmanay?«

Lili räusperte sich ein paarmal, bevor sie stockend mit ihrem Bericht begann. Sie ließ nichts aus. Weder Roses und Isobels hässlichen Streit in der Diele vor den Gästen, noch die Rede des Halunken bei Tisch und wie er eine Schweigeminute für Dusten gefordert hatte. Es erleichterte sie, es der Freundin anzuvertrauen, doch dann, als sie zum Wesentlichen kam, zögerte sie, weil sie einen Kloß im Hals verspürte, der ihr das Weitersprechen erschwerte.

Sibeal hatte sich inzwischen zu ihr aufs Sofa gesetzt und streichelte ihr die Hand. Angesichts dieser tröstenden Geste verlor Lili die Fassung. Sie schluchzte laut auf. Wie ein verzweifeltes Kind, doch dann wurde es unvermittelt still.

»Ich werde den Kampf gegen ihn aufnehmen!«, sagte Lili nun mit fester Stimme.

»Wenn du mir jetzt auch noch verrätst, ob die Gerüchte stimmen, dass Rose mit ihm durchgebrannt ist, bin ich dabei!«, entgegnete Sibeal.

Lili wischte sich mit dem Ärmel des Wollkleids ihrer Freundin die Tränen aus dem Gesicht, bevor sie ihr alles haarklein berichtete bis hin zu dem Besuch bei Isobel auf dem Weg hierher. Als sie fertig war, blickte sie Sibeal aus großen traurigen Augen an. »Und ich wollte dich fragen, ob du mich begleitest, wenn ich mir dieses Haus auf der Black Isle gleich einmal aus der Nähe anschaue.«

»Gern, so gefällst du mir schon wieder viel besser«, erwiderte Sibeal. »Aber es geht erst am Nachmittag. Ich bin heute Mittag in der Suppenküche unten am Fluss im Dienst. Vielleicht magst du mich begleiten, und wir fahren später?«

»Sicher, ich helfe dir. Ich habe schon gehört, dass das Elend auch vor Inverness nicht haltmacht.«

»Nein, die Werftindustrie ist komplett zusammengebrochen, und es kommen auch schon Arbeitslose aus Glasgow, weil die Stadt unter der Last der Arbeitslosen bald kollabiert.«

»Und ich heule mir die Augen aus dem Kopf, weil so ein Halunke meine Tochter entführt hat«, erklärte Lili beinahe entschuldigend.

»Hör mal, Liebes, das kann man doch nicht vergleichen. Das würde jede Mutter auf die Barrikaden bringen. Und es ist überhaupt keine Frage, dass wir sie zurückholen. Wir müssen …« Sibeal hielt mitten im Satz inne und verfiel ins Grübeln. »Was denkst du? Wie bekommen wir heraus, wohin er Rose verschleppt hat? Dann hetzen wir ihm die Polizei auf den Hals.«

Lili kaute auf ihrer Unterlippe herum, doch dann griff sie in ihre Umhängetasche, holte Roses Brief hervor und reichte ihn der Freundin. Sibeal wurde beim Lesen zunehmend blasser. Schließlich hob sie den Kopf und sah Lili lange an. Ihr Blick verhieß nichts Gutes. Im Gegenteil, er ließ das Schlimmste befürchten. Und das wäre, wenn ihre Freundin, die größte Optimistin der Highlands, keinen Rat mehr wusste.

»Oh Gott, Lili, du hast vergessen mir zu sagen, dass der Mistkerl sie geheiratet hat. Damit kannst du sie nicht mehr nach Hause holen, wenn sie es nicht will … und so wie sie schreibt, ist sie ja ganz hin und weg von dem Burschen.«

Lili stöhnte laut auf. »Das hat der Inspektor auch gesagt. Ich habe keine Handhabe, wenn sie seine Frau ist. Und trotzdem, ich kann sie ihm doch nicht einfach überlassen!«

Sibeal erhob sich vom Sofa. »Wir werden einen Weg finden«, seufzte sie. Das klang wenig überzeugend. »Aber jetzt sollten wir uns langsam aufmachen. In der Suppenküche wird jede Hand gebraucht.«

Lili nickte und stand auf. »Und was ist mit Edward und dir?«

»Wir haben uns vorerst geeinigt. Ich lebe in diesem Haus und er in seiner Wohnung in London. Auf seinen ausdrücklichen Wunsch bleiben wir erst einmal verheiratet und tun so, als wäre alles in Ordnung. Seine Geliebte wohnt bei ihm – als seine Haushälterin –, und wenn in Inverness ein gesellschaftliches Ereignis ansteht, zu dem er unbedingt anwesend sein muss, begleite ich ihn als seine liebende Gattin.«

»Aber das ist ja entsetzlich. Ich weiß doch, wie zuwider dir jede Art von Heuchelei ist.«

Sibeal lächelte gequält. »Solange ich ihn selten sehen muss, ist es mir herzlich gleichgültig, zumal ich auf diese Weise noch einen Zugriff auf sein Vermögen habe. Und damit kann ich so viel Gutes tun. Mal sehen, wie lange das noch gutgeht.« Sie lachte einmal kurz auf. »Unser Arrangement fände ein schnelles Ende, wenn Lady Ainsley davon Wind bekäme, aber ihre Fühler reichen kaum über Inverness hinaus.«

Lili sah verlegen an sich herunter.

»Hoffentlich sind meine Sachen wieder trocken.«

Sibeal machte eine abwehrende Geste. »Du behältst mein Kleid an. Es ist elegant, aber nicht so überkandidelt, dass du in der Armenküche unangenehm auffällst«, erklärte sie streng.

Lilis Stimmung hatte sich tatsächlich etwas aufgehellt, als sie gemeinsam mit Sibeal in die Diele ging und sie sich ihre Mäntel anzogen. Sogar zu einem Schmunzeln konnte sie sich durchringen, denn Sibeal bestand wie erwartet darauf, dass sie fuhr. Sie war eine hervorragende Autofahrerin, aber eine grauenhafte Beifahrerin.

Es regnete immer noch in Strömen, als Sibeal wenig später mit ihrem Auto aus der Garage fuhr.

»Wenn ich nur wüsste, wo ich größere Räume herbekommen könnte«, bemerkte Sibeal mehr zu sich selbst, als sie links in die Straße einbogen, die am River Ness entlangführte.

»Wozu?«, fragte Lili interessiert.

»Die Speisung ist in einem alten Schulhaus, aber da gibt es nur zwei große Räume. Sie sind ungeheizt. In der Küche geht es ja, aber an der Essenausgabe ist es erbärmlich kalt. Am besten wäre ein Gebäude, in dem man auch übernachten kann. Viele haben kein Dach über dem Kopf, und wenn der Schnee doch noch kommt …«

In diesem Augenblick holperte der Wagen durch eine Pfütze, und das Wasser spritzte zu allen Seiten. Dann hielt Sibeal vor einem heruntergekommenen Haus.

»Du kannst auch solange im Wagen bleiben«, schlug Sibeal der Freundin vor. »ich habe heute nur den Mittagsdienst.«

»Ich denke nicht daran«, entgegnete Lili empört. »Ich möchte helfen.«

»Dann komm schnell, damit wir nicht völlig durchnässt im Haus ankommen.«

Lili stockte der Atem, als sie die Tür öffnete und einen Blick in den Saal warf. Dutzende von frierenden Menschen standen geduldig in einer Schlange vor einem langen Tisch und warteten. Besonders der Anblick der vielen Kinder erschreckte sie.

»Hallo, Leute«, rief Sibeal völlig unbeschwert in die Menge.

Sie erhielt ein Vielfaches: »Guten Tag, Lady Sibeal« zur Antwort.

Fast schüchtern folgte Lili ihr bis hinter den Tisch, auf dem einfache Teller und Besteck gestapelt waren.

»Mädels, bringt das Essen!«, befahl Sibeal mit ihrer durchdringenden, rauchigen Stimme. Nur wenige Augenblicke später kamen aus dem Nebenraum junge Mädchen mit dampfenden Töpfen und Pfannen herbeigerannt.

»Black pudding und Kartoffeln!«, erklärte die Freundin, während sie die erste Portion auf einen Teller austeilte und ihn dem Ersten in der Reihe mit einem Lächeln überreichte.

»Und das schaffst du sonst ganz allein?«, fragte Lili sichtlich beeindruckt.

»Nein, wir sind immer zu zweit, aber es kann sein, dass mein Mitstreiter heute bei Gericht aufgehalten wurde. Deshalb wäre es gut, wenn du dich dort hinten hinstellst. Dann arbeiten wir von zwei Seiten.«

»Ihr könnt auch zu meiner Freundin gehen. Das ist Misses Munroy!«, verkündete sie. Und sofort wurde Lili im Chor begrüßt. Sie errötete ein wenig, bevor sie beherzt anpackte und das Essen an die Armen verteilte. Nach ein paar Tellern war es gar nicht mehr so schwierig, und sie traute sich, den Menschen ins Gesicht zu sehen, ihnen zuzulächeln, und ihnen ein paar freundliche Worte zu schenken, wie Sibeal es tat. Sie versuchte dabei, die schneidende Kälte zu vergessen, die in diesem Gebäude herrschte. Wie soll es erst werden, wenn der Winter mit aller Macht über die Highlands kommt, schoss es ihr durch den Kopf. Dann konzentrierte sie sich wieder auf ihre Arbeit.

Je länger sie in diese ausgemergelten Gesichter blickte, besonders die der Kinder, desto weniger haderte sie mit ihrem eigenen Schicksal, das ihr mit einem Mal nicht mehr so hoffnungslos erschien. Diese Menschen konnten sich nicht einfach ins warme Federbett legen und Trübsal blasen. Und dass sie ihnen wenigstens ein kleines bisschen helfen konnte, gab ihr ein befriedigendes Gefühl.

Sie wurde aus ihren Gedanken gerissen, als eine junge Frau den Teller nicht gierig ergriff wie die anderen, sondern zögerte. Als Lili in ihr schmales Gesicht blickte, erkannte sie die Scham in den Augen dieser Frau.

»Nehmen Sie es ruhig. Es kommt von Herzen«, ermutigte Lili die Fremde, deren Kopf in ein schwarzes Wolltuch gehüllt war. Nur eine blonde Strähne lugte hervor.

»Ich habe meinem Mann sein Essen immer mit eigenen Händen zubereitet, bis …« Sie stockte und sah Lili aus traurigen Augen an. »Entschuldigen Sie, Misses Munroy, ich will Sie nicht mit meiner Geschichte langweilen. Jeder hier hat eine ganz ähnliche.«

»Bitte, erzählen Sie doch«, ermunterte Lili die Frau, obwohl die hinter ihr Wartenden bereits ungeduldig wurden. Es ging ein Murren durch die Reihe.

»Nachdem mein Mann seine Arbeit auf der Werft verloren hatte, begann er zu trinken, und eines Tages haben sie ihn tot aus dem River Ness gefischt. Und mich will der Wirt aus der Wohnung werfen, weil er Frauen allein nicht beherbergt. Außerdem kann ich ja eh die Miete nicht mehr zahlen.« Die Frau schlug verzweifelt die Hände vors Gesicht.

»Warten Sie nachher auf mich, ich habe eine Stellung für Sie«, hörte sich Lili da bereits raunen. Ungläubig ließ die Frau die Hände sinken.

»Wirklich?«

Lili nickte kurz und drückte ihr entschieden den Teller in die Hand. »Aber jetzt muss ich weitermachen. Die anderen werden schon unruhig. Und wir sehen uns gleich.«

Lilis Herz klopfte zum Zerbersten. Was hatte sie da nur getan? Sie wusste selbst nicht, wie es weitergehen sollte, konnte vielleicht bald Fiona und Bonnie nicht mehr bezahlen … Little Scatwell, dachte sie, Little Scatwell muss dringend verkauft werden!

»Schön, Sie wiederzusehen, Misses Munroy, und wie es scheint, haben Sie mich hier vertreten«, ertönte nun eine reservierte, ihr aber nur zu bekannte Stimme hinter ihr. Lilis klopfendes Herz wollte schier zerbersten. Sie fuhr herum und blickte direkt in Liam Brodies graugrüne Augen. Es durchfuhr sie wie ein Blitzschlag. Er sah gut aus, sehr gut sogar. Besser, als er aussehen sollte. Besser, als es gut für sie war. Und es war ja nicht nur sein Aussehen, das ihre Knie leicht zum Beben brachte, nein, es war seine Art, seine Ausstrahlung …

»Ich, äh, ich … also ich muss mich entschuldigen, ich …«, stammelte sie.

»Später!« Liam berührte für einen Moment ihren Arm, bevor er sich von ihr abwandte und rief: »Hier gibt es eine dritte Reihe!«

Und schon stoben etliche Wartende hinüber zu Liam.

Wie in Trance befüllte Lili weiter die Teller der hungrigen Menschen, während sie immer noch die Hand auf ihrem Arm fühlte. Die Gedanken wirbelten in ihrem Kopf wild durcheinander. Ob sie sich leise davonschleichen sollte, nachdem sie fertig war? Doch was würde Sibeal sagen? Und überhaupt, hätte sie einen Augenblick nachgedacht, hätte sie darauf kommen müssen, dass Liam der verspätete Mitstreiter sein würde. Er hatte ihr doch ausführlich von der Armenküche berichtet. Warum war er so freundlich zu ihr gewesen? Oder war das etwa nur gespielt gewesen? Er musste doch tödlich beleidigt sein, dass sie sein sicher freundschaftlich gemeintes Angebot missverstanden hatte. Wie hatte sie ihn nur einen Augenblick lang für einen miesen Kerl halten können, der sich damit ihre Liebe hatte erkaufen wollen? Und warum reagierte sie so intensiv auf sein Erscheinen? Er war doch nur ihr Anwalt, besser gesagt, ihr ehemaliger Anwalt, ein Freund des Hauses …

»Auf wen warten Sie?«

Erneut war es Liams Stimme, die sie aus ihren Grübeleien auf den Boden der Tatsachen zurückholte. Lili war so in Gedanken versunken gewesen, dass sie überhaupt nicht bemerkt hatte, dass der Letzte aus der Schlange sein Essen bekommen hatte. Sie hatte es gar nicht wahrgenommen, sondern versonnen mit einem leeren Teller in der Hand einfach nur so dagestanden.

Fast zärtlich nahm Liam ihr den Teller aus der Hand. Ihre Blicke trafen sich.

Ich muss mich bei ihm entschuldigen, ich muss, dann habe ich es hinter mir, durchfuhr es Lili eiskalt. Und ohne weiter darüber nachzudenken, war sie schon damit herausgeplatzt.

»Liam, ich schäme mich so furchtbar, dass ich Sie missverstanden habe oder auch missverstehen wollte, weil mir diese Nähe zu Ihnen einfach unheimlich …«

Weiter kam sie nicht, denn Sibeal trat hinzu, und sie war keine, die das in Stille tat.

»Warum hast du mir nicht gesagt, dass dein Mitstreiter Liam ist?«, entfuhr es Lili beinahe vorwurfsvoll.

Sibeal lachte aus voller Kehle. »Ich hatte gar nicht daran gedacht, dass ihr euch kennt. Dann hätte ich dir natürlich angekündigt, dass euer Anwalt mein Mitkämpfer ist. Und ein guter ...«

Sie klopfte ihm freundschaftlich auf die Schulter.

Er lächelte sie an. »Ja, Lady Sibeal und ich sind ein gutes Gespann, wenn es darum geht, dem gesellschaftlichen Leben zu entrinnen und etwas Sinnvolles mit unserer Zeit anzufangen.«

Sibeal verzog sorgenvoll ihr Gesicht. »Liam, wir müssen unbedingt andere Räumlichkeiten finden. Dieses Haus ist viel zu klein, und wir brauchen Unterkünfte für diejenigen, die ihre Wohnungen verloren haben. Jedenfalls vorübergehend.«

»Sie haben recht, Lady Sibeal, was meinen Sie, was ich schon alles angestellt habe, um etwas zu finden. Etwas, das auch näher im Zentrum liegt.«

Lili lauschte dem angeregten Gespräch der beiden mit gemischten Gefühlen. Sie verspürte eine Sehnsucht, auch etwas Sinnvolles zu tun, wie damals, als sie noch Lehrerin auf der St. Georges gewesen war, und sie bedauerte einmal mehr, dass sie nicht die finanziellen Mittel besaß, etwas zu diesem Unternehmen beizutragen. Wenn sie ein Haus wüsste, das ... Lili hielt inne, denn mit einem Mal tat sich ein Bild vor ihrem inneren Auge auf. Sie sah die Bedürftigen in das Geschäftshaus in Inverness gehen. Und in den oberen Etagen, da wären sogar ein paar Zimmer für die Armen, die ihre Miete nicht mehr zahlen konnten.

Lili hatte den Gedanken noch nicht zu Ende gedacht, da platzte sie auch schon mit ihrer Idee heraus. »Wäre unser Geschäftshaus in der Church Street nicht das geeignete Gebäude?«

Lady Sibeal und Liam sahen sie erstaunt an.

»Aber sicher, das wäre ideal«, erwiderte Liam, doch sein skeptischer Blick sagte etwas anderes.

»Ja, dann sollten wir es schnell angehen«, erwiderte Lili hastig.

»Gern, aber gab es da nicht ein kleines Problem? Gehört das Haus nicht Ihren Töchtern? Vielleicht sollten Sie Isobel und Rose vorher fragen.«

Nun warfen sich Sibeal und Lili einen intensiven Blick zu.

Lili räusperte sich. »Das ... das ist zurzeit nicht so einfach«, stieß sie gepresst hervor. Sie senkte den Kopf, bevor sie gequält ergänzte: »Rose ist fort. Ich weiß nicht, wo sie ist. Dieser Lord Fraser hat sie mitgenommen und geheiratet.«

»Rose? Ich denke, er war mit Isobel verlobt.« Der Anwalt schien verwirrt.

»Das ist genau das Problem«, mischte sich Sibeal ein. »Rose ist mit dem Kerl auf und davon, und Isobel hat sich tief gekränkt nach Beauly zurückgezogen.«

Liam kratzte sich verlegen am Kopf. »Das ist in der Tat verworren.«

»Aber das Haus steht leer, bis auf Isobel, die manchmal am Wochenende dort übernachtet«, widersprach Lili energisch. »Wenn wir Isobels Einverständnis einholen, das Haus vorübergehend für die armen Menschen zu nutzen, würde das genügen, nur ...« Sie stockte.

»Du traust dich nicht, sie zu fragen, nicht wahr?«, fragte Sibeal mitfühlend.

Lili hob die Schultern. »Sie möchte im Moment nicht mehr mit mir sprechen. Für sie stellt sich das Ganze so dar, als ob Rose an allem schuld ist.«

»Blödsinn!«, schimpfte Liam. »Ich habe doch gleich gewusst, dass dieser Kerl mit Vorsicht zu genießen ist. Wie gut, dass Isobel so vernünftig war, ihm ihr Vermögen nicht in den Rachen zu werfen, beziehungsweise diesem windigen Banker.«

Lili kämpfte mit sich, ob sie ihm die Wahrheit sagen und ihn beauftragen sollte, Isobels Vermögen zurückzuholen und den Mann ..., doch bevor sie den Gedanken zu Ende geführt hatte, wusste sie, dass ein solcher eigenmächtiger Schritt Isobel nur noch mehr gegen sie aufbringen würde. Sie würde ihr unterstellen, sie täte das nur, um auf diese Weise Rose zurückzugewinnen … Und hätte sie nicht recht?

»Und wenn ich mit ihr spreche?«, hörte sie ihre Freundin von Ferne sagen. »Ich kann mir nicht vorstellen, dass Isobel etwas dagegen hätte. Im Gegenteil, ich denke, sie befürwortet dieses Unternehmen.«

Lilis und Liams Blicke trafen sich, doch sie wandte sich rasch ab. Er schaute so wissend. Ob er ahnt, dass ich ihm etwas Wichtiges verschweige, schoss es Lili verschämt durch den Kopf, während sie sich energisch ihrer Freundin zuwandte.

»Das würdest du wirklich tun?«

»Natürlich, mir liegt diese Geschichte am Herzen, und ich werde nichts unversucht lassen, ein solch prachtvolles Gebäude für unsere Zwecke zu ergattern«, erklärte Sibeal lächelnd und fügte dann hastig hinzu: »Aber das schaffen wir nicht allein. Wir brauchen Leute, die sich darum kümmern, die mit im Haus wohnen und alles organisieren.«

Lili fiel siedendheiß die junge Frau ein, die sie für eine Stellung auf Scatwell Castle angeworben hatte.

»Wäre denn Geld da, die Leute zu bezahlen?«, fragte sie zaghaft.

»Mein Gatte ist zwar gar nicht begeistert, aber Kleider habe ich genug, und die Feste langweilen mich. Ich denke schon, dass ich etwas dazu beisteuern könnte.«

»Ich auch«, pflichtete ihr Liam bei.

Lili atmete tief durch. »Gut, ich könnte meinen Riley verkaufen und Little Scatwell«, sagte sie, während sie sich suchend im Raum umsah. Die junge Frau stand nahe der Tür, so als glaubte sie nicht mehr an die Stellung, die ihr die Misses versprochen hatte. Lili aber eilte auf sie zu und bat sie, sich zu ihnen zu gesellen. Zögernd folgte ihr die junge Frau. Scheu begrüßte sie Liam und Lady Sibeal.

»Das ist Misses …« Lili stockte. Es war ihr äußerst peinlich, aber sie kannte ja nicht einmal ihren Namen.

»Mhairie. Ich heiße Mhairie«, kam ihr die junge Frau zuvor.

Lili huschte ein Lächeln über das Gesicht. Sofort musste sie an Großmutter Mhairie denken. Wenn das kein gutes Omen war!

»Ein schöner Name«, sagte sie. »Wir wollten Sie fragen, ob Sie statt in meinem Haushalt zu arbeiten, auch unsere Mitarbeiterin in der neu geplanten Armenküche in der Innenstadt werden würden?«

Mhairies Augen, die eben noch vor Trauer trüb gewesen waren, leuchteten.

»Ich kann kochen, putzen, ich kann nähen …«, erklärte Mhairie eifrig.

»Dann sind Sie bei uns richtig«, lachte Liam. »Und könnten Sie noch ein paar Freundinnen fragen, ob sie mit von der Partie wären?«

»Aber natürlich, Sir, das wäre eine Freude für uns!« Sie hielt inne. »Es ist nur so, wir haben alle keinen Penny mehr und auch bald kein Dach mehr über dem Kopf, dann können wir nicht mehr in der Stadt bleiben.«

»Machen Sie sich keine Sorgen, Mhairie. Sie bekommen einen Lohn und wohnen könnten Sie in unserem neuen Haus mitten in Inverness.« Lili hatte vor lauter Begeisterung gerötete Wangen bekommen. »Wenn Sie in den nächsten Tagen wieder hier sind, wissen wir, ob alles nach unseren Plänen läuft. Sonst nehme ich Sie mit nach Scatwell Castle.«

Mhairie bedankte sich überschwänglich, bevor sie davoneilte.

»Na, dann sollten wir aber auf dem Weg nach Fortrose einen kleinen Umweg über Beauly machen. Und ich klopfe deine Tochter weich, während du brav im Wagen wartest«, bemerkte Sibeal trocken.

»Sie wollen wirklich nach Fortrose?«, fragte Liam interessiert.

»Ja, ich muss dieses verdammte Haus mit eigenen Augen sehen und ich hoffe auch, dass meine Kleine dort inzwischen eingetroffen ist, obwohl sie mir in ihrem Brief geschrieben hat, dass sie noch ein wenig mit dem Halunken durch die Weltgeschichte reist.«

Liam lachte trocken auf. »Na, sie wird wohl kaum vom ›Halunken‹ geschrieben haben.«

»Nein, so nenne nur ich ihn«, gab Lili seufzend zu.

»Lili, tun Sie mir einen Gefallen?«

»Ja?«

»Behalten Sie den Riley. Sie brauchen ihn, aber was Little Scatwell angeht, sollten Sie das Anwesen wirklich verkaufen wollen, dann würde ich Ihnen nach wie vor meine Dienste anbieten und einen solventen Käufer finden.«

»Das würden Sie wirklich tun nach allem, was ich Ihnen …« Sie brach mitten im Satz ab und sah verlegen zur Seite.

»Ich schlage vor, ich suche Sie morgen am Vormittag auf, und dann besprechen wir die Einzelheiten«, unterbrach der Anwalt sie geschäftsmäßig.

»Ja, gut, aber ich würde morgen auch gern herkommen und euch wieder helfen«, erwiderte Lili verunsichert.

»Das ist nicht nötig, liebe Lili, morgen sind andere Herrschaften aus der feinen Gesellschaft vor Ort. Es ist ja nicht so, dass der gute Mister Brodie und ich den Laden allein schmeißen«, mischte sich Sibeal verschmitzt ein. »Aber wir freuen uns natürlich riesig, wenn wir dich in Zukunft mit einteilen dürfen.«

»Allerdings, dann bis morgen, Lili«, sagte Liam freundlich.

Lili war völlig irritiert.

Warum wollte er nach allem, was sie ihm an den Kopf geworfen hatte, überhaupt noch für sie arbeiten? Nun gut, sie hatte sich entschuldigt, aber schob er das Geschäftliche nicht nur vor, um ihr unter vier Augen die Meinung zu sagen?

Lili kam jedoch nicht mehr dazu, Einwände gegen seinen Besuch zu erheben, denn der Anwalt hatte sich bereits herzlich von Sibeal verabschiedet und auf dem Absatz kehrtgemacht.

Kaum war die Tür hinter ihm zugefallen, wandte sich Sibeal, die offenbar vor Neugier platzte, an die Freundin.

»Gibt es etwas zwischen Mister Brodie und dir, das ich wissen sollte?«, fragte sie mit gespielter Strenge.

Lili errötete bis unter die Haarwurzeln.

»Nein, er ist nur unser Anwalt, aber das weißt du doch«, entgegnete sie sichtlich verlegen.

Sibeal lachte, legte ihr den Arm um die Schulter und zog sie mit sich fort.

»Bis Fortrose ist es bei diesem Sauwetter ein weiter Weg, und im Wagen lässt es sich doch immer blendend plaudern«, frotzelte Sibeal, als sie nach draußen traten.

Der Regen war ein wenig schwächer geworden, aber die dunklen Wolken, die tief über dem River Ness hingen, verhießen nichts Gutes.

34

Lili war es nicht unlieb, einen Augenblick Zeit für sich allein zu haben. Es gab sicher etwas Gemütlicheres, als an einem regnerischen Tag in einem zugigen Wagen auf die Weiterfahrt zu warten, aber das war Lili angenehmer, als Sibeal Rede und Antwort zu stehen.

Auf dem Weg nach Beauly hatte Lili es geschickt verstanden, immer wieder vom Thema »Mister Brodie« abzulenken. Aber ob ihr das auf der Fahrt zur Black Isle gelingen würde, wagte sie zu bezweifeln.

Der Gedanke, ihrer Freundin zu gestehen, wie kindisch sie sich Liam gegenüber in der Bar des Highland Hotels benommen hatte, behagte ihr gar nicht. Noch weniger als die Vorstellung, dass sie am morgigen Tag mit ihm allein sein würde.

Sie konnte den Gedanken nicht zu Ende führen, weil schwungvoll die Fahrertür aufgerissen wurde. Eine Wolke von Chanel No. 5 hüllte sie ein, während Sibeal gut gelaunt ihren Platz einnahm.

Bevor Lili fragen konnte, wie das Gespräch mit Isobel gelaufen war, nahm Sibeal die Antwort bereits vorweg. Ihre Stimme überschlug sich beinahe vor Begeisterung.

»Sie ist mehr als angetan von der Idee und will bei uns mitmachen, soweit es ihre Zeit als angehende Direktorin der Grundschule zulässt. Sie schlägt vor, nur die persönlichen Räume von Großmutter Mhairie, Caitlin und ihr Zimmer in der oberen Etage unberührt zu lassen, aber im Erdgeschoss und dem ersten Stock haben wir freie Bahn!«

»Das ist eine gute Nachricht«, entgegnete Lili leise. Natürlich freute sie sich, aber trotzdem machte ihr der Gedanke, dass sie nicht selbst mit Isobel gesprochen hatte, das Herz schwer.

»Ach, Liebes, das wird schon wieder mit euch beiden. Lass ihr

Zeit. Schau mal, das ist doch für sie schließlich auch nicht einfach. Sie hat den Eindruck, dass dich bei der ganzen Sache ausschließlich das Wohl von Rose interessiert.«

»Aber das ist nicht wahr. Natürlich tut sie mir leid, aber es ist nicht fair, Rose die alleinige Schuld daran zuzuschieben und den Halunken ungeschoren davonkommen zu lassen!«

Lili unterbrach ihre Verteidigungsrede, als sich sanft Sibeals Hand auf ihre legte.

»Du tust ihr unrecht. Wenn du gehört hättest, wie sie über diesen Ganoven geschimpft hat!«

»Aber warum sagt sie mir das nicht?«

Sibeal stieß einen tiefen Seufzer aus. »Weil sie sich nun einmal in den Gedanken verbissen hat, dass du nur an Rose denkst, aber das gibt sich mit der Zeit. Was Isobel angeht, kannst du dich nur in Geduld üben. Viel wichtiger ist doch, wie wir Rose retten können, wobei …« Sie hielt nachdenklich inne.

»Sprich weiter!« Ungeduldig entzog Lili der Freundin ihre Hand.

»Isobel hatte ja immer eine eher blasse Hautfarbe, aber sie sieht krank aus, wenn du mich fragst. Ich habe ihr geraten, bei Gelegenheit einmal Doktor Gray aufzusuchen.«

»Aber warum spricht sie mit dir und nicht …« Lili brach ab. »Entschuldige, ich bin so durcheinander, dass ich ganz vergesse, dir zu danken für das, was du für uns tust.«

»Hat das vielleicht etwas mit unserem gut aussehenden Mister Brodie zu tun?«, fragte sie verschmitzt.

»Dummes Zeug. Nun fahr endlich! Sonst kommen wir nie in Fortrose an!«

»Wie du meinst«, entgegnete Sibeal in gespielt beleidigtem Ton und ließ den Wagen an. »Ich höre!«, ergänzte sie, während sie das Fahrzeug zurück auf die Straße chauffierte.

Lili aber blieb stumm, und Sibeal hielt ebenfalls ihren Mund. Sie schien einzusehen, dass es keinen Sinn hatte, ihre Freundin mit neugierigen Fragen zu löchern. So fuhren sie, nachdem sie den kleinen Ort Dingwall durchquert hatten, eine Zeitlang schweigend durch das Hochland. Zu ihrer Rechten tauchte bald der Moray Firth auf und mit ihm die Hügel, die sich auf der anderen Seite sanft hinter ihm erhoben.

»Dieser Anblick ist selbst bei diesem Wetter atemberaubend«, raunte Lili in das Schweigen hinein. »In dieser Ecke war ich noch nie. Es ist bezaubernd schön. Wie muss es erst sein, wenn die Sonne scheint?«

Sibeals Antwort war ein heiseres Lachen. »Gut, dann reden wir über das Wetter oder die Schönheit der Black Isle. Aber wenn schon, dann würde ich gern wissen, warum es Isle heißt? Es ist doch gar keine Insel.«

»Ganz einfach, weil die Black Isle im Gälischen An t-Eilean Dubh heißt, und Eilean sowohl Insel als auch Halbinsel bedeutet.«

»Es ist doch immer gut, eine Lehrerin zur Freundin zu haben«, ulkte Sibeal.

»Dann frage ich mich natürlich, warum du das nicht wusstest? Schließlich hast du doch die kleinen Barone unterrichtet«, gab Lili scherzend zurück.

»Eben! Und die interessieren sich ausschließlich für ihr Schloss, ihr Land und ihren Clan. Aber ich kann dir alles erzählen über das Massaker von Glencoe und die Rolle der MacDonalds bei den Jakobitenaufständen. Und über unsere Heldin Flora MacDonald, die Bonnie die Flucht …«

Lili lachte. »Hör auf, ich weiß genau, dass dich das alles im Augenblick gar nicht interessiert und du nur wissen willst, was zwischen Liam Brodie und mir los ist, oder?«

»Aber nein. Ich möchte mit dir über Geschichte reden, über die liebreizende Landschaft, die im Regen versinkt«, erwiderte Sibeal schelmisch. »Aber du hast recht, wenn es nicht ganz so schüttet, dann ist der Blick auf den Firth traumhaft. Ja, du kannst, wenn du Glück hast, sogar Tümmler sichten. Vielleicht sollten wir nachher zur Spitze, nach Chanonry Point fahren und …«

»Liam Brodie …«

»Das mit einem kleinen Ausflug nach Chanonry Point meinte ich aber wirklich ernst!«

»Gut, machen wir, also Liam Brodie hat mir angeboten, nein, anders, also ich wollte, dass er Little Scatwell verkauft …«

»Warum? Um Himmels willen! Es gibt nichts Sichereres in diesen Zeiten als Land zu besitzen!«

Lili stöhnte auf. »Ich bin pleite!«

»Aber warum hast du das nicht gleich gesagt? Ich kann dir doch helfen!«

Lili verdrehte die Augen. »Genau deshalb habe ich es dir nicht gesagt. Alle wollen mir helfen, aber ich schaffe das schon allein. Ich will nicht klagen. Wenn das diese Menschen täten, denen ich heute eine warme Speise abgefüllt habe, aber ich habe genug, was mir bleibt!«

»Verzeih, aber ich habe es doch nur gut gemeint. Aber dein verdammter Stolz, der ist ja kaum zum Aushalten. Wozu sind denn Freunde da?«

»Ich weiß«, seufzte Lili und zuckte zusammen, als es in dem Wagen einen Ruck gab. »Was war das?«

»Die verdammten Schlaglöcher. Das ist eine Huckelpiste, aber nun erzähl schon!«

»Meinst du nicht, es ist besser, wir halten kurz an?«

Stöhnend bremste Sibeal mitten auf dem Weg. »Nun, was war mit Liam?«

»Er hat genau deine Worte benutzt. Dass Landbesitz zurzeit das Sicherste wäre, und dass er mir aushelfen würde, bis die weltweite Krise gebannt sei.«

»Ist er nicht ein toller Mann?«

»Ja, und ich Schaf habe daraufhin empört die Bar des Highland Hotels verlassen, und es hätte nicht viel gefehlt, und ich hätte ihm eine Ohrfeige verpasst.«

»Warum in aller Welt? Was ist bloß in dich gefahren?«

»Ich habe ihn missverstanden. Ich dachte, er wollte mich damit kaufen.«

»Schätzchen, hast du bei deiner Erzählung nicht etwas Wichtiges unterschlagen?«

Lili senkte den Kopf. »Er hatte mir zuvor gestanden, dass er mich verehrt und …«

Sibeal hob theatralisch die Hände. »Ein Glück hat diese Frau. Nicht zu fassen!«

»Ich finde das gar nicht komisch«, schnaubte Lili. »Er hat es als Freundschaftsdienst gemeint, und ich habe es in meiner Panik missverstanden. Ich möchte nämlich nicht, dass mir ein Mann zu nahe kommt. Und das wird sich in diesem Leben auch nicht mehr ändern!« Lili hatte gar nicht gemerkt, dass ihre Stimme immer lauter geworden war.

»Ist ja gut. Reg dich doch nicht so auf! Aber dafür war er äußerst charmant zu dir. Alle Achtung. Aber meinst du nicht, du solltest das weniger verbissen sehen. Ich meine, Dusten …«

»Ich will nichts mehr davon hören.«

»Gut, wir sind auch gleich da«, seufzte Sibeal, ließ den Wagen wieder an und fuhr weiter. Nach ein paar Minuten erreichten sie Fortrose, den kleinen Fischerort, der beschaulich zwischen sanften Hügeln und dem Moray Firth eingebettet war.

Als sie über das unebenmäßige Pflaster der Dorfstraße holperten, vermutete Lili zunächst, dass sie hier falsch waren, doch da deutete Sibeal bereits aufgeregt nach links.

»Dort oben, der Kasten muss es sein«, rief sie und folgte einem steinigen Weg die Steigung hinauf. Dort hielt sie und beide erstarrten, als sie die Fassade sahen. Sibeal stieg wie betäubt aus und blickte immer wieder fassungslos zwischen Lili und dem Haus hin und her.

Lili hatte den Wagen ebenfalls wie in Trance verlassen und sich die Faust vor den Mund gepresst, um nicht laut aufzuschreien. Die Fassade, vor der sie standen, glich der von Scatwell Castle bis ins kleinste Detail. Ob es der sechseckige Mittelbau war, von dem aus symmetrisch die beiden Flügel zu den Seiten abgingen, ob es die Farbe des groben, grau anmutenden Steins war oder die beiden Türme, die zu beiden Seiten auf den Flügeln thronten, ja sogar der an den linken Flügel angebaute edwardianische Teil mit dem gläsernen Vorbau war exakt Scatwell Castle nachgebaut. Nur das Efeu, das zu Hause die Mauern hochrankte, fehlte, denn das brauchte seine Zeit, um zu wachsen.

Sibeal stand mit offenem Mund da. Es geschah selten, aber dieses Abbild von Scatwell Castle hatte ihr glattweg die Sprache verschlagen.

Auch Lili brachte keinen Ton hervor, bis zu dem Augenblick, als ein untersetzter Mann in Arbeitskleidung aus dem Haus trat. Sofort eilte sie auf ihn zu.

»Ist der Besitzer da?«, fragte sie in scharfem Ton.

»Nö«, erwiderte der Mann.

»Wo ist er denn? Wann kommt er zurück?«, hakte sie nach.

»Weiß nich!«

»Kennen Sie ihn?«

»Wen?«

Lili ballte die Fäuste.

»Lord Fraser!«

»Nö, den kennt keiner. Ich bin der Zimmermann und habe die Einbaumöbel fertig gemacht.«

Ohne ein weiteres Wort wandte sich Lili von dem Mann ab und trat auf Sibeal zu, die das Haus immer noch anstarrte, als sei es eine Fata Morgana.

»Was hat das alles zu bedeuten, Sibeal?«

»Ich weiß es nicht, aber wenn du mich fragst, ein Zufall ist das nicht. Er muss Scatwell Castle gekannt haben, bevor ihr euch das erste Mal begegnet seid.«

Lili nickte und betrachtete das Abbild ihres Hauses noch einmal fassungslos. Ein kalter Schauer fuhr ihr durch alle Glieder.

35

Lili wachte mitten in der Nacht von ihrem eigenen Schreien auf. Sie hatte von einem Haus geträumt, in dem sich die Wände eines düsteren Zimmers von zwei Seiten auf sie zubewegten und sie zu zerquetschen drohten. Sie hatte sich mit aller Kraft dagegengestemmt. Vergeblich, doch im allerletzten Augenblick war sie aufgewacht.

Sie war hochgeschreckt und saß mit klopfendem Herzen senkrecht im Bett. An Schlaf war nicht mehr zu denken, denn sie war hellwach. Deshalb hatte es keinen Zweck, wenn sie liegen blieb. Sie würde sich ohnehin nur von einer Seite auf die andere werfen. Dann würden all diese Eindrücke des vergangenen Tages über sie hereinbrechen und im Schatten der Nacht noch bedrohlicher erscheinen als sie es ohnehin schon waren.

Sibeal hatte sie beschworen, doch bei ihr zu übernachten, weil es bei ihrer Rückkehr schon sehr spät gewesen und die Dunkelheit bereits eingebrochen war. Sie waren wirklich noch zur Landzunge gefahren und hatten in ein paar regenfreien Minuten die Gelegenheit wahrgenommen, am Strand entlangzuwandern. Auch der Wind hatte für eine Weile nachgelassen, sodass sie ihre Lungen mit der herrlich würzigen Luft hatten füllen können.

Lili huschte ein flüchtiges Lächeln übers Gesicht bei dem Gedanken, dass sie Sibeal selten so ratlos erlebt hatte. Sogar an Dustens Grab waren ihr noch tröstende Worte für die Freundin über die Lippen gekommen, aber das gespenstische Abbild von Scatwell Castle machte auch ihr schwer zu schaffen.

Wahrscheinlich hätte sie gern mit Lili bei einem Whisky vor dem Kamin ihres prächtigen Hauses über alles geredet, aber Lili hatte nur noch einen Wunsch gehabt: Sich in ihr eigenes Bett zu verkriechen, um den Spuk zu vergessen.

Der Rückweg war sehr beschwerlich gewesen, denn die Straßen

waren voller tiefer Pfützen, in die der Wagen tief einsank. Mengen an Wasser waren dabei bis zur Scheibe gespritzt. Dazu war ein heftiger Sturm aufgezogen. In immer kürzer werdenden Abständen hatten heftige Böen an dem Wagen gerüttelt.

Nachdem Lili die Brücke in Muir of Ord überquert hatte, war sie vom Dorfpolizisten angehalten worden. Er hatte ihr geraten, die Nacht in dem kleinen Ort zu verbringen, weil man befürchtete, dass der Conon jeden Augenblick die Straße überfluten würde, Lili hatte ihn allerdings überreden können, sie passieren zu lassen.

»Es wird nicht gerade in den nächsten dreißig Minuten geschehen«, hatte sie geseufzt. »Wenn es überhaupt passiert. Die Dämme schützen uns doch stets vor dem Schlimmsten. Ich habe zu Hause so viel zu tun. Das kann nicht bis morgen warten.«

Alai, der gutmütige Dorfpolizist, hatte sie daraufhin auf die Straße nach Strathconon fahren lassen. Sie war zwar nicht überschwemmt, aber eine Freude war dieses letzte Stück wahrlich nicht gewesen. Der Wind hatte eiskalt durch den Wagen gepfiffen, und ein paarmal hatte Lili Sorge, dass der Riley in einer schlammigen Pfütze steckenbleiben würde.

Durchgeschüttelt und verfroren war sie schließlich auf Scatwell Castle angekommen. Fiona hatte sie mit einem Erleichterungsschrei empfangen, als Lili durchnässt in die Diele getreten war.

»Ich habe mir schon solche Sorgen gemacht. Ich dachte, Ihnen wäre etwas zugestoßen. Mein Gott, haben Sie mir einen Schrecken eingejagt. Ich hatte befürchtet, der böse ...«

Lili hatte ihre Köchin in strengem Ton unterbrochen. »Sagen Sie jetzt nicht, der böse Fluch hätte mich umbringen können! Es war nur das schlechte Wetter. Ich habe hierher kriechen müssen. Es gibt keine Gespenster. Basta!« Sie sagte das noch nachdrücklicher als sonst. Damit versuchte sie, die eigene Angst vor einem drohenden Unheil, die sie seit ihrem Besuch in Fortrose beschlich und die sie einfach nicht mehr loswurde, zu betäuben.

Lili reckte sich und tastete nach der Nachttischlampe. Im Dunklen war es ihr plötzlich zu unheimlich.

Sibeal hatte versprochen, herauszufinden, wer die Bauarbeiten in Fortrose beaufsichtigt hatte und wann mit dem Bau des Hauses begonnen worden war. Sie waren sich in einem einig: Diese frappierende Ähnlichkeit der Fassaden war mit Sicherheit kein Zufall. Es gab zwar in den Highlands vereinzelt ähnlich gebaute Häuser wie Scatwell Castle, in denen sich die Besitzer bei dem Bau eines hochherrschaftlichen Farmhauses viktorianischer Stilelemente und später edwardianischer Zusätze bedient hatten. Aber das war lange her. Heutzutage würde niemand ein neues Haus auf diese Weise bauen, vor allem nicht mit Türmchen, die dem Ganzen etwas Schlossähnliches verleihen sollten.

»Sobald wir wissen, dass sie in dieser Fälschung von Scatwell Castle eingezogen ist, werden wir dem jungen Glück einen Besuch abstatten«, hatte Sibeal kämpferisch angekündigt.

Wenn es nur schon so weit wäre, dachte Lili betrübt, während sie unter der Bettdecke hervorkroch, sich aufsetzte und in ihre Hausschuhe schlüpfte. Sie griff sich den Morgenmantel, der im Tartan der Munroys gemustert war und der Dusten gehört hatte. Es war merkwürdig, aber darin fühlte sie sich geborgen, auch wenn er ihr viel zu lang und zu weit war und sie die Ärmel dreimal umkrempeln musste.

Nachdem sie die schweren Vorhänge beiseitegezogen hatte, musste sie feststellen, dass sich am Wetter immer noch nichts geändert hatte. Nein, so einen Dauerregen hatte sie wirklich noch nicht erlebt wie in diesem Januar 1932. Hastig zog sie die Vorhänge wieder zu und setzte sich an ihren Schreibtisch. Liebevoll strich sie über den Einband ihres alten Tagebuchs und öffnete es auf der letzten Seite. Wie Niall dieses Tagebuch gehasst hatte, nur, weil Caitlin ihre schrecklichen Erlebnisse auch einst einem Tagebuch anvertraut hatte. Lilis letzter Eintrag war vom vierten August 1914, dem schicksalhaften Tag, an dem der erste Weltkrieg ausgebrochen war. Damals war sie auf dieser Kur in Strathpeffer gewesen und hatte ihrem Tagebuch gestanden, dass sie so glücklich sei, weil sie gerade von ihrer Schwangerschaft erfahren habe. Ich hoffe, dass es unserer Ehe endlich das ersehnte Glück bringen wird, lautete der letzte Satz.

Rasch klappte sie das Tagebuch zu. Die Erinnerung tat weh. Und nun waren sie beide tot – Niall und Dusten. Doch Dusten hatte den schrecklichen Krieg wenigstens halbwegs unversehrt überlebt, wenn man von seiner Beinverletzung absah.

Entschieden legte Lili das Tagebuch zur Seite. Sie hatte sich nicht an den Schreibtisch gesetzt, um sentimentalen Erinnerungen nachzuhängen. Im Gegenteil, nun galt es, die Zukunft zu gestalten, und dazu gehörte eine Aufstellung, in der sie schriftlich festhalten wollte, wie sie die finanzielle Lücke zu schließen gedachte.

Nachdem sie ihre Liste erstellt hatte, las sie diese noch mal laut vor: »Little Scatwell verkaufen, Geld für Roses Schule und Studium zurücklegen, Das Angebot des Rinderbarons annehmen, ihm meine Tiere zu verkaufen. (Nachteil: geringer Preis pro Stück. Vorteil: er nimmt alle, ich habe einen Batzen Bargeld auf einmal, ergo: ich habe keine Wahl.) Unter dem Strich ein Geschäft, das mich rettet, muss den Preis noch hochtreiben, davon eine Summe für die Armenküche nehmen. Gehälter Fiona und Bonnie; Mister Brodie bezahlen, wenn er Little Scatwell verkauft hat; Kosten für den Detektiv begleichen. Riley behalten, die Uhr auch, eiserne Reserven.«

Befriedigt legte sie ihre Notizen beiseite. Es half alles nichts. Sie konnte es drehen und wenden, wie sie wollte. Sie war allein auf Scatwell Castle zurückgeblieben. Und sie war gezwungen, das Beste daraus zu machen.

Sie gähnte. Ob sie wohl doch noch schlafen konnte, ohne dass die Albträume sich auf sie stürzen würden wie die Geier auf ein Stück Aas?

Unsicher kehrte Lili zu ihrem Bett zurück und legte sich im Bademantel auf die Bettdecke. Sie glaubte nicht daran, dass sie wirklich einschlafen würde, doch bevor sie den Gedanken zu Ende führen konnte, hatte die Müdigkeit sie übermannt.

Sie erwachte nicht von einem Albtraum, sondern von aufgeregtem Geschrei, das durch das ganze Haus drang. Sie blickte auf ihre Uhr und erschrak. Es war bereits weit nach neun Uhr. So lange hatte sie seit Jahren nicht mehr geschlafen. Hektisch sprang sie aus dem Bett und rannte mit wehendem Morgenmantel die Treppen hinunter, denn der Lärm kam aus der Diele. Auf dem unteren Treppenabsatz blieb sie abrupt stehen und warf einen verwunderten Blick auf ihre Gäste. Es waren einige ihrer Nachbarn in schwerer Regenkleidung, die sich dort in der Diele versammelt hatten und aufgeregt durcheinanderredeten.

»Darf ich erfahren, was Sie herführt, meine Herren?«, fragte Lili laut und vernehmlich. Aller Augen waren nun auf die Hausherrin in ihrem karierten Morgenmantel gerichtet.

Nach einer Sekunde der Stille brach erneut ein verbales Inferno aus, bis einer der Nachbarn, der alte John Abercombie aus Scardoy, brüllte: »Ruhe! Wie soll die Lady auch nur ein Wort verstehen?«

Augenblicklich verstummten die vierschrötigen Farmer.

»Misses Munroy, ich habe eine schlechte Nachricht für Sie.«

Lili wurde blass. Hoffentlich nichts mit Rose, dachte sie bang.

»Der Conon ist über die Ufer getreten und hat an beiden Seiten furchtbare Überschwemmungen angerichtet.«

Lili atmete unmerklich auf. Sie war zunächst einmal erleichtert, dass das Erscheinen der Nachbarn nichts mit Rose zu tun hatte.

»Es hat Ihr Vieh erwischt. Über Ihre Weide rauschte ein Sturzbach von den Bergen herunter und riss alles mit sich. Keiner weiß, wie das geschehen konnte. Vielleicht hat es einen Erdrutsch gegeben, der den Verlauf umgeleitet hat. Jedenfalls hat der alte Baird Agnew versucht zu retten, was zu retten ist, aber dann haben ihn die Fluten …«

»Ihm ist doch nichts passiert, oder?« Lili wurde blass, als sie Johns betretenes Gesicht sah.

»Misses Munroy, wir haben seine Leiche noch nicht gefunden, denn es ist zu gefährlich, weiter danach zu suchen.«

»Aber dann besteht doch noch Hoffnung. Vielleicht hat er sich ja irgendwo festhalten können …«

John schüttelte bedauernd den Kopf. »Nein, und wenn, Sie können sich gar nicht vorstellen, was dort alles in den Fluten schwimmt. Die toten Rinder, Holz vom Stall. Wenn man nicht ertrinkt, dann wird man er…« John hielt inne und fügte hastig hinzu: »Akira hat ihn noch greifen wollen. Das haben wir von dieser Seite des Flusses beobachten können, aber wir waren nicht in der Lage, ihr zu helfen. Die Brücke ist überspült.«

»Aber wir müssen doch Akira retten«, entgegnete Lili mit Nachdruck.

John Abercombie sah sie betrübt an. »Sie hat sich so an ihn geklammert, dass der Strom sie mit sich gezogen hat …«

Lili schlug die Hand vors Gesicht.

»Und Akira haben wir bereits gefunden.«

Lili ließ entsetzt die Hände sinken. »Oh nein!«

»Wir haben sie mitgebracht und wollten fragen, ob wir sie bei Ihnen lassen könnten.«

Lili nickte, obwohl sie das alles noch gar nicht glauben wollte. Das war wie ein schlechter Traum. Vielleicht würde sie gleich aufwachen und … Ein lautes Wehklagen von Fiona und Bonnie, die leichenblass zwischen den Nachbarn standen, zerschlug diese Hoffnung.

»Bringt sie nach oben in Roses Zimmer!«, befahl Lili mit bebender Stimme. »Ich ziehe mir schnell etwas an, und dann sehe ich mir die Verwüstung an.« Sie drehte sich auf dem Absatz um und kam ein wenig ins Schwanken. Ihr wurde schwindlig, doch schon griffen mehrere kräftige Männerhände nach ihr.

Lili aber atmete ein paarmal tief durch und verkündete energisch: »Es geht schon. Es ist der Schock, aber ich bin gleich zurück.«

Sie hielt sich vorsichtshalber am Geländer fest, als sie langsam die Treppe hochging. Hinter ihr wurde sofort wieder Gemurmel laut.

Lili eilte in ihr Schlafzimmer und zog sich ihre Reithosen an, dazu einen ihrer dicken Pullover von den Shetlandinseln. In ihrem Kopf war alles leer. Sie fühlte kaum etwas. John hat recht, es ist der Schock, dachte sie, während sie in ihre Regenstiefel schlüpfte.

Das Gemurmel der Männer verstummte, als sie fertig angezogen oben an der Treppe erschien.

»Ich weiß nicht, ob das so gut ist, wenn Sie sich hinaus in den Sturm wagen. Es ist ein wahres Inferno dort draußen« gab John vorsichtig zu bedenken, aber Lili machte eine abwehrende Handbewegung.

»Ich muss es mit eigenen Augen …« Sie verstummte, als zwei der Männer eine Bahre an ihr vorbeitrugen. Über Akiras Gesicht hatten man ihren Plaid gedeckt.

»Warten Sie«, sagte Lili mit heiserer Stimme, trat auf die Bahre zu und schob das Umhängetuch beiseite.

Als sie Akiras vertrautes und doch so fremdes Gesicht erblickte, brach sie in lautes Schluchzen aus. Während sie ihrer einstigen Perle immer wieder über die kalten und nassen Wangen strich, schrie sie ihren Schmerz ungehemmt heraus. In diesem Augenblick kam alles heraus, was sie im vergangenen Jahr und besonders in den letzten Wochen unterdrückt hatte. Es war ja nicht nur dieses Unglück, das sie in tiefe Verzweiflung stürzte, sondern alles, was ihr widerfahren war.

Waren es nach Dustens Tod leise Tränen der Trauer gewesen, die sie immer wieder übermannt hatten, war dies der Aufschrei einer Frau, die in diesem Augenblick nicht mehr wusste, woher sie ihren Lebensmut nehmen sollte.

Plötzlich erhob sie sich, warf ihren Regenmantel über und eilte zur Tür. Die Männer sahen einander besorgt an. Fiona aber rannte ihr hinterher und bekam sie noch am Ärmel zu fassen.

»Sie dürfen jetzt nicht rausgehen. Bitte bleiben Sie. Wenn Ihnen was passiert, das ist kein gutes Omen.«

Mit einem Ruck riss sich Lili los und fauchte: »Sag jetzt nichts von dem Fluch oder ich vergesse mich!«

»Sie sind sturer als ein Esel«, konterte Fiona wütend. »Aber sagen Sie nie, ich hätte Sie nicht gewarnt«, doch das hörte Lili gar nicht mehr.

Die Haustür flog ihr aus der Hand, und der Wind drückte sie mit einem lauten Knall hinter ihr zu.

Der Sturm war so stark, dass sie kaum atmen konnte, aber sie kämpfte sich um das Haus herum zu dem Weg, der zum Fluss führte. Erst als etwas gegen ihre Beine strich, merkte sie, dass einer der Hunde sich mit ihr in das Unwetter hinausgeschlichen hatte.

»Sei nicht dumm! Geh zurück«, befahl sie, aber die graue Deerhoundhündin Patsy ließ sich nicht wegschicken. Sie wich ihrem Frauchen nicht von der Seite, während Lili tapfer weitermarschierte. Der Wind, der jetzt von vorn kam, machte es ihr noch schwerer, Luft zu holen, aber sie eilte unbeirrt weiter. Erst als sie vor sich die Wassermassen erblickte, die sich über Felder und Wiesen wälzten, als sei der River Conon ein gewaltiger Strom, hielt sie an. Das Herz wollte ihr schier stehenbleiben, als sie selbst aus dieser Entfernung erkannte, dass all die toten Leiber, die auf dem Wasser trieben, einmal ihre Herde gewesen waren.

Mit einem Mal fiel ihr ein, dass dort draußen ihre Zukunft schwamm und was das Desaster für ihre Pläne bedeutete, doch mitten in diesen düsteren Gedanken spürte sie, wie ihr das Blut aus dem Kopf wich. Ihr wurde auf einen Schlag übel, und sie hatte das Gefühl, sie müsse sich augenblicklich auf den nassen Boden legen, um nicht zu fallen. Doch es war bereits zu spät.

36

Lili erwachte wenig später, als kräftige Männerhände sie hochzuheben versuchten.

»Was ist, wo bin ich?«, fragte sie verwirrt.

»Sie hatten einen Schwächeanfall. Und wir bringen Sie jetzt nach Hause.«

Lili wehrte sich nicht, als John Abercombie ihr hochhalf und ihr den Arm zum Unterhaken reichte.

»Sind Sie mir gefolgt?«

Der vierschrötige Mann mit dem kahlen Kopf und dem Gesicht voller Sommersprossen lachte.

»Nein, das hätte ich nicht gewagt, nachdem Sie die arme Fiona so angepfiffen haben. Das haben Sie dem da zu verdanken …« John Abercombie deutete auf Patsy, die schwanzwedelnd neben ihnen saß.

»Der Hund hat …« Lili wollte es kaum glauben.

»Sie ist zurückgekommen und hat so lange gekläfft, bis wir ahnten, dass etwas passiert sein musste.«

Lili streichelte der Hündin über das klatschnasse Fell. »Du kriegst zu Hause was Leckeres«, versprach sie dem Tier. Und mit einem Mal kam sie sich schrecklich dumm vor. Die Flut war eine unsagbare Katastrophe, die zwei liebe Menschen mit ihrem Leben bezahlt hatten, aber das war noch lange kein Grund zu resignieren. Nein, das war es doch nur, worauf Lord Fraser wartete. Dass sie den Kampf aufgab.

Sie stieß einen tiefen Seufzer aus. Für das Hochwasser konnte sie den Halunken nun wirklich nicht verantwortlich machen.

»Sie haben ja endlich wieder Farbe«, bemerkte John. »Meinen Sie, Sie schaffen den Heimweg auf ihren eigenen Beinen oder sollen wir die Bahre …«

»Nein danke! Das überlassen wir den Toten. Es geht schon wieder. ich glaube, ich schaffe es sogar ohne Ihre Hilfe.« Lili wollte ihm ihren Arm entziehen.

»Kommt gar nicht in Frage«, entgegnete John streng. »Sie bleiben schön untergehakt. Sie glauben ja gar nicht, was Sie uns für einen Schrecken eingejagt haben! Als der Hund vor der Tür kläffte, ist Fiona beinahe in Ohnmacht gefallen.«

Fiona, durchfuhr es Lili eiskalt. Ich habe sie arg grob in ihre Schranken verwiesen. Und warum? Habe ich das nicht nur getan, weil ich langsam anfange, selber an den ganzen Spuk zu glauben und es nicht wahrhaben will?

»Bin ich mit Fiona zu hart ins Gericht gegangen? Wegen dieses blöden Geunkes über den Fluch?«, fragte sie mehr sich selbst, doch John sah sich bemüßigt zu antworten.

»Sie steht nicht allein mit ihrer Meinung. Sie müssten mal meine Frau hören.«

Lili blieb abrupt stehen und blickte ihn forschend an.

»Und Sie, John, glauben Sie auch daran, dass über den Munroys ein Fluch liegt?«

»I wo! Wofür halten Sie mich, Misses Munroy? Ich glaube ja auch nicht daran, dass es auf Schloss Penkeat spukt, auch wenn immer wieder in der Zeitung zu lesen ist, dass dort Flecken an den Wänden erscheinen und Möbel gerückt werden.«

»Da bin ich aber froh. Ich glaube nämlich, dass alles eine natürliche Erklärung hat und dass es ein unglückseliger Zufall ist, dass meine ehemalige Schwiegermutter, mein ehemaliger Schwager und seine Frau und dann Dusten so kurz hintereinander gestorben sind.«

John Abercombie schob seine Kapuze aus dem Gesicht. Er blickte sie skeptisch an.

»Das, liebe Misses Munroy, sind zweierlei Paar Schuh. Der Glaube an Flüche und Geister und die mysteriöse Serie von Todesfällen auf Scatwell Castle.«

Lili zuckte zusammen.

»So, was glauben Sie denn?«, fragte sie betont burschikos.

»Jedenfalls nicht an einen dummen Zufall. Und da sind sich auch die Männer im Tal einig: Ihr Mann starb nicht bei einem Reitunfall! Da steckt etwas anderes dahinter. Keiner saß so fest im Sattel wie Dusten Munroy. Wir sind sicher, da hatte jemand seine Finger im Spiel!« Das klang entschieden.

Lili ärgerte sich weniger über Johns klare Worte, sondern vielmehr darüber, dass diese sie verunsicherten. John Abercombie war ein Urgestein der Highlands und kein Spinner! Wenn er schon so fest daran glaubte, dass Una nicht grundlos gescheut und Dusten abgeworfen hatte, musste doch etwas Wahres daran sein. Doch das hieß ... Lili zögerte, den Gedanken zu Ende zu führen ... dann wäre ein Dritter im Spiel, und das würde bedeuten, dass Dusten ermordet worden wäre ... Lili fröstelte. Sie weigerte sich, diese Möglichkeit auch nur in Betracht zu ziehen.

»Kommen Sie, John, wir sollten uns beeilen. Gleich geht wieder ein Wolkenbruch auf uns nieder.« Sie deutete nach oben und hoffte, dass der Nachbar nicht am Himmel las, dass sie nur ein Ziel hatte: Dem weiteren Gespräch über Dustens Tod zu entgehen! Das Wolkenmeer hatte sich nämlich merklich gelichtet.

»Es wird endlich besser«, brummte er. »Aber wir sollten trotzdem schnell nach Scatwell Castle zurückkehren. Sonst holen Sie sich noch den Tod«, fügte er hinzu.

Lili war ihm dankbar, dass er keine Stellungnahme von ihr erwartete, was die jüngste Todesserie auf Scatwell Castle anging. Denn sie konnte und wollte einfach nicht zulassen, dass Dustens Tod kein Unfall gewesen war. Allein die Vorstellung, dass es einen Menschen geben könnte, der ihr mutwillig den Liebsten genommen hatte, machte sie schier verrückt. Das durfte einfach nicht sein, weil sie ansonsten nicht ruhen würde, bis sie ihn zur Rechenschaft gezogen hätte. Und vor allem gab es kein Motiv. Dusten war der mit Abstand beliebteste Farmer gewesen, von den Nachbarn geschätzt, von deren Frauen umschwärmt. Nein, es gab keinen Menschen, der ihn nicht ins Herz geschlossen hatte. Da brauchte Lili gar nicht lange nachzugrübeln.

Als Lili Scatwell Castle vor sich auftauchen sah, beschleunigte sie ihren Schritt. John tat es ihr gleich, denn sie hatte ihn immer noch untergehakt. Dabei wäre das längst nicht mehr nötig gewesen, verspürte sie doch nicht mehr das geringste Gefühl von Schwäche. Im Gegenteil, ihre Lebensgeister waren zurückgekehrt.

Als sie bei der Haustür angelangt waren, entzog sie ihm ihren Arm.

»Ich danke Ihnen, dass Sie mich mit weiteren Mordphantasien, die über Dustens Tod im Tal vorherrschen, verschont haben. Ich bin nämlich der festen Überzeugung, dass es sich um einen Unfall gehandelt hat.« Lili drückte seine Hand. Er schenkte ihr ein verlegenes Lächeln.

»Mögen Sie recht haben, und Mord und Intrigen sind nicht zurückgekehrt nach Scatwell Castle«, murmelte er.

Lili wusste, dass er auf die Clanfehde der Munroys und Makenzies anspielte, aber sie weigerte sich, auch nur einen Gedanken daran zu verschwenden, dass es da einen Zusammenhang gab.

»John, das ist eine alte Geschichte, die sich nicht wiederholt, und ich wäre Ihnen sehr dankbar, wenn Sie den wilden Spekulationen über unsere Familie im Tal entschieden entgegentreten würden. Das hilft mir mehr als diese Panikmache.«

Als sie die Haustür öffnete, war alles still. Die übrigen Nachbarn hatten das Haus verlassen, und Fiona und Bonnie schienen in der Küche zu sein.

»Sie passen trotzdem auf sich auf, nicht wahr?«, mahnte John zum Abschied.

Lili versprach es ihm und wandte sich Patsy zu, die schwanzwedelnd auf sie zustürmte.

»Du bekommst jetzt eine Belohnung«, sagte sie und eilte, gefolgt von ihren beiden Hündinnen, zur Küche.

Bonnie und Fiona waren in ein angeregtes Gespräch vertieft, während sie Kartoffeln schälten. Kaum hatten sie Lili wahrgenommen, verstummten sie.

»Lasst euch nicht stören«, bemerkte Lili leichthin, während sie einen Schinken aus der Vorratskammer nahm und mit einem riesigen Küchenmesser ein ordentliches Stück absäbelte. Und dann noch eines.

Sie schmunzelte, als die Blicke der beiden gebannt jedem ihrer Handgriffe folgten. Lili brachte schließlich den Schinken zurück in den Vorratsraum und wandte sich an Fiona.

»Es tut mit leid, dass ich mich vorhin etwas im Ton vergriffen habe. Du musst verstehen, ich hasse diese Märchen von dem Fluch. Sie verbreiten nur Angst und Schrecken und entbehren jeglicher Grundlage.«

Fiona verzog säuerlich das Gesicht. »Schon vergessen!«, stieß sie unwillig hervor.

Um ihre Köchin aufzuheitern, deutete Lili auf die mächtigen Schinkenscheiben in ihrer Hand und scherzte: »Natürlich glaube ich auch, dass wir nicht alles erklären können, was zwischen Himmel und Erde geschieht. Nehmen wir Patsy. Wer hat ihr gesagt, dass sie zurücklaufen und Hilfe holen soll? Mein Schutzengel?«

»Sie müssen mich nicht auf den Arm nehmen!«, zischte die Köchin.

»Ach, Fiona, nun mach doch nicht so ein düsteres Gesicht. Ich meine das ernst. Ich glaube fest daran, dass sich nicht alles erklären lässt zwischen Himmel und Erde. Man sagt ja Hunden nach, dass sie spüren, wenn es ihren Frauchen oder Herrchen schlecht ergeht … Aber es gibt keinen Fluch. Und ob ihr es glaubt oder nicht, Scatwell Castle wird bald wieder ein lebendiges kleines Schloss werden …«

Lili hatte den Satz noch gar nicht zu Ende gesprochen, als sich ein mulmiges Gefühl in ihrem Bauch bemerkbar machte. Bei dem Gedanken, dass die Fassade von Lord Frasers Haus Scatwell Castle wie ein Ei dem anderen glich, wurde ihr erneut speiübel. Doch sie wollte sich partout nicht von ihren aufkeimenden Ängsten leiten lassen! Aber war ihr persönliches Unglück nicht erst über sie gekommen, seit sie wieder in diesem Haus lebte?

»Misses Munroy, ist alles gut?«

»Ja, alles in bester Ordnung«, versicherte sie, während ihr eiskalte Schauer über den Rücken liefen. Auch wenn sie die Sache mit dem Fluch immer noch weit von sich wies, vor einem konnte sie nicht die Augen verschließen: Auf Scatwell Castle lag kein Segen.

37

Tief in Gedanken versunken eilte Lili die Treppen hinauf, nachdem sie die Hunde mit dem Schinken gefüttert hatte. Sie war überzeugt davon, dass Jacky sich genauso heldenhaft verhalten hätte. Die Hündinnen hatten sich jedenfalls auf die Belohnung gestürzt, als wären sie völlig ausgehungert.

Ein Klingeln an der Haustür ließ sie aufhorchen.

Als Bonnie in die Diele eilte, um zu öffnen, rief Lili ihr zu: »Ich geh schon, vielleicht haben sie Baird gefunden.«

Es konnte nur einer der Nachbarn sein, denn das Tal von Strathconon war – wie John Abercombie ihr vorhin versichert hatte – immer noch von der Außenwelt abgeschlossen.

Umso erstaunter war Lili, als Liam vor ihrer Tür stand.

Statt ihn zu begrüßen, fragte sie fassungslos: »Wo kommen Sie denn her? Ich denke, die Straße ins Tal ist überflutet?«

»Ich habe gewartet, bis sie die Sperre aufgehoben haben und bin dann sofort losgefahren. Das war zwar alles andere als ein Vergnügen, aber ich habe mir Sorgen um Sie gemacht. Es heißt, das ganze Tal sei überschwemmt worden und es habe Tote gegeben.«

»Kommen Sie erst einmal ins Haus.« Lili trat zur Seite und ließ ihn eintreten. Er zog seinen Regenmantel aus und reichte ihn ihr. Sie bat ihn in den Salon und rief nach Bonnie, die sofort angerannt kam und den Besucher mit unverhohlener Neugier musterte. »Bringst du einen Tee für Mister Brodie und ein paar Scones?«

Kaum hatte sie das ausgesprochen, als sich ihr knurrender Magen bemerkbar machte. Erst jetzt fiel ihr ein, dass sie noch gar nichts gegessen hatte, und sie fragte Mister Brodie, ob er mit ihr frühstücken wolle. Er nahm ihr Angebot dankend an, und Lili bat Bonnie, ihnen das Frühstück im Salon zu servieren.

»Geht es Ihnen wirklich gut?«, fragte Liam besorgt. »Sie sind entsetzlich blass.«

Ohne zu überlegen flog Lili dem Anwalt in den Arm und schluchzte laut auf. Er drückte sie fest an sich und strich ihr sanft übers Haar.

»Ist ja gut«, raunte er. »Ist ja alles gut.«

Lili erschrak. Seine Worte riefen ihr ins Bewusstsein, dass sie sich hemmungslos an seine Brust geworfen hatte.

Verlegen befreite sie sich aus seiner Umarmung. »Entschuldigen Sie, Liam, das wollte ich nicht, aber es ist alles ein wenig viel für mich. Erst die Sache mit Rose und Isobel, dann diese Überschwemmung.«

»Ist das Wasser denn bis zu Ihren Feldern gelangt?«

»Ja, wie ein Wasserfall kam es oben aus den Bergen geschossen und hat alles in den aufgewühlten Conon gerissen. Den alten Baird, Akira und all mein Vieh.«

»Oh, das tut mir leid«, entgegnete Liam betreten und legte Lili tröstend die Hand auf den Arm, den sie ihm hastig entzog.

»Die tote Akira liegt oben in Roses Zimmer. Der Pfarrer ist gerade bei ihr«, erklärte Lili förmlich. Liam suchte ihren Blick. Lili wollte rasch wegschauen, doch er nahm ohne Vorwarnung ihr Gesicht in beide Hände. So blieb ihr nichts anderes übrig, als ihn anzusehen.

»Lili, wovor haben Sie Angst? Ich respektiere voll und ganz, dass Sie sich nicht auf eine neue Beziehung einlassen wollen. Und ich werde nichts tun, um etwas zu erzwingen. Aber Sie werden mich nicht davon abhalten können zu hoffen. Dazu liebe ich Sie schon viel zu lange, als dass ich einfach aufgebe.«

Das Verwirrende an seinen Worten war, dass Lili ihm am liebsten erneut um den Hals gefallen wäre und ihm gestanden hätte, dass sie sich ihm viel näher fühlte, als sie es eigentlich zulassen wollte.

»Ich hoffe trotzdem, dass wir Freunde bleiben können«, seufzte Lili. Ein Blick in seine zärtlich strahlenden Augen lockerte ihre

Zunge. »Liam, es ist nicht so, dass ich dich nicht mag. Im Gegenteil, du berührst in mir Seiten, die, die …«

Sie schrak darüber, wie vertraulich sie ihn angesprochen hatte und suchte nach Worten, womit sie rasch die nötige Distanz wieder würde herstellen können. Ihr fiel jedoch auf die Schnelle nichts ein.

»Du musst dich mir nicht erklären«, erwiderte er mit zärtlicher Stimme. »Wenn ich nicht spüren würde, dass deine Gefühle mir gegenüber ambivalent sind, ich würde aufgeben und mich nicht zum Narren machen. Ich merke, wann ich verloren habe, und der Punkt ist noch lange nicht erreicht. Wenn du dich einmal zu einem klaren ›Nein‹ durchgerungen haben solltest, dann werde ich dein Freund bleiben. Ja, wir können Freunde bleiben!«

»Ach, Liam, es tut mir so leid, dass ich dich in der Bar so angefahren und derart schrecklich behandelt habe …« Lili stöhnte auf. »Aber nun musst du mein Gesicht loslassen. Sonst würde ich dich in meiner Verzweiflung womöglich noch küssen.«

»Welch himmlische Vorstellung!«, lachte Liam und ließ seine Hände sinken.

»Und du warst mir wirklich kein bisschen böse?«

»Wer sagt das?«

»Na ja, sonst wärst du jetzt nicht so nett zu mir …«

Lili wurde unterbrochen, als Fiona mit einem Tablett aus der Küche trat. Ein Lächeln huschte über Lilis Gesicht. Das war sicher kein Zufall, dass die Köchin persönlich mit dem Frühstück kam. Wahrscheinlich hatte Bonnie ihr atemlos von Liams Besuch berichtet und Fionas Neugier geweckt.

»Guten Tag, Mister Brodie. Schön, dass Sie uns wieder einmal beehren«, säuselte die Köchin.

»Du kannst das Essen in den Salon bringen«, erklärte Lili verlegen, als ihr bewusst war, dass sie immer noch in der Diele standen, und das verdächtig nah beieinander.

Liam schenkte Fiona ein freundliches Lächeln und öffnete ihr galant die Tür zum Salon.

Lili spürte förmlich, wie Fiona vor Neugier schier platzen wollte, aber sie schwieg, während die Köchin den Tisch deckte. Sie hatte sich besondere Mühe gegeben. Das sah Lili auf einen Blick. Es gab Black pudding, Schinken, Eier und Bacon. Selbst gebackene Bohnen fehlten nicht.

»Tausend Dank«, murmelte Lili.

»Ich weiß doch, was Mister Brodie zum Frühstück schätzt«, erwiderte Fiona zuckersüß.

Fiona hatte recht. Wie oft war der Anwalt zu den Besprechungen mit Dusten zur Frühstückszeit gekommen, um Fionas Spezialitäten zu genießen. Lili war kurz irritiert, weil ihr bei der Erinnerung an Dusten nicht gleich wieder melancholisch zumute wurde. Vielleicht lag es daran, dass sie im Augenblick nur einen Gedanken hatte: Ihren leeren Magen zu füllen, denn, wenn sie es recht überlegte, hatte sie seit gestern Morgen nichts mehr zu sich genommen. Nach dem erschreckenden Besuch in Fortrose war ihr der Appetit gänzlich vergangen.

»Wissen Sie, werter Liam, dass der Halunke sich in Fortrose ein Haus gebaut hat, das Scatwell Castle wie ein Ei dem anderen gleicht?«, platzte es aus ihr heraus, kaum dass Fiona das Zimmer verlassen hatte. Sie hoffte, er würde ihren dezenten Hinweis verstehen, warum sie ihn wieder förmlicher angeredet hatte.

»Nein!«, entgegnete Liam sichtlich erschrocken. »Aber das kann doch kein Zufall sein, werte Misses Lili. Dann muss er doch Ihre Fassade genau studiert haben!«

Liam machte eine kleine Pause und sah sie verschmitzt an. Ein Lächeln umspielte Lilis Mund. Er hatte verstanden und reagierte überdies humorvoll darauf. Das gefiel ihr sehr, doch Liam war sofort wieder ernst geworden.

»Das heißt, er kannte dieses Haus vorher. Bevor er Ihr Geschäftshaus in Inverness kaufen wollte. Zu mir kam er im November vergangenen Jahres, aber der Hausbau war doch mit Sicherheit schon Monate, wenn nicht gar Jahre im Gange. Ich habe doch geahnt, dass der Kerl mit Vorsicht zu genießen ist«, ereiferte er sich.

»Aber wir können ihm nichts anhaben. Ein Haus nachzubilden ist nicht strafbar«, stöhnte Lili, während sie sich den Teller füllte.

»Das wäre natürlich ideal, wenn man ihm etwas Schwerwiegendes nachweisen könnte, sodass die Polizei ein Interesse hätte, ihn zu finden und einzusperren.«

»Ja, das wäre wunderbar. Dann kommt Rose bestimmt freiwillig nach Hause zurück. Genau! Er muss hinter Schloss und Riegel!«

»Machen Sie sich keine falschen Hoffnungen. Er hat sich moralischer Verfehlungen schuldig gemacht, aber er ist nicht mit dem Gesetz in Konflikt gekommen. Ihm eine kriminelle Tat nachzuweisen, das erscheint mir aussichtslos ...«

Lilis Miene verfinsterte sich, doch dann schien ihr etwas einzufallen, und ihre Zügen hellten sich auf. »Und was, wenn er jemanden wissentlich um sein Vermögen geprellt hat?«

»Sie haben ihm doch wohl kein Geld geliehen?«

Lili lachte bitter auf. »Welches denn? Aber Isobel hat gegen meinen ausdrücklichen Rat – ich nehme an, in einer Art Trotzreaktion, um sich zu beweisen, dass sie erwachsen ist – diesem Mister Jones von Hobard & Pinkett ihr Geld gegeben, und diese kleine Bank war längst dem Untergang geweiht.«

Liam legte seine Stirn grüblerisch in Falten. Dabei rutschte ihm eine graue Haarsträhne ins Gesicht. Dieser Anblick erwärmte Lilis Herz in einer Weise, die sie nur von ... Nein, sie wollte den Gedanken gar nicht erst zulassen. Rasch wandte sie den Blick ab.

»Isobel müsste diesen Mister Jones anzeigen und Lord Fraser als Zeugen benennen.«

»Ich kann ihr das nicht vorschlagen«, entgegnete Lili resigniert. »Mit mir wird sie nicht darüber sprechen.«

»Aber mit mir! Ich werde ihr gleich auf dem Rückweg einen Besuch abstatten. Vielleicht weiß dieser Mister Jones ja Näheres. Vor allem etwas über den Aufenthaltsort unseres Lords. Dann könnte man zumindest dort auftauchen und Rose ins Gewissen reden. Ideal wäre natürlich, wenn dieser Banker aussagte, dass er nur als Strohmann gedient habe und der Lord im Besitz des Geldes sei. Dann ginge es ihm in der Tat an den Kragen.«

Lili war so aufgeregt bei der Aussicht, den Halunken ins Gefängnis zu bringen, dass sie Liams Hand nahm und fest drückte. »Liam, das wäre wunderbar. Bitte leiten Sie alles Erforderliche in die Wege.«

Liam stieß einen tiefen Seufzer aus. »Ich habe gesagt, das wäre ideal, aber ich will Ihnen keine falschen Hoffnungen machen. Auch wenn ich diesen Kerl nicht mag, so kann es doch sein, dass er zwar kein Gentleman, aber eben auch kein Verbrecher ist. Wenn Mister Jones das Geld genommen hat und behauptet, er habe es ordnungsgemäß auf seiner Bank eingezahlt, dann ist Lord Fraser fein raus. Doch selbst, wenn sie Komplizen wären, Mister Jones würde es sicherlich niemals zugeben! Er würde sich wohl kaum selbst ans Messer liefern ...«

»Ich will nur eines: meine kleine Tochter wiederhaben!«, unterbrach Lili ihn verzweifelt. »Sie ist doch noch viel zu unerfahren, diesen Halunken zu durchschauen. Sie ist noch ein Kind!« Sie stand auf, holte Roses Brief aus einer Anrichte und reichte ihn Liam. »Lesen Sie. Dann wissen Sie, dass meine Tochter das Ganze als kleines Spiel begreift. Sie hat doch keine Ahnung, dass sie dabei ist, Ihre Zukunft wegzuwerfen.«

Doch Liam schien sie gar nicht wahrzunehmen. Er hatte seinen Blick starr auf den hellen Flecken an der Wand geheftet.

»Warum haben Sie es abgehängt? Es war ein so schönes Gemälde«, murmelte er.

Lili kämpfte mit sich, ob sie ihm die Wahrheit sagen oder lieber schweigen sollte.

»Ich habe es nicht abgehängt«, sagte sie leise.

Liam wandte sich ihr erstaunt zu.

»Rose und dieser Halunke haben es mitgehen lassen. Und ich bin mir sicher, es war seine Idee, denn ich erinnere mich noch gut an sein auffälliges Interesse an dem Bild, als er mich zum ersten Mal aufgesucht hat.«

»Merkwürdig. Weiß er, dass Sie es gemalt haben?«

»Ich habe es ihm mitgeteilt«, entgegnete Lili, während sie Liam den Brief in die Hand drückte.

Liam runzelte beim Lesen die Stirn. »Ich würde sagen, das ist typisch Rose. Immer fröhlich. Das ist doch besser, als wenn sie leiden würde, oder?«

Lili lächelte gequält. »Ich weiß nicht, ob das ein Trost ist. Vielleicht wäre es besser, sie würde merken, in was für einer Falle sie sich befindet und um meine Hilfe flehen!«

»Und wenn es Liebe ist? Jedenfalls von ihrer Seite?«

»Niemals! Das ist nicht mehr als eine bloße Backfisch-Schwärmerei. Und von seiner Seite aus wird es auch etwas anderes sein. Etwas Übles! Denken Sie doch nur an das nachgebildete Haus. Und daran, dass dieser Mister Jones Trauzeuge war. Sie müssen doch zugeben, dass da etwas nicht stimmt.«

»Ja, natürlich, Lili, ich bin doch ganz auf Ihrer Seite. Nur möchte ich Ihnen das Herz nicht unnötig schwerer machen. Stellen Sie sich doch nur einmal vor, der Brief Ihrer Tochter wäre ein einziger Hilfeschrei und Sie wüssten nicht einmal, wo sie sich zurzeit befindet. Das würde Sie doch sicher noch stärker belasten.«

»Sie haben ja recht. Mir bleibt nichts, als zu warten, bis sie in das merkwürdige Haus einziehen.«

»Und ich werde Isobel aufsuchen und ihr raten, mich zu beauftragen, gegen diesen Mister Jones vorzugehen. Aber nun sagen Sie, Lili, Sie wollen sich also wirklich von Little Scatwell trennen?«

Die Frage kam in diesem Moment so überraschend, dass Lilis Augen feucht wurden. Wie gern würde sie ihr geliebtes Haus, in dem sie die glücklichsten Stunden ihres Lebens verbracht hatte, behalten. Aber sie hatte keine Wahl.

»Es muss schnell gehen«, sagte sie mit fester Stimme, doch dann stockte sie, bevor sie weitersprach. »Ich hätte heute meine Rinder für einen guten Preis verkaufen können. Damit hätte ich meine Verbindlichkeiten erfüllen, etwas für die Suppenküche spenden und Fiona und Bonnie bezahlen können, aber so?« Sie machte eine hilflose Geste.

»Jetzt hören Sie mir bitte gut zu, Lili. Ich werde nicht den ersten Käufer nehmen, der womöglich weiß, dass es sich um einen Notverkauf handelt ...«

»Aber ...«

»Lassen Sie sich nun bis dahin von mir helfen oder nicht? Es ist nur geliehen!«

Lili wich seinem prüfenden Blick aus. »Ja!«, stöhnte sie. »Trotzdem lassen Sie sich nicht zuviel Zeit. Ich habe ungern Schulden.«

Ein Lächeln huschte über Liams Gesicht. »Ich versuche natürlich, es noch heute an den Mann zu bringen«, scherzte er. »Aber vielleicht sollten wir es uns einmal gemeinsam ansehen, damit ich den Preis schätzen kann«, gab er zu bedenken. »Sie müssen mir übrigens nicht die eiserne Lady vorspielen. Ihre Augen sprechen da eine andere Sprache. Ich weiß doch, wie schwer es Ihnen fällt, und deshalb werde ich so lange verhandeln, bis der Preis stimmt. Sie dürfen das kleine Anwesen nicht verschenken.«

»Ihnen kann man wohl gar nichts vormachen, nicht wahr?«

Liam hob die Schultern. »Das würde ich nicht unterschreiben. Meiner Noch-Ehefrau ging es von Anfang an nur um mein Geld, und dieses Ansinnen habe ich mit Liebe verwechselt. Ihnen muss ich nur in die Augen schauen und ...«

Lili sprang vom Tisch auf und unterbrach ihn unwirsch.

»Liam! Nicht! Kommen Sie. Wir versuchen trockenen Fußes nach Litte Scatwell zu gelangen. Heute Morgen war die Brücke noch überspült, aber ich glaube, das Wasser hat sich zurückgezogen.« Lili eilte zum Fenster und blickte hinaus in den Park. Endlich konnte man wieder die alten Bäume sehen, denn der Regen hatte aufgehört. Und mehr noch. Durch ein winziges Wolkenloch hatte sich ein einzelner Strahl seinen Weg zur Erde gebahnt.

»Schauen Sie nur, Liam, wenn das kein Zeichen ist«, rief Lili begeistert aus. Das Herz ging ihr auf beim Anblick dieses vorwitzigen einsamen Sonnenstrahls. Ihr war, als sei er von Dusten geschickt und solle ihr signalisieren, dass das Leben auch ohne ihn weiterging. Und dass es aus jedem Tal wieder einen Weg hinaus gab …

Liam trat zu ihr ans Fenster. Lili spürte seinen Atem in ihrem Nacken. Wie schön wäre es, wenn er mich umfassen würde und … Ohne zu überlegen, drehte sie sich zu ihm um und bot ihm ihren Mund zum Kuss. Zärtlich und kein bisschen überrascht drückte Liam seine Lippen auf ihren Mund. In diesem Augenblick vergaß Lili alles um sich herum. Liam war ein erfahrener Mann und kein Anfänger. Er küsste sanft und fordernd zugleich. Erst als sie den würzigen Tabakgeschmack vermisste, der Dustens Küsse stets begleitet hatte, zuckte sie erschrocken zurück.

»Entschuldigen Sie, das war nicht so gemeint, ich weiß auch nicht, wie das geschehen konnte …«, stammelte Lili.

Liam legte ihr liebevoll den Finger auf die Lippen. »Sagen Sie jetzt bitte nicht: Liam, vergessen Sie, was eben zwischen uns geschehen ist! Denn das werde ich garantiert nicht tun! Aber ich erwarte auch nicht, dass es sich wiederholt. Im Gegenteil, ich hoffe es.« Er schmunzelte.

Lili aber eilte mit hochrotem Kopf zur Tür. »Kommen Sie, wir müssen los, bevor es wieder zu regnen beginnt«, rief sie eine Spur zu schrill. In ihrem Kopf tobte alles wild durcheinander. Was ging nur in ihr vor, dass sie ihm ständig Hoffnungen machte und doch keine Nähe zu ihm wünschte? Sie nahm sich fest vor, sich in Zukunft vor solch zauberhaften Augenblicken in Acht zu nehmen.

»Liam, ich weiß wirklich nicht, was in mich gefahren war«, sagte sie entschuldigend, während sie in ihre Stiefel schlüpfte.

»Wenn Sie sich noch einmal entschuldigen, dann müssen Sie sich einen anderen Anwalt suchen«, erklärte er scheinbar scherzhaft, doch Lili spürte sehr wohl den Kern der Wahrheit dahinter.

»Ich verspreche es!«, erwiderte sie hastig.

Die Luft war nach dem vielen Regen noch frischer und reiner, als sie ohnehin im Tal von Strathconon zu sein pflegte. Schweigend gingen sie nebeneinander in Richtung der Brücke. Alle paar Schritte versuchten sie, die Pfützen zu umrunden, doch es waren so viele, dass sie schließlich mittendurch stapften.

»Schauen Sie, das Wasser ist tatsächlich zurückgewichen«, stellte Lili erfreut fest, als sie sich der Brücke näherten und sie diese aus dem Fluss ragen sah.

Wenn die Brücke begehbar war, dann würden sie problemlos nach Little Scatwell gelangen. Auch der Fluss nahm kaum noch mehr als sein altes Bett in Anspruch, aber er donnerte immer noch mit atembraubender Geschwindigkeit durchs Tal.

»Ach, ist das schön«, seufzte Lili, während sie den reißenden Strom von oben, über das Geländer gelehnt, betrachtete. Doch dann erstarrte sie. An den Pfeilern der Brücke hatte sich etwas verfangen, das wie ein menschlicher Körper aussah. Sie schrie auf, denn sie ahnte, wer das war. Liam blickte in die Richtung, in die Lili deutete, und wurde blass.

»Das ist der alte Baird«, erklärte Lili schreckensbleich.

»Ich werde ihn aus seiner Falle befreien«, entgegnete Liam, und ehe Lili es sich versah, war der Anwalt die Böschung hinuntergeklettert und versuchte, den leblosen Körpers des alten Mannes aus dem Wasser zu ziehen. Dabei kam er ins Straucheln und es sah ganz so aus, als würde er in den wildgewordenen River Conon stürzen.

Erneut schrie Lili auf, doch Liam konnte sich rechtzeitig festhalten und warf ihr einen wissenden Blick zu. Ob er gemerkt hat, wie sehr ich um ihn zittere, fragte sich Lili. Voller Anspannung verfolgte sie, wie Liam den Körper des alten Mannes ächzend und stöhnend von dem Brückenpfeiler löste und an Land zog. Erschöpft sank er neben dem Leichnam zu Boden. Lili rannte zu ihm. Baird war kaum mehr wiederzuerkennen. Sein Kopf hatte offenbar länger unter Wasser gelegen.

»Wir schicken nachher ein paar Männer mit der Bahre«, schlug Lili vor. »Und dann bringen wir ihn zu Akira.« Sie faltete die Hände und sprach stumm ein Gebet für den alten Mann.

Auf dem Weg nach Little Scatwell sprach keiner von ihnen ein Wort. Lili blickte immer wieder nach rechts, wo einmal die Weide für die Rinder gewesen war und auf der jetzt ein riesiger Teich entstanden war. Ein paar Tiere hingen verendet in den Zäunen.

»Bitte, tun Sie sich das nicht an. Sehen Sie einfach geradeaus«, hörte sie wie von ferne Liam bitten, während er ihre Hand nahm. Sie wehrte sich nicht.

Ihre Hände fest ineinander verschlungen, erreichten sie Little Scatwell. Lilis Herz tat einen Sprung, als sie durch das Tor auf das bescheidene Anwesen traten. Es war das Haus ihres Herzens und würde es immer bleiben.

Scheu löste sie ihre Hand aus Liams und eilte voraus zur Haustür. Sie hoffte, dass sie unverschlossen war, denn sie hatte keinen Schlüssel dabei. Erleichtert stellte sie fest, dass die Tür offen war, doch kaum war sie in der Diele, da wollte sie ihren Augen nicht trauen. Überall standen Töpfe und Eimer, die voller Wasser waren. Einige waren übergelaufen mit dem Ergebnis, dass der Dielenboden schwamm.

»Was ist das?«, fragte sie entsetzt.

Liam warf einen prüfenden Blick nach oben ins Treppenhaus.

»Es scheint so, als wäre das Dach undicht«, bemerkte er zögernd. Daraufhin rannte Lili die Treppe nach oben. Dort bot sich ihr dasselbe Bild. Überall standen Gefäße herum, die dazu dienten, das Wasser aufzufangen. Die meisten waren übergelaufen und der Boden war klitschnass.

»Warum hat mir keiner gesagt, dass es durch das Dach leckt?«, murmelte Lili.

»Ich vermute, dass der alte Baird vorhatte, es nach dem großen Regen zu flicken, um Sie nicht noch mehr zu belasten.«

»Und nun?«, stöhnte Lili.

»Ich werde einen Handwerker besorgen, der das repariert, bevor ich es zum Verkauf anbiete«, entgegnete Liam.

Lili aber hörte ihm gar nicht mehr zu. Sie hatte eine der Türen geöffnet. Die von Großmutter Mhairies altem Zimmer. Dort war noch alles an seinem Platz, so als wäre die Zeit stehengeblieben. Lili strich mit zärtlicher Geste über die hellen Möbel und meinte plötzlich die Stimme der alten Dame zu hören: »Wo warst du so lange, Lili? Ich habe dich vermisst. Das Haus war so leer ohne dich.«

Lili atmete ein paarmal tief durch. So plötzlich, wie ihr die geliebte Stimme diese Worte zugeflüstert hatte, war sie wieder verschwunden.

Und doch konnte Lili sich dieser Botschaft aus einer anderen Welt, die auf eindringliche Weise ihrer Phantasie entsprungen war, nicht verschließen. Plötzlich wusste sie, was sie zu tun hatte. Es gab einen Weg, ihre finanziellen Probleme zu lösen, ohne sich von Little Scatwell trennen zu müssen. Bei diesem verwegenen Gedanken pochte ihr Herz bis zum Hals.

»Liam«, raunte sie mit bebender Stimme. »Ich weiß jetzt, was ich zu tun habe. Aber halten Sie mich nicht für verrückt.«

»Lili, wie könnte ich? Sie sind die bodenständigste Person, die mir je begegnet ist.«

»Gut, dann verkaufen Sie Scatwell Castle.«

»Wie bitte?«

»Ich wusste doch, dass Sie an meinem Verstand zweifeln.«

»Nein, nein, aber ich frage mich nur gerade, ob Sie über den alten Kasten verfügen dürfen? Was ist mit Ihren Töchtern?«

Lili schmunzelte. »Ich darf! Der Erbe von Scatwell Castle war Dusten, und er hat mich zu seiner Erbin eingesetzt. Das Testament haben wir bei Ihnen gemacht. Haben Sie vergessen, wie Sie uns dazu geraten haben?«

»Ich bin ein lausiger Anwalt. Dass ich meine eigenen Schachzüge vergesse ... Das geht mir aber nur bei besonderen Mandantinnen so!«

»Wie bitte? Bringen etwa noch andere Damen Sie durcheinander?«, scherzte Lili. Sie spürte die Erleichterung in jeder Pore. Warum war sie darauf nicht schon früher gekommen? Sie hätte überhaupt nicht nach Scatwell Castle zurückziehen sollen!

»Das werde ich Ihnen nicht verraten. Sonst werden Sie noch übermütig. Aber nun entsinne ich mich der Einzelheiten Ihres Testaments. War es nicht so, dass nur das Geschäftshaus Lady Caitronia gehörte? Und die hatte es Isobel und Rose zu gleichen Teilen vererbt.«

»Was kein Mensch je verstanden hat. Sie hat mit Rose niemals auch nur ein Wort geredet, ja, sie hat sogar die Straßenseite gewechselt, wenn sie meiner Tochter in Beauly begegnet ist.«

»Wahrscheinlich hat sie geahnt, dass es einmal Schwierigkeiten zwischen Isobel und Rose geben würde. So wie ich den alten Drachen einschätze, wollte sie damit Zwietracht säen.«

»Zuzutrauen wäre es ihr«, entgegnete Lili. Dann stutzte sie und blickte Liam prüfend an. »Und Sie finden es kein bisschen seltsam, dass ich mich von Scatwell Castle trenne und mich stattdessen mit ›dieser Hütte‹, wie Niall Dustens Haus stets herablassend nannte, zufrieden gebe?«

»Also, eine Hütte ist es nun wirklich nicht. Im Gegenteil, es ist ein charmantes Anwesen, das ich, wenn ich die Wahl hätte, stets als Wohnsitz bevorzugen würde.«

Lili musterte ihn ungläubig.

»Das sagen Sie nur, um sich bei mir einzuschmeicheln.«

»Ach, Lili, woher rührt nur dieses Misstrauen? Sie hatten doch das Glück, mit einem aufrichtigen Mann wie Dusten verheiratet zu sein. Warum sehen Sie in mir einen hinterhältigen Schmeichler, der vor nichts zurückschrecken würde, um Ihr Herz zu gewinnen?«

Lili lief rot an. Warum unterstellte sie ihm eigentlich immerzu Dinge, die, wenn sie es sich recht überlegte, so gar nicht zu ihm passten.

»Sie können mich also wirklich verstehen?«

»Ja, Lili, von ganzem Herzen. Ich gebe zwar nichts auf das Gerede vom Fluch, der über den Munroys lastet …«

»Davon wissen Sie?«

»Wer nicht?«, entgegnete er hastig. »Aber dass über Scatwell

Castle eine merkwürdige Schwere liegt, das ist ja wohl kaum zu übersehen«, fuhr er nachdenklich fort.

»Das spüren Sie?«

»Lili, es ist nicht zu leugnen, dass binnen eines Jahres vier Ihrer Familienmitglieder verstorben sind. Ich glaube zwar nicht an Geister, aber dass das alles ein Zufall sein soll, daran habe ich meine Zweifel.«

»Sie meinen also auch, Dusten sei nicht verunglückt, sondern ermordet worden?«, fragte Lili in scharfem Ton. Das fehlte ihr noch, dass ihr nach Fiona und John Abercombie auch der Anwalt mit kruden Mordphantasien kam.

Liam wand sich. »Lili, was ich denke, ist in diesem Augenblick nicht entscheidend. Mir geht es in erster Linie darum, dass Sie nicht zusätzlich belastet werden.«

»Liam! Ich bin kein zartes Pflänzchen, das die Wahrheit nicht vertragen kann. Bitte seien Sie ehrlich. Was vermuten Sie?«

»Ich halte es für höchst unwahrscheinlich, dass ein so guter Reiter von einem sanftmütigen Pferd wie Una grundlos abgeworfen wurde.«

»Sie glauben also auch, dass jemand nachgeholfen hat?«

»Lili, nageln Sie mich nicht darauf fest. Ich weiß es doch auch nicht. Ich war nicht dabei. Nur hege ich persönlich erhebliche Zweifel daran, dass es ein Unfall war.«

Lili straffte die Schultern. »Gut, sollen doch alle denken, was Sie wollen. Ich bleibe dabei. Es war ein Unfall!«, erklärte sie trotzig. »Aber kommen wir wieder zum Geschäftlichen. Sie verkaufen also Scatwell Castle für mich?«

Er blickte sie fest an. »Ja, Lili, ich werde alles daransetzen, dass ich schnell einen solventen Käufer finde. Aber auch hier gilt, ich werde den ollen Kasten nicht verschenken, sondern ihn samt der Hausgeister meistbietend an den Mann bringen.«

Wider Willen musste Lili lachen. »Sie nehmen mich auf den Arm, nicht wahr?«

Liam blieb ernst. »Wovor haben Sie Angst, Lili?«

»Wenn ich den Gedanken zulassen würde, dass mir ein Mensch absichtlich Dusten genommen hätte, ich käme nicht mehr zur Ruhe, bis ich wüsste, wer er ist, warum er es getan hat, und ich könnte nicht dafür garantieren, dass ich nicht zur unbarmherzigen Rachegöttin würde.«

Liam lächelte. »Ich stell mir das gerade vor. Das würde Ihnen bestimmt auch stehen. Ein flammendes Schwert, eine Rüstung aus Eisen …«

»Liam, hören Sie auf. Sie kämpfen mit unlauteren Mitteln, denn einem kann ich bei Männern nicht widerstehen. Wenn sie mich zum Lachen bringen.«

»Danke für den Rat. Ich kann mir zwar keine Witze merken, aber ich werde daran arbeiten.«

Liam sah sie zärtlich an. Lili hielt seinem Blick stand. Und erneut spürte sie einen Zauber, der sie auf der Stelle würde verleiten können, ihn zu küssen, wenn sie sich nicht fest vorgenommen hätte, ihre dahingehenden Impulse zu unterdrücken.

»Liam? Glauben Sie, dass Lord Fraser etwas mit Dustens Tod zu tun hat?«, fragte Lili in diesen Augenblick des Schweigens hinein.

»So weit würde ich nicht gehen, aber dass mit diesem Kerl etwas nicht stimmt, ist doch jetzt amtlich. Wie krank im Kopf muss einer sein, dass er sich ein Haus baut, das ein Ebenbild von Scatwell Castle ist?«

»Oder wie hinterhältig! Liam, ich glaube nicht mehr daran, dass er zufällig in unser Haus gekommen ist.«

»Möglich ist das. Aber das würde ja bedeuten, dass das mit Rose …«

»Genau! Dass es kein Zufall ist, dass er sich an meine Töchter rangemacht hat.«

»Umso wichtiger ist, dass wir alles tun, um sie aus seinen Klauen zu befreien«, erklärte Liam entschieden.

»Ja, Liam, wir werden nichts unversucht lassen«, bekräftigte Lili.

Sie wurde von einer wohligen Woge erfasst, als er sie zärtlich zu sich heranzog. Bei dem Kuss, der nun folgte, vermisste sie nicht einmal mehr den würzigen Geschmack von Dustens Pfeifentabak. Überhaupt verglich sie in diesem Augenblick gar nicht den einen mit dem anderen, sondern gab sich unverstellt und bedenkenlos dem Feuer hin, das dieser Kuss in ihrem ganzen Körper entfachte.

2. Teil

Lady Rose

Mai bis Juli 1932

38

Die Rückkehr in die Highlands war für Rose eine einzige Enttäuschung. Keith war völlig verändert, seit sie vor ein paar Tagen spät in der Nacht in ihrem neuen Zuhause eingetroffen waren. Zum ersten Mal seit ihrer Hochzeit hatte er sie verletzt. Und nur, weil sie die Wahrheit gesagt hatte. Die Fassade des Hauses wäre ein billiger Abklatsch von Scatwell Castle, und das war ihr gleich nach ihrer Ankunft herausgerutscht, woraufhin er sie als »ein dummes Gänslein« beschimpft hatte. Das war schon schlimm genug, aber dass Miss Brannon sich nicht einmal bemüht hatte, ihre Schadenfreude über diesen Streit zu verbergen, hatte ihr den Rest gegeben. Das war jetzt über eine Woche her, aber es war nicht bei diesem einen Misston zwischen Keith und ihr geblieben, sondern erst der Anfang gewesen.

Es war gleich mit dem Zimmer weitergegangen, in das Keith sie an dem Abend ihrer Ankunft wie ein kleines Kind gesteckt hatte. Sie war ja einerseits froh, dass sie nun nicht mehr wie auf der Reise ein Zimmer mit Miss Brannon teilen musste, aber diese Kammer missfiel ihr ganz und gar. Sie war klein und besaß an Möbeln nicht mehr als Bett, Tisch, Stuhl und Kleiderschrank. Das winzige Fenster ließ sich nicht öffnen, und die Möbel waren alle aus dunklem Holz und machten den finsteren Raum noch düsterer. Ein paar Tage hatte sie ihren Unmut für sich behalten, weil Keith ohnehin latent gereizt schien, seit sie wieder in Schottland weilten.

Nachdem sie ein paar Nächte geplagt von Albträumen in der Kammer hinter sich gebracht hatte, hatte Rose Miss Brannon am Frühstückstisch verkündet, dass sie sich ein anderes Zimmer aussuchen werde. Keith war längst aus dem Haus. Er verließ jeden Morgen früh das Haus und kehrte erst abends spät wieder zurück. Rose glaubte, er sei in der Whiskybrennerei.

An den Gedanken, dass Keith und sie vorerst kein gemeinsames Zimmer haben würden, hatte sie sich inzwischen gewöhnt. Wenn sie ehrlich war, kam ihr das sogar entgegen, denn der Gedanke, mit ihm das Bett zu teilen, behagte ihr nicht wirklich. Die Angst, schwanger zu werden, verleidete ihr die Vorstellung. Und außerdem war ihr Bedürfnis danach nicht vorhanden. Dazu haben wir noch so viel Zeit, sagte sie sich immer, und dann bin ich sicher bereit.

Umso erstaunter war Rose, als sie auf der Suche nach einem schöneren Raum hatte feststellen müssen, dass Miss Brannons Zimmer direkt neben Keiths Zimmer lag, in das sie bislang auch noch keinen Fuß gesetzt hatte. Sie merkte es daran, dass die Haushälterin ihr verbot, es zu betreten, gerade, als Rose einen Blick hineinwerfen wollte. Ein merkwürdiger Verdacht beschlich sie. Versüßte ihm Miss Brannon wohl die einsamen Nächte, bis sie, Rose, achtzehn war? Sie war fest entschlossen, der Sache nachzugehen und Keith zu bitten, ihr dieses Zimmer zur Verfügung zu stellen.

Als sie Keith am Abend dieses Ansinnen vorgebracht hatte, war er sehr böse geworden. »Bring mich doch nicht in Versuchung! Du weißt genau, dass es eine Zwischentür besitzt und dass ich dann fast in einem Zimmer mit dir wohne«, hatte er gebrüllt.

Mit einem süffisanten Seitenblick zu Miss Brannon hatte Rose kühl gekontert: »Da bin ich ja froh, dass Miss Brannon auf dich so wenig Anziehung ausübt, dass du fast in einem Zimmer mit ihr wohnen kannst.«

Die Haushälterin war feuerrot geworden, besonders als Keith grinsend erwidert hatte: »Da kannst du unbesorgt sein, mein kleiner Liebling!«

Rose hatte sich schließlich geweigert, weiterhin in die Kammer abgeschoben zu werden, und auf eigene Faust ein anderes Zimmer im Erdgeschoss bezogen. Als Miss Brannon sie beim Umzug beobachtet hatte, hatte sie angedroht, es sofort Keith zu petzen. Da war Rose der Kragen geplatzt. »Sie haben mir gar nichts zu sagen«, hatte sie die Haushälterin angebrüllt. »Das teile ich meinem Mann schon selbst mit. Er hat sicher nichts dagegen, dass ich aus dem Loch dort oben ausgezogen bin.«

Leider hatte sie sich geirrt. Keith war sogar sehr böse auf sie gewesen, weil sie ohne Absprache das Zimmer gewechselt hatte. Seitdem hatten sie kaum mehr miteinander gesprochen. Dabei brannte Rose so vieles auf der Seele. Vor allem die Frage, wann sie endlich nach Scatwell Castle fahren würden.

Keith hatte ihr auf der Reise hoch und heilig versprochen, Lili gleich nach ihrer Rückkehr einen Besuch abzustatten. Bislang hatte er sie aber mit fadenscheinigen Ausreden vertröstet. Doch heute wollte Rose ihn zur Rede stellen. Sie wusste, dass er früh nach Inverness gefahren war. Wie hatte sie ihn angefleht, sie mitzunehmen, aber Keith hatte ihr nicht nur diesen Wunsch verwehrt, sondern sie dazu verdonnert, den ganzen Tag im Haus zu bleiben. Nicht einen Fuß hatte sie vor die Tür setzen dürfen. Und das bereits seit ihrer Ankunft. Miss Brannon wachte wie ein Zerberus über sie. Warum, hatte Rose Keith mehrfach gefragt, soll ich nicht unter Leute gehen? Keith hatte steif und fest behauptet, Lili habe Detektive auf sie angesetzt mit dem Auftrag, Rose zu entführen.

Rose hatte diesen sonnigen Frühlingstag also missmutig in ihrem Zimmer verbracht und vesucht, Isobel einen Brief zu schreiben, doch alle Entwürfe waren im Papierkorb gelandet. Bis auf einen, dessen Anfang ihre Zustimmung fand, doch sie war nicht weitergekommen, weil ihre Gedanken immer wieder zu den vergangenen vier Monaten abgeschweift waren. Es war eine herrliche Zeit gewesen. Abwechslungsreich und unbeschwert, wenn sie einmal von der überwiegend schlechten Laune Miss Brannons absah.

Sie hatte halb Europa gesehen. Städte, von denen sie schon immer geträumt hatte. London, Paris, Madrid, Prag und Berlin. Sie waren an der Côte d'Azur gewesen sowie an der Riviera. Besonders hatte es ihr die Toskana angetan. Sie hatte sich gar nicht sattsehen können an den Kirchen und Museen von Florenz. Manchmal hatte sie sich im Stillen gefragt, woher Keith das viele Geld hatte, eine derart kostspielige Reise zu bezahlen, zumal sie ihn noch niemals, seit sie ihn kannte, hatte arbeiten sehen. Vor ein paar Tagen hatte sie ihn gebeten, ob sie ihn in seine Whiskybrennerei begleiten dürfe, doch er hatte ihr Anliegen rundweg abgelehnt. Sie würde sich sicher langweilen, hatte er prophezeit. Dabei war doch das Gegenteil der Fall. Es langweilte sie, zu Hause herumzusitzen und dem Müßiggang nachzugehen. Das war nicht ihre Art. Sie brauchte dringend Abwechslung. Deshalb war ihr auch so sehr daran gelegen, heute Abend mit ihm unter vier Augen zu sprechen.

Sie konnte sich kaum mehr auf das Schriftstück konzentrieren, weil sie sich im Geist bereits auf das Gespräch vorbereitete. Deshalb räumte sie es schließlich fort und sprang auf. Sie ging zum Fenster, öffnete es und ließ die Frühlingsluft herein. Es war ein bezaubernder Tag, und Rose konnte kaum der Versuchung widerstehen, zum Wasser hinunterzurennen. Denn von diesem Zimmer hatte sie einen herrlich weiten Blick über den Moray Firth. Sie war so schrecklich neugierig, wie es wohl in Fortrose aussah, ob der Ort einen Strand besaß oder einen Hafen.

Noch einmal lasse ich mich nicht einsperren, dachte sie entschlossen und schlenderte zur Küche. Plötzlich kam ihr der Gedanke, wie es wäre, wenn sie ihrem Mann etwas Schönes kochen und ihn mit einem Essen überraschen würde. Sie hatte nämlich nicht die geringste Lust, sich das Abendessen von Miss Brannon vorsetzen zu lassen und sich dann beim Essen wie das dritte Rad am Wagen zu fühlen, während »die Erwachsenen« über Dinge plauderten, die sie partout nicht interessierten.

Als sie in die Küche kam, war Miss Brannon gerade dabei, das Abendessen vorzubereiten.

»Machen Sie sich nur keine Mühe«, bemerkte Rose vorsichtig. »Ich werde meinem Mann heute Abend etwas kochen!«

Rose wusste, dass sie den Mund reichlich vollnahm, denn sie hatte noch nie zuvor gekocht.

Miss Brannon, die das nicht wissen konnte, feuerte vor Zorn den Löffel, den sie in der Hand hielt, zu Boden. »Jetzt ist es aber genug«, schrie sie. »Das Essen ist fertig, und ich werde es nicht wegwerfen, weil der gnädigen Frau einfällt, für den Gatten zu kochen.«

Rose wich erschrocken einen Schritt zurück.

»Was regen Sie sich denn so auf? Dann essen wir eben das, was Sie gekocht haben, aber ich möchte Sie bitten, heute nicht mit uns zu speisen. Ich habe mit meinem Mann unter vier Augen zu reden ...«

»Ich habe mit meinem Mann unter vier Augen zu reden«, äffte Miss Brannon Rose in einer Art und Weise nach, die ihr das Blut in die Wangen trieb. Als führe sie sich auf wie ein quengelndes Kleinkind.

Rose stemmte die Hände in die Hüften und funkelte die Haushälterin wütend an. »Jetzt hören Sie mir mal zu. Sie mögen mich ja für ein dummes Gör halten, aber so naiv, nicht zu merken, dass Sie meinem Mann ergeben sind, bin ich nicht. Doch wenn Sie nicht aufhören, mich in meinem eigenen Haus zu ärgern, dann müssen Sie gehen.«

Miss Brannon stieß ein meckerndes Gelächter aus. »Sie können mich nicht hinauswerfen. Und wenn Sie es genau wissen möchten, Lord Fraser braucht mich mehr als Sie glauben.«

Rose stockte der Atem. So dumm, nicht zu verstehen, was die Haushälterin damit anzudeuten versuchte, war sie nicht. Und so kindlich, sich das anmerken zu lassen, erst recht nicht. Im Gegenteil, sie tat so, als hätte sie es überhört.

»Gut, Miss Brannon«, sagte Rose kühl. »Dann haben wir uns verstanden. Ich wünsche heute allein mit meinem Mann zu speisen. Und es wird Ihnen nichts nützen, mir weiter Angst vor meinem eigenen Ehemann einzujagen. Es ist mein Haus, und wenn Sie nichts Besseres zu tun haben, als gegen mich zu intrigieren, muss einer von uns beiden gehen. Und Ihnen ist sicher klar, wer das sein wird, nicht wahr?« Rose schenkte der verblüfften Miss

Brannon noch ein falsches Lächeln und verließ die Küche mit hocherhobenem Kopf.

Kaum war sie im Flur, als sie sich schon gegen die Wand lehnen musste. Es hatte sie sehr viel Kraft gekostet, die selbstbewusste Dame des Hauses zu spielen. Langsam begriff sie nämlich, dass das, was seit Tagen in ihrem Hinterkopf herumgespukte, die Wahrheit war. Miss Brannon war nicht nur Keiths Haushälterin, sondern seine Geliebte. Das jedenfalls hatte ihr die Dame eben en passant unterjubeln wollen.

Rose ballte die Fäuste. Was sollte sie tun? Ihren Mann verführen und das gegen ihr eigenes Bedürfnis? Wenn sie ehrlich war, hatte sie nur eine Angst: schwanger zu werden, bevor sie die Schule beendet hatte. An dem Entschluss hatte sie die ganze Zeit über festgehalten. Schließlich hatte er es ihr versprochen. Trotzdem durfte sie sich nicht wie ein Schulmädchen verhalten, sondern sollte ihren Mann zumindest mit Zärtlichkeiten locken. Schlagartig wurde ihr bewusst, dass sie sich seit Wochen nicht einmal mehr geküsst hatten. Zum letzten Mal in Paris unter dem Eiffelturm, aber nur, weil Rose es so gewollt hatte. Ich darf nicht tatenlos zusehen, wie das leidenschaftliche Feuer, das aus seinen Augen gefunkelt hat, als er mich im Stall auf Scatwell Castle zum ersten Mal geküsst hatte, erlischt, dachte sie entschlossen.

Sie nahm sich fest vor, ihre weiblichen Reize wieder so einzusetzen, dass das Kribbeln zwischen ihnen wieder erwachte. Und wie die Mädchen in der Schule hinter vorgehaltener Hand verraten hatten, gab es schließlich auch andere Methoden, dem Mann eine Freude zu bereiten, ohne mit ihm zu schlafen. So, wie es jetzt war, kam sie sich wie seine ungezogene Tochter vor. Und wenn sie so weitermachte, öffnete sie Tor und Tür, dass sich Miss Brannon in seinem Leben tatsächlich unentbehrlich machte. Kurz, diese Frau musste verschwinden!

Noch hatte sie keinen Beweis für ein Verhältnis der beiden, aber sie war fest entschlossen, einen zu finden.

Nachdem sich ihr pochendes Herz etwas beruhigt hatte, eilte

Rose zielstrebig zu Keiths Schlafzimmer. In dieses Zimmer hatte sie bislang noch keinen Fuß gesetzt, und sie erschrak, als ihr eigenes Kindergesicht sie von der Wand anlächelte. Rose hatte sich schon gefragt, wo das Gemälde geblieben war. Schließlich hatte er von ihr verlangt, das Bild bei ihrer Flucht aus Scatwell Castle mitzunehmen, damit sie eine Erinnerung an ihr Zuhause habe. Und nun hing es in seinem Schlafzimmer. Was hat das zu bedeuten, dachte Rose, während sie seine Bettdecke zur Seite schob. Was erwarte ich? Dass ich Miss Brannons Dessous finde?

Hastig deckte sie das Bett wieder zu und strich es glatt. Es machte alles nicht den Eindruck, als hätte sich hier ein Paar besinnungslos in den Laken gewälzt. Rose fühlte sich wie eine hässliche Schnüfflerin. Trotzdem warf sie noch einen flüchtigen Blick in seinen Nachttisch, aber sie traute sich nicht, auch nur einen der Briefe, die er in der Schublade verwahrt hatte, anzufassen.

Ihr Blick fiel auf die Zwischentür. Was, wenn sie abgeschlossen war? Vorsichtig drückte sie die Klinke herunter und wunderte sich nicht wirklich, als sie ungehindert in Miss Brannons Zimmer gelangen konnte. Ihr Bett war verwühlt. Rose zitterte am ganzen Körper. Doch war das ein Beweis, der genügte, um zu verlangen, dass Miss Brannon ihr Haus auf Nimmerwiedersehen verließ? Wohl kaum, durchfuhr es Rose eiskalt, ich muss sie in flagranti ertappen, sonst wird Keith es leugnen und mich auslachen.

Auch in Miss Brannons Nachttisch warf sie einen flüchtigen Blick. Ihr Herzschlag beschleunigte sich, als sie einen dunkelbraunen Ledereinband erblickte. Wenn die Dame ihr Verhältnis zu Keith einem Tagebuch anvertraut hätte, dann hätte ich meinen stichhaltigen Beweis, dachte Rose. Caitronia behauptete immer, Männer brauchten das. Die Weisheit hatte sie von ihrer Mutter eingetrichtert bekommen. Genau wie den Ratschlag: Deshalb muss du mitmachen, ob es dir Spaß macht oder nicht. Wenn Miss Brannon eine nette Person wäre, würde Rose vielleicht schweigen, bis sie selbst bereit war, sich in Keiths Bett zu legen, aber so? Nein, diese Frau war gefährlich und versuchte, sie auszubooten.

Wie sie es auch drehte und wendete, sie musste die leidenschaftliche Seite ihrer Ehe fortan in die eigenen Hände nehmen.

Ein Geräusch aus dem Flur ließ sie zusammenzucken. Erschrocken griff sie nach dem Tagebuch, ließ es im Ausschnitt ihrer Bluse verschwinden und schlüpfte unbemerkt in Keiths Schlafzimmer. Ihr Herz klopfte bis zum Hals. Es hätte nicht viel gefehlt und Miss Brannon hätte sie beim Schnüffeln ertappt, denn aus deren Zimmer drangen nun die energischen Schritte der Haushälterin durch die dünne Verbindungstür.

39

Rose hatte gerade das Tagebuch in ihrem Schreibtisch verstaut, als sie Keith nach Hause kommen hörte. Sie merkte es an der schrillen Stimme von Miss Brannon, die sich lautstark bei ihm beschwerte. Rose konnte sich denken, worüber, und sie freute sich schon jetzt auf das, was sie der Haushälterin bieten würde.

Sie strich sich noch einmal ihren Rock glatt und setzte ein breites Lächeln auf. So eilte sie die Treppe hinunter und flötete: »Liebling, ach, wie schön dich zu sehen.« Sie ahnte, dass das Ganze übertrieben und schrecklich affektiert wirkte, aber genau das beabsichtigte sie. Sie fühlte sich ein wenig wie in der schuleigenen Theatergruppe, wo sie im letzten Schuljahr die Irina in »Drei Schwestern« von Tschechow gespielt hatte. Ohne sich um Keiths verdutztes Gesicht zu scheren, gab sie ihm einen Kuss auf den Mund.

Miss Brannon hatte vor Schreck das Zetern eingestellt, doch Rose blickte jetzt scheinheilig von Keith zu seiner Haushälterin und zurück.

»Ich hoffe, ich habe nicht gestört. Gibt es irgendetwas, das ich wissen sollte, Miss Brannon? Ich hörte Ihre aufregte Stimme bis nach oben.«

Rose konnte nicht verhehlen, dass ihr dieser Auftritt ungeheuer Spaß machte. Für sie war es Theater, aber aus Miss Brannons Miene sprach ehrliche Entgeisterung.

Auch Keith war so überrascht von Roses Verhalten, dass er keine Worte fand.

»Gut, mein Liebling, wenn es mit Miss Brannon nichts mehr zu plaudern gibt, dann lass uns in den Salon gehen. Ich habe dir so viel zu erzählen«, säuselte Rose und fügte an Miss Brannon gewandt freundlich hinzu: »Ob Sie meinem Mann und mir wohl das Essen servieren würden? Das wäre reizend.« Rose musste sich ein

Grinsen verkneifen. Sie hatte Miss Brannon noch nie so fasssungslos erlebt.

Keith folgte ihr zögernd.

»Meinst du nicht, wir sollten Miss Brannon zu Tisch bitten?«, fragte er etwas hilflos.

»Heute nicht. Wir haben, seit wir wieder in den Highlands sind, noch nicht einmal unter vier Augen geplaudert. Und ich mache mir Sorgen. Du machst einen nervösen Eindruck, seit wir in dieses Haus gezogen sind. Wir sollten unsere kostbare Zeit nicht mit Streiten vergeuden. Ich möchte dir eine gute Frau sein ...« Rose nahm seine Hand und führte sie zu ihren Lippen und küsste zärtlich seine Fingerspitzen.

Keiths harte Gesichtszüge wurden weicher.

»Was ist in dich gefahren, Kleines? Du bist ja wie ausgewechselt«, flüsterte er.

»Nein, ich will uns nur das bewahren, was wir auf dieser schönen Reise erlebt haben.« Rose näherte sich seinem Gesicht, legte den Kopf schief und bot ihm ihren Mund zum Kuss. Sie küssten sich leidenschaftlich, bis sich Keiths Lippen rasch von ihren lösten. Er stöhnte laut auf.

»Rose, du küsst so, als würdest du mehr wollen, aber du weißt doch, dass ... ich meine, dass wir noch warten wollen, bis du achtzehn bist.«

»Das habe ich nicht vergessen«, raunte sie heiser, »Aber ich habe nichts gegen einen kleinen Vorgeschmack.«

Sie spürte, dass er zögerte, ob er sie erneut küssen sollte, aber sie zog sein Gesicht sanft zu sich heran.

Ihre Zärtlichkeit wurde unterbrochen, als die Tür aufflog. Keith zog sich sofort von Rose zurück, als hätte er sich verbrannt.

Mit säuerlicher Miene knallte Miss Brannon die Schüssel mit dem Essen auf den Tisch, wie Rose triumphierend beobachtete. Sie platzt vor Eifersucht, vermutete Rose, während sie Keiths Hand ergriff und seufzte: »Ach, Liebling, wie schön!« Sie verlieh ihrer Stimme den Ton, den Caitronia als Olga in die »Drei Schwestern« angeschlagen hatte. Sie hatte so furchtbar übertrieben, dass bei der Aufführung vereinzelte Lacher aus dem Publikum gekommen waren, wo sie eigentlich gar nicht hingehörten.

»Ich muss Sie sprechen, Sir«, fauchte die Haushälterin. »Unter vier Augen und sofort!«, fügte sie beinahe drohend hinzu.

»Tut mir leid, Miss Brannon, ich werde erst einmal in Ruhe mit meiner Frau zu Abend essen. Sie hat offenbar etwas auf dem Herzen.«

Miss Brannon verließ schnaubend das Zimmer.

Aufrichtig gerührt betrachtete Rose ihren Mann. In diesem Augenblick war er ihr wieder so nahe wie bei ihrem ersten Kuss und manchmal auf der Reise durch Europa. Sie war froh, dass er ihr wieder vertrauter war, wenngleich sie sich dazu des Theaterspiels bedienen musste.

Ob sie es wagen sollte, nach dem Essen mit ihm ins Schlafzimmer zu gehen? Sie war jedenfalls bereit dafür. Solange er sie nicht schwängerte, war alles in Ordnung.

»Was wolltest du mir eigentlich sagen?«, fragte er, nachdem sie eine Zeitlang schweigend gegessen hatten.

Rose stieß einen tiefen Seufzer aus. »Du hast mir versprochen, dass wir gleich nach unserer Heimkehr meine Mutter in Scatwell Castle besuchen werden. Und seit Tagen vertröstest du mich.«

Auf der Stelle verfinsterte sich Keiths Miene.

»Ich wollte es dir eigentlich nicht sagen, aber nun muss es sein. Erstens kannst du deine Mutter nicht mehr in Scatwell Castle besuchen, weil sie da nicht mehr wohnt.«

»Keith, hör auf mit dem Unsinn!«

»Ich sage die Wahrheit. Deine Mutter ist nach Little Scatwell gezogen. Scatwell Castle steht zum Verkauf.«

»Wie bitte?«

»Das habe ich mir gedacht, dass es dich aufregen wird. Und ich frage mich, ob sie das darf oder ob es nicht genau so eine Eigenmächtigkeit ist wie der geplatzte Verkauf eures Geschäftshauses.«

»Scatwell Castle hat zuletzt meinem Vater gehört, und er hat meine Mutter zur Erbin eingesetzt. Sie darf es verkaufen, aber trotzdem, ich verstehe das nicht. Warum tut sie das?«

Keith hob die Schultern. »Keine Ahnung, aber da wäre noch etwas. Sie hat schon wieder über das Geschäftshaus verfügt.«

»Hat sie es verkauft? Aber das würde Isobel niemals erlauben!«

»Nein, sie hat das Haus in eine Armenküche und in eine Unterkunft für Obdachlose umfunktioniert. Und Isobel scheint damit einverstanden, denn sie soll in diesem Verein mitarbeiten, in dem auch deine Mutter und dieser schmierige Anwalt tätig sind.«

»Meinst du Mister Brodie?«

Keith nickte.

»Aber das ist doch eigentlich eine gute Sache. Ich meine, da dient das Haus wenigstens einem guten Zweck. Das ist ganz in meinem Sinn.«

»Ach ja?«, fragte er in scharfem Ton. »Und wenn ich dir nun sage, dass es in der Brennerei Schwierigkeiten gibt und wir jeden Penny gebrauchen könnten, um den Betrieb wieder auf Vordermann zu bringen?«

»Du brauchst Geld?«, fragte Rose erschrocken. Bislang hatte sie geglaubt, dass sie einen vermögenden Mann geheiratet hatte. Nicht dass das der Grund für ihren Entschluss gewesen war, mit ihm fortzugehen. Wenn sie ehrlich war, hatte sie überhaupt keinen Gedanken daran verschwendet.

»Aber was soll ich tun?«

»Wir müssen einen Anwalt beauftragen, der den Verkauf des Hauses in die Hand nimmt und dir deinen Anteil auszahlt, denn ich glaube kaum, dass deine Familie das tun wird. Und wovon auch?«

»Ich könnte Isobel bitten, meinen Anteil am Haus zu übernehmen und mir dafür Bargeld zu geben. Sie besitzt schließlich reichlich Vermögen.«

»Du glaubst doch nicht allen Ernstes, dass Isobel dir nach allem, was zwischen euch vorgefallen ist, Geld gibt!«, bemerkte er in scharfem Ton.

»Da magst du recht haben. Sie wollte ja schon nicht einmal meine Schule bezahlen. Und die Collane hat sie sich auch unter den Nagel gerissen. Sie wird mir bestimmt nicht entgegenkommen, wenn sie zudem noch erfährt, dass es um dein Unternehmen geht. Aber einen Anwalt? Ist das nicht ein Affront?«

Keith lachte bitter auf. »Worauf willst du warten? Dass diese Leute Schaden im Haus anrichten und es später unverkäuflich ist?«

Rose aber hörte ihm nur noch mit halbem Ohr zu. Plötzlich stand ihr der ganze Streit mit Isobel wieder vor Augen. Und wie gemein sie gewesen war, ihr absichtlich das Kleid zu zerreißen. Nein, Isobel hatte wirklich keine Rücksicht verdient. Auch wenn sie inzwischen gewiss genug gelitten hatte, weil Keith sie hatte sitzenlassen.

»Du musst dich entscheiden«, sagte Keith nachdrücklich. »Sonst ist dein Vermögen weg.«

Rose atmete ein paarmal tief durch. »Ich werde ihr erst einmal einen Brief schreiben. Ob sie etwas dagegen hat, wenn ich sie aufsuche.«

»Ach, mein Herzchen, was versprichst du dir denn davon? Aber gut, wenn es dir besser damit geht, aber warte nicht mehr zu lange.«

»Hast du zufällig in Erfahrung bringen können, ob Isobel auch mit nach Little Scatwell gegangen ist?«

»Nein, sie hat ein kleines Haus in Beauly. Sie ist dort offenbar Direktorin der Schule geworden.«

»Sag mal, woher weißt du das eigentlich alles?«, fragte Rose nun aufgeregt. Es war doch merkwürdig, dass er in den paar Tagen seit ihrer Rückkehr alles über ihre Familie in Erfahrung gebracht hatte. Arbeitete er denn nicht?

»Ich habe einen alten Bekannten aus Inverness getroffen. Der wusste über alles Bescheid.«

Rose holte tief Luft. »Weiß er auch, wie es meiner Mutter geht?«

Keith schüttelte den Kopf.

»Können wir sie vielleicht morgen besuchen? Morgen ist Sonntag.«

»Es tut mir leid«, erwiderte Keith.

»Wie meinst du das?« Rose sah ihn aus schreckensweiten Augen an.

»Wir werden sie gar nicht besuchen!«

»Aber das hast du mir doch versprochen!«

»Es liegt nicht an mir …« Er stockte und nahm ihr Gesicht in beide Hände. »Du musst jetzt tapfer sein«, beschwor er sie.

»Aber was ist denn … nun sag schon!« Rose standen die Tränen in den Augen.

»Ich war bei ihr und habe ihr unseren Besuch angekündigt.« Er ließ seine Hände sinken und blickte geknickt zu Boden.

»Und was hat sie gesagt?«, keuchte Rose atemlos.

Keith wand sich. »Ich … also ich … sie … sie hat mich nicht ins Haus gelassen und mir angedroht, dass sie erst ruht, wenn ich hinter Schloss und Riegel bin.«

»Aber warum? Du hast doch nichts Unrechtes getan!«

»Das habe ich ihr auch gesagt, doch sie hat Stein und Bein geschworen, dass sie etwas finden wird, das sie mir anhängen kann. Da sei ihr jedes Mittel recht, hat sie gedroht.«

»Aber vielleicht nimmt sie das alles zurück, wenn wir sie noch einmal gemeinsam aufsuchen. Ich werde mit ihr reden. Wahrscheinlich ist sie nur krank vor Kummer, obwohl ich ihr in meinem Briefen immer wieder versichert habe, dass es mir gut geht …«

Rose konnte den Satz nicht zu Ende bringen, weil Keith ohne Vorwarnung ihre Handgelenke gepackt und mit seinen Fäusten eisern umklammert hielt.

»Du hast was? Waren wir uns nicht einig, dass du dich nicht von unterwegs bei ihr meldest?«

»Ja, schon, aber … sie sollte doch wissen …«, stammelte Rose.

»Du bist doch wirklich ein selten blöder Kindskopf«, fauchte er.

Rose schnappte nach Luft. Das hätte er nicht sagen sollen! Sie war es leid, von Miss Brannon und ihm wie eine dumme Göre behandelt zu werden.

»Aber du kannst mir nicht verbieten, meine Mutter zu sehen. Ich werde morgen allein mit dem Zug fahren, wenn du nicht mitkommen willst«, schnaubte Rose.

Es herschte eine Weile eisiges Schweigen, bis Keith mit fester Stimme erklärte: »Tu, was du nicht lassen kannst, nur erwarte nicht, dass sie mit dir sprechen wird!«

»Sie ist meine Mutter!«

»So?«

»Ja!«

»Ich wollte es dir ersparen, aber nun bleibt mir nichts anderes übrig als dir die Wahrheit zu sagen. Weißt du, wie ihre letzten Worte waren, bevor sie mir die Tür vor der Nase zugeschlagen hat? Nachdem ich ihr deinen Besuch angekündigt habe?«

Rose schüttelte stumm den Kopf.

»Ich habe keine Tochter mehr!«

»Das glaube ich nicht!« Roses Stimme bebte.

»Es tut mir leid, ich wollte es dir ersparen. Deshalb habe ich Ausreden erfunden, warum wir nicht ins Tal fahren können, denn sie fügte noch hinzu, dass sie dich nie mehr wiedersehen wolle, du seist gestorben für sie …«

Rose hielt sich die Ohren zu.

»Nein, nein, das glaube ich nicht!«

Keith griff grob nach ihren Händen, sodass sie seine Worte hören musste. Ob sie es wollte oder nicht.

»So etwas kann man nicht erfinden. Und auch nicht ihren letzten Satz, bevor die Tür zuknallte: Ich hätte ihr alles verziehen, aber sie hat ihrer Schwester auf übelste Weise den Mann ausgespannt, das zeugt von schlechtem Charakter!«

»Aber das kann ich mir nicht vorstellen, meine Mutter würde niemals so über mich reden, aber das kann sie doch nicht wirklich denken!« Rose schluchzte auf.

Keith nahm sie behutsam in den Arm und drückte sie fest an sich.

Rose weinte sich an seiner Brust aus. Sie kam sich wie ein kleines ausgesetztes Kind vor. Hatte sie ihre Mutter wirklich so verletzt, dass sie tatsächlich mit ihr gebrochen hatte? Oder hatte Isobel das in ihrer Gekränktheit von Lili verlangt? Wie sie es drehte und wendete, es wollte ihr schier das Herz zerreißen. Aber was hatte sie auch erwartet? Dass ihre Mutter sie mit offenen Armen empfangen würde, nach allem, was sie ihr angetan hatte? Dass sie ihr verzeihen würde, dass sie mit dem Verlobten ihrer Schwester durchgebrannt war und sie in Angst und Schrecken zurückgelassen hatte? Wie naiv kann man nur sein, zu glauben, ein paar Briefe würden genügen, um die Wunden zu heilen, fragte sie sich bitter.

Aus großen geröteten Augen sah sie Keith an. In seinem Blick glaubte sie, Mitgefühl zu erkennen. Jetzt hatte sie nur noch ihn, ihren Mann.

»Ich liebe dich«, flüsterte sie, während sie sich mit dem Ärmel ihrer Bluse über das verweinte Gesicht fuhr, als könne sie die Traurigkeit damit einfach wegwischen.

»Ich dich auch, Kleines«, erwiderte er.

Rose kamen erneut die Tränen, aber sie schaffte es, sie zu unterdrücken. Er sollte nicht denken, dass sie wirklich noch ein kleines unreifes Mädchen war, das bei jeder Gelegenheit losheulte.

»Ich muss mich jetzt hinlegen. Darf ich mich in dein Bett kuscheln?«, stieß sie heiser hervor.

Keiths eben noch freundliche Miene versteinerte. »Nein, du weißt doch, was wir vereinbart haben. Ich möchte warten, bis du achtzehn wirst. Damit mir keiner nachsagen kann, ich hätte ein junges Mädchen verführt.«

»Ich will doch nur in deinem Arm einschlafen«, entgegnete Rose verzweifelt, doch Keith ließ sich nicht erweichen. Er riet ihr, in ihr eigenes Bett zu gehen und versprach ihr, gleich noch einmal nach ihr zu sehen.

Mit hängenden Schultern verließ Rose den Salon.

»Ich komme gleich. Ich muss nur noch etwas erledigen«, rief Keith ihr versöhnlich hinterher, doch sie drehte sich nicht um. Selten hatte sie sich so verlassen gefühlt, und für einen Augenblick wünschte sie sich in den Schlafsaal der St. Georges, wo sie mit ihren Freundinnen zusammen über das kichern konnte, was Männer und Frauen anging. Nun war sie eine Ehefrau und hatte nur noch ihren Mann. Was würde sie darum geben, wenn sie sich ihrer Mutter in die Arme werfen und sie um Rat fragen könnte!

Rose beschleunigte ihren Schritt, denn sie wollte nicht, dass Keith ihr erneutes verzweifeltes Aufschluchzen hörte.

Keith sah Rose lange nach, selbst nachdem die Tür hinter ihr ins Schloss gefallen war. Er ließ nervös seine Fingerknöchel knacken. Wenn sie nur ahnen würde, was er für innere Kämpfe ausfechten musste, um dieses unschuldige und leidenschaftliche Geschöpf nicht schneller zur Frau zu machen als ihr lieb wäre! Er begehrte sie mit einer Heftigkeit, die geradezu schmerzte. Allein der Gedanke erregte ihn. Er musste dringend etwas unternehmen, um diese Begierde zu dämpfen. Er wusste auch schon was. Das war bitter nötig, damit er einen klaren Kopf behielt. Jegliches Gefühl, das er investierte, widersprach seinem Plan. Dennoch konnte er es vor sich selbst kaum mehr leugnen: Er hatte sich entgegen aller Vernunft in sie verliebt. Ein Gefühl, das für sein Vorhaben gefährlich war. Außerdem verstieß es gegen seine strikten Vorsätze. Einmal abgesehen davon, dass es ihm ausschließlich um den Untergang dieses Mädchens und seiner Sippe ging, würde er niemals mit einer so nahen Verwandten schlafen. Dazu durfte es nicht kommen. Niemals! Wenn sie achtzehn war, musste die ganze Angelegenheit erledigt sein, und zwar zu seiner vollen Zufriedenheit. Dann musste sie längst ihren Verstand verloren haben!

Um seinen Plan für den heutigen Abend in die Tat umzusetzen, brauchte er aber zunächst einmal die Gewissheit, dass Rose müde war und bald schlafen würde.

Als er in ihr Zimmer trat, war alles still. Vorsichtig näherte er sich ihrem Bett. Sie lag in voller Kleidung auf dem Rücken und schlief. Das kam ihm sehr gelegen. Und doch konnte er nicht umhin, ihr einen zarten Kuss auf den Mund zu pressen. Wenn sie nur wüsste, wie er bei jedem Kuss vor Angst verging, dass er sich doch eines Tages vergessen könnte.

Er zuckte zurück und versuchte, sie noch einmal ohne den Zauber zu betrachten, der sie umgab, seit er sie zum ersten Mal gesehen hatte. Damals, beim Ballspielen auf dem Schulhof der St. Georges. Damals, als er noch überzeugt davon gewesen war, ihre Schwester zu heiraten und sie ... Merkwürdig, dachte er, was Rose anging, hatte ich gar keinen konkreten Plan. Ich wollte von Anfang an, dass sie nicht leiden muss.

Rasch wandte er sich von ihrem engelsgleichen Gesicht ab und war fest entschlossen, sich schnellstens Ablenkung zu verschaffen.

40

Rose war vor Erschöpfung eingeschlafen und wachte erst auf, als sie flüsternde Stimmen auf dem Flur vernahm. Sie hielt den Atem an und setzte sich auf. Es war schwer, etwas zu verstehen, weil sie so leise sprachen, doch sie erkannte zweifelsfrei die Stimmen von Miss Brannon und Keith.

»Ich lasse mich doch nicht von diesem dummen Gör vorführen. Du musst sie aus dem Verkehr ziehen. Ich ertrage ihre Anwesenheit nicht länger!«, hörte Rose die Haushälterin mit einem Mal schimpfen, die etwas lauter geworden war. Das hatte offenbar auch Keith bemerkt, denn er zischelte nur: »Scht!« Dann entfernten sich die Stimmen und Rose hörte Schritte auf der Treppe. Die beiden gingen offenbar nach oben.

Roses Herz klopfte zum Zerbersten. Das Wenige, was sie gehört hatte, war so ungeheuerlich, dass sie es kaum glauben wollte, denn sie hegte keinen Zweifel daran, dass die Haushälterin gerade von ihr derart abfällig gesprochen hatte. Und Keith hatte sie gewähren lassen. Und überhaupt, was meinte Miss Brannon damit? Er müsse sie aus dem Verkehr ziehen?

Rose war so durcheinander, dass sie gar nicht recht wusste, was sie als Nächstes tun sollte. Am liebsten hätte sie sich angezogen, ihre Sachen genommen und sich fortgeschlichen. Aber wohin? In St. Georges hatte man sie sicher längst abgeschrieben. St. Georges? Ihr Herzschlag beschleunigte sich merklich. Ob Miss Brannon das gemeint haben könnte? Dass Keith sie wieder auf der Schule angemeldet hatte? Das wäre ja wunderbar, dachte sie hocherfreut, doch dann kamen ihr erhebliche Zweifel. Das hätte er ihr doch gesagt. Er wusste doch, wie sehr sie sich wünschte, die Schule zu beenden.

Erneut machte sich Mutlosigkeit in ihr breit. Sie fühlte sich entsetzlich verlassen. Nach St. Georges konnte sie nicht zurück und auch nicht nach Scatwell Castle, denn für ihre Mutter war sie gestorben. Ob sie ihr jemals verzeihen würde? Sie durfte gar nicht daran denken, dass sie ihre Mutter womöglich nie mehr wiedersehen würde … Sie straffte die Schultern. Aber deshalb tatenlos zuzusehen, wie sich Miss Brannon als Dame des Hauses aufspielte und von Keith ungestraft fordern durfte, dass er sie aus dem Verkehr ziehe? Nein, niemals!

Entschlossen sprang Rose vom Bett auf. Sie war vollständig bekleidet. Sogar ihre Schuhe trug sie noch. Sie fuhr sich einmal flüchtig durch das Haar und schlich sich auf Zehenspitzen hinauf zu Keiths Schlafzimmer. Vorsichtig legte sie das Ohr an die Tür, aber aus dem Zimmer drang kein verdächtiger Laut.

Rose wiederholte die Prozedur an Miss Brannons Tür. Erst war auch dort drinnen alles still, bis ein leises Stöhnen ertönte.

Rose drückte vorsichtig die Klinke der Tür herunter, aber zu ihrem großen Entsetzen war sie abgeschlossen. Das Stöhnen wurde lauter. Es war eindeutig Keith, dessen Kehle sich diese Laute entrangen. Natürlich konnte das auch einen anderen Grund haben als ein wildes Liebesspiel, nur passte es zu dem, was man sich nachts in der St. Georges zugeraunt hatte. Männer ächzten und stöhnten beim Liebesspiel.

Entschlossen versuchte sie es an Keiths Tür. Sie hatte Glück. Diese war nicht verschlossen. Nun trennte sie nur noch die Zwischentür von den beiden. Das Stöhnen wurde immer lauter.

Als Rose den Griff in der Hand hielt, zögerte sie kurz. Wollte sie wirklich mit eigenen Augen sehen, wie sich ihr Mann mit Miss Brannon im Bett wälzte? Ich muss, dachte sie entschlossen, weil ich sie nur auf diese Weise für immer loswerden kann. Sie schloss die Augen, öffnete leise die Tür und riss ihre Augen dann weit auf. Und erstarrte. Es bot sich ihr ein Bild, das sie nicht erwartet hatte. Keith stand mit heruntergelassener Hose mit dem Rücken gegen eine Wand gelehnt, die Augen geschlossen, mit merkwürdig verzerrter Miene, während Miss Brannon vor ihm am Boden hockte und … Rose erkannte nicht genau, was sie dort trieb, doch dann ertönten schmatzende Geräusche, und mit einem Mal konnte Rose sich denken, was Miss Brannon da tat.

Auch darüber, dass man das Glied eines Mannes mit dem Mund befriedigen könne, wenn man keine Kinder wolle, hatten die erfahrenen älteren Mädchen ihnen in St. Georges etwas zugeflüstert. Rose erinnerte sich noch genau, wie ekelhaft ihre Freundinnen und sie die Schilderungen gefunden hatten. Sehr zur Empörung der Erzählerin, die schnippisch entgegnet hatte, dass es sogar Vergnügen bereiten konnte. Das allerdings hatten sich die damals dreizehnjährigen Mädchen nur schwerlich vorstellen können. Aber zumindest in einem hatte die ältere Schülerin recht gehabt: Keith schien es zu genießen. So wie er sich die Lippen leckte und seinen Kopf von einer Seite auf die andere warf.

»Fester«, hörte sie Keith jetzt stöhnen. Rose musste sich kurz abwenden, weil sie den Anblick seines bis zur Unkenntlichkeit verzogenen Gesichts schwerlich ertragen konnte. »Fester«, keuchte er, und sein Stöhnen steigerte sich in kleine spitze Schreie. »Ja! Ja!«, schrie er immer wieder.

Es kostete Rose viel Überwindung, sich dem wilden Treiben erneut zuzuwenden. Am liebsten wäre sie fortgerannt. Keith sah aus, als wäre er nicht mehr Herr seiner Sinne. Sein Mund stand sperrangelweit auf. Es fehlt nur, dass ihm Speichel heraustropft, durchfuhr es Rose angewidert. Sie hoffte, es würde nicht mehr allzu lange dauern. In der Tat schien sich das Schauspiel dem Ende zu nähern, denn Keith hatte seine Hände nun in Miss Brannons zerzaustem Haarschopf vergraben »Ja, Marta, ja. Oh ja, oh ja«. Er wand seinen Oberkörper und schrie noch einmal laut auf. »Oh ja, Marta, oh ja!«

Keith hielt seine Augen geschlossen, bis er sich Miss Brannons Mund entzog und sein immer noch steifes Glied packte, als wäre es eine Trophäe. Rose Blick heftete sich an seine Männlichkeit mit einer Mischung aus Gruseln und diffuser Erregung.

»Rose, was tust du hier?«

Dieser entsetzte Aufschrei ihres Mannes brachte ihr zu Bewusstsein, dass sie soeben Zeugin geworden war, wie er sich von der Haushälterin hatte befriedigen lassen.

Auch Miss Brannon hatte sich ihr jetzt entsetzt zugewandt. Sie sah bedauernswert aus, wie sie da immer noch am Boden hockte, mit ihrem zerzausten Haar, das in alle Richtungen abstand, und dem verschmierten, roten Mund.

Keith zog hastig seine Hose hoch und trat auf Rose zu. Er wollte sie umarmen, aber sie trat einen Schritt beiseite, sodass er ins Leere griff.

Er zog ein Gesicht wie ein Schüler, der dem Lehrer einen schlimmen Streich beichten wollte. »Das ist nicht so, wie du denkst. Miss Brannon hat meine Hose waschen wollen und …«

Rose verspürte mit einem Mal einen unwiderstehlichen Lachreiz. Das kannte sie aus der Schule. Wenn der Lehrer etwas Peinliches gesagt hatte, dann durfte sie niemals ihre Mitschülerinnen ansehen. Wenn auch nur eine die Miene verzog, war es um Rose geschehen. Und immer zu den unpassendsten Gelegenheiten.

Ohne Vorwarnung prustete sie laut los und konnte nicht mehr aufhören, bis sie sich schließlich den Bauch vor Lachen hielt. Und jeder ihrer Blicke, wenn er die verdatterten Gesichter von Miss Brannon und Keith streifte, ließ sie erneut ungehemmt kichern.

Keith war einen Schritt zurückgewichen, und Miss Brannon hatte sich endlich vom Fußboden aufgerappelt. Mit irrem Blick wankte sie auf Rose zu, holte aus und versetzte ihr eine schallende Ohrfeige, die Rose auf der Stelle verstummen ließ.

Rose wollte zurückschlagen. Sie hatte bereits die Hand erhoben, doch Keith hielt sie fest.

»Miss Brannon, was erlauben Sie sich?«, brüllte er die Frau an, die ihm eben noch ein so großes Vergnügen bereitet hatte. »Sie können meine Frau doch nicht schlagen!« Er versuchte erneut, Rose in den Arm nehmen, aber sie ließ es nicht zu.

»Wirf sie raus!«, verlangte sie stattdessen mit eiskalter Stimme.

»Davon träumst du aber, mein Kind!«, erwiderte Miss Brannon nicht minder kühl.

Rose warf Keith einen vernichtenden Blick zu. »Gut, wie du willst! Dann packe ich jetzt meine Sachen und gehe«, sagte sie mit eisiger Stimme und versuchte zu überspielen, dass sie vor Aufregung bibberte. Sie konnte nur hoffen, dass Keith ihre leere Drohung nicht durchschaute, denn er wusste doch, dass sie nirgendwo hinkonnte.

»Nein, du bleibst. Sie verlässt unser Haus«, raunte er heiser, bevor er sich an Miss Brannon wandte. »Das ist doch auf Dauer kein Zustand, Miss …«

»Du kannst sie ruhig weiter beim Vornamen nennen, denn ich vermute, ihr beiden seid euch schon länger so nah. Ich glaube, sie heißt Marta. Ich meine, es war schwer zu verstehen, weil du so gestöhnt hast, aber ich glaube, es herausgehört zu haben.« Rose äffte Keiths Stimme nach, »Oh ja, Marta, oh ja!«, bevor sie Miss Brannon kämpferisch anfunkelte. »Ich war ziemlich naiv, dass ich mich nicht über Ihre nächtlichen Spaziergänge gewundert habe, Marta! Ich glaubte tatsächlich, Sie wollten Glühwürmchen beobachten … dabei hatten Sie es auf ganz andere Tiere abgesehen!«

»Man sollte nicht glauben, dass du auf einer Schule für höhere Töchter gewesen bist, Rose Munroy, du führst Reden wie ein Mädchen von der Straße«, konterte Miss Brannon verächtlich.

»Das müssen Sie ja wissen. Dort sind Sie ja zu Hause!«, erwiderte Rose, woraufhin sich Miss Brannon mit einem Wutschrei auf sie stürzte, doch Rose konnte den Angriff der Haushälterin abwehren.

»Jetzt tu doch etwas!«, brüllte diese Keith an.

»Soll ich dir beim Packen helfen?«, entgegnete er ungerührt.

Sie blickte ihn fassungslos an.

»Du glaubst doch nicht allen Ernstes, dass ich meinen Platz für dieses altkluge Kind räume!«, zischte sie.

»Doch, morgen früh verlässt du unser Haus!«

Miss Brannon griff Keiths Hand und klammerte sich an ihn, aber er entzog sie ihr grob.

»Aber das kannst du nicht machen. Nicht bei allem, was ich

wei…« Sie stockte. Keith hatte ihr einen warnenden Blick zugeworfen, der sogar Rose, die das beobachtete, zusammenzucken ließ. Er versuchte, der Haushälterin damit etwas zu sagen, aber was?

Rose erwartete eigentlich, dass sich Miss Brannon mit Gebrüll auf ihren Geliebten, der sie so brüskierte, stürzen würde, doch stattdessen war die Haushälterin wie ausgewechselt.

»Gut, ich verlasse dieses Haus gleich morgen früh«, sagte sie kühl.

Rose konnte sich keinen Reim darauf machen. Dieser plötzliche Stimmungsumschwung war ihr unheimlich. Das ist doch seltsam, dachte sie, eben noch will sie mit Klauen und Krallen kämpfen, und nach einem einzigen Blick von Keith gibt sie einfach auf? Offenbar hatte sie Keiths Botschaft, die Rose nicht annähernd deuten konnte, verstanden.

»Bist du jetzt zufrieden?«, fragte Keith.

Rose nickte mechanisch. In ihrem Inneren herrschte ein solches Durcheinander, dass sie gar nicht wusste, ob es sie tatsächlich erleichterte, Miss Brannon los zu sein. Vor allem machte es sie skeptisch, wie schnell die Haushälterin plötzlich bereit gewesen war, das Feld zu räumen.

Keiths Stimme holte sie aus ihren Gedanken.

»Willst du vielleicht bei mir im Zimmer übernachten?«

Rose glaubte, sich verhört zu haben. Er bildete sich doch wohl nicht ein, dass sie sich, kaum dass seine Geliebte aus der Tür war, zu ihm legen würde.

»Oh nein, ich möchte in mein Bett. Ihr wollt euch doch sicherlich verabschieden.« Wieder äffte sie seine Lustschreie nach. »Oh ja, Marta, oh ja!« Sie wandte sich zum Gehen: »Ab morgen ist es mein Zimmer, und Miss Brannon ist Geschichte! Gute Nacht!«

Mit hocherhobenem Haupt verließ Rose das Schlafzimmer der Haushälterin. Sie fand ihren Abgang ziemlich stilvoll, bis ihr einfiel, dass es eher ein Text aus einem Theaterstück war als ihre eigene Überzeugung.

In Wirklichkeit war es ihr ganz und gar nicht gleichgültig, ob die beiden heute Nacht noch einmal miteinander ins Bett gingen, aber sie konnte sich unmöglich die Blöße geben, zurückzukehren und sich zu Keith legen. Missmutig eilte sie nach unten in ihr Zimmer und warf sich bäuchlings auf ihr Bett.

Sie war völlig durcheinander. So sehr sie das, was sie da eben zwischen den beiden gesehen hatte, auch anekelte, ihr wurde klar, dass sie eines Tages in der Rolle von Miss Brannon sein würde. Das konnte und wollte sie sich gar nicht vorstellen.

Und schließlich fühlte sie auch so etwas wie Triumph in sich aufsteigen. Keith hatte seiner Geliebten, ohne mit der Wimper zu zucken, die Tür gewiesen. Sie hätte niemals gedacht, dass Keith diese Frau, die ihm doch offenbar solches Vergnügen verschaffte, derart kampflos aufgeben würde. Vielleicht würde sich ihr Leben zum Guten wenden, wenn der Drache erst nicht mehr mit ihnen unter einem Dach lebte. Sie hoffte nur, dass sie, wenn sie achtzehn Jahre alt geworden war, die Angelegenheit vergessen haben würde. Sie wollte es sich nicht ausmalen, wenn sie später im Bett mit ihrem Mann daran denken musste, wie Miss Brannon vor Keith auf dem Boden gehockt hatte.

Rose erschrak fürchterlich, als sich in diesem Augenblick ganz leise ihre Zimmertür öffnete.

»Wer ist da?«, fragte sie atemlos, während sie herumfuhr. Ihre Angst galt allein Miss Brannon. Wer weiß, was diese Person anstellen würde, um ihre Pfründe zu retten? Es ist ihr zuzutrauen, dass sie mir etwas antut, durchfuhr es Rose eiskalt.

Sie war erleichtert, als sie im fahlen Mondlicht Keith erkannte. Stumm trat er an ihr Bett, setzte sich auf den Rand und senkte schuldbewusst den Kopf.

»Es tut mir leid, Kleines«, flüsterte er. »Ich habe mit Marta schon seit ein paar Jahren ein Verhältnis und wusste nicht, wie ich es beenden sollte. Es ist zwar schlimm für dich, dass du dahintergekommen bist, und vor allem, wie, aber im Grunde genommen hast du mir einen Gefallen getan. Ich wollte schon lange aus diesem Teufelskreis heraus. Glaube mir, als wir geheiratet haben, wollte ich es nicht fortsetzen, aber Marta hat es mit allen Tricks versucht.« Er seufzte tief, bevor er beinahe leidend ergänzte. »Aber ich bin eben auch nur ein Mann. Und das Fleisch ist schwach. Ach Liebes, ich kann dir nur dankbar sein, dass du mich davon kuriert hast.«

»Ach, du Armer. Da hat sie dir aber böse zugesetzt, die wilde Marta. Dann habe ich ja wirklich ein gutes Werk getan«, entgegnete Rose spitz.

»Rose, bitte, mach dich nicht über mich lustig. Ich habe eine Frau noch nie zuvor um Vergebung angefleht, aber dich bitte ich von Herzen: Verzeih mir! Es tut mir leid, dass ich dich verletzt habe. Wenn ich nicht so ein Gentleman der alten Schule wäre, ich hätte dich längst zur Frau gemacht, weil ich dich ungemein begehre. Du bist so schön und leidenschaftlich ...« Er stieß einen weiteren tiefen Seufzer aus. »Aber ich möchte nichts überstürzen, ich möchte vernünftig sein, denn wir haben doch so viel Zeit. Ein ganzes Leben lang.«

Keiths Bedauern klang ehrlich. Das spürte Rose sehr wohl, aber seine Worte ließen sie tief im Herzen dennoch völlig kalt. Es muss sehr viel Zeit vergehen, bis ich ihm wieder vertrauen kann, dachte sie, während sie ihm nur mit halbem Ohr zuhörte, bis ein Satz von ihm ihre ganze Aufmerksamkeit auf sich zog. Sie glaubte, sich verhört zu haben.

»Kannst du das noch einmal sagen?«, bat sie mit zuckersüßer Stimme. »Ich war nämlich gerade mit meinen Gedanken abgeschweift.«

»Gern, Kleines«, schnurrte er. »Sieh mal: Ich habe Marta, ohne zu murren, vor die Tür gesetzt, weil ich dich so lieb habe. Und eine Ehe, das ist ja Geben und Nehmen ...«

Rose verspürte den Impuls, ihn zum Schweigen zu bringen, denn seine umständliche Einleitung, die er sich im ersten Anlauf gespart hatte, ließ befürchten, dass sie sich nicht verhört hatte. Ihr Puls raste bei der Vorstellung, was gleich aus seinem Mund kommen würde.

»… Und ich habe das wirklich von ganzem Herzen getan und ja, da könntest du mir doch beispielsweise im Gegenzug versprechen, die Auszahlung deines Anteils vom Geschäftshaus von Isobel zu verlangen. Ich brauche das Geld wirklich dringend für die Brennerei.«

Rose fuhr wie der Blitz auf. Wütend funkelte sie ihn an.

»Eben hast du noch gesagt, dass ich dir einen Gefallen getan habe, indem ich Miss Brannons Rausschmiss verlangt habe und nun möchtest du tatsächlich, dass ich dir im Gegenzug dafür etwas verspreche?«

»Ich verlange es nicht, ich bitte dich darum!«, unterbrach er sie in scharfem Ton.

»Keith! Das ist doch hier kein Geschäft! Meinst du wirklich, dass das ein guter Zeitpunkt ist, mich um einen Gefallen zu bitten, nachdem ich dich gerade in flagranti mit deiner Geliebten erwischt habe?«

Roses Wangen wurden von einer feurigen Röte überzogen, als sie zornig fortfuhr: »Und es war überdies kein schöner Anblick, wie du beinahe sabbernd mit runtergelassener Hose an der Wand gestanden hast und sich Miss Brannon schmatzend an deiner Männlichkeit abgemüht hat. Wenn das meine Mutter wüsste, die würde mich auf der Stelle aus deinem Haus holen!«

»Hast du es denn schon vergessen? Für deine Mutter bist du gestorben, aber es bleibt dir unbenommen, ihr zu schreiben, dass du deinen Mann dabei erwischt hast, wie er sich von der Haushälterin hat befriedigen lassen.« Er lachte höhnisch.

»Du bist gemein«, stieß Rose wütend hervor.

»Und du redest dummes Zeug wie ein kleines Mädchen und benimmst sich auch so! Sonst würdest du mir aus der Patsche helfen und das Geld besorgen. Du bekommst es ja auch bald wieder. Es hat nur ein Kunde Zahlungsschwierigkeiten. Es ist nichts weiter als ein lächerliches Darlehen.«

Doch statt sich von ihm ein schlechtes Gewissen machen zu lassen, wurde Rose nur noch zorniger.

»Keith, es reicht. Ich habe dich gerade mit deiner Geliebten ertappt. Frag mich, wenn die Sache vergeben und vergessen ist. Ich habe gerade gar keine Lust, zu einem Anwalt zu gehen, um das Geld von Isobel einzuklagen. Denn auch wenn du keine schlaflosen Nächte hast, weil du Isobel sitzengelassen hast, ich habe durchaus Skrupel. Anfangs, als ich noch böse auf sie war, habe ich mich ihr gnadenlos überlegen gefühlt. Das hat sich inzwischen geändert, und ich denke nicht daran, sie vor Gericht zu zerren. Noch hoffe ich nichts sehnlicher, als dass ich mich eines Tages mit meiner Familie versöhnen kann. Ich glaube kaum, dass meine Mutter mich der Tür verweisen wird, wenn ich eines Tages selbst ein Kind habe. Und wenn es nur um ein Darlehen geht, frag doch deinen Freund Mister Jones. Der arbeitet doch für diese englische Bank. Wie hieß sie gleich noch?«

Auf Keiths Stirn hatte sich während ihrer Worte eine steile Zornesfalte gebildet, und sein Blick verhieß nichts Gutes.

»Das ist doch völlig gleichgültig, wie seine Bank heißt!«, presste er schließlich wutschnaubend hervor. »Ich weiß nur eines: Du bist mir eine reizende Ehefrau. Von wegen in guten und schlechten Zeiten …« Er lachte bitter auf. »Ich hätte eben kein Kind heiraten sollen.«

Wortlos drehte er sich auf dem Absatz um und verließ fluchend Roses Zimmer.

41

Roses Zorn auf Keith war schnell verraucht. Je intensiver sie darüber nachdachte, desto größere Zweifel überkamen sie, ob sie richtig gehandelt hatte. Sie hatte sein Anliegen in der Tat äußerst schroff abgelehnt. Wäre es nicht ein Neuanfang, ein Zeichen, das sie setzen konnte, wenn sie sich ihr Geld von einer Familie holte, von der sie verstoßen worden war?

Sie hatte mit einem Mal das dringende Bedürfnis, sich mit Keith auszusöhnen. Am besten, sie teilte ihm ihren Entschluss, ihr Recht zu erkämpfen, gleich mit, doch dann entschied sie, es ihm erst am folgenden Tag zu sagen, nachdem Miss Brannon fort war. Wie sie sich auf den Anblick freute: Die Haushälterin auf gepackten Koffern! Mitten in diesem Gedanken fiel Rose etwas Schreckliches ein. Das Tagebuch! Sie hatte Miss Brannons Tagebuch in ihrem Nachttisch versteckt. Aber nun brauchte sie kein schriftliches Geständnis mehr, um zu beweisen, dass sie Keiths Geliebte war. Nun hatte sie es mit eigenen Augen gesehen. Aber was, wenn Miss Brannon das Tagebuch morgen früh beim Packen vermisste? So wie sie die streitbare Haushälterin kannte, würde sie das Haus nicht verlassen, bevor es sich wiedergefunden hatte. Und natürlich würde Miss Brannon, sie, Rose, beschuldigen, es gestohlen zu haben. Wenn man es dann bei ihr im Nachtschrank fände, wäre das ein Triumph für die Dame, denn das würde einmal mehr beweisen, dass Rose nichts weiter als ein Kindskopf war.

Nein, sie musste das Tagebuch dringend aus ihrem Zimmer verschwinden lassen. Selbst wenn sie es nicht schaffen sollte, es in Miss Brannons Nachttisch zurückzuschmuggeln, dann wenigstens bis in den Salon.

Als Rose in der oberen Etage ankam, war alles still. Weder aus Keiths noch aus Miss Brannons Zimmer drang ein Laut. Wahrscheinlich schliefen sie bereits. Das Tagebuch brannte wie Feuer in ihrer Hand. Sie wollte es nur noch loswerden. Und es blieb ihr wirklich nur ein Versteck im Wohnzimmer.

Auf Zehenspitzen durchquerte sie den großen Raum, der eiskalt war. Nicht wie zu Hause, wo sommers wie winters der Kamin brannte. Es gab zwar auch in diesem Raum einen Kamin, aber der war selten an. Fieberhaft überlegte sie, ob sie das Tagebuch nicht einfach in die Schublade der Anrichte stecken sollte. Doch dann erregte das braune Büchlein ihre Neugier so stark, dass sie dem Impuls nicht widerstehen konnte, vorher wenigstens einen flüchtigen Blick hineinzuwerfen.

Mit spitzen Fingern legte sie das Tagebuch auf den Esstisch, setzte sich auf einen Stuhl und blätterte es ganz hinten auf. Sie wunderte sich zunächst über die Schrift, die so gar kein bisschen weiblich war, sondern eher wie eine Männerhandschrift wirkte und schwer lesbar war. Doch nach den ersten Zeilen begriff sie, dass es gar kein Tagebuch war, sondern eine Erzählung. Jedenfalls vermutete Rose das, denn das Geschriebene handelte von einer Person mit dem Namen Manus. Rose überlegte kurz, ob sie es nicht lieber ungelesen ins Regal stellen sollte, doch schon hatte sich ihr Blick an den krakeligen Zeilen festgelesen.

Jede Nacht vor dem Einschlafen hatte Manus das Bild des Grauens vor Augen, das sich dann in mannigfaltiger Verkleidung in seine Träume schlich. Selten träumte er etwas, bei dem kein Blut floss. Er hatte seit über zehn Jahren darauf hingearbeitet, seine Pläne endlich in die Tat umzusetzen. Mittlerweile kannte er sie alle in- und auswendig: die herrische Alte, den eitlen und unterbelichteten Versager, seine versoffene Frau, aber viel mehr interessierte ihn die Sippe auf der anderen Seite des Flusses. Der Rinderbaron, seine ihm treu ergebene Ehefrau und deren Töchter. Die Älteste war nicht wirklich hübsch, aber auch nicht hässlich. Er würde sich ranhalten müssen, dass er sein Vorhaben schneller vorantrieb, denn sonst kam noch ein anderer und schnappte sie ihm weg. Aber Besuch von jungen Männern bekam sie nicht. Doch ohne Geld und Namen konnte er nicht auf den Plan treten. Er musste dringend nach Monte Carlo reisen, bevor der verrückte Keith sein letztes Geld verspielt hatte …

Rose hielt inne und las den letzten Satz noch einmal. War das ein Zufall oder war hier von ihrem Keith die Rede? Und überhaupt, wer war der Verfasser? Etwa Keith?

Rose sprang auf und holte ein Buch aus dem Schrank hervor. Sie hatte Keith gerade neulich abends dabei beobachtet, wie er alle Bücher akribisch mit seinem Namen versehen hatte. Auf den ersten Blick hatte die Schrift im Tagebuch jedenfalls eine verblüffende Ähnlichkeit mit der Unterschrift, die er in die Bücher gekritzelt hatte. Sie hatte noch zu ihm gesagt, das könne doch kein Mensch lesen.

Um sicherzugehen, dass die Schriften identisch waren, hielt Rose das Buch neben den geschriebenen Text. Sie glichen einander bis in das kleinste Detail. Damit waren die letzten Zweifel ausgeräumt. Keith war der Verfasser dieser Geschichte! Das warf ein völlig anderes Licht auf die Sache. Mit diesem Wissen konnte Rose das Büchlein nicht mehr so ohne weiteres aus der Hand legen. Sie hätte ihm niemals zugetraut, dass er Erzählungen schrieb. Gespannt fuhr sie mit der Lektüre fort.

Es war gar nicht einfach, einen Schotten zu finden, der für seine Zwecke geeignet schien, aber bei Lord Fraser passte einfach alles zusammen. Er war ein absoluter Glücksgriff. Nun musste Manus nur das Geld für die Reise zusammenklauben, einer Reise, von der er niemals zurückkehren würde. Die Zeit drängte, denn zwei Probleme hatten sich inzwischen von selbst gelöst. Die alte Hexe und die Trinkerin hatten kurz hintereinander den Löffel abgegeben, ohne dass er auch nur einen Finger rühren musste. Das war fast wie ein Wunder. Als sei der Herrgott mit ihm …

Rose war so vertieft in die Geschichte, dass sie gar nicht bemerkt hatte, wie hinter ihr leise die Tür aufgegangen war.

Keith legte noch den Finger auf den Mund zum Zeichen für Marta, ihren Mund zu halten. Doch die war bereits zum Tisch gestürmt.

Rose fuhr erschrocken herum. »Ich … ich … habe das … das habe ich …«, stammelte sie entschuldigend. Es war ihr sehr peinlich, bei der Lektüre des stibitzten Buches erwischt zu werden. Deshalb entging ihrer Aufmerksamkeit auch Miss Brannons gefährlicher Blick. Sie wandte sich Hilfe suchend an Keith. »Ich … ich dachte, das sei das Tagebuch von ihr, und ich musste doch wissen, wie ihr …«

Weiter kam sie nicht, weil Miss Brannon ihr das Buch entriss und schrie: »Ich habe es dir gesagt. Die ist nicht so naiv, wie sie tut! Jetzt hast du es. Du bist einfach zu blöd!«

Rose blickte fassungslos zwischen den beiden hin und her. Was erlaubte sich die entlassene Haushälterin da eigentlich?

Keith aber hatte es offenbar die Sprache verschlagen. Er stand da wie ein geprügelter Hund.

»Tu doch endlich etwas!«, schrie Miss Brannon ihn an.

Er hob hilflos die Schultern.

»Gib's zu! Das kleine Biest hat dir den Kopf verdreht«, giftete die Haushälterin, während sie ihre Handtasche, die auf einem der Stühle stand, öffnete und hektisch darin herumwühlte.

»Rose, was hast du da gelesen?«, fragte Keith mit belegter Stimme.

»Nichts, ich meine, ich wusste ja nicht, dass du Erzählungen schreibst«, erwiderte sie immer noch entschuldigend, während sie vorsichtig von ihrem Stuhl aufstand. Sie hatte nur noch einen Wunsch: Dieses Zimmer auf dem schnellstem Wege zu verlassen. So viel war klar: Hier ging es gar nicht darum, dass sie sich das Büchlein aus Miss Brannons Nachttisch genommen hatte. Hier ging es um mehr, aber um was?

»Erzählungen?« Miss Brannon lachte schrill auf. »Für wie blöd hältst du uns eigentlich?«

»Ja, also, es tut mir wirklich leid, dass ich in Ihrem Nachttisch gewühlt habe, Miss Brannon. Ich gehe dann wohl besser ins Bett«, versuchte sich Rose aus der Affäre zu ziehen. Ihr wurden die verrückte Miss Brannon und der schweigende Keith immer unheimlicher. Sie spürte mit jeder Faser, dass Gefahr drohte, sie wusste nur nicht genau, von welcher Seite. Aber sie vermutete, dass Miss Brannon den Verstand verloren hatte und nicht davor zurückschrecken würde, ihr etwas anzutun. Doch warum stürzte sich Keith nicht auf die Irre und machte sie unschädlich? Er schien ja regelrecht Angst vor ihr zu haben.

»Du gehst nirgendwo hin!«, brüllte die Haushälterin, packte Rose am Arm und stieß sie grob auf ihren Stuhl zurück.

»Los, halte sie fest!«, befahl sie Keith, während sie in ihre Handtasche griff.

Rose wurde kalkweiß. Das war kein Spiel mehr. Die Frau war tatsächlich durchgedreht. Ich sollte sie jetzt lieber nicht reizen, durchfuhr es sie, und sie begann zu zittern. Sie suchte Keiths Blick, um ihm zu signalisieren, dass sie Ruhe bewahren würde. Er schien völlig durcheinander, doch er wandte den Kopf hastig zur Seite. Warum kann er mir nicht in die Augen sehen? Weil ich erkennen muss, dass er in Wirklichkeit ein Feigling ist, der sich nicht einmal traut, dieser gewalttätigen Person das Handwerk zu legen? Wenn er passiv blieb, dann würde sie der Dame gleich kräftig gegen das Schienbein treten müssen, um sich in Sicherheit zu bringen.

»Marta, du irrst dich. Es ist nichts geschehen! Wir müssen gar nichts unternehmen«, hörte sie Keith da eindringlich sagen, während er das braune Buch zur Hand nahm, Seiten herausriss, diese und dann den Rest des Tagebuchs samt Umschlags auf das kalte Holz warf, das im Kamin aufgeschichtet war.

Rose stockte der Atem. Was redete er da bloß? Und warum wollte er das Buch verbrennen? Da muss etwas Schlimmes drinstehen, was ich nie erfahren sollte. Über ihn, über Keith … wenn ich doch bloß wüsste, was, dachte Rose verzweifelt.

Noch einmal versuchte sie, seinen Blick zu erhaschen. Vergeblich, er schaute krampfhaft an ihr vorbei.

»Marta, komm, geh ins Bett, lass mich mit ihr reden«, redete er beschwörend auf die dunkelhaarige zierliche Frau ein, die ihre Handtasche nun vor Rose auf den Tisch stellte und deren sonst so ebenmäßiges Gesicht zu einer hässlichen Fratze verzogen war.

»Du glaubst ihr nur, weil sie so unschuldig aus der Wäsche guckt. Merkst du das denn gar nicht? Sie spielt Katz und Maus mit uns!« Miss Brannons Stimme überschlug sich.

Doch Rose nahm das alles wie durch einen Nebel wahr. Ihre ganze Aufmerksamkeit galt Miss Brannons Händen. Gebannt beobachtete sie, wie Miss Brannon etwas aus ihrer Handtasche hervorholte. Einen Augenblick später erkannte sie, was es war: Eine Spritze und eine Ampulle. Rose betrachtete diese Utensilien mit sachlichem Interesse, wie alles, was zum Bereich der Medizin gehörte. Erst als Miss Brannon die Ampulle geöffnet hatte und die klare Flüssigkeit aufzog, kam es in ihrem Bewusstsein an, dass die Verrückte vorhatte, ihr das Mittel – was es auch immer sein mochte – zu injizieren.

Mit einem mörderischen Schrei sprang Rose vom Stuhl auf und flüchtete sich geradewegs in Keiths Arme. Er hielt sie ganz fest im Arm. Bei ihm bin ich in Sicherheit, durchfuhr es sie erleichtert.

»Wir müssen etwas unternehmen. Die Frau ist gefährlich. Hol die Polizei, die ist irre«, japste sie, doch dann hielt sie inne. Mit einem Mal fiel es ihr wie Schuppen von den Augen. »Es war gar kein Zufall, dass du in unser Haus gekommen bist. Die alte Hexe, das ist Lady Caitronia, und die Trinkerin, das ist Tante Shona …«, murmelte sie entgeistert.

»Es tut mir so leid«, erwiderte er heiser und beinahe mitfühlend. »Du hättest das dumme Buch nicht finden dürfen, Kleines.« Keith löste sich aus der Umarmung. Er sah sie bedauernd an.

Rose hatte den Sinn seiner Worte noch gar nicht richtig begriffen, als Miss Brannon mit der Spritze in der Hand auf sie zukam.

»Keith, bitte, so unternimm doch etwas!«, schrie Rose erneut in Todesangst, aber da spürte sie bereits, wie sich seine Hände

Schraubstöcken gleich um ihre Handgelenke legten, um sie daran zu hindern, Widerstand zu leisten. Ehe sie es sich versah, hatte er sie auf einen Stuhl gestoßen und hielt sie fest. So war es ein Leichtes für Miss Brannon, den Ärmel ihrer Bluse hochzuschieben und ihr die Flüssigkeit in die Vene zu injizieren. Rose schaffte es zwar, ihr einen Fußtritt zu versetzen, aber das schien sie nicht einmal zu bemerken.

»Gib bloß auf die Dosierung acht!«, ermahnte Keith die Haushälterin streng. Seine Stimme war eiskalt und hatte nichts Menschliches mehr an sich.

Aber wenn sie schon sterben sollte, wollte Rose dies nicht kampflos über sich ergehen lassen.

»Keith? Warum?«, fragte sie flehend. »Und sieh mich an, wenn du mir das erklärst.«

»Das könnte dir so passen«, keifte Miss Brannon, während Keith sich weiterhin in Schweigen hüllte.

Rose begriff endlich, dass es keinen Sinn hatte, an sein Herz zu appellieren. Jetzt musste sie alles auf eine Karte setzen, und sie wusste auch schon, welche sie in ihrer Verzweiflung ausspielen würde.

»Wenn ihr mich umbringt, wird meine Mutter es herausbekommen und dann werdet ihr eure Strafe bekommen«, zischte Rose. »Denn ich habe dir, Keith, keine Sekunde lang geglaubt, dass meine Mom nichts mehr von mir wissen will. Ich habe sie angerufen und ihr meinen Besuch angekündigt. Wenn ich morgen nicht erscheine, dann …«

»Halt den Mund, du dummes Gör«, fauchte Miss Brannon. »Sonst gebe ich dir gleich noch eine!«

»Aber wenn sie die Wahrheit sagt«, bemerkte Keith sichtlich verunsichert.

»Sie lügt wie ein Schulmädchen. Merkst du das denn nicht?«, giftete Miss Brannon, während sie Rose die Spritze so grob aus der Armbeuge zog, dass sie vor Schmerz aufschrie. Dann spürte sie auch schon, wie ihr schwindlig wurde.

»Und du bist wirklich sicher mit der Dosierung?«, fragte Keith die Haushälterin über Roses Kopf hinweg.

»Todsicher, mein Lieber. Habe ich mich schon jemals geirrt? Dir scheint das Goldkind aber mächtig am Herzen zu liegen. Ich war die beste meines Jahrgangs, mein Lieber.«

»Schon gut, Schwester Marta, du bist die Spezialistin von uns«, erwiderte Keith und lachte gequält. »Aber sag mir nur das eine: Wieso hast du das Buch an dich genommen, statt es zu vernichten, wie ich es dir befohlen habe?« Er lachte nicht mehr. Im Gegenteil, seine Stimme klang messerscharf.

»Du glaubst doch nicht im Ernst, ich helfe dir, wenn ich keine Sicherheit habe? Das kleine Buch war meine Lebensversicherung, Liebes!«

Verdammt, sie ist gar keine Haushälterin, war Roses letzter Gedanke, bevor ihr schwarz vor Augen wurde.

42

Lili ging es wesentlich besser, seit sie nach Little Scatwell gezogen war. Der Frühling tat das Seinige, um ihre trüben Stimmungen zu vertreiben. Sie liebte es, wenn die Natur im Tal zu neuem Leben erwachte. Der letzte Schnee, der sich bald nach der Flut doch noch eingestellt hatte, war erst vor ein paar Wochen geschmolzen und nun schoss überall das Grün aus dem Boden. Auch in Lilis geliebtem Garten, der nicht annähernd mit dem Park von Scatwell Castle zu vergleichen war, blühte und duftete es. Ihr ganzer Stolz waren die alten Azaleen, die wie jedes Frühjahr ihre rosafarbene Blütenpracht entfalteten.

Lili saß einwickelte in ihr Plaid auf einem Liegestuhl und ließ den Blick bis zu den sanften Hügeln, dem Gebirge und dann weiter zum Himmel schweifen. Die Maisonne strahlte ihr mit beinahe hochsommerlicher Kraft mitten ins Gesicht. Ein zufriedenes Lächeln umspielte ihren Mund.

Lili hatte zwar nicht jene Unbeschwertheit zurückgewonnen, die sie während der glücklichen Jahre mit Dusten verspürt hatte, aber immerhin war diese Schwere von ihr gewichen, die in Scatwell Castle zuletzt immer bedrohlicher auf ihr gelastet hatte. Der Umzug war reibungslos verlaufen. Lili hatte sich sehr gewundert, dass selbst Fiona ohne zu murren ihre Koffer gepackt hatte, war doch Little Scatwell nicht annähernd so repräsentativ wie das »Schloss«. Darauf angesprochen, ob es ihr denn gar nichts ausmache, hatte Fiona die Lippen fest aufeinandergepresst und war erst auf Lilis ausdrückliche Aufforderung mit der Wahrheit herausgekommen: »Ich bin heilfroh, aus dem Geisterschloss wegzukommen. Da spukt die Seele des alten Angus.« Lili hatte schallend gelacht. »Lachen Sie nur! Sie werden sich noch wundern!«, hatte die Köchin daraufhin gezetert.

»Mit dem Angus mögen Sie ausnahmsweise recht haben«, hatte

Lili eingelenkt. Sie glaubte zwar nicht, dass die Seele des alten Angus in Scatwell Castle herumspukte, aber dass sein Geist und der seines krankhaften Hasses auf die Makenzies wie ein düsterer Schatten über dem Anwesen lag, davon war sie überzeugt.

Leider stellte sich der Verkauf des Anwesens als schwieriger heraus als befürchtet. Das hatte zwei Gründe, wie Liam ihr versichert hatte. Zum einen würde das Haus kaum einer kaufen, der die Geschichte des alten Gemäuers kannte. Im Tal gab es also keine Interessenten. Es kamen nur Ortsfremde in Frage, die aber bei der augenblicklichen Weltwirtschaftslage auch rarer gesät waren. In diesen Zeiten kauften sich selbst die reichsten Engländer nicht einfach zum Vergnügen ein Jagdschloss in den Highlands.

Schweren Herzens war Lili auf Liams ausdrücklichen Rat schon mit dem Preis heruntergegangen. Der gute Liam, dachte Lili seufzend. Er stand ihr stets zur Seite, wenn sie ihn brauchte. Der Anwalt war ihr ein guter Freund geblieben, wenngleich Lili, was weitere Annäherungen anging, wieder zurückgerudert war. Ihre Gefühle bei dem innigen Kuss am Tage der großen Flut hatten sie nachhaltig erschüttert. Sie hätte es als Betrug Dusten gegenüber empfunden, einen anderen als ihn leidenschaftlich zu lieben. Und Liam hatte das Feuer in ihr in einer Art entfacht, die ihr Angst machte.

»Warten wir doch erst einmal deine Scheidung ab«, hatte Lili sich ihm gegenüber herausgeredet. Nur, was sollte sie ihm sagen, wenn er in den nächsten Wochen ein freier Mann war? Seine Scheidung stand nämlich unmittelbar bevor. Sie musste dringend eine Entscheidung treffen. Sie war kein junges Mädchen mehr, das seine Gefühle alle naslang ändert. Einen Kuss würde sie in Zukunft nur noch zulassen, wenn sie sicher war, keinen Rückzieher mehr zu machen. Doch dazu musste sie erst einmal ihre Angst vor der Nähe zu ihm verlieren. Und sie war sich einfach nicht sicher, ob sie das wirklich wollte. Eines wusste sie jedoch genau: Wenn sie jemals wieder eine Beziehung eingehen würde, dann nur mit ihm. Ihm gegenüber versuchte sie allerdings, ihre Emotionen weitgehend zu verbergen. Was er wohl sagen würde, wenn er erführe, dass sie sich manchmal wie ein Schulmädchen beim ersten Rendezvous fühlte, wenn sie ihn traf?

Der Vergleich mit einem Schulmädchen ließ ihre Gedanken zu Rose abschweifen. Wie es ihr wohl ergangen war? Wo sie wohl steckte? Lili war seit Januar mehrmals bei dem Haus in Fortrose gewesen, damit sie die Rückkehr ihrer Tochter in die Highlands auf keinen Fall verpasste. Was Roses Ehemann anging, hegte sie allerdings inzwischen gemischte Gefühle. Dabei überwogen die negativen. Meistens verteufelte sie ihn gnadenlos und war nach wie vor davon überzeugt, er sei ein ausgekochter Verbrecher. Zwischendurch aber ließ sie zumindest leichte Zweifel zu. War es nicht denkbar, dass diese Verdächtigungen allein ihrer eigenen Phantasie entsprangen? Was, wenn sie ihm unrecht tat, und er von diesem Mister Jones selbst übers Ohr gehauen worden war? Was, wenn er Rose wirklich aus Liebe geheiratet hatte? Durfte sie sich in diesem Fall weiterhin so gegen diese Ehe sträuben? Natürlich wäre es ihr am liebsten, Rose käme reumütig zurück und ihr sogannter Ehemann verschwände schnellstens aus ihrem Leben! Doch was wäre, wenn die beiden einander aufrichtig liebten? Durfte sie als Mutter dann wirklich so rachsüchtig sein und ihn hinter Gitter wünschen? Wenn sie wenigstens etwas gegen ihn in der Hand hätte, aber noch immer hatte keiner etwas Nachteiliges über ihn herausbekommen. Weder Liam noch Sibeal hatten überhaupt etwas über ihn in Erfahrung bringen können. In Fortrose war er ein gänzlich Unbekannter. Und keiner wusste von einer maroden Whiskybrennerei, die er gekauft haben wollte.

Es gab zwar einen Betrieb, der kürzlich bankrott gemacht hatte. Sie war gleich mit Sibeal dorthin gefahren, aber auch dort schien alles verlassen. Selbst der Detektiv hatte nichts Näheres über ihn herausgefunden, sodass Lili inzwischen auf seine Dienste verzichtete. Immerhin fahndete die Polizei nach Mister Jones, nachdem Liam herausgefunden hatte, dass er zu dem Zeitpunkt, zu dem er angeblich Isobels Vermögen hatte gewinnbringend anlegen wollen, gar nicht mehr bei Hobard & Pinkett beschäftigt gewesen war. Man hatte sich von ihm getrennt, nachdem man ihn bei krummen Geschäften zum Nachteil der Bank erwischt hatte.

Liam hatte überdies herausgefunden, dass ein Lord Fraser schon vor der Pleite der Bank dort nicht mehr Kunde gewesen war. Leider hatte die schwatzhafte ehemalige Mitarbeiterin der Bank enormen Ärger bekommen, weil Mister Hobard auf dem Standpunkt stand, das Bankgeheimnis habe auch dann noch Geltung, nachdem das Unternehmen in Konkurs gegangen sei. Nach diesem Rüffel hatte die Dame dem Anwalt gegenüber eisern über einstige Kunden geschwiegen. Ja, sie war sogar so weit gegangen, plötzlich zu behaupten, den Namen Lord Fraser noch niemals gehört zu haben. Jedenfalls reichte das alles nicht aus, um das Interesse der Polizei an Lord Fraser zu wecken.

Was Lili große Sorge bereitete, war die Tatsache, dass sie Roses letzten Brief vor über vier Wochen bekommen hatte. Sie hatte ihn so oft gelesen, dass sie ihn auswendig kannte.

Liebe Mom, warst du schon einmal in Paris? Du glaubst gar nicht, wie schön diese Stadt ist. Da könnte ich leben, wenn ich nicht ein Kind der Highlands wäre. Mir würden schnell die Hochmoore fehlen und das Wasser und die Wälder … Keith hat mir Geld gegeben, damit ich mir ein paar Kleider kaufen kann. Solche schönen Kleider hast du noch nie gesehen, ich meine natürlich, bis auf das rote, das du mir geschenkt hast. Und das Nachthemd, das mir Dad mitgebracht hatte. Ach, was würde ich darum geben, wenn ich mit Keith nach Hause kommen könnte und du mich mit offenen Armen empfangen würdest. Ich muss jetzt Schluss machen. Miss Brannon, die strenge Haushälterin, kommt gerade ins Zimmer, und die geht immer früh schlafen. Und dann muss ich gleich das Licht löschen. Deine Rose

Als in den folgenden Wochen kein neuer Brief ihrer Tochter mehr gekommen war, hatte Lili zunächst gehofft, dass die beiden sich vielleicht auf der Rückreise befanden, doch vor nunmehr zwei

Wochen war es dasselbe traurige Bild in Fortrose gewesen: Der Abklatsch von Scatwell Castle war wie ausgestorben. Nicht einmal mehr Handwerker gingen dort ein und aus. Lili hatte sich bei ihrem letzten Besuch durch ein Fenster gewaltsam Einlass verschaffen wollen, um sich in Ruhe im Inneren umzusehen, doch Liam hatte ihr das erfolgreich ausreden können.

Schade, dass ich nicht mit Isobel darüber sprechen kann, dachte Lili bekümmert, aber das Thema anzuschneiden, traue ich mich nicht. Sie war ja dankbar, dass Isobel überhaupt wieder mit ihr redete. Auch das hatte Lili Liam zu verdanken. Er hatte Isobel so sehr für das Armenprojekt begeistern können, dass ihre Stieftochter jede freie Minute mithalf. Und sie hatte sich zu Lilis großer Freude mit Mhairie angefreundet, die eine feste Mitarbeiterin im Armenhaus geworden war.

Lili und Isobel hatten die ersten Male bei der Essensausgabe stumm nebeneinander gestanden. Doch dann hatte Liam sie zu sich nach Hause eingeladen. Und dort hatte sich der Kontakt zwischen Lili und ihrer Stieftochter bei einem lockeren Kamingespräch wieder entkrampft. Seitdem herrschte das ungeschriebene Gesetz, dass weder Rose noch Lord Fraser erwähnt wurden. Ein einziges Mal hatte Lili über das verlorene Vermögen sprechen wollen, das Isobel auf Anraten des Lords diesem Mister Jones anvertraut hatte, doch Isobel hatte das förmlich abgewehrt. »Danke der Nachfrage, aber mein Anwalt kümmert sich darum.« Lili hatte diesen Hinweis verstanden: Sie sollte nicht nachfragen. Es ging sie nichts an.

Umso erfreuter war sie deshalb, dass Isobel für den heutigen Nachmittag ihren Besuch auf Little Scatwell angekündigt hatte. Auch sie hatte positiv darauf reagiert, als sie vom geplanten Verkauf von Scatwell Castle erfahren hatte. »Mein Herz hängt nicht an dem Haus. Ich wäre traurig gewesen, wenn du Little Scatwell verkauft hättest«, hatte sie Lili ungerührt mitgeteilt.

Lili sah in Isobels heutigem Besuch jedenfalls ein erneutes Zeichen ihrer Annäherung. Und deshalb würde sie auch Fiona bitten,

Isobel Shortbread zu backen, das sie schon als Kind leidenschaftlich gern gegessen hatte.

Schwungvoll erhob sie sich aus dem Liegestuhl, als sie ihre Köchin wild gestikulierend auf sich zueilen sah.

»Misses Munroy, Misses Munroy, Sie haben Besuch, was soll ich tun?«

Völlig außer Atem hielt die Köchin inne.

»Nun sag schon, wer ist es? Ein potentieller Käufer für Scatwell Castle vielleicht?«

»Lord Fraser!«

Lili wurde leichenblass. »Fraser? Der wagt sich hierher? Ist Rose bei ihm? Wo ist Rose?«

»Er ist allein!«, seufzte Fiona, doch Lili ließ ihre Köchin stehen und rannte los. Was fällt diesem Menschen ein, ohne meine Tochter hier aufzukreuzen?, dachte Lili aufgebracht, während sie durch den Hintereingang ins Haus stürmte.

Lord Fraser stand im Flur. Fiona hatte sich offenbar nicht getraut, ihn ins Wohnzimmer zu bitten.

»Wo ist Rose?«, fragte Lili in scharfem Ton und baute sich kämpferisch vor ihm auf.

»Erst einmal einen wunderschönen Tag, Misses Munroy, oder soll ich lieber Schwiegermutter sagen?«

»Sie sollen mir auf der Stelle meine Frage beantworten. Wo ist meine Tochter?«

»Die Gute hat mich vorgeschickt. Ich sollte erst einmal die Stimmung vor Ort überprüfen, bevor sie sich herwagt.«

»Blödsinn! Wenn meine Tochter etwas nicht ist, dann feige! Dieses Märchen nehme ich Ihnen nicht ab.«

»Das ist Ihre Entscheidung. Dann darf ich ihr also ausrichten, dass Sie nicht bereit sind, mit mir zu verhandeln?«

»Was heißt denn hier verhandeln? Ich will meine Tochter in die Arme schließen. Das ist alles. Richten Sie ihr das aus.«

»Ich glaube, Misses Munroy, das wird eine längere Unterredung. Ob wir das in Ihrem Salon erledigen könnten?«

»Es gibt keinen Salon in Little Scatwell. Außerdem möchte ich das Gespräch schnellstens hinter mich bringen. Also noch einmal: Warum haben Sie meine Tochter nicht mitgebracht?«

»Ich sagte Ihnen bereits den Grund: Rose hat Sorge, dass Sie sie nicht mit offenen Armen empfangen, wenn sie hören, was Ihre Tochter zu unternehmen gedenkt, um ihr Recht zu bekommen.«

»Wovon reden Sie da? Welches Recht?«, schrie Lili so laut, dass Fiona besorgt um die Ecke blickte.

»Ich habe Sie gewarnt und wollte mit Ihnen unter vier Augen sprechen. Aber wenn Sie die Wahrheit lieber im Beisein Ihrer Dienstboten erfahren wollen. Bitte! Ihre Tochter Rose wird erst wieder einen Fuß in dieses Haus setzen, wenn man ihr den Anteil für das Haus in Inverness ausgezahlt hat.«

»Sind Sie wahnsinnig? Sie glauben doch nicht, dass Isobel das Haus verkauft, um Ihnen weiteres Geld in den Rachen zu schmeißen, nachdem Sie ihr Vermögen unterschlagen haben.«

»Ich muss doch sehr bitten, Misses Munroy, hüten Sie Ihre Zunge. Der Mann hat mich übers Ohr gehauen. Ich selbst bin der Betrogene …«

»Das Märchen können Sie der Polizei erzählen. Sie würden wohl kaum jemanden, der Sie betrogen hat, zu Ihrem Trauzeugen machen, nicht wahr?«

»Hüten Sie Ihre Zunge! Wenn Sie weiterhin so massiv daran arbeiten, meinen Ruf zu schädigen, dann bin ich gezwungen, Sie anzuzeigen, Misses Munroy!«

Lord Fraser fixierte Lili drohend.

Die hob die Schultern. »Sie hätten Schauspieler werden sollen«, bemerkte sie spöttisch.

»Sie werden sich noch wundern. Nicht nur Sie haben einen cleveren Anwalt. Nein, auch meine Frau und ich werden uns einen Rechtsbeistand holen. Und wenn es Ihnen lieber ist, dann werden die beiden sich darüber streiten. Doch machen Sie sich keine falschen Hoffnungen. Das Recht ist auf unserer Seite. Es gibt keinen Grund, warum Isobel Rose ihren Anteil vorenthalten könnte. Die Hälfte des Erlöses aus dem Verkauf steht ihr nach dem Gesetz zu.«

»Das Haus wird nicht verkauft!«, schnaubte Lili. »Und es kann zurzeit auch gar nicht verkauft werden. Es wird dringend gebraucht.«

Lord Fraser lächelte hinterhältig.

»Sie meinen, weil Sie das edle Gebäude, ohne meine Frau zu fragen, zur Suppenküche und zum Armenhaus umfunktioniert haben? Da gibt es nur eines: Diese Sippe muss da raus! So kann man das Haus nicht zur Besichtigung freigeben, geschweige denn verkaufen!«

»Das kommt gar nicht in Frage, Lord Fraser, und solange ich nicht mit meiner Tochter unter vier Augen gesprochen habe, wird nichts geschehen! Verstanden?«

»Ich wusste doch vom ersten Moment an, dass Sie Haare auf den Zähnen haben, Mylady, aber das wird Ihnen nichts nützen.« Er griff in seine Jackentasche und holte einen gefalteten Brief hervor.

»Wir haben uns schon so etwas gedacht. Aber auch diesbezüglich vorgesorgt.« Mit großer Geste überreichte er ihr den Schrieb.

Lili erschrak, als sie die Schrift ihrer Tochter erkannte. Ein eiskalter Schauer durchlief sie.

Hiermit ermächtige ich, Lady Rose Fraser, meinen Mann, Keith, zwölfter Lord Fraser von Farnell, einen Anwalt zu beauftragen, um die Hälfte des Geschäftshauses der Munroys in Inverness in meinem Namen einzutreiben.

Lili würde jeden Eid schwören, dass Rose diesen Text nicht verfasst hatte. Es entsprach mitnichten ihrer Art zu schreiben. Mit spitzen Fingern gab Lili ihm den Zettel zurück.

»Das ist nicht von meiner Tochter«, erklärte sie mit fester Stimme. »Wer das auch immer verfasst haben mag, er kennt mein Kind nicht. Sie hasst förmliche Briefe.«

Lord Fraser verzog keine Miene.

»Gut, ich werde Ihrer Tochter ausrichten, dass Sie diese Vollmacht für eine Fälschung halten. Vielleicht steht sie dann doch bald persönlich vor Ihrer Tür. Allerdings kann ich dann für nichts mehr garantieren! Sie wird sehr wütend sein.«

»Das lassen Sie mal unsere Sorge sein. Auch das passt im Übrigen nicht zu ihr. Wie alles, was Sie mir hier weiszumachen versuchen. Warum lügen Sie?«

»Ich muss doch sehr bitten!«

»Meine Tochter hat mir geschrieben, dass sie hofft, ich würde sie mit offenen Armen empfangen. Meine Kleine hätte nichts und niemand davon abbringen können, persönlich vor meiner Tür zu stehen.«

»Sie ist nicht mehr Ihre Kleine, sondern meine Frau«, erwiderte Lord Fraser eisig.

Lili hoffte, dass er nicht gemerkt hatte, wie sie zusammengezuckt war. Sie wollte auf keinen Fall Schwäche zeigen.

»Gut, dann bestellen Sie Rose einen schönen Gruß und richten Sie ihr von mir aus, dass ich sie niemals des Hauses verweisen würde, selbst dann nicht, wenn sie auf den Unsinn da bestehen sollte.« Lili deutete auf das Stück Papier, das er immer noch in der Hand hielt. »Bevor ich mir aber auch nur einen weiteren ernsthaften Gedanken darüber mache, benötige ich eine persönliche Nachricht von ihr. Sagen Sie ihr das! Ich will es aus ihrem Mund hören. Unter vier Augen!«

»Ich werde es ihr ausrichten, aber versprechen kann ich nichts«, erwiderte Lord Fraser, und mit Genugtuung stellte Lili fest, dass sein Kinn ein wenig zitterte, weil er jeden Muskel seines Gesichts zum Zerreißen angespannt hatte.

»Dann darf ich Sie jetzt bitten, mein Haus zu verlassen«, sagte Lili. »Und wagen Sie nicht, noch einmal ohne meine Tochter herzukommen.«

Lord Fasers Augen wurden zu gefährlichen Schlitzen. »Im Gegensatz zu Ihnen respektiere ich die Wünsche meiner Frau und behandele sie nicht wie ein unmündiges Kind. Zwingen, Ihnen einen Besuch abzustatten, werde ich sie also nicht, Mylady«, zischte er.

Lili spürte, wie sämtliche Stärke, die sie vor diesem Kerl demonstrierte, in sich zusammmenfiel. Sie fühlte sich so schrecklich hilflos. Trotzdem ging sie mit gestrafften Schultern zur Haustür und öffnete sie weit, zum Zeichen, dass er endlich verschwinden solle. Wortlos drückte er sich an ihr vorbei und trat nach draußen.

Lili ärgerte sich maßlos darüber, dass der Kerl sie verunsicherte. Und was, wenn Rose sich wirklich nicht hertraute, nach allem, was vorgefallen war? Und von der Sache her war sie schließlich im Recht. Das Geschäftshaus war ihr von Lady Caitronia zur Hälfte vererbt worden. Ob die alte Frau wirklich beabsichtigt hatte, damit Unfrieden zu schaffen? Wenn ja, dann war es ihr gelungen.

»Ach, noch etwas«, sagte Lord Fraser, gerade als Lili die Tür hinter ihm schließen wollte. Er drehte sich grinsend um.

»Wie ich höre, steht Scatwell Castle zum Verkauf. Ich würde es meiner Frau gern kaufen. Es wäre doch langfristig schön, wenn wir in Ihrer Nähe wohnen würden. Vorausgesetzt, sie bekommt ihr Geld.«

»Wissen Sie was? Ich glaube, Sie sind krank im Kopf! Welcher halbwegs normale Mensch baut denn ein Haus anderer Leute nach?«

Lord Fraser lachte hämisch.

»Ich wusste doch, dass Sie das waren, als einer meiner Handwerker mir mitteilte, es seien wiederholt zwei Frauen um mein Haus geschlichen.«

»Und? Was hat Sie zu diesem Irrsinn bewogen?«

»Ich habe mich beim Architekten vergriffen. Mir wurde erst hinterher zugetragen, dass dieser Mensch bekannt dafür ist, dass er in der Gegend herumfährt, Hausfassaden abkupfert und sie seinen Kunden als eigenen Entwurf verkauft. Was meinen Sie, was ich für einen Schrecken bekommen habe, als ich das erste Mal vor Scatwell Castle stand?«

Lili starrte ihn verblüfft an. Diese Geschichte war so absurd, dass sie nur wahr sein konnte. So etwas konnte man nicht erfinden. Lili schwankte erneut in ihrer Einschätzung dieses Mannes. War er ein selten ausgekochter Halunke oder nicht?

Lili rang sich zu einem Lächeln durch. Wenn er ein Betrüger war, würde sie es gleich wissen …

»Ach, von dem Mann habe ich auch schon in der Zeitung gelesen. Ich habe nur seinen Namen vergessen. Helfen Sie mir doch bitte. Wie hieß er noch gleich?«

Lili sah Lord Keith direkt in die Augen, doch er hielt ihrem Blick stand, ohne die Miene zu verziehen, während er sagte: »Da muss ich passen. Den Namen habe ich erfolgreich verdrängt.«

Lili war verunsichert. Log er oder log er nicht?

»Ich werde mir das überlegen mit Scatwell Castle«, sagte sie nun. »Bestellen Sie Rose, dass ich ihr das Anwesen natürlich gern zur Verfügung stellen würde, und am liebsten unentgeltlich, aber dass alle meine Rinder ertrunken sind und ich mittellos dastehen würde, wenn ich für das Haus kein Geld bekäme.«

»Das werde ich ihr ausrichten«, entgegnete Lord Fraser förmlich. »Aber wie schon gesagt, wir würden dann mein Haus verkaufen. Und meine Brennerei läuft bestens, zudem verfüge ich über genügend Vermögen. Wir könnten Ihnen den Kaufpreis, den Sie verlangen, auf den Tisch des Hauses legen.«

Also doch. Er log, schoss es Lili durch den Kopf, denn seine Whiskybrennerei existierte nicht. Dessen war sie sich sicher.

Lili musste sich arg zusammenreißen, ihm nicht an den Kopf zu werfen, dass er schon wieder gelogen hatte. Doch sie wollte nicht alle ihre Trümpfe auf einmal ausspielen. Auf seine angeblich gut gehende Whiskybrennerei würde sie ihn beim nächsten Mal ansprechen. Und am besten in Roses Gegenwart … Aber das mit dem Vermögen konnte und wollte sie nicht unwidersprochen so stehenlassen.

»Gut, dass Sie Ihr Vermögen erwähnen«, flötete sie zuckersüß. »Dann wird es für Sie als Ehrenmann wohl keine Frage sein, Isobel das Geld zurückzustatten, das sie wegen Ihres Ratschlags, es bei Hobard & Pinkett anzulegen, verloren hat.«

Lili verspürte eine gewisse Schadenfreude, als sie ihm zusehen konnte, wie er erbleichte, doch sie hatte sich zu früh gefreut.

»Es geschah nicht auf meinen Ratschlag hin, sondern Ihre Stieftochter hat mich nahezu gedrängt, einen Termin mit Ihr und Mister Jones zu machen. Ihm hat sie ihr Geld gegeben. Ich habe es selbst gesehen«, entgegnete er in scharfem Ton.

»Das ist eine gute Nachricht«, konterte Lili scheinbar ungerührt. »Dann werden sie es ja hoffentlich bei ihm finden, wenn sie ihn haben …«

»Wenn wer ihn hat?«, entfuhr es ihm erschrocken.

Lili lächelte triumphierend in sich hinein. Für einen Augenblick hatte der Mann vergessen, seine Rolle zu spielen. Er ist schwer angeschlagen, dachte sie und beschloss, seine Schwäche auszunutzen.

»Nach Mister Jones wird gefahndet. Er war bereits bei Hobard & Pinkett rausgeflogen wegen Betruges. Sie könnten sich auf dem Rückweg eigentlich gleich bei der Polizei melden und Ihre Aussage machen.«

»Ja, ja!«, murmelte er hastig und wandte sich zum Gehen.

»Und bitte nicht vergessen. Ich möchte persönlich mit meiner Tochter sprechen. Und richten Sie ihr aus, wenn sie nicht herkommt, dann stehe ich schneller vor ihrer Tür als es ihr lieb ist.«

Lord Fraser drehte ihr grimmig den Rücken zu und durchquerte eiligen Schrittes den Vorgarten. Erst als er aus Sichtweite war, blieb er stehen und ballte die Fäuste. Da hatte ihn Rose, das dumme Gör, doch tatsächlich reingelegt. Er wäre sonst doch niemals persönlich bei dieser Frau aufgekreuzt. Er hätte einen Anwalt geschickt. Nur zur Sicherheit war er gekommen, falls Rose wirklich ihren Besuch für den heutigen Tag angekündigt hatte. Und er war so blöd gewesen, der Kleinen zu glauben, dass sie mit ihrer Mutter telefoniert hatte. Marta hatte recht. Das Biest hatte ihm den Kopf verdreht, aber das war jetzt vorbei. Nun würde er mit härteren Bandagen kämpfen. Es musste nur alles viel schneller gehen als geplant. Es war nämlich nur eine Frage der Zeit, wann diese Frau bei ihm vor der Tür stehen und nicht lockerlassen würde, bis sie mit ihrer Tochter gesprochen hatte. Dazu durfte es nicht kommen!

Lord Fraser wischte sich mit dem Ärmel seiner Jacke den Schweiß von der Stirn. Wie gut, dass wir das Problem Jones bereits unterwegs gelöst haben, dachte er, während er in seinen Wagen stieg.

Der Gedanke, dass Lili Munroy ihm eines nicht allzufernen Tages hilflos ausgeliefert sein würde, erfüllte ihn mit Genugtuung. Ursprünglich hatte sie nicht auf seiner Liste gestanden, aber inzwischen war sie so etwas wie der persönliche Höhepunkt seines Plans. Mit wachsender Begeisterung malte er sich die Einzelheiten aus. So intensiv, dass er gar nicht merkte, wie er aus sicherer Entfernung beobachtet wurde.

43

Isobel stand hinter einer Azalee und zitterte am ganzen Körper. Sie war früher als verabredet in Little Scatwell eingetroffen, weil sie bei dem Vater einer Schülerin im Wagen mitgefahren war. Sonst hätte sie den Weg vom Bahnhof bis nach Scatwell zu Fuß machen müssen. Deshalb war sie erst einmal in den Garten gegangen, um die blühende Frühlingspracht zu bewundern.

In dem Augenblick, als sie sich endlich hatte bemerkbar machen wollen, hatte sie die Stimmen an der Haustür gehört. Sie war vor Schreck, Keiths Stimme zu hören, mit einem Satz hinter den Busch gesprungen. Wenn es nicht alles so entsetzlich traurig wäre, sie hätte über Lilis Vorschlag, er solle ihr das Geld aus seiner eigenen Tasche zurückzahlen, lachen müssen. Sie konnte leider sein Gesicht nicht erkennen, weil er mit dem Rücken zu ihr stand, aber sie stellte es sich lebhaft vor.

Sie hatte sich mit einem Mal Lili in einer Art verbunden gefühlt, wie sie es seit der Neujahrsnacht nicht mehr zugelassen hatte. Es erfüllte sie mit Stolz, was für eine tapfere Kämpferin ihre Stiefmutter doch war. Und zum ersten Mal seit der furchtbaren Geschichte galt ihr ganzer Zorn diesem Mann und nicht Rose.

Wie oft hatte sie sich vorgestellt, was sie ihm an den Kopf werfen würde, wenn sie ihn je wiedersah. Doch nun hatte sie sich einfach hinter dem Busch versteckt und war schadenfroh, weil Lili ihn offensichtlich verärgert hatte. Bis zu dem Augenblick, wo sie den unversöhnlichen Hass in seinem Blick gelesen hatte. Er hatte dabei direkt zu ihrem Busch hinübergesehen. Sie hatte schon befürchtet, er habe sie entdeckt, aber dann hätte er nicht derart hemmungslos seine Maske fallengelassen. Es kam Isobel so vor, als verberge er dahinter ein zweites Gesicht. Es war grausam anzusehen, wie sein Kiefer mahlte und seine Augen beinahe aus den Höhlen traten.

Er war schon lange in seinem Wagen davongebraust, als Isobel sich endlich traute, aus ihrem Versteck zu kommen. Wo vorher ein Wirrwarr an Gefühlen ihm gegenüber geherrscht hatte, dominierte nur noch eines: Angst. Ja, sie hatte Angst vor dem Hass, der aus seinen Augen gesprochen hatte.

Sie bebte am ganzen Körper und strich sich ein paarmal über den Bauch. Hatte sie auf dem Weg hierher noch Zweifel daran gehegt, ob es richtig wäre, ihr Geheimnis nur mit dem einen Menschen zu teilen, war sie sich dessen jetzt ganz sicher.

Mit weichen Knien ging sie auf die Haustür zu und klopfte. Fiona öffnete ihr. Die Wiedersehensfreude war auf beiden Seiten gleichermaßen groß.

»Sie sehen blendend aus, Isobel«, rief die Köchin begeistert aus. »Sie sind nicht mehr so mager. Das steht Ihnen ausgezeichnet.«

Ein Schatten huschte über Isobels Gesicht, doch dann lachte sie wieder. »Und Sie sehen gesund aus wie immer.«

»Sprechen Sie es nur aus. Ich bin noch dicker geworden.«

Von dem Juchzen angelockt, trat Lili hinzu. Sie gab ihrer Stieftochter einen flüchtigen Kuss auf die Wange. Mehr traute sie sich nicht. Umso überraschter war sie, als Isobel sie in den Arm nahm und fest drückte. Lili ging das Herz auf. Wie sehr hatte sie sich das gewünscht.

»Fiona, schicken Sie Bonnie mit dem Shortbread und dem Tee«, sagte Lili, als sie wieder Luft bekam.

»Shortbread? Das ist ja traumhaft«, entgegnete Isobel.

»Ich eile«, rief die Köchin und verschwand.

»Lass dich mal ansehen. Du siehst gut aus. Das steht dir«, sagte Lili begeistert, doch dann stutzte sie. Im Blick ihrer Stieftochter lag etwas, das sie schwer deuten konnte. Aus den Augenwinkeln fixierte sie noch einmal Isobels Rundungen und es fiel ihr wie Schuppen von den Augen.

»Du … du bist doch nicht etwa …«, stammelte sie.

»Ich wollte nicht gleich mit der Tür ins Haus fallen, aber das ist der Grund, warum ich dich heute aufsuche.«

Lili schluckte ein paarmal trocken. »Dann komm doch erst einmal ins Wohnzimmer«, presste sie schließlich heiser hervor.

Isobel folgte ihr. Als sie sich auf das Sofa vor dem Kamin fallen ließ, war es nicht mehr zu übersehen. Lili wunderte sich nachträglich, dass sie nicht längst einen Verdacht geschöpft hatte, aber Isobel hatte, wenn sie sich recht entsann, in letzter Zeit oft weite bequeme Kleider getragen.

»Wie lange weißt du es?«

Isobel kaute nervös auf ihrer Unterlippe herum, bevor sie zögernd antwortete. »Ich habe es erst einmal verdrängt, weil ich es nicht wahrhaben wollte. Und dann habe ich mir das Hirn zermartert, ob ich eine Engelmacherin aufsuchen sollte. Ich weiß von einer Hebamme in Inverness, bei der noch keine Frau auf dem Tisch verblutet ist. Ich stand sogar schon vor ihrer Tür, und in dem Augenblick kam ein kleines Mädchen mit seiner Mutter an dem Haus vorbei. Sie hatte blonde Locken und ein Puppengesicht wie Rose als Kleinkind. Jedenfalls lachte sie mich an, und da verlor ich den Mut, das Haus zu betreten. Ich wollte, dass dieses Kind lebt, auch wenn es vom Teufel ist.«

In Lilis Kopf wirbelten die Gedanken nur so durcheinander. Zu allererst war es die Tatsache, dass Isobel von diesem Kerl ein Kind erwartete, die sie beschäftigte. Aber es war auch die beinahe zärtliche Art, mit der sie von der kleinen Rose gesprochen hatte, und die klaren Worte, die sie für Lord Fraser gefunden hatte. Sollte sie inzwischen begriffen haben, dass er die treibende Kraft bei Roses Flucht aus Scatwell Castle gewesen war?

»Du bekommst alle Unterstützung, die du brauchst. Wir bekommen dieses Kind schon groß«, sagte Lili leise.

»Und es muss unser Geheimnis bleiben, Mom ...«

Lili traten Tränen der Rührung in die Augen. Wie lange hatte Isobel sie nicht mehr Mom genannt?

»Du willst es ihm nicht sagen?«

»Nur über meine Leiche. Der Kerl darf es nicht erfahren. Und auch Rose nicht.«

»Aber wenn sie wieder Kontakt zu mir aufnehmen und dich so sehen, dann werden sie doch …«

»Wir werden es abstreiten und unter vorgehaltener Hand behaupten, es wäre ein Skandal, weil das Kind von einem verheirateten Mann sei. Und das ist ja nicht einmal eine Lüge.«

Sie hielt inne und griff nach Lilis Hand. »Schau nicht so traurig. So verzweifelt wie ich auch anfangs war, es ist ein Geschenk. Ich habe doch niemals mehr damit gerechnet, Mutter zu werden.«

»Ist es in jener Nacht im Hotel geschehen?«

Isobel fixierte verlegen ihre Schuhspitzen.

»Vergiss es. Ich fange schon wieder an, Fragen zu stellen, die mir nicht zustehen«, erklärte Lili entschuldigend.

Isobel hob den Blick. Ein Lächeln umspielte ihre Lippen. »Ich habe das vermisst. Mutter Glucke, die alles wissen möchte, um notfalls mit dem Schwert loszuziehen, um die zu bestrafen, die ihren Töchtern etwas Böses angetan haben.«

»Bin ich wirklich so schlimm?«

»Schlimmer!«

»Hat er dir etwa Gewalt angetan?«

»Nein, ich habe ihn verführt. Weißt du, es ist nicht schön, mit fast dreißig noch unberührt zu sein. Ich wollte es wissen. Er hat sich sogar geziert und wollte mir unbedingt ein eigenes Zimmer besorgen. Und ich erinnere mich auch noch dunkel, wann er seine Meinung geändert hat. Es war ganz merkwürdig. Es geschah unmittelbar, nachdem ich ihm gestanden hatte, dass mein Vater Niall Munroy war und ich nicht deine Tochter bin. Weißt du, ich war so wütend auf dich, weil ich glaubte, du wärst nur für deine Rose da …« Sie senkte beschämt den Blick und strich gedankenverloren über ihr kleines Bäuchlein. »Aber seit ich weiß, dass ich selbst ein Kind bekomme, sieht die Welt anders aus.«

Lili drückte ihre Hand, um Isobel zu bedeuten, wie sehr ihre Worte sie berührten.

»Kannst du dir erklären, warum er mit dir ins Bett gegangen ist, nachdem er erfahren hat, wer du wirklich bist?«

Isobel hob die Schultern. »Keine Ahnung.«

Lili war ebenso ratlos. Sollte es da einen Zusammenhang mit dem Umstand geben, dass Rose in einem ihrer Briefe behauptet hatte, nicht mit ihrem Mann das Bett zu teilen? Lili kämpfte mit sich, ob sie das laut sagen sollte, aber sie entschied sich dagegen. Diese Offenheit wäre womöglich geeignet, die neu gewonnene Nähe zwischen Isobel und ihr zu trüben.

»Lili? Sag mir einmal ehrlich, ist es immer so schrecklich, wenn man mit einem Mann ins Bett geht oder wird es mit der Zeit besser?«

Lili errötete. Diese Frage konnte sie Isobel unmöglich beantworten, ohne zu schwindeln.

»Ach, weißt du, am Anfang kann es schmerzhaft sein und dann macht es natürlich keinen Spaß«, versuchte sie sich herauszureden.

»Ich bin kein kleines Kind mehr. Ich muss es wissen, auch wenn ich als ledige Mutter wohl niemals mehr in die Lage kommen werde, mit einem Mann das Bett zu teilen.«

»Natürlich gibt es Unterschiede, ich meine, ich ...«, stammelte Lili verlegen.

»Mit Dad bist du nicht glücklich gewesen, aber mit Onkel Dusten, oder?«

Lili räusperte sich ein paarmal, während sie nach den richtigen Worten suchte.

»Du musst nichts sagen, Lili. Deine Augen sprechen für sich.«

Lili rang sich zu einem Lächeln durch.

»Ich habe Angst, Isobel«, sagte sie nach einer Weile des Schweigens, in der sie beide ihren eigenen Gedanken nachgehangen hatten. »Lord Fraser führt etwas im Schilde.«

»Warum war er ohne Rose da?«

Lili zuckte zusammen. Sie hatte sich schon die ganze Zeit gefragt, ob sie Isobel von seinem Besuch berichten solle oder nicht.

»Du weißt davon?«

»Ja, ich habe ihn vom Garten aus beobachtet. Und ich habe gehört, wie du ihm den Vorschlag gemacht hast, mir das verlorene Geld aus eigener Tasche zu zahlen. Er stand leider mit dem Rücken zu mir. Ich hätte zu gern sein dummes Gesicht gesehen.«

Lili lachte. »Er hat wirklich sehr dämlich aus der Wäsche geschaut.«

Isobel fiel in das Lachen ein, doch dann wurde sie sofort wieder ernst.

»Du hast recht. Er ist gefährlich. Bevor er in seinen Wagen stieg, habe ich seine Miene beobachten können. Ich weiß jetzt, welches Gesicht der Hass hat. Wo war Rose?«

Lili seufzte schwer. »Kann ich jetzt wirklich mit dir darüber reden, ohne dass du nur Gehässigkeiten gegen sie von dir gibst?«

»Meinetwegen. Ich halte meinen Mund, auch wenn ich immer noch furchtbar wütend auf sie bin. Aber nicht mehr, weil sie ein raffiniertes Biest ist, sondern ein selten leichtgläubiges Schaf ...«

»Isobel!«

»Ja, Mom? Das musste raus, und nun erzähl. Warum war sie nicht mit hier?«

»Er behauptet, sie traue sich nicht her. Er habe vorfühlen sollen, wie die Stimmung sei.«

Isobel schnaubte verächtlich. »Das aus seinem Mund kann nur eine Lüge sein. Rose hängt an dir. Außerdem weiß sie, du würdest ihr alles verzeihen, wenn sie nur lieb ...«

»Bella!« Lili drohte ihr scherzhaft mit dem Finger, während ihr das Herz aufgehen wollte bei der alten Nähe, die sie in diesem Augenblick endlich zu Isobel empfand.

»Du würdest sie jedenfalls mit offenen Armen empfangen, und das weiß die Prinzessin. Dass sie aus Feigheit nicht mitkommt, passt nicht zu unserer Rose.«

»Die Sache hat einen Haken«, gab Lili zögernd zu. »Er behauptet, Rose habe ihn beauftragt, für den Verkauf des Geschäftshauses zu sorgen und ihren Anteil einzustreichen.«

»Wie sollen wir das denn jetzt verkaufen?«

»Das habe ich ihm auch gesagt, doch er verlangt, dass die ›Sippe‹, wie er die Bedürftigen nennt, schnellstens aus dem Haus verschwinden soll.«

»Hast du schon mit Liam gesprochen?«

»Nein, ich weigere mich zu glauben, dass Rose plötzlich ihr Geld will.«

»Vielleicht hat er dich angelogen, und er ist selber scharf auf das Geld.«

»Das habe ich natürlich sofort gedacht, aber er hat mir eine Vollmacht von ihr gezeigt.«

»Na und? Die kann gefälscht sein. Und wie bist du mit ihm verblieben?«

»Ich habe ihm angedroht, dass, wenn Rose nicht schnellsten auf ein Vieraugengespräch vorbeikommt, ich bei ihm vor der Tür stehe.«

Isobel legte die Stirn in Falten.

»Weißt du, ich könnte Rose den Hintern versohlen für das, was sie mir angetan hat. Aber das passt alles überhaupt nicht zu ihr. Typisch für sie wäre gewesen, dass sie mit Tränen in den Augen und einem Blumenstrauß vor deiner Tür gestanden und um Verzeihung gebeten hätte. Danach hätte sie sich in die Küche gestürzt, als wenn nichts gewesen wäre, und Fiona und Bonnie mit lustigen Geschichten von ihrer nächlichen Flucht aus Scatwell Castle unterhalten. Nein, Lili, das stinkt zum Himmel.«

»Apropos Scatwell Castle. Er will es kaufen, damit Rose in meiner Nähe wohnen kann.«

»Lili, weißt du noch, wie viele Tränen Rose in den Ferien nach dem Umzug aus Little Scatwell vergossen hat? Niemals würde sie freiwillig in dem Kasten wohnen wollen!«

»Da ist noch etwas, Isobel. Das Haus in Fortrose, das er sich hat bauen lassen, ähnelt Scatwell Castle von der Fassade her wie ein Ei dem anderen.«

Isobel wurde bleich.

»Wann fahren wir?«, fragte sie mit versteinerter Miene.

»Du meinst, wir beide …«

»Ich begleite dich und warte im Wagen. Und wenn er dich nicht mit Rose sprechen lässt, dann komme ich dazu. Und wir holen beim nächsten Mal Liam und Sibeal als Verstärkung.«

Überschwänglich riss Lili ihre Stieftochter in ihre Arme.

»Du hast mir so gefehlt, Und du glaubst gar nicht, wie glücklich ich bin, dass du dir auch solche Sorgen um Rose machst«, flüsterte Lili ergriffen.

»Das ist reine Berechnung«, erwiderte Isobel lächelnd. »Glaubst du, ich habe Lust, mein Kind allein aufzuziehen? Dazu brauche ich eine Granny und eine Tante.«

»Granny? Untersteh dich, mich jemals so zu nennen«, entgegnete Lili mit gespielter Empörung. Tante Lili, wenn ich bitten darf.«

Als Bonnie mit dem Tablett eintrat, blieb sie wie angewurzelt stehen. Diese innige Umarmung zwischen Lili und Isobel wollte sie nicht mit Shortbread und Tee stören. Sie spürte, wie ihre Augen feucht wurden. Nun müsste nur noch Rose zurückkehren, und dann wäre alles gut, dachte das Hausmädchen und kämpfte tapfer gegen die Tränen an. Ihr Blick blieb an Isobels Bauch hängen und die Erkenntnis durchfuhr sie wie ein Blitz: Miss Isobel war in anderen Umständen. Das musste sie sofort Fiona berichten. Leise zog sie sich zurück und drückte der verdutzten Köchin das volle Tablett mit den Worten: »Das müssen Sie mit eigenen Augen gesehen haben, Fiona!«, in die Hand.

44

Rose war schweißnass, als sie aufwachte. Wie immer, wenn sie kurz die Augen aufschlug, war sie nicht allein. Mal stand eine kopflose Frau vor ihrem Bett, riss sie unsanft an den Armen aus der warmen Höhle und schleppte sie in ein kaltes Gemäuer und dann wieder zurück. Meistens flößte die Kopflose ihr danach einen Trank ein, bevor sie wieder wegdämmerte.

Schlimmer als die Kopflose aber war der Geist von Penkeat, John Cockburn – sie wusste, dass er es war, denn sie war einmal mit der Klasse in dem Schloss gewesen und da hatte sein Bildnis an der Wand gehangen –, der sich immer ganz dicht über ihr Gesicht beugte und ihr mit fauligem Atem entgegenhauchte, dass er sie umbringen würde. Dann legte er zur Bekräftigung seiner Drohung die Hände um ihren Hals und drückte zu, doch immer, wenn er das tat, löste er sich plötzlich in Nichts auf.

Nun standen sie alle beide vor ihrem Bett. »Ich bringe dich um«, schnaubte der Geist »Du sollst in der Hölle schmoren!«

Rose wollte sich aufrichten, ihre Stimme erheben und sie verjagen, weil sie sie beim Schlafen störten. Aber sie war so schwach, dass sie nach dem ersten Versuch stöhnend und ächzend aufgab.

»Du musst dich wehren. Töte ihn!«, raunte ihr das kopflose Wesen ins Ohr und steckte ihr ein Messer zu. Rose aber war viel zu schwach, die Waffe in ihrer Hand zu halten. Doch die Kopflose umklammerte ihre Hand, sodass Rose die Waffe nicht entglitt. Und ehe sie es sich versah, hatte die kopflose Frau das Messer auf den Arm des Geistes gerichtet und zugestoßen.

»Sie will mich töten«, schrie der Verletzte. »Sie will mich töten.« Rose konnte zusehen, wie das rubinrote Blut auf ihre weiße Decke tropfte. Das Gesicht des Geisterwesens war schmerzverzerrt.

Die Kopflose hielt immer noch Roses Hand umklammert. Die

Spitze des Messers steckte im Arm des Mannes, doch nun zog die Frau es mit einem Ruck heraus. Der Geist schrie laut auf. Ganz sanft ließ die Kopflose Roses Hand mit der Waffe darin auf die Decke gleiten und löste ihre Umklammerung.

»Du musst es festhalten«, flüsterte sie beschwörend. »Dann kann er dir nichts antun.«

Rose aber hörte die Stimme nur noch wie unter Wasser, während ihr die Augen zufielen.

Sie wachte von einem merkwürdigen Stimmengemurmel auf. Sie hatte Angst, die Augen zu öffnen, weil sie befürchtete, das Zimmer sei voller unheimlicher Wesen. Doch als sie kurz blinzelte, standen weder die Kopflose noch der Geist von Penkeat an ihrem Bett, dafür blickte ein fremder Mann besorgt auf sie hinunter. Da fiel es ihr wieder ein, dass die Kopflose auf den Geist eingestochen hatte. Sie wollte es dem Fremden sagen, denn er sah freundlich aus, doch ihrer Kehle entrang sich nicht mehr als ein Grunzen.

»Guten Tag, Lady Rose«, sagte er sanft. »Ich bin Doktor Scott. Wie geht es Ihnen?«

»Durst«, stieß Rose kaum verständlich hervor.

Der Fremde griff zu der Karaffe auf dem Nachttisch und goss ihr ein Glas des klaren Wassers ein. Von einer Sekunde zur anderen hatte sich sein freundliches Gesicht in eine dämonische Fratze verwandelt. Rose wollte schreien, aber sie brachte nur ein einziges Wort hervor.

»Gift!« Zur Bekräftigung wollte sie um sich schlagen, doch ihre Hände waren vor ihr auf der Bettdecke zusammengebunden. In Panik riss sie die Augen weit auf.

»Ich glaube, die Fesseln kann ich lösen«, sagte er, bevor er das Seil entknotete und ihre Hände befreite. Der Dämon war aus seinem Gesicht verschwunden.

Vorsicht, dachte Rose. Ich muss mich vor ihm hüten! Er gehört zu der Kopflosen.

In seinem Gesicht aber war nichts anderes als Mitgefühl zu lesen, während er ihr das Glas Wasser reichte. Doch sie holte aus und schlug es ihm aus der Hand. Es flog in hohem Bogen auf den Boden und zersprang in tausend Stücke.

»Ich hole Ihnen ein neues Glas. Sie müssen unbedingt etwas trinken.«

Er stand auf und verließ das Zimmer. Rose schloss die Augen. Endlich war sie allein. Wie sehr hatte sie sich gewünscht, endlich allein zu sein.

Doch da hörte sie seine Stimme flüstern: »Alles gut. Trinken Sie.« Aber Rose ließ sich nicht täuschen. Als er ihr das neue Glas mit Wasser einflößen wollte, kniff sie die Lippen fest zusammen.

In diesem Augenblick steckte der Geist seinen Kopf zur Tür herein, aber ganz plötzlich hatte er die Züge von Keith. Sein linker Arm steckte in weißen Tüchern. Rose streckte ihm ihre Hände entgegen. Zum Zeichen, dass er sie retten sollte.

»Wissen Sie jetzt, was mit ihr ist?«, hörte sie ihn verzweifelt fragen, aber warum holte er sie nicht aus dieser Hölle? Rose ließ ihre Arme kraftlos sinken.

»Lassen Sie mich bitte noch einen Augenblick mit der Patientin allein, Lord Fraser«, bat der Fremde, der sie über seine randlose Brille hinweg prüfend anblickte.

»Nein«, schrie Rose. »Keith, bitte, lass mich nicht allein. Er gehört zur Kopflosen!«

»Gehen Sie! Bitte!«, bat der Fremde Keith ausdrücklich.

Nachdem er sich unter Murren zurückgezogen hatte, beugte sich der Fremde ganz dicht über sie.

»Misses Fraser, hören Sie mich?«

»Geh«, krächzte sie. »Geh!«

»Misses Fraser, ich bin Arzt und will ihnen helfen. Was sehen Sie?«

»Gelb«. Sie hob den Arm und deutet schwach auf seine Augen.

»Ich habe gelbe Augen?«

Rose nickte, bevor die Müdigkeit sie erneut übermannte und ihr Kopf zur Seite sackte.

Doktor Scott blieb eine Weile ratlos auf der Bettkante sitzen.

Keine Frage, diese junge Frau litt unter schlimmen Halluzinationen und Wahnvorstellungen. Aber sie schien so weggetreten, dass er diese Passivität schwerlich mit der aggressiven Tat in Einklang zu bringen vermochte. Gut, sie hatte ihm das Glas aus der Hand geschlagen, aber das Messer? Diese geschwächte Person musste ja mit einem Mal mörderische Kräfte entwickelt haben, um ihrem Mann eine solche Stichwunde beizubringen. Außerdem schien sie sich von ihm Hilfe zu erwarten. Eine merkwürdige Geschichte, dachte er.

Er sah keine andere Chance, als sie in die Irrenanstalt nach Inverness bringen zu lassen. Dort hatte man ganz andere Möglichkeiten, eine Diagnose zu stellen.

Als er die Tür zum Flur öffnete, warteten dort bereits Lord Fraser und die Krankenschwester, die die junge Lady Fraser betreute, seit sie unter diesen Ausfällen litt, schon voller Anspannung auf ihn.

»Kann sie vorerst im Haus bleiben? Bitte, Herr Doktor!«, fragte der Ehemann besorgt.

Doktor Scott schüttelte den Kopf, obwohl es ihm schwerfiel, dem Mann seine Bitte abzuschlagen. Er sah schrecklich mitgenommen aus, aber das konnte er nicht verantworten. Es war schon nicht rechtens gewesen, die Polizei auf seinen audrücklichen Wunsch hin nicht über diesen Zwischenfall zu informieren. Denn wenn er dem Opfer Glauben schenken durfte, hatte die Frau auf sein Herz gezielt und es nur haarscharf verfehlt. Das war ohne Zweifel ein Mordanschlag, auch wenn er im Zustand geistiger Umnachtung ausgeführt worden war.

»Ich glaube, Ihre Frau ist so schwer erkrankt, dass ich es nicht verantworten kann, sie in Ihrer Obhut zu lassen. Solange ich nicht weiß, was mit Ihrer Frau geschehen ist und unter welcher Krankheit sie leidet, ist das zu gefährlich. Da ist sie bei uns unter Aufsicht weit besser aufgehoben. Und wir können an ihrer Heilung arbeiten.«

Doktor Scott versuchte, überzeugend zu wirken, wobei er im

Grunde seines Herzens nicht recht daran glaubte, dass diese junge Frau jemals wieder das Sonnenlicht sehen würde. Dort, wo er arbeitete, schloss man die Patienten weg und stellte sie ruhig. Nein, das waren nicht seine Behandlungsmethoden. Deshalb würde er auch irgendwann sein eigenes Haus führen wollen. Er war fasziniert von den Erkenntnissen Freuds und hatte alle seine Werke verschlungen. Wenn er schon sein eigenes Haus hätte, würde er die junge Frau dort unterbringen und herausbekommen …

»Es tut mir leid, aber es ist kein leichter Fall, in dem man sagen könnte, das gibt sich und sie berappelt sich wieder. Nein, das sind schwerste Halluzinationen, unter denen Ihre Frau leidet. Wann hat das eigentlich begonnen?«

Keith stieß einen tiefen Seufzer aus. »Es ist meine Schuld. Ich habe mich vor ein paar Monaten so unsterblich in sie verliebt, sodass ich sie auf ihr Drängen hin von zu Hause entführt und geheiratet habe. Die Familie hat sie deshalb verstoßen …«

»Aber vielleicht könnte man dort ansetzen. Mit den Eltern reden.«

»Das ist sinnlos. Ich habe sie bereits benachrichtigt. Für sie ist ihre Tochter endgültig gestorben.«

»Sie meinen, das war der Auslöser?«

»Wenn Sie mich fragen. Da ist etwas dran«, mischte sich Miss Brannon ein, die ihm vorhin als Pflegerin der Patientin vorgestellt worden war. »Ich vermute, dass dieses Mädchen gar nicht wusste, was es bedeutet, einen Mann zu heiraten. Ich befürchte, sie war noch derart in ihre Kinderwelt versponnen, dass diese Diskrepanz offenbar ihren Geist verwirrte.«

Doktor Scott musterte sie erstaunt. Offenbar verstand sie etwas von den Erkrankungen der Seele.

»Wie kommen Sie auf diese Diagnose?«

»Wir hatten in London einmal so einen Fall. Eine junge Frau brannte mit einem älteren Mann durch und reagierte mit ähnlichen Symptomen.«

»Wo haben Sie denn gearbeitet?«

»In Bedlam«. Miss Brannon lächelte, als sie das verdutzte Gesicht des jungen Arztes sah. »Ich meine natürlich im Bethlem.«

Auch er rang sich zu einem Lächeln durch. »Schon gut, ich weiß ja, dass man es so verballhornt. Ich frage mich nur, was Sie hier zu uns in die Highlands trieb?«

»Ich lernte die Frasers auf ihrer Hochzeitsreise kennen, und da hatte Lady Rose ihren ersten Anfall. Lord Fraser machte mir das Angebot, als ihre Pflegerin zu arbeiten. Und ganz unter uns: Ich glaube, sie ist im Haus unter meiner Obhut besser aufgehoben als in Inverness. Nichts gegen die Einrichtung, aber wie ich hörte, gehören Sie zu den Kritikern der veralteten Methoden.«

»Aber der Fall ist zu komplex«, widersprach Doktor Scott schwach. »Eigentlich müsste ich sie einweisen.«

»Ich bitte Sie von Herzen, tun Sie das nicht! Dann wird amtlich, dass meine Frau versucht hat, mich umzubringen, und dann kommt sie womöglich nie wieder heraus.«

»Ich verstehe ja, dass Sie sich Sorgen um ihre Zukunft machen, aber stellen Sie sich vor, ein solcher Vorfall wiederholt sich … wobei … ob Sie mir bitte ausführlich schildern können, wie genau dieser Anschlag vonstatten gegangen ist? Ich meine, sie ist völlig geschwächt.«

»Sie hat es getan, nachdem wir aus dem Bad zurückkamen«, erklärte Miss Brannon. »Ich wusste nicht, dass sie ein Messer unter ihrem Nachthemd versteckt hatte. Als wir ins Zimmer traten, war Lord Fraser gerade damit beschäftigt, das Bett neu zu beziehen, da schrie sie auf: ›Der Satan, der Satan‹, und ich hörte ihn nur noch schreien und sah das viele Blut …«

»Und wie kann ich sicher sein, dass sich so etwas nicht wiederholt?«

»Vielleicht haben Sie ein Mittel, um sie ruhigzustellen, das wir ihr vorerst geben? Und ich verspreche Ihnen, wenn es nicht geht, dann bringen wir sie zu Ihnen nach Muray-House, aber sehen Sie, sie ist doch noch so jung. Es kann doch nicht sein, dass man sie bis an ihr Lebensende wegsperrt.«

Doktor Scott schien mit sich zu kämpfen.

»Gut, aber nur unter einer Bedingung. Ich komme jeden zweiten Tag vorbei und sehe nach ihr. Und wenn es nur den kleinsten Vorfall dieser Art gibt, dann seien Sie so vernünftig und holen mich. Ich werde sie dann umgehend einweisen. Dass ich mich überhaupt dazu durchgerungen habe, Sie erst einmal in ihrer häuslichen Umgebung zu lassen, haben Sie nicht zuletzt Miss Brannon zu verdanken, Lord Fraser.«

Er wandte sich ihr zu. »Sie in der Obhut einer erfahrenen Krankenschwester zu lassen, hat mir meine Entscheidung erleichtert. Ich komme gleich morgen früh wieder.«

»Hätten Sie vielleicht etwas zu ihrer Beruhigung? Bislang musste ich ein starkes Mittel spritzen, aber das würde ich Ihrem geschwächten Körper ungern weiterhin zumuten«, erklärte Miss Brannon.

»Um welches Mittel hat es sich dabei gehandelt?«

»Das Beruhigungsmittel Pastena.«

Doktor Scott hob abwehrend die Hände.

»Auf keinen Fall weiter verabreichen. Ich halte rein gar nichts von diesem angeblichen Wundermittel aus Deutschland.« Er griff in seine Arzttasche und zog eine Tüte hervor.

»Geben Sie ihr dieses Pülverchen. Das genügt völlig.«

»Ich weiß gar nicht, wie ich Ihnen danken soll«, bemerkte Lord Fraser.

»Sie sollten wegen Ihres Arms einen Arzt kommen lassen. Damit ist nicht zu spaßen«, riet er ihm zum Abschied. In der Tür drehte Doktor Scott sich noch einmal um. Wie entspannt sie im Schlaf aussah. Der Anblick rührte ihn, und er fragte sich, was in so einem Mann wie diesem Fraser vorging, ein halbes Kind aus ihrem Zuhause zu reißen. Er würde sofort in seinen Büchern stöbern, und wenn er auch nur annähernd einen Hinweis darauf fand, dass ihre Krankheit durch die Eheschließung hervorgerufen sein könnte, würde er sie sofort nach Muray- House bringen und sie dort unter seine persönliche Fittiche nehmen. Doch im Augenblick schien sie ihm hier besser aufgehoben, um nicht Gefahr zu laufen, dass sie den Rest ihres Lebens in Muray-House verbringen musste.

Aus den Augenwinkeln beobachtete er, wie auch Lord Fraser auf das schlafende Mädchen stierte. Fürsorge und Liebe konnte der Arzt in dessen Blick allerdings nicht erkennen. Im Gegenteil, aus ihm sprach etwas, das Doktor Scott leicht frösteln ließ, wenn er es auch partout nicht deuten konnte.

45

Lili, Isobel, Sibeal und Liam steckten im Büro des Geschäftshauses die Köpfe zusammen und wollten beratschlagen, was in Sachen Rose am besten zu tun sei.

Seit dem Besuch Lord Frasers waren nun über vierzehn Tage vergangen, während derer er sich weder bei Lili noch über einen Anwalt bei Liam gemeldet hatte. Lili war mit ihrer Geduld am Ende. Sie wollte dringend mit ihrer Tochter sprechen. Am liebsten wäre sie schon gleich am Tag nach seinem Besuch nach Fortrose gefahren, aber das hatten ihr die anderen ausgeredet.

»Ich bin sicher, da stimmt was nicht!«, stöhnte Lili.

»Mir ist auch mulmig zumute, aber wir müssen klug vorgehen. Und es wäre überaus unsinnig, wenn Du, liebe Lili, einen Aufstand vor seiner verschlossenen Tür probst. Denn wenn Rose wirklich nichts mit seinen Forderungen zu tun hat, wäre es ihm sicher gar nicht genehm, dass wir uns mit ihr treffen.«

»Ich bin der Meinung, wir fahren am besten alle zusammen und du, Lili, versuchst erst einmal ganz diplomatisch, zu deiner Tochter zu gelangen. Und erst, wenn du mit ihr gesprochen hast, wissen wir, was los ist.«

»Ich spüre es doch hier drinnen.« Lili deutete auf ihren Bauch. »Da stimmt was nicht! Sie ist in Gefahr.«

»Das glaube ich nicht. Nicht mehr«, mischte sich Isobel ein, die noch gar nichts gesagt, sondern die ganze Zeit schon ziemlich missmutig vor sich hin gestarrt hatte.

Aller Augen waren nun auf sie gerichtet. Sibeal und Liam waren sichtlich bemüht, mit ihren Blicken nicht an ihrem unzweideutig schwangeren Bauch hängenzubleiben. Lili bemerkte das und nahm sich fest vor, den beiden wenigstens einen kleinen Hinweis zu geben, ohne den Vater zu nennen.

Sie erschrak, als sie Isobels verkniffenen Gesichtsausdruck bemerkte. Alles in ihr zog sich zusammen. Nicht schon wieder, dachte sie, es war doch alles auf einem guten Weg.

Isobel aber holte einen Brief aus der Tasche und reichte ihn Sibeal. Diese überflog ihn mit versteinerter Miene und gab ihn Lili weiter. Sie erstarrte bei jedem Wort mehr.

Liebe Isobel, ich hoffe, Du bist mir nicht mehr böse. Es tut mir leid, dass ich Dich verletzt habe. Ich weiß, dass es Dir sehr wehgetan hat, aber ich habe mich Hals über Kopf in Keith verliebt.

Der nächste Satz war nicht vollständig und überdies durchgestrichen. Lili entzifferte mühsam:

Ich wünsche mir doch so sehr, dass wir …

Ich traue mich nicht, Dich in Beauly zu besuchen. Deshalb bitte ich Dich um Deine schriftliche Zustimmung, dass ich den Hausverkauf der Church Street in die Wege leiten kann. Ich brauche dringend das Geld. Deshalb wäre es gut, wenn Du mir diese Vollmacht zukommen lässt. Sonst sehe ich mich leider gezwungen, einen Anwalt einzuschalten. Rose

Wie betäubt ließ Lili den Brief sinken und murmelte: »Das ist doch merkwürdig, oder? Das passt gar nicht zu ihr.«

»Es ist aber ihre Schrift. Diese geschwungenen Buchstaben sind unverkennbar«, bemerkte Isobel.

»Darf ich?« Liam griff nach dem Schreiben und vertiefte sich lange in diese Zeilen. Er sagte nichts, sondern runzelte nur skeptisch die Stirn. Dann erhellte sich seine Miene und er deutete auf eine bestimmte Stelle.

»Seht mal hier!«

Alle beugten sich über den Brief und beäugten das große I.

»Ja und?«, fragte Isobel unwirsch. »Was ist damit?«

»Vergleicht es doch mal mit diesem.« Er zeigte nun auf den gleichen Buchstaben ein paar Zeilen tiefer.

Nun begriff Lili, was er ihnen damit zu demonstrieren versuchte. »Du meinst, es ist nicht dieselbe Schrift, weil der Bogen hier zu eckig ist?«

»Ja, ich behaupte, dass jemand einen unvollständigen Brief von Rose vervollständigt hat. Schaut doch mal, es ist ganz eindeutig, es hat sich jemand bemüht, es wie Roses Schrift aussehen zu lassen, aber auf den zweiten Blick gibt es noch mehr Abweichungen.«

»Das glaube ich nicht«, schnaubte Isobel und verglich akribisch jeden Buchstaben.

»Ihr habt recht«, gab sie schließlich kleinlaut zu. »Ganz augenfällig ist es auch beim H.«

»Aber was hat das zu bedeuten?«, fragte Lili ängstlich.

»Dass Rose möglicherweise nichts von diesem Brief ahnt, denn ihre Worte deuten auf einen Versöhnungsversuch hin und der geht übergangslos in eine Drohung über«, erklärte Sibeal ungerührt.

»Ich muss sofort zu ihr!« Lili war vom Tisch aufgesprungen und machte sich zum Gehen bereit.

»Das kommt gar nicht in Frage, dass wir dich allein fahren lassen«, protestierte Liam energisch. »Ich fahre dich und warte im Wagen.«

»Fahrt nur, wir bleiben hier«, bemerkte Sibeal. Lilis und der Blick ihrer Freundin trafen sich. Sibeal konnte ihr nichts vormachen. Sie wollte sicher mit Isobel allein bleiben, um etwas über ihren Bauch herauszubekommen. Obwohl Lili nicht zum Lachen zumute war, konnte sie sich ein leichtes Schmunzeln nicht verkneifen.

»Ich finde es gut, wenn wir nicht gleich als Horde dort auftauchen«, pflichtete Liam Sibeal eifrig bei.

Und Liam will lieber mit mir allein sein, mutmaßte Lili und verabschiedete sich von Freundin und Stieftochter.

»Sei nicht so neugierig!«, flüsterte sie Sibeal scherzend zu.

»Wovon sprichst du?«, fragte diese mit gespielter Empörung, bevor sie sich Isobel zuwandte. »Du musst heute nicht mehr in die Schule, nicht wahr?«

»Nein, heute Nachmittag nicht«, erwiderte Isobel.

»Gut, dann komm, heute ist der Tag, an dem die Sonne ihre Strahlen auf dem River Ness tanzen lässt. Nicht dass wir womöglich den schönsten Tag im Jahr verpassen.«

Mit diesen Worten hakte sie sich bei Isobel unter und folgte Lili und Liam zum Ausgang.

In der Tür wären sie beinahe mit Mhairie zusammengestoßen. Jedes Mal, wenn Lili der jungen Frau begegnete, freute sie sich darüber, wie wohl sie aussah. Mhairie war inzwischen die Seele des Unternehmens geworden und ging auf in ihrer Arbeit. Und das Schönste war, sie bewohnte jenes Zimmer, das man Lili damals gegeben hatte, als sie mit Niall in die Highlands gekommen war, und Mhairie fühlte sich sehr wohl dort. LiIi konnte sich beim besten Willen nicht vorstellen, dass ihre kleine Tochter es übers Herz bringen würde, die Armen hinauswerfen zu lassen, nur um das Vermögen ihres Mannes zu mehren. Aber was, wenn er in Wirklichkeit gar kein Geld besaß?

»Misses Munroy. Sind Sie krank? Sie sind schrecklich blass«, hörte sie Mhairie besorgt sagen.

Das brachte Lili in die Gegenwart zurück. Sie rang sich zu einem Lächeln durch. »Ich müsste nur öfter ausreiten. Das habe ich in letzter Zeit vernachlässigt, Ich glaube, das täte auch Una gut.«

»Das ist eine ausgezeichnete Idee, liebe Lili. Die werden wir nachher, nachdem wir aus Fortrose zurückgekehrt sind, gleich in die Tat umsetzen!«, sagte Liam lächelnd.

Mhairie lächelte zurück, während Lilis Miene versteinerte. Wie konnte er so einen Vorschlag machen? Sie würde doch niemals mit ihm durch das Tal von Strathconon reiten, wie sie es leidenschaftlich gern mit Dusten getan hatte. Selbst, wenn er nicht ahnen konnte, dass sie diese Ausflüge niemals ohne Hintergedanken geplant hatten, sie nahm ihm übel, dass er damit in Dustens Terrain eindrang. Auch wenn Liam es höchtswahrscheinlich ganz harmlos gemeint hatte und es bei ihm keine Einladung zu einer leidenschaftlichen Rast am Loch Meig bedeutete, es befremdete Lili dennoch.

»Wir müssen«, sagte sie kühl und eilte verschnupft voraus zu seinem Wagen, während er sich herzlich von der jungen Frau verabschiedete.

»Was für eine Laus ist dir denn über die Leber gelaufen?«, fragte er sie freundlich, als er ihr wenig später die Beifahrertür aufhielt.

»Nichts!«, gab sie knapp zurück.

Zu ihrer großen Empörung fing Liam an zu lachen.

»Das ist das Einzige, das du mit der Mutter meines Sohnes gemeinsam hast. Wenn sie in diesem Ton auf die Frage nach dem Grund ihres Ärgers ›Nichts‹ antwortete, sagte ich mir immer: Liam, denk dir das Schlimmste!«

Wider Willen musste Lili lächeln und sich insgeheim eingestehen, dass Liam und Dusten wesentlich wichtigere Eigenschaften verbanden. Beide Männer hatten die Gabe, sie zu erheitern.

»Auf dem Pferderücken durch das Tal zu galoppieren, ist etwas, das ich gern mit meinem Mann getan habe. Sei nicht böse, Liam, aber niemals werde ich dieses Erlebnis mit einem anderen teilen.«

»Ist schon gut, Lili. Ich wollte dir ganz bestimmt nicht zu nahe treten. Und ich konnte beim besten Willen nicht ahnen, dass euch diese Unternehmung so innig verbunden hat«, erwiderte Liam verständnisvoll.

Und noch etwas Entscheidendes hat er mit Dusten gemeinsam, schoss es Lili durch den Kopf, er reagierte nie eingeschnappt oder beleidigt.

46

Die Schönheit des Moray Firth zeigte sich bei strahlend blauem Himmel von ihrer allerbesten Seite. Liam hatte mutig das Verdeck seines Wagens heruntergeklappt, und sie ließen sich den frischen Wind, der an diesem Tag nicht vom Atlantik herüberwehte, sondern aus Richtung Nordsee kam, um die Nase wehen. Lili hatte sich ihren Schal um den Kopf geschlungen, damit ihr nicht zu kalt wurde. Liam hatte eine Tammy Cap auf dem Kopf, die ihn – wie Lili fand – weniger geschniegelt aussehen ließ. In seinen Anzügen wirkte er manchmal sehr englisch, aber mit der karrierten Kappe und der Wetterjacke gefiel er ihr am besten.

Es war schwer, sich in dem offenen Wagen zu unterhalten, weil es sehr laut war. So erfreute sich Lili daran, nach rechts an Liam vorbei zum Wasser hinüberzusehen, auf dem leichte Schaumkronen tanzten.

Sie war erschrocken, als sie plötzlich das Ortsschild von Fortrose erblickte. Die Fahrt war rasend schnell vergangen. Ihr Herz begann wie wild zu klopfen.

»Liam, machen wir einen kleinen Umweg und setzen uns noch einen Moment an ein sonniges Plätzchen im Hafen?«, bat sie ihn.

»Gern«, erwiderte er und bog statt nach links nach rechts zum Wasser ab. Er hielt kurz vor der Mauer, die den Tidenhafen vom Strand trennte.

Schweigend suchten sie sich ein Plätzchen auf der Mauer, doch zu Lilis großer Enttäuschung herrschte Ebbe, und sie konnten das Wasser nur in der Ferne funkeln sehen.

»Ich habe Angst«, sagte Lili plötzlich. Trotz der Wärme, die ihnen die Frühjahrssonne vom Himmel schickte, fror sie mit einem Mal.

»Ich weiß«, erwiderte er, legte ihr den Arm um die Schultern und zog sie zu sich heran. »Das kommt von innen«, fügte er zärtlich hinzu.

Lili seufzte. Da war wieder einer dieser zauberhaften Augenblicke, in denen sie ihn am liebsten küssen würde. Doch in diesem Punkt blieb sie ihren Vorsätzen treu. Diesem Verlangen würde sie erst nachgeben, wenn sie sicher sein konnte, dass sie bereit war, eine Beziehung mit ihm einzugehen, die weit über Freundschaft hinausging. Trotzdem entzog sie sich seiner Umarmung nicht. Es war so angenehm, ein wenig gewärmt zu werden. Äußerlich wie innerlich.

»Ich befürchte, er entmündigt sie und trifft einfach Entscheidungen zu seinem Vorteil und gegen die Familie«, sagte sie leise.

»Das denke ich auch, aber wenn er tatsächlich Briefe in ihrem Namen schreibt, wäre das ungeheuerlich. Vielleicht geschieht das sogar ohne ihre Zustimmung oder gegen ihren Willen. Ich meine, das wäre eine plumpe Fälschung. Damit könnte er in der Geschäftswelt gar nichts ausrichten, wenn wir ihm vorhalten, dass der Schrieb gar nicht von Rose stammt. Kein halbwegs seriöser Kollege würde aufgrund einer solchen Vollmacht den Verkauf der Church Street in Angriff nehmen, ohne die Auftraggeberin wenigstens ein Mal zu Gesicht bekommen zu haben.«

»Ach, Liam, ich wäre so froh, wenn ich sie endlich in die Arme schließen, ihr in die Augen sehen und sie fragen könnte: Willst du wirklich, dass das Geschäftshaus in der Church Street verkauft wird? Möchtest du, dass die Armen auf die Straße gesetzt werden? Oder hat dein Mann dich dazu gezwungen?«

»Ich hoffe, dass du gleich Gelegenheit dazu haben wirst. Aber bitte sei vorsichtig. Selbst wenn er dich nicht zu deiner Tochter lassen sollte, trete den geordneten Rückzug an, droh ihm lieber nicht. Im Gegenteil, heuchle Verständnis dafür, wenn er deinen unangemeldeten Besuch als Überfall wertet. Es ist sein Haus. Und solange wir nichts gegen ihn in der Hand haben, solltest du ihn in der Sicherheit wiegen, dass du alle seine Forderungen erfüllst und nicht duchblicken lassen, dass du Misstrauen gegen ihn hegst. Solange er Rose in seiner Gewalt hat, sitzt er am längeren Hebel.«

»Ja, ja, ich werde mich schon nicht auf ihn stürzen, ihm sein verlogenes Gesicht zerkratzen und Scheiben zerschmeißen, um mir Einlass zu verschaffen.«

Liam lachte. »Also, Letzteres würde ich dir selbst mit deinem bisweilen feurigen Temperament nicht zutrauen.«

Lili grinste. »Täusch dich nicht. Ich stand schon mit einem Stein bereit, und wenn Sibeal nicht gewesen wäre, ich hätte dieses Anwesen längst gründlich durchsucht.«

»Wie gut, dass du schon einen Anwalt deines Vertrauens hast, der dich aus jeder Lage befreien könnte. Auch wenn du wegen Einbruchs im Gefängnis landen würdest«, lachte Liam, doch dann wurde er gleich wieder ernst. »Wenn die Polizei inzwischen doch wenigstens diesen Jones gefasst und der gegen Lord Fraser ausgesagt hätte, aber so müssen wir den Herrn mit Samthandschuhen anfassen.«

»Liam, ja, ja, ich werde mich zusammenreißen und dem Halunken nicht gleich an die Kehle gehen! Zufrieden?«

Liam zog es vor zu schweigen, doch dann fragte er völlig überraschend: »Wie habt ihr, Isobel und du, euch das eigentlich mit dem Baby vorgestellt? Will sie es ihm sagen?«

Entgeistert wandte sich Lili dem Anwalt zu. »Baby? Was … ich meine … wie …«, stotterte sie und lief rot an.

»Schon gut, das geht mich ja auch nichts an«, wiegelte Liam ab.

»Es ist nicht, wie du denkst. Der Vater ist ein anderer als der Halunke. Ein verheirateter Mann, der …«

»Ich habe gesagt, es geht mich nichts an. Ich habe aber nicht behauptet, dass ich blöd bin!«, entgegnete der Anwalt und musterte die verdutzte Lili durchdringend. »Kleiner Rat. Diese Geschichte solltet Ihr noch einmal gründlich überdenken. Es gibt bestimmt leichtgläubige Menschen, denen man solche Märchen, ohne mit der Wimper zu zucken, auftischen kann, aber die meisten – darauf wette ich – würden stutzig. Das passt doch überhaupt nicht zu Isobel. Dass sie sich gleich nach der geplatzten Verlobung auf einen verheirateten Mann einlässt. Das ist doch lächerlich. Und schlimmstenfalls bringt ihr damit noch den alten MacDowell in Verruf.«

»Liam, das ist nicht fair. Du bist gemein!«, stieß Lili verärgert hervor.

»Gemein wäre ich, wenn ich zu allem, was aus deinem entzückenden Mund kommt Ja und Amen sagen und dich nicht darauf hinweisen würde, dass der verheiratete Mann als Erzeuger für Isobels Kind keine allzu glückliche Lösung ist. Um nicht zu sagen, eine ziemliche unüberlegte Geschichte. Obgleich es in gewisser Weise ja sogar der Wahrheit entspricht.«

»Fändest du es etwa besser, der Kerl wüsste Bescheid? Und Rose, soll die etwa davon erfahren?«

»Nein, auf keinen Fall, Lili. Ich bin durchaus für ein Märchen, damit der Kerl keinen Verdacht schöpft, wenn er von Isobels Schwangerschaft erfährt. Aber es muss ein gutes Märchen sein. Dann behauptet wenigstens, der Vater des Kindes sei in Indien vermisst.«

»Wie kommst du auf Indien?«

»Weil es weit weg ist, keiner Nachforschungen anstellen kann und ihr keine Lady Ainsley zu befürchten habt, die so lange keine Ruhe gibt, bis sie den Namen des Vaters herausbekommen hat.«

»Du bist ganz schön verschlagen«, witzelte sie.

»Das ist mein Beruf«, lachte er.

Schon wieder so ein magischer Moment, schoss es Lili durch den Kopf und sie befreite sich sanft aus der innigen Umarmung.

»Komm! Es hat doch keinen Sinn, es zu verschieben. Ich kann es ohnehin nicht verhindern, dass mir die Knie schlottern werden, wenn ich an diese Tür poche und er mir gegenübersteht.«

Lili erhob sich und strich sich das Kleid glatt.

Liam blickte zu ihr auf.

»Weißt du, dass du wunderschön aussiehst? Die Sonne tanzt in deinem Haar, und man könnte meinen, du seist ein junges Mädchen.«

Lili lachte verlegen. »Dagegen spricht die Tatsache, dass ich heute Morgen ein paar graue Strähnen mehr auf meinem Kopf entdeckt habe.«

Liam stand auf. Ein Lächeln umspielte seinen Mund. »Ich habe ja nicht gesagt, dass ich wünschte, du seist ein junges Mädchen. Im Gegenteil, zu meinen grauen Strähnen passt nur eine reife Frau.«

»Das hättest du jetzt nicht sagen müssen«, entgegnete Lili in einem gespielt beleidigten Ton.

»Dir kann man es auch wirklich nicht recht machen«, entgegnete Liam, ohne die Miene zu verziehen. »Vielleicht ist es mein Segen, dass ich dein Herz nicht erweichen kann. Wer weiß, was für ein häuslicher Drachen du sein kannst.«

»Meinst du das ehrlich?«, fragte Lili erschrocken. Sie war sich nicht ganz sicher, ob er scherzte oder nicht.

Zur Antwort strich er ihr liebevoll übers Haar. »Nein, mein Traum ist immer noch, dass wir beide uns gegenseitig damit übertrumpfen, wer mehr graue Haare hat.«

»Liam, ich ...« Lili sah ihm in die Augen. Wieder so ein gefährlicher Augenblick. Täuschte sie sich oder häuften sich diese Momente in letzter Zeit?

»Ich liebe dich, Lili, so wie du bist«, raunte Liam. Lilis Knie wurden weich und ihre Vorsätze lösten sich ins Nichts auf wie eine Fata Morgana, wenn sich das Licht änderte. Doch bevor sie schwach werden konnte, war Liam einen Schritt zur Seite getreten.

»Komm. Ich glaube, du solltest es jetzt besser hinter dich bringen«, sagte er mit belegter Stimme.

Schweigend fuhren sie durch den Ort zurück und hinauf zu dem Abbild von Scatwell Castle. Von der Sonne beschienen wie an diesem Tag hatte es etwas von seiner düsteren Ausstrahlung verloren. Und doch hatte Lili das Gefühl, von einer dunklen Wolke umhüllt zu werden, als der Wagen zum Stehen kam.

»Ich warte auf dich und behalte die Eingangstür im Auge«, sagte Liam und drückte noch einmal ermunternd ihre Hand.

Lili atmete ein paarmal tief durch, bevor sie ausstieg und mit gestrafften Schultern auf das Haus zueilte.

47

Lili klopfte energisch gegen die schwere Haustür, nachdem sie festgestellt hatte, dass es keine Klingel gab.

Sie hielt den Atem an. Drangen Geräusche aus dem Haus oder nicht, war die bange Frage. Doch das Einzige, was sie hörte, war das Geschrei der Möwen, die über dem Anwesen ihre Kreise zogen.

Lili wandte sich Hilfe suchend zu Liams Wagen um. Sie hob die Achseln. Ihr Blick schweifte über den Fjord. Was für eine Aussicht, dachte sie, während sie sich wieder zu der Tür umdrehte und erneut dagegenpochte.

Es dauerte eine halbe Ewigkeit, bis die Tür einen Spaltbreit geöffnet wurde und das Gesicht einer Frau erschien, die Lili von oben bis unten taxierte.

»Was wollen Sie?«, fragte sie ohne vorherige Begrüßung.

»Ich … ich bin Lili Munroy und möchte meine Tochter Rose besuchen«, erwiderte Lili mit fester Stimme.

»Tut mir leid«, erwiderte die Frau, die, das musste Lili neidlos zugeben, äußerst attraktiv war, was im Gegensatz zu ihrem bösen Blick stand, mit dem sie Lili immer noch musterte.

»Was heißt, tut Ihnen leid?«, fragte Lili verstört.

»Sie ist nicht da!«, bellte die Frau und machte Anstalten, Lili die Tür vor der Nase zuzuschlagen, doch geistesgegenwärtig stellte sie ihren Fuß dazwischen.

»Wo ist sie?«

»Ich glaube nicht, dass ich Ihnen Rechenschaft schuldig bin«, gab die Frau bissig zurück.

»Sind Sie Miss Brannon, die Haushälterin?«

»Haushälterin, wie kommen Sie denn auf so einen Unsinn?«

»Meine Tochter hat mir Briefe von unterwegs geschrieben, und sie hat auch eine Miss Brannon erwähnt, eine Haushälterin!«

»Ich werde Ihnen jetzt etwas verraten: Ja, mein Name ist Miss Brannon, aber ich bin keine Haushälterin.«

»Was denn?«

»Ich bin die Betreuerin Ihrer Tochter.«

»Sie sind was?«

»Krankenschwester, aber nun ist es genug. Wenn Sie Näheres über den Geisteszustand Ihrer Tochter erfahren wollen, dann wenden Sie sich an Lord Fraser.«

Lili taumelte und musste sich an der Wand festhalten, allerdings ohne dass sie ihren Fuß auch nur einen Zoll aus der Tür bewegte. Ihr Atem ging stoßweise.

»Dann sagen Sie ihm, seine Schwiegermutter wünsche ihn zu sprechen, und zwar sofort«, keuchte sie.

»Er ist nicht da! Und nun nehmen Sie endlich den Fuß aus der Tür. Sonst müsste ich ein wenig nachhelfen«, drohte ihr Miss Brannon, die wahrheitswidrig behauptete, die Krankenschwester ihrer Tochter zu sein. Geisteszustand? Das war doch absurd. Rose war immer schon ein kluges Mädchen.

»Ich rühre mich nicht von der Stelle, bevor Sie mir gesagt haben, ob meine Tochter in diesem Haus ist oder nicht.«

Ohne eine Antwort abzuwarten, brüllte Lili so laut sie konnte. »Rose! Rose!«

»Verschwinden Sie oder ich hole die Polizei«, zischte Miss Brannon.

Doch statt sich zurückzuziehen, ging Lili zum Gegenangriff über. Sie zog blitzschnell den Fuß aus der Tür und hatte sich, bevor ihre Gegnerin überhaupt reagieren konnte, mit voller Wucht gegen die Tür geworfen. Mit solcher Kraft, dass das Gewicht der schweren Tür Miss Brannon gegen eine Flurwand drückte und Lili sich auf diese Weise Einlass verschaffte.

Und schon rannte sie ins Innere des Hauses und rief panisch: »Rose? Rose? Wo bist du?«

Sie hatte nicht damit gerechnet, dass Miss Brannon, kaum dass sie sich von ihrem Schrecken erholt hatte, ihrerseits handgreiflich werden würde. Das merkte sie erst, als sie einen Stoß im Rücken verspürte. Lili geriet ins Straucheln, konnte sich aber an der Garderobe festhalten. Sie erschrak. Es war Roses Wintermantel, an den sie sich klammerte.

»Rose?«, schrie sie verzweifelt.

Ein erneuter Stoß traf sie, aber dieses Mal nicht so heftig. Lili fuhr herum und stieß Miss Brannon, die sich auf sie stürzen wollte, von sich. Diese hatte nicht so viel Glück wie sie, sondern stolperte und stieß mit dem Kopf gegen die Wand. Lili aber kümmerte es nicht, dass diese Frau nun stöhnend am Boden lag. Sie war nur noch von einem Gedanken besessen. Sie wollte ihre Tochter finden!

Sie riss jede Tür auf und rief ihren Namen. In einem der Zimmer im Erdgeschoss fand sie Roses Kleidung und ihre Schuhe. Kein Zweifel, hier hatte sie gewohnt, doch wo war sie jetzt?

Atemlos rannte Lili die Treppe hinauf, nachdem sie alle Räume im Erdgeschoss inspiziert hatte. Wieder riss sie jede Tür auf, bis sie in ein Schlafzimmer gelangte und erstarrte. Über der Kommode hing ihr Gemälde »Die Rose der Highlands«.

Lili hielt einen Augenblick inne und betrachtete es fassungslos, doch dann meinte sie ein leises Stöhnen zu vernehmen. Sie wandte sich erschrocken um, doch das Bett war leer. Panisch drehte sie sich einmal um die eigene Achse, bis ihr Blick an einer Zwischentür hängenblieb.

Mit klopfendem Herzen näherte sie sich ihr, drückte mit schweißnassen Händen die Klinke hinunter und öffnete sie.

In dem Moment, als sie das bleiche Gesicht ihrer Tochter, die mit geschlossenen Augen in einem Bett lag, wahrnahm, wurde ihr schwindlig. Ich darf jetzt nicht ohnmächtig werden, nicht, bevor ich weiß, was mit meiner kleinen Tochter geschehen ist, dachte Lili angsterfüllt. Sie stürzte zu dem Bett hinüber und ließ sich auf die Knie fallen.

»Rose!«, schluchzte sie. »Rose!«

Sie fühlte sich elend schwach, aber sie fand die Kraft, sich am Bett emporzuziehen und beugte sich über ihr schlafendes Kind.

Mit zitternden Fingern strich sie ihr das nasse Haar aus dem Gesicht.

Ich muss ihr das Nachthemd wechseln, durchzuckte es sie. Rose hat Fieber. Sie wird sich erkälten, wenn ich ihr kein trockenes Hemdchen anziehe. Aber erst einmal muss ich sie hier herausholen. Lili merkte selbst, dass sie kaum einen klaren Gedanken fassen konnte.

»Ich hole Liam«, flüsterte sie ihrer Tochter ins Ohr. »Er hilft mir, dich bis ins Auto zu tragen.«

In diesem Augenblick öffnete Rose die Augen und schrie panisch auf. Lili wollte kaum glauben, was aus ihrem Mund kam, doch es ließ sich nicht leugnen. Es war deutlich zu verstehen.

»Geh weg, geh weg, geh weg!«

Lili starrte ihre Tochter, deren Gesicht zur verzerrten Fratze geworden war und die wahllos um sich schlug, entgeistert an.

In diesem Augenblick näherten sich vom Flur aufgeregte Stimmen und schon flog die Tür auf.

Ehe sich Lili versah, hatte Lord Fraser sie grob am Arm gepackt und vom Bett weggezogen.

»Sind Sie wahnsinnig? Wie kommen Sie dazu, in mein Haus einzudringen, die Krankenschwester Ihrer Tochter tätlich anzugreifen? Das wird ein Nachspiel haben.«

Lili aber schrie ihn an. »Finger weg! Was haben Sie mit meiner Tochter gemacht?«

Da mischte sich Liam ein, dessen Gegenwart sie jetzt erst bemerkte.

»Lili, bitte komm her zu mir. Wir müssen gehen.«

Sie fuhr wie der Blitz zu ihm herum. »Aber nur, wenn wir Rose mitnehmen. Sie kann nicht hierbleiben. Siehst du nicht, was sie mit ihr gemacht haben. Wir sollten die Polizei holen.«

»Gute Idee«, sagte Miss Brannon mit eisiger Stimme. »Dann kann ich mir den Anruf sparen.«

Lili aber würdigte sie keines Blickes. Stattdessen wandte sie sich flehend an Liam. »Wir nehmen sie mit. Komm, hilf mir!«

Plötzlich verstummte Rose und streckte Lili ihre Arme entgegen.

»Das braune Buch, das braune Buch, bitte, das braune Buch …«, stieß sie verzweifelt hervor.

Lord Fraser aber setzte sich auf Roses Bettkannte und hielt ihr den Mund zu. »Ruhig, mein Liebes. Sie sind gleich alle fort!«

Lili beobachtete entsetzt, dass Rose ihre Augen ängstlich aufgerissen hatte. Sie fürchtet sich vor ihm, durchfuhr es sie.

Lili versuchte, ans Bett ihrer Tochter zu gelangen, doch Liam hielt sie zurück. Lord Fraser funkelte sie gefährlich an. »Wenn Sie nicht augenblicklich mein Haus verlassen, wird das ein böses Nachspiel haben. Sie sind in mein Haus eingedrungen und haben Miss Brannon niedergeschlagen.«

»Das ist doch nicht wahr«, protestierte Lili, riskierte aber einen flüchtigen Blick auf die vermeintliche Krankenschwester.

Diese hielt sich den Kopf und jammerte: »Ich muss ins Krankenhaus.«

Lili zupfte Liam am Ärmel. »Sag doch was. Du bist Anwalt. Sag Ihnen, dass wir … wir wollen doch bloß Rose mit nach Hause nehmen.«

»Roses Zuhause ist hier«, entgegnete Lord Fraser ungerührt.

»Wir können sie nicht einfach mitnehmen. Wir sollten jetzt gehen«, erklärte Liam nachdrücklich und nahm Lilis Hand. Doch sie rührte sich nicht vom Fleck.

»Aber du siehst doch, was sie mit meinem Kind machen.«

»Hör zu, Lili.« Liam hatte erneut ihre Hand ergriffen und sah sie ernst an. »Lord Fraser hat mir alles erklärt. Rose ist auf der Hochzeitsreise schwer erkrankt und deshalb hat er Miss Brannon eingestellt.«

»Dummes Zeug. Sie war immer gesund. Sie braucht keine Krankenschwester. Die Frau da ist seine Haushälterin. Das hat mir doch Rose selbst von unterwegs geschrieben.

»Da war sie schon nicht mehr ganz bei Sinnen«, erwiderte Lord Fraser.

Statt einer Antwort wollte Lili sich auf ihn stürzen, doch Liam hielt sie mit eisernem Griff fest.

»Lord Fraser hat diese Frau eingestellt, um zu verhindern, dass Rose ins Muray-House nach Inverness gebracht werden muss.«

»Muray-House? Aber das ist doch eine Irrenanstalt!«, gab Lili empört zurück.

Liam nickte. »Rose leidet unter Halluzinationen und Wahnvorstellungen und bedarf dringend der ärztlichen Behandlung.«

»Lass dir doch nicht einen solchen Bären aufbinden«, schimpfte Lili.

»Lili, sie hat versucht, Lord Fraser umzubringen.«

»Das behauptet er doch nur, weil ...«

»Ach ja?«, mischte sich Lord Fraser ein. »Und was ist das?« Er zeigte Lili seinen verbundenen linken Arm. »Sie wollte mir das Messer ins Herz rammen, aber ich konnte mich mit dem Arm schützen.«

»Das ist doch alles erstunken und erlogen ... das ...«, stotterte Lili, doch dann räusperte sie sich ein paarmal, bevor sie fortfuhr: »Ach ja? Und warum haben Sie denn dann Briefe unter Roses Namen verfasst, in denen Sie behaupten, sie wolle ihr Geld aus dem Geschäftshaus ausbezahlt haben?«

»So, raus hier. Sehen Sie denn nicht, wie Rose das Ganze aufregt? Und Sie behaupten, zum Wohl Ihrer Tochter zu handeln. Dass ich nicht lache!«

Mit diesen Worten schob er Liam und Lili auf den Flur hinaus und ließ Rose allein mit Miss Brannon zurück.

Lili bebte vor Zorn.

»Sie haben mir meine Frage nicht beantwortet: Warum sind Sie so scharf darauf, die Church Street zu versilbern?«

»Das kann ich Ihnen genau sagen, Mylady. Meine Geschäfte laufen zurzeit genau so schlecht wie Ihre. Und ich benötige dringend das Geld, um zu verhindern, dass Rose lebenslang hinter den Mauern einer Anstalt verschwindet!«

»Hören Sie doch auf, Sie haben doch das Vermögen von Iso...«

»Lili, jetzt ist gut«, unterbrach Liam ihre Widerrede in barschem Ton. »Wir können froh sein, wenn Lord Fraser und Miss Brannon keine rechtlichen Schritte gegen dich einleiten. Aber dazu wäre es dringend erforderlich, wenn wir sein Haus jetzt verließen.«

»Aber …«

»Nein, du hast genug angerichtet«, fauchte Liam sie an und zog sie unbarmherzig mit sich in Richtung Ausgang. »Ich denke, du solltest dich entschuldigen.«

»Aber …« Lili stockte, als sie Liams warnenden Blick auffing. Das kann doch alles nicht wahr sein, dachte sie fassungslos. Dass er sich von diesen Leuten in die Irre führen lässt.

»Sie sind wirklich ein guter Anwalt, Mister Brodie«, lobte nun zu allem Überfluss auch noch Lord Fraser Liams Verhalten in den höchsten Tönen.

In Lilis Innerem brodelte es. Und sie hatte geglaubt, der Anwalt wäre ihr Freund. Er war nichts als ein hinterhältiger Verräter, aber auch wenn sie jetzt ganz allein dastand, kampflos würde sie nicht aufgeben.

»Ich verlange das Gutachten eines Arztes. Sie können mir viel erzählen. Ich möchte es Schwarz auf Weiß lesen.«

Lili funkelte Lord Faser herausfordernd an und sah sich fast am Ziel, als er nicht antwortete. Jetzt ist er in der Falle, frohlockte sie.

»Ich werde das Doktor Scott ausrichten.«

»Doktor Scott?«

»Ja, Roses behandelnder Arzt aus Muray-House, der im letzten Augenblick verhindert hat, dass Ihre Tochter, Mylady, lebenslang eingesperrt wurde.«

»Lili, bitte komm jetzt. Es ist wirklich alles gesagt«, bemerkte Liam ungeduldig.

Lili warf ihm einen vernichtenden Blick zu.

»Ich werde mir persönlich ein Bild machen und mit diesem Doktor Scott reden.«

»Das bezweifle ich«, erwiderte Lord Fraser eiskalt. »Er unterliegt der ärztlichen Schweigepflicht.«

»Aber ich bin ihre Mutter«, protestierte Lili.

»Und ich bin Ihr Ehemann!«, konterte Lord Fraser ungerührt.

Lili kämpfte mit den Tränen. Sie fühlte sich hilflos und schwach. Sie hatte all ihr Pulver verschossen und wozu?

»Kann ich noch einmal zu ihr?«, fragte sie leise.

»Nein, das halte ich für sehr gefährlich«, antwortete er. »Wenn ich mich recht entsinne, hat sie auf Ihr Erscheinen sehr aggressiv reagiert.«

»Das ist doch nicht wahr. Sie …«

»Auf Wiedersehen und vielen Dank, dass Sie Misses Munroy ungeschoren davonkommen lassen«, ging Liam lautstark dazwischen. »Und ich werde sehen, was sich machen lässt wegen des Hauses. Wenn Sie das Geld für Roses Pflege brauchen.«

Das war zuviel für Lili. Sie riss sich von Liams Arm los und rannte weg, als wäre der Teufel hinter ihr her. Sie lief aus dem Haus geradewegs nach unten zu der großen Straße, die durch Fortrose führte. Wahrscheinlich würde sie den halben Tag brauchen, um nach Scatwell Castle zu gelangen, aber das war ihr in diesem Moment völlig gleichgültig. In den Wagen dieses elenden Verräters würde sie jedenfalls nicht freiwillig steigen.

48

Sibeal hatte Isobel nach getaner Arbeit im Munroy-House, wie das Armenhaus inzwischen genannt wurde, überreden können, mit ihr ins Columba Hotel am River Ness essen zu gehen.

Isobel hatte zu ihrem großen Erstaunen zugesagt. Nun saßen sie in dem gemütlichen Hotelspeisesaal, von dem aus man über den River Ness bis hinüber zur Burg gucken konnte.

Kaum hatten sie Platz genommen, als der Kellner bereits die Karte brachte und nach ihren Getränkewünschen fragte, wobei er an Lady Sibeal gewandt leicht verschmitzt hinzufügte: »Für Sie, wie immer, einen Dewar?«

»Ich bin oft hier, seit Edward in London lebt«, flüsterte Sibeal Isobel beinahe entschuldigend zu, während sie eifrig nickte. »Für meine Freundin nur ein Wasser«, sagte sie demonstrativ mit einem Blick auf deren Bauch.

Kaum war der Kellner außer Hörweite, beugte sich Isobel vertraulich über den Tisch. »Ach, deshalb hast du mich zum Essen eingeladen, Tante Sibeal. Du möchtest sicher mehr erfahren über das da, nicht wahr?«

»Ich weiß gar nicht, wovon du redest«, erwiderte Sibeal so übertrieben unschuldig, dass es einem Geständnis gleichkam. Dann verfinsterte sich ihre Miene urplötzlich. »Breite sofort die Tischdecke darüber. Sofort!«

Isobel tat, was Sibeal ihr befohlen hatte. Sie rutschte beinahe unter den Tisch, sodass ihr Bauch von der Damastdecke verdeckt wurde.

»Isobel, lange nicht gesehen«, ertönte jetzt hinter ihr eine durchdringende Stimme, und Isobel warf Sibeal einen dankbaren Blick zu. »Du hast mich gerettet«, raunte sie und hoffte noch, dass sie keinen ungebetenen Besuch bekommen würden, doch da hatte sich Lady Ainsley auch schon vor ihrem Tisch aufgebaut.

»Guten Tag, Lady Sibeal. Schön Sie zu sehen«, flötete sie, wandte sich aber sofort wieder Isobel zu. Lady Ainsley schien förmlich vor Neugier zu platzen.

»Du armes Ding«, heuchelte sie. »Nun hattest du endlich einen Verlobten, und dann hat er so etwas Schreckliches getan. In St.Georges gibt es ja gar kein anderes Gesprächsthema mehr als diese Untat. Wie geht es dir, meine Süße?«

»Sehr gut, Lady Ainsley«, erwiderte Isobel, um dann verschwörerisch hinzuzufügen: »Es war kein allzu großer Schock für mich, denn wissen Sie, er war gar nicht der Richtige. Etwas ungehobelt, der Bursche …«

»So?«, entfuhr es Lady Ainsley spitz. »Da hat mir Caitronia aber ganz andere Dinge berichtet. Er soll sehr charmant sein.«

»Ich weiß nicht, was daran charmant ist, sechzehnjährige Schulmädchen zu entführen«, konterte Isobel bissig.

»Dazu gehören immer zwei«, widersprach sie beleidigt. »Aber er gehört ja auch nicht zu unseren engsten Verwandten. Das ist ein Zweig meiner Familie, in dem die schwarzen Schafe zu Hause sind.«

»Ihrer Familie?«, wiederholten Isobel und Sibeal wie aus einem Mund.

»Ja, wussten Sie das noch nicht? Als Caitronia Neujahr aus Scatwell Castle zurückkehrte, da habe ich sofort angefangen zu forschen. Das hat mir einfach keine Ruhe gelassen. Wenn einer Lord Fraser wie mein seliger Vater heißt, habe ich gedacht, dann kann das doch kein Zufall sein. Und ich habe eine alte Tante in Aberdeen, eine Schwester meines Vaters, die jeden vom Clan Fraser in ganz Schottland kennt, zumindest weiß sie, ob er zu unserer Familie gehört oder nicht. Und stellen Sie sich vor, sie kennt einen Fraser mit dem Vornamen Keith.«

Isobel und Sibeal starrten Lady Ainsley mit offenen Mündern an.

»Wollen Sie nicht einen Augenblick Platz nehmen?«, fragte Sibeal zuckersüß und orderte, ohne zu fragen, auch einen Dewar für

Lady Ainsley, von der bekannt war, dass sie sich bei Alkohol stets zierte, den Whisky dann aber in einem Zug zu leeren pflegte.

»Das muss doch nicht sein«, erwiderte Lady Ainsley und setzte sich zu den beiden an den Tisch.

»Und Keith ist wirklich ein Verwandter von Ihnen?«, rutschte es Isobel ungeduldig heraus.

»Ja, erzählen Sie doch, wer er ist und was Sie über ihn wissen«, ergänzte Sibeal neugierig.

»Das ist eine lange Geschichte«, erklärte Lady Ainsley gewichtig und trank, wie Sibeal es vermutet hatte, den Whisky in einem Zug aus. Sie selbst tat es ihr gleich und bestellte noch zwei weitere. Das Essen musste warten. Isobel und Sibeal waren bei der Aussicht, endlich Näheres über Lord Fraser zu erfahren, viel zu aufgeregt, als dass sie auch nur einen Bissen hinuntergebracht hätten.

Lady Ainsley schien das Interesse, das die beiden Frauen ihr entgegenbrachten, ganz offensichtlich zu genießen. Sie räusperte sich wichtig, bevor sie sich vertraulich über den Tisch beugte und flüsterte: »Mein Vater ist ein Großcousin seines Vaters, William Frasers. Also keine enge Verwandtschaft. Zum Glück! Onkel Will, wie er in der Familie genannt wurde, war ein Trunkenbold und heiratete eine französische Tänzerin. Mit ihr zog er nach Paris. Er hatte von Haus aus viel Geld, aber diese Dame soll ihn um ein kleines Vermögen erleichtert haben. Eines Tages ließ sie ihn mit ihrem gemeinsamen kleinen Sohn zurück und verschwand mit einem Zirkusdirektor auf Nimmerwiedersehen. Und jetzt kommt es …« Sie legte eine kunstvolle Pause ein und leerte das nächste Whiskyglas in einem Zug.

Sibeal bestellte rasch einen weiteren Drink für die Lady, damit ihre Zunge auch wirklich gelockert würde.

»Nun machen Sie es nicht so spannend«, sagte sie etwas unwirsch, als sie bemerkte, dass Lady Ainsley absichtlich zögerte. »Bitte«, fügte Sibeal in einem freundlicheren Ton hinzu, der ihr einen huldvollen Blick der Dame einbrachte. Diese räusperte sich noch ein paarmal, bevor sie endlich fortfuhr: »Sein Sohn hieß

Keith, und dieser Junge hat auch, als er erwachsen wurde, offenbar nur ganz selten schottischen Boden betreten. Meine Tante hat ihn persönlich überhaupt nur ein einziges Mal zu Gesicht bekommen, als es um das Erbe seines Vaters ging. Er lebte die meiste Zeit in Monte Carlo. Und er soll dort das ganze Vermögen seines Vaters verspielt haben. Jedenfalls hat diese Tante, die er noch einige Male brieflich um Geld angepumpt hatte, seit über einem Jahr nichts mehr von ihm gehört. Und nun hat er für so viel Verwirrung in deiner Familie gesorgt, arme Isobel. Deine bemitleidenswerte Mutter ist doch bestimmt am Boden zerstört. Sie hat aber auch immer ein Pech in familiären Angelegenheiten.«

Lady Ainsley tätschelte Isobels Arm, doch die zog ihn rasch zurück. Isobel wusste genau, dass das Mitgefühl Lady Ainsleys geheuchelt war. Wahrscheinlich war das Gegenteil der Fall, und sie empfand Schadenfreude bei dem Gedanken an das, was der gute Keith in Scatwell Castle angerichtet hatte. Isobel ahnte auch, gegen wen sich diese Gehässigkeit eigentlich richtete. Lady Ainsley hatte in all den Jahren keine Gelegenheit ausgelassen, spitze Bemerkungen gegenüber Lili loszulassen. Murron, Lady Ainsleys Tochter und einst Isobels beste Freundin, hatte ihr einmal einen Hinweis gegeben, warum sie sich so auf Lili eingeschossen habe. »Ja, weißt du denn nicht, dass meine Mutter hoffte, dein Vater würde sie heiraten? Aber dann kam er mit unserer gemeinsamen Lehrerin Miss Campbell in die Highlands und stellte sie als seine Verlobte vor. Mom sagt immer, wenn er sie zur Frau genommen hätte, wäre er heute noch am Leben.«

Isobel hatte Lili daraufhin wie eine Löwin verteidigt. Auch in diesem Augenblick ärgerte sie sich über Lady Ainsleys Häme und sann nach einer passenden Antwort. Sekunden später stieß sie mit übertriebener Empörung hervor: »Also, ich bin entsetzt. Das hätte ich nun wirklich nicht für möglich gehalten, dass ein solcher Halunke Mitglied Ihrer ehrenwerten Familie ist. Das ist ja ein Skandal!«

Sie konnte sich gerade noch ein Grinsen verkneifen, als sich ihr

Blick mit dem von Sibeal traf, deren Mundwinkel verdächtig zuckten.

Lady Ainsley merkte offenbar nicht, dass die beiden Frauen sie verschaukelten, denn sie erwiderte sichtlich beleidigt: »Wie ich schon sagte, er gehört ja nicht zum engen Kreis der Familie. Er hat ja nicht einmal gewusst, dass er entfernt mit Caitronia verwandt ist, der er an Hogmanay auf Scatwell Castle an ihrem Tisch gegenübergesessen hat. In meinem Haus war dieser Mensch nie zu Gast. Mir können Sie das wirklich nicht anlasten. Dieser Zweig der Frasers, der französische, wie er in der Familie heißt, besteht nur aus schwarzen Schafen. Ich dachte nur, es könnte Sie interessieren, dass dieser Lord Fraser, mit dem Sie, liebe Isobel, sich schließlich verlobt haben, nicht den besten Ruf genießt. Und er soll noch nicht einmal gut aussehen, behauptet meine alte Tante aus Aberdeen.«

Isobel runzelte die Stirn. Ihr lag eine Erwiderung auf der Zunge, aber da war Lady Ainsley bereits vom Tisch aufgesprungen.

»Auf Wiedersehen, die Damen«, verabschiedete sie sich förmlich und nahm dem Kellner, der gerade ihren dritten Whisky brachte, das Glas vom Tablett. Hocherhobenen Hauptes stolzierte sie zu ihrem reservierten Tisch.

Sibeal und Isobel starrten ihr verwundert nach.

»Hat deine Mutter nicht behauptet, dieser Kerl sei attraktiv? Und Lili hat eigentlich einen guten Geschmack, was Männer angeht.«

»Das hat Lady Ainsley doch nur gesagt, um mich noch dümmer dastehen zu lassen: Als hätte ich mich nicht nur in einen halbseidenen Vogel verguckt, sondern dazu auch noch in einen hässlichen …«

»Das wäre ihr durchaus zuzutrauen«, erwiderte Sibeal nachdenklich, bevor sie sich verschwörerisch zu Isobel hinüberbeugte. »Oder aber es stimmt, und unser Lord Fraser und der, von dem sie spricht, sind nicht identisch.«

»Aber es würde doch alles gut passen. Er ist ein krummer Hund.«

»Ja, damit magst du recht haben, aber ich hatte ehrlich gesagt nicht das Gefühl, dass sie sich all das ausgedacht hat. Ich meine, dass er unattraktiv ist. Und wenn das nicht gelogen war, deutet es darauf hin, dass es wirklich um zwei unterschiedliche Männer geht. Wir müssen herausbekommen, ob es nur eine erlogene Gemeinheit war oder nicht.«

»Aber wie?«

»Am besten gehst du an ihren Tisch und sagst, es handele sich leider doch um einen anderen Mann, denn dein Lord Fraser sei eine ausnehmend gute Erscheinung …«

»›Mein Lord Fraser‹ werde ich nicht über die Lippen bringen, aber …« Murrend stand Isobel auf und näherte sich Lady Ainsleys Tisch.

»Darf ich Sie noch einmal kurz stören?«

»Aber natürlich, mein Kind. Nimm Platz. Ich kann so gut verstehen, dass das alles ein ziemlicher Schock gewesen sein muss.« Sie stockte, als ihr Blick an Isobels Bauch hängenblieb. Entsetzt schlug sie die Hände vors Gesicht. »Um Gottes willen«, murmelte sie entsetzt. »Er hat dich geschwängert.«

Isobel brauchte einen kleinen Augenblick, um die Fassung wiederzugewinnen. Daran hatten weder Sibeal noch sie gedacht. Dass sie damit ungeschützt ihr Geheimnis preisgab und es morgen ganz Inverness wissen würde.

»Lady Ainsley, das ist nicht sehr freundlich von Ihnen«, erwiderte Isobel mit gespielter Empörung. »Das da ist zwar ein Souvenir von diesem Mistkerl, aber anders, als Sie denken!«

Isobel setzte sich ihr gegenüber und raunte: »Ich habe wahllos alles in mich hineingestopft. Und ich gehe auf die dreißig zu. Da bekommt man nicht mehr so leicht Kinder, und im Übrigen waren wir ja erst verlobt und haben unsere Hochzeitsnacht nicht vorweggenommen. Aber, was ich eigentlich von Ihnen wollte, war: Ich glaube, Sie müssen sich nicht weiter grämen bei dem Gedanken, dass dieser Kerl ein Verwandter von Ihnen ist. Er sieht nämlich unverschämt gut aus, und ich glaube, selbst wenn Ihre Tante aus Aberdeen einen anderen Geschmack haben sollte als der Rest der schottischen Frauenwelt, einen stattlichen, gutgebauten Mann mit einem markanten Gesicht wie ihn würde sie sicher ebenfalls als äußerst attraktiv empfinden.«

»Na ja, als er bei ihr zu Besuch war, da war er noch ein junger Bursche. Vielleicht hat er sich zu seinem Vorteil entwickelt.«

»Ja, dann sagen Sie mir doch mal genau: Wie hat er denn damals wirklich ausgesehen? Groß oder klein? Dick oder schlank? Dunkelhaarig oder blond?«

Lady Ainsley fühlte sich in die Enge getrieben. »Was soll diese Fragerei? Ich war nicht dabei.«

»Aber Ihre Tante sagte doch, er sei nicht besonders anziehend«, insistierte Isobel. »Und wenn dem so ist, könnte ich definitiv ausschließen, dass es sich um Ihren Verwandten handelt.«

»Nun leg doch nicht jedes Wort auf die Goldwaage, Isobel. Anziehend oder nicht. Was weiß ich denn, wie er aussieht.«

»Sie könnten ja vorsichtshalber einmal Ihre Tante fragen, wie er denn nun genau ausgesehen hat. Dann hätten wir doch Klarheit. Ich denke, das wäre auch in Ihrem Sinne, nicht wahr?«

»Darauf kannst du Gift nehmen. Auch wenn es kein Ruhmesblatt für unsere Familie ist, ich habe keinen Zweifel, dass er es ist, der die kleine Rose gegen den Willen der armen Lili zur Frau genommen hat.«

Isobel erhob sich rasch. Sonst fühlte sie sich noch bemüßigt, Lady Ainsley an den Kopf zu werfen, dass sie wahrscheinlich einen Champagner geöffnet hatte auf den Skandal, der Scatwell Castle erschüttert hatte. Von wegen arme Lili!

»Danke«, verabschiedete sie sich stattdessen knapp und eilte zurück an ihren Tisch.

»Und? Ist der echte Lord ein kleiner glatzköpfiger Gnom?«, fragte Sibeal voller Ungeduld, kaum dass sich Isobel gesetzt hatte.

Isobel hob die Schultern. »Sie hat keinen Schimmer, wie dieser

Keith aussieht. Das war nur eine kleine Gemeinheit gegen mich. Ich befürchte tatsächlich, er ist dieser Zocker. Das würde erklären, warum er ständig Geld braucht.«

»Was ist eigentlich mit deinem Vermögen? Läuft die Sache?«

»Keith kann man nichts nachweisen. Er behauptet, Mister Jones habe ihn getäuscht, aber ich hoffe, dass der über seinen Komplizen auspackt, wenn sie ihn endlich haben. Und dann kann Lili Rose endlich nach Hause holen.«

»Sag mal, trägst du es ihr eigentlich noch nach?«

»Du meinst, Rose? Nein, es ist ganz merkwürdig. Seit ich schwanger bin ... »Sie stockte. »Lady Ainsley hat es natürlich sofort gesehen. Ich habe gesagt, ich hätte mich überfressen und wäre zu alt zum Kinderkriegen ...«

»Und was wirst du all den anderen erzählen, wenn man es nicht mehr aufs Essen schieben kann? Vor allem dem Erzeuger und Rose?«

»Ich werde mir den großen Unbekannten schnitzen müssen.«

»Na, hoffentlich nimmt dir das der Kerl ab. Wer weiß, ob der nicht sogar das eigene Kind benutzen würde, um an mehr Geld zu kommen.«

»Ich würde jeden Meineid schwören, um das Kind vor ihm zu schützen!«, entgegnete Isobel kämpferisch.

»Haben Sie inzwischen gewählt?«, unterbrach der Kellner ihr erhitztes Gespräch.

»Ich hätte gern den Schellfisch«, sagte Sibeal, ohne einen Blick in die Karte geworfen zu haben.

»Den nehme ich auch.« Isobel merkte, dass sie gar keinen Hunger mehr hatte. Die ganze Sache war ihr mächtig auf den Magen geschlagen. Wenigstens wussten sie jetzt endlich etwas über die Herkunft dieses rücksichtslosen Kerls. Isobel wunderte sich selbst am meisten darüber, dass ihr Zorn auf Rose so gut wie verraucht war. Sie sah in ihr nicht mehr die raffinierte frühreife Verführerin, sondern eher das verführte kleine Mädchen, das vor Liebe blind in sein Unheil gerannt war. Denn glücklich war Rose mit Sicherheit nicht. Sie war viel zu klug, um sich längerfristig vom Charme dieses Kerls blenden zu lassen. Was Isobel inzwischen viel mehr beschäftigte als ihre Wut, war die bohrende Frage, was der Mann im Schilde führte. Sie machte sich insgeheim Vorwürfe, dass sie die Augen so lange vor der Erkenntnis verschlossen hatte, es mit einem ausgekochten Lügner zu tun zu haben. Dabei war es ganz offensichtlich gewesen, dass er Rose und sie gezielt gegeneinander ausgespielt hatte. Mir hätte es in dem Augenblick auffallen müssen, als er meine Stiefschwester auf der Treppe gesehen und mir zugeraunt hat, das Auftreten dieser Göre wäre ein Skandal, schoss es Isobel durch den Kopf. Zumindest als er Sekunden später ihr gegenüber behauptete, sie sei entzückend anzusehen. Isobel wurde übel, aber das schob sie auf die Schwangerschaft.

»Ich möchte zu gern wissen, warum er sich an Rose herangemacht hat«, hörte sie sich da bereits laut fragen.

»Das frage ich mich auch die ganze Zeit. Um das halbe Geschäftshaus hätte er dich auch bringen können, nachdem er dich um dein Vermögen erleichtert hatte. Dazu hätte er nicht das Pferd wechseln müssen.«

Erst an Isobels irritierter Miene erkannte Sibeal, dass sie sich vielleicht etwas deftig ausgedrückt hatte.

»Entschuldigung, ich wollte dich nicht mit einem Pferd vergleichen. Ich frage mich nur, warum er so plötzlich zu Rose umgeschwenkt ist. Ich kann mir das nur so erklären, dass er Sorge hatte, du könntest ihn früher oder später durchschauen, während er Rose für ein naives Kind hält.«

»Wenn er sich da mal nicht täuscht«, seufzte Isobel. »Rose ist kein einfältiges Ding.«

Sibeal griff gerührt nach Isobels Hand. »Und das aus deinem Munde. Es ist schön zu hören, dass du sie nicht mehr als dumme Gans beschimpfst. Ich glaube, die Schwangerschaft tut dir gut. Aber was machst du mit deiner Arbeit, wenn das Kind erst da ist?«

»Warum glaubst du, verzeihe ich der lieben Familie alles? Das hat natürlich einen praktischen Grund«, witzelte Isobel. »Ich brauche eine Großmutter und eine Tante, die auf mein Kind aufpassen!«

Als das Essen kam, unterbrachen die beiden Frauen ihr angeregtes Gespräch und versuchten, die üppige Portion des prächtig zubereiteten Fischs zu bewältigen. Doch sie hatten nicht mehr allzu großen Appetit.

Nach dem Essen bot Sibeal Isobel, die noch immer keinen Führerschein besaß, an, sie nach Beauly zu fahren.

»Aber du musst doch nicht extra den weiten Weg machen«, protestierte Isobel.

»Ist kein Umweg, denn ich werde noch einmal kurz bei deiner Mutter vorbeischauen, in der Hoffnung, dass sie und Liam zurück sind aus Fortrose; und am liebsten mit Rose«, entgegnete Sibeal.

»Du bist unverbesserlich neugierig«, lachte Isobel und nahm das Angebot dankend an.

Die beiden Frauen versuchten beim Hinausgehen, den Tisch von Lady Ainsley weiträumig zu umschiffen, doch die Maßnahme nützte ihnen nichts. Sie waren schon fast beim Ausgang, als sie die Dame mit deutlich schwerer gewordener Stimme verkünden hörten: »Ich glaube, es gibt ein Foto von ihm. Meine Tante hat so etwas angedeutet, dass er auf einem Bild zu sehen ist. Das werde ich dir zukommen lassen, Isobel Munroy, dann kannst du dich mit eigenen Augen davon überzeugen, wem du da auf den Leim gegangen bist.« Sie lachte betrunken auf. »Das ist doch nicht zu fassen. Wie kann man nur auf so ein Windei reinfallen? Und lieben Gruß an die arme Lili.«

Isobel machte Anstalten, sich wütend umzuwenden, doch Sibeal hielt sie davon ab.

»Das Schlimmste ist Nichtachtung für die Dame«, zischte sie.

»Dann werden wir ihr geben, was sie braucht.«

Ohne sich noch einmal nach Lady Ainsley umzudrehen, wollten die beiden Frauen das Restaurant verlassen, doch was die betrunkene Lady ihnen jetzt hinterherrief, ließ Isobel das Blut in den Adern gefrieren.

»Und pass bloß auf, dass dein kleiner Keith später nicht nach den französischen Frasers schlägt.«

Isobel verspürte den Impuls, sich mit Gebrüll auf das hinterhältige Weibsstück zu stürzen, aber da hatte Sibeal sie schon ins Freie geschoben.

49

Als Sibeals Wagen wenig später vor Isobels Haus hielt, stutzten die beiden Frauen. Ein Polizeiwagen stand am Straßenrand, und ein Polizist pochte ungeduldig gegen ihre Tür.

»Warte bitte«, bat Isobel und stieg mit zitternden Knien aus dem Wagen. Das konnte nichts Gutes bedeuten. Wenn die Polizei jemanden zu Hause aufsuchte, war meistens etwas Schlimmes geschehen. Hoffentlich ist nichts mit Lili oder Rose, durchfuhr es sie eiskalt.

»Kann ich Ihnen helfen?«, rief sie und eilte zu dem Polizisten, den sie nicht einmal vom Sehen kannte. Das versetzte sie noch mehr in Panik. Wenn es wenigstens der örtliche Polizist gewesen wäre, aber ein Fremder?

»Ich habe eine Nachricht für Misses Isobel Munroy«, erklärte der Polizist.

»Das bin ich. Worum geht es?«

»Wollen wir nicht hineingehen?«, fragte er in sachlichem Ton. Aus seiner ausdruckslosen Miene konnte Isobel nicht das Geringste lesen.

»Nein, sagen Sie mir erst, was passiert ist!«, stieß Isobel heiser hervor.

»Meine französischen Kollegen haben in einem Wald in der Nähe von Grasse eine grausige Entdeckung gemacht.«

»Grasse?«, wiederholte Isobel.

»Das ist ein Ort in der Nähe von Nizza in den Bergen. Die Stadt des Parfums …«

Isobel winkte ungeduldig ab. Das wusste sie auch, aber nicht, was sie mit einer grausigen Entdeckung im fernen Frankreich zu tun haben sollte.

»Was haben Sie dort gefunden?«

»Einen toten Mann, den wir auf die Anzeige Ihres Anwalts hin zur Fahndung ausgeschrieben hatten. Er heißt … Moment, das haben wir gleich …« Der Polizist blätterte die Akte, die er bei sich führte, umständlich auf.

»Sie meinen Mister Jones, nicht wahr?«

Statt zu antworten, fuhr er mit dem Blättern fort.

»Er hatte den Schlüssel für das Schließfach bei einer Bank in Nizza bei sich. Und zwar in sein Hosenbein genäht …«

»Nun sagen Sie schon: Ist es Mister Jones?«

»Unter anderem ist es ein gewisser Tomas Jones.«

»Wie meinen Sie das? Unter anderem?«

»Wir haben mehrere seiner Pässe in dem Schließfach gefunden und dann eine Menge Geld, von dem wir glauben, dass es Ihnen …« Er blickte sich nach allen Seiten um. »Sollen wir nicht doch lieber ins Haus gehen? Ich möchte Ihnen das Geld ungern hier draußen übergeben.«

»Gut«, seufzte Isobel und machte ein Zeichen, dass Sibeal dazukommen solle. »Meine Freundin darf anwesend sein, nicht wahr?«

»Ihre Entscheidung«, erwiderte der Polizist.

Wie der Blitz kam Sibeal angerannt. »Was ist passiert?«

»Man hat Mister Jones in der Nähe von Grasse tot aufgefunden.«

»Was hat er denn da gemacht? Wollte er sein Geld in Parfum anlegen?«

Der Polizist musterte sie konsterniert.

»Entschuldigen Sie, das ist nun einmal meine Art von Humor«, lachte Sibeal. Sie wurde sofort wieder ernst. »Wie ist er umgekommen?«

Der Polizist hob die Schultern. »Das können wir noch nicht mit Gewissheit sagen. Es besteht der Verdacht auf Fremdeinwirkung.«

»Das heißt, er ist ermordet worden.« An Sibeals Hals bildeten sich vor Aufregung rote Flecken.

»Davon ist auszugehen, zumal am Fundort Überreste eines zweiten Toten gefunden wurden. Bei dem wird es allerdings schwierig sein, die Todesursache zu ermitteln, denn er lag schon sehr lange in der Kuhle. Sie verstehen?«

Sibeal verzog angewidert das Gesicht.

»Ja, ja, schon gut, ich ahne, was Sie uns damit sagen wollen. Und wer war der zweite Tote?«

»Wenn wir das wüssten! Es war weit und breit nichts zu finden, was auf seine Identität hindeutete.«

Sibeal trat ganz dicht an Isobel heran.

»Überleg mal, das ist bei Nizza und um die Ecke liegt Monte Carlo. Wenn das nun der echte Lord…«, flüsterte sie ihr ins Ohr.

»Meine Damen, geflüstert wird hier nicht«, ermahnte der Polizist sie in strengem Ton. »Wenn Sie sich über einen Umstand austauschen, der zur Sache gehört, möchte ich Sie bitten, das Gesagte zu wiederholen, sonst werden Sie mich kennenlernen, Miss …«

»Sibeal MacDonald, besser gesagt Lady Sibeal, aber Sie werden eher meinen Mann Sir Edward …«

Der Polizist lief rot an.

»Entschuldigen Sie, ich wusste ja nicht, mit wem ich es zu tun habe. Natürlich habe ich nichts dagegen, wenn Sie mit Ihrer Freundin plaudern.«

Sibeal warf Isobel einen triumphierenden Blick zu, doch Isobel nahm das gar nicht mehr wahr. Ihre Gedanken kreisten um diese zwei Toten und die Frage, ob Sibeals überbordende Phantasie wieder einmal bizarre Blüten trieb oder ob der andere tatsächlich der echte Lord Fraser sein konnte. Denn falls dem tatsächlich so war, dann lag klar auf der Hand, wer die beiden Männer aus dem Weg geräumt hatte.

Ein eisiges Schaudern durchlief Isobels Körper.

Trotzdem schaffte sie es, mit zitternden Fingern die Tür aufzuschließen und Sibeal und den Polizisten hereinzubitten.

Während der Polizist ein Bündel Geld aus seiner Tasche holte und es zu zählen begann, warfen sich die beiden Frauen wissende Blicke zu. Sie waren so vertieft, sich gegenseitig Zeichen zu machen, dass sie nicht einmal bemerkten, dass der Polizist mit dem Zählen der Scheine aufgehört hatte und sie scharf beobachtete.

Erst als er sich räusperte, unterbrachen sie abrupt ihre nonverbalen Verständigungsversuche.

»Meine Damen, wenn Sie etwas auf dem Herzen haben, das sachdienlich sein könnte, dann nur immer heraus damit!«

Isobel hob die Schultern. »Ich weiß nichts, außer: Das da auf dem Tisch ist nur ein geringer Teil meines Geldes. Ich befürchte, Mister Jones war nur ein Handlanger bei diesem Geschäft. Sie sollten unbedingt Lord Faser dazu befragen. Er hat mir schließlich den Rat gegeben, mein Geld Mister Jones anzuvertrauen.«

»Das war gehörig leichtsinnig von Ihnen«, brummte der Polizist.

Isobel lief knallrot an.

»Das weiß ich auch«, fauchte sie.

»Ich denke auch, der Drahtzieher ist dieser Lord Fraser«, mischte sich Sibeal ein. »Er wohnt in Fortrose. Die Adresse kenne ich nicht, aber sie fahren dort, wo es zum Hafen geht, nach links den Hügel hinauf. Und das Gebäude im nachgemachten viktorianischen Stil, das ist es.«

»Gut, ich werde das an den zuständigen Inspektor der Mordkommission weitergeben. Ich verfüge über keinerlei Kompetenz, Ermittlungen anzustellen. Wenn meine Kollegen der Meinung sind, dass es den Fall voranbringt, dann werden wir diesen Herren natürlich vernehmen ...«

»Natürlich bringt das den Fall voran«, schnaubte Sibeal.

»Ich bringe Sie zur Tür«, mischte sich Isobel ein und stand demonstrativ auf.

Der Polizist folgte ihr.

Als Isobel ins Zimmer zurückkehrte, war sie noch blasser.

»Und du glaubst wirklich, der zweite Tote ist der echte Lord Fraser?«

»Zweifelst du etwa daran?«

»Na ja, dafür gibt es eigentlich keinen Beweis ...«

»Aber Motive. Stell dir mal vor, der Kerl ist in Wirklichkeit ein mieser Verbrecher, da brauchte er eine halbwegs anständige Identität, und was eignet sich dazu mehr als ein haltloser Spieler, den seine Verwandten seit Jahren nicht mehr zu Gesicht bekommen haben, weil er weit weg in Frankreich lebte?«

»Aber das würde ja bedeuten, dass du ihn für einen Mörder hältst. Das ist schon starker Tobak!«, bemerkte Isobel zweifelnd.

Plötzlich erhellte sich Sibeals Gesicht.

»Es gibt nur eine Möglichkeit, Gewissheit zu erlangen.«

»Und die wäre?«

»Ich statte Lady Ainsleys Tante einen kleinen Besuch ab und bete, dass es tatsächlich ein Bild gibt, wie die Lady uns vorhin nachgerufen hat.«

»Aber die alte Dame lebt in Aberdeen.«

»Genau. Das sind an die einhundertzehn Meilen. Wenn ich mich gleich auf den Weg mache, bin ich abends da, gehe in ein Hotel und besuche die alte Dame gleich morgen früh. Danach mache ich mich sofort auf den Rückweg. Spätestens morgen Mittag bin ich zurück.«

»Aber meinst du nicht, es wäre besser, wenn wir über unseren Verdacht erst mit der Polizei sprechen und die das erledigt?«

»Du hast den Polizisten doch gehört. Du glaubst doch nicht allen Ernstes, dass die auf so eine vage Beschuldigung unsererseits Nachforschungen anstellen, ob Lord Fraser auch wirklich echt ist.«

»Nein, das werden sie nicht, und ich glaube ja selbst kaum dran. Wahrscheinlich wird er den Spieß umdrehen und behaupten, das wäre Lilis und meine Rache, weil er Rose geheiratet hat. Und uns dann wegen Verleumdung anzeigen!«

»Aber nicht, wenn ich morgen mit einem Foto in der Hand zurückkomme und auf dem Bild nicht unser Lord Fraser ist! Dann haben wir den Beweis, dass er sich zumindest unter falschem Namen bewegt. Da wird sich die Polizei dann schon fragen müssen, warum und wo denn der echte Lord Fraser steckt!«

»Ja, wenn. Willst du wirklich wegen eines Fotos so einen weiten Weg machen? Wir könnten diese alte Dame doch vielleicht auch anrufen und sie fragen, wie dieser Kerl aussieht.«

»Und wenn sie das gleich Lady Ainsley erzählt und die alles weitertratscht? Nein, ich möchte etwas in der Hand haben. Sonst wimmelt die Polizei uns als Spinnerinnen ab. Wir brauchen einen richtigen Beweis.«

»Gut, dann ... ich würde gern mitkommen, aber ich muss morgen früh in die Schule ...«

»Lass mich mal machen, aber vielleicht könntest du statt mir nach deiner Mutter sehen. Es wäre ja nicht unwichtig zu erfahren, was sie in Fortrose vorgefunden haben. Soll ich dich rasch hinbringen?«

»Nein, lass gut sein. Ich nehme das Rad. Ich glaube, eine Frischluftfahrt am River Conon entlang würde mir jetzt guttun.«

Isobel umarmte Sibeal und wünschte ihr eine gute Reise. Sibeals Wangen waren vor Aufregung gerötet. Und Isobel wusste, dass niemand ihre Tante von diesem Abenteuer hätte abbringen können.

»Pass gut auf dich auf«, gab sie ihr besorgt mit auf den Weg.

Sibeal lachte aus voller Kehle.

»Das würde ich eher euch raten, denn wenn mein Verdacht sich erhärtet, müssen wir morgen als Erstes Rose in Sicherheit bringen, denn wir dürfen sie nicht einen Tag länger unter einem Dach mit diesem Mörder wohnen lassen! Und bis dahin, macht keinen Unsinn!«

»Versprochen! Wir unternehmen nichts, solange du nicht zurück bist!«

Isobel begleitete Sibeal nach draußen und schwang sich dort auf ihr Fahrrad, während Sibeal in ihren Wagen stieg. In entgegengesetzte Richtungen fuhren die beiden davon.

50

Lili hatte erst wenige Meilen geschafft, als Liam zum ersten Mal neben ihr gehalten und sie angefleht hatte einzusteigen. Sie aber hatte ihn stehen lassen und war auf ein Feld geflüchtet.

Das Spiel hatte sich ein paarmal wiederholt. So schaffe ich den Heimweg nie, dachte Lili erbost und beschloss, sich einfach nicht mehr darum zu kümmern, wenn er anhielt und sie anbettelte, ins Auto zu steigen. Das nächste Mal würde sie einfach weitergehen und ihn ignorieren. Sobald sie Avoch erreicht hatte, würde sie zum Bahnhof gehen und bis nach Beauly mit dem Zug fahren. Vielleicht konnte sie heute Nacht bei Isobel bleiben.

Wie erwartet, dauerte es nur wenige Minuten, als sich sein Wagen erneut näherte. Dieses Mal kam er ihr auf ihrer Straßenseite entgegen, weil er wieder einmal an ihrem Versteck in Richtung Muir of Ord vorbeigefahren war. Sie konnte also sein Gesicht hinter der Windschutzscheibe erkennen. Er sah nicht gut aus, aber sie hatte nicht das geringste Mitgefühl für ihn. Dass er dem Halunken nach dem Mund geredet hatte, würde sie ihm niemals verzeihen.

Dieses Mal stellte er sich mit dem Wagen so hin, dass sie sich nicht daran vorbeidrücken konnte. Wieder blieb ihr nur die Wahl, die Flucht zu ergreifen. Zu ihrer Rechten lag ein Wald, und sie zögerte nicht, loszurennen. Doch dieses Mal blieb er nicht untätig. Er verfolgte sie, bis sie an einem kleinen Fluss nicht weiterkam. Sie hatte die Wahl, in voller Kleidung hineinzuspringen oder sich der Begegnung mit ihm zu stellen.

Da hörte sie schon seinen keuchenden Atem und fühlte seine Hand auf ihrer Schulter. Wutschnaubend fuhr sie herum.

»Ich möchte nicht mit dir reden. Hast du verstanden! Dafür gibt es keine Entschuldigung. Du lässt meine kleine Tochter in der Obhut dieses Menschen und der angeblichen Krankenschwester.

Wie blöd musst du sein, dass du ihnen ihre Geschichte abnimmst?« Während sie ihm diese Worte an den Kopf warf, trommelte sie mit den Fäusten auf seine Brust ein.

»Kein Wort davon«, erwiderte er ungerührt und hielt ihre Hände fest.

»Wie meinst du das?«

»Dass ich diese Geschichte von der plötzlichen Geisteskrankheit deiner Tochter äußerst suspekt finde und glaube, sie dient nur dazu, dass er dadurch berechtigt ist, ihre Interessen juristisch wahrzunehmen. Vielleicht hat sie ihm einen Strich durch die Rechnung gemacht und war nicht bereit, die Church Street zu verkaufen.«

»Ich versteh das alles nicht. Warum hast du denn so getan, als wäre er im Recht?«

Liam stöhnte auf. »Weil das kein Fall mehr ist, den eine besorgte Mutter auf eigene Faust regeln sollte. Der Kerl ist mit allen Wassern gewaschen, und er kriegt es fertig, dich anzuzeigen. Und vom Tatbestand her hat er das Recht auf seiner Seite. Du bist in sein Haus eingedrungen und hast die Krankenschwester tätlich angegriffen.«

»Ja, aber was soll ich denn tun? Ich muss mein Mädchen retten aus den Händen dieses …« Lili brach in lautes Schluchzen aus.

Liam nahm sie in den Arm und wiegte sie sanft hin und her, bis sie sich ausgeweint hatte.

»Wir müssen klug vorgehen, Lili. Ihn in Sicherheit wiegen, so tun, als ob wir ihm seine Geschichte abkaufen. Und dann müssen wir erwirken, dass der Arzt sie ins Muray-House bringen lässt.«

Lili blickte erschrocken auf. »Aber du kannst sie doch nicht in die Anstalt bringen lassen. Wenn sie meine Kleine dabehalten?«

»Lili, ich vermute, dass sie unter Drogen steht. Und das kann man nur feststellen, wenn man sie außerhalb des Hauses untersucht. Außerdem werde ich noch heute einen alten Bekannten in Inverness aufsuchen, einen pensionierten Inspektor. Der weiß immer einen Rat. Wenn sie doch endlich diesen Jones finden würden …«

Lili entspannte sich. Sie lehnte sich mit dem Kopf gegen seine Brust und lauschte seinem Herzschlag. Wieder hatte sie ihm Unrecht getan. Wie oft wollte sie das noch wiederholen? In diesem Augenblick wünschte sie sich, er würde sie nie mehr loslassen.

»Du musst Geduld bis morgen haben. Dann wird alles gut. Ich verspreche es dir. Aber erst einmal fahre ich dich nach Hause, und du ruhst dich ein wenig aus.«

Mit einem Mal wusste Lili, was ihr guttun würde und dass sie der Erfüllung ihrer eigenen Träume nicht länger im Weg stehen würde.

»Liam, würdest du nachher noch ein bisschen bei mir im Tal bleiben?«, fragte sie mit belegter Stimme.

»Nichts lieber als das«, erwiderte er sichtlich erfreut.

Hand in Hand gingen sie zum Wagen zurück. Keiner sprach ein Wort. Lili war mit den Gedanken bei dem, was sie erwartete, wenn sie ihrem Sehnen nachgab.

Je mehr sie sich Scatwell näherten, desto aufgeregter wurde sie.

»Bitte, bieg nicht nach Little Scatwell ab, wir fahren nach Scatwell Castle.« Ihre Stimme klang heiser.

Als sie sich der Abzweigung nach Little Scatwell näherten, verlangsamte er das Tempo.

»Also ich soll daran vorbeifahren?«

Lili nickte.

»Sieh mal, wer da mit dem Rad fährt? Ist das nicht Isobel?«

Liam hielt an und deutete in Richtung der Brücke, die über den Conon und nach Little Scatwell führte.

Lili kämpfte mit sich. Sie verspürte den Impuls, ihren Plan sofort zu ändern, wie sie es immer getan hatte, wenn es um ihre Töchter ging. Deren Bedürfnisse hatten immer erste Priorität genossen, doch gab es jetzt nicht etwas zu klären, das für ihr Leben ebenso wichtig war?

»Hast du nicht einmal gesagt, ich sei eine Glucke?«

Liam lachte.

»Gut, dann fahr einfach weiter. Isobel wird sich von Fiona verwöhnen lassen und auch nachher noch da sein, wenn wir von unserem kleinen Ausflug zurückkehren.«

»Ausflug?«, fragte er neugierig, während er langsam weiterfuhr.

In Scatwell Castle angekommen, führte sie ihn geradewegs in den Stall. Solange das Anwesen noch nicht verkauft war, standen die Pferde immer noch im dortigen Stall. Little Scatwell besaß keine Stallungen. Das Problem galt es mit dem neuen Eigentümer zu klären.

Liam schien etwas zu ahnen.

»Welches Pferd möchtest du?«, fragte sie verschmitzt. »Ich nehme Una.«

Liam suchte sich eine dunkelbraune Stute aus.

Wie selbstverständlich sattelten sie die Tiere und ritten los. Lili spürte nur noch, wie wunderschön es war, bis zum River Meig und dann über die Brücke nach rechts in die Wälder zu reiten. Sie kamen an einem Wasserfall vorüber, und als sie auf eine Lichtung zuritten, entdeckte Lili eine Herde Rotwild. Lili machte Liam ein Zeichen, leise vom Pferd zu steigen, aber da hatte ein Greifvogel, der über ihnen seine Kreise zog, die Tiere bereits verjagt.

Zurück nahmen sie den Weg am River Conon entlang, bis Lili am Loch Meig plötzlich anhielt und von Unas Rücken glitt.

»Komm, ich muss dir etwas zeigen.« Sie versuchte, sich nicht anmerken zu lassen, wie weich ihre Knie wurden bei dem Gedanken, ihn an den Ort zu entführen, an dem Großmutter Mhairie einst ihren Artair geliebt hatte. Lili kannte ihn nur aus Erzählungen, weil Dusten und sie ihre eigenen Liebesverstecke besessen hatten. Und es verstand sich von selbst, dass sie Liam nicht zu dem roten Ruderboot an der anderen Seite des Loch Meig führen würde. Lili hoffte, dass sie Großmutter Mhairies Platz finden würde. Sie hatte ihr immerhin ausführlich geschildert, wo er sich befand. Wenn es auch achtzig Jahre her war, dass sich die Liebenden von Strathconon dort heimlich getroffen hatten, war Lili doch sicher, dass der riesige Baum, der am Wegesrand stand, jener – nur um ein Vielfaches größer – war, an den Mhairie damals ihr Pferd gebunden hatte.

Deshalb machte sie Una dort fest. Liam tat es ihr mit seinem Pferd gleich.

»Folg mir einfach!«, befahl sie mit belegter Stimme, während sie sich durch das Dickicht am Ufer hindurchkämpfte. Sie war Liam dankbar, dass er keine Fragen stellte. Er schien ihr blind zu vertrauen, und sie besaß nicht mehr den Hauch eines Zweifels, dass es so richtig war.

Nur ob dieser Weg tatsächlich zu dem versteckten Stück Strand führte, dessen war sie sich nicht ganz sicher. Sie drehte sich um und blickte in ein breit grinsendes Gesicht.

»Wärest du mir böse, wenn ich mich verlaufen hätte?«, fragte sie.

»Sagen wir mal so: Ich sehne mich nach einer kleinen Pause, aber es ist sehr romantisch hier.«

Das Gestrüpp wurde noch dichter, als sich am Ende des Tunnels plötzlich helles Licht zeigte. Lili lächelte. Sie hatten es geschafft.

Völlig zerkratzt von den Sträuchern und außer Atem erreichten sie das kleine Stück Strand. Lili ließ sich stöhnend in den Sand fallen. Es war noch nicht allzu warm am Boden, aber erträglich.

Als sie auf das Wasser, das bewegunglos vor ihnen lag, blickte, glaubte sie zu träumen. Gerade in diesem Augenblick spiegelten sich die grünen Hügel der gegenüberliegenden Seite im Loch Meig.

Ohne den Blick von diesem Wunder der Natur oder eher der Physik, wie sie als ehemalige Lehrerin natürlich wusste, zu wenden, griff sie nach Liams Hand.

Lange bewunderten sie stumm die spiegelgleiche Landschaft im Wasser.

Vorsichtig ließ Lili ihre Hand zu Liams Nacken emporgleiten und strich ihm sanft über seine Muskeln. Er wandte ihr sein Gesicht zu, und Lili bot ihm ihren Mund zum Kuss. Während sie sich leidenschaftlich küssten, ließen sie sich in den Sand fallen. Seine Hände schienen plötzlich überall gleichzeitig zu sein. Seine Berührungen brannten auf ihrem Körper.

Als seine Finger unter ihr Kleid glitten, wollte sie ihm helfen, es auszuziehen, doch er raunte heiser: »Lass es an! Es ist zu kalt.« Geschickt streifte er ihr das Höschen ab. Die Hände, die sie zwischen ihren Schenkeln liebkosten, waren warm und weich. Sie stöhnte lustvoll auf, beugte sich ihm entgegen.

Dann öffnete sie, ebenso erfahren wie er, seine Hose und verschaffte ihm die Bewegungsfreiheit, die er brauchte, um in sie einzudringen.

»Komm«, hauchte sie erregt. »Bitte komm!«

Sie wollte es sofort. Sie sehnte sich so danach, mit ihm eins zu werden, dass sie auf lange Vorspiele verzichtete. Lili schrie auf vor Lust, als er ihrem Wunsch nachkam. Es war alles so einfach. Als sollte es so sein. Als hätten sie sich schon immer geliebt. So vertraut und aufregend zugleich.

Wieder und wieder beugte sie sich ihm entgegen. Es hatte nichts von der schnellen Liebe der Jugend. Nein, sie hatten Zeit, jede Bewegung auszukosten.

Als sie schließlich erschöpft und in enger Umarmung nebeneinander lagen, dachte sie daran, wie es wohl erst würde, wenn sie sich ohne den knirschenden Sand, völlig nackt in einem weichen Bett liebten.

»Das nächste Mal entführe ich dich«, hörte sie ihn da zärtlich in ihr Ohr flüstern. »Und zwar in ein weiches Himmelbett!«

»Kannst du Gedanken lesen?«, fragte sie heiser und küsste ihn erneut.

»Deine auf jeden Fall«, erwiderte er, während er liebevoll versuchte, ihren Bauch von dem Sand zu befreien. »Und ich lese noch etwas in deinen Augen.«

»Da bin ich aber sehr gespannt.« Wenn er mir jetzt auf den Kopf zusagt, dass ich langsam unruhig werde, weil Isobel zu Hause auf mich wartet, dann ist er tatsächlich ein Hellseher, dachte Lili noch, als sie ihn sagen hörte: »Wir sollten aufbrechen. Es zieht dich zu Isobel. Und das verstehe ich. Sie weiß schließlich noch nichts von Roses Zustand.«

»Ich liebe dich«, flüsterte sie.

Liam sah ihr so intensiv in die Augen, dass sie ihn am liebsten gleich noch einmal verführt hätte. Hastig löste sie sich aus seiner Umarmung und zog sich an.

»Du hast recht, ich denke, Isobel sollte schnellstens erfahren, was wir in Fortrose vorgefunden haben.«

»Und ich werde die Zeit nutzen, Art Drummond aufzusuchen, meinen pensionierten Inspektorfreund. Je eher wir Rose da rausholen, desto besser.«

»Ach, du bist ein Schatz«, seufzte Lili, während sie in ihre Reitstiefel schlüpfte.

Liam, der ebenfalls dabei war, sich wieder vollständig anzukleiden, sagte: »Ich hoffe, dass ich mehr für dich bin. Viel mehr«, raunte er.

Lili lächelte verschmitzt. »Wer weiß.«

Auf dem Rückweg durch das Gestrüpp beeilten sie sich. Und auch auf dem Ritt nach Scatwell Castle hatten sie wenig Muße, dem in der spätnachmittäglichen Sonne ruhig dahinfließenden River Conon Beachtung zu schenken.

Hastig brachten sie die Pferde zurück in ihre Boxen. Liam brachte sie noch mit dem Wagen nach Little Scatwell und Lili fühlte sich etwas verloren, als sie ihn winkend davonfahren sah. Sie vermisste ihn jetzt schon und war froh, dass Isobel sie sicher schon sehnsüchtig im Salon erwartete, um ihrem Bericht vom Besuch in Fortrose zu lauschen.

Lili wurde jäh aus dem Liebestaumel gerissen, als sie nach Isobel rief, aber keine Antwort erhielt. Eine unheimliche Angst überfiel sie. Ihr wurde schlagartig bewusst, dass sie sich soeben eine kleine Auszeit von der bedrohlichen Wirklichkeit genommen hatte. Das, was sie in Fortrose erlebt hatte, umhüllte sie wie eine düstere

Wolke. Das Wunder vom Loch Meig verschwand hinter einer Nebelwand.

Ungeduldig suchte Lili Isobel schließlich auch in der Küche. Als Bonnie ihr mitteilte, Isobel wäre sehr nervös gewesen und nach einer Stunde des vergeblichen Wartens wieder nach Hause gefahren, konnte sie ihre Enttäuschung kaum verbergen.

»Warum ist sie nicht geblieben?«, murmelte sie und fühlte sich mit einem Mal völlig verlassen, gepaart mit einem bohrend schlechten Gewissen, weil sie so egoistisch gewesen war, ihre eigenen Bedürfnisse in den Vordergrund zu stellen. Ich hätte erst mit ihr reden sollen, bevor ich mich mit Liam am Loch Meig vergnügt habe, dachte sie bitter, und ihr Handeln war ihr mit einem Mal selbst unbegreiflich.

»Sie hat Ihnen aber eine Nachricht hinterlassen«, fügte Bonnie beinahe entschuldigend hinzu und holte rasch einen Brief aus ihrer Schürzentasche.

Lili verschwand damit wortlos in den Salon. Ihr war nicht wohl. Sie faltete den Brief so hektisch auseinander, dass sie ihn beinahe zerriss.

Lili, ich ruf Dich später an. Wir müssen unbedingt miteinander reden. Und bitte unternimm nichts auf eigene Faust, wenn ich Dir jetzt schreibe, was inzwischen geschehen ist. Lady Ainsley hat behauptet, Lord Fraser wäre ein entfernter Verwandter von ihr, der in Monte Carlo lebe und Spieler sei. Quasi das schwarze Schaf der Familie. Aber nun hat man Mister Jones in einem Wald in der Nähe von Nizza ermordet aufgefunden und mit ihm die Überreste eines nicht zu identifizierenden Toten. Sibeal hat sich in den Kopf gesetzt, dass es sich dabei um den echten Lord Faser handele und ist, um das zu beweisen, nach Aberdeen zu Lady Ainsleys Tante gefahren. Die hat angeblich ein Foto von diesem Keith. Sibeal glaubt fest daran, dass wir den falschen Lord Fraser damit überführen können. Und wenn dem so ist, könnte der Mann ein Mörder sein. Ich rufe Dich an. Unternimm nichts auf eigene Faust!
Isobel

Lili bebte am ganzen Körper. Und sie hatte sich am Strand amüsiert, während ihre kleine Rose im Hause eines Mörders in höchster Gefahr schwebte. Ihr schlechtes Gewissen wurde immer lastender, doch dann erinnerte sie sich für den Bruchteil eines Augenblicks daran, wie erregend es gewesen war, Liam so nahe gekommen zu sein. Nein, sie wollte partout nicht missen, was sie mit ihm erlebt hatte. Und vor allem konnte sie unmöglich ihm die Verantwortung für diesen spontanen Ausflug zuschieben. Ich habe es so gewollt, und es nützt keinem etwas, wenn ich mich nachträglich mit einem schlechten Gewissen quäle, redete sich Lili gut zu.

Sie straffte die Schultern. Trotzdem konnte keiner von ihr verlangen, dass sie die Hände in den Schoß legte, bis Isobel endlich anrief. Geduld war nicht Lilis Stärke. Es musste sofort etwas geschehen. Wenn auch nur ein Körnchen Wahrheit an der Geschichte war, dann durfte Rose nicht eine Nacht länger in Fortrose bleiben. Es musste dringend etwas geschehen!

Kopflos eilte Lili zum Telefon und versuchte, Isobel zu erreichen, aber es meldete sich niemand. Sie überlegte kurz, was sie tun sollte, doch dann fasste sie einen Entschluss: Sie würde auf der Stelle zu Isobel fahren, und wenn sie nicht zu Hause war, würde keine Macht dieser Welt sie davon abbringen, Rose aus diesem schrecklichen Haus zu entführen. Wenn Lord Fraser so etwas konnte, würde sie das allemal schaffen!

51

Liam war nicht wohl, während er mit überhöhter Geschwindigkeit durch das Tal von Strathconon raste, obgleich ihn der Gedanke an das mit Lili Erlebte mit einem wahren Glücksgefühl erfüllte. Er wäre gern bei ihr geblieben und hätte sie ein wenig abgelenkt, doch es gab viel zu tun. Er hatte Lili nicht unnötig ängstigen wollen, aber er hielt es für besser, wenn man sich noch heute an Roses Arzt wandte. Wenn auch nur ein Quentchen von dem stimmte, was er vermutete, ging es diesem Lord Fraser lediglich darum, an Roses Geld zu kommen. Und dann würde sicher auch diese Krankenschwester eine dubiose Rolle spielen. Natürlich bestand die Möglichkeit, dass es alles nur seiner Einbildung entsprang und die kleine Rose war wirklich schwer erkrankt.

Erst im letzten Augenblick sah er die Radfahrerin vor sich. Er konnte gerade noch rechtzeitig bremsen. Die Frau aber sprang von ihrem Rad, fuhr herum und drohte ihm mit der Faust. Doch dann erkannte sie ihn.

Liam kletterte hastig aus dem Wagen. »Isobel, was machen Sie denn hier?«

»Ich wollte Lili besuchen, aber die war nicht zu Hause, und ich bin einfach zu aufgebracht, um meine Zeit mit Warten zu verbringen. Es muss dringend etwas geschehen, Liam, nach allem, was ich inzwischen erfahren habe. Aber erzählen Sie zuerst!«

»Ja, ich denke auch, dass Eile geboten ist«, erwiderte er und kratzte sich ratlos am Kinn. »Was halten Sie davon, wenn Sie das Fahrrad im Gebüsch verstecken und ich Sie nach Hause bringe? Dann können wir uns unterwegs gegenseitig berichten.«

Isobel zögerte kurz, doch dann schob sie ihr Rad ein Stück in den Wald, der an dieser Stelle das Ufer des River Conon säumte.

»Wie geht es Rose?«, fragte sie atemlos, während sie in den Wagen stieg.

Aufgeregt schilderte Liam ihr, was sich in Fortrose abgespielt hatte. Isobel hörte fassungslos zu.

»Was halten Sie davon, Isobel, wenn wir uns aufteilten? Ich bitte Art Drummond, einen pensionierten Inspektor, um Rat, während Sie versuchen, diesem Doktor die Zunge zu lockern.«

»Kennen Sie denn seinen Namen?«

»Er heißt Doktor Scott. Und ich glaube, das ist nicht gelogen, denn der feine Lord wurde ganz nervös, als Lili ihm ankündigte, sie würde ihn zu der Sache befragen. Er verwies auf die ärztliche Schweigepflicht. Und Sie sollten wissen, wenn Sie den Doktor ansprechen, dass er Ihnen tatsächlich die Auskunft verweigern könnte. Sie müssen also geschickt vorgehen!«

»Trauen Sie mir das etwa nicht zu, Liam?«, witzelte Isobel.

Er hob die Schultern. »Na ja, Sie sind nicht gerade das Sinnbild eines raffinierten Luders, wenn ich das einmal so ausdrücken darf.«

Isobel lachte, doch dann verfinsterte sich ihre Miene.

»Mister Jones wurde ermordet aufgefunden …«

»Oh nein!«

»Doch, und mit ihm zusammen ein zweiter Toter, den man nicht mehr identifizieren kann, und Lady Sibeal ist der Überzeugung …«

Isobel berichtete Liam in allen Einzelheiten von ihrer Begegnung mit Lady Ainsley, dem Besuch des Inspektors aus Inverness und den Vermutungen, die Lady Sibeal nach Aberdeen geführt hatten.

Liam schwieg eine Weile. Schließlich bemerkte er nachdenklich: »Lady Sibeal verfügt über eine blühende Phantasie, aber wenn an dieser Sache auch nur ein Körnchen Wahrheit ist, dann schwebt Rose in größter Gefahr.«

»Das müssen wir zumindest in Erwägung ziehen, und ich denke, wenn wir diesen Beweis in der Hand haben, wird die Polizei Rose da rausholen. Aber ich spreche erst einmal mit dem Dok…«

»Wie gut, dass Lili noch nichts von Mister Jones Ableben weiß und vor allem nicht von Lady Sibeals Abenteuerreise.«

»Ich habe ihr aber eine Nachricht hinterlassen und in Kürze alles geschildert«, erwiderte Isobel geknickt.

»Hoffentlich macht sie keinen Unsinn. Sie ist wunderbar, aber sie hat auch einen Dickkopf und mitunter ein überaus hitziges Gemüt!«, seufzte er.

Isobel warf ihm einen verstohlenen Blick zu. Die rote Lippenstiftfarbe an seinem Hemdkragen war nicht zu übersehen.

»Sie sollten, wenn alles vorüber ist, einmal Urlaub mit ihr machen«, schlug Isobel schmunzelnd vor. »Fahren Sie mit ihr nach Edinburgh, gehen Sie mit ihr ins Theater ...«

Liam war puterrot geworden. »Ich ... ich ... ja, also, das kam heute alles so überraschend, ich hatte ...«, stammelte er, doch dann verkündete er mit fester Stimme: »Ich liebe Lili.«

»Sie wollen Sie schützen, nicht wahr?«

Liam nickte eifrig.

»Dann seien Sie unbesorgt. Ich habe ihr geschrieben, dass sie nichts unternehmen soll, bevor Sibeal aus Aberdeen zurück ist.«

»Gut, dann sollten wir alles daransetzen, dass sie Rose spätestens morgen wohlbehalten in ihre Arme schließen kann.« Er warf ihr einen prüfenden Seitenblick zu. »Und Sie sind ihr nicht mehr böse? Ich meine, Ihrer Schwester.«

Isobel stöhnte auf. »Jeder spricht mich darauf an, ob ich Rose immer noch hasse. Nein, seit ich schwanger ...« Sie unterbrach sich erschrocken.

»Isobel, man sieht es.«

»Ich weiß«, seufzte sie. »Selbst Lady Ainsley hat mir nicht abgenommen, dass ich nur zu viele Scones gegessen habe.«

»Oh Gott, sie hat es gesehen? Na, dann weiß es morgen ganz Eastern Ross.«

»Aber ich habe es doch nicht zugegeben!«

»Aber sie wird Ihnen die Geschichte von dem mysteriösen verheiraten Mann niemals abkaufen!«

»Was hat Lili Ihnen gesagt?«, fragte Isobel empört.

»Sie hat mir genau den Bären aufbinden wollen. Von dem

großen Unbekannten. Das wird Ihnen allerdings niemand glauben. Wenn Sie wollen, dass dieser Lord Fraser niemals davon erfährt, müssen Sie sich etwas Besseres einfallen lassen. Sie brauchen einen glaubwürdigen Vater.«

»Woher nehmen, wenn nicht stehlen? Oder würden Sie das vielleicht übernehmen?«, scherzte sie.

»Wenn es dem Wohl der Familie dient, auch das. Wobei, was würden die Leute sagen, wenn der Vater Ihres Kindes schließlich Ihre Stiefmutter heiratet?«

»Ich werde schon eine Lösung finden, wenn dieser Albtraum vorüber ist.«

Liam hielt an.

»Sehen Sie das Anwesen dort, das wie ein Gefängnis aussieht?«

Isobel nickte.

»Das ist Muray-House. Ich bin in zwei Stunden wieder hier, bringe Sie nach Beauly und statte Lili noch einen kurzen Besuch ab.«

Isobel sprang aus dem Wagen und steuerte zielstebig auf den Haupteingang zu. Einladend ist das hier nicht gerade, dachte Isobel, während sie die Tür öffnete und in das düstere Innere der Halle blickte. Sie war kaum eingetreten, als ihr eine energisch aussehende Krankenschwester entgegentrat.

»Besuchszeit ist heute nicht«, erklärte sie streng.

Isobel nahm all ihren Mut zusammen und erklärte mit fester Stimme: »Ich bin mit Doktor Scott verabredet. Könnten Sie ihm wohl ausrichten, dass sein Besuch eingetroffen ist?«

Die Schwester musterte Isobel skeptisch von Kopf bis Fuß. »So, so, Sie sind mit Doktor Scott verabredet.« Ein vielsagendes Lächeln umspielte ihre Lippen. »Na, dann werde ich den Doktor doch gleich einmal fragen. Sie warten hier!«

Die Schwester drehte sich auf dem Absatz um und verschwand hinter einer Ecke. Ohne zu zögern, folgte ihr Isobel und guckte ihr neugierig hinterher. Dort, am Ende des langen Ganges, sprach die Schwester einen mittelgroßen Mann mit dichtem rotem Haar und einer runden Brille auf der Nase an. Doktor Scott, durchfuhr es Isobel. Dass er zum Personal gehörte, war unschwer an seinem blütenweißen Kittel zu erkennen.

Isobel vergaß jegliche Vorsicht, trat aus ihrem Versteck und beobachtete, wie der Arzt heftig gestikulierte. Dann deutete die Krankenschwester in Isobels Richtung. Es war zu spät, sich hinter die Ecke zu flüchten. Sie lächelte breit in seine Richtung, doch der Arzt schüttelte den Kopf und verschwand hinter einer Tür.

»Doktor Scott, warten Sie«, rief Isobel und wollte ihm folgen, doch da hatte sich ihr bereits die Krankenschwester, die Isobel mindestens um einen Kopf überragte und doppelt so breit wie sie war, in den Weg gestellt.

»Das haben schon ganz andere versucht, meine Liebe. Und Sie verlassen Muray-House jetzt durch jene Tür, durch die Sie gekommen sind.«

Isobel versuchte noch, sich an ihr vorbeizudrängen, doch da packte die Schwester sie grob am Oberarm und beförderte sie vor die Tür.

Jetzt blieb ihr nur noch eine Chance. Sie musste vor der Anstalt warten, bis der Arzt sie nach Feierabend verließ. Sie konnte nur hoffen, dass er keinen Nachtdienst hatte.

52

Lili hatte Fiona nicht unnötig beunruhigen wollen und hatte ihr vorgeflunkert, sie werde Lady Sibeal besuchen und dort auch übernachten.

Nun hatte sie bereits Muir of Ord hinter sich gelassen. Ein paarmal hatte sie erheblich daran gezweifelt, ob es wirklich eine gute Idee war, sich in der Dämmerung nach Fortrose zu wagen. Und natürlich hatte sie sich gefragt, ob sie zu ihrem Schutz Liam mitnehmen sollte, doch sie wurde das Gefühl nicht los, dass es allein an ihr war, ihre Tochter zu retten. Schließlich hatte sie diesen Halunken überhaupt ins Haus gelassen. Und war sie anfangs nicht auch fasziniert gewesen von seiner Ausstrahlung und der Ähnlichkeit, die er auf den ersten Blick mit Dusten hatte? Was, wenn er den echten Fraser tatsächlich umgebracht hatte? Wer war er wirklich? Ob er nicht auch die Munroys auf dem Gewissen hatte? Und vor allem Dusten?

Lili war, seit sie Isobels Nachricht gelesen hatte, in Gedanken mehrmals den Stammbaum der Familie Makenzie durchgegangen. Wenn es nun doch eine Verbindung zur alten Familienfehde gab, dann musste der Rächer ein Makenzie sein. Denn wer würde schon seine eigene Sippe ausrotten? Allein der Gedanke, einer ihres Clans habe Dusten umgebracht, verursachte ihr Übelkeit. Außerdem wollte ihr beim besten Willen niemand einfallen. Wobei … Sie stutzte. Angus hatte damals nicht nur Artair von seinem Land vertrieben, sondern auch dessen Brüder. Sein jüngster Bruder war kinderlos in Marybanks gestorben, aber die anderen. Was, wenn einer von Artairs unbekannten Nachfahren in die Rolle des Lord Fraser geschlüpft war?

Lili versuchte, diesen Gedanken abzuschütteln, denn sie musste sich nun auf den Weg konzentrieren. Im Hellen kannte sie ihn beinahe auswendig, aber jetzt, wo sich langsam die Dunkelheit über den Moray Firth legte, war sie froh, dass wenigstens ein voller Mond schien.

Wenig später stand sie in Fortrose an der Abzweigung, die zu dem Haus führte. Sie spürte die Aufregung in allen Gliedern und war krampfhaft bemüht, das Zittern ihrer Hände zu verbergen, als sie zum zweiten Mal an diesem Tag gegen die Haustür pochte. Und wieder öffnete ihr Miss Brannon.

»Haben Sie noch nicht genug?«, fauchte diese Lili an, die ihr blitzschnell einen Blumenstrauß überreichte.

»Entschuldigen Sie, ich habe mich scheußlich benommen«, erklärte sie zerknirscht.

Miss Brannon war sichtlich verblüfft.

»Ich würde mich, wenn ich darf, auch gern persönlich bei Lord Fraser entschuldigen. Und ich muss ihm etwas beichten. Ich war doch bei Roses behandelndem Arzt in Inverness und der hat mir den Kopf gewaschen …«

»Ja … ich meine … dann … ich weiß nicht«, stammelte Miss Brannon.

»Dürfte ich?«, fragte Lili höflich und deutete auf die Diele.

Miss Brannon schien noch mit sich zu kämpfen, aber dann trat sie beiseite.

»Warten Sie doch im Salon. Ich sage Lord Fraser Bescheid.«

Lili atmete tief durch. Der erste Schritt war getan. Man hatte ihr Einlass ins Haus gewährt. Nun musste sie nur noch Lord Fraser um den Finger wickeln und dann … ja, dann kam der schwierigste Teil, aber daran wollte sie lieber noch gar nicht denken.

Sie sah sich neugierig um. Drinnen besaß das Haus nicht annähernd die altmodische Eleganz von Scatwell Castle. Die gesamte Einrichtung war etwas wahllos zusammengestellt von jemandem, der offenbar glaubte, dass er Geschmack hatte, dem aber das leichte Händchen beim Kombinieren fehlte. Außerdem war es kalt. Lili rieb sich die Hände, um sich aufzuwärmen. So schön es an diesem Tag auch draußen war, die Räume blieben kühl.

Lili wunderte sich, wieso der Kamin nicht brannte. Dabei war es ein schönes Stück, wie Lili neidlos zugeben musste. Sie trat auf ihn zu und fasste den edlen Stein an, aus dem der Kaminsims gefertigt war.

Da blieb ihr Blick an einem braunen Buchdeckel hängen, der aus dem Holzstapel im Kamin ragte. Und eine Erinnerung kam ihr … »Das braune Buch, das braune Buch«, hatte Rose gerufen. Lili drehte sich einmal kurz zur Tür, um sich zu vergewissern, dass sie nicht beobachtet wurde und zog den Deckel hervor. Enttäuscht stellte sie fest, dass es sich offenbar um den abgerissenen Deckel eines Tagebuchs handelte, der ihr gar nichts sagte. Sie wollte ihn gerade wieder an seinen Platz zurückstecken, als sie den Rest von dem Buch entdeckte und mit klopfendem Herzen unter den Holzscheiten hervorzog. Sie überlegte, ob sie einen kurzen Blick hineinwerfen sollte, aber da hörte sie schon die Schritte des Hausherrn in der Diele. Hastig ließ sie das Tagebuch in ihrer Handtasche verschwinden, bevor sie sich an den Esstisch setzte und so tat, als würde sie ungeduldig auf ihn warten. Der Mann trat in diesem Augenblick, bekleidet mit einem karierten Morgenmantel, durch die Tür. Sein Haar war zerzaust und sein Gesicht von Falten zerfurcht.

»Habe ich Sie geweckt?«, fragte Lili mitfühlend.

»Ja, es ist alles nicht so einfach mit Roses Krankheit. Es muss Tag und Nacht jemand für sie da sein.«

Lili lächelte gequält. »Das ist der Grund, warum ich hier bin, außer dass ich mich für meinen schrecklichen Auftritt entschuldigen möchte. Vielleicht hat es Ihnen Miss Brannon bereits mitgeteilt, aber ich war bei diesem Doktor, und der hat mir den Kopf zurechtgerückt.«

»Wie das?«

»Er hat mir die Augen geöffnet, dass meine Tochter schwer erkrankt ist und dass ich, wenn ich ihr wirklich helfen will, Sie unterstützen sollte.«

»Und das aus Ihrem Mund?«, hakte Lord Fraser skeptisch nach.

»Ich weiß, Sie trauen mir nicht über den Weg, aber bitte haben

Sie Verständnis. Es ist nicht einfach für eine Mutter, wenn ihr die kleine Tochter genommen wird!«

»Aber ...«

»So habe ich das auf jeden Fall gesehen, und nun bin ich eines Besseren belehrt. Wir haben ein gemeinsames Ziel: Dass Rose wieder gesund wird. Und dazu müssen wir an einem Strang ziehen.«

»Und was heißt das?«, knurrte Lord Fraser.

»Der Doktor hat mir geraten, dass ich als ihre Mutter auch Nachtwachen übernehme. Und hier bin ich. Denn ich habe etwas wiedergutzumachen.«

»Wie, Sie wollen heute Nacht hierbleiben? Ist nicht nötig, dazu ist ja Miss Brannon da.«

»Aber die sieht auch so übernächtigt aus. Bitte lassen Sie mich wenigstens einen kleinen Beitrag für meine Tochter leisten.«

Lord Fraser schien unschlüssig.

»Bitte, Keith.«

Er überlegte.

»Gut, unter einer Bedingung. Sie sorgen dafür, dass Isobel ihre Zustimmung zum Verkauf gibt und dass die Sippe verschwindet.«

»Schon erledigt, Keith«, säuselte Lili. »Liam hat mir die Rechtslage erläutert. Das Haus gehört zur Hälfte Rose, also bekommen Sie das Geld aus dem Verkaufserlös. Wenn meine Rose wirklich nach Muray-House muss. Das kostet ja eine Menge. Und sie soll dort nur das Beste bekommen.«

»Muray-House ist nicht gut genug für sie. Ich habe eine passende Einrichtung für Rose gefunden. Dort kann man ihr wirklich helfen, ohne dass sie dort lebenslang eingesperrt wird.«

»Eine andere Einrichtung?«, erwiderte Lili und versuchte, ihr Entsetzen zu verbergen. Was hatte der Mann vor? Bereitete er schon alles für seine Flucht vor?

»Ja, in der Nähe von Nizza gibt es einen Ort, an dem sie wieder gesund werden kann«, hörte sie ihn wie von Ferne sagen.

Nizza? Es kostete sie viel Überwindung, nicht laut aufzuschreien. Er wollte ihre kleine Rose im Wald verscharren wie die anderen beiden …

»Was meinen Sie, darf ich heute Nacht bei ihr bleiben?«

»Ich weiß nicht. Das ist gefährlich. Und wenn sie in ihrem Wahn auf Sie losgeht?«

»Doktor Wood meinte, das wäre eine Ausnahme gewesen und würde sich nicht wiederholen. Und außerdem kommt sie ja nicht an Waffen, nicht wahr?«

Täuschte sie sich oder huschte ein bösartiges Lächeln über sein Gesicht?

»Gut, wenn Doktor Wood es meint«, entgegnete Lord Fraser gedehnt.

Lili rieselte der eiskalte Schrecken durch alle Glieder. Hatte er sie durchschaut, denn der Arzt hieß ja gar nicht Wood, aber wie war gleich noch sein Name?

»Entschuldigung, Keith, ich bin völlig durcheinander, er heißt natürlich nicht Wood, aber mir ist sein Name völlig entfallen. Jedenfalls habe ich ihn heute Nachmittag im Muray-House gesprochen.«

»Gut, dann werde ich Miss Brannon Bescheid sagen, dass sie sich schlafen legen kann.«

Lili atmete erleichtert auf, dass er nicht skeptisch geworden war.

»Soll ich gleich mitkommen?«, fragte sie eifrig.

»Nein, Miss Brannon wird sicher vorher noch einmal lüften und Rose ins Bad begleiten wollen«, erwiderte er.

»Sagen Sie, wo finde ich das Bad, falls meine Tochter heute Nacht aufstehen muss?«

»Eins ist gleich nebenan.«

»Neben dem Salon?«

Lord Fraser nickte und verließ das Zimmer.

Lili atmete auf. Die zweite Hürde hatte sie auch genommen. Sie durfte unbeobachtet zu Rose. Nun konnte sie nur noch hoffen, dass sie es schaffte, sie aus dem Haus zu bringen. Dazu musste sie sich das Bad ansehen. Gesagt, getan. Auf leisen Sohlen schlich sie den Flur entlang und öffnete die Badezimmertür. Sie lächelte. Das Fenster war riesig und würde ihr die Flucht selbst für den Fall ermöglichen, dass Rose nicht auf eigenen Füßen stehen konnte. Hastig schloss sie die Tür und eilte zurück in den Salon.

Es dauerte eine halbe Ewigkeit, bis Lord Fraser zurückkam und sie nach oben geleitete. Lilis Herz krampfte sich beim Anblick der schlafenden Rose zusammen. Sie sah schrecklich aus. Bleich und mit eingefallen Wangen.

»Ja, dann hoffe ich, dass Sie das durchhalten«, sagte Lord Fraser.

»Ich werde über sie wachen und kein Auge zutun«, versprach Lili.

Kaum dass er das Zimmer verlassen hatte, setzte sich Lili auf den Bettrand und streichelte ihrer Tochter über die kalte Hand. Lili fröstelte. Auch in diesem Zimmer war es kühl.

Sie wollte warten, bis Rose erwachte und dann versuchen, mit ihr unbemerkt in das Bad zu gelangen. Doch das bedeutete eine ungeheure Geduldsprobe für sie. Am liebsten hätte sie ihre Tochter wachgerüttelt und mit ihr auf der Stelle das Haus verlassen. Doch einmal abgesehen davon, dass Miss Brannon und Lord Fraser sie bestimmt noch eine ganze Weile im Auge behalten würden, bestand die Gefahr, dass sich Rose erschrak und vor ihr Angst hatte.

Deshalb setzte sich Lili schließlich auf einen Sessel neben dem Bett und verhielt sich ruhig. Bei jedem lauten Atemzug schöpfte sie Hoffnung, dass Rose aufwachen und bei ihrem Anblick ganz die Alte sein würde.

Sie zuckte zusammen, als sie in der Nähe eine Tür klappen hörte. Das war in dem Nebenraum, in dem Zimmer, in dem »Die Rose der Highlands« über der Kommode hing. Was gäbe sie darum, zu erfahren, wer dort schlief. Sie vermutete, es war diese Miss Brannon. Nach einer gewissen Zeit merkte sie, wie eine bleierne Müdigkeit sie überfiel. Dass ihr die Augen zufielen, durfte auf keinen Fall passieren.

Während sie fieberhaft darüber nachgrübelte, wie sie sich würde wach halten können, fiel ihr Blick auf den Wasserkrug an Roses Bett. Ob das wirklich Wasser ist?, durchfuhr es sie eiskalt. Sie schlich sich zum Nachttisch und roch an der Flüssigkeit. Es war kein ungewöhnlicher Geruch. Um sicherzugehen, tauchte Lili ihren Finger hinein. Wenn es Gift war, sollte man es zumindest schmecken können. Vorsichtig leckte Lili ihren Finger ab, doch es hatte keinerlei Beigeschmack. In der Hoffnung, die Mittel in der Schublade zu finden, zog Lili sie auf, doch es herrschte gähnende Leere.

Wenn Lili es sich recht überlegte, war auch das verdächtig. Sie befürchtete, dass Miss Brannon das Zimmer für ihren Besuch eben noch eilig präpariert hatte. Dann blieb ihr Blick an Roses rechtem Arm hängen, der über der Bettdecke lag. Was, wenn ... Lili stockte der Atem. Behutsam streifte sie den Ärmel von Roses Nachthemd hoch und erschauderte. Dort war unverkennbar eine frische Einstichstelle. Was würde Lili darum geben, wenn sie diese auf der Stelle der Polizei zeigen könnte. Und man die beiden, die ihrer Tochter das angetan hatten, verhaften würde.

Lili konnte es kaum fassen. Es war ja nicht so, dass das Haus in der Church Street nichts abwerfen würde, aber sich dafür derart schuldig zu machen? Das wollte ihr nicht in den Sinn. Vor allem, warum hatte Lord Fraser auch Rose mit ins Unglück gestürzt? Um die halbe Church Street hätte er auch Isobel betrügen können, und es wäre weitaus einfacher gewesen. Er hätte doch nur weiterhin den reizenden Verlobten spielen müssen. Wahrscheinlich hätte sie ihm gegeben, wonach ihm verlangte.

Lili konnte sich nicht helfen. Es musste noch etwas anderes im Spiel sein. War er doch ein Makenzie aus Nova Scotia? Plötzlich erinnerte sie sich an das zerfledderte braune Büchlein. Mit zitternden Händen holte sie es aus ihrer Handtasche hervor. Die ersten Seiten waren ganz herausgerissen. Dann folgten halbe Seiten. Lili wurde noch unheimlicher zumute. Das erinnerte sie daran, wie Niall damals Caitlins Tagebuch zerfetzt hatte. Hier war rohe Gewalt im Spiel gewesen.

Die ersten leserlichen Seiten überflog sie. Sie war enttäuscht, denn es war die Geschichte eines Ich-Erzählers, der sich seitenlang darüber ausließ, wie ärmlich und entbehrungsreich er aufgewachsen war. Er habe Dreck essen und auf dem nackten Boden schlafen müssen, weil ihn böse Menschen als Baby ausgesetzt hätten. Überdies wimmelte es nur so von Fehlern. Manche Wörter konnte sie nur erraten, weil sie so falsch geschrieben waren.

Unter anderen Umständen hätte diese Geschichte vielleicht sogar Lilis Mitleid erregt, aber nicht jetzt, wo sie darauf hoffte, dass ihre Tochter endlich aufwachen würde. Mehr, um sich abzulenken, las sie das Folgende flüchtig an. Sie wollte es gerade zur Seite legen, weil der Schreiber nun in allen Einzelheiten ausführte, wie grausam diese Menschen an ihm gehandelt hatten, da las sie den Namen Mhairie Munroy.

Vor Schreck ließ Lili das Buch fallen. Sie bückte sich und griff mit schweißnassen Händen danach. Als sie es wieder aufschlug, blickte sie auf eine völlig andere Handschrift. Es musste also von zwei Menschen geschrieben worden sein, aber das zu erforschen, würde sie sich für später aufheben müssen. Sie wollte erst einmal den Namen Mhairie wiederfinden. Hektisch blätterte sie das Buch durch. Vergeblich. Sie fragte sich schon, ob sie sich in ihrer großen Anspannung getäuscht hatte, aber da stand es in krickeliger Schrift *Mhairie Munroy*.

Lili hielt die Luft an, als sie sich in die Zeilen vertiefte.

Mutter weinte auf dem Sterbebett, weil sie mich nun allein zurücklassen musste. Mich, das Baby, das sie vor dem Erfrieren gerettet hatte. Das Baby, das in einer weichen Wiege hätten liegen sollen, weil sie es in die Obhut seiner Großeltern gegeben hatte. Scheinheilig war Mhairie Munroy darauf eingegangen, die Zwillinge ihres Sohnes aufzuziehen, aber nur, um ein Kind klammheimlich verschwinden zu lassen. Das Schicksal fiel auf mich. Sie behielt meinen kräftigen Bruder und setzte mich im Wald aus. Dort fand mich meine Mutter, halberfroren, die Hand zerstört und mein Gesicht entstellt. Sie rettete mein Leben …

Lili stierte ungläubig auf diese Zeilen. Sie weigerte sich, zu glauben, was sie dort las. Doch wenn der Verfasser dieser Zeilen Dustens Zwillingsbruder war, wer war denn der Mann, der sich Keith nannte? Sein Sohn, der das große Unrecht rächen wollte, das man seinem Vater angeblich angetan hatte?

Lili konnte es nicht fassen. Dann wäre es kein Makenzie, der den Munroys nach dem Leben trachtete, sondern ein Munroy! Und es beruhte alles nur auf einer verdammten Lüge der jungen Frau, die zwei Kindern das Leben geschenkt hatte, Mhairie aber nur eines davon vor die Tür gelegt hatte. Lili hatte den Brief dieser Frau, in dem sie Mhairie bat, ihr Kind im Haus Munroy aufzuziehen, mit eigenen Augen gesehen. Wie sollte Mhairie denn ahnen, dass es noch einen zweiten armen Wurm gab, den die eigene Mutter womöglich erst ausgesetzt und dann doch gerettet hatte. Aber wegen einer solchen Lüge all dieses Unglück?

Lili zitterte am ganzen Körper. Sollte sie versuchen, Keith oder wie er auch immer hieß, die Augen für die Wahrheit zu öffnen oder sollte sie sich darauf konzentrieren, das Leben ihrer Tochter zu retten?

Ein leises Stöhnen, das vom Bett zu ihr drang, gab ihr die Antwort. Und sie wusste jetzt, dass sie keine Sekunde mehr vergeuden durfte, um dem teuflischen Rächer zu entkommen.

53

Isobel hatte bereits über eine Stunde vor dem Muray-House gewartet in der Hoffnung, dass Doktor Scott es endlich verlassen würde. Sie wollte gerade resigniert aufgeben, als sie ihn mit gesenktem Kopf aus der Tür treten sah.

Sie erschrak, denn sie hatte sich überhaupt nicht überlegt, wie sie ihn zu einem Gepräch bewegen sollte. Doch da war er bereits auf ihrer Höhe. Isobel musste sich etwas einfallen lassen. Da half nur eines: an sein ärztliches Gewissen zu appellieren. Sie war keine gute Schauspielerin, aber ihr kam zur Hilfe, dass ihr wirklich ein wenig schummrig zumute war. Also setzte sie alles auf eine Karte. Sie stöhnte laut auf. So laut, dass sie die Aufmerksamkeit des Arztes auf sich zog. Er wandte sich sofort zu ihr um.

»Ist Ihnen nicht gut?«

Statt ihm eine Antwort zu geben, fasste sie sich an den Bauch.

Doktor Scott trat besorgt auf sie zu. »Sind Sie schwanger?«

Isobel nickte und raunte: »Es ist schon wieder besser. Da war nur so ein Ziehen, und mir war übel.«

Doktor Scott musterte sie prüfend. »Waren Sie nicht vorhin im Haus und haben behauptet, Sie seien mit mir verabredet?«

Isobel wurde rot. »Ja … weil … mir war so komisch, als ich gerade hier vorbeikam, und ich dachte, ich bräuchte einen Arzt.«

»Und woher wussten Sie meinen Namen?«

»Die Schwester sagte auf meine Bitte, ich wolle einen Arzt sprechen, Doktor Scott mache gerade Visite auf der Privatstation. Und da …«

»Da haben Sie es mit allen Tricks versucht. Aber nun kommen Sie schon mit. Sie haben zwar wieder Farbe bekommen, aber Sie legen sich erst einmal in meinem Büro hin, und ich taste Ihren Bauch ab. Ich war in der Ausbildung einige Zeit auf der Frauenstation tätig. Trotzdem rufe ich gleich in der Klinik an, damit man

Sie dort zur Beobachtung aufnimmt. Können Sie gehen oder soll ich eine Trage holen lassen?«

»Nein, nein, es geht schon«, erwiderte Isobel hastig und ließ zu, dass Doktor Scott sie unterhakte, um sie zu stützen. Er war einen halben Kopf größer als sie und besaß gut trainierte Muskeln, wie sie feststellte, als sein Arm sie berührte.

Er riecht gut, dachte sie. Mit einem verstohlenen Seitenblick auf sein rotes drahtiges Haar und sein markantes Profil, musste sie zugeben, dass er äußerst anziehend auf sie wirkte. Sie schätzte ihn auf Mitte bis Ende dreißig. Er ist bestimmt verheiratet, vermutete sie.

Seine tiefe Stimme riss sie aus ihren Gedanken. »Meinen Sie, Sie schaffen es ohne meine Hilfe, wenn ich die Tür öffne?«

»Ja, ja, natürlich«, sagte sie verlegen. Wie konnte sie sich nur mit seiner Ausstrahlung beschäftigen, statt ihm möglichst geschickt ihr Anliegen vorzubringen?

Als sie nun nebeneinander den langen Flur entlanggingen, begegnete ihnen die Krankenschwester von vorhin, die aufgeregt auf Isobel zeigte. »Das ist die Dame, die sich vorhin hier einschleichen wollte!«

»Ich weiß, Schwester Maureen, aber das ist mein Fehler. Ich habe sie von Ferne nicht erkannt. Wir waren tatsächlich verabredet. Mein Gedächtnis …«, seufzte er und schob Isobel durch eine halb geöffnete Tür.

»Sie legen sich gleich hin und atmen ein paarmal ganz ruhig durch!«, befahl Doktor Scott.

Isobel tat, was er verlangte. Erneut meldete sich ihr schlechtes Gewissen mit aller Macht. War es nicht unfair, seine Hilfsbereitschaft so schamlos auszunutzen?

»Wissen Sie, Herr Doktor, es war nur ein kleiner Schwächeanfall. Ich glaube, also, mir geht es gut, es ist nur …«

»Dann werde ich zumindest Ihren Mann anrufen, damit er sie abholt.«

»Das, nun, das geht nicht, ich … ich habe keinen Ehemann.«

»Oh, entschuldigen Sie, dass ich so taktlos war.«

»Keine Ursache. Das konnten Sie ja nicht wissen, aber ich vermute, dass die ganze Sache mir einfach auf den Magen geschlagen ist. Mit dem Baby ist alles in Ordnung.«

Doktor Scott runzelte die Stirn.

»Wenn es Ihnen recht wäre, würde ich trotzdem gern Ihren Bauch abtasten. Sie müssen sich auch nicht freimachen. Wenn wirklich etwas ist, dann fühle ich das auch so.«

Seufzend zog Isobel ihren Mantel aus und legte sich mit geschlossenen Augen auf den Rücken. Wenn er wüsste, wie angenehm es ist, wenn seine Hände so sanft über meinen Bauch kreisen, dachte Isobel und überließ sich den forschenden Berührungen. Trotz des Stoffes ihres Kleides fühlte sie sich liebkost. Isobel, reiß dich zusammen!, ermahnte sie sich, als sie beinahe wohlig aufgestöhnt hätte.

»Ich kann nichts Beunruhigendes fühlen«, erklärte Doktor Scott und blickte sie über den Rand seiner Brille ernst an. Er hat etwas Trauriges in seinen Augen, stellte Isobel bedauernd fest und verspürte den unwiderstehlichen Drang, mehr über ihn zu erfahren. Doch sie konnte ihn schlecht ausfragen.

»Ich würde Sie trotzdem gern ins Krankenhaus überweisen«, sagte er mit Nachdruck. »Ich habe mich schon einmal geirrt. Und deshalb sollten Sie noch eine zweite Meinung einholen.«

Wie gern würde Isobel ihn fragen, wo und wann er sich schon einmal geirrt hatte, doch sie traute sich nicht.

Stattdessen setzte sie sich hektisch auf.

»Nein, wirklich, es ist alles wieder gut. Ich, oh Gott, ich, nein, ich brauche wirklich kein Krankenhaus …«

»Das hat meine Frau damals auch gesagt und dann …« Er stockte. Aus seinen Augen sprach unendlicher Schmerz.

Isobel musste den Blick abwenden. Seine Andeutung rührte sie zutiefst, und sie hätte ihm gern geholfen, ihn getröstet. Sie kam sich entsetzlich schäbig vor, weil sie ihn so gemein hinterging, aber was sollte sie tun? Am liebsten würde sie sich in ein Mauseloch verkriechen. Ob ich einfach gehe, ohne dass er erfährt, dass ich ihm nur ein Theater vorgespielt habe, um ihn auszufragen? Nein, ich kann Rose nicht im Stich lassen.

Entschlossen suchte sie seinen Blick, doch er schien in die Ferne zu sehen. Offenbar war er in Erinnerung bei seiner Frau … Und ich bin schuld, dass er sich gerade jetzt daran entsinnt, durchfuhr es Isobel, und sie wünschte, sie könne ihren dramatischen Auftritt vor der Anstaltstür ungeschehen machen.

»Entschuldigen Sie bitte«, sagte Doktor Scott mit klarer Stimme. »Ich war in Gedanken bei meiner Frau, die zu spät ins Krankenhaus kam, als unser Kind in ihrem Bauch …« Er unterbrach sich hastig. »Genug, ich will Ihnen keine Angst machen. Bei Ihnen ist alles gut, davon bin ich überzeugt.«

»Bitte, erzählen Sie mir trotzdem, was geschehen ist. Ich kann das vertragen. Ich gehöre nicht zu den Frauen, die ständig glauben, es wird sie auch erwischen. Ich bin hart im Nehmen. Wissen Sie, ich leite eine Schule, und was meinen Sie, was ich da alles zu hören bekomme.«

»Ach, da gibt es nicht viel zu erzählen. Unser Kind ist in ihrem Bauch gestorben, und für meine Frau kam leider auch jede Hilfe zu spät. Aber das ist schon lange her. Über zehn Jahre. Da war ich Mitte zwanzig.«

Dann ist er jetzt fünfunddreißig, folgerte Isobel, und ihr Herz pochte bis zum Hals, als sie ihn fragte: »Aber Sie haben doch bestimmt noch einmal geheiratet und Kinder bekommen, nicht wahr?«

»Nein, ich habe mich nicht mehr getraut, aber nun zu Ihnen, Miss …«

Isobel befürchtete, ihr Herz müsse zerspringen, als sie ihm ihren Namen nannte. Munroy. Wie würde er reagieren, wenn er erkannte, wer sie war?

Sie wunderte sich, dass er keine Miene verzog, doch dann fiel es ihr ein. Er kannte Rose ja nur unter ihrem neuen Namen. Isobel atmete kaum hörbar auf.

»Ich werde jetzt der Schwester Bescheid sagen, dass sie einen Krankenwagen holen lässt. Ruhen Sie sich nur noch ein wenig aus.«

Er wandte sich um und hatte den Türgriff bereits in der Hand, als Isobel flehend sagte: »Bitte, bleiben Sie doch noch, Doktor Scott. Es ist so angenehm, mit Ihnen zu plaudern.«

Er lächelte. »Ganz meinerseits, Miss Munroy, und genau deshalb kann ich es nicht verantworten, Sie so nach Hause zu schicken. Ich möchte doch, dass wir unser Gespräch sehr bald fortsetzen.«

»Sie möchten …« Isobel verschlug es die Stimme.

»Ja, ich würde Sie gern wiedersehen. Ich habe noch viele Fragen.«

Isobel lachte. »Ich auch. Ich würde gern wissen, warum Sie solche kräftigen Muskeln …« Sie schlug sich die Hand vor den Mund. Peinlich berührt fügte sie hastig hinzu: »Das ist mir wirklich nur so rausgerutscht.«

»Die eine Frage beantworte ich noch, bevor ich mich leider für heute von Ihnen verabschieden muss. Das kommt vom Baumstammwerfen. Ich trainiere das ganze Jahr für die Caithness Highland Games, weil ich aus einem Dorf bei Wick stamme, und meine Familie erwartet, dass ich unseren Clan würdig vertrete.«

Isobel verspürte den Impuls, den Doktor auf der Stelle zu umarmen. Stattdessen nahm sie all ihren Mut zusammen und sagte: »Ich brauche kein Krankenhaus, Doktor Scott. Mein kleiner Zusammenbruch war nur ein Trick, Kontakt zu Ihnen aufzunehmen.«

Die eben noch leuchtenden Augen des Doktors funkelten voller Zorn.

»Weshalb?«

»Es geht um meine Stiefschwester.«

»Ich unterliege der Schweigepflicht. Und wenn Sie befugt sind, dass ich Ihnen Auskunft gebe, melden Sie sich in meinem Büro.«

»Es duldet keinen Aufschub, meine Schwester befindet sich in großer Gefahr.«

»Patienten in unserem Haus werden von kundigem Personal überwacht.«

»Das ist ja genau das, was ich erreichen möchte. Sie muss dringend hierher!«

»Ja, wenn Sie meinen, Ihre Schwester gehörte nach Muray-House, dann vereinbaren Sie einen Termin für die Untersuchung.«

Isobel kämpfte mit den Tränen. Nichts mehr an seiner abweisenden Miene erinnerte an die besorgten Blicke aus seinen graugrünen Augen, mit denen er sie bis zu ihrem Geständnis angesehen hatte.

»Es tut mir leid, dass ich Sie hintergangen habe, aber es geht um Leben und Tod!«

»Nun machen Sie es bloß nicht so dramatisch. Es reicht doch, dass ich einmal darauf reingefallen bin.«

»Doktor Scott, ich habe doch nicht gewusst, was für ein … ach, ich wusste mir wirklich keinen Rat mehr. Der Mann meiner Schwester ist wahrscheinlich ein Mörder und hat es auf ihr Leben abgesehen …«

Doktor Scott rollte mit den Augen. »Genau, und ich bin König George. Gute Frau, ich denke, es wird das Beste sein, Sie bleiben eine Nacht in unserem Haus zur Beobachtung. In diesem Zustand kann ich Sie jedenfalls nicht wieder hinauslassen! Das kann ich nicht verantworten!«

»Aber eine junge Frau, die angeblich ihren Ehemann mit einem Messer verletzt haben soll, die können Sie in dessen Obhut lassen? Wieviele Fehler wollen Sie denn noch machen?«, fragte Isobel in scharfem Ton.

»Sprechen Sie von Lady Rose?«

»Wie auch immer. Ich spreche von meiner Stiefschwester Rose Munroy, deren Ehemann mich um mein Vermögen gebracht hat, dann eine Sechzehnjährige entführt und geheiratet hat, an deren Geld er jetzt will und der entweder ein charakterloser Spieler ist oder sogar ein Mörder.«

Doktor Scott schien noch zu schwanken, ob er sie sofort einweisen sollte oder ob es sich tatsächlich um die zu Recht besorgte große Schwester von Lady Rose handelte.

»Sie werden verstehen, dass Ihr Gerede ziemlich wirr klingt, Miss Munroy?« Das klang bereits ein wenig versöhnter als zuvor.

»Ja, ich kann mir gut vorstellen, wie ich auf einen Fachmann wie Sie wirken muss, aber, wenn Sie mir nur einen kleinen Augenblick schenken, dann …«, bat Isobel.

Er nickte seufzend.

Isobel bemühte sich, dem Doktor die ganze Geschichte möglichst verständlich zu schildern. Er schüttelte immer wieder ungläubig den Kopf. Als sie ihre Schilderung beendet hatte, bemerkte er nachdenklich: »Ist Ihnen klar, dass Ihre Schwester schwere Wahnvorstellungen hat?«

»Ja, aber da haben mit Sicherheit er und seine Komplizin nachgeholfen! Von wegen Krankenschwester. Das nehmen Sie ihm doch nicht etwa ab?«

»Für wie dumm halten Sie mich, Miss Munroy?«

Isobel sah ihn verwirrt an. Was sollte sie darauf antworten? Worauf wollte er hinaus?

»Ich habe über Miss Brannon noch an demselben Tag, an dem ich Ihre Schwester in der Obhut ihres Ehemannes und seiner Komplizin, wie Sie sie nennen, zurückgelassen habe, Erkundigungen eingezogen. Sie hat lange in der berühmten Anstalt Bethlem in London gearbeitet. Und nur deshalb habe ich in diesem Fall entschieden, sie nicht nach Muray-House zu bringen. Und zwar im Interesse Ihrer Schwester. Sie glauben doch nicht, sie würde hier je wieder herauskommen, wenn bekannt würde, dass sie auf ihren Mann mit einem Messer losgegangen ist? Und ich darf Ihnen versichern, es ist nichts mehr dergleichen vorgekommem, seit sie in Miss Brannons kundigen Händen ist. Einmal die Woche überzeuge ich mich davon. Und wenn ich auch nur die Spur beunruhigt wäre, ich würde sie umgehend nach Muray-House holen.«

»Doktor Scott, bitte tun Sie mir den Gefallen und veranlassen Sie, dass sie aus dem Haus dieses Kerls gebracht wird. Und wenn meine Familie sich irren und Rose wirklich erkrankt sein sollte, dann bedürfte sie Ihrer kundigen Behandlung als Arzt.«

Doktor Scott setzte ein paarmal seine Brille auf und wieder ab.

»Gut, einigen wir uns auf einen Kompromiss. Solange dieser Verdacht in der Luft liegt, bekommt sie ein Bett bei uns. Sollte sich die ganze Geschichte als Unsinn erweisen, bringen wir sie zurück nach Fortrose. Einverstanden?« Er reichte ihr die Hand. Zögernd schlug Isobel ein. Es war, als würde ein Blitz einschlagen, als sie seine kräftige Hand schüttelte. Der Moment hätte ewig andauern können, wenn es nach ihr gegangen wäre, doch er zog seine Hand abrupt weg und setzte sich an seinen Schreibtisch.

»Ich mache die Verfügung fertig, dass Ihre Schwester nach Murray-House gebracht wird. Ich hoffe, Sie sind sich dessen bewusst, dass der Schuss auch nach hinten losgehen kann, falls sich Kollegen einmischen und dafür sorgen, dass sie für immer hierbleibt.«

»Ich bin sicher, nach wenigen Tagen werden Sie merken, dass Rose völlig normal ist. Weil man ihr dann nämlich nichts mehr einflößen kann, das sie irre macht.«

»Sie müssen mich wirklich für einen naiven Anfänger halten. Natürlich habe ich von dem Wasser gekostet, das neben ihrem Bett stand.«

»Und?«

»Köstliches Wasser aus den Highlands!«

»Ja, Sie glauben doch nicht, dass sie Ihnen bei Ihren Besuchen die Beweise vor die Nase gestellt haben?«, schnaubte Isobel. »Sie können ihr irgendwelche Mittel ja auch injiziert haben.«

Doktor Scotts Miene verfinsterte sich.

»Sie hatte in der Tat Einstichstellen, aber Miss Brannon sagte mir, das sei ein Beruhigungsmittel, das man ihr in London für die Patientin gegeben habe.« Er war bleich geworden. »Wie dem auch immer sei, morgen früh wird sie abgeholt. Ich werde dabei sein.«

»Danke, Doktor«, sagte Isobel leise und senkte den Kopf. Als sie aufsah, lag in seinem Blick wieder ein Hauch von der Zugewandtheit, die sie zuvor wahrgenommen hatte. Sie schluckte mehrfach.

»Und wenn ich recht habe und Sie das einsehen müssen, können wir unser Gespräch beizeiten einmal fortsetzen und vergessen, dass ich mich Ihnen mit unlauteren Mitteln genähert habe?«

»Auch wenn Sie nicht recht haben, würde ich Sie gern bald wiedersehen. Aber nun darf ich Sie bitten, dass Sie mich meine Arbeit machen lassen. Es ist viel Papierkram zu erledigen, damit wir Ihre Schwester morgen früh aus Fortrose hierherbringen können.«

Er wandte sich schmunzelnd seinen Unterlagen zu.

»Auf Wiedersehen«, flötete Isobel und schwebte förmlich zur Tür hinaus. Er hatte ihr verziehen und wollte sie wiedersehen. Und er rettete Rose aus den Händen dieses üblen Menschen. Was wollte sie mehr? Isobel war so erleichtert, dass sie sich nicht wie eine gesetzte und überdies schwangere Frau bewegte, sondern wie ein übermütiges Kind hüpfte. Das wurde ihr aber erst bewusst, als sie der strengen Krankenschwester begegnete, die stehenblieb und sie anstarrte, als wäre sie eine Insassin von Muray-House.

54

Lili versuchte seit geraumer Zeit, Rose aus ihrem Dämmerzustand zu holen, aber das schien ein aussichtsloses Unterfangen. Ihre Tochter brabbelte unverständliches Zeug vor sich hin. Zwischendurch fielen ihr immer wieder die Augen zu.

»Ich bin es, Mom«, flüsterte Lili zum wiederholten Mal beschwörend.

Dieses Mal reagierte Rose wenigstens, indem sie die Augen öffnete.

Lili strich ihr das schweißnasse Haar aus dem Gesicht.

»Wie fühlst du dich?«, fragte Lili, obwohl sie wusste, dass sie keine Antwort bekommen würde. Plötzlich riss Rose die Augen schreckensweit auf.

»Braunes Buch«, keuchte sie.

Lili erschrak. Sie meinte tatsächlich das zerfetzte Büchlein, das Lili auf der Bettdecke abgelegt hatte, seit sie versuchte, Rose zum Aufstehen zu bewegen. Es wäre schön, wenn sie bis zum Bad auf eigenen Füßen gelangen würde. Rose war keine Elfe, die sie einfach auf den Arm nehmen konnte.

Mit zitternden Händen griff Lili nach dem Buch und reichte es Rose. Die zuckte ängstlich zurück und weigerte sich, es anzufassen. Langsam schwante Lili, warum der Kerl sie unter Drogen gesetzt hatte. Wahrscheinlich hatte sie in dem Buch dasselbe gelesen, wie sie soeben, und Rose hatte auf diese Weise herausbekommen, dass ihr Ehemann in Wahrheit ihr Cousin war, und warum er ihr nach dem Leben trachtete.

»Keine Angst«, raunte Lili. »Er kann dir nichts mehr anhaben. Ich bin ja bei dir.«

»Lesen!«, krächzte Rose. »Lesen!«

Lili war sich zunächst nicht ganz sicher, was das bedeuete, aber Rose stierte mit großen Augen auf das Buch in Lilis Hand.

»Soll ich vorlesen?«, fragte Lili verunsichert.

Rose nickte heftig.

Schaudernd schlug Lili das Buch an einer beliebigen Stelle auf. Jetzt war es die andere Schrift. Keiths?, fragte sie sich, bevor sie mit belegter Stimme zu lesen begann:

»Manus hatte geschworen, dass er das Unrecht rächen würde. Er hatte in den Trümmern das Buch seines Vaters Seumas gefunden, und er würde es fortan bei sich tragen, damit er niemals vergaß, was man seinem Vater und damit ihm angetan hatte. Sie hätten in dem prächtigen Haus gewohnt, wenn Mhairie Munroy seinen Vater nicht ausgesetzt und das andere Baby behalten hätte. Dafür mussten sie büßen. Alle! Das hatte er seinem sterbenden Vater geschworen.«

Manus war also sein wahrer Name, durchfuhr es Lili mit Grauen, nicht Keith! Aber das änderte nichts an der Tatsache, dass sein Vater, jener Seumas, ihm die Lüge über die Munroys und damit den Hass weitergegeben hatte. Für Lili stand außer Frage, dass die verzweifelte Hausangestellte, Dustens Mutter, das zweite Kind damals selbst zunächst dem Erfrierungstod ausgesetzt und dann aber Gewissensbisse bekommen und es noch gerettet hatte. Und weil ihr Sohn an den Folgen der Erfrierungen litt, hatte sie diese Geschichte erfunden. Sie hatte es offenbar nicht übers Herz gebracht, dem kleinen Seumas zu gestehen, wer in Wahrheit die Schuld an seinem Elend trug.

Lili erschauderte.

Aber es konnte doch nicht sein, dass wegen einer solchen Lebenslüge unschuldige Menschen … und vor allem ihr geliebter Dusten …

»Lesen!«, verlangte Rose. Ihre blassen Wangen waren von roten Flecken übersät.

Mit tränenerstickter Stimme las Lili weiter:

»Nach dem Tod der Mutter hatte sich Manus' Vater Seumas, der zu dem Zeitpunkt noch ein halber Knabe gewesen war, nach Scatwell auf-

gemacht und vom Park des riesigen Anwesens seinen Bruder zusammen mit der alten Frau gesehen. Sie hatte ihn »Dusten« gerufen und ihm zärtlich über das Haar gestrichen. Und dann kam dieser mächtige alte Mann, dieser Satan mit dem Knüppel in der Hand, hatte Manus' Vater erblickt und ihn wie einen räudigen Hund verjagt. Dabei gehörte ihm das alles genau wie dem blondgelockten jungen Dusten, der ihm wie aus dem Gesicht geschnitten war. Und dabei war der mächtige Mann genauso sein Großvater wir er Großvater dieses blondgelockten Jungen war, dem es vergönnt war, in Wohlstand aufzuwachsen. Nur dass der die Kluft der stolzen Highlander trug und nicht die Lumpen, mit denen er selbst gekleidet war. Manus' Vater musste stattdessen weiter in bitterer Armut leben, und er hatte nur ein Ziel: sich an der Familie zu rächen, die ihn zum Sterben verurteilt hatte. Und nur, weil er so arm war, war auch das schreckliche Unglück möglich, das ihn und seine Frau in den Tod riss. Und mit ihnen Rose. So sollte Manus' kleine Schwester heißen, aber sie wurde bei der Explosion im Mutterleib getötet … Manus würde ihren Tod rächen. Sie waren dem Untergang geweiht. Alle voran Dusten Munroy, für den Manus' Vater einst hatte sterben sollen …«

Lili musste innehalten. Sie konnte nichts mehr erkennen. Unaufhörlich rannen ihr dicke Tränen die Wangen hinunter.

»Er hat ihn umgebracht, weil er glaubte, dass Mhairie sich damals für Dusten statt für den Bruder entschieden hat? Das ist Wahnsinn. Ich kann ihm das Gegenteil beweisen«, schluchzte sie. Entschlossen klappte sie das braune Büchlein zusammen und steckte es zurück in ihre Handtasche. Sie konnte unmöglich auch nur noch eine Zeile davon lesen. Und wenn Rose noch so darum betteln würde.

Zu ihrer großen Verwunderung aber hatte sich Rose aus der Decke geschält und versuchte soeben, sich aufzusetzen.

Lili bebte am ganzen Körper. Es war so weit! Jetzt konnte sie nur noch beten.

»Komm, Kleines, ich bringe dich ins Bad in die untere Etage«, stieß sie heiser hervor und half ihrer Tochter, sich aufzurichten.

»Umfass mich ganz fest, Süße«, befahl sie Rose, was diese widerspruchslos befolgte.

So setzten sie langsam einen Schritt vor den anderen, bis sie die Tür erreichten. Lili drückte die Klinke hinunter und öffnete die Tür. Im Flur war es dunkel und still.

Es ist geschafft, dachte sie erleichtert, als sie erstarrte. Aus dem Dunkel trat ein Schatten.

»Das hast du dir aber schön ausgedacht, Schwiegermama!« Und schon hatte der Mann, der in Wirklichkeit Manus hieß, Rose und sie ins Zimmer zurückgestoßen. Lili hielt ihre verängstigte Tochter fest im Arm.

Mit einem Knall schloss Manus die Tür hinter ihnen.

»Du willst deine Tochter also aus meinem Haus entführen? Dazu gehört etwas mehr Grips, Misses Munroy.« Er streckte die Hand aus, um die zitternde Rose an der Schulter zu berühren, doch Lili schlug sie weg.

»Wag es nicht noch einmal, sie anzufassen, Manus!«, zischte sie.

»Was weißt du?«, brüllte er und stürzte auf Lili zu.

Obwohl sie am ganzen Körper bebte, erwiderte Lili scheinbar ungerührt: »Du bist Dustens Neffe und man hat dich belogen. Deine Großmutter hat das zweite Baby damals anscheinend selbst ausgesetzt und seinem Schicksal überlassen wollen und sich erst im letzten Augenblick eines Besseren besonnen.«

Ehe sie es sich versah, hatte er ihr mitten ins Gesicht geschlagen, mit solcher Wucht, dass sie ins Taumeln geriet. Rose schrie auf, doch Lili konnte sich aufrecht halten.

»Du wagst es!«, brüllte er. »Du hast deinen schönen Kopf selbst in die Schlinge gesteckt. Du standest gar nicht auf meiner Liste. Du bist nur angeheiratet, aber seit ich dich kenne, freue ich mich auf den Augenblick, in dem du keine Intrigen mehr gegen mich schmieden kannst. Und nun her damit. Gib das Buch. Ich weiß zwar nicht, wie es in deine Hände geraten konnte, aber …«

Lili rührte sich nicht.

»Du willst es mir nicht geben?«, fragte er drohend.

Lili schüttelte den Kopf, doch da hatte er Rose gepackt. Sie schrie in Panik schrill auf.

Ohne zu überlegen, holte Lili die Reste des Tagesbuchs aus ihrer Handtasche und warf sie Manus vor die Füße. Er schubste Rose auf das Bett und nahm das Buch an sich.

»Es ist jedes Wort wahr, was mein Vater Seumas geschrieben und was ich ergänzt habe«, zischte er. »Denn das konnte uns keiner nehmen. Wir konnten schreiben. Mein Vater hat es sich selbst beigebracht, und ich habe es in der Schule gelernt. Schade, hat mein Lehrer immer gesagt, dass du nur der Sohn eines Schwarzbrenners bist, du hättest das Zeug, auf eine andere Schule zu gehen! Aber ich war nur der kleine arme Manus, der keine Schuhe besaß, der Sohn des armen Seumas, dem Mann, dem eine Gesichtshälfte erfroren war und der seine Hand nicht bewegen konnte, der Krüppel aus dem Monaughty Forest. Und trotzdem hatte mein Vater die schöne, aber bettelarme Aimil aus Glasgow geheiratet, wo seine Mutter sich einst an das Gesocks verkauft hat, um ihren Sohn durchzubringen. Und mein Vater hat im Wald seine Brennerei aufgebaut, und er hatte mich und bald sollte er noch ein Kind bekommen. Er hoffte, es würde eine Tochter, die er Rose nennen wollte. Aber dann ist seine Hütte in die Luft geflogen, und sie waren alle zerfetzt …«

Manus unterbrach sich. Er kämpfte mit den Tränen. »Aber es war nicht Vaters Schuld. Wenn er gesunde Hände gehabt hätte, wäre das nie geschehen. Es ist die Schuld der Familie, die ihn damals im Wald hat sterben lassen wollen …«

Manus schlug sich die Hände vors Gesicht.

»Manus, das ist eine verdammte Lüge. Vor Großmutter Mhairies Tür lag ein Kind, ein einziges, Dusten Munroy, mit einem Brief der verzweifelten Mutter. Von einem Zwilling hat Mhairie nichts gewusst. Es war deine eigene Großmutter, die über das Schicksal der zwei Kinder entschieden hatte und dann doch Skrupel bekam und Seumas rettete …«, stieß sie beschwörend hervor.

Manus aber machte einen bedrohlichen Schritt auf Lili zu. Sie konnte seinen Atem riechen, aber sie wich nicht zurück. Unerschrocken blickte sie ihm in die hasserfüllten Augen.

»Du bist schlimmer als die ganze Sippe zusammen!«, zischte er.

»Hast du sie alle auf dem Gewissen? Lady Caitronia, Shona, Craig?«

»Die alte Hexe, die Säuferin und dieser Jammerlappen haben mir die Arbeit abgenommen. Nur Dusten nicht! Willst du wissen, wie seine letzten Worte waren?«

Lili ballte die Fäuste.

»Mach dich nicht unglücklich, du Narr! Komm mit uns nach Scatwell Castle. Wir finden eine Lösung!« Er grinste teuflisch. »Und dann hat er unvorsichtigerweise versucht, sich aufzurichten. Es machte ein knackendes Geräusch, als er in den Staub zurückfiel.«

»Du elender Mistkerl …« schrie Lili und trat dem verblüfften Manus mit voller Wucht gegen das Schienbein. Seine Verblüffung nutzte Lili, um Rose vom Bett zu ziehen und mit ihr bis zur Zimmertür zu gelangen. Doch da war Manus bereits bei ihr und stieß sie beiseite. Dieses Mal stolperte sie. Und auch Rose war zu Boden gestürzt.

Manus stieg über sie weg und brüllte hämisch: »Ich werde versuchen, Euch das zu bescheren, was meine Eltern erleiden mussten. Sie wurden bei lebendigem Leib zerfetzt. Ich werde übrigens in Scatwell Castle wohnen. Little Scatwell werde ich abreißen lassen. Ich bin der einzig Überlebende dieses schrecklichen Unglücks und Erbe der Munroys. Denn ich bin Rose Munroys untröstlicher Witwer.« Er lachte teuflisch.

Lili aber wollte nicht aufgeben. Wenn er sie schon umbrachte, sollte er wissen, dass er niemals Roses Erbe antreten würde.

»Du irrst! Du wirst deine Identität noch einmal ändern und ein Leben lang auf der Flucht sein müssen, denn in diesem Augenblick übergibt meine Freundin Sibeal der Polizei ein Foto des echten Lord Frasers, den du umgebracht und zusammen mit Mister Jones im Wald bei Grasse verscharrt hast.«

Manus' Gesicht verzerrte sich zu einer Fratze.

Lili ahnte, dass sie ins Schwarze getroffen und seine Pläne, das Erbe der Munroys anzutreten, mit einem Wimpernschlag zerstört hatte. Sie genoss den Triumpf – und wenn es das letzte gute Gefühl war, das sie auf dieser Welt haben würde!

55

Art Drummond hatte sich Liams Geschichte geduldig angehört. Auch nachdem der Anwalt sie beendet hatte, sog der pensionierte Inspektor an seiner erkalteten Pfeife und schwieg eine Weile.

»Was meinen Sie, Art? Ich habe ein verdammt ungutes Gefühl. Am liebsten würde ich Rose heute noch aus Fortrose wegbringen, aber ich möchte natürlich nicht mit dem Gesetz in Konflikt kommen.«

»Das kann ich gut verstehen«, murmelte Art und kratzte sich den Bart.

Schließlich erhob er sich, legte seine Pfeife in einen Aschenbecher und zog sich seine Jacke an.

»Wir statten dem Herren einen Besuch ab.«

»Jetzt?«

»Ja, ich denke, Sie würden lieber heute als morgen eingreifen, junger Freund?«

Liam schmunzelte. So hatte der alte Inspektor ihn schon genannt, als er noch im Dienst gewesen und Liam junger Anwalt gewesen war. Damals waren sie sich bei ihrer Arbeit an einem Fall näher gekommen. Liam hatte einen Mann aus den Highlands vertreten, der angeblich seine Schwägerin und Geliebte umgebracht hatte. Alles sprach für seine Schuld. Doch Inspektor Drummond hatte sich von den erdrückenden Beweisen nicht blenden lassen. Und tatsächlich, er konnte schließlich die Wahrheit ermitteln: Der Bruder des Mannes hatte ihm den Mord in die Schuhe schieben wollen. Dieser Kampf im Namen der Gerechtigkeit verband die beiden Männer bis heute.

Liam blickte auf seine Uhr. »Es ist gleich neun Uhr.«

»Ist das ein Grund, die Sache zu verschieben?«, lachte Art und wurde sofort wieder ernst. »Passen Sie auf, Liam, wir fahren gleich hin. Er kennt mich nicht, weiß nicht, dass ich zum alten Eisen gehöre. Ich gebe mich als Inspektor aus, der einem Hinweis nachgeht, demnach es sich bei Lord Fraser um einen Schwindler halten soll. Und Sie werden sich während der Vernehmung mal im Haus umsehen und die junge Frau in Sicherheit bringen.«

»Und wenn sich das alles im Nachhinein als falsch erweist und er nichts weiter als ein skrupelloser Mitgiftjäger ist?«

»Dann nehme ich alles auf meine Kappe. Mir kann doch nichts mehr geschehen. Suspendieren vom Dienst kann man mich nicht mehr, und das Erbe meiner Frau reicht noch für zwei Leben.«

Liam klopfte dem alten Mann freundschaftlich auf die Schulter. Er war noch genauso engagiert wie früher, wenn er von etwas überzeugt war.

Wenig später fuhren sie entlang des Moray Firth in Richtung Fortrose.

Rose hockte zusammengekauert auf dem Boden. Sie sprach kein Wort. Auch Lilis tröstende Worte, dass ihr nichts geschehen würde, entlockten ihr keinerlei Reaktion. Sie schien sich in einer Art Trance zu befinden.

Lili lief nervös im Zimmer auf und ab. Sie quälte sich mit der Frage, was Manus vorhaben mochte, als ein ohrenbetäubender Knall ertönte und ein Beben das Haus erschütterte.

»Was ist das?«, fragte Rose.

Lili schöpfte Hoffnung, dass ihre Tochter aus dem entrückten Zustand erwachte, aber ihr Blick war leer. Trotzdem nahm Lili sie in den Arm und redete beruhigend auf sie ein. Dann hielt sie inne, weil ihr ein bekannter Geruch in die Nase stieg. Was hatte das zu bedeuten? Lili sprang auf und durchsuchte jeden Winkel des Zimmers. Da entdeckte sie das Rinnsal, das unter der Türschwelle vom Flur ins Zimmer sickerte. Wieso ließ er Whisky in ihr Zimmer laufen? Lili blickte sich ratlos im Zimmer um, bis ihr Blick an einer Zwischentür hängenblieb. »Die Rose der Highlands«, durchfuhr es Lili. Ich muss sie retten.

Sie öffnete die Zwischentür und eilte ins Nachbarzimmer. Die »Rose der Highlands« lächelte ihr entgegen. Ohne zu überlegen, stellte sich sich auf einen Stuhl und nahm das Bild von der Wand. In rasender Eile löste sie ihr Gemälde aus dem Rahmen und rollte es ein. Sie wusste, dass es eine unsinnige Handlung war, solange sie hier in diesem Haus gefangen war, aber sie konnte nicht anders.

Lili klemmte sich die Rolle unter den Arm, eilte zum Fenster und öffnete es. Wir müssen springen, dachte sie, als sie den Kopf hinaus in die kühle Nachtluft steckte. Ein Blick nach unten ernüchterte sie. Es war viel zu hoch, als dass man sich mit einem Sprung aus dem Fenster hätte retten können. Erneut stieg ihr ein seltsamer Geruch in die Nase. Lili wurde leichenblass. Feuer! Langsam dämmerte ihr, was der Verrückte vorhatte. Er wollte, dass sie mit dem Haus verbrannten …

Sie beugte sich weit aus dem Fenster und schrie um ihr Leben, doch dort unten blieb alles still.

Nun roch Lili, dass auch unter dieser Türschwelle Whisky ins Zimmer sickerte. Sie ahnte auch, warum. Der Alkohol wirkte wie ein Brandbeschleuniger und sollte es dem Feuer ermöglichen, sich rasend schnell auszubreiten.

Es war nur noch eine Frage von Minuten, bis der Flur in Flammen stand und als Rettungsweg ausschied. Und nach draußen konnte sie auch nicht. Sie saßen in der Falle.

Wieder brüllte Lili aus voller Kehle um Hilfe. Es kam ihr absurd vor, dass sie dabei immer noch »Die Rose der Highlands« unter dem Arm hielt. Plötzlich spürte sie, wie zwei Arme sie von hinten ängstlich umklammerten.

»Mom«, flüsterte Rose in Todesangst. »Mom, ich will hier weg!«

Lili wandte sich um und nahm ihre Tochter in den Arm.

»Ich bringe dich hier raus. Ich verspreche es dir.«

Wenn ich nur wüsste, wie, dachte Lili verzweifelt, als sie das Geräusch eines herannahenden Wagens vernahm. Sie winkte und schrie. Zwei Männer stiegen aus. Ihre Knie wurden weich, als sie

Liam im fahlen Mondlicht erkannte. Er blickte sich suchend um und dann nach oben.

»Schnell, er hat das Haus angezündet«, schrie sie.

»Wir kommen«, brüllte er zurück.

»Jetzt sind wir in Sicherheit«, wiederholte sie ein paar Mal, bis sie Rose ein Lächeln entlocken konnte. Sie atmete auf. Alles wird gut, dachte sie, als sie den beißenden Rauch roch, der nun unter der Tür hindurch ins Zimmer drang. Sie schaffen es nicht, zu uns zu gelangen, dachte Lili panisch und sah nur noch den einen Ausweg. Sie mussten sich in die Tiefe hangeln, bevor der Rauch sie erstickte.

Rose sah sie mit großen Augen an.

»Hörst du mich?«, fragte Lili ihre Tochter.

»Ja, Mom.«

»Gut, dann hilf mir jetzt das Bettzeug in lange Streifen zu zerteilen. Siehst du. So!«

Lili gelang es, an einer fadenscheinigen Stelle das Leinen einzureißen. Von hier aus war es nun einfach, das Bettlaken zu zerfetzen. Sie reichte Rose den Bettbezug, während sie die Streifen des Lakens aneinander anknotete. Doch nun drang auch aus dem anderen Schlafzimmer Rauch durch die offene Zwischentür. Lili bekam einen Hustenanfall, der gar nicht mehr enden wollte. Wie aus einer anderen Welt drang der Lärm von schrillenden Glocken zu ihnen hinauf.

Lili griff nach Roses Hand und zerrte sie zum Fenster. Dort unten waren Feuerwehrmänner dabei, ein Sprungtuch auszubreiten.

»Lili, Rose, ihr müsst springen!«, brüllte Liam von unten.

»Ja, springen Sie auf mein Zeichen!«, echote einer der Feuerwehrmänner.

Lili kletterte vorsichtig auf das stabile Fenstersims und reichte Rose die Hand. Sie tat es ihrer Mutter gleich. Lili musste das Zittern unterdrücken, als sie in die Tiefe blickte.

»Hast du gehört? Wenn der Mann uns das Kommando gibt,

dann springst du in das Tuch. Verstanden?«, flüsterte sie ihrer Tochter zu.

Rose aber klammerte sich an Lili. »Nein, ich will nicht allein.« Lili hatte Sorge, dass sie das Gleichgewicht verlieren und in die Tiefe stürzen würde.

»Rose, du musst mich loslassen. Sonst fallen wir. Und wenn wir zu zweit springen, können wir uns gegenseitig verletzen! Also du erst!«

»Und los!«, brüllte es von unten.

»Rose, bitte!«, flehte Lili, doch die junge Frau, die noch immer nicht wieder ganz bei sich war, krallte panisch ihre Finger in Lilis Arm.

»Lili! Bitte!«, hörte sie Liam besorgt rufen.

Lili atmete ein Mal tief durch, befreite sich mit einem Ruck aus Roses Umklammerung und gab ihr einen Stoß. Lili blickte ihr nach. Es kam ihr endlos lange vor, bis ihre Tochter sanft im Tuch landete.

Nun musste sie ihr folgen. Sie wollte schon die Augen schließen, da fiel ihr das Gemälde ein. Mit einem Sprung war sie zurück im Zimmer. Der Rauch war so dicht, dass sie kaum noch etwas sehen konnte, sie irrte ein paar Meter umher, da stolpterte sie beinahe über die Rolle am Boden. Lili griff danach und hangelte sich zurück auf das Sims. Von unten schallte aufgeregtes Gemurmel zu ihr hinauf. Lili klemmte sich die Rolle fest unter den Arm, schloss die Augen und sprang.

56

Es sollte so aussehen, als würde Lili einen ganz normalen Ausritt durch das Tal von Strathconon unternehmen. Der Wind verfing sich in ihrem Haar, während Una gemächlich den Weg am River Conon entlangtrabte. In Wirklichkeit spielte sie den Lockvogel, um Manus auf frischer Tat zu ertappen. Inzwischen wusste sie, dass er Manus Haig hieß – Haig wie seine Großmutter, die Prostituierte Rose Haig. Die Polizei hatte herausbekommen, dass sie mit ihrem Sohn in ärmlichsten Verhältnissen gelebt hatte. Ihre Kunden waren die Ärmsten der Armen gewesen. Sie hatte bis zur Geburt ihres Sohnes als Dienstmädchen in Edinburgh gearbeitet, wo ein Unbekannter sie geschwängert hatte. So hieß es offiziell.

Lili wusste natürlich, dass es sich bei diesem Mann um Dustens Vater Douglas handelte, der damals kaum neunzehnjährig beim Einsturz der Brücke über den River Tay umgekommen war. Das Mädchen war dann jedenfalls auf der schiefen Bahn gelandet und gestorben, als ihr Sohn noch keine vierzehn Jahre gewesen war.

Soweit hatte es eine Akte zu Tage gefördert. Von dem zweiten Kind war nirgends die Rede gewesen. Dusten, an dem sich Manus wegen einer gemeinen Lüge gerächt hatte …

Und nun war sie, Lili, die Rächerin für den feigen Mord an ihrem Mann. Der Inspektor, der in jener schrecklichen Nacht vor nunmehr acht Tagen zum Tatort gekommen war, hielt sie für verrückt. Er hegte nämlich keinen Zweifel, dass Manus im Keller seines Hauses bei dem Versuch, es in die Luft zu jagen, ums Leben gekommen war. Darin stimmten ihm alle zu, die die bis zur Unkenntlichkeit verkohlte Leiche mit eigenen Augen gesehen hatten. Auch Lili hatte sich nicht davon abhalten lassen, einen Blick darauf zu werfen, doch sie hatte sich nicht täuschen lassen von seiner Jacke, die unversehrt ein paar Fuß von der Leiche gefunden worden war. Sie hatte sich mit Grausen abgwandt und leise gesagt: »Das ist er nicht!«

»Aber wer soll das denn sonst sein?«, hatte Liam gefragt.

»Das ist Miss Brannon!«

»Misses Munroy, ich verstehe, dass Ihnen das alles nahegeht, aber es gibt keinen Hinweis darauf, dass sich in diesem Keller eine andere Person aufgehalten hat. Es ist seine Jacke, die wir hier gefunden haben, und in der Jacke sind seine Papiere, beziehungsweise die von Lord Fraser. Miss Brannon hat sich bestimmt aus dem Staub gemacht und ist bereits wer weiß wo untergeschlüpft.« Inspektor Buchnan war fast ein wenig verärgert gewesen, dass sie es besser wissen wollte als die Polizei.

»Er ist es nicht«, hatte sie ungeachtet dessen wiederholt.

Allein Art Drummond hatte nicht versucht, ihr »den Unsinn« auszureden.

»Wenn es so ist, wird er erneut die Identität gewechselt haben und längst über alle Berge sein«, hatte er zu bedenken gegeben.

»Nein, das glaube ich nicht«, hatte Lili ihm energisch widersprochen. »Er wird irgendwo in unserer Nähe lauern und einen günstigen Augenblick abwarten, um sein Werk zu vollenden!«

»Wie meinst du das?«, hatte Liam aufgebracht gefragt.

»Er wird nicht ruhen, bis wir alle tot sind, denn ich bin sicher, er weiß, dass man uns gerettet hat.«

»Misses Munroy, ist das nicht ein wenig weit hergeholt? Was hat er denn davon, wenn er sie jetzt noch tötet? Er könnte niemals das Erbe der Munroys antreten, weil wir ihn sofort verhaften würden.«

»Er ist nicht von Habgier getrieben, sondern von Rachsucht. Das Vermögen an sich zu bringen, ist nur ein Mittel, sich zu rächen für das vermeintliche Unrecht, das seinem Großvater angeblich von den Munroys zugefügt worden ist.«

Der Gedanke an den Brief, der bewies, dass Manus sein Leben umsonst in den Dienst der Rachsucht gestellt hatte, ließ Lili kurz in ihre Jackentasche greifen. Nachdem sie das Dokument gefühlt hatte, blickte sie sich vorsichtig um. Jetzt folgte das Stück des

Weges, das zu beiden Seiten dicht bewaldet war. Sie vermutete, dass er irgendwo dort im Dickicht lauerte, und sie konnte nur hoffen, dass Buchnans Leute ebenfalls in der Nähe warteten.

Dass der Inspektor Lilis Plan schließlich unter Murren zugestimmt hatte, hatte sie Art Drummond zu verdanken.

»Es ist sinnlos, wenn wir uns weiter darüber streiten. Es ist doch vernünftig, was Misses Munroy vorschlägt. Wenn er sie dabei beobachtet, dass sie ausreitet, besteht zumindest eine hohe Wahrscheinlichkeit, dass er versucht, sie auf dieselbe Weise zu töten wie Mister Munroy.«

Liam hatte heftig protestiert. »Aber wir können doch nicht zulassen, dass sie sich in Gefahr begibt. Wenn sie wirklich recht behalten sollte, wird er ihr irgendwo auflauern, und wer sagt, dass die Polizei rechtzeitig vor Ort ist?«

»Man müsste ein großes Aufgebot stellen, um sie zu schützen.«

»Ich finde es unverantwortlich!«

Daraufhin hatte Lili Liams Hand genommen und ihm zärtlich zugeflüstert: »Ich muss es tun, Liam, es ist das Letzte, was ich für Dusten tun kann.« Liam hatte daraufhin zwar noch ein paar unverständliche Bemerkungen vor sich hin gebrummelt, aber sich nicht mehr eingemischt.

»Gut, meine Herren, in einer Woche bin ich so weit. Erst einmal muss meine Tochter wieder auf dem Damm sein.«

Der Gedanke an Rose gab Lili auch in diesem Augenblick Kraft. Ihr war es schon, nachdem sie eine Nacht auf Little Scatwell verbracht hatte, wesentlich besser gegangen. Ihr Hausarzt Doktor Gray war der festen Überzeugung, dass man ihr Atropin oder etwas Ähnliches verabreicht hatte. Ein Mittel, das aus der Tollkirsche gewonnen wurde und zu Halluzinationen führen konnte. Und das Ganze in Verbindung mit einem Schlafmittel, was ihren Dämmerzustand erklären würde. Alle hatten sich rührend um Rose gekümmert. Sogar Art Drummond hatte es sich nicht nehmen lassen, nach dem Mädchen zu sehen.

Lili schmunzelte bei dem Gedanken, wie er bei der Gelegenheit »Die Rose der Highlands« entdeckt und ihr das Bild unbedingt hatte abkaufen wollen. Wie sich herausgestellt hatte, besaß er eine nicht unbeträchtliche Kunstsammlung. Lili hatte zunächst über das Angebot gelacht und wiederholt erklärt, dass sie keine Künstlerin sei. Aber als er ihr seinen Preis genannt hatte, war ihr das Lachen vergangen und sie hatte ihm versprochen, ein ähnliches Bild zu malen. Denn »Die Rose der Highlands« war unverkäuflich.

Während sie aus den Augenwinkeln immer wieder einen verstohlenen Blick zu beiden Seiten riskierte, schweiften ihre Gedanken zu der Begegnung zwischen Rose und Isobel ab. Rose hatte wahnsinnige Angst davor gehabt, aber Isobel hatte sie ihr genommen. Sie war wortlos auf sie zugegangen und hatte sie an sich gedrückt. Dabei hatte Rose Isobels Bauch wahrgenommen. »Ist es von ihm?«, hatte Rose gefragt. Isobel hatte genickt. »Mich hat er nie angerührt«, hatte Rose erwidert. In dem Augenblick war es Isobel wie Schuppen von den Augen gefallen. »Er hat es getan, kurz nachdem ich ihm sagte, ich sei nicht Dustens Tochter. Offenbar wollte er nicht mit seiner eigenen Cousine das Bett teilen, aber bei unserer entfernten Verwandtschaft war es ihm gleichgültig.«

Rose war bleich geworden. »Du meinst, er hatte es nur auf mich abgesehen, weil ich Dustens Tochter war? Ob er mich umbringen wollte oder nur in die Irrenanstalt stecken?«

Isobel hatte Roses Hand genommen und geflüstert: »Wir wollen nie mehr an diesen Kerl denken und was er wohl mit uns angestellt hätte. Für mich ist er tot!«

Isobel hatte Lili bei diesen Worten besorgt gemustert, denn sie stand auf Liams Seite und hielt das ganze Unterfangen für viel zu gefährlich.

Ein Schuss, der durch die Stille peitschte, ließ Lili zusammenzucken. Er kommt vom Fluss, dachte sie noch, als ein zweiter, lauterer folgt. Una wurde unruhig, und Lili wusste jetzt, wie der Kerl Dustens Pferd zum Scheuen gebracht hatte. Aber das würde ihm nicht noch einmal gelingen. Noch hatte sie die Stute im Griff. Mit klopfendem Herzen ritt sie weiter, doch in diesem Augenblick sprang Manus aus dem Buschwerk hervor. Er lachte hämisch, während er die Waffe in seiner Hand in die Luft hielt und noch einmal abfeuerte. Das werden Buchnans Leute wenigstens hören, dachte Lili, als Una scheute. Die Stute wieherte ängstlich und stellte sich auf die Hinterbeine. Lili, die auf das Schlimmste vorbereitet war, konnte sich mit Mühe halten. Sie hatte die Füße fest in die Steigbügel gestemmt.

Noch einmal feuerte Manus einen Schuss in die Luft ab. Und wieder stellte sich Una auf die Hinterbeine. Dieses Mal aber tänzelte sie herum und schlug mit den Vorderhufen ein paarmal wild aus. Sie traf Manus so schwer an der Brust, dass er nach hinten kippte und auf dem Boden landete.

Lili stockte der Atem. Hatte das Pferd ihn mit Absicht umgestoßen? Und ehe Lili es sich versah, hatte sich Una wieder aufgestellt und ließ nun ihre Hufe auf Manus' Brustkorb krachen. Seine Waffe rutschte ihm dabei aus der Hand und landete im Gebüsch.

»Du Miststück!«, schrie Manus in einer Mischung aus Schmerz und Zorn, doch dann keuchte er nur noch.

Lili ließ sich von Unas Rücken gleiten. Das Pferd war jetzt wieder ganz ruhig, so als wüsste es, dass ihm nun nichts mehr geschehen konnte. In diesem Moment kamen von allen Seiten Polizisten angelaufen, doch Lili machte ihnen ein Zeichen, kurz auf Abstand zu bleiben.

Sie hockte sich neben Manus und flüsterte: »Es war eine Lüge, Manus. Dein Vater Seumas wurde nicht von Großmutter Mhairie ausgesetzt.«

Manus hatte die Augen halb geöffnet und versuchte, seinem schmerzverzerrten Gesicht einen hochmütigen Ausdruck zu verleihen.

»Ihr sollt in der Hölle schmoren«, röchelte er.

Doch Lili dachte nicht daran, ihn mit der Wahrheit zu verschonen. Sie holte den Brief aus der Tasche und las ihn Manus vor.

Verzeihen Sie mir, aber ich weiß mir keinen Rat. Keiner hat mitbekommen, dass ich schwanger bin. Ich bin ein einfaches Dienstmädchen, habe meine Stellung gewechselt und bin in eine andere Stadt weit fort von Edinburgh gezogen. Doch meine Eltern würden mich totschlagen, wenn sie erführen, dass ich Schande über sie gebracht habe, aber ich weiß, bei Ihnen ist das Kind gut aufgehoben. Douglas hat Sie sehr geliebt, Lady Mhairie. Und vielleicht hilft es Ihnen über Ihren Verlust hinweg. Ich weiß, dass er tot ist, denn mein Bruder saß in demselben Unglückszug. Ich habe meine Schwangerschaft erst nach seinem Tod bemerkt, aber Douglas hat einmal gesagt, wenn er einen Jungen bekommen würde, so wolle er ihn Dusten nennen. Bitte nehmen Sie sich Ihres Enkels an und verfluchen Sie mich nicht. Ich hatte keine andere Wahl.

»Hörst du? Sie wusste nichts von dem anderen Kind. Wäre dein Vater, nachdem er erfahren hat, dass er ein Munroy ist, zu ihr gekommen, sie hätte auch ihm ein Zuhause gegeben. Sie war nämlich eine gütige Frau.«

Lili erstarrte, als sämtliche Härte aus Manus' Gesichtszügen wich und er versuchte, die Hand nach ihr auszustrecken. Sie hätte sie genommen, wenn sein Arm nicht in diesem Augenblick erschlafft und sein Kopf leblos zur Seite gekippt wäre.

57

Es war Isobels ausdrücklicher Wunsch gewesen, ihren Geburtstag in Little Scatwell zu feiern.

Inzwischen waren alle Gäste versammelt, bis auf Martainn, Liams Sohn, der vor Beginn seines Jurastudiums noch ein paar Tage frei hatte.

»Sieht er eigentlich gut aus, dein Sohn?«, fragte Rose Liam mit unverhohlener Neugier.

Lili warf ihr einen zärtlichen Blick zu.

Rose war inzwischen wieder in St.Georges. Ihr war zugute gekommen, dass Lili einst eine beliebte Junglehrerin an der Schule gewesen war. Hinzu kamen ihre hervorragenden Noten, sodass man sich entschlossen hatte, auf diese Schülerin trotz ihres Fehltritts nicht zu verzichten.

Ihr Blick schweifte zu Isobel hinüber. Sie saß gerade zusammen mit Sibeal kichernd über dem Foto von Lord Fraser. Ihre Tante und sie waren sich einzig. Der kleine untersetzte knollennasige Glatzkopf hätte sich bestimmt nicht so in die Familie einschleichen können wie der falsche Lord.

Lili fand, dass Isobel selten so glücklich gewirkt hatte. Dabei war ihr Bauch bereits so prall, dass jeden Tag mit der Geburt zu rechnen war.

Lili bewunderte ihre Stieftochter, weil sie nie murrte, obwohl sie keinen Vater für das Kind hatte. Sie war das blühende Leben und hatte für heute eine Überraschung angekündigt. Ob das mit unserem Gespräch zusammenhängt, fragte sich Lili. Isobel war nämlich sehr froh gewesen, dass Lili ihr die Familiengeschichte der Munroys und Makenzies in allen Einzelheiten erzählt hatte. Rose war mit dabei gewesen. Und die beiden hatten einander geschworen, dass sie als Abkömmlinge der beiden verfeindeten Clans dafür sorgen würden, dass die Fehde für immer und ewig beendet wäre.

»Lili, bevor ich es vergesse«, riss Art Drummond sie aus ihren Gedanken. »Ich habe einem Galeristen aus Inverness Ihr Bild gezeigt, und er hätte gern mehr davon.«

»Wofür?«

»Na, wofür schon, Liebelein? Für eine Ausstellung! Natürlich wird sie ein paar neue Bilder malen. Schließlich bekommt ihr Scatwell Castle nicht verkauft«, mischte sich Sibeal ein und schenkte dem Inspektor im Ruhestand ein umwerfendes Lächeln.

Lili verkniff sich ein Schmunzeln.

Es klingelte an der Haustür, und bevor Isobel sich erheben konnte, war Rose zur Tür gerannt und riss sie auf. Enttäuschung machte sich in ihrem Gesicht breit.

»Sie können unmöglich Martainn sein. Sie sind viel zu alt«, entfuhr es ihr nicht gerade höflich.

»Lady Rose?«, fragte er ungläubig.

Rose musterte ihn verwundert.

»Nein, ich bin Rose Munroy Und Sie?«

»Mein Name ist Doktor Scott.«

»Gut, dann kommen Sie herein«, erwiderte Rose gönnerhaft, und sie fragte sich, was dieser Fremde wohl hier wollte. Doch da trat Isobel in der Diele, und ihr Erscheinen zauberte zu Roses Verwunderung ein seliges Lächeln auf das Gesicht des Doktors. Sie blickte neugierig von einem zum andern, bevor ihre Aufmerksamkeit von einem hochgewachsenen jungen Mann mit dunklen Locken in Anspruch genommen wurde. Ohne daran zu denken, dass eine Lady nicht auf einen fremden Besucher zuhüpfte, war sie ihm bereits entgegengerannt.

»Sind Sie Martainn?«

Der junge Mann nickte.

»Und Sie müssen Rose sein. Ich habe schon viel von Ihnen gehört.«

»Oh weh, ich hoffe, nur die guten Sachen.«

»Nun ja, Sie sind eine gute Schülerin und wollen Medizin studieren …«

»Und Sie Jura wie Ihr Vater, nicht wahr?«

Er sah sie verschmitzt an. »Können Sie ein Geheimnis für sich behalten?«

Rose nickte.

»Ich werde Medizin studieren.«

»Und weiß Ihr Vater das schon?«

»Gott bewahre, da muss ich einen günstigen Augenblick abwarten.«

Rose hakte sich wie selbstverständlich bei ihm unter.

»Dann kommen Sie, es gibt gleich die besten Scones der Welt.« Übermütig zog sie ihn mit sich ins Haus.

Sie traten gerade ins Zimmer, als Isobel Anstalten machte, eine Rede zu halten.

»Liebe Gäste, ich will es kurz machen und Ihnen meinen Mann und den Vater meines Kindes, Doktor Michael Scott, vorstellen.«

Michael erhob sich von seinem Stuhl und lächelte in die Runde.

Alle starrten den Überraschungsgast entgeistert an. Bis auf Sibeal, die ihr Glas Whisky hob und kicherte: »Wenn das Lady Ainsley zu Ohren kommt! Die wird platzen vor Neid!«

Isobel warf ihrer Tante eine Kusshand zu, bevor sie mit hochroten Wangen fortfuhr: »Verzeiht, dass wir Nägel mit Köpfen gemacht haben, ohne jemanden einzuweihen, aber wir haben nicht mehr allzu lange Zeit, bis unser Kind auf die Welt kommt. Und wir wollten es wenigstens so einrichten, dass es beim Nachrechnen zumindest erkennt, dass wir es noch vor seiner Geburt getan haben. Und das wollen wir jetzt mit euch allen feiern!«

Liam griff nach Lilis Hand.

»Das kann doch nicht wahr sein … das …«, stammelte er. »Und das, wo wir heute allen mitteilen wollten, dass …«

»Tja, dann müssen wir wohl noch ein bisschen warten. Ich sehe ein, dass die beiden es eiliger haben als wir«, gab Lili rasch zurück, bevor sie aufstand und zu Isobel ging.

»Ach, ich freue mich für dich«, seufzte sie.

»Und auch für dich, Michael«, ergänzte sie und nahm ihren Schwiegersohn überschwänglich in den Arm.

»Und ich habe noch einen Anschlag auf dich vor, Lili« sagte Isobel. »Michael will eine eigene kleine Privatklinik gründen. Er hat andere Vorstellungen als seine Vorgesetzten in Muray-House, und wir dachten, dass wir Scatwell Castle dafür nehmen …«

»Aber gern«, lachte Lili aus voller Kehle. »Wird höchste Zeit, dass der olle Kasten sich nützlich macht.«

»Moment mal«, mischte sich Liam schmunzelnd ein. »Das kommt natürlich auf den Preis an.«

»Keine Sorge, ich habe kürzlich eine kleine Erbschaft gemacht«, gestand Michael und zog Isobel zärtlich zu sich heran. Lili griff liebevoll nach Liams Hand, während sich das frischgebackene Ehepaar küsste.

Rose, die das Ganze von ihrem Platz aus beobachten konnte, verzog das Gesicht und wandte sich Martainn zu. Obwohl sie sich riesig für Isobel freute, stand ihr zurzeit der Sinn nicht nach dem Geturtel der Erwachsenen.

»Reitest du?«

»Gern«, entgegnete er erfreut.

»Komm, dann schleichen wir uns ein Stündchen fort. Die Pferde sind drüben in Scatwell Castle. Ich nehme Una, und du darfst dir eins aussuchen. Hier vermisst uns eh keiner.«

Als Rose und Martainn ins Freie traten, war der Himmel über dem Tal von Strathconon strahlend blau.